ORIGINAL FICTION MONTHLY

小说月报 原创版

2024年
精品集

《小说月报·原创版》编辑部 编

天津出版传媒集团

百花文艺出版社

图书在版编目（CIP）数据

小说月报原创版 2024 年精品集 /《小说月报·原创版》编辑部编. -- 天津：百花文艺出版社，2025. 1.
ISBN 978-7-5306-9047-5

Ⅰ. I247.7
中国国家版本馆 CIP 数据核字第 2024LP0532 号

**小说月报原创版 2024 年精品集**
XIAOSHUO YUEBAO YUANCHUANGBAN
2024 NIAN JINGPINJI

《小说月报·原创版》编辑部　编

**出　版　人：**薛印胜　　**选题策划：**汪惠仁　韩新枝
**责任编辑：**刘升盈　张　烁　**助理编辑：**张凡羽
**装帧设计：**郭亚红
**出版发行：**百花文艺出版社
**地址：**天津市和平区西康路 35 号　　**邮编：**300051
**电话传真：**+86-22-23332651（发行部）
　　　　　　+86-22-23332656（总编室）
　　　　　　+86-22-27862135（邮购部）

**网址：**http://www.baihuawenyi.com
**印刷：**河北鹏润印刷有限公司
**开本：**710 毫米×1000 毫米　　1/16
**字数：**450 千字
**印张：**28.5
**版次：**2025 年 1 月第 1 版
**印次：**2025 年 1 月第 1 次印刷
**定价：**68.00 元

如有印装质量问题，请与河北鹏润印刷有限公司联系调换
地址：河北省沧州市肃宁县经济开发区
电话：(0317)7587722　邮编：062365

# 目 录

# 我奶奶的故事及其他

辽 京

## 一

我第一次意识到爷爷老了，是中考那年，我考了全校第三，被重点高中录取，打电话告诉他。他在家里，列出菜单，上面全是奶奶的拿手菜，他让奶奶照单子做了一桌，然后打电话叫我回去吃饭。我坐公交车到爷爷家，那天下着大雨，我穿着一件透明的塑料雨衣，下了车，眼前模糊一片，几乎看不清路。到爷爷家楼下，鞋子裤子全湿透了。

进了门，爷爷给我拿来拖鞋，一双补过的干净袜子和一条他的旧裤子，十五岁的我已经跟爷爷差不多高了，他的裤子我穿着很肥，于是他又给我一条红布腰带。去年我见他系这条腰带系了一整年。奶奶的身影在厨房里转动。

"切点西瓜！"爷爷对着厨房喊。"我挑的西瓜保甜。"他对我说。

转眼一盘西瓜出现在茶几上，果肉鲜红，汁水淋漓，爷爷叫我吃，他看着我吃，笑眯眯的，说菜马上就好，都是你爱吃的。他在抽烟，爷爷家里总有一股浓重的烟味，奶奶总忍不住要说他。为了抽烟的问题，他们争执了一辈子，也没争出一个结果。除此之外，奶奶总是沉默。

像城市的地标建筑那样，烟味也是我爷爷家的一个标志，是记忆中的路标。

奶奶做的菜也很美味，但是经过多年，那种美味在记忆中已经淡去了，而烟味愈浓。奶奶在厨房里叫我，让我去把窗户打开。

"呛死了。"

"外面下雨呢。"

奶奶不说话了，好像她刚刚知道外面在下雨。或者她讨厌烟味胜过一切。客厅里的电视开着，电视旁边的墙上挂着一张全家福，我爸、我妈、我叔叔，刚上幼儿园的我坐在爷爷怀里，奶奶坐在旁边，双手放在膝盖上，像个规矩的小学生。

爷爷说："瞧你奶奶这脑子。"

爷爷说："把你的录取通知书拿来，裱起来，也挂在这里。"他比画着，指点着，大嗓门儿盖过电视里播音员的声音。

"等我考上大学再说，被高中录取不算什么。"我说。爷爷笑了起来，他夸起人来毫不吝惜，说我知道谦虚，是干大事的人。这是他对人最高的褒奖。"干大事的人"，这几个字排列起来像一道符咒，绕在我的脑门儿上。

菜上齐了，爷爷要我陪他喝两杯，被奶奶制止了。那么一杯？半杯？拿筷子蘸着舔一下也行，男孩子怎能不知道白酒的滋味？外面狂风大雨，屋里亮着电灯，灯下一桌五颜六色的丰盛菜肴，我夹起一只油焖大虾，放在爷爷面前的碟子里。

爷爷把整只虾放进嘴里，慢慢咀嚼着，我想那个时候他一定十分满足，七十多年的人生走向圆满——红润亮泽的美味大虾，是孙子给他夹过来的。

奶奶仍在厨房里忙碌，她总有干不完的活计，像一只在滚轮里无限循环跑动的松鼠。她要洗菜，择菜，做菜，再把用过的家伙什物一一清理干净。厨房是一个搅动不安的宇宙，奶奶是它的中心。

上小学之前，我住在爷爷家，趴在爷爷的膝盖上、背上，或者挂在他的脖子上、怀抱里。他是个好爷爷，比任何人的爷爷都要好。他和气、幽默，自己爱笑，也爱逗别人笑，家里总回荡着他说话或者大笑的声音。不说话也不笑的时候，那么他一定是在抽烟。他的烟头曾经是我的玩具，我模仿他的样子，把烟头从烟灰缸里拿出来，放进嘴里，眯起眼睛，模仿爷爷陶醉的神情。奶奶看见，一把夺了过去，并在我头上重重地拍了一巴掌。

爷爷不会打我，因此我更喜欢爷爷，长得也像他，爷爷为我感到自豪。我爱听爷爷的故事，他当过兵，见识过刀锋般刺骨的寒冰，无边无际的白雪，卡车颠簸一整天，还有死亡，他从死人堆里爬出过。有一阵子我也向往当兵打仗，是受了爷爷的影响。直到晚年，他仍然爱好军歌，喜欢看电视里的阅兵表演，仿佛那场面和气势可以使他忘记自己的衰老。如果奶奶不小心从电视前经过，他就会高声抱怨——奶奶扫地、拖地的时候，难免走来走去。

我小的时候，坐在爷爷身边玩我的玩具坦克，嘴里发出呜呜的声音，假装冲向千军万马。爷爷说，你也去当兵吧。我说，好！爷爷又笑，宽慰的、自豪的、满足的笑，笑声盘桓在我的耳边。后来，当我想起他的时候，笑声就先于他的形象，浮现在我的脑海中。

奶奶咕哝一句什么，又从电视前走过去了，起初她走得快，后来她走得慢，而我也渐渐长大了。我越来越少去看望他们，假期也有许多事情要做，出去玩，见朋友，不会在爷爷家一住半个月。那天，他们为了庆祝我考上高中，像过年一样做了一大桌子菜，吃饭的只有我们三个人。

爷爷吃了一个又一个虾，他吃虾是连皮带肉，从头到尾全都吃掉，细细地咀嚼滋味，滋味十分丰厚鲜美。爷爷说，现在真是富裕了，大鱼大肉都有。每顿饭他都要如此感叹一番，表达对眼前日子的心满意足，同时把碗里的米饭全部吃光，把空碗递给奶奶。如果没给筷子，那就是要添饭；如果连筷子一起递给她，就表示自己吃饱了。

如果我老了，也过着像爷爷那样的生活，我会十分满意。爷爷看起来丝毫不担心衰老和死亡，他最常挂在嘴边的一句话是：人该死就死，我的战友二十岁就死了。他提到战友的时候，时常眼圈儿泛红。我觉得他也是个英雄，他打过仗，他活下来了，不到二十岁，他就见识了热的鲜血、真正的武器和死人。而我在那个年纪，只知道老师、作业、教室里的日光灯和藏在课桌里的外国漫画。我也想成为爷爷那样的英雄。

吃饭的时候，爷爷说怎么没有饮料。奶奶便下楼去买，披着我来时穿的那件湿漉漉的雨衣，那雨衣对她来说太大了，像撑在一根木棍上，晃荡荡的。她买了两瓶可乐，我爷爷给我一个搪瓷缸子，倒了可乐，我学着大人啜饮白酒的样子抿了一下缸子的边，让可乐如酒一般涓涓细流进嘴。爷爷哈哈大笑。

奶奶把雨衣挂在阳台上。外面大雨如注。

数年后，我爷爷病危的时候，病床边依旧摆着这只搪瓷缸，一看见它就知道这里睡的是爷爷，而他已经面目全非，认不出来了。他不是躺在床上，而是陷了进去，被整个儿吞没。我在床边坐了一夜，那一夜也是有风有雨，仿佛与此时此景遥遥呼应。奶奶拿来拖把,擦干从门口到阳台一路滴落的水痕。

"滴这么多水。笨手笨脚。"爷爷说。我一口气喝光了可乐,再来一杯。

虽然这些菜都是奶奶做的,但是我一回想起这些饭菜,我总是想起爷爷——爷爷的样子,说话的声音、语气,他的神态和动作,深深刻印在记忆中。他总是居于主位,面对着大门的方向,其他人簇拥着他,而奶奶坐在去厨房最方便的位子,时不时站起来,走开,又回来坐下,沉默地吃饭。爷爷大声说话。

我喜欢听爷爷说话,他讲起故事来绘声绘色,滔滔不绝。他讲当兵的经历,有苦,有趣味;他讲他复员转业,到了单位里,看不惯那些腌臜人事,多么失落,不肯同流合污,他说领导为难他,那个王八蛋,后来得了癌症,他讲的故事总是因果圆满,善恶有报,宗旨是人要做一个好人,像他一样,站在正义的一边。

爷爷的教诲像雨,从幼年下到成年的一场漫长的雨。他告诉我许多道理,通常以"不要"开头,不要说脏话,不要打小抄,不要整天看电视,不要光吃饭不吃菜,不要把筷子插在米饭上,夹菜不要伸到盘子另一边。爷爷帮我建立了生活习惯,和他一样的习惯,早睡早起,饭后一个长长的午觉。我跟爷爷睡在一张床上,有时候我醒了,他还没醒,我就躺着看窗外的树叶,听着奶奶在外面走来走去的脚步声。有时候,听着听着,我会迷迷糊糊地再次睡着,一直睡到爷爷把我叫醒,让我陪他去遛他的八哥。

那只八哥非常聪明,学会了说"你好""再见""吃饭了吗"。"床前明月光……"爷爷想教它背下整首诗,好让它在战友聚会的时候,在客人面前露一露脸。每当他与战友聚会,我和八哥都要表演背古诗。八哥最终学会了一首诗,而我背下了《唐诗三百首》的一大半——一项无用的终身技能。

夏日午荫,烈日炎炎,它仍会没头没脑地来一句"床前明月光"。奶奶给它喂食,换水,收拾笼子,爷爷带着它出去,将鸟笼挂在树枝上,树下聚着一群和我爷爷年纪差不多的老头儿,从楼上看,一圈花白头顶团团围着,遮住中间的棋盘。

日子就这样消磨。千百天过得如同一天。直到有一天,在暑假里,我从午睡中醒来,迷迷糊糊地听见厨房有人走动,通常奶奶不会这么早开始做晚饭。我记得她说晚上要吃烙饼,我翻了个身,想再睡一会儿,却被那八哥吵得睡不着。它一直在扑棱翅膀,似乎掀翻了水盆,我叫了一声奶奶,把头埋进夏被里。八哥开始说话,急促地说"你好,再见,吃了吗,床前明月光,床前明月光,疑是地上霜"。我立刻翻身起来,跑到阳台上,想听它再说一遍。终于听见第二句了。

厨房的抽油烟机嗡嗡作响。八哥不再说话了，低头去理毛，我逗了它一会儿，想诱它说话，它一言不发。我爷爷在沙发上看电视，我奶奶在厨房里烙饼。

她一共烙了十三张饼，救护车来了，把她接走，晚上我们就吃那些凉掉的饼。我奶奶在去医院的第三天去世——她离家之前烙下的饼还没吃完，从医院回来，我们把饼热一热继续吃。后来我知道了，那天她心脏很不舒服，打电话给自己叫了救护车，然后就去厨房烙饼，摇摇晃晃地，一张又一张，给爷爷和我留下干粮，足够吃到她去世。

奶奶去世后，我爷爷依旧每天教他的八哥，我告诉他八哥已经会背第二句，爷爷不相信，因为它从来没有当着爷爷面念过"疑是地上霜，疑是地上霜"，爷爷一遍遍重复着，八哥的羽毛有些凌乱，水槽也不干净，笼子下面铺满了屎，这些都提醒着我们，奶奶不在了。有一天，爷爷试着给八哥清理笼子，他刚一打开笼门，八哥就飞了出来，停在阳台的晾衣杆上，一字一句念出整首《静夜思》。阳台的窗户开着，我慢慢凑近，刚伸出手，它便振翅飞走了。

爷爷说，它还会回来的，窗户不要关。笼子里摆好食水，也开着门，等它回来。从下午等到傍晚，等到夜深，到第二天早晨，依旧是空空的笼子。爷爷让我把窗户关上，说，你奶奶不在了，现在没人嫌弃我抽烟了。

从此爷爷家再也不开窗户。我上高中了，很少有时间去看爷爷。爷爷给我打电话，问我在做什么，吃饭了吗，作业写完了吗，几句之后就没话可讲，爷爷不再健谈。然后他说没事就挂了，他要去做晚饭了。

国庆节假期，我去看他，一进门就撞上一堵带着烟味的厚墙。爷爷就坐在那墙后的沙发上，看上去缩小了一圈。贴在他背后墙上的世界地图晃悠悠垂下一只角来，面前的烟灰缸堆满烟灰。

这日子不转了。这是爷爷对我说的第一句话，小声地，疑惑地，我穿过烟雾，坐在他身边。

第二句话是，昨天夜里，我梦见你奶奶了。

## 二

我刚刚开始记事的时候，记住的就是我爷爷的故事。他上过学，念过书，家里早早给他备下一个童养媳，就是我奶奶。他说我奶奶家穷得很，养活不起，只好把女儿卖作童养媳。爷爷的父母都是性情宽厚的好人,一下也没有打过奶奶,只是教她干活儿。他家里开着豆腐坊,每天半夜就要起来,点上灯,磨豆腐,磨好了,早上挑出去卖。我问爷爷,豆腐怎么个做法?他说不知道。他知道豆腐的清香,豆浆的醇厚,豆皮的润滑,但是他不知道这些味道是怎么来的。

后来他上了中学,离开那豆腐坊。从那时起,爷爷的故事才真正开始。他毕了业,当了兵,他参加了真正的战斗,他赢得了勋章,那照片依然摆在五斗柜上,时时擦拭。退休后,他积极地组织战友聚会,常有一二十人,他们聚在一起回忆往昔,把老照片翻拍下来,存在手机里,互相传阅。每次聚会,他们都要拍大合影,奶奶穿着围裙,擦干净手,按下快门。

有时候,我也挤在那些合影里,坐在爷爷的膝盖上,奶奶把镜头对准我,让我笑一笑。我笑了,她就按快门。照片拍完,奶奶放下相机,走进厨房,一会儿叫我把西瓜端出去,但是奶奶并不跟我们一起吃。她总是待在厨房里,一边把案板收起来,一边把台面擦干净。

我爷爷带我出去吃饭,我放慢了脚步,跟着他走。我们走进一家路边的饺子馆,爷爷说,这里的饺子,做得跟家里一样。我们吃那肥白的水饺,爷爷问,像不像原来你奶奶包的饺子?我说,像。他露出满足的笑容。我说,我最爱吃的还是我奶奶烙的饼。

爷爷说,那天,我可没让她烙饼。

吃完晚饭,我们沿着路边散步,爷爷抬着头,往天上望,天色渐暗,什么也没有,我问他在找什么,他不回答。他叫我背诗。考考你,他说,看你忘了多少。我一首接一首地背起来,有点不好意思,我已经不是小孩了,身边经过的人都会看我和爷爷一眼,但是爷爷仿佛很享受,小声地跟着我念。到家的时候,已经背了几十首,爷爷说可以了,我就停下。小时候我就不明白他为什么非要叫我背诗,当着他的战友,或者别的亲戚朋友,展示教育成果,还是展示他的威严?

回到家,爷爷走到阳台上,说,那八哥呢?八哥哪儿去了?

从此爷爷的故事开始变得紊乱。大部分时候,他是清醒的,正常的,可以照顾自己,按时做三顿饭。偶尔犯犯糊涂,问我,你奶奶去哪儿了?或者把我当成我爸爸,甚至当成年轻的自己,他在我脸上看见他自己。这种时刻,虽然悲伤,却十分奇妙。有时候他问我,你怎么还活着?我知道他是想起了他的战友,他说过许多次的故事,一个年轻的战友为救他而死,放在此时此刻似乎难以想象,但是在战场上,这种事就是会发生。我爷爷说,你在那时候,生死关头,只有往前冲,不知道什么叫自己,什么叫别人。

可是活下来的是你,这就是你跟别人的区别,我想。我爷爷在合影上寻找缺失的那个人,那情景非常感伤。我坐在一旁,烟味总是令我想起奶奶,烟味把我的记忆和爷爷的记忆隔开了,他回忆他的青年时代,我回忆我的童年——家里一旦少了一个人,就免不了时时引起怀旧的心情,我爷爷的故事讲过千百遍,我奶奶的故事,从来没听她提起。

我知道她擅长做什么菜,却不知道她爱吃什么。她很少说话,时常一开口就被爷爷打断,因为家中任何事情都不需要她的意见,她只要按照爷爷的生活习惯做好她应做的事情就行了。我想这习惯也许是在豆腐坊就养成了,一个半夜就要起床的、沉默做工的小女孩。那时的沉默一直延续到老。

或许我爷爷的父母并不如他所说的那样宽厚。也许在他看不见的时候,他去中学念书的时候,我奶奶挨过打骂,但是她已经忘记了。在我很小的时候,我爷爷带我去给他的父母上坟,我记得那是个小小的坟包,立着小小的窄窄的石碑。爷爷念念有词,告诉他们这是你们的重孙子,奶奶摆开一些供果,跪下磕了头,拉着我也磕了三个。那些甜果子摆一摆就收回来了,回家的路上,拿给我吃。

长途汽车上,我歪在奶奶怀中睡着了,她的怀抱柔软、温暖。我想问她是不是也曾这样抱着我爸爸,没来得及问出口就睡着了。梦里,我爸爸和爷爷、太爷爷是同一张脸孔,也是我的脸孔,血脉如此神奇,我想。我告诉奶奶,我在梦里见到许多祖先,而她只是微微一笑,有些凄凉的意味。

奶奶也有父母吧,也有祖先吧,我问过一次,奶奶说不记得了。那么奶奶的祖先是谁? 坟墓在哪里? 她不知道。她只有一个姓,名字是解放后正式结婚登记的时候,爷爷给她起的,写某某氏显得太落后了。她在妇女识字班上学会写自己的名字。学会写自己的名字之后,爷爷就不让她再去识字班了。

这件事也是爷爷说的,在他的记忆变得紊乱之后。后来,奶奶在夜校的妇女识字班学会了认字,学会了写自己的名字,在爷爷看来这就足够用了,女人不需要多少文化,多了甚至碍事。但是我知道奶奶有时候会看看书,在厨房里有一个她专属的板凳,洗菜、择菜、刮鱼鳞,或者洗一些小件的衣服时,她都会坐在那个板凳上,偶尔也拿一本书,爷爷买的一些旧小说,还有象棋杂志,上面有很多棋谱。她也看报纸,看完了就用来包垃圾,她阅读的时候非常仔细,也可能是因为读得慢，一页总要看很久，我跟我爷爷睡午觉的时候，她就坐在厨房里看书。那是全家阳光最好的一个角落，比客厅明亮得多。有时午睡的时候，我会偷偷起来看动画片，把音量放得小小的，不想吵醒爷爷，再去厨房的冰箱找雪糕吃。奶奶抬起头，不好意思地一笑。

奶奶一共生了三个孩子。除了我父亲已经去世，姑姑和叔叔都在外地工作。他们把我留在身边抚养长大，直到有一天，一个陌生的女人来到家里，让我管她叫妈妈。我妈妈接我到她身边上学，她家里还有一个男人，这个人不抽烟，还给我零花钱，不要求我管他叫爸爸，有很长一段时间我对他没有任何正式称呼，有话走到跟前才说。

我妈妈为此跟我谈过好几次。她讲道理的时候，总是把我叫到厨房去，一边切菜，一边问我为什么不叫爸爸，通常我以沉默作答。有一次，我终于说，他长得又不像我，我妈妈把黄瓜片切得极薄又不断开，盘卷着码在盘子里，像风琴。她说，你可真会胡说八道。

我妈妈总是认为我不肯叫爸爸的原因在爷爷奶奶身上。有一年寒假，她不准我回爷爷家，甚至没收了我的家门钥匙。关在家一个星期后，那个男人悄悄给了我一把钥匙，什么也没说，第二天我就收拾了背包，打开反锁的门溜了出去，坐中巴车到了爷爷家。爷爷见到我非常高兴，让奶奶去买鱼，带我去逛街上的花鸟店，就在那天，他买了那只黑色的八哥。

我妈妈打电话控诉我的行为，我爷爷同她争吵起来，摔了电话，我觉得他厉害极了，在家里没人敢违逆我妈的话，包括那个男人。放下电话，爷爷问我，钥匙哪里来的？我说，我爸给的。爷爷的脸顿时僵住了，我想收回话已来不及。红烧鱼的香味一阵阵飘出来。

"他不是你爸。"爷爷说，我只有默默点头。透明的童年结束了。

那条红烧鱼没有吃完。爷爷说这鱼刺太多了，为什么不买刺少一点的鱼？奶奶一言不发，拣了一块鱼肚的肉，去掉了鱼刺，放进我碗里。从此我再也没有在爷爷奶奶面前提过那个男人。尽管我和他一直相处得很好，甚至比跟我妈妈更亲近，我也没有叫过他一声爸爸。

我回到爷爷家的第二天，我爸爸的照片又被拿出来摆着，仿佛是一种隐晦的提醒，我爷爷很看重姓氏和血缘。我妈妈曾经想让我改随她姓，我打电话告诉爷爷，他非常激烈地反对，声称要到我妈单位去找她理论。于是我拒绝了妈妈的提议,她显得十分失望,却不知道是我保护了她。我见过我爷爷跟人吵架的样子,卖菜小贩缺斤短两,他就去找人家理论,三言两语争执起来,他大声说自己是退伍军人,绝不可能来讹人,最后胜利的总是他。他回家的样子仿佛班师还朝,只差金鼓齐鸣,坐在沙发上,我奶奶给他泡上茶来。

爷爷说,梦见你奶奶了。正巧,我也梦见了,我说。我爷爷吃了一惊,问我她说了什么,我说什么也没说,只是坐在厨房的板凳上看书。爷爷说,我那梦里,她就在前面走,我叫她,她不回头。又说,你奶奶识不得几个字,看什么书。

我们核对了梦的细节,除了都是昨夜,没有丝毫相似。爷爷说,十月初一,你去给她烧些纸钱。十月初一那天晚上,我假装睡下,等妈妈和他也都睡了,我悄悄地出了家门,按照爷爷的吩咐,到一个十字路口,给奶奶烧纸钱。他说,今天晚上,你叔叔、你姑姑都会去烧纸,你烧你的,叫她来取。火点起来了,隔不远又是一堆,一路走来,许多烧纸的人在念念叨叨。地上一个个大黑圈,圈着烧尽的灰。我让奶奶来拿钱,想买什么就买什么,买好吃的、好衣服,爱看什么书也买,一边烧,一边想那个世界有这么多钱,她一定过着极大方极潇洒的生活,再也不用三毛两毛地跟小贩砍价了。

小时候,我跟着奶奶去买菜,长大后就不愿意陪她去了,觉得砍价很丢脸。她站在菜摊前,手上挑挑拣拣,嘴里不住地挑毛病,称好后,还要抹掉零头,卖菜的摊贩常常露出不快的神情,有时甚至瞪我一眼。相比之下,我喜欢跟爷爷出门,爷爷从不砍价,只要对方诚信交易,爷爷甚至连找回的零头都不要,跟在爷爷挺直的腰杆后面,我也享受着荣光。听见熟人说,您孙子长得跟您一个样,爷爷就十分高兴,大笑起来。

经过棋摊,我爷爷总要停下来看一会儿,天气和暖的时候,他也爱下上一两盘,赢多输少。围在棋摊周围的全是跟我爷爷年纪相仿的人,随着时间流逝,人还是原来那老几位,头顶花白渐浓。我爷爷爱好指点他们,他确实下得很棒,在社区举办的象棋比赛里,赢过不少洗衣粉和洗发水。他看棋看得入迷,常常忘记家里等着菜下锅,奶奶下楼找他,总是直奔棋摊而去。

奶奶捡起扔在一边装菜的塑料袋,又四处找我,我又不知道跑哪儿去了,她就大声叫我,嗓音高亢,说实话这很丢脸,尤其是我已经十几岁了,被奶奶满世界大声喊出全名的难堪,跟小时候被爷爷揪住耳朵拽回家差不多。我只能离开伙伴们,顺着奶奶声音的方向跑过去,她见到我,她的声音就会停止。

很久以来,只要有人连名带姓地喊我,我就会想起我奶奶。我妈妈从来不会叫我全名,再生气也不会,她一直希望我改姓。我对姓氏倒没那么执迷,但是这个话题提都不要跟爷爷提起。

我上高二那年,他们生了一个女儿,叔叔对我依然很好,但是,终归是有了自己的孩子。周末我常去爷爷家,帮他做做家务,打开窗户,把他从烟味中释放出来,扔垃圾,扫地,我还学会了做饭,炒米饭或者煮个面条,爷爷经常以速冻饺子和包子维生。有一次,他问我,你是不是不愿意回家?奶奶去世后,他变得糊涂了,但是糊涂间隙中的一点清醒,又清醒得吓人。

新生的婴儿很可爱,我的手机里存了不少妹妹的照片,我拿给爷爷看,他看了不置一词。我说,家里太吵了,没办法写作业,关上门也听得见孩子在哭。那段时间,我跟我妈妈的关系非常紧张,实际上我们谁也没有做错什么,我想她可能是压力太大,小婴儿、工作……精力不够用,除了经常对我发脾气,她跟她丈夫的关系也不好。我想她大概是个失败的女人,什么都想要,什么都没做好,当然十几岁的我也是十分刻薄,说话很伤人,高考前的模拟考试成绩一塌糊涂,为此我跟我妈妈大吵一架,摔门离开,去了爷爷家。

那天晚上,爷爷又跟我讲他的故事。我都听过许多遍了,打仗、枪声、血、死人……他一开头我就知道接下来是什么,他的人生经验就是这些,好像这些话能安慰人似的,结果是真的。我真的在那些讲过无数次的陈年往事里感到平静,感到眼前的一切都不算什么,人应该活在过去,因为过去比现在真实可信得多。过去能够清楚地讲出来,关于现在我却一个字也说不出来,脑子里尽是婴儿的哭声。

叔叔对我真的很好,给我买名牌球鞋。我妈都舍不得给我买的,他愿意掏钱。

矛盾大爆发是在我高考失败之后,要复读,叔叔表示支持,妈妈却说,经济很紧张,妹妹开销很大,要我去跟爷爷说,要爷爷出一部分钱。只是一部分,她强调说,你爸爸的事故赔偿金,当年是他们拿走了的,我一分钱也没有得到。

发脾气、吵架、摔门而走,已经解决不了这种现实问题了。那天晚上,我搭末班公交车去爷爷家。这条路我走了无数次了,见过每一棵树、每一个站牌。借着灯光,我读站牌上的字,车停了,车门打开,风吹进来,门又关上了。没人上车。

我想,要是奶奶还在,她会说什么?好像她就坐在我前面的空位上,花白头发剪得短短的。虽然她活着的时候话并不多,家里一直是爷爷在说,奶奶像一只无声转动的陀螺,但是此时我却很想听到她的声音,奶奶会说什么呢?

爷爷断然否定妈妈的说法,说他没有拿到一毛钱赔偿金——他和妈妈之间,肯定有一个人在说谎。爷爷又说,他愿意支付复读的费用,以及我上大学的费用。我告诉妈妈,她说,这是因为他心里有愧,他对不起你爸爸。妹妹在哭,叔叔在洗奶瓶,妈妈在做些什么,我忘了。我只觉得自己浮浮沉沉的,每一句话说出口都像求救。

"你就不能去哄哄她吗?"妈妈说。奇怪,只要我抱起妹妹,她立刻就会停止哭泣,眼睛定定地望向我。就这一点缘分,我长久地记得。她什么也不知道,但是她单纯地、无知地、盲目地喜欢着我。

奶奶不说话,但是冥冥之中,我总是想起她,想听她的意见。下次烧纸的时候,我把问题写在纸上,烧给她,会不会有答案? 我总觉得,奶奶并不是她表现出来的样子,那远远不是她的全部,她藏着许多话没有讲。她的手指穿过一片淡淡的鱼腥味,抚过我的头顶。我醒过来,是在去往另一个城市的火车上。第一次出远门,全家旅行,妹妹躺在妈妈怀里睡着了,我也靠在椅背上打个盹儿。梦里的鱼腥味还在飘散,火车减速了,驶进一个小站。

站牌在我的窗外,我读那两个字,原来是这么写的,从前只听爷爷在口头上说过,带着口音,那口音其实是模仿当地人的口音,并不是他平常讲话的腔调。这里就是奶奶的老家。妹妹还睡着,张着嘴,很香甜的样子,叔叔在看一本小说,妈妈也闭着眼睛。我盯着那两个黑色的大字,站台附近散落着一些低矮的平房,天灰蒙蒙的,小县城的火车站总是一个模样。

我在网上查阅关于这个地方的信息,历史上的贫穷、饥荒、洪水,人易子而食,却有宽广的平原和肥沃的土地,近年的新闻很少,大多跟农业有关,夏粮丰收,机械化生产,国内生产总值,官员下乡视察……干巴巴的通讯社写法,当然找不到关于奶奶的任何蛛丝马迹。其实,任何人的痕迹都没留下,这里没有出过一位近代史上的名人。

我坐在大学附近的网吧里查阅这些信息,百度、谷歌,一页页往后翻,直至翻出一些完全不相关的信息才关掉网页,向老板买一盒泡面和一瓶可乐,准备消磨整夜。复读一年之后,我考上大学。爷爷兑现承诺,支付了学费和生活费,我过得比大部分同学宽裕。

整夜打游戏。早晨,我们离开网吧,在学校食堂吃过早饭,翘掉上午的课,回宿舍里睡觉,醒来觉得口渴得要冒烟。星期五晚上,爷爷打电话过来,翻来覆去讲一些同样的话,好好学习,好好吃饭,本来他希望我报考军校,但妈妈强烈反对,打电话跟爷爷吵了一架,他就不再提了。他也不再提起奶奶了,现在他身边有一个,我不知道该怎么称呼,不拿工资的保姆?或者别的关系,他让我管那个老太太叫奶奶,我没出声。

大一开学前,爷爷把我叫过去,给我一个厚厚的红包。家的模样变了,干净整齐,旧东西丢了不少,烟味消失了,爷爷说他戒烟了,戒掉抽了一辈子的烟,我简直不能相信。那个老太太原来是在附近摆摊卖水果的,我认识她。从前爷爷喜欢去她那里买水果,她给的秤头总是高高的,爷爷经常不要找零头,所以她时常给我塞一个苹果橘子之类。要是跟着奶奶去买,就没有这个好处了,因为奶奶计较得厉害。

"他净拿便宜给外人占,人缘当然好了。"奶奶说。

她比我奶奶年轻一些,我陪爷爷坐着说话,她像风一样来来去去,送来水果、茶水、花生瓜子,殷勤得仿佛我是个外人,一会儿摆上一桌子菜,给我盛汤盛饭。她手上没有鱼腥味。吃饭的时候,她一个劲儿给我夹菜,可能是为了掩饰没话可说的尴尬。爷爷看着我们,一直在笑,满足地笑。我告诉他,我坐火车经过了奶奶的老家,他只是点点头,什么也没说,让那位老太太给他添饭。

奶奶的故事,在爷爷这里是结束了的,早在她去世之前就已经结束了。在爷爷的故事里,奶奶始终在背景里活动,他父母买来的童养媳,他远在家乡的媳妇,他孩子的母亲,孙子的奶奶。爷爷的故事里有血、铁、火、风,有历史,有著名的战斗,有出生入死。他的存在是真实的,是可以求证的,奶奶只是一片牵在他身后的虚影。后来,我想知道我奶奶的故事。


三


六年级的暑假,我住在爷爷家。八哥学会了第一句唐诗,爷爷经常带它出去遛,我就在家没完没了地看电视,一天很快就过去了。有一天,我午睡醒来,爷爷奶奶都不在家,我看了一会儿电视,发现冰箱里的雪糕吃完了,下楼去买。天气酷热,小卖部的老板娘无精打采地打着哈欠,一个伙伴也没碰见。我咬着冰棍儿往家走,想着下一集电视剧还赶得上,现在是广告时间。

我经过楼下的那棵槐树,树下聚着一群人。爷爷不在这里,因为八哥的笼子没挂在树上。大热的天,人围了几层,静悄悄的,传出棋子相碰的声音。"将军!"一个人叫道。我停住了,是奶奶的声音,跟她平常的语气完全不同,尾音轻飘飘向上挑起。

我挤过人群,奶奶蹲在中央,对面是爷爷的老对手,正在思索。奶奶背上汗湿了一片,脖子后面沁出的小汗珠亮晶晶的,我不懂棋,只看得出已是残局,对手长久地思索,周围人纷纷支着儿。最后奶奶还是输了。我跟着她回家,她给我盛了一碗冰糖绿豆汤,然后去准备晚上的菜。爷爷一手提着鸟笼,一手拎着西瓜回家。普普通通的一天。

要是赢了就好了,我想,赢了,就像一个传奇。一个从未下过象棋的老太太,靠着厨房里翻看棋谱,战胜了高手,很像我爷爷喜欢的那一类故事,像武侠小说。然而奶奶输了,提着菜回家,脚步比平常轻快。我不知道后来她有没有再下过象棋,反正我没有再遇见过,但是那一天清晰地刻在记忆里,那一天我发现了奶奶也有自己的故事。

影影绰绰的东西一下子变得清楚明白。多年后我坐在网吧里搜索信息,好奇的种子早在那年暑假就已经种下。大三那年,妈妈和叔叔离婚了,她打电话告诉我这件事的时候,语气很平静。她这个人,为了一点芝麻小事都能吵上半天,真有大事却十分镇定,一切都处理好了才告诉我。

"妹妹呢?"我问。

"孩子归他抚养。"她说,顿了一下,"我已经有你了嘛。"

"他工作那么忙,能带孩子?"

"送到他父母那边。"线路信号不太好,妈妈的声音断断续续的,我站在宿舍外面的楼道里捧着电话。

"那不就像我小时候一样?"我说,含着一种报复的意味。

电话那头沉默了一会儿,她说:"这也是没办法。我一个人照顾不了她。"

我说:"因为你从来没有认真想过办法。"

"他父母家在哪儿?"我不想挂电话,随口提起一个话题。

妈妈说出那两个字的地名,刹那间我觉得鬼影如林,奶奶大声喊出我的全名,叫我回家吃饭。叔叔的形象、妹妹的形象,纠缠在一起,我就站在这巧合的正中央,被一束光照亮。路过他家乡的时候,为什么叔叔一动不动地看小说?他忘记了?忽略了?还是有什么不愿意提起的缘故?

我挂断电话。深夜,别人都睡着了,叔叔还在回复我的信息,他说了很多他们婚姻中的我所不知道的隐情,第一次感到有人把我当成大人,可以向我倾诉,也愿意听我的意见,不会说我幼稚,不会对我沉默。小时候我觉得,他要是我的亲爸爸就好了,现在我不这么想,幸好他不是我父亲,我不必承受血缘的期望和压力。他不会对我说,你该这样,该那样,该睡觉了,电话挂了吧。

他没有说妈妈的坏话,谈起这件事仿佛置身事外。最后,他邀请我放假去他老家玩,他父母会带着妹妹回去,我答应了。他说,没必要瞒着你妈,我去跟她说。而妈妈第二天就打电话过来,大发脾气,又一次,她感到被我背叛了。我说我只是想看看妹妹。

"你也可以一起来啊。"

她摔下听筒,我能想象她在两室一厅的房子里焦躁地走来走去,痛恨我,痛恨自己,说不定也痛恨妹妹。但是,到最后她总会屈服,总会认命的,她别无选择,和所有人一样,她的问题就在于以为自己总有选择,永远占据主动,控制别人。她以为出轨毫无痕迹。

离婚是叔叔主动提出来的。我为他鼓掌。

期待中的旅行未能实现。那个学期,我交了女朋友,假期我们一起去了苏州、南京和上海,热死了,但是非常快乐。我们都晒黑了,在火车站险些丢了钱包,在小旅馆里,半夜空调不制冷,热得睡不着,一边抱怨一边做爱,直至东方透白。我们说好了毕业要在同一个城市,结果她毕业出国,恋情不告而终。她走的那天,我送她到机场,假装一切都没变,假装还相爱,假装我们都是大人了,身体和心理一样成熟,她的演技比我更自然一点,我送她送到不能再往前走。

夏天结束了。我看着她的背影,细、窄,像一片初秋飘落的叶子,随风而去了。又一次别离,时时刻刻都在发生。我坐在机场的座椅上,看着来来往往的人,决心走出这里就再也不哭,上一次这样大哭是为了奶奶。

我离开学校,找到工作,租了房子,安顿下来。爷爷、奶奶、妈妈、叔叔和妹妹这些人远离了我的生活。我还是每周给爷爷打电话,他越来越糊涂了,打一次电话,"你吃饭了吗"要问好几遍,问我什么时候回家,问我工资够不够花,我说够花,他就笑起来。他得了一次脑血栓,恢复后,能拄着拐杖走路,说话舌头不太利落,有时候忽然冒出一句,你奶奶下楼买菜去了。

我想他也许不糊涂,而是另一种明明白白。在爷爷眼里,奶奶们都是一样的,走了一个，来了一个，奶奶是一个位置，奶奶并不是某一个人。

"我奶奶早就不在了。"我说。爷爷好像没听见。到了他这个年纪，不该听见的话，就听不见。

工作忙成为一切疏离的借口，我尽力地想在这个大城市扎下根。映在写字楼玻璃窗上的，是我爷爷的脸、我爸爸的脸、活人的脸、死人的脸、我的脸。爷爷一定对我很失望，我没去当兵，没机会成为英雄。每天，我随着人流走进电梯，挤在中间，走走停停升到半空，走向一个小小的格子间。

他儿子死于车祸，死得窝囊；他孙子活得像一只工蜂。他白白英雄了一场，他什么都明白。春节回去，爷爷悄悄塞给我一笔钱，让我不要出声，不要让奶奶听见。他拄着拐杖在屋里走来走去，作为日常的锻炼，不要人扶，为了方便他走路，客厅的茶几撤掉了，显得空荡荡的。现在他很少出门，也不能去下棋。他的那些老棋友，死的死，搬家的搬家，越来越少了。有人去住养老院，有人搬家后就失去了联系。

附近盖了一些新楼房，衬得我们这里又矮又旧，繁花似锦中的一块污渍。花坛里生了荒草，或者开垦成了菜园。破败的地方，看起来总是相似的，相似的色调，斑驳，剥落，花白，像被水浸过，被风侵蚀过，露出千篇一律的样子，衰老的本相。我庆幸奶奶没经历这个过程，在我的记忆里，她停留在那个输了棋的傍晚，蹲在那儿，专注地盯着一盘残局。那时候，爷爷、我、晚饭、菜价、斤两，这些都不存在了，奶奶也不存在了，只剩下她，她是谁？我竟不知道我奶奶的名字。我问爷爷，爷爷告诉我，他又糊涂了，说的是那个后来的老太太的名字。衰老像一道屏障，把爷爷和我隔开了，我无法穿透。

爷爷给的那些钱，我回到住处，细细数过一遍，存起来准备交房租用。房东通知春节后要涨价。来年再涨的话，只有搬去更偏远的地方。

我跟叔叔还保持着联系，因为妹妹，他经常发照片给我。八岁生日，她穿了我送的裙子，我请办公室的女同事帮我挑的，一件粉色缀满亮片蝴蝶结的连衣裙，配一个同色的发箍。女同事没多问什么，但是我能感觉到，她对我有这么小的妹妹感到意外，有些欲言又止。

我大着胆子约她吃晚饭。她来了，打扮过了，跟平时在办公室的样子判若两人。我跟她讲了我家里的事，她也讲了她的，原来她父亲也是早逝，真是相逢何必曾相识。吃完饭我们沿着街边走，我陪着她走路回家，一直走到深夜，她脖颈间的水果香气淡了，散了，她把外套脱下来搭在手上，露出来的肩膀像一片薄薄的锋刃。当她提到她在外地的男友时，我内心的某个地方被割破了。

她还对我笑着，仿佛细细咀嚼着我的失望。我陪她走到楼下，装作若无其事的样子，与她道别。她问，你为什么一副诀别的样子？

她又问，你喜欢我，为什么不直说呢？

不知道为什么，这种无言以对的时刻，我总是想起我奶奶。她一辈子也不会像这样说话，这样提问题，这样直率地毫不遮掩地看着另一个人，这样坦然地笑着，仿佛全宇宙都在掌控之中。奶奶总是安静地走来走去，手头总有家务在做，她下棋时专注地思索着，她剪开鲤鱼的肚子，掏出内脏，小心不要弄破苦胆。我一时答不上来，只感到夜风从遥远的地方吹向我们。

我说，你有男朋友了？

那又怎么样？

我猜，她想要很多很多的爱，无条件的爱，跟我一样。我们这样的人，一下子就辨认出彼此。她说她男友想让她辞职，到他工作的地方去，她不愿意，所以分手是迟早的事。其实我已经不在意了，谁知道那个男人究竟存不存在？谁知道她有没有讲实话？我只要能够触得到她，就足够了。

好在她没有再提过那个生活在别处的男朋友。我就当他不存在。

爷爷越来越老，说话颠三倒四，有时候他好像忘了我已经长大，说哪个抽屉里翻出了我的旧衣服，挺好的，没有坏，给你留着，你拿去穿。我问他为什么翻旧东西，他说，是你奶奶找出来的，你奶奶在找东西。

她在找什么？

我也不知道，她整天翻东翻西的，翻个底朝天。

潜意识里，我认为那个老太太是贼，在这种关系里面她图的是什么？我爷爷早已失去了判断力，他只会依赖，而且越来越依赖。人家给什么，他就吃什么；人家不做饭，他只好挨饿。他被那老太太拿在手里，像个泥团儿一样捏来捏去，捏成什么，他就是什么，这哪是我的爷爷？我的爷爷已经死了——至少死了一部分。

他自己知道，所有人都知道，他只剩下等死了。

我想，他死了，对那个老太太而言，是否是另一种生，就像我奶奶死了，爷爷又开始了一段新生。或许他们之间的联系并没有我以为的那么亲密，我爷爷、我奶奶，我把他们看作一体——实际上他们各有各的故事。

当奶奶独自坐在厨房的板凳上,她在想什么? 时隔多年,那情景依然历历在目,她是如何学会下象棋的? 她翻过发黄的纸页,抚过那些专业棋手的姓名,男的、女的、老的、少的,个个聪明绝顶……那些个漫长的下午,奶奶和他们一起度过。当我睡着了,她就不是我奶奶了——这么简单的道理,我到现在才懂。

她的故事不是从我开始,也不是从我爸爸,从我爷爷,从童养媳那里开始,而是从象棋开始。新的思路,新的结果,很快,我就找到了关联,我就知道,一定存在着某种关联:清末民初时,奶奶的故乡出过一位象棋大师,与奶奶同姓。资料不多,但是足够描摹一生。

大师出身贫寒,幼时与街坊下棋,渐渐有了名气,后来投入名师门下,进步飞速,二十岁时,在当地一家酒楼设局赌擂,向来没有对手。他破除了很多传统的迷信和套路,比如当头炮占先手的说法,在他看来不过一句无意义的套话,定式要放到实战中检验,后来他的声名远远超过他的老师。只可惜英年早逝,只活到中年就病死了,妻子儿女,未有记录。

片纸残存,寥寥数语,无法知道更多,却留下了想象的空间。说不定奶奶的身世与他有关,说不定她是象棋高手的后代,说不定他的家人后来落魄了,不得已卖掉小女儿。在资料上看不到任何相关的记录,但是有些东西会潜伏在血脉里,虽然一直沉睡,但始终是存在的。这一点血脉在厨房的小板凳上被唤醒了——说不定哪本杂志上还出现过他的名字,某个豆腐块专栏里,史海钩沉的一点浪花,但是奶奶一无所知,只扫了一眼,就翻过去。

我把这些东西发给她,她的电脑与我的背对背,人与我面对面,加班的晚上,她一边吃零食一边跟我聊天。她说,你应该去那个地方看一看。

去看什么呢? 什么痕迹都没了。

就是因为没有痕迹,才要去看看,看看就明白,就死心了。

她说对了。她总是对的,这一点在我们后来的婚姻生活里被验证了许多次。国庆假期,我买了两张火车票,和她一起坐在拥挤的绿皮车厢里,两个人都不觉得挤在一起是受罪。县城的旧火车站翻修过了,有种飞机场的架势,地名两个字高高竖起,插在半空。

街道很宽阔,沥青颜色很深,带着一点点可疑的全新感,车辆稀少,天空蔚蓝。来之前跟叔叔联系过了,他给我他父母家的地址,我妹妹也在那儿,她很期待见到我。不要告诉我妈妈,我对叔叔说。他回复,知道。

我们在叔叔的父母家受到了热情的招待。我喊那对老夫妇为爷爷奶奶，随着妹妹喊。妹妹穿着那件我送她的裙子，在客厅里走着走着，忽然转一个圈。米兰跟她很快就混熟了，我妹妹给米兰看手机里的照片和视频，还有她小时候我抱着她的照片，还有我妈妈。我很久没见过妈妈了。

叔叔老了很多，提醒我也不是小孩子了。他拿出一盒烟让我，我本来不抽，却接了过来，他和我妈妈为了抽烟的事情争吵过很多次，当然妈妈是对的，抽烟有害健康，二手烟连累家人，很对。我和叔叔走到阳台上，我把第一口烟吞了下去，学着叔叔的样子，用鼻子呼出两道青烟。

"你应该去看看你妈妈。"

我默不作声，烟雾弥漫，使平静显得不那么空白。阳台前方是一片低矮的平房，屋顶有尖有平，显得凌乱而支离破碎，叔叔说这里马上也要拆了，拆了盖新楼房。到处都一样，半明半暗，半新半旧。

叔叔问我工作的情况，我跟他解释，不确定他听懂了没有，但是他表现得像是全部都懂。这也不重要，重要的是我依然想跟他说，说一些废话，说更多，说到无话可讲，余烟袅袅，我想他是因为我想念一些正常的、温暖的、平静的、永久的东西，哪怕只有吸一根烟的时间。

叔叔的头发白了快一半。离婚后他把妹妹放到爷爷奶奶家住了一年，该上小学了又接回自己身边，妹妹和我上的是同一所小学。我提到几个老师的名字，她都不认识，大概是都退休了。只有体育老师还是同一位，妹妹说他动不动就罚人跑圈。本性难移。

中午我们去附近一家开了很多年的餐馆。老板跟爷爷奶奶都是熟识的，张罗了一桌拿手菜。大家团团围坐，妹妹要挤在我和米兰中间，叔叔叫她，她也不肯走。米兰搂着她用手机拍大头贴，换了一个又一个特效，妹妹笑个不停。

本地人之间说话有乡音。他们对我说话的时候，努力用普通话。我忽然意识到，只有我和我妈妈是没有任何乡音的，妹妹、叔叔和他父母都会讲本地话，米兰是南方人，讲起方言来语速飞快，我听不懂。爷爷从军几年，会讲一口纯正的普通话，骂人的时候偶尔冒几句土话，而奶奶到老还保持着爷爷老家的口音。

我爸爸的声音，我已经记不得了。

声音像一幅地图，有折痕和破损，但是展开来依然是一张完整的地图。我和妈妈被排除了，当爷爷、奶奶和爸爸操起他们熟悉的方言，妈妈像被关在门外。她是否觉得局促不安甚至有些紧张？像现在的我。隔着妹妹，米兰伸过胳膊，握住我的手，在红色的厚桌布下面。

叔叔跟他父母讲着我听不懂的话，那本应属于我奶奶的乡音。

多奇妙，第一道菜上来的时候，我想，草蛇灰线。

# 四

爷爷去世之前的一个星期，我和姑姑在医院陪着他，爷爷的另一个儿子，我的小叔，打电话说家里有事，来不了，让我们做主操办后事就可以了，他什么遗产也不要。

奶奶去世的时候，小叔哭得最凶。

我姑姑不到六十岁，她是爷爷复员回家之后生下来的最小的孩子。如果不是那一头染成棕红色的头发，她几乎是奶奶的翻版，背影尤其相似。我和她日夜轮班，姑姑有时候回家做点吃的带过来，我们在爷爷的床尾吃着。爷爷依靠营养液维生。

姑姑和爷爷已有很久没见面了。自从奶奶去世之后，她和小叔几乎不来看望父亲。守夜的那几天，姑姑跟我说了很多过去的事。爷爷对她的干涉，强迫她跟爱的人分手，因为他"看那小子不顺眼"。我知道他对自己的判断是非常自信的，他认为不好的，就要彻底排除，姑姑那时候还太年轻，不懂得迂回反抗，不像现在，她强硬地阻止她的后妈来医院陪床。

"你不许来。"没有任何解释，就挂断电话。

"为什么？"我问。

"老头儿没写遗嘱。"姑姑说，"她来想干什么？想套个遗言吗？"又说，"我的底线是存款可以给她，房子绝对不行。"

仪器嘀嗒作响，或者微微闪光。心脏透过电流微弱地搏动。

"你奶奶死了没半年，他俩就勾搭上了。"姑姑说，耿耿于怀。"我年轻时候的对象，你爷爷把人家骂出门去。现在人家在国外，生了两个孩子。"

其实我还有一点印象：一个瘦高的年轻叔叔，送给我一个小猪存钱罐当见面礼。记忆很模糊，存钱罐还摆在爷爷家的柜子里，里面装满了我小时候收集的硬币，买零食找回来的，奶奶让我自己存着，将来婆媳妇用。

临终前的等待，一分一秒都很漫长。去年，他和老伴儿都住进了养老院，付了三年的费用。姑姑说等老头儿走了，她还要向养老院追讨预付的部分，不行就打官司。她说她打过好几次官司，跟房东讨回押金，劳动仲裁，全赢了。她说这个时代都要按法律办事，继承法她也研究过了，如果那老太太想要多占，就打官司。她有的是经验，有认识的律师。

"你妈妈怎么样？"姑姑冷不丁问我。

"很久没见了。"

"你妈可是个奇人，结了三次婚。"姑姑说，"年轻的时候是大美人。可惜你不像她。"

"我妹妹也不像她。"

"女人太漂亮的话，也是个麻烦事。"姑姑说。我想提醒她病房不许抽烟，她看穿了我的表情，说："你爷爷已经无所谓了。他再也管不到我啦。"

姑姑说女人如何如何的腔调，仿佛她不是个女人。我想起从前在爷爷家楼下的闲聊里听见的那些传闻，嘀嘀咕咕的，一阵哄笑。奶奶后来说过，那个人出身不好。

我拒绝了姑姑递过来的烟。

制氧机应该远离明火。姑姑的烟头在黑夜中明明暗暗，我把凳子挪到床边坐着，用身体遮住了制氧机。奇怪的危险的联想，可能是跟病房里紧张又无聊的气氛有关。

几天里，爷爷清醒了两三次，每一次他都颤动嘴唇，没说出一句完整的话，只是转动眼球看着我们。我不确定他是否认出了我，我好几天没刮胡子了。姑姑向他俯下身去，仔细听，什么也没听见。

"放心吧，放心吧，"她轻声说，"我们都好好的。"温柔得出乎意料。爷爷又睡了过去，又醒来，于是她告别了一次又一次，一次比一次更漫长、更温柔，仿佛跟自己的父亲有说不完的话。其实他们多年互不来往。

当爷爷看向我的时候，我一个字也吐不出来。他戴着面罩的样子，甚至有点好笑，他也很久没刮胡子了。我想，等他不用吸氧了，我要帮他刮刮胡子。小时候，我多喜欢爷爷的胡子啊。

爷爷在睡梦中，一次次地掀开被子，好像很热。护士提议说可以把他的手腕绑在两边床栏上，不让他乱动，被姑姑否决了。于是，我跟姑姑一人一边，握着他的一只手,时不时抚摸,轻轻按压,他的手指是凉的,触感柔软。

"爸爸啊!"有一次我困得快睡着了,半梦半醒间,听见姑姑的低语。

或许爷爷的梦里有火,他身处火焰之中,就像他讲过的那些故事里的情景。也许他一直留在那里。爷爷去世后,我和姑姑回家整理遗物,发现很多东西已经丢掉了——他们去养老院之前,已经清理过一次旧物。小猪存钱罐还在,冷清清地摆在五斗柜上。那些战友聚会的合影一个也不见了。

"那些相框去哪儿了?总不至于扔照片吧。"我说。

在衣柜下面的抽屉里找到了,好几个相框摆得整整齐齐,上面的脸孔,一张比一张老去,一张比一张人少。

我看这些照片的时候,姑姑走过来,指着其中一个老太太说:"就是她。你爷爷把你爸爸的事故赔偿金都给她了,是他一个战友的遗孀。为这件事,你妈快气死了。"

好了,这就是那笔钱的下落了。因为这笔钱,我妈妈和我爷爷奶奶彻底决裂,对他们只有埋怨甚至痛恨。这种恨甚至燃烧到我身上,她把我扔给爷爷奶奶带了好几年,自己从不露面,直到我上小学才接回身边。许多想不明白的事情,一下子清晰起来。

我是经济惩罚。

最后,姑姑拿走了爷爷的一块旧手表作为纪念。她问我想要什么,我摇摇头。姑姑把那只小猪存钱罐也装了起来,她觉得那也是属于她的。处理完后事,我和姑姑在老房子里住了一晚,我睡在厨房隔壁的小房间,躺下去怎么也睡不着。外面阵阵风声。

夜深,我听见厨房有响动,门缝里透出一丝光。我闭上眼睛,听那脚步声,好像奶奶从前在厨房里忙碌,她架起锅来,烧开水,撒入两把绿豆,然后盖上盖子,坐在板凳上,翻看象棋杂志,等着绿豆熟烂,加入冰糖。

姑姑轻敲我的门,她猜到我也睡不着。我和她在厨房里吃清汤挂面,没有鸡蛋,调料只有盐。吃完面更精神了,姑姑提议打牌,家里遍寻不着扑克牌。最后,我们找到了爷爷的一副旧象棋,下了一盘又一盘,直至天光微明。

我告诉姑姑,奶奶也喜欢象棋的,她听了没什么反应,只是"嗯"了一声。我还说,奶奶有可能出身于一个象棋世家。姑姑说怎么可能,她是童养媳,家里穷到没饭吃。

可是她的棋下得很好,有天赋。

你怎么知道?

我无言以对。奶奶输给棋摊上的老头儿,怎么能证明她有天赋,是大师的血脉呢?她又没有大杀四方。天亮了,姑姑要走了,我也要走了,彼此都觉得不会再见面。姑姑对这个家毫无留恋,我则正相反,留恋太深,结果是我们都不想再回来。这房子很快就被卖掉了。

妹妹上高中那年,我和米兰的女儿出生。妹妹考上了当地一所很好的重点中学,叔叔非常高兴,邀请我们去参加升学宴,于是我和米兰开车过去,半岁的婴儿放在后排的提篮里,全程安安静静地看着天上的云。我们叫她"米豆"。

妹妹继承了叔叔的身高,才十五岁,已经跟我一样高了,神态还像小孩子。米豆喜欢小姑姑,只要小姑姑抱着就一声不哭,咧开嘴笑着,口水流到妹妹的衣襟上。叔叔的父亲前年去世了,他母亲也显得比从前苍老许多,行动迟缓,说话有些颠倒。我妈妈也来了。

我妈妈倒没什么变化,上次见面还是我和米兰结婚,我们没办婚礼,旅行结婚,中途绕道去了我妈妈所在的城市——她的第三次婚姻所在地,受到了周到而拘谨的招待。那男人比我妈妈小几岁,她出差的时候认识的。我们在妈妈的新家坐了一会儿,他就提议出去吃饭,走在路上他们紧紧牵着手。

她比早先稍微胖了些,穿一件印花连衣裙,接过米豆的时候,动作显得紧张笨拙。米豆伸手去抓她的珍珠项链,她"哎呀"了一声,把孩子递还给我。她带给米豆一套华丽的婴儿服,对米豆来说已经有点小了,那个大礼盒放在汽车后备箱里,过了好久才扔掉。

妹妹坐在妈妈身边,另一边是叔叔、叔叔的母亲、米兰、我和叔叔家的两个亲戚,大约是表弟或者堂弟一类。另外几桌坐的也是本地的亲友,他们敬酒、劝酒、喝酒、哄笑,妹妹作为主角,只是安安静静地吃。妈妈不停地找些话跟妹妹说,妹妹总是非常简洁地回答,是,或者不是。

叔叔喝得大醉,妈妈一脸厌恶,几个亲友先送叔叔回家。叔叔的母亲拄着拐杖,慢慢走在后面,妹妹陪着老太太。老太太招呼大家去家里坐坐,喝茶,妈妈婉拒了,要赶去火车站,临走时把妹妹叫到路边,嘱咐几句。出租车来了,上车前她回身冲我招招手,裙摆被风吹得贴在腿上,头发也被吹乱了,她一边整理着头发,一边拉开车门,迅速地钻进车里。

米豆趴在我的肩膀上睡着了,她的呼吸弄得我有点痒痒的。米兰和妹妹在聊暑期要上映的新片。刚才的一屋子人忽然全散了,我走到街上,体会到一种奇异的孤单感,好像周围的一切都在后退,飞速离我而去,这个地方是奶奶的故乡,她在这里没有留下任何痕迹,旧家不知湮没何处,但是我明明白白地感受到她,不知何方吹来一声长长的叹息。叔叔的老母亲行动慢吞吞的,驼着背,盯着人行道的花砖。方才在宴席上,她几乎不说话,耳朵不好,听不清别人在说什么,只是微笑,拣软的东西吃。她的沉默如谜就像我奶奶。

米豆哼了两声,我停下脚步,轻轻晃动身体,米豆转了下头,继续睡。我的肩膀被婴儿的口水濡湿了一片。我抱着熟睡的女儿走向那位陌生的老人——我想知道她的名字,我想听听她的故事。

【作者简介】辽京,小说作家,作品见于《当代》《小说界》《花城》《钟山》《芙蓉》《山花》《小说月报·原创版》《青年文学》《上海文学》等,入选《2021中国女性文学选》《2022短篇小说》《2020短篇小说》等选集。出版小说集《新婚之夜》《有人跳舞》,长篇小说《晚婚》。

# 叶　子

张惠雯

　　叶子从未告诉我她的真名。我第一次遇到她的时候,她告诉我就叫她"叶子"好了。我想,也许她姓叶,也许她的名里有"叶"这个字。此后,我知道了很多关于她的事,但她再没有提起过自己的名字。她有她的小狡猾,而我有我的信条:一个人不想让你知道的东西,就不要去打听。

　　我现在想,我可能再也不会接触叶子那样的人了。不是说她这个人多么特别,而是她生活的那个世界和我的世界不太可能再有交集。和叶子的相识是在二十多年前,是在我生活中的某个特殊时期:已经大学毕业,但还没有工作,单身,大部分时间在游逛中度过,期待着有天能写出一篇好小说……

　　我大学毕业那年,世界迈进新世纪,人们称之为"千禧年"。毕业后,我的同学几乎都选择留在新加坡先把工作找好,再"衣锦还乡"。而我想的是趁这个难得的空当,先回国游玩两三个月。三个月后,我从广州乘坐飞机要返回新加坡,换登机牌时才发现护照丢了。重新办理护照,重新申请入境签证……我索性又在国内待了将近半年。等我终于回到新加坡时,我的同学们全都已经入职了。有两个女同学刚好要搬到武吉巴督一带,我和她俩合租了一栋三卧室的组屋。我身上有一点儿钱,是父母让我带回来找工作这段时间用的。那是2000年,对他们来说,这已经不是一笔小数目,但按照五比一的外汇比率,只能换几千新币。我想,我最好在三个月内找到一份工作,不然,生活就吃紧了。

但我的性格是做什么都懒散而缓慢的，所以，除了每天读读小说，隔很久才投出去一份简历，我并没有为找工作而操心。每天早上，当我自然醒来时，房子里已经空空荡荡，两个室友都去上班了。我喜欢站在客厅的落地窗前面，看一会儿下面那条被近午的太阳光照得闪闪发亮的小街。这时候的街道很安静，行人寥寥，只有一辆辆车驶过，偶尔有个老人、小孩儿或家庭主妇模样的人从某栋楼下面闪出来，跨过街道，又隐没在街边大树浓绿的阴影里。我感觉生活就是这样寂寞，又空茫茫不知所向，而唯一清楚的是，我并不想当个上班族……再看会儿书，就到中午了。我会走进厨房煮一碗面，或者趿拉着拖鞋走去附近组屋底下的咖啡店吃点儿什么：炒河粉、海南鸡饭，或是潮州粥加三样小菜……

就是在这段无所事事的日子里，有天中午，我在六楼等电梯下楼时，一个年轻女人从七楼的楼梯下来。新加坡的老式组屋并非每层都有电梯，我们这栋就只有3、6、9层有电梯。年轻女人留着男孩儿式的利落短发，但身材很丰满，衬衫式上衣绷紧的扣子使胸部更显得突出。我注意到她下楼时还哼着歌，步履很轻快。她看到我，哼着的歌停了，冲我笑笑，笑得很灿烂。我也对她笑了下。我们一起坐电梯时都没说话，仿佛不好意思打破这个密闭空间里的安静。但下楼出了电梯，她问我是不是中国来的。我说是。她开心地拍了下手，说："我也是中国来的啊。"我想，她肯定是刚来不久的，才会有这种"认亲"的兴奋。至于我们这种在这里已经生活好几年的人，已经不在乎多一个乡亲了。

她说想去买点儿大米面包、油盐酱醋什么的，问我附近哪里可以买到。我说我刚好也要往那边去，可以带她走过去。我带她去了咖啡店旁边的那个杂货店。那个店很小、很拥挤，货架高得直抵天花板，货品堆放毫无章法，东西却应有尽有。我把她领到店门口，要走的时候，她又叫住我，问可不可以交换一下电话号码，说她刚搬来这边，什么都不了解，今天遇到我真是谢天谢地。她先告诉我她的号码。我存的时候，她说："就叫我叶子吧。"

接下来几天，我不时收到她的短信，询问去哪里吃饭，去最近的地铁站怎么走这一类的问题。反正我很闲，就一一回复。我后来知道，在我们遇见的前一天，叶子才搬进这栋楼里。她来到新加坡也不过几周。她在我们这栋楼的七楼租了个两室一厅的小单元。叶子是福清人。叶子说她二十六岁，但可能因为她体态丰满，看起来更成熟些。她很爱笑，一开口说话，人就是笑的，那双很灵动的大眼睛有点儿调皮、有点儿挑衅地斜睨着你。叶子不算特别漂亮，但她的神情、姿态里有种风情，这风情并不妖娆，顶多算是可爱的卖弄风情吧。尽管我是个女孩儿，也觉得这很让人喜欢。可直觉告诉我，叶子和我们是不一样的人。她不是来读书的，也没有工作，却一个人租下整个单元；她不会英语，接到小姐妹的电话时说的是福建话；从她的言谈举止看，她并不是受过很多教育、钱多得花不完的富家女……

　　熟了以后，叶子不时在我面前提起一位白先生。我渐渐明白，这位白先生算是她的"资助人"。有一天，我乘电梯到一楼。电梯门打开，等在外面的是叶子和一个男人。叶子正亲热地挽着那个男人，而他看起来至少有五十岁了。在一个二十岁出头的人的眼里，五十岁的男人几乎就是老人了。叶子看到我，脸一下子红了。但她的尴尬迅速掠过，开始热情地给我俩介绍彼此。白先生虽然年长，长得还算端正，是那种温和有礼的新加坡男人。他说经常听叶子提起我，感谢我一直照顾叶子，帮了她很多忙。我说也没有帮上什么忙啊……突然撞见他们，窘的反倒是我。我说我要去买东西，就匆忙逃走了。这次"偶遇"让我之前的猜疑都有了答案。明白了叶子的真实"身份"，我并没有特别惊讶，因为在我的预感里，这样的"信号"其实已经隐隐约约地出现过。

　　晚上，叶子给我打电话，说白先生狠狠夸了我一通。我有点儿莫名其妙，说他夸我什么呢？叶子说，白先生看人很准的，一看我就说我是很正派的女孩儿。我对这种人的夸赞不知做何回答。叶子完全没察觉到我尴尬的沉默，又说白先生嘱咐她以后要多和我在一起玩儿，不要去和那些同乡小姐妹混……她的同乡小姐妹我一个也没见过，只知道她们经常用福建话聊电话。这么说，白先生也认识她的姐妹们。

　　过了段时间，叶子说她朋友在东海岸租了个度假屋，邀我一起去玩儿。除了我和叶子，去度假屋的还有两男三女。两个男人是新加坡本地人，三个女的则都是叶子的同乡。其中一对男女是夫妻。叶子私下告诉我，男的家里开了好几家连锁鞋店，很有钱。这对夫妇年龄倒不悬殊，但男的粗音大嗓，举止像个小贩儿。另一个男人是男店主的朋友，他穿着夏威夷衫和短裤，举止不算鲁莽，却带着明显的傲慢和轻浮。

两个男人在院子里做烧烤，两个女孩儿嘻嘻哈哈地在一旁当帮手。她俩妆化得很浓，粉底尤其白而厚。两人都穿黑色连衣裙，显得脸越发白，嘴唇越发红艳。

后来，我和叶子也到院子里去，想看看是否还有什么需要帮忙。男店主问叶子："你朋友也是中国来的？"

我回答"是啊"，但心想这人真没有礼貌，他可以直接问我啊。

"来做工？"他又问。

我还在犹豫是否回答他的问题，叶子却替我回答了："我朋友是大学生，读的还是你们的名牌大学呢。"

我心里生气她说这些炫耀的傻话。

"读的哪一所大学？"这时，穿夏威夷衫的男人抬起头问。他的腔调、脸上的表情都表露出他的怀疑，仿佛他要验证一下我的"真伪"。

"国大。"我冷冷地说。

"国大哪个学院？"他追问，用的是英语。

他的口气让我不想理睬他，可我知道如果我不回答，他会认为自己成功地辨出了冒牌货。

"商业管理学院。"我也用英语回答他。

他听了一笑，说："噢，真的大学生嘛。"

其他人都跟着笑，好像这是件极其可笑的事。

我后悔跟叶子来这里了。我觉得这个夜晚肯定没什么乐趣，只会有难堪。

度假屋的围墙很矮。越过那道矮墙，大海就在眼前，海边棕榈树阔大的扇叶在海风里翻飞，像巨人的乱发。但院子里很嘈杂，男店主忙着烤肉，咋咋呼呼地要这要那，最后热得把上衣也脱了，赤膊上阵。他朋友一边慢条斯理地配合他干活儿，一边不时对身边的两个女人开些不三不四的玩笑，惹得两个人不时笑弯了腰。我和叶子又回到屋里，店主太太正在准备配烧烤吃的拌菜和水果，叶子过去帮忙。我也想去帮着做点儿什么，但她们叫我到沙发上歇着。"你不会干活儿，也用不着那么多人。"叶子对我说。我成了个多余的人，独自坐在沙发上看电视里的本地娱乐节目。她俩一边干活儿，一边交谈，店主太太不时压低声音，其实我根本听不懂她俩说的家乡话。

吃晚饭时，店主太太对我还算客气。我想，她毕竟年长一点儿，懂得人情世故。其他几个人则显然把我当成一个"外人"。那两个双胞胎似的女子更是从头到尾没有和我说话,只是偶尔用那种窥探、打量人的眼光赤裸裸地斜视过来。只有叶子,不停地劝我吃,还往我盘子里放烤鸡翅、烤牛肉、烤蘑菇……一个女孩儿说:"好久都没见到叶子了,约她出来玩儿也约不到。"另一个女孩儿酸酸地说:"叶子已经攀上高枝儿了,不稀罕咱老朋友了。"店主太太笑着说:"人家白先生是个正经人,哪还会放叶子晚上出来到外面喝酒瞎混。"女孩儿"哼"了一声,说:"正经人?我看也是假正经吧,谁还不知道谁什么样儿。"其他人都大笑,叶子也讪讪地跟着笑。

桌上的空啤酒瓶子越来越多,场面也越来越混乱。两个男人荤话不断,惹得两个女孩儿不时动手打他们,叶子也笑得前仰后合。最后,一个女孩儿干脆坐到店主朋友的腿上去了。叶子和男店主频频碰杯,她那双大眼睛更灵动流转,惯常的斜睨多了层妩媚和暧昧。有一回,店主突然指着叶子的胸口大叫:"哇,你这么胖啊,扣子都被你撑爆了!"我看了一眼,叶子胸口的一粒纽扣果然不知道什么时候开了。叶子一边扣着扣子,一边笑着拿起一沓餐巾纸团成一团,狠狠朝他砸过去。男店主接住纸团,用它瞄准叶子的胸口,又朝她扔过来……店主太太带着司空见惯的神情,只是发笑、摇头。我想,如果我不在这儿,他们想必会玩得更疯。

喝过酒,麻将摆上桌。两个男人、叶子和一个女孩儿上了牌桌,店主太太、另一个女孩儿各坐在两个男人身后观战。我耐着性子看了一会儿,对叶子说我想去外面走走。叶子说和我一起去,我说我想一个人走走,叫她留下来继续玩儿。看得出来,她并不想离开牌桌。

出了院子就是滨海便道,将近午夜,便道上几乎没有行人了。我在附近的海边找个地方坐下。涨潮的海水一波波漫上沙岸,拍打着岸边几块孤零零的礁石。潮水涌来时猛烈,退去时却很轻柔,似乎还拖着一丝叹息般的尾音。在经历了那样一场混乱和喧嚣以后,这份安静甚至有些不真实。每个人都是一座孤岛,我想到,不同的人群也是一个个孤岛,就像我的同学、叶子的朋友,大家都在各自的岛上,彼此隔绝,不相往来。即使有人像我这样偶尔越界,可迥异的生活经历所造成的心理隔膜却是越不过去的。

回去的路上,我碰到出来找我的叶子。她喊道:"你去哪儿了?我在这条路上走了两三个来回了,急死啦,担心你被人拐走了。"

我说我就在海边某个地方坐着。

她挽住我的胳膊,说:"你被他们吵死了吧? 唉,他们就是这样啦,别在意。"

我说没在意,就是和他们没多少话可说,想出来走走。我问她那两个小姐妹是做什么的。

叶子迟疑了一下,说她俩刚来不久,还在卡拉OK厅工作。

这倒符合我对她俩职业的不怎么友好的猜测。

快走进院子时,叶子神秘兮兮地向我透露说,店主朋友家是做海鲜批发生意的,她笑着低声问我:"看没看出来? 她俩今后肯定会抢起来。"

我说:"抢什么?"

"抢那个男的啊,他还没结婚呢,钻石王老五一个。"

不知为什么,这些话突然激起我强烈的反感,我没好气地说:"就那么一个人,有什么好抢的? 好吧,你们一说起来,都是男人、男人……"

叶子愣了下,随后说:"那怎么办呢? 她们也要留下来啊,靠自己在这里不可能留下来的。"

"为什么非要留下来?"我反问。

"留下来挣钱啊,还能为什么?"叶子的声调突然高起来,好像惊诧我连这个都不知道,"谁来这儿不是为了多挣点儿钱? 你靠念书,我们靠什么? 靠男人呗。女人反正总要找个男人的,找个没用还只想占你便宜的,不如找个能帮到自己的。"

她把话说得这么直白,我竟无言以对了。

夜里,我俩睡一个房间,两张单人床。熄了灯,躺在黑暗中,两人都没有多少睡意。叶子给我讲她未来的人生打算,说她最想开家服装厂,她喜欢做服装,她觉得如果她有一家店或是一个厂,她能经营好,她现在只是没有本钱。她又讲起她的经历,对我说,她也不是一开始就想着靠男人吃饭,她干过很多活儿,在玩具厂、电子配件厂当过女工,在餐馆当服务员……

"你以为你想老老实实干活儿就可以老老实实干活儿?"她问。

我没说话,因为我真的不懂那种生活。我知道她会继续说下去。

她讲到在一家餐馆打工时,老板总是时不时过来摸她一把。她不情愿,老板就刁难她,给她派宰鱼、剁肉这种最累最脏的活儿。大冬天,她好几个小时待在厨房后院，一盆盆地用冷水刷海带……她说她的手冻裂出好多口子，泡进水里就像受刑，那个滋味她现在想起来还心寒。

"他还想法子扣我的工钱，你想不到有多黑。"她说。

"那就赶紧换工作。"我说。

"唉，说得那么容易，你不懂啦，哪里都差不多。"

最后，她总结似的大声说："怪谁呢？吃了不少苦，也被人骗过……都怪自己以前不爱学习，后悔也来不及。我就想，何苦呢？我不熬了，我也要过好日子，我长得又不差！"

"不是不差，是很漂亮。"我觉得话题沉重了，想逗她笑。

她果然笑了。


接触过叶子的小姐妹后，我理解了为什么白先生不喜欢她和小姐妹们来往，也理解了为什么叶子有时会口无遮拦。譬如，她看到一个好看的男人，甚至会说出"真想睡一下他"这种话。她已经习惯了这种说话方式。我能感觉到她努力显得和那些人不一样，包括她的发型、装扮、行为举止……但语言上的改变恐怕远比形象上的改变更难。

记得有一次，我俩坐地铁去市中心。一个大约三四十岁的女人中途上了车，她穿了一条料子特别薄的贴身的吊带裙，慵懒地倚靠在车门旁边的扶栏上。叶子不时盯着人家打量。突然，她趴在我耳朵上说："这个女的肯定刚和人上过床。"看到我一脸惊愕，她以为我不相信她，把声音压得更低补充说："你注意她的眼圈，青紫，一看就是纵欲过度，还有她站的姿势，腿发软……哎呀，反正我一眼就看得出来。"说完，她捂住嘴，忍不住"嘻嘻"笑起来。

还有一次，我们正在咖啡馆吃饭，她说她想到一个考验白先生的方法。我问她是什么方法。她看着我，坏笑起来。笑完，她说她想到的办法就是先让我和白先生混熟，譬如三个人一起吃吃饭，一起出去玩儿，然后让我去勾白先生，看他是否会上钩，说这个验证方法绝对准。

"简直有病，想出这种馊主意！"我气恼地说。

她嘟哝道："就当是演戏嘛，又不用来真的，这么生气干什么？"

"让你的小姐妹们去演吧！"我说。

谁知她睁大眼睛，认真地给我解释起来："她们肯定不行。白先生还会不知道她们干哪一行的？老手们都不喜欢这样的,他们喜欢清纯女类型……"

"闭嘴,闭嘴啦！"

"好啦好啦,我闭嘴。"叶子见我动气了,就嬉皮笑脸地凑上来搂住我。

但这些都不算什么,就连度假屋的经历也算不上多么糟糕的经历。只有一次,我几乎动了和她断交的念头。那次,她让我陪她去芽笼取护照。芽笼是新加坡的红灯区,一个鱼龙混杂的法外之地。我问她,为什么要去芽笼取护照,护照不应该去大使馆取吗？她告诉我说,她要取的是多米尼加护照,是她从黑市上高价买来的。我不禁想到,她也许是偷渡来的。我说我不想去。但叶子一直恳求,让我这次一定要帮她,说她身上带着很多现金,一个人实在不敢去。我和她一起上了出租车,叶子告诉司机地址以后,司机就开始用异样的眼光打量我们。这种异样的眼光我懂得是什么意思:我们要去芽笼,我们是两个说普通话的年轻中国女人……

二十多分钟后,我们在一条僻静小巷里下了车,眼前是一家没有名字、只有数字号码的旅馆。在新加坡,只有唐人街的某个路段(老红灯区)和芽笼才有这种旅馆。叶子说那个人就住在这条街上,他叫我们在这里下车等。我想,好吧,看看我到了什么境地,马上要和帮派分子打交道了……叶子在旅馆门外给联络人打电话时,巷子里经过的几个男人肆无忌惮地打量我们,有的男人甚至站住盯着看,贪婪的目光、猥琐的笑让人浑身发毛,让人的每个毛孔都顿时充满耻辱感。我突然明白,这种赤裸裸、脏兮兮、油腻腻的目光,就是嫖客的目光。除了摆出冰冷厌恶的表情,仰起头不看他们,我想不出还有什么办法让他们知道,我不是他们想象的那种女人。

叶子终于打完电话,她似乎也注意到那种猥亵的气氛。她说:"走吧,我们到里面等,那人马上就来。"我们走到旅馆里去,发现里面根本没有大堂,只有一个漆成白色的柜台,柜台对面放着两张单人沙发。柜台后面是个五大三粗的男人,穿紧身白背心,一条手臂上有纹饰。他手里来回摆弄着一沓房卡,像在玩扑克牌,看到我们直接问:"哪个房间？"叶子说:"我们等人的。"男人狐疑地看看我们,又低下头玩他的卡。过一会儿,一对男女从电梯里出来。男的看起来五十多岁,大腹便便。女的化着烟熏眼妆,嘴唇鲜红,穿着半透明的黑纱裙,虽然打扮成熟,但从她的脸上仍然能看出她很年轻,也许还不到二十岁。女的亲热地挽着男人,问他去哪儿吃。她一开口说话,我们就听出是中国口音。

等了七八分钟，叶子要见的人终于来了。那人瘦得像个瘾君子，他和前台的男人热络地打过招呼，就过来和叶子说话。我们转移到沙发后面靠里的一个角落。叶子接暗号般地低声、急促地说着，男人的应答冰冷而简单。他俩说的是福建话。叶子看起来很紧张，脸都涨红了。我也很紧张，因为我担心男人会突然做出什么侵犯叶子的事，我还担心会不会有警察冲进来，把我们所有人当场抓住……那男人给叶子一个信封。她急切地从里面拿出一本护照，迅速翻开瞅了一眼，又立即放回去。她把信封塞进她的包里时，我注意到她的手在发抖。这双颤抖的手又从提包的一个夹袋里拿出一沓用皮筋扎好的钞票，递给那个男人。男人当着我们的面数了两遍，收好钱马上离开了。我们来到外面等出租车的时候，又经历了路过的男人们饱含着性意味的"打量"。叶子说："你可千万别回看他们，你要一看他们，他们就过来问价钱了。"

回去的路上，我冷着脸一言不发。我想，如果不是被叶子"连累"，我一辈子也不会遭受这种屈辱性的"误解"。回到自己的住处，看见两个同学在厨房里做晚饭的一刹那，我仿佛走出一条漫长、黑暗、污秽的隧道，又重见了光明。我从未感到我们这个简单的居所如此干净明朗，生活是如此平静单纯。好几天里，我都避免和叶子见面。


有时候，我也会想是否不该和叶子这样的女孩儿走得太近，可另一种生活的秘密又吸引着我，使我想接近，想看得更清楚一些。我怀疑自己是不是因为生活过于平静无聊，以至于滋长了某种低级趣味。我转而又安慰自己说，作为未来的小说家，我应该对任何一种生活，任何一种人都保持好奇心，去观察并试着了解它。但或许这些都不重要，她并不仅仅是我的观察对象，或许使我没有疏远叶子的真正原因是她热情的性格，她那种仿佛来自一个异类世界的活力，有时过于赤裸、粗野，令人不适，但也猛烈、新鲜、刺激。她冲口而出的那些放肆大胆的话，她给我讲的那些经历、人和事，是我永远不会从我的正经朋友那里听到的。当然，还有她对我的宽宏大度的亲密。她永远为我考虑，从不生气，甚至当我气急败坏地用英语对她喊"闭嘴，闭嘴"时，她也嬉皮笑脸地应对。后来，她还学着我用英语说"闭嘴，闭嘴"。于是，"闭嘴"从一个粗暴的指令变成了一句嬉闹的玩笑话……

叶子也好客，常邀请我去她那里吃晚饭（因为白先生会在午餐时间来）。

我发现她用从宜家买来的简单家具和饰品,把小窝儿布置得很舒适温馨。如果不去想这是她接待白先生的地方,我也许会更喜欢待在她的小窝里。

她什么活儿也不让我干,一个人在厨房里做菜,哼着歌,灵活而快乐。我想,她本来是个爱生活也会生活的女人呢。

叶子爱数落我整天T恤短裤,打扮得没有女人味儿。

我鄙夷地说我才不稀罕女人味儿呢。

她说,你跟女人有仇啊?你本来就是个女人。

她经常拿出新买的衣服、鞋子,逼迫我试穿。

我被她缠磨得心烦,只好穿上。然后,她就会走到一段距离之外围着我转,以行家似的目光从不同角度打量,最后一边点头一边笃定地告诉我:"你真的就适合穿这种衣服。"

我说我偏就不喜欢这种衣服。

叶子摇头叹息:"你还不了解你自己,不知道自己适合什么。"

她说这些话的时候,比任何时候都显得自信笃定。

但她试图改变我的着装风格的努力也酿成了一个事故。当时,我在厨房里倚着料理台站着,一边看她烧菜,一边和她聊天。她仿佛一时兴起,脱下手腕上的一个玉镯子,非要我戴上。"我最不喜欢这些叮叮咣咣的累赘东西。"我说。她说:"你就先戴上看看嘛,这是上好的缅甸玉。"我说:"我对玉一点儿不懂也不喜欢。"但她拽过我的手硬给我套到腕子上。随后,她让我端详这玉的成色多纯净剔透,感觉它的质地多么温润柔滑,满意地说:"女孩子还是戴些首饰好看。你看看你,马上变淑女了。"我表示不屑。她完全不理会我的态度,继续评价:"你如果穿条长裙,就更搭配了。"

我继续一边看她做饭一边和她闲聊,聊着聊着,忘记了自己手上还戴了个脆弱的东西。不记得是在说什么话题的时候,我兴奋地一挥手,随即听到一声脆响。我俩都惊呆了。我猛然意识到我手腕上戴着叶子的玉镯,而那响声是玉镯碰到大理石台面发出的声音。叶子也意识到发生了什么,拉起我的手赶紧去检查她的镯子——我俩同时看到一条裂纹。我把手镯脱下来,又查看了一番:它没有裂开,但有了一条明显的裂痕。

叶子看起来有些沮丧,她一定是心疼得不得了,又不好责怪我。

而我也生气,主要气自己毛手毛脚,我说:"说了不要让我戴,你非给我戴上。碰坏了吧？”

叶子噘起嘴，有点儿幽怨地看着我说：“我不怪你，你还抱怨我？”

“你多少钱买的？”过了一会儿，我问她。

“你还想赔我？”叶子笑了，“我才不要你赔呢，你穷学生也赔不起。”

“你先告诉我多少钱，说不定我赔得起。”我说。

“一分钱也没花，别人送的。”

“白先生送的？”

“嗯。”

我也不知说什么好。

“好啦好啦，”叶子亲热地推我一把，“怎么可能要你赔！又没有断，还可以戴呀。”她说着，仿佛为了安慰我，又把镯子戴回到手腕上，继续做她的菜。

但叶子毕竟是叶子，吃饭时，她还是忍不住告诉我这镯子的价钱，说要折合人民币一万多元。她极力强调说她告诉我绝不是让我内疚，只是让我知道这东西不是便宜货。

“白先生不会送我便宜货。”她强调。

此后，她再也没有提起过这件事。我也再没有看到过她戴这个有裂痕的镯子。

我一直以为叶子的目标是留下来，但结果出乎意料。

我记得那天接近傍晚的时候，我正打算到厨房里做点儿吃的，突然接到叶子的电话，要我去附近购物中心里的一家中餐馆。我问她怎么不早说，我都要做饭了，懒得出去。叶子坚持说就今晚，让我一定要去，她请客。

“发什么神经？”我问。

“你快来，来了就知道。”她兴冲冲地说完，就把电话挂了。

我俩刚在餐馆里坐定，她就双目炯炯地看着我说：“我现在有很多钱。”

“你不是一直都有钱？”我习惯性地调侃她。

“现在是很多，很多！”她强调说。一双大眼睛盯着我，逼迫我严肃对待她刚才的话。我这时候才发觉，她整个人看起来很不一样，不仅是她的眼睛，仿佛那张脸都在发光。

服务生来了，叶子开始点菜。她点了我们平常不会吃的一些菜，接着又叫侍者拿酒单过来,点了一瓶红酒。

吃饭时,她告诉我她从白先生那里拿到了二十万。

"新币还是人民币?"我问。

她嗔怪地狠狠白了我一眼,说:"当然是新币。拿二十万人民币,我回去干什么?"

虽然猜到了,我还是很惊讶。当时,和我同住的学计算机的女同学,一个月的薪水大约是两千新币,也就是说,叶子的这笔钱,是她们工作五六年的纯收入。如果兑换成人民币,就是一百万元,在2000年,这算是一大笔钱。

接着,她向我透露她的下一步计划:在福清的高档住宅小区买一个单元,剩下的钱投资开个小服装厂,她最理想的工作就是服装行业……直到这时候,我才明白了她的计划并不是在新加坡定居,而是挣一笔钱回国。

我迟疑了半天,还是忍不住问:"你和白先生呢? 就……结束了?"

她盯着我看了一会儿,突然笑起来,说难道我就把她当成一个女骗子,钱到手了就把人甩了?

我说:"以为你要卷款潜逃呢。"其实我心里有更严重的怀疑,就是她是否通过某些手段拿到了这笔钱。在我脑海里闪过一些混乱的电影镜头:偷拍到的奸情罪证、录像带、照片、敲诈信,或者电话里某个人说,如果不在几小时内把款打进某账户,照片就会送到他老婆手里……

叶子的解释远没有这么戏剧性,她说,他俩的关系已经确定了,所以白先生才会心甘情愿给她这笔钱。

我问她"关系已经确定"是什么意思,很明显,她指的不可能是结婚。

叶子叫道:"你就是死脑筋书呆子啦,这种事儿一点儿都不懂。确定'包养关系',这样说你明白了吗?"

我赶紧示意她声音小点儿。

她捂着嘴笑,说:"我就喜欢看你大惊小怪的样子。"

叶子对我讲起白先生和她的"长远计划",说白先生已经和家人说过了,他打算去福建投资做些项目。这样,他以后就可以名正言顺地过去长住。

"如果你一回去就把他甩了呢?"我笑着问。

"你以为白先生是好骗的? 他可是老狐狸,他见过的人比你看过的书都多。"叶子总是能找到奇特的对比。

临走前的那天晚上，叶子把她带不走的一些东西都给我搬过来：一张躺椅、两个藤编收纳筐、一个木雕花瓶、几把仿真绢花，还有一套两人用的餐具、几个红酒杯……

"我才不要留给房东。"她对我说，"那个女人很势利，想着法子扣我点儿押金。"

"最后呢？扣了吗？"

"扣了两百多，让她扣呗，懒得和她纠缠。"

我让她到我房间里坐一会儿。她进去，一副惊喜的样子，说："我还是第一次到你的房间呢。"

我心里涌起一阵愧疚。我真的从没有邀请叶子来过我住的地方，也从来没有把这个"秘密"的朋友介绍给我的室友们。

叶子告诉我她明天下午的飞机飞广州。

我觉得有必要问一句："需要去送你吗？"

"白先生要去的。"她说。

"就知道。"我说。

坐了一会儿，叶子建议我们再去楼下走走。

我说好啊。

我们就走到我俩常常一起去吃饭、喝啤酒的那个组屋咖啡店。到了那儿，一人要了一杯炭烧咖啡，再走回来。路上，叶子对我说，这四个多月里，她最大的两个成就是认识了白先生，还认识了我这个朋友。

"还会经常回来吗？"我问她。

"应该没什么机会回来了。"她坦白地说。

叶子走之前给了我一个国内的电话号码，但我从未打过那个号码。当然，她回国以后，也没有再打过我的新加坡手机。我们几个月的友情，存在时很充沛，断得也很干脆。无论有意还是无意，和叶子的接触是我生活里的一段秘密。她的来历，她在这里做过什么，我和她一起又经历过什么……这些我从未对任何人提起。我知道，我的其他朋友不可能去理解她。除非你和那样一个活生生的人交往过，看见过她的一颦一笑，听到过她说的那些话和说话时的腔调，你才可能了解一点点，但也只是那么一点点。我猜不到叶子的现况。或许，她开了她的服装厂，早已经是一个成功的女企业家，生活富裕满足……但有时候我并没有那么乐观。我想,很有可能,她仍像我第一次遇见她时那样:身处异地,只身闯荡,赌徒般孤注一掷,想从生活那里扳回一局。

【作者简介】张惠雯,70年代末生,祖籍河南。毕业于新加坡国立大学商学院,现居波士顿。作品刊发于《收获》等国内文学期刊。曾获新加坡国家金笔奖,以及首届人民文学新人奖、《中国作家》新人奖、《上海文学》奖、储吉旺文学奖、中山文学奖、首届曹雪芹华语文学奖、《当代》年度短篇小说奖、花地文学榜年度短篇小说金奖等多个国内奖项。作品数次上榜中国小说学会年度短篇小说排行榜及收获文学排行榜,并被广泛收录于历年短篇小说年选。已出版短篇小说集《两次相遇》《在南方》《飞鸟和池鱼》《蓝色时代》《在北方》。

# 折嘴鹦鹉

大有国高等音乐学府的练歌房里，一群享誉海内外的音乐教授正在教一只濒临灭绝的稀有鹦鹉唱歌。但见这鸟儿抖擞精神，拍打拍打色彩艳丽的羽毛，一遍一遍地吊嗓子。鹦鹉震颤翅膀，是一种进行放松的方式，和人伸懒腰打哈欠一样，因为课时排得太满，使得它有点疲于应付。

这是一期十分独特的"高级研修班"，唯一的学员便是这只折嘴鹦鹉。这鸟儿之所以得了这么个诨号，主要是缘于它那张角质化的鸟喙向内弯回来形成一个夸张的折钩，民间把这种鸟儿称作折嘴鹦鹉。折嘴鹦鹉的全身披挂着一袭闪闪发光的绿色羽毛，双胁如残阳般殷红殷红的；它的嘴巴长成弯钩，不仅可以轻松撕扯生肉吞食，还能说会道，尤擅长飙歌。

此刻，鹦鹉正骄傲地站立在"高研班"的讲桌上，从吊嗓子已经慢慢过渡到声情并茂地演唱了。教授们紧紧围着折嘴鹦鹉，静静地倾听它一天天进步的歌声。

这只鹦鹉是音乐学院院长王大江的掌上明珠，因此受到了教授们的集体重视，但同时又不得不严格执行院长交付的教学任务。折嘴鹦鹉抑扬顿挫地唱着刚刚学会的一首荡气回肠的曲子，叫《梅花十弄》，这曲子比《梅花三弄》还多了七弄，但听得这鸟儿唱道："燕痴情来，梅痴情，风雨泥泞碾红尘。人鬼神，莫相问，众生缄默，鸟儿在打鸣！"它那质朴的音色和跌宕的节奏将梅花的清新、婉约、活泼、刚柔相济,以及苍茫空灵等特点释放了出来。

折嘴鹦鹉现在可是本院院长王大江选中的重点培养对象,也是当前全院的中心工作,院长就是要大家集全院之力把这只鸟儿打造成全国最好的花腔女高音。

院里的那些教授们听完刚才折嘴鹦鹉的《梅花十弄》之后,小心谨慎地指出它应当如何舌顶上颚,以丹田运气并发音,这样就更完美了。

鹦鹉不耐烦地听着,一边搔首弄姿,一边自顾自地唱着,对大家一副视而不见的态度,它确实有些劳累,嗓子烧烘烘的。

记得那天,院长王大江用金丝楠木的鸟笼提着折嘴鹦鹉来到学院里,他苦口婆心地动员大家要为这只鸟儿举办一期高研班。大家听了都集体沉默了。教授们面面相觑,觉得院长是不是精神出了什么问题。院长却诡秘地一笑,说:"请大家放心,我很正常。我之所以冒天下之大不韪,是因为这是一只跟人类一样聪明的鸟儿。"大家还是很费解,主要是担心这只鹦鹉的发音会跟人类有很大的差别,毕竟一只鸟儿要跟人一样准确发音,是值得商榷的,这也是大家要让院长谨慎从事的原因。院长笑嘻嘻地说:"我知道你们想说什么,但大家的担心完全是多余的,你们听听就知道了。"

全院的人还是替鹦鹉暗暗捏了一把汗。

然而出乎所有人的预料,折嘴鹦鹉一张嘴,竟跟年轻曼妙的少女发出来的声音一模一样,且表现出一个女高音歌唱家所具有的全部天分和好嗓子。

这下,大家那颗久久悬空的心才算落了地。一位年过半百的女教授嘀咕说:"这鸟儿的声音和它喙上泛的颜色是吻合的。"

院长的女助手,立刻赞叹不已:"它的声音充满了纯正的高难度气质。"

教授们大部分都对折嘴鹦鹉非常满意,一个个向院长称喜道贺,并保证一定要把这只羽毛光鲜靓丽,嘴巴和声音都很能说明问题的鸟儿,培养成跟当红歌星一比高下的歌唱艺术家。

不必说,院长王大江早就成竹在胸,对折嘴鹦鹉信心满满,他的脑海里不时浮现出这鸟儿获奖后的情景:折嘴鹦鹉站立在他的肩膀上,正接受娱记们的专访。有人害怕这鸟儿倘要使起性子,突然尾巴一抖,屙出一股子腌臜污秽的东西到院长的头上如何是好。院长一点都不以为然,他和鹦鹉被鲜花以及掌声紧紧包围着,镁光灯和各式相机的镜头晃得他和折嘴鹦鹉的眼睛都有些睁不开,但每次他回过头来,都能看见肩头鹦鹉的羽毛在灯光中显得那么辉煌和灿烂,仿佛镀了一道莹莹绿光似的。大家议论纷纷,有人突然喃喃细语说:"没想到,真没想到能取得这么大的成就!"王大江不知道这句意味深长的话究竟是在夸奖评价鸟儿呢,还是在对他所做的巨大贡献进行盖棺论定。

想象使大江先生有些按捺不住地激动和狂喜,心跳怦怦怦地加速了,那跳荡着的心,使大江先生不敢深想,他怕自己的心脏因为承受不了成功的喜悦,会一下子飞出胸腔来,再也回不去了。他想,等折嘴鹦鹉在音乐领域一项一项打破纪录,获得大奖,创下奇迹,功成名就的那一天,自然就是他这个主人的人生第二次高峰了。记得在大江先生当上院长后,仅仅在短短的一两年时间,他就在音乐界取得了各种桂冠,谁都没有他获得的奖项多。他的荣誉多如牛毛,如果写在纸上,有一大长串,长得让人读着读着就失去阅读的耐性了。达到这样效果的人,放眼整个大有国也寥若晨星,加上他的职位和得天独厚的资源,在音乐界好似如鱼得水。

现在,大江先生即将要攀登一座新的艺术高峰了,无疑,这是一般人想都不敢想的,因为一想就觉得荒唐得自己都能把自己给逗乐了。在常人,这纯粹是荒诞不经的无稽之谈,似在胡扯,有如天大的笑话。然而在王大江却能梦幻成真,他一直有一个逆向思维的好习惯,认为自己总能把常人眼里的笑话,还有看着极其不真实、不切实际、异想天开的事情,一件一件都变成现实。王大江一想到他那弄假成真的本领,就再也克制不住内心的喜悦和感动,高兴地用他那习惯性的招牌动作,即拿最长的一根中指捅进另一个拳头的拳眼,猛地来回运动几下,说:"等这只鸟儿学成以后,届时将代表咱大有国的歌唱家出国访问和交流演出。"

教授们一个个都神情严肃,认真听着院长讲话,纷纷颔首,在适当地方,掌声不知不觉便响起来,赞叹道:"总能够一次次创造奇迹哇!"大家都觉得对王大江这样的人不能有一丝一毫的怀疑,因为他把有悖常理的事情变为现实是经常性的,就拿院里谁上谁下来说,也都是由着他的性子小孩子玩过家家似的提在手上耍。

所以,为一只折嘴鹦鹉办一期研修班就一点都不足为奇了。

尽管学院内的教授们从法律的层面上了解过动物们的表演好像在全世界都是不受任何著作权法保护的,但这并不影响大家如火如荼的教学实验,教授们轮番给鹦鹉上课,课程给这只灵性的鸟儿安排得满满的,不让它有一丁点松懈和休息的时间。

一位老教授对这只累得羽毛一天天变得乱蓬蓬和邋遢起来的鹦鹉心生了一丝怜悯,提议道:"我们对动物不能虐待,要劳逸结合。大家最好给这只可怜的鸟儿以短暂的休息和放松的时间,这样才能使它在学习和休息之余保持良好的平衡状态,最好课间休息时能找一只公鸟来,让它们隔三岔五踩一次蛋,好减轻它身体和心理上的压力,以增强它学习的注意力和专注力,从而提高鸟儿歌唱的效率和水平。"

但是,判定这只折嘴鹦鹉是一只母鸟无疑的王大江院长立刻否决了这一建议,他说:"在学术专业这一块,我是最有经验的。"大江先生每次听见跟他相反意见的话,就会莫名生气和不舒服,他感到这个人的话有点多,乃至幼稚可笑,他坚持己见,认为必须按照他提出的:除了鸟儿吃食饮水之外,要一刻也不停地进行满堂灌的教学模式。"这才是最有把握最有效的。"他说。当然,课堂气氛还是可圈可点的:既严肃活泼,又妙趣横生。

把一只鸟儿培养成国家顶级歌唱艺术家,这件事本身的意义完全超乎了人们的想象,大家不再去计较相互之间的恩怨,而是摒弃前嫌,撇下门户之争,心往一处想,劲儿往一处使。教授们达成共识,认为实验一旦成功,全世界都将为之刮目和震动,到时候,这只地球上具有最高歌唱水准的鸟儿,就要去往人类的任何城市进行巡回演出,王大江提前预判:"到时,大约会经停一百多个国家的主要城市和港口。"

大江先生非常亢奋和扬扬自得地说:"演出会火得一塌糊涂的。我亲爱的同仁们、我的好搭档们,大家一定要秉持一个原则,那就是不论国家大小,凡是鸟儿要去演出的国度都要一视同仁,不得因该国的国土面积大小,抑或贫富悬殊差距和国际地位高低而厚此薄彼。也不能因为业务上,或者有相同的文化背景,或一起有过频繁的拉拉扯扯和吃吃喝喝而认真对待演出;反之,对于那些平时来往较少,彼此关系不够密切的国度则抱着敷衍了事,漠然视之的态度。这都是狭隘的表现。"他感到自己是那么高尚和无私,突然提高了音量:"大家别忘了,毕竟,艺术是属于全人类的。也只有艺术,才可以跨越民族和国家的界限啊。"他说的时候语重心长,一副慈悲为怀的大格局大造化,表现出令人高山仰止般的高尚情操。他的这种大爱,必然是当院长的材料才具备的从灵魂深处自然涌溢出的修养和情怀。他停顿了片刻，继续口若悬河地演说："在音乐这一高尚和净化人灵魂的领域，我们要让每一个国家都能够平等享受这一待遇，感受天才的鸟儿空前绝后的表演。"院长王大江的声音刚劲有力，铮铮悦耳，毕竟这一切都离不开他的功劳。王院长发自肺腑地说："要让那些倾听了歌声的国度，遏制不住地来赞美世界歌坛上又诞生了一位不可或缺的歌后。要知道，这可是我们学院通过大胆创新，培养出来的天才的鸟儿呀。大家要有集体荣誉感，千万别一天只顾自己的创作，而忘了你们的本职工作是培养人才和教学育人！"

一位正直和有点率真的老教授在下面嘀咕说："格局和胸怀不能再大一些吗？对于已经成熟的本院音乐家只需稍稍鼓励支持一下便可出成绩，为大有国争光，干吗偏偏要舍近求远，让这些辛苦了一辈子的音乐人牺牲掉自己，去搞一件没影儿的事情呢？"他还比喻说："就像种树一样，一年一年种，但没有一棵浇灌成材的，全成了小草，风一吹，都趴下了，只有院长看上去还像棵树苗。"意思是院长把自己打造成音乐界唯一的一棵小树苗，把别人全弄成小草，这样他就永远能够凌驾于大家之上，始终保持一种自我陶醉的优越感了。

王院长没听见，如果听见了，按照他一触即炸的性格和为人，非指着老先生的鼻子教训他一通不可。他瞥了一眼那个站在后面已经快熬干的老人。他认为，在他这里，谁也不要给他摆什么老资格，大家应该清醒地认识到，这次高研班，他的功劳最大，这个光环任谁抢也是抢不走的。院长腆着酒囊般的大肚子，懒洋洋地闭上鳄鱼眼睛，沉入深深的自我迷恋，在心里说："全世界一定不敢相信，我们大有国音乐学院能够把一只鸟儿培养成歌唱大师。"

音乐学院的教授们领会了院长的精神，尤其是对院长提出的几点要求十分重视，至于对不对是另外一回事，关键先落实好再说。大家对大江先生的指示已经习以为常了，但是这次不同于往常，主要需要落实的有这么些个：首先每个教授必须要认认真真、呕心沥血，个个须要全力来培训这只鸟儿，要不厌其烦地教这只能说人话神乎其神的鸟儿唱各种各样的歌，尤其是独特的歌，别人没有听过的那种。但不是民族唱法，大江院长看不上民族唱法，多次批判"民族的就是世界的"这句话，认为不符合哲学原理，他着力强调要让折嘴鹦鹉唱得比人还要高明，要让它成为最伟大的花腔女高音歌唱艺术家。"这是一项硬杠杠的事！"他说。大江先生越来越厌倦人跟人之间的钩心斗角了。"这些小人，动不动就造谣毁谤,无事生非,无中生有,动不动就告状。什么玩意儿,还正义的使者。狗屁,地地道道的垃圾人。"院长实际上很喜欢别人在他跟前毁谤和说另外一个人的坏话,听着造谣他人的坏话就特别快乐,会不自持地发出"吱吱吱"老鼠一般的笑声,同时做出各种各样快乐的小动作,比如拿中指快速地来回捅拳眼。当某个投其所好的人把另一个无辜的老实人描述成一个丑陋而诙谐滑稽的什么小动物的时候,他们就一起笑得嘴都合不拢了。但大江自己却极其反感有人在背后说他本人的坏话,他会咬牙切齿地说:"这种人本身就不是什么好鸟儿!"当别人倒霉了的时候,大江一准儿会高兴得偷偷从办公室柜子里拿出茅台酒品一杯,表面上还要装作惋惜的样子,说:"可要当心哇,人心不太平哦!"当同行取得了成绩时,大江就难受得一整天都不愿跟人说话,一副冷冰冰没好气的脸色,总认为这个人取得的成绩就是因为不务正业。他所谓的正业就是所有的人都必须围绕他的政绩服务,就仿佛这世界容忍不了任何一个健康正常的人。真的,生活中的大江院长跟在大庭广众之下,包括演出的台子上、会场上,完全判若两人,看来那些在公众场合的一本正经、大师风度以及道貌岸然全都是装扮出来的。只有在私下里,摘下画皮后,才会露出他真实的狐狸的大尾巴。许多社会上的人对王大江创办的大有国音乐大奖赛嗤之以鼻,认为只是游戏而已,但人家自己却玩得兴高采烈,用现在碎娃娃们的一句口头禅来讲,叫玩得很嗨皮!

骂归骂,但王大江却满不在乎,跟他关系要好的那位女助手阴阳怪气地说:"蝲蝲蛄叫归叫,庄稼还是要种的。高雅的艺术,哪能都让他们这帮蝲蝲蛄听懂了,蝲蝲蛄们都能听懂的,那还叫艺术吗?勾栏瓦舍市井里的下三烂东西,永远登不了大雅之堂。"

然而,那些每次都积极参与却屡遭惨败的歌手们也一改往日的迁就,变得非常排斥,他们渴望被一种陌生化的新鲜的歌声所代替。当然,这些来自民间的批评也终于传到了王大江院长的耳朵里去了。王大江毕竟是音乐界的大拿、掌舵者,基本的胸襟还是要有的。于是他就开始苦思冥想,认真琢磨,想着要尽快创造个奇迹出来,让大家再次见证他艺术之树长青的不朽神话。现在他终于找到了一个切入口,因为上天给他派来了一只神鸟儿,就是这只即将被培养成超越全人类歌唱能力的折嘴鹦鹉。这下好了,一旦这只鸟儿被培养成天才歌后的话,那么当前那些棘手的矛盾就会烟消云散,被巧妙化解了。当然世界各国的音乐圣殿的大门也都将向他的这只可爱的鸟儿敞开，并热烈欢迎这只鸟儿带着大有国音乐代表团访问和交流演出。同时，这也必然会给国际乐坛吹去一股清风，提供学习借鉴和有益的音乐养分。这毕竟是一只前无古人后无来者的折嘴鹦鹉。这一科学的探索，这一震撼人心的交流，说到底，彰显的还是人类伟大文明的创举和不凡精神。鹦鹉的成就，说白了也就是王大江院长的成就，是他的政绩，这是相辅相成的。王大江激动得心不由得又一次剧烈地抖动起来，心脏都快有些受不了了。最近他整夜整夜地失眠，连觉都睡不好了，要靠安眠药才能睡一小会儿，这使得比他年轻二三十岁，人又美丽得不可方物，曾经是他的学生，如今也是大有国音乐学院的教授，同时也是他的夫人的米希尔教授有些担心他会心梗。

王大江摆摆手，让妻子米希尔不必担忧，说他的心脏跳得跟二十岁的小伙子一样有力，因为他的心思全都投入他的鸟儿那里了，对妻子胜券在握地说道："到时候，大家一定会承认这只折嘴鹦鹉将是绝无仅有的歌后。"

米希尔也受到感染，说："也许写音乐史的人会郑重其事地写下，这是音乐史上的一次新的里程碑，具有划时代的意义。"夫唱妇随，他的心都快酥成稀巴烂了。

事情还得从今年那个炎热的六七月的夏季的周末说起，这座国际大都市里，已经被盛夏的燠热煎熬了很长一段时间，人们盼望着能够快快下一场大雨，好给这个热得让人透不过气来的城市降一降温。

当时，音乐学院的院长王大江和夫人米希尔正在午后的家里闲聊，他们热得无法午休，便讨论起音乐方面的一些深奥的问题。

院长两口子尽管家里都装着空调，温度调到了他们感到最适宜的度数了，但是整个城市的大气候就是一个热，这种热浪把每一个城市的角落都灌满了，火炉炙烤的感觉笼罩着整个城市，热浪好像是通过各个缝隙，透过钢筋混凝土的墙壁进入楼房里面的，因为院长这位大教授的家里还养了一条名贵的白色的小狗，在呼扇呼扇地吐着小巧玲珑的舌头。这是他年轻有为的夫人米希尔教授喜欢的那种类型的洋狗狗。他们两口子都一致认为音乐和艺术的根在西方。"音乐的源头在人家那里。"夫人说。他们认为，在这个信息爆炸的时代，那种野生的未被开垦的音乐处女地早被人挖掘了无数遍了，现在还哪有陌生化的音乐，不可能。所有的音乐资源都已经成为了公共的资源，那些新鲜稀有的资源都通通被公共化了。所以,他们两口子认为从创新的角度而言,好东西还是在国外,认为一切还是洋的好,女人用手指梳着洗得香喷喷的狗毛,说:"要洋就洋得透透的,大型交响乐、歌剧,咦咦咦、啊啊啊,那种美声唱法,多高雅啊!得向人家好好学,可大家就是不好好学,尤其是那些从古老的教会里唱出来的,多有灵魂有信仰啊!看看现在这些浮躁的人,学一辈子都学不到人家的高雅。"男人说:"您还别说,绝了,那感觉就是有贵族气。"女人说:"你瞧瞧,只要是洋过的就感觉舒服,比如一件衣服,经过咱们大有国的工人制造,廉价售给洋人,等在国外转一圈洋过以后再转手高价买回来,那就成了上档次的东西了,穿在身上明显感觉就不一样了,为什么?"她自问自答,"关键是经人家一贴标签就变成名牌子的了。品牌很重要呀,现在穿衣服就要穿牌子的,要的就是个牌子,就像不论任何人还是畜生,只要给一顶官帽子戴上,会立马受人尊敬,档次一下子就跟普通人拉开了。"因此,大江和米希尔两口子认为头衔和牌子不可或缺,家里装潢也好,用的每一样东西也罢,全是牌子的。这样一来,他们感觉能够找到一种说不清楚的优越感和高人一等的满足感。就拿院长来说,他的脸又黑又粗糙,长了一双暴凸的鳄鱼眼睛,原本是从南部山区的乡下秃尾巴梁来的,但他拒绝承认自己是乡下人,想尽办法把自己包装成国际大都市肤美白市区里长大的孩子,他那张又黑又红定型了的倭瓜脸,尽管应用了各种先进技术也并没有改良过来,他跟前妻总是说不到一起,没有共同语言,前妻责怪他:"你怎么这么虚伪?虚荣心太强了不好!"他说:"你懂什么呀,这是工作的需要。"后来,当他遇到小自己二十八岁的学生白灵鸟时,看着她腴润的身姿,听着她清脆婉转的女高音,还有她前卫的思想理念,就决心离开前妻,接纳新人。那时候,他的这个优秀的学生还不叫米希尔,她姓白,叫白灵鸟,后来改成了米希尔。当他们终于排除万难,走到一起后,他就断然跟前妻分手了。他的夫人米希尔不仅漂亮,而且富态,人人看了都会不由自主地垂涎三尺,说这必然是一位旺夫的女人,有这样的妻子,男人登上高峰是一定的。果然,没有几年,王大江从大有国音乐学院系主任变成了副院长,很快又成了院长,这不能不说跟这个女人还是有点关系。有同行比喻这种有关他发旺晋升的状态时说:"院长就像是一艘巨轮,而院长的妻子米希尔教授这位全国女高音歌唱家就是一片大海,她能够稳稳地载着自己的男人在一望无际的大海上扬帆远航和乘风破浪。"所以,大家一致公认女人的功劳是最大的,就像大有国的音乐之于王大江院长一样，但正是因为这个女人，院长也饱受全国人民的舆论压力和各种毁谤，被人赞美着羡慕着嫉妒着，同时也仇恨着，尤其对他们在音乐领域取得的巨大成就更是耿耿于怀，干脆把教授说成是个十恶不赦道德败坏的家伙。这让王大江有些苦恼，也让米希尔担忧丈夫会气坏了身体，忍不住吐槽大有国怎么能助力见不得别人好的变态攻击，说着说着，他们开始向往那些特别开放自由的国度。"人家那里至少对个人的私生活不加关注。其实喜欢拿道德说事的人，往往最没有道德。"米希尔教授说，"一群没素质的东西。"

"是，要让人像圣贤一样完美，没人性。"大江先生说，"好像一旦僭越了他们制定的那个道德的软套子，就会怒火中烧，就要遭到讨伐诛灭。"

米希尔说："老是站在道德的制高点上给老娘打棍子、扣帽子。"米希尔看不惯，所以索性就把白灵鸟的名字弃置了，取了现在这个洋气的艺名，她渴望跟世界接轨，后来又养了一条进口的白色宠物狗，取名约翰，看来是一条公狗狗。

大江先生跟夫人米希尔虽然久负盛名，但从艺的巅峰期过后，他们逐渐变得平淡无奇和沉寂了，再没有创作出什么新的感人歌曲，也没有从已有的音乐窠臼里挣脱出来，也就是说现在基本上是躺平了在吃老本。他们如果再不弄出点声响，不创造点奇迹和神话故事，在这个位置上就会难受死的。大江先生认为他们就应该一直生活在掌声和鲜花的包围中，他们的人生就应该由无数惊叹号组成，所以他在退休前无论如何也要再弄出点响动来。女人说："现在的人都是势利眼，你在位置上，恨不得把你捧成神，天天约你喝酒吃饭，你有天要是下来了，他们看都不肯看你一眼，又急着去巴结下届院长了，所以咱们趁着在位要再上新台阶，创一个世界纪录出来，一劳永逸，让他们只能望洋兴叹。"

院长说："人就像水中波浪，如海中大潮，潮起潮落是自然规律，咱们不可能一直成为弄潮儿的。他们现在把咱们吹成乐坛的神，总有一天咱们会从神坛上掉落下来的。当然，如果咱们真能抓个绝的，那就真要流芳百世了。"

女人沉默了，因为沉寂和平淡的生活对于一个经常被人仰望的人而言，无疑是糟糕透顶的，所以他们心有不甘，灵魂在苦苦挣扎。

不知道何时，外面下起了大雨，这是这座国际大都市即将入秋的第一场大雨。窗户很快被秋雨迷蒙了。

突然，不知是谁在喊叫："喂，好人家，外面雨太大了，让我避避雨吧！"这个声音在不停地叫喊。

院长感到很意外,也有些诧异,对女人说:"你听见有人说话没有啊?"女人说:"让我再听听。"她屏住呼吸,凝神倾听,声音又一次传来了:"太太,好太太,快开开窗户,让我在您家避避雨吧,我飞越了森林、高山,历经风雨和千辛万苦,才终于到达肤美白市区的,你们瞧瞧吧,我都已经被大雨淋透了!"这一次,夫妇二人都听得真切,说是有人在阳台窗口说话,开始他们以为是小偷或者冒着生命危险和谁家哪位小姐或贵妇人幽会的某个情种爬到阳台的窗台上来了,就双双跑过去看,结果一个人影也没发现。

可是声音又出现了:"是我,是我,我在这儿呢,我在这儿呢,往窗台上看,我在这儿呢!"明明是一个小姐的声音。倒是米希尔眼尖,看见了,惊讶地白了丈夫一眼说:"喏,一只鸟儿!"丈夫这才看见是一只传说中的折嘴鹦鹉,激烈的雨点倾斜着砸在它那绸缎似的鸟毛上。二人依旧有些疑惑,这说话的声音怎么也不该是这样一只鸟儿发出来的吧,但他们经过仔细勘察,才确认就是这只鸟儿在说人话无疑。

"它成精了!"女人惊诧地说。

院长两口子仿佛亲眼看见了这只鸟儿越过高山、河流、湖泊、岛屿和森林,从遥远的国度,历经磨难才飞到大有国的肤美白市里的。"就像是在梦里见到的一样。"院长有些迷离恍惚和亦真亦幻的欢快,"有如走进了一个神话世界里。"他百思不得其解。

"你们别猜疑了,就是我,就是我,折嘴鹦鹉、折嘴鹦鹉!"

两个人惊得目瞪口呆,他们是见过鹦鹉学舌,那也只能是学说一句半句的人话,或者唱出一句半句歌词,也都是半半拉拉的,没一句完整的,且吐字也不清楚,就像大舌头,顶不住劲儿,发音总是东倒西歪,不会如此无懈可击的,有些甚至还得靠人意会和借助想象推导和猜测出意思来。可是这只鹦鹉简直和人说的话一模一样,毫无二致,如果一个人隔着帐子和幕布跟它聊上一天,绝不会怀疑它竟是一只鸟儿,这一点是肯定的。

院长又激动又喜悦,根据鸟儿说话的声音,还有他对一切飞禽走兽的公母性别常识性的认知和经验,他初步判断这是一只母鸟。他自言自语道:"这只母鸟天生就是唱歌的材料!""对,我就是一只母鹦鹉、一只母鹦鹉,院长大人真聪明!"院长高兴得呵呵笑着,他担心和害怕他们会把这只"天外来客"给吓跑了。

当然，院长尽管还没想明白，且不能确定这究竟是福是祸，还是一场空欢喜，但把它牢牢控制在自己的手心里，是院长一贯的作风。"这将是一笔不可估量的财富。"现在他强烈地预感到自己将要再一次变得耀眼夺目和就要刷新全人类的认知了。目前首要的问题是得先让这只鸟儿进到屋子里来再说，不能让它飞走了，这种稀有资源不能让它落入别人的手心，他认为他生命的第二次高峰和飞黄腾达就要靠这只母鹦鹉了，因为凭着他敏锐的天赋和观察，已经完全感知到这只母鸟儿的用途和重要性了。

两口子赶紧打开窗户，把折嘴鹦鹉抱进屋里，给它擦干了落汤鸡似的羽毛，很快就看见它变得灿烂起来了。大江试探性地逗鸟儿："来，姑娘，唱一句，《卡门》会唱吗？'卡门，我们两个人的过去，那都是已经结束了的，请忘记吧！'"这是《卡门》中的经典唱段。

但听得折嘴鹦鹉开口唱了："卡门，我们两个人的过去，那都是已经结束了的，请忘记吧！"简直就跟原版似的。

大江激动得握紧拳头，用手指捅着拳眼，他和妻子互望着，沉浸在一起拔萝卜似的喜悦中。他们双双亲吻了折嘴鹦鹉坚硬的嘴巴。于是，大江开始有了创办折嘴鹦鹉"高研班"的灵感。

"你的天分特别好，我想把你培养成世界级歌唱大师，你愿意吗？"大江先生问折嘴鹦鹉。

折嘴鹦鹉有些犹豫。"我不喜欢被束缚，我喜欢在全世界飞来飞去。"

"没问题，等你成名了，可以带领大有国音乐界的演员们去国际上巡回演出，那时你可以想飞哪儿就飞哪儿。我还可以留你到这个最高音乐学府工作，再给你安排到领导职位上去。获奖和各种荣誉会让你应接不暇的。"

折嘴鹦鹉在名利的诱惑面前，终于低下头颜妥协了。

院长把全部希望都寄托在这只鸟儿的身上，这也是他退休前做的最后一件重要的事情。说干就干，于是就有了集全院之力创办的这个特殊的千古奇班：大有国音乐学院折嘴鹦鹉高研班！王大江向折嘴鹦鹉允诺，只要它听他的话，他赶在退休前一定把它留到这个最高音乐学府，还要给它提拔个职位，这样去外面参加活动接待规格就会高。"去参加活动，一般人家就是看你的职位和头衔，不看学术水平的，职位高就在台上坐，否则就在台下，和下面的人在一起就容易被湮灭，谁也看不见你。"

折嘴鹦鹉点点头,表示认可。

其中有一个中年教授并没有觉得这件事情究竟能有多大的价值和意义,但是他是个十分清醒的人,觉得这件事情很有意思,能给人带来说不清楚的快活。因为他在学院里仿佛是个局外人,好事坏事都轮不到他,从来名利地位都没有他的份儿,他对这件事情不反对也不积极,就是随大流,感觉跟着大家就像玩耍的一样,但却能发现许多让人笑破肚皮的事情。"让他们尽情地去表演吧。"他心里说。

谁也没有想到,高研班出人意料地顺利,经过音乐学院的导师们持之以恒地不懈努力,这只野鸟竟然真跟国内最好的歌唱家的歌唱水平不相上下,甚至超越了。就在培训快要大功告成,即将进入毕业环节时,却出事了:这只绚丽花巧的折嘴鹦鹉不小心竟从培训中心的教学楼窗户里飞出去了,先是蹲在教学楼对面一栋楼顶的窗台上,说道:"日你妈妈的!这么辛苦,老娘不干了!"说完就扑棱棱飞走了。

这一下培训中心的教授们可都慌了手脚,纷纷叫嚷:"这可怎么办呀?"他们不知道如何向鳄鱼眼睛的院长交代啊,一个个如丧考妣,哭哭啼啼地说:"我的个姑奶奶,这可不得了了,怎么办啊?这丢的可不是一只鸟,这可是国宝,是音乐学院培养出来的花腔女高音,是院长王大江的命根子哪!"是的,折嘴鹦鹉的确出类拔萃,唱的《茶花女》等名曲可以说好听极了,尤其是唱《美得不可方物》时,那可真是唱得出神入化。

不行,得把它找回来。教授们发动学院所有的专家教授,以及全院职工出动,四处找鸟,功夫不负有心人,幸好鸟儿没有飞得太远,就在音乐学院的树林子中找到了。这不,有些消息灵通的记者们听说以后,都拿着长枪短炮般的的照相机,匆匆赶到了音乐学院的树林子里,想照下这会歌唱的花腔鸟那振聋发聩歌唱时的动人一幕。

有人已经报告给了院长,院长连鞋子都来不及穿,精脚片子就失魂落魄狼狈地跑出来找鸟了,说:"这可是我最后的希望和命啊,你们务必要给我找回来!"他变得声嘶力竭,两绺变白的稀疏的头发在额前耷拉着。

"也怪可怜的!"那个经常被排挤在外的局外人教授同情地说。

正在这时候,折嘴鹦鹉唱起了《梅花十弄》,它像是要把压抑和郁积好久好久的东西全部倾吐出来,要真正打开苦闷和被压迫的情感:"燕痴情来,梅痴情,风雨泥泞碾红尘。人鬼神,莫相问,众生缄默,鸟儿在打鸣!"

有人说:"这只鹦鹉已经完全成精了!"

折嘴鹦鹉唱完,就张开绿莹莹的翅膀,"欻"地一下子飞上了天空,头也不回地消失在鳞次栉比的城市的楼丛里不见了。

【作者简介】了一容,一级作家,九十年代始发作品。作品集曾入选"21世纪文学之星丛书""中国少数民族文学之星丛书",曾获第三届春天文学奖、骏马奖,小说被多个选刊选载,收入多种选本,并译介到国外。

# 许多树

叶 弥

气候、食物、房屋的高度，甚至路上铺什么样的石料、长什么样的树，都会影响一个城市的格局与人的身心。小城里的姑娘一望而知，她不仅出生在小城里，还祖祖辈辈生活在一条小巷里。此刻她正走在一条非常古老的小巷子里。经过两座石桥，她从巷子的最深处走到了巷子前部。巷子外面是一条大马路，自行车川流不息。今天这个日子对她好像有着特殊的意义，她穿着新的连衣裙，脸上浮现出傻乎乎的笑容，一副见识少的纯真模样。连衣裙的料子不错，是真丝乔其纱，米色的底子上印着一大堆线条轻浮而平庸的紫玉兰花。拘谨的浅V领，浅得把领口两边轻轻一提就能变成圆领。北京姑娘的裙子下摆已经短过膝盖了，可这个小巷姑娘的连衣裙长长地拖到小腿以下。巷子里铺着的石块凹凸不平，长年累月地走在这种路上，让她养成了谨慎的小碎步，眼睛还时不时地瞅一眼地面。这样一来，她的长连衣裙更显得累赘了。此时一阵风吹来，把她的连衣裙下摆吹得翻了起来，一直翻过膝盖。洁白的大腿在裙裾边若隐若现，就像玛丽莲·梦露那张著名的站在风口的照片一样，不同的是小巷姑娘慌得把包扔在地上，两只手在风中乱挠一气，想把裙子抓回原位。

站在二楼的小伙子看见这一幕，一边抽烟一边笑着说："这还差不多。"

小伙子站着看风景的地方是一幢私家小楼。低调的小小木门，里面是深宅大院，院里停着上海新出的"桑塔纳"轿车。民国式的两层楼，上面爬满野生的老薜荔。院子里绿树成荫,有一棵名贵的百年紫玉兰。院子外面也绿树成荫,但都是寻常的香樟树。私家小楼和巷子外面的大马路隔着一条小河,站在二楼,河、船、石桥、自行车、汽车……四周围的热闹或寂静的光景全都一览无余,当然被大风吹开的大腿也被他看得清清楚楚。这时候他又说了一句话:

"这座小城缺少时代感,需要一阵大风吹开保守的樊篱。"

大风掠过地面几秒钟后一跃而上,蹿到马路边的香樟树上,把树冠吹得倒向一边。随即大风发出一声尖啸,遁入虚空无影无踪。巷子回归寂静,姑娘的裙子也复归原位。但她惊魂未定,弯下身子摸一摸裙边,确定裙子不会再翻卷开来后,直起身体,朝后面偷偷看了一眼。

还好,后面的巷子空空荡荡,没有人看见她被风掀起的裙里风景。当她的眼光不经意地瞥到那座宅院里的小楼时,她发现二楼有位小伙子正看着她,他抽着烟,脸色温和平静。和她见过的所有的男士都不同,他目空一切,好像掌握着这个世界。

她看到小伙子扔掉香烟,那香烟头带着暗示抛过来,在空中画出一个大大的抛物线,落在院墙内。紧接着小伙子从楼边的紫玉兰树上摘下一朵花,也朝她抛了过来。和香烟头一样,紫玉兰花带着暗示画了一个小小的抛物线,落在院墙内。今天是五月一日,这棵紫玉兰树上还开着不少花。

她加快步子走了,抛香烟头也好,抛紫玉兰花也好,她只知道二楼这位小伙子看到了她的大腿。

这座宅院里的保姆每天都要上菜市场购买活的鱼和虾,她认识保姆,看见了彼此微微一笑。保姆浑身都透着大户人家的神秘气息,手腕上戴着手表,大热天上菜场都穿着皮鞋而不是拖鞋,从不与路人搭讪。宅院里那棵百年紫玉兰开花的时候,巷子里有头有脸的人偶尔会上门要求观赏一下,可她只能远远地看一看露出白墙的紫玉兰树梢。她家住在巷子底的大杂院里,大杂院中间长着一棵百年板栗树。邻居们平时相处还算和平,大家努力保持着脆弱的平衡。可每到收栗子的时候,院子里就开始明争暗斗。为了多分点栗子,那些女人们动足了心思,好像少了几颗栗子就要死一样。她不喜欢这种生活,可也不知道如何改变。

这就是他和她最初的相遇。一个是北京男孩,五一劳动节期间来到姨母家里小住。一个是江南小巷姑娘,常居此地。他们相差一岁,但显而易见他们在任何方面差别都很大。他今年春节在家里从彩色电视里看了央视的首场春晚,而她住的大杂院连一台九寸的黑白电视机都没有。不同的人,处在同一条时间之河,所处的环境不同,时代也是不尽相同的。他所处的是大时代,她所处的是小时代。

他们第二次见面的时候,已经过了四十年。时间到了二○二三年的初冬。温暖的早晨,她早早起床,在湖滩的栈道上看风景。薄雾笼罩湖面,雾气缭绕。湖边的山坳里也飘荡着白雾,这种雾有着另外的名称,叫岚。岚烟蒸腾,比湖面上的雾更白,也更凶猛。太阳已从东边安静地露出了半个脸,水面上开始洒上金光,晃动着的波涛变得明亮耀眼。他也在湖岸边看风景,离她不远,站在一棵古老的大麻栎树下。他来得比她更早,站在大树下如一幅剪影。也许他喜欢太阳没出来之前的神秘,当太阳渐渐升起时,他就走了。她回身看一眼,把他看得明明白白:年龄与她相仿,或许比她大一些。穿着藏青色的套头毛衣,搭一件米色薄呢夹克衫,靛蓝色牛仔裤,运动鞋。他步伐稳健,腰板挺直。

她看了看手表,随即也离开了栈道。湖滩上的芦苇被割得干干净净,露出大大小小黢黑的湖石,湖水永不停息地冲刷着它们,徒劳地想改变着什么。她看见那人走进了山坡上的五星级宾馆,她住在山坡下的民宿里。区里组织退休教师来此休养两天,她跟着来了。她是一所小学的数学老师,退休了。这几天天气晴暖,吃饭都在院子里。早餐期间,整个民宿里全是这帮退休教师们的欢声笑语。他们的声音从院子的矮栅栏中传得很远,吸引了不少游客的注意。

退休教师们吃完早餐没有离开的意思,他们商量着要把愉快的气氛延续到中午。很快就有人拿出二胡拉了一曲《梁祝》。小提琴、笛子也依次上场,京剧、昆曲轮换着唱。看来他们都是有备而来的。就这样你方唱罢我登场,不知不觉太阳升到了天空当中,阳光也暖和像是五月天。她换上一件真丝米色印花连衣裙,手持羽扇,在一台录音机的伴奏下跳了《橄榄树》。这件连衣裙是她四十年前穿过的,如今还能穿上,不得不说,她的身材保持得很好。连衣裙上的紫玉兰花平淡无奇,连衣裙式样保守,裙摆又大又长,舞动时却一扫平庸,显得她身姿曼妙,光彩照人。

他站在围观的人群里津津有味地看着她跳,心里有一股浪潮拍过,就像湖里的浪花拍打岸石。当然他根本认不出眼前跳舞的女士就是四十年前看到的小巷姑娘,她连衣裙上的紫玉兰花也没让他想起姨妈家里的那棵百年紫玉兰树。姨妈一家早就搬走了,那院子也卖给了一家企业做办事处。里面的格局早就被打乱,唯独紫玉兰树还在年年开着一样的花朵。他什么都没想起，却不妨碍他看得津津有味。他把手拍得比任何人都要响。

她跳完后就到了午餐时间了，这样消磨时间真奢侈，也真美好。她正要进屋去换衣服，和她同住的姓孙女同事喊她：

"汪海英，有位先生盯牢你看。"

孙老师刚喊完，那位先生就走了过来，伸出手对汪海英说："我叫雷兴东。"

四十年后两人相遇，知道了彼此的名字。

孙老师又说："雷兴东，汪海英还是独身一人，没结过婚，没谈过恋爱，你不要没事找事哦。"

汪海英听了这话也不恼，看着雷兴东咧嘴一笑。没想到雷兴东比她更大方，主动抛来橄榄枝，说："我也是独身一人——离婚五年了。"

他话音刚落，周围的人就开始起哄。汪海英还没来得及进屋换衣服，就被急于做红娘的同事们推着和雷兴东一起走出去了。孙老师把自己身上的风衣脱下来披在她身上，热乎乎地对她说："你孤单了大半辈子，愿你碰到一个好姻缘。"

两个人沿着湖边找到一家小而精致的餐厅，选了靠湖的窗边坐下。窗外的草地上飞舞着成群的蚊蚋，海棠开着花。一位本地中年男食客气呼呼地说："该死，今天21℃。十一月二十二号了，农历也十月初十了，真是热得不像话。"汪海英点了一份煎牛排，五分熟。她问雷兴东："五分熟，你可以吗？"雷兴东说："没关系。"她再点了一条清蒸白鱼、三两水煮河虾、一份蔬菜拌沙拉、一份炖蘑菇汤、两小碗胡萝卜丁焖米饭。她说："AA制好吗？"

雷兴东说："好。我喜欢AA制，有时代精神。"

这句话说到汪海英的心坎上了。她说起自己怎么努力接受AA制的过程。说完以后，雷兴东说："是啊，活到老学到老。你是本地人吗？"

汪海英对他这句问话掂量了片刻，语气有点暗沉沉的："是的。"她也问了雷兴东一句："你是北方人吧？"

雷兴东说："我是北京人。我这次是来参加一个会的，北京已经冷到了零下五六摄氏度。这里温暖如春，我就多待一天，明天走。"

汪海英说："北京是首都，我们这里是小城市，不好和你们比的。"

她以为雷兴东会客气一下，夸夸她的城市，毕竟这座城市的格局与以前大不一样了。就说她出生的那条小巷吧，早就拆掉变成了一座市民公园，只有那棵大板栗树还在。但雷兴东只是不置可否地微微一笑。

她有点害怕他的微笑。他的微笑里有一股不可阻挡的底气。这份底气来自他的城市、他的学识、他的仪容。底气中应该还有他的出生家庭和生长的环境，他不知不觉地把这些底气都露出来了。

为了自尊心，汪海英决定不问他的底细，除非他自己说出来。

水煮河虾端上来了，汪海英把虾盘朝雷兴东面前推了推，雷兴东又把虾盘朝她面前推了过来。一来一回地推，把他们之间刚刚形成的无形障碍暂时消除了。他们相视一笑，说出的话也轻松多了。

汪海英说："我的同事们都是好人，心直口快，也爱开玩笑。"

雷兴东说："我开得起玩笑。我们都这个年龄了，该怎样就怎样，不用扭扭捏捏。嗯，你很会点菜。你让我改变了对这座城市的印象。"

汪海英想了片刻，还是没好意思问他以前对这座城市的印象，这样显得与他针锋相对。她说："我以前不会点菜，后来我跟一位营养师学习了这方面的知识，知道什么样的人该吃些什么。"

她开始说起怎么和那位营养师认识的，她怎么抽出时间去学营养方面的知识。说完以后她意识到她的话太多了，于是抱歉说自己可能太紧张了，所以不停地说。雷兴东的话打消了她的顾虑。他说：

"我也紧张得很。你说得越多我就越轻松。"

汪海英说："原来如此，你是喜欢看我出洋相啊。"

两个人默契地笑起来。汪海英问："你抽烟吗？想抽烟的话可以去湖边抽一会儿。"

雷兴东说："我上大学的时候抽烟，后来和我的妻子结婚，她不让我抽，我就戒掉了。我们没有孩子。我年轻的时候不想要孩子，所以我们就不生。"他说完就沉默了。

"你继续说下去吧，不能总是我一个人说。"汪海英说。

雷兴东问："你想让我说什么？"

"说你想说的。"汪海英回答。

雷兴东抬头想了一想，眼睛看着她说："你出生在什么地方？"

这不是汪海英想听到的。她不希望和雷兴东一问一答，虽说她是数学老师，但生活的程式化是她不喜欢的。可雷兴东好像有一种天生的魅力，他的问话让她不可抗拒。

汪海英回答道:"我出生在市中心一条小巷子里。我家十几代人都出生在那条小巷子里,那里很静的,可惜老院子拆掉了,不然的话带你去看看。城市变大了,变亮堂了,老巷子越来越少。"

雷兴东赞叹道:"你是小巷子里走出的姑娘,可是你的身上太有时代的气息了,完全可以和北京这种大城市的姑娘相比。"

汪海英的脸上一阵红,心一下子跳得非常轻快。她恍然觉得自己真的成了雷兴东嘴里所说的大城市姑娘。

不出所料,她激动起来,开始吐露真心话。她讲述那条老巷子如何破烂不堪,邻里关系如何差。她住的大杂院里有一棵大板栗树,每到收栗子的季节,院子里就开始上演由女人们主导的钩心斗角大戏。所以她后来不吃栗子,因为她一看到栗子,就想起那些支离破碎的市井生活。

说完这些,她又重点介绍了她年轻时怎样立志离开这样的生活。有她的日记为证,她十三岁就在日记上写下要离开陈腐的市民生活,她决不做碌碌无为的小市民。她十九岁那年,不顾全家反对,在大杂院众人异样的眼光中,她从小巷子里搬走了。

她说到大杂院众人的异样眼光时,动情地长长叹了一口气,仿佛回到了四十年前她搬出大杂院的那天。回首往事,她有点佩服自己,十九岁离开家独自住到外面,在一九八三年,是一项大胆开放的举动。雷兴东对她这个行为很感兴趣,问:"搬出去一个人住,是你自己决定的吗?"

她一愣,没有反应过来。

雷兴东把她的一愣看在眼里,心里明白,说:"我知道了,不是别人替你决定的。如果是你自己决定这么大的一件事——哦,对十九岁的女孩子来说,那时候是一件大事了。你很了不起。我比较好奇,想问问你,到底有什么原因呢?"

她从嘴边拿掉一根虾的细须,慢慢地放在桌上的纸巾里,低着眼睛,克制住内心的急躁,再说下去,恐怕就失控了。她回答说:"我刚才说过了,是想改变生活,追求进步。褪去陈腐观念,避免成为新的小市民。"

雷兴东不再追问,对她的话礼节性地点点头表示同意,还求饶似的深深看她一眼,并且说:"我懂了。"她看得出来,他不懂,他也不相信她说的理由。或者说,他相信这是一个理由,可这个理由是浮在表面上的,更深刻的理由在表层下面,他想要知道的是更深层的理由。

为了让他真的懂,于是她继续说下去。

她说她搬出小巷子后,在一所大学边上租下六平米的一个小房间,开始报考会计员。当时她的女友们有学绘画的,有学服装设计的,有考大学的,还有去了美国、英国、日本发展的。可她报考了会计员。

她说得很详细。提起她最初的奋斗史,她努力克制着情绪。她从种种细节发现雷兴东是个沉稳的人,他来自大城市,他一定不会喜欢容易激动的女人。小家子气的女人才会情绪失控。

就这样,汪海英坐在那里波澜不惊,脑子里的想法却一个连着一个。她一瞬间有点忘了这顿午饭的目的。当她再一次从自己的过往生活中清醒过来时,鼻头上渗出油汗,脸上露出了羞涩的笑容,嘴上忙不迭地抱歉,低下了头。雷兴东善解人意地及时给她解围:

“在我看来,报考会计员是最好的选择。生存总是大于一切。”

听话听音,雷兴东的话总会让她感到一丝不安。其实她的故事还没讲完。她不是把生存看得高于一切的人,很多时候她为了理想而活。考上会计员后,迷上了数学。那时候有个说法叫:学好数理化,走遍天下都不怕。她想走遍天下。于是她一边工作一边报了夜校数理化班。一年学完考上了省里的师范院校,毕业后回家当了中学老师教数学。可她觉得自己还是需要进步,就辞职去了深圳创业,感受时代的浪潮。四十多岁时,她决定今后的目标要放在培养孩子上面,一番折腾终于进了小学当数学老师。她的人生起起伏伏,不论是输是赢,她都在努力地活出精气神……

她抬起头,想说些什么,欲言又止,决定不再说了。她的咽喉处开始痉挛,伴着一股紧扼的酸楚。她喝了两口水,咽喉才慢慢松弛下来。然后她就想到一个问题,雷兴东一直在夸她,对她赞许有加。但不知为什么,每一次的夸赞,都与她的期待背道而驰,都会让她不由自主地自卑一下,使她的叙说像一种自我证明,也像是一种迫不及待的浅薄的炫耀。而说得越多,无奈的意味也越明显,对自我越发不能肯定,而他的附和更多的只是表达一种礼貌。她忽然感到自己说的话没有价值,甚至觉得自己以往的人生也没有价值。她有了哭泣的冲动。

当然她忍住了。

面对雷兴东这样的人,她不甘心一无所获。这种不甘心,关乎她的自尊,和爱情无关。

她试探性地说了一句:"谢谢你。我觉得你对我比较肯定。"

雷兴东想也没想就说:"肯定的。"他回答得太快,太快就有点敷衍。

她心里对自己失望极了,不该这样试探他,难道无数个辗转难眠的夜晚并没有让自己得到有益的启发吗?

她看看手表说一点半了,风有点凉,她还穿着丝绸连衣裙呢。虽说孙老师给了她一件风衣,到底是冬季,一过十二点,空气就慢慢地凉下去。

这顿午饭就这样结束了。值得一提的是,雷兴东体贴地把她的羽毛扇从桌上拿起,放在她手中,然后去结了账。她也没有再提AA制。她有点兴味索然,第一次觉得自己与"进步、前卫、年轻"这些词有着不可逾越的鸿沟。哪怕每天都AA制,也无法扭转这个局面。怎么会这样呢? 她问自己,昨天还没有这么脆弱。难道爱上雷兴东了? 好像没有。

回到民宿里,她的同事们已经睡完了长长的午觉,准备去镇子里逛一逛。镇子在山的后面,他们必须从山脚边绕过去才能走到镇子。这座山并不高,山体却庞大,从民宿绕到镇子里要走一个小时。虽说交通便利,有公交车,也有民宿区专用游览车,但他们还是决定走一走,活动活动筋骨。汪海英现在最想休息一下,她脸色苍白,眼睛无光。孙老师把她拉到一边问:"怎么样啊?"

她打了个哈欠说道:"他说我有时代精神。"

孙老师说:"那是给你打上一百分了。你不是就喜欢这种话?"

她说:"他让我摸不着头脑。"

孙老师说:"不是我说你,你和男人交往,老是抓不住重点。"

她说:"谁说我抓不住重点? 我这大半辈子的重点和别人不一样罢了。"

孙老师说:"好了,你不要自我表扬了,你回房休息吧。我们可能要在镇子上吃了晚饭回来。你一个人不会孤单的,因为雷兴东会来找你一起吃晚饭。"

孙老师把汪海英埋怨了一通,最后问道:"他是个什么样的人?"

汪海英没说话。

孙老师说:"这个人给我的印象是稳而狠。不是我一个人这么说的,我们大家都这么认为。"

她最想说的就是这句话,说完她才安心地走了。

汪海英的脑子里就一直想着"稳而狠"这三个字,这三个字好像在吞噬她长年累月积攒起来的自尊心。

　　她琢磨个不停,想得头都发昏。


　　到底是冬天了,白天虽说很暖和,却很短。下午的太阳留不住,眼睛一错就掉入西边的无尽云窟里,只留下一天空的晚霞。她闭上眼,和衣躺在床上,似睡非睡,心里一点也不踏实。醒来后,她脱掉连衣裙,换上毛衣和灯芯绒长裤,却对着连衣裙长吁短叹起来。这条连衣裙是有故事的,她忘不了这些故事。

　　听到敲门声,她打开门,果然是雷兴东来找她了。他也睡了一觉,精神焕发的样子。他说:

　　"我觉得我们应该一起吃晚饭。你说呢? "

　　她马上答应了。

　　"我想在吃晚饭之前,我们一起去温泉里泡泡。我的宾馆里有温泉游泳池。"雷兴东说。

　　她又马上答应了。其实她不会游泳。她说没带游泳衣。雷兴东说不妨,他也没带,宾馆的小卖部里有游泳衣卖。她跟在雷兴东后面走了,从民宿到宾馆也就十几分钟的路程,这一路汪海英心里老在埋怨自己为什么不学会游泳呢。她这一生学会了许多东西,唯独没有去学游泳。因为她觉得游泳这一项技能并不能给人生增添多少光彩。

　　雷兴东很高兴,嘴角上一直带着微笑,他指着天空说:"看,晚霞。这是我见过的最美的晚霞。"

　　粉红的晚霞动人心魄地横亘在天空上。

　　雷兴东要回房间拿拖鞋,他不习惯穿宾馆里的拖鞋,他出差从来都是带着家里的拖鞋。

　　他们在小卖部里买了泳衣,来到温泉更衣室。汪海英换上泳衣,在花洒下冲了身体,来到泳池边,这是一个室内温泉游泳池,现在是傍晚,里面除了雷兴东在游泳,一个人也没有。她不会游泳,但以前也下过水,知道扶着池边的扶手,把身体慢慢浸到水里,这样就不会头重脚轻地漂起来。她站定以后,不好意思观看雷兴东,就仰头朝窗外看了一会儿晚霞。晚霞中灿烂有力的粉红色正在高歌一曲,洁净透亮的冰蓝和粉蓝如花一样绽放。

雷兴东朝她游过来,他的自由泳看着特别帅气,她不看也不行。她发现她以前想得不对,游泳这项技能是可以给人生增加光彩的,雷兴东现在的状态说明了这一点。他在水里像鱼一样灵活,看得汪海英心里一动,心脏某个地方掉下一片陈年老垢,双脚也不听话地漂浮起来,身体像只葫芦一样在水里翻。吓得她一把拉住了游过来的雷兴东。雷兴东说:"原来你不会游泳。我来教你吧。"

汪海英惊魂未定,赶紧说:"好呀。"

语声娇嫩,话一出口,她自己也吓了一跳。雷兴东对她的语声很敏感,慢慢贴近她,紧紧地盯着她看。他们的脸上都挂着水珠,在泳池炽热的灯光下,显得神采飞扬。汪海英想:"他不会就在这里亲我吧?要是他亲我的话,我怎么办?我要是没反应,那就是个傻子。我要是迎上去,会不会显得像个没见过世面的土包子?"

雷兴东朝后退了一步,对她说:"你身材保持得很好,我知道自律是不容易的。"

她松了一口气,然后她忘了对自己的警告,控制不住地说:"是呀,大家都说我身材保持得很好,这很难的。我十九岁那年的连衣裙,现在还能穿上。为了保持身材,我吃了许多苦呢。我有二十年没有吃过晚饭了。一天只吃两顿。三十岁开始,每星期跳三次有氧操,再做两次瑜伽。五十岁选择地中海饮食,吃了九年了……"

雷兴东一如既往,还是很有耐心的样子,对她的话不停地点头表示赞许,然后教她如何潜入水里,如何憋气。她抓着扶手,勇敢地把头埋进水里,就像她对待生活那样一往无前。可是她忘了闭上眼睛,一进水里就看见雷兴东健壮的身体。他中午吃饭时说过他六十岁了,他的身体一点也不像六十的人。她从水里冒出来,闭上眼睛,擦掉脸上的水。再次睁开眼,还是不敢看雷兴东,转头又去看窗外的晚霞。晚霞还在改变,妖娆的紫色覆盖了粉红和蓝色。雷兴东凑近了问她:"你不高兴了?"

她说:"没有。我就是生自己的气,怎么不会游泳呢?"

"你会的很多了。你对自己要求太严格了。"雷兴东说。这句话,他用了一种客观的口吻说出来,是对她的评价,却不是表扬。

她说:"我看着你游吧。你现在浑身散发着光彩。"这是对雷兴东的表扬,却不是客观评价。雷兴东当然听得出来,他当即"呵呵"一声笑,一个鱼跃蹿出去老远,而后他潜入水中,正当汪海英四处找他时,她的脚丫被人抓了一把,她吓得一声惊叫,雷兴东浮出水面,哈哈大笑。他这个玩笑开得冒冒失失的不得人心,汪海英生气地推了他一把。他说:"游泳池里就我们俩,水又这么清,你怎么会看不到我?你真奇怪。"

汪海英抓着扶手爬上岸走了。她换好衣服出来,雷兴东在外面等着她。说:"现在吃晚饭太早,那边大榉树底下有一张椅子,我们就坐着看看晚霞再走。你看晚霞,各种深浅不同的紫色,还有黄色、灰色……就是没有绿色,哈哈。你走慢一点,我穿着拖鞋跨不开步子。"

汪海英说:"谁和你一起吃晚饭?"

雷兴东脸上讪讪地,停下脚步看着汪海英走了。她走过老榉树,树上的白鹭们一动不动,对她恍若不见。她狠狠地盯了它们一眼。雷兴东嘴里自言自语:"她是有点奇怪。她可能有过很不好的经历吧。"

两个人就这样分开了,没有在一起吃晚饭。

晚上临睡前,汪海英在电视机前面做了一套瑜伽,做完后心还是纷乱不堪。突然她心念一动,推开门走了出去,看见一轮清冷的月亮悬在头顶,月光清清楚楚地映照在大地,她甚至能看清每一棵树的叶子。也许是山地的缘故,这里的树真是不少,柞树、白皮松、蜡梅树、老槐树、黄杨古树、大梓树……她围着民居走了一圈,纷乱的心有些定了。回到屋里,孙老师对她说:"你不要慌,明天雷兴东会来找你的。"

她说:"我才不管别人找不找我,我继续走我的路。明天回家,我就去重新学英语。我以后要一个人去国外旅行、居住。我要去看看国外的人工智能,我要见识更大的世界。"

孙老师说:"你总是能化悲痛为力量。雷兴东这样的人,不要也罢,他一看就是优越感很强的人,表面上对人客气有礼,骨子里有一种傲慢。"

汪海英和雷兴东第二天也没有互相告别。雷兴东一早就去了高铁车站回北京,汪海英一觉睡到十点钟,脸上和心里都很平静。离开雷兴东,她又恢复了内心的平衡。下午,她和大家一起坐车回到城里。她住的地方是一个环境优美的小区,她住在二楼的平层里,面对着外面的湖水,最主要的是,楼外有两株老树。一株是大板栗树,一株是紫玉兰树。它们都挂着牌子。紫玉兰树换了一个名字,叫辛夷。只要在家,她每时每刻都能看到这两棵挨在一起的树。

她刚回到家,四点多,突然阴天。暗无天日,狂风大作。她想起十九岁那年夏天,在巷子里碰到的那阵狂风。她庆幸昨天天气暖和,让她有机会在冬天里穿着十九岁的丝绸连衣裙跳了一曲《橄榄树》。她的世界里有许多树,它们全都挨在一起。挨在一起,一时就分不清它们的高低。

时间再回到四十年前,五月一日这天上午,她从巷子底的大杂院里走出来。她十九岁,高中毕业,已经在丝织厂工作了。今天她不上班。她穿上了新做的米色真丝乔其纱裙子,裙子内衬的料子也用了丝绸。裙子下摆那里印着紫玉兰花,她准备去相亲。丝织厂的师傅给她介绍了一位机修工,独生子,家里有两间房子,还有一小间厨房。缝纫机、自行车都有,听说马上要买黑白电视机了,条件很好的。她高高兴兴地走在巷子里,没想到快到巷口时,不知从什么地方刮来一阵大风,她的裙摆被刮得掀了起来,她的大腿暴露在风中。

那阵诡异的风瞬间就跑得无影无踪,她也在这时候看见路边那所民国式大宅里,一位小伙子站在二楼看她。小伙子向她抛来香烟头和紫玉兰花,她不反感这种暗示,她甚至心里很高兴。高兴之余又心有不足,她不喜欢他抛来香烟头。不管怎样,这位小伙子与她见过的任何男士都不同,他带着一股见多识广的骄傲,他的身上打着前途无量的印记,他好像天生就属于大江大海里,而她是小河小沟里的人。可是没关系,她有决心从小河小沟里游到大江大海里,成为一个与他平等的人。

这天她没有去见师傅给她介绍的对象,以后也没去见。她给不出拒绝的理由。大家看不上她这么不讲道理,都不给她介绍对象了。

而她开始了小巷姑娘的跋涉之旅。从十九岁那年到现在,她从没有停止过前进的脚步。她从大杂院搬出来,她参加过许多门类的考试,会计、数理化、天文、地理、电脑、经济管理、舞蹈、绘画、写作、服装设计、中医、营养学、心理学、园艺园林学……她不断换工作,她紧跟时代潮流,她永远在学习和充实。她谈过两次朋友,一次也没有动过心。所有这一切,都是为了小巷里的那次相逢。那位小伙子是她前进的情感动力,也是她停滞时的鞭子。因为只见过一次,她很快就忘了小伙子的面容。他对她来说只是一个崇高的象征物,一个神圣的目的地。这种感情有点像爱情,又有点不像爱情。有点像竞争,也有点像人生的阴影。有点像无价值的某种自卑执念,有点像价值连城的自我实现。她塑造了自己,也限制了自己。无比矛盾的人生,源自小伙子当年向她抛出的两样东西:一样是香烟头,表明两人之间的差距,这差距让她的自尊心受了伤害,所以她要用尽全力拉平差距。另一样是紫玉兰花,花朵表明他对她的爱慕。来自高处的爱让她感到无比荣耀⋯⋯在这卑微的情感中,她过了四十年。她今年五十九岁了,还穿得上十九岁那年的连衣裙。连衣裙下摆印着紫玉兰花⋯⋯

她不知道,雷兴东就是四十年前把香烟头和紫玉兰花抛给她的人。四十年的岁月,一切都改变了,一切都没有改变。

【作者简介】叶弥,本名周洁,1964年6月出生。江苏苏州人,祖籍无锡前洲。代表作品有《风流图卷》《美哉少年》《不老》《成长如蜕》《桃花渡》等。曾获第六届鲁迅文学奖、江苏省第四届"紫金文化奖章"等多种文化艺术奖项。

# 盼望羊羔儿

刘庆邦

　　这天，是个星期天。我在村里读小学期间，老师从来不给我们布置家庭作业，平日不布置，星期天也不布置。学校和家庭，好像是不同的两码事，写作业都是在学校里写，放学回到家里，就不必写什么作业了。

　　不写作业好呀，我那时正是贪玩的年龄，正好可以去村外的野地里疯跑。春天来了，麦苗起身了，小鸟叫了，花儿开了，到处春风鼓荡，不玩干什么呢！

　　上个星期天，我和二堂哥一块儿去麦苗地里放了风筝。二堂哥是我的同年级同学，却比我大两岁，更会玩一些。我们所放的风筝，就是二堂哥扎成的。他用高粱篾子扎成圆球一样的风筝，不会在天上飞，也不用牵线，只会在麦苗上面随风滚。这种风筝被说成是地滚子风筝，也叫"草上飞"。我和二堂哥，还有他家的黑狗，追着风筝在麦地里跑呀，叫呀，叫呀，跑呀，一直眼看着风筝飞过河堤，飞过河床，在对岸外村人的麦田里明明灭灭，越变越小，满眼含泪之后，我们放风筝的活动就算结束了。

　　这个星期天，我或许再和二堂哥一块儿去放风筝，或许来个单独行动，到苇塘边去钓鱼。比起放风筝，我对钓鱼更感兴趣。放风筝老是放，一放走就什么都没有了。而钓鱼的过程是收线的过程，说不定哪一次收线，起钩，就能钓上一条通体闪着银光的大鲫鱼板子。当鲫鱼被拉出水面的瞬间，看着不甘就范的老板子左右摆动，那是何等的激动人心。

吃过早饭，当我拿起钓鱼竿准备去钓鱼的时候，娘阻止了我的钓鱼行动，给我布置了另外一项任务，让我跟二姐一块儿去放羊。我一听，就有些不高兴。放羊虽说也是放，但羊不是风筝，羊不会在地上滚，也不会在天上飞，拴羊绳一直在手里牵着，有什么可放的呢。以前，放羊都是二姐一个人去放，干吗非要加上我呢！我说："不就一只羊嘛！"

"只有一只羊是不错，你二姐放羊时还要割草，你帮你二姐看着羊好一些。"娘说。

我皱起眉头，嘴巴也噘了起来。

"你不用跟我噘嘴，噘嘴也没用。在星期天你不能光想着玩，也得学着干活儿。"娘还说，"你拿上咱家那个破茶缸子，等羊吃饱了拉屎的时候，你就把羊屎蛋儿捡起来。"

娘的安排让我不解，羊屎蛋儿又不是豆子，捡它干什么！

娘似乎看透了我的心思，说："羊屎蛋儿虽小，也是肥料。把羊屎蛋儿上到棒子地里，棒子长得粗，上到豆角地里，豆角结得多。"

"羊屎蛋儿那么脏，我拿什么捡呢？"我问娘。

"拿什么捡？拿你的手捡。手能写字，也能捡羊屎蛋儿。羊屎蛋儿不脏，一粒儿一粒儿的，跟刚打下来的黑豆一样。"

娘的话我不敢不听。我爹病逝后，我们家上有七十多岁的爷爷，下有兄弟姐妹六个，一切全靠娘支撑，不管娘说什么，我们都得听从。倒不是怕娘骂我们，吵我们。我从来没听见过娘骂人，娘大声吵人的时候也很少。我们害怕的是娘的眼泪。自从爹下世后，我们的还不到四十岁的娘，似乎有些委屈，也是可怜她的孩子们，好像随时都会哭一场。我们稍有不听话，或有什么事做得不对，娘提起爹的同时，眼圈一红，眼里就含满了泪水。作为娘的孩子，我们都不愿意看到娘流眼泪，要是看到娘流眼泪，比自己挨一顿打还让人难过。所以，娘让我们做什么，我们的表现都很乖，不等娘眼里含泪，我们就答应下来。我收起钓鱼竿，把钓线缠在一根用木棍做成的钓竿上，并把鱼钩的尖端钩在用蒜白做成的鱼漂上，只得跟二姐一块儿去放羊。

我们家没有搭羊圈，二姐每天傍晚放羊回到家，都是把那只羊拴在院子里那棵椿树下。椿树有些老了，树干上长了不少疙瘩。二姐没有把羊拴在树干上，而是拴在一根爬出地面的树根上。二姐用铲子把树根下面的碎砖头刨出来，刨出一个空洞,正好可以把拴羊的绳子穿过空洞,系在树根上。二姐扪上荆条筐,把镰刀放进筐子里,并找到家里那只搪瓷茶缸子,把茶缸子递给我,解开拴羊的绳子,带着羊和我,向村外走去。我知道,二姐递给我茶缸子,不是让我用茶缸子到河里舀水喝,是让我用来盛羊屎蛋子。我不知道这只茶缸子的来历,只知道它是一只大号的茶缸子,口面子跟一只瓦碗的碗口差不多。茶缸子已经很破旧,斑驳得不成样子。它的瓷应该是白色,如今白瓷破落得几乎看不见了,露出了里面铁黑色的内胎。茶缸子下面的棱角处,磕破有透明的小孔,盛水是不可能了,只能盛一些漏不下去的东西。去年秋天一场秋雨过后,娘一大早喊我起来,让我跟两个姐姐一起去地里捡拾被雨水泡胖的豆粒。同一个茶缸子,上次盛的是粮食,这次却要盛羊屎蛋子。粮食可以吃,羊屎蛋子闻闻都让人恶心。

我们村的村东有一条河,是南北走向的河,河水由南向北流。村南也有一条河,是东西走向的河,河水由西往东流。村子离东边的河近一些,离南边的河远一些。出了村子,二姐牵着羊向南边走。二姐没有征求我的意见,就擅自选择了向南的方向。我故意赌赌气气地走着,磨磨蹭蹭地与二姐和羊拉开了一定距离。娘安排我和二姐一块儿放羊,并让我负责捡羊屎蛋子时,二姐要是帮我说句话,说所有的活儿她一个人就可以包起来,娘也许会放弃她的安排,把我"放羊"。二姐一句话都没说,表明她跟娘站到了一起,把我也当成了一只可以拴住脖子的羊。哼,我是人,在学校里我是少先队的中队长,才不是任人拴来拴去的羊呢!

二姐见我不高兴,她不回头看我,也不招呼我,只管往前走。土路两边都是麦田,麦苗长得绿油油的。羊看见麦苗有些兴奋,伸着嘴想吃。每当羊的尖嘴利牙刚要碰到麦苗时,二姐使劲一拽绳子,就把羊拽开了。村里人认为,在秋后的初冬,地里的麦苗羊是可以吃的,说羊的嘴壮,越啃麦苗就会发得越旺。而一到春天,麦苗一开始孕穗,就不许羊再吃麦苗了,吃了会影响麦子的产量。二姐不但把羊拽开,拽得羊每次都很失望,她还大声训斥羊:"羊,羊,我看你敢吃公家的麦苗,我就勒死你,再把你吊在树上,把你变成一个吊死鬼!"

我把羊吊死在树上的样子想象了一下,不禁有些害怕。不过我很快就明白,二姐只是说说大话、狠话,吓唬一下羊,也让我听听,她并没有权利把羊勒死。这只羊是只半大的母羊。我们那里不把母羊叫母羊,都叫水羊,小母羊叫小水羊,大母羊叫老水羊。也不把公羊叫公羊,都是叫骚胡,小公羊叫小骚胡,大公羊叫老骚胡。这只水羊,是麻闺女儿姑借给我们家的。麻闺女儿姑小时候得过天花,脸上留下了麻子，大人就叫她麻闺女儿。我们晚辈人呢，就叫她麻闺女儿姑。这样叫习惯了，她出了门子回娘家，我们还是叫她麻闺女儿姑。麻闺女儿姑似乎并不反对我们这样叫她，我们每次叫她麻闺女儿姑，她都哎着答应。麻闺女儿姑并不是我们的亲姑，而是一位堂姑，他是我大爷爷家的女儿。

爹去世后，一些回娘家走亲戚的姑姑们，都会到我家陪我娘流一会儿眼泪，并说一些劝慰的话。她们劝我娘的话，我也听到了一些。在我听来，她们说的话几乎千篇一律，都是劝我娘看着几个孩子往前过。这类话我都不爱听，觉得跟空话差不多，没有什么实质性的内容。我娘不看着她的几个孩子往前过，她还能看着谁往前过呢！当然，有些实质性的建议我也不爱听。比如我的亲姑姑就向我娘建议，不要让我二姐再上学了，一个闺女家，能挣个活命就不错，还上学干什么。有上学的工夫，还不如帮家里割割草拾拾柴火呢。我娘听从了我亲姑姑的建议，果然生生地把喜欢上学的二姐从学堂里拉了出来。在我的印象里，在我们家最困难的时候，对我们家有过实质性帮助的姑姑就是麻闺女儿姑。用现在的话说，麻闺女儿姑对我们家的帮助是有限的帮助。为什么这样说呢？原因是，她不是把水羊送给我们，只是借给我们用一下，在借用期间，等水羊将了小羊羔儿，我们家把小羊羔儿留下，再把小羊羔的妈妈还给麻闺女儿姑。就这个借羊生羔儿的事项，我娘和麻闺女儿姑达成的是口头协议。对于麻闺女儿姑的这个善举，我娘很是感激，感激得眼窝子又湿了一回。在此之前，因家里没有钱，我们买不起猪，买不起羊，买不起兔子，连小鸡娃儿都买不起。别说家畜家禽了，我们家也没有看家的狗和逮老鼠的猫。我们那里祖祖辈辈传下来的规矩，小狗和小猫不能拿到集市进行交易，不能卖钱，只能在亲戚朋友和乡里乡亲间互相赠予。看到谁家的狗或猫怀孕了，向狗或猫的主人预订一下，倘若主人同意，待狗或猫生产后，预订者就会得到一只小狗或一只小猫。我们的娘没有向任何人家开口预订过小狗或小猫，家里穷得好像失去了预订的资格，还是别让别人家沾了我们家的穷气为好。而麻闺女儿姑主动把水羊借给我们家，等于一下子给我们家带来了新的希望。尽管我们兄弟姐妹不知道水羊在什么情况下才会将小羊羔儿，什么时候才会将小羊羔儿，但有希望总是好的，总让人感觉前方有了奔头。

三月里来是清明，刮了春风还是刮春风。春风刮过去，把麦叶的背面翻过来，一路翻白，像湖面上的层层波浪。刮风稍停，"湖面"很快恢复平静，又是一片绿色。别看离上次和二堂哥一块儿放风筝只有一个星期，麦苗又长高了不少，在旗帜样的顶叶下面,似乎已经开始孕穗。麦子地里还种有一些豌豆,豌豆的秧子不能直立,都是顺着麦苗的秆子往上爬,有时爬得比麦苗还高。豌豆花已开出一朵两朵,花儿有桃红色,也有蝶白色。在我看来,那些早开的花朵像小小的耳朵,它们把"耳朵"试探性地支棱起来,是在打探遍地花开的消息。一旦打探到别的花朵也在开放,它们再轰轰烈烈地开放也不迟。油菜花跟豌豆花差不多,也是零零星星地开出了一朵两朵,与满天星光还差得很远。油菜花与豌豆花的不同,在于它高贵的金色,哪怕油菜花还没有完全打开,但在阳光的照耀下,已放射出耀眼的金光。地边种的兰花豆所开的花朵的确有点像兰花的样子,可它们好像并不愿意沾兰花的光,花瓣的颜色粉中带紫,紫中带黑,每一朵花都像是在扮鬼脸,都像是要给人们带来一些笑意。燕子在麦田上方快速飞来飞去。我听大人说,燕子飞得这样快、这样低,是为了捉虫子吃。我只能看见燕子,没有看见在空中飞行的虫子。我想,因为燕子的眼睛小,才能看见小东西,我们人的眼睛太大了,反而看不见细小的东西。花间飞行的蝴蝶是白色的,只有展开的翅膀的边缘才有一些浅灰色的花纹。那些花纹不但不会影响蝴蝶的白,好像还对蝶白有所装饰,使蝶白显得更加白光荧荧。我注意到了,蝴蝶都是成双成对地飞,单飞的情况很少。在个别时候,我也看到过有一只蝴蝶在飞,正纳闷儿另一只蝴蝶在哪里,眨眼之间,另一只蝴蝶就从不知名的地方飞了出来,又飞得成双成对,并上下左右有所缠绕。

我们在麦田间的土路上往南走了一里多路,才来到了南河的河堤下面。二姐牵着羊攀上高高的河堤,下到河堤内侧的河坡里,我们才来到了放羊的地方。河坡离水边并不是很宽,坡度也不是很平缓,但总算有一些不种庄稼,只长野草的坡地。那些野草有茅根草、扫帚苗子、灰灰菜、狗尾巴、艾蒿、臭荆条,还有狗儿秧、蒲公英、浆浆瓢、酸不溜草等,可以说五花八门,应有尽有。来到河坡的草地里,羊终于可以不受限制地放开嘴巴吃草。二姐放开了牵羊的绳子,羊二话不说,就埋头在草丛里吃起来。羊切切割割地吃着,发出一种细碎的很好听的声音。

二姐把荆条筐和镰刀放在草地上,并没有马上开始割草。二姐这才跟我说话:"是咱娘叫你出来拾羊屎蛋子,我没有说过叫你跟我一块儿出来,你不能怨我。"

我怨二姐了吗?我并没有怨二姐,让我出来拾羊屎蛋子是娘的意思,不是二姐的意思,我犯不着埋怨二姐。1958年,村里开始办小学,二姐和我同一天入学。别看二姐比我大两岁,她却是我的同班同学。二姐很喜欢上学,学习成绩也不错。可是,娘不让二姐继续上学了,只让我一个人上学。二姐没有说娘重男轻女,也没有说娘对孩子有偏心,哭过一场之后,就放下课本到地里干活儿去了。大姐可以和生产队里的女劳力一起干活儿,挣工分,二姐年龄还小,还没有挣工分的资格,只能扪起筐子,给家里割草,拾柴火。麻闺女儿姑借给我们家水羊后,娘就把放羊的任务交给了二姐。对于我还可以继续上学,二姐没有表现出任何眼红,一点儿都没有和我攀比,好像这一切都是应该的。至于我自己,我当时还不懂事,对上学的事并不是很看重,觉得上学不上学无所谓,上学被老师管着,不上学反而更自由一些。我对二姐说:"我不怨你,我谁都不怨。"

"谁都不怨就对了。"二姐说。

我没有忘记娘交给我的任务,在羊吃草的时候,我就有些机械地盯着羊拉屎的地方。迟迟不见羊拉出屎蛋子来,我就看羊的肚子。这只羊腿细,脖子细,毛长,肚子瘪瘪的,显得有些瘦,一点儿都不像怀有羊羔儿的样子。羊肚子里没有羊羔儿,但羊吃了草,总该有羊屎蛋子吧。羊的小尾巴摆来摆去,怎么连羊屎蛋子都不拉呢!

二姐看出了我的专注,对我说:"你不用老看着羊,想玩什么就玩吧。羊拉屎不分时候,等羊拉屎的时候,我再喊你过来拾也不耽误。"

河坡里有什么可玩的呢,我只能到水边去玩玩水。水边的浅水处长着一丛丛芦苇,还有一片片香蒲。芦苇有些发紫,香蒲一水儿发绿。水面上漂浮着一些马鞭草,还有一些浮萍。马鞭草的叶子是尖的,浮萍的叶子是圆的。有蜻蜓立在马鞭草的叶子上,有青蛙在浮萍上追逐。水是活水,从西往东流。水流得慢慢的,跟不流差不多。偶尔从上游漂过来一片树叶,以树叶的移动为参照,才能看出水是流动的。有水就有鱼,不用说,这条河里也会有鱼,我要是把鱼竿带过来在这里钓鱼,说不定也能钓上个把鱼来。想到鱼,我就蹲下身子,用手中的茶缸子从河里舀水。茶缸子破不破,可以瞒得过羊屎蛋子,却瞒不过水,我舀了多半茶缸子河水,刚要把有些脏污的茶缸子清洗一下,水就开始从茶缸子下面的漏洞里往下漏,漏得像水羊撒尿一样。漏水我不怕,河里的水多的是,我多舀几茶缸子就是了。当我终于把茶缸子清洗干净,我发现,河水是很清的,清得可以看到茶缸的底子,还可以照见人影。好像听二姐说过,她放羊放得口渴了,就走到水边,把双手捧起来,从河里捧水喝。我手中有盛水的家伙,喝起水来方便得很。我伸手舀到清水,刚要喝两口,意外看见有一只小虾竟被我舀进了茶缸子里。小虾在水里弹来弹去,射来射去,像是急于跳出如来佛手心的样子。我撮起两根指头捉它,一捉二捉捉不住,等茶缸子里的水漏干了,我才把它捏住了。我没有掐头去尾,也没有去掉须子,就把整个小虾放进嘴里吃掉。当我把它放进嘴中的一刹那,它在我舌头上弹跳了一下,扎得我的舌头有些麻。小虾再小也是肉,吃起来肉筋筋的,咸滋滋的,味道相当不错。

二姐走过来了,给我送来了几条"面筋",还有几颗"蛋黄"。二姐所说的"面筋",是包裹在茅根草里面的花苞,不等茅根草长出花穗,二姐就把里面的花苞剥了出来。花苞是一根细细的乳白色的长条,嚼起来筋筋的,甜丝丝的,确有一点儿面筋的味道。二姐所说的"蛋黄",也是花苞,是蒲公英的花苞。蒲公英的花苞圆圆的、小小的,比一粒黄豆大不了多少。剥去花苞外面那一层绿色的花萼,露出里面鹅黄色的花苞,就被说成了鸡蛋的蛋黄。"蛋黄"刚嚼在大牙上,有些苦苦的,但嚼着嚼着,苦尽香来,越嚼越香,满口都是清香。我可不是第一次吃二姐给我采的花前果,我小的时候,都是二姐带着我玩,每年春天,她都给我采这些好吃的。有时采得少了,她宁可自己不吃,也要给她的弟弟吃。

太阳越升越高,水羊的肚子吃得朝两边鼓起来,像怀了羊羔儿一样。我知道,水羊肚子里怀的不是羊羔儿,是吃进肚子里的青草,满肚子的青草把水羊变成了一个草包。二姐也割满了一筐青草,把拴羊的绳子重新牵在手里。二姐突然喊我的名字,说羊拉出了羊屎蛋子,让我快去拾。我以前对羊屎蛋子一点儿都不重视,看见羊屎蛋子如看见鸡屎、狗屎一样,都是掩鼻。因为我担负起了拾羊屎蛋子的任务,才第一次对羊屎蛋子重视起来。听到二姐的报告,我如同听到了什么盼望已久的好消息,赶快向水羊跑去。

羊在拉屎的时候并没有停止吃草,它是一边吃,一边拉,前面吃,后面拉,吃草拉屎两不误。只不过,它吃下去的是青草,拉出来的是黑蛋蛋。水羊在拉黑蛋蛋的同时,白色的小尾巴还不停地摆动着,像是在播撒种子,并把种子播撒得更均匀一些。

我蹲下身子,把羊屎蛋子一粒一粒地往茶缸子里捡拾。我原以为羊屎蛋子都是硬的,硬得像黑豆一样,捡到手里,我才知道刚拉出来的羊屎蛋子都是软软的,一捏就扁。我原以为羊屎蛋子都是黑的,黑得像墨一样。拿在眼前我才发现,新的羊屎蛋子还有些发绿,是墨绿。我原以为羊屎蛋子都光光的,一接触我感觉到,羊屎蛋子外面有一层透明的膜,有些黏手。是屎都是臭的,羊屎蛋子当然也不例外,只不过它臭得不太厉害,冒出的热气中还有一些青草的气息。我像捡宝一样,一粒不剩地把羊屎蛋子都捡到茶缸子里去了，捡了小半茶缸。我把茶缸晃了晃，茶缸子里哐当哐当一阵响。

中午回到家，我把茶缸里的羊屎蛋子拿给娘看，等于向娘汇报成绩。娘看了一眼说，嗯，不少。让我把羊屎蛋子倒进粪窑子里去。

粪窑子里又是水，又是草，乱七八糟，沤得冒着绿泡泡儿，臭烘烘的。我好不容易才捡回这么多羊屎蛋子，马上就倒进粪窑子里沤粪，是不是有点可惜呢！这次我没有听娘的话，舍不得把羊屎蛋子倒进粪窑子里似的，把盛着羊屎蛋子的茶缸子放到石榴树的树杈上去了。石榴树的叶子密不透风，树上正开着满树的红花，要是不仔细找，不会发现我所藏起来的茶缸子和羊屎蛋子。

水羊白天吃了一天草，把肚子吃得支棱着，晚上拉屎总是拉得很多。每天早上看，水羊都把那棵拴羊的椿树周围拉得密密匝匝，盖满了地皮。这么多的羊屎蛋子，真够拾一气的，恐怕装满一茶缸子都装不完。然而，拉在自家院子里的羊屎蛋子不用手拾，早起的大姐，抄起一把竹子做成的大扫帚，呼呼啦啦就把羊屎蛋子统统扫进敞着口子的粪窑子里去了。

收集羊屎蛋子不是我们的目的，我们最关心的还是水羊能不能将出小羊羔儿的问题。水羊拉出的羊屎蛋子再多，多得哪怕成千上万，都抵不上一只小羊羔儿。羊屎蛋子总是黑的，小羊羔儿才是白的。有一天下大雨，雨下得哗哗的，是白帐子大雨。不能再下地放羊，二姐只好把羊牵到我们家堂屋的西间屋，拴到一条床腿上。听大人说过，跳蚤最害怕羊身上的膻气，只要把羊拴在床腿上，跳蚤一闻到膻气，顿时就蔫儿了，就跳不起来了。我们家床上的跳蚤平日里跳得很欢，谁都不反对二姐把羊拴在床腿上。下着雨不能出去玩，我们姐弟说起了小羊羔儿的事。大姐说："也不知道水羊啥时候能将羊羔子。不说多，能将一只小羊羔儿也好呀，也算麻闺女儿姑没有白白把水羊借给咱们家喂。"

二姐不同意大姐的说法，她说："那不中，水羊至少得将两只羊羔儿，一只小水羊，一只小骚胡。"二姐天天放羊，好像羊就得听她的话，她又说："水羊要是将不出两只羊羔子，我就不遂它的意。"

在我们姐弟中，大姐排老大，二姐排老二，我就是老三。我想，水羊要是将两只羊羔子的话，大姐二姐一人一只，可能就没有我的份儿。于是，我发表的意见是："水羊最好能将三只羊羔子，有三只羊羔子，就算是一群羊羔子。"

妹妹和大弟弟也都知道自己是老儿，也通过羊羔子联想到了自己。妹妹希望水羊能将四只羊羔子,大弟弟说还是有五只羊羔子更好一些。就这样,我们姐弟在盼望和想象中,像是在提前分配羊羔子,并像是把自己也当成了羊羔子。我的小弟弟倒是没提出让水羊将六只羊羔子,他咧着嘴哭了起来,嚷着说:"我也要羊羔子,我也要一只羊羔子。"

娘吵了我们:"争什么争,你们这是在分家吗!你们都还小,还不到分家的时候。"

有天半夜里,水羊突然叫了起来。平日里水羊是咩咩叫,叫得很是温柔。那天却可着嗓子叫得声嘶力竭,好像不得过了一样。二姐被吵醒了,她说,羊可能是饿了,她去看看。娘让二姐不要管,说水羊可能是在走羔儿。我们不懂什么叫走羔儿,二姐大概也不懂,她还是起身到院子里看羊去了。二姐去看羊,羊还在叫。二姐出去了好一会儿,才回到屋子里。二姐对娘说,外面是月亮地,她看见了羊,旁边还有一堆草,看来羊真的不是因为饿才叫唤。二姐还说,她看见别人家的羊跑到我们院子里来了,就用扫帚把那些羊赶跑了。

娘对二姐有所埋怨:"你这孩子,就是爱管闲事,我说不让你管,你偏要管。那些羊可能都是一些没上绳的骚胡头子,可能都是水羊唤过来的。"

放暑假期间,我差不多每天都跟二姐一块儿去放羊。按照分工,在放羊的同时,二姐还是割草,我还是负责捡羊屎蛋子。羊的肚子每天都吃得饱饱的,但每天夜里拉过一地羊屎蛋子之后,羊的肚子都会瘪下去,连一点儿怀羊羔儿的迹象都没有。二姐听人说过,水羊要是怀了羔子,会在羊的奶子上表现出来,羊的奶子会鼓胀,下坠,两只奶穗子也会变得粉红。二姐把水羊肚皮下面的奶子看了又看,没看出奶子有什么变化。这天傍晚,西边的天上布满了红霞,红霞映在水羊身上,使水羊变得有些红,白羊仿佛变成了红羊。二姐坐在草地上,抱过水羊的肚子,一侧的耳朵贴在水羊的大肚子上听。我猜,二姐是想听听水羊肚子里有没有羊羔胎儿的声音。我对二姐说:"你不用听,水羊肚子里除了草,就是羊屎蛋子,连一只羊羔儿都没有。"

"你不要瞎说!"二姐说。

这时,有一个沿着河坡拾粪的男人走了过来,走到我们身边站住了,问我二姐:"这个小妮儿,我来问你,你放的是老水羊还是老骟羊?"

二姐没好气,说:"长着两只眼,你自己不会看吗!"

"咦,这个小妮怪厉害,我告诉你吧,你放的羊是水羊,水羊是用来将小羊羔儿的。"

"不用你说，我也知道。"

"你是只知其一，不知其二。我还要告诉你，你把羊放得太肥了，羊的肚子里长满了板油，就怀不上小羊羔儿了。"

这话二姐不爱听，她生气了，脸涨得通红，说："你不会说话就别说，嘴痒了，到南墙根儿蹭蹭去！"

拾粪的男人好像也生气了，把拾粪的铁锨在草地上铲了一下，说："一个小妮儿家，你怎么能骂人呢，这是跟谁学的？"

"我怎么骂人了？我骂你什么了！"二姐把镰刀提在手里，一点儿都不示弱。

眼看脾气倔强的二姐和那个男人越吵越厉害，我意识到自己的责任。我是二姐的弟弟，有责任跟二姐站在一起，保卫二姐。于是我就走过去，站在二姐身边，对那个外村的男人怒目而视。可惜我手里没有什么像样的可以当作武器的家伙，只有一只盛了一些羊屎蛋子的破茶缸子。我想，那个男人胆敢动二姐一指头，我就敢把盛了羊屎蛋子的茶缸子砸在他头上，砸得他头破血流，羊屎蛋子沾他一脸。说不定我还会像一条狗一样扑上去咬他的胳膊。

那个男人倒是没有动手打人的意思，他说："你们庄上的大人我都认识，你爹叫什么名字？哪天见了你爹，我得把你骂人的事儿跟你爹说一说，让你爹好好管管你。"

我娘生下我二姐时，上了岁数、急于见到孙子的奶奶在屋里哭，我爹却在屋后放太平车的屋里唱小曲儿。二姐听到这样的传说，认为爹很喜欢她，她对爹也很有感情。二姐当然不会对那个陌生的男人说出爹的名字，也不会说明我们的爹已经死了。可是，当别人提到我们的爹时，二姐的眼里顿时含满了泪水。二姐大概不愿让别人看到她眼里的泪水，别过脸向东边的天边望去。西边的霞光渐渐淡去，东边的阴影开始上升。

水羊似乎也感觉到了气氛不太对劲，咩咩叫了两声。

那个多嘴多舌的男人可能也看到了二姐眼里的泪水，没有再说什么，扛起铁锨走掉了。

转眼到了秋天，高粱红了，棉花白了，谷子黄了，到处是庄稼成熟的气息。当生产队里开始收割豆子时，水羊跟前还是连一只羊羔子都没有。盼小羊羔儿心切，我们全家人都习惯了天天看水羊的肚子。看的结果是，头天傍晚羊的肚子是鼓的，到了第二天早上，羊的肚子就瘪了下去。如果说头天看到的是希望，一夜过去就变成了失望。可是，谁都不能不承认，羊是明显变肥了。麻闺女儿姑刚把水羊借给我们家时，水羊的腿是细的，脖子是细的，脊骨也是细的，摸到哪里都有些硌手。现在水羊的腿是粗的，脖子是粗的，脊背也变粗了，不管摸到羊身体的哪个部位，一抓都是一把厚墩墩的肉。如果说水羊刚到我们家时不过二十来斤的话，现在恐怕得超过了六十斤。另外，水羊刚到我们家时灰秃秃的，脏兮兮的，一点儿都不漂亮。经过我们家人几个月的悉心照顾和精心喂养，水羊变得干干净净、白白亮亮，比一个小媳妇儿都好看。其实，二姐和我从没有给水羊洗过澡，也没给水羊梳过毛，它一吃得肥，就长得壮，心情一愉快，身上的毛自然而然就亮了，眼睛也亮了。只不过水羊的任务是将小羊羔儿，将不出小羊羔儿来，长那么漂亮有什么用呢！真让人发愁，叹气。

我有一位堂叔，他是生产队的队长，也是麻闺女儿姑的哥哥。堂叔对水羊能不能怀小羊羔儿的事也很关注。有一天早上在院子外的饭场吃早饭时，我娘问堂叔，水羊怎么老也怀不上羊羔子呢？堂叔的回答被我听到了，堂叔说，因为村子里缺少成年的老骚胡，一些小骚胡还没有长成，它们的蛋就被人割掉了，或者捶烂了，早早地就失去了爬羔儿的能力。我娘说，在水羊走羔儿期间，夜里连叫了三夜，倒是有些骚胡头子被水羊唤过来了。堂叔说，那些骚胡都是小骚胡，有那个心，没有那个苗子，爬羔儿也是瞎爬。堂叔还有一个说法，跟那个拾粪的男人的说法几乎是一样的。堂叔说，水羊来到我们家后，全家人都紧着它，它的生活太好了，吃得太肥了，肚子里长满了油，再怀羊羔子就难了。

"这真是，人走了背运，人帮忙，天不帮忙，连一只羊羔子都得不着。几个孩子天天盼星星盼月亮似的，都盼着能见到羊羔子，看来指望不上了。"娘的声音有些发沉。

堂叔说："没事儿，哪天见着我妹妹，我跟她说说，水羊不用还给她了，到过年时，你们家干脆把羊杀掉，吃肉算了。"

娘摇头说："那可不中。"

这天晚上，我做了一个梦，梦见水羊如我所愿，将出了三只小羊羔儿。小羊羔儿的嘴唇红红的，眼圈儿毛毛的，身上软软的，一只比一只可爱。我马上向二姐报告好消息，也不知发出声音没有，自己却醒了过来。一醒来，我马上爬起来，跑到院子里看究竟。天上有大半块月亮，满院子都是月光。我看见了，树根上只拴着那只水羊，哪里有半只小羊羔儿的身影呢！在月光的照耀下，那只水羊浑身发着白光,像是用一堆新雪堆成的雪羊。"雪羊"在地上卧着,我走过去,蹲下身子摸了摸它的脖子,它才站了起来。我经常跟在它屁股后头捡它拉的羊屎蛋子,它对我已经很熟悉。它用舌头轻轻舔了舔我的手,仿佛对我说:"刘家的哥哥,你不好好睡觉,半夜里爬起来干什么?"

我们那里有一个说法,叫虫不过冬,债不过年。意思是说,一到冬天,蚂蚱、蛐子、蟋蟀等就死掉了。欠下的债呢,必须在过年之前还清。在刚踩住腊月的一个星期天早上,娘对我二姐说:"快过年了,你今天去金庄把水羊还给你麻闺女儿姑吧。"

二姐一听娘说让她去金庄麻闺女儿姑家还水羊,眼圈儿一下子就红了。二姐是个有责任心的人,她认为水羊一直没能将出小羊羔儿,是她的责任。从春天到夏天,从夏天到秋天,从秋天又到冬天,二姐天天放羊快一年了,对水羊也有了一些感情,她有些舍不得把羊送走。

娘看出了二姐的伤心,说:"虽说水羊没留下小羊羔儿,你麻闺女儿姑对咱家的人情咱还是要领。人说话得算话,年前必须把水羊给你麻闺女儿姑还回去。要不这样吧,让你弟弟跟你一块儿去吧。"

我哩个亲娘哎,眼睛怎么老盯着我。派我拾羊粪蛋子不说,还水羊的事怎么又派到了我头上。我知道,我们庄离金庄十多里路,七拐八拐要走半晌午才能走到呢。我说我不去,水羊来的时候是一只,回去的时候还是一只,二姐一个人去还就可以了,去那么多人干什么!

娘有办法劝我去,她的办法是抓住我的弱点。我的弱点是什么呢?是嘴馋,肯吃嘴。娘说:"去吧,你麻闺女儿姑一看你们把羊养得这么肥,心里一高兴,说不定会留你们吃饭,会给你们做一些好吃的。"

娘一抓我的弱点,我的心就软了,脑子里开始想象麻闺女儿姑会给我们做什么好吃的,或许用麦面给我们烙油馍,或许给我和二姐每人煮一个咸鸭蛋。我故意磨蹭了一会儿,以掩饰自己的弱点,最终还是同意了跟二姐一块儿去麻闺女儿姑家走一趟。

二姐牵着羊在前面走,我在后面跟。因为不必再拾羊屎蛋子,我就没有带那只破茶缸子,空着两只手。出了村子,我们先是沿着一条土路往南走。走过一座石桥,我们就拐上河堤,沿着高高的河堤往东走。我看见我们的影子映进河水里,我们和羊是头朝上往前走,水中的影子是头朝下往前走。在水中头朝下的样子是可怕的,好像我们会随时朝着无边无际的水底沉下去。只看了几眼,我就不敢再看。

走着走着,天下起了小雪。雪花很小,也很稀,几乎看不见。春来时地里初开的豌豆花和油菜花虽说也是零零星星,总是看得见的,可冬来时初开的雪花儿却不易察觉。我是觉得额头上凉了一下,又凉了一下,仰脸往天空看,才发觉下起了小雪。河堤下面的地里都种上了小麦,满地都是绿色。雪花落在麦地里,很快被绿色淹没,一点儿都不显白。雪花落进河水里,很快与河水融为一体,跟没下雪一个样。雪花落在羊身上,倒是存下了几朵,但因雪花与羊毛靠色,也看不出羊身上有什么变化。

我们来到了麻闺女儿姑家,她对羊的态度和对我们的态度,大大出乎我和二姐的预料。麻闺女儿姑大概也知道了水羊一直没将出小羊羔儿,她接过牵水羊的绳子拴在一棵树上后,竟照水羊的肚子上踢了两脚,一边踢一边吵:"你这个没用的东西,我踢死你,踢死你!"

眼看接近晌午,麻闺女儿姑没有任何留我们吃午饭的意思。二姐说:"姑,我们回去了。"

麻闺女儿姑仰脸看了一下天说:"雪可能会越下越大,趁这会儿雪还没下大,你们想回去就回去吧。"

我们离开麻闺女儿姑家时,听见那只水羊在我们背后叫了两声。我们没有回头。

我们回家走到半路上,雪果然下大了,雪花在空中飞舞,天地间一片迷茫。

我和二姐都有些想哭。


**【作者简介】**刘庆邦,生于河南沈丘农村。一级作家,中国煤矿作家协会主席,北京作家协会副主席,北京市政协委员,中国作家协会全国委员会委员。当过农民、矿工和记者。著有长篇小说《平原上的歌谣》《红煤》《遍地月光》《黑白男女》《女工绘》等十二部,中短篇小说集、散文集《走窑汉》《梅姐放羊》《遍地白花》《响器》《黄花绣》等七十余部。《刘庆邦短篇小说编年》十二卷。曾获鲁迅文学奖、老舍文学奖、南丁文学奖、孙犁散文奖、《小说月报》百花奖、北京市首届德艺双馨奖等奖项。根据其小说《神木》改编的电影《盲井》获第53届柏林电影艺术节银熊奖。多篇作品被译成英、法、日、俄、德、意大利、西班牙、韩国、越南等外国文字,出版有七部外文作品集。

# 心喜欢生

余同友

## 1

不管天晴还是落雨，只要夕阳最后的光亮减弱，沙地渐凉，在地下蛰伏了或一年或三年或五年的知了猴们就会准时地迫不及待地钻出地面，挣脱蛹壳，爬到高高的树上去。

刘光明知道那准确的时间，他甚至比知了猴还准时。他抬头看看西天，包围着夕阳的云朵从火红变得嫣红，变得桃红，变得橘红，变得茄红，而稍远处的大块大块的灰云淡淡地横铺在天边，把最后的天光欲抹未抹之时，第一只知了猴就出来了。

他趴在桃树下，就在那一刻，那一刻，夕阳哐当沉落下去，但残余的光亮依旧留存在天地间。很短的一瞬，哗，仿佛大鱼破开水面，知了猴破土而出。

它的嘴巴和前双肢还是软软嫩嫩的，却不知从哪里来了力量，它咬破了蛹壳，全身涌动着一股看不见的暗劲和狠劲，一眨眼的工夫，就从蛹壳里脱壳而出。刚出来时，它的身体是透明的，像一枚琥珀一样，它浑身上下布满了初生的黏液，睁开茫然的复眼，突然，也是一瞬间，就如有神启般认清了方向，它歪歪倒倒地，颤颤巍巍地，却又坚定有力地，锲而不舍地，拼命拱起身子，往树上攀爬，并立即伸出细长的尖喙,要吮吸树枝上饱满的汁液。这时,像变魔术一样,它透明的身体刹那间就穿上了青灰色的威风凛凛的铠甲,分分钟它就从婴儿变成了壮年。

第一只知了猴刚一露头,就像在地底下吹响了集体冲锋的号角,顿时,数百只上千只知了猴纷纷从地底下往地面上冲锋,以一样的姿势,一样的决绝,一样的努力,一样的神情。

天完全黑了,而地底下的冲锋未止,沙沙声还没有止息。每年的五月、六月和七月,河滩上的野桃树落了花,结了小小的指头大的果实,而后又慢慢由青变红时,就是知了猴复活的季节。自从没有了"看生"的营生,年年这个季节,也就成了刘光明的复活的季节,他看着知了猴们一只只新生,就像当年看那些小猪崽们从母体里瓜熟蒂落,扭扭歪歪地凑到老母猪的肚皮下拱奶吃一样。

直到一点儿也看不见了,刘光明才拧亮头顶上的充电电筒,照着最后一批知了猴,凝视着它们的新生。

这是一场浩大的新生,惊心动魄的新生,奋不顾身的新生,这个时候,刘光明听不见任何别的声音,看不到别的任何事物,他完全沉浸在这样的一场新生里,这些新生,在河滩的桃林和柳林里砌起了一道墙,围起了一种别样的气息、声音、颜色,把他和世界隔绝开来。

过了很久,那道墙才渐渐撤去,刘光明才重新回到了世界中来,他缓缓地呼出了一口气,爬起来,拄起拐杖。这个时候他才想起巧,他向河滩边的卵石上望去,果然,一个黑影子坐在那里,面对着河水一动不动。

"巧!"他喊了一声。

巧没有答应。

他走到巧身边,摇着巧,她睡着了,睡得很沉,怀里抱着她的布娃娃,口水牵着细丝,在夜里清亮如山溪。

他只好蹲下去,捏住了巧的鼻子,好一会儿,她终于睁开了眼,但还处于半睡中。

"起来!巧!回家睡去!"他用力拉着她,却拉不起来,巧变得好沉,他拉着拉着,忽然,他觉得有点儿异样,有哪里不对,他在黑暗中站了一会儿,猛地拉开巧捧在胸前抱着布娃娃的双手,低头用电筒照着巧的肚子——穿着一件衬衫的巧,肚子明显地呈现凸起的形状。

刘光明扔掉手中的拐杖,着急忙慌地拉起巧,他不知道自己哪儿来的力气,一下子将巧提溜了起来,巧站立不稳,左右摇晃着,而他失去了拐杖,更是站立不稳,他一头搭在巧的肩膀上,迅速地拉起巧的衬衫,在一阵阵摇晃中,他看见,巧的白肚皮隆起了。

"老天哪!这是哪个狗日的作的孽啊!"刘光明瘫倒在卵石上,他仰头看去,站立起来的巧和坐着时一样一动不动,但她的黑溜溜的眼睛睁大了,直直地看着他,就像十年前那个夜晚一样。

## 2

刘光明晃了晃头上的充电电筒,眼前的黑夜便被挖出了一个洞,从洞里他看见了一条河的影子,他知道瓦庄石桥到了,每次从沙庄、窑庄、井庄一路走出来,他都要在瓦庄石桥头的石狮子上坐一下,歇一气,然后,一鼓作气地再走上五里沿河的小路,回到鸭儿滩自己的家去。很多年了,就像一个仪式,这晚自然也不例外。

他放下拐杖,关了头顶灯,一条腿搭在了石狮子背上,一只手搂着石狮子的颈脖子,这一套动作成了固定程序,他熟悉得不能再熟悉了,石狮子脖颈和背上雕刻的云纹部分都被他磨光滑了。在这里,再漆黑的夜里,他都不点灯。往常,他坐在石狮子的背上,搂着狮脖子,一边身子斜靠着,就能看见石桥下流淌的河水。天越黑,河水越白,而天上月亮越大,河水反而越黑。河水的这种特性,刘光明几岁就知道了,因为他从小就生活在河边。这种时候,他会闭上眼睛,静静地听着河水流动的声音,绵长无绝的水声像一幅电影宽银幕,它会渐渐在刘光明的脑海里放映出几个小时前他"看生"的画面:人家猪圈里,母猪哼哼着,躺倒在草窝上,巨大的黑暗笼罩着猪圈,刘光明坐在他横过来的拐杖上,调好头灯,只将一小束光照在母猪身上,他也不让一旁的人说话,静静地等待着,终于,小猪一个个被母猪生了出来,它们挣扎着,歪歪倒倒地爬到母猪的肚皮上,寻找着奶头,然后贪婪地吮吸起来。这个过程,除非特殊情况,作为"看生"人的刘光明一般不会出声,也不会有一个多余的动作,任何人都能感受到他的喜悦,那种喜悦像是一场盛大的典礼,庄严,肃穆,圣洁,像教堂里的圣乐响起时,人们为之感恩,为之喜悦,眼里噙满了眼泪。刘光明长久地沉浸在这种喜悦里,直到走到这石桥上,他还要再一次在脑海里回放着,再重新享受一次。

但这天晚上,出了点儿意外,回放还没有开始就遭到了打断,他刚爬上石狮子,从狮子旁边就冒出了一个大黑影子,像一头黑熊。

"光明,今天回来得早呢。"刘光东的声音闷闷的,在黑影子里硬邦邦地响,像是要把黑影子砸出几个坑来。

刘光明愣了一下,说是早,其实也有十一点多了,看来哥哥刘光东是特意一直在这儿等着他。他抓起拐杖,支起身子,从石狮子背上滑下来单腿着地,等着刘光东说话。

刘光东咳嗽了一下,这回声音有点儿清亮了,他说:"光明,你想不想抱养一个孩子?"

"不想。"刘光明说着,点了点拐杖,立即抬直一条腿要走。

刘光东说:"别急,你跟我来看看,看看再说。"

刘光明扭着头看了一下河水,今晚无月,河水清明,他问:"啊,都已经抱过来了? 在哪儿? 不会在你家吧?"

刘光东说:"不会不会,这点儿事我还不知道分寸? 你跟我来。"

刘光东在前面带路,是顺着山走的,其实也是顺着河走的,路就开在河边的山上,这也是往刘光明鸭儿滩的家走去的路。没走几十步,在河边的大柳树下,刘光东停住了。

一个小小的黑影子站在路中间,一动不动。

刘光明拧亮头顶灯照过去。光的洞穴里,立着一个女孩,看不出年龄,从身材看,大概八九岁,她的头发显然好久都没有洗过,像一蓬乱稻草,支棱棱地扎向四面八方,脸上也灰蒙蒙的,像干涸很久的沙地,一身衣服也早破旧得分不出颜色,脚上踏着一双塑料硬拖鞋,脚后跟处已经被踏没了,她拢着一双手,抱着个灰扑扑的东西,一双黑溜溜的眼睛盯着灯光看,也不怕刺眼睛。

刘光东说:"你看,这么大了,好养,再养几年,就可以嫁人,选个老实女婿,你遭灾害病养老送终就有的靠了。"

刘光明摇摇头:"你从哪里弄来的?"

刘光东说:"我到镇上买化肥,有人告诉我,有这么个女孩子,她不会说话,是个哑巴,脑子也不大灵光,也不知道从哪里来的,估计是别的地方搞整治,趁晚上把这些孬子拉出来一路丢,我就趁人不注意带她回来了。"

刘光明继续摇头:"我不养。"

刘光东急了："跟你说了,一个人都没有看见,我特意晚上骑自行车带她回来的,她傻是傻,可是你这样子总得有个后人吧?"

刘光明把拐杖往前一伸,把三个字往地上重重一丢:"我不养!"他说着,关了头灯,点着拐杖,单腿一点一点地往前走,拐杖点着地面,发出橐橐橐的声音,像一群麂子过山。

黑暗中,刘光东气呼呼地在身后说:"好吧,是我咸吃萝卜淡操心,是我没事找事!"

刘光明只顾往前走,他飞快地点着拐杖,点一下拐杖,另一条腿就跟着往前大步跨进,他越点越快,像敲着激越的鼓点,有几次,拐杖敲在了凸起的石头上,他脚下一滑,差点摔倒,就这样,他还是不停,他觉得只要停下来,他整个人就会摇晃不定,然后扑通一下倒下去。

到了鸭儿滩,到他那三间土砖房里,他才斜放下拐杖,瘫倒在床上。

鸭儿滩现在只有他这一户人家了,以前有十来家,他的家、哥哥刘光东的家、父母家、大伯家、二叔家,还有几户杂姓人家,他记得自己结婚那一年,还有几家住在这里,后来,今年搬走一家,明年搬走一家,就搬空了,而他,如果不是后来出的那些事,他也是要搬走的,不说搬到镇上县上,至少也要搬到瓦庄,和哥哥刘光东一样,住到人口集中的人窠里去。

不过,现在,刘光明觉得住在这独一户的鸭儿滩是最好不过的了,这个偏僻的地方,这个一度让他拼了命要逃离的地方,现在却成了上天特意给他留下的,前世就定好了的,一个再也找不出第二处的地方了。这里没有人,他不想见到人,尤其是陌生人。

风刮了一夜。其实,后半夜的时候,刘光明并没有睡着,他脑子里老是闪着那个女孩两只眼睛里的黑光,他奇怪自己怎么能在黑夜里看见一个人眼里的黑光。风刮过后山的竹林、松林,然后像一把巨大的扫把,扫过他家的瓦屋顶,似乎听到咔嗒一声响,不知什么东西吹落下来了。他也没有起床去查看,反而将头埋在被窝的更深处,一动不动,一双腿却在颤抖着。他像一头被竹笼笼住的鱼,鱼头被卡住不动了,而鱼尾巴却在笼子外剧烈地摇摆着。他害怕听到这种风声。

直到风声止息,太阳出来,他才撑着拐杖,打开了木门。吱呀一声,阳光涌了进来,一个人影也涌了进来。

那个哑巴傻女孩子直愣愣地盯着他,怀里抱着一个灰扑扑的东西,这回看清楚了,是一个布娃娃,脏兮兮的,一只有机玻璃做的眼珠子不见了,它成了独眼娃娃。

那个少了一只眼睛的布娃娃睁着一只好眼睛,也看着刘光明。

刘光明忽然有点儿想笑,他心里想,这下真是三个残疾佬凑齐了,自己是瘸子,而女孩子是哑巴,这个布娃娃是瞎子。他问那个女孩:"你从哪里来的?"

女孩不说话,黑溜溜的眼睛越睁越大,好像眼睛能回答问题似的。

"你叫什么名字?"他又问。

女孩使劲地抱着布娃娃,布娃娃受到挤压,那另一只好眼睛也开始睁得很大,好像它也能帮助她回答问题似的。

刘光明叹了一口气,他想想,说:"噢,你是个哑巴,你这么傻,那你就叫巧吧。"

## 3

刘光明看着巧,用拐杖比量了一下她的身高,在拐杖上画了个记号。到了傍晚,他戳着拐杖准备去一趟大哥家,让他给巧带一套新衣服。他刚出门,原来一直坐着的巧立即站了起来,跟着他走。

"你回去!"刘光明挥手说。

巧停下来,不解地望着他,等刘光明迈开腿,她又跟了上来。刘光明只好由着她跟着自己。走在沿河的小路上,以往只有河水跟着自己,现在多了一个小人跟着,刘光明发现多年不变的生活突然变得不一样了。

自从拖着一条瘸腿从小煤窑回来后,他就每个月去一次大哥刘光东家,他的生活用品,米、面、油、盐、肥皂、牙膏,包括蔬菜种子、黄球鞋,都由大哥帮他从镇上代买来,他不想上街,除了"看生",他不愿和村里任何人多说一句话。山里路窄,经常对面碰到人,他远远看到村里人就躲到一旁的大树后头,宁愿拖着瘸腿爬上山也不愿和别人说几句话,其实,村里人早就看见他了,他们也不难为他,等着他爬上山躲藏好了,才慢吞吞地走过来,还很善良地故意不将目光看向一旁的山上。村里人一路走了过去,边走边互相摇摇头低语说,可惜了,当年的一个中专生啊,吃国家饭的啊,成了现在这个样子。

一九八七年夏天的一个早晨,刘光明和父亲走在山路上,他们一人挑着一担稻子到乡粮站去交粮食,交完了粮食,凭学校录取通知书,去乡政府文书那里办个"农转非"手续,他的户口就由农业户口变成了非农业户口了。从鸭儿滩去乡政府的一路上,刘光明的父亲不时地停下来,和村里的人打招呼,大着嗓门儿说话,等待着人们来问他挑担粮食去乡里的缘由。

"哦,上的什么学校?"

"供销学校?将来出来跑供销?那好啊,天天跑完南京跑北京呀!"

"什么?到供销社上班?哎哟,那到时候给我们留点儿化肥票啊,收毛竹的时候别像张老歪那样老扣我们的秤啊,我们村里终于有人在供销社做事了,好事啊!"

刘光明当时根本不知道供销学校是做什么的,反正只要是个中专学校就行了,是班主任老师给他填的报考志愿,班主任说:"供销好,你看哪个乡镇里不都是供销社地盘最多势力最强?一个供销社占了半条街,农资土产百货日杂棉麻,要什么有什么。"

那些日子里,少年刘光明走到山路上,每一个遇到他的大人都会停下来,和他拉上几句话,他要是扛着一捆柴,立即就有人上来要替他扛一截路,边抢他肩膀上的柴担子边说:"你都是公家人了,你现在都是客人了,怎么能让你挑柴担子呢?"

因为刘光明考上了中专,而且是供销学校,原来久久不肯答应和大哥结婚的大嫂家立即同意了婚事,他上学的第一个春节,他们就结婚了。

一九九一年暑假,刘光明毕业了,果真分到了供销社,在离家六十公里外的本县豹溪乡供销社。他在那里没有跑供销,没有搞收购,而是在门市部站柜台,站的是日杂柜台。柜台面子是用厚厚的松木做的,像个肉案子的案板,下面四转则镶上玻璃,里面摆上了搪瓷盆、瓷碗之类,柜台后面的地方摆的更多的是陶器,火盆、腌菜缸、吊罐、砂锅、大水缸,这些陶土做成的器物,泛着酱色的釉光,周身如同形成了包浆,它们被叠加着垒得高高的,像一排兵马俑。

这些东西卖得并不好,似乎年年都不见那些兵马俑个子矮下去,时间越长,它们的面孔变得越阴冷。坐在昏暗的柜台里,刘光明觉得自己也成了一个陪葬的陶器,也拥有了包浆,像是被烧制出来后,已经在这里堆放几百年了。他隐隐有些不安,有些不好的预感,但他又不知道为什么不安,他只知道一个陶器的命运并不掌握在自己手里。

让刘光明看到一点儿光明的是，在土产柜台上班的胡美英有事没事喜欢到他柜台这边来，借凭证、换零钱，每个月门市部全体柜台盘点时，她也喜欢和他一个组，隔三岔五地，她还选个没人的时候，偷偷给他端去一搪瓷缸煨烂的薏米粥或者鲫鱼汤。胡美英长得还行，长发细腰白脸盘，就是不是正式工，不是吃商品粮的，也就是说，她的粮食是由她自己的那一份土地供应的，而不是像城里人那样是由粮站供应的，刘光明有点儿犹豫。

第二年的一天，刘光明的一个中专同班同学跟着县总社的主任到豹溪检查工作来了。这个同学的父亲是另一个镇上的书记，所以他一毕业便被直接分配到了县总社去了，不用站柜台，每天上班就是打开水、泡茶、看报纸，偶尔会陪股长和主任到下面各个乡镇供销社检查工作。他在日杂柜台那一堆昏暗中找出了刘光明。刘光明冲着同学笑了笑，他想说什么，却忽然发现自己和陶器待在一起待久了，好像连一句话都不会说了，他嘴角扯动了好久，才喊出了同学的名字。那同学看看空荡荡的门市部，将身子伏在厚重的松木柜台上，低声对他说，看样子，供销社不行了，化肥、种子、蚕茧、棉麻、土产，这些都要放开了，不是供销社独家经营了，所以马上就要改制了，其他的市县都在改，力度很大，你也早点儿想点退路吧。

刘光明看着同学的嘴和脸在一片昏暗里，显得分外的白，在柜台上白出了一个另外的空间。他知道对方是看在同学的分儿上，特意给自己报信的，给自己点拨的，但他听不明白，或者他不愿意使自己明白，他们中专生可是国家干部啊，是行政二十四级的干部啊，怎么突然会改成没有工作的人呢? 再说，早想退路，能想什么退路? 他们当初报志愿，报师范的就毕业回家当小学老师，报粮校的就毕业回粮站上班，报农校的就毕业到农技站上班，国家不是早就安排好了吗? 那么早国家就根据各个不同部门的需要，安排他们学习，以填充空出的岗位，一个萝卜一个坑儿，怎么突然就多了他们这些萝卜了呢? 他期待着那个同学早点走开，在这里待久了，这个昏暗的空间里已经不欢迎任何另外的东西了，同学的一块白皙浮在这一片昏暗里，让整个自洽的自主的这一片昏暗的空间非常不安。

说了一会儿别的同学毕业后的情况，同学很快走了，刘光明觉得安全了，那种熟悉的不变的昏暗又包围了他，他坐了好久，在一堆陶器间，他抚摸着那些坛坛罐罐。那天门市部关门打烊后，胡美英来到他房间，送给他一双鞋垫，是她亲手绣的，绣的是两朵莲花，红花绿叶紧紧地靠在一起。

刘光明低头看着那两朵花,他对胡美英说:"我们结婚吧,好不?"

刘光明的父亲那时候已经卧病在床,随时可能撒手归天,为此,他希望他们马上就结婚,赶在他父亲闭上眼睛之前,这个理由说不充分也很充分,因为按当地的风俗,父母若是殁了,后人至少三年内不得结婚,三年能等得及吗?胡美英家等不及,尽管刘光明家没有给一分钱彩礼钱,她家还是一口答应了。于是,九月份,天气刚刚凉爽一些,晚稻在稻田里还没有抽穗,农事稍稍闲了,刘光明就雇了一辆小轿车、一辆小卡车迎娶了胡美英。

婚房就是豹溪供销社刘光明的单身宿舍,剪了两个红"囍"字各贴在门上、玻璃窗上,这就算有了婚姻和家庭了。

刘光明后来觉得,完成这一桩婚姻也许是他这一辈子做的最正确的一件事情,否则,他可能一辈子也结不了婚了,但也有可能是他这一辈子做的最错误的一件事情,否则,大概就不会有以后的那些波折了,谁知道呢?

刘光明九月份结的婚,到了十一月份,天气渐冷,他父亲就闭上眼睛走了,因为看到刘光明结了婚,父亲走得还算满意,这一点,从小数学很好的刘光明计算得很准。到了第二年的三月份,豹溪供销社突然被要求改制,从主任到职工全都要一刀切买断工龄,刘光明算到了这一步,但没算到这一步会来得这么快。他想,幸亏老父亲走得早,要是再迟几个月,老父亲还没死,听到这个消息,他到阴间都会不安心的,他是绝对想不通这件事的。

不光是老父亲,其实刘光明自己也想不通。他这个考上了中专的人,念了供销学校的人,成了国家干部的人,一夜之间,连站柜台的资格都没有了,那些经年闲置的陶器不管怎么样,终归会有人使用它们的,而自己一个大活人却直接被抛弃了。怎么会这样呢?当年不是说好的吗,考上了中专,就是公家人了,一辈子吃公家饭做公家事。为了考这中专,刘光明做了多少几何题代数题物理题化学题啊,背了多少英语单词啊,上课听老师解题他眼睛都不敢眨一下,下课后,他连上厕所都一路小跑,抓紧时间回到座位上背书做题,哪一天他都是全校最早起床最迟睡觉的那一个啊,中考时,全校四百多个考生当中他考了第三名,县一中的老师再三动员他去上重点高中然后考重点大学,他都没有去啊,他就是想着早点上班拿工资啊。

在上头清产核资改制小组的人进驻豹溪供销社后,不少职工天天找那些人去打听情况,提出各种条件,只有刘光明不愿意和他们碰面,他整天坐在那一堆陶器中间,一股仿佛在地底下沉淀了千年的阴凉气息围绕着他,他想,要是自己能直接变成陶俑就好了,有一个活着的人的形状,但又不需要吃喝,不需要结婚,不需要家庭,甚至不需要阳光,只需要以一种凝固着的安详的表情就可以过完一生。他坐在那里,面容沉静,不喜不惧,甚至不吃不喝,总是要等到下班时候,胡美英挺着五个月的身孕跑过来找他。

昏暗中,她拉着他的手说:"光明,下班了,回家去啊。"

刘光明的脸好久才抖动一下,他沉默了很长时间才反应过来,低声应一句:"哦,下班了,回家去。"

最后的改制方案出来,刘光明面临选择:要么拿上两万块钱,搬出宿舍,彻底走人,要么拿一万五千块,剩下五千块算作房租,可以继续住在单身宿舍里。

豹溪是个小乡,没几个流动人口,在街上做生意做不出来,马上孩子又要出生,一间房子就太挤了,刘光明想回鸭儿滩去,不管怎么样,那里还有三间砖瓦房,但回到鸭儿滩去做什么呢?兜兜转转一圈后,还是回去搬泥巴做农活儿?况且,自己原先名下的田地早就没有了,自己就是想做农活儿也做不成了啊。

数学很好的刘光明不知道这道算术题是怎么个算法。

快到选择的最后期限时,原来和他站同一个柜台的老赵找到他。老赵说,我们合伙做茶叶生意吧,你看二三十块钱一斤的茶叶,贩到外面城市里,可以卖到一百多块钱,哪怕卖五六十块钱也有的赚。

刘光明之前也听说过一些做茶叶生意发财的传闻,豹溪产茶,家家户户有茶园,日里采茶,晚上做茶,天亮时搭三轮车到县城茶叶市场卖,有些贩子在地上摊一块塑料布,拿了秤,一会儿工夫就能收购几百斤,用蛇皮袋装好,再运到几百上千里外的大城市里,有些单位发福利,一发就几百斤,一年做几笔这样的生意就够了。

老赵说,他以前老家的一个表哥现在就做这个,这门生意简单,我们俩合伙收购,由表哥找关系,得到的钱三一三十一,稳妥妥的。

老赵平时做事挺稳重,他这样一说,刘光明就下了决心,那间宿舍不要了,豹溪供销社这个令人伤心的地方,再也不要来了。拿到买断工龄款的当天,刘光明就请了辆小卡车装了家具等物品,让大哥刘光东帮忙,带着胡美英跟车回到鸭儿滩,而他自己则一直待到晚上才出发,他借口说还有些账目要处理,其实,人去屋空,整个供销社像个古墓般寂静。他关上房门,看了看宿舍门上和窗玻璃上还没有完全褪色的红"囍"字,骑上自行车,往鸭儿滩去。

从豹溪到鸭儿滩的路,一会儿是砂石路,一会儿是柏油路,一会儿又是泥巴路,一时平平坦坦,一时坑坑洼洼。刘光明脚蹬着车,只听到车轮沙沙沙响,没有月亮,周围漆黑一团,他也不打手电筒,只是凭感觉顺着路骑,弓着身骑,喘着气骑,他觉得自己像一只地底下的蚯蚓,在黑暗的泥土里拱着身子,全身柔软无骨。

骑到下半夜时,他才到了鸭儿滩,听见河水哗哗地寂寞地流。

现在,他又走在鸭儿滩边,河水还和多年前一样,哗哗地流,不同的是,那时,他的一双脚还好好地长在他的身上,那时,巧还不知道在世界上的什么地方。

"你喜欢穿花衣裳吗?"刘光明问巧。

巧坚持一贯的沉默,她抱着布娃娃,只是坚定地跟着他走。

"做个哑巴不说话也好,"刘光明说,"刚好我也不喜欢说话。"

## 4

刘光明从豹溪下岗那天,是在夜里回到鸭儿滩的,而他离开鸭儿滩去省城做茶叶生意也是在夜里,他怀里揣着那两万块钱中的五千块钱,偷偷走到瓦庄石桥的桥头,老赵在那里等着他。

老赵弄了一辆幸福250摩托车,打火,发动,车灯亮了,轰隆隆,驶进夜的深处,刘光明两只脚夹住车后座,耳旁的风声呼啦啦响。

刘光明和老赵在县城露天茶市找了一个小角落,悄悄铺上一小块塑料布坐地收茶。老赵负责看茶叶、谈价钱,数学学得很好的刘光明负责称量、付钱和记账,两人早上就收齐了两百多斤干茶,分成四个蛇皮袋,一人挑着一担坐大巴车往省城去。大巴车上坐了许多贩茶人,茶叶都堆放在高高的车顶篷上,每到一站就有人下车,从后面的铁梯上爬到车厢顶卸货。每一次停站,老赵和刘光明都要从车窗里往外伸出头,看看别人有没有错下了他们的茶,那些茶可是他们大半个身家性命哪。坐了七个多小时的车,在天黑时分他们到了省城。两人就在车站附近找了一家小旅馆住了下来,因为带着茶叶,他们不敢出去吃饭,就买了几个包子,就着开水算晚餐。

到了第二天,老赵一早就跑出去联系他老家的那个远房表哥。半上午的时候，老赵和那个表哥赶来了，老赵一脸笑意，他们挑着茶叶直接上了一辆出租车，直奔省城的一家大电厂。据老赵表哥说，他已经和厂里的工会主席说好了，全厂今年的茶叶就由他们供应，这第一批是好一些的茶，发给中层以上领导干部，下一批可以再弄些次等品，价格便宜些，发给工人们，当作防暑降温劳保用品。

一切顺利，到了大电厂后，老赵表哥报上了工会主席的名字，门卫便放他们进去了，不一会儿，就有人过来招呼他们。老赵和刘光明又挑着茶跟着来人进了一幢楼，然后是等待，过了半个小时，又来了一个人，带他们去了另一幢楼，一直到中午，这四担茶像四个顽皮的孩子才终于安静下来，待在一幢楼的一间屋子里。老赵表哥又跟着去结账，然后又张罗着请工会主席还有别的几个人吃饭。等吃完饭了，老赵的表哥从一个大信封里取出钱，和他们算了账，又扣除了中午请客吃饭的钱，余下的钱平均分了。

刚一拿到信封，刘光明掂了掂，手感很好，他粗略算了算，这一趟下来，他们每个人赚了两百块钱，而他在豹溪供销社每个月的工资才一百块钱不到哪。回去的大巴车上，刘光明虽然很累，却半天睡不着，老赵也睡不着，因为表哥在他们临走前告诉了一个好消息，让他俩半个月内再进一批茶叶来，这回要装一卡车茶叶，除了电厂，省城其他几个厂包括煤球厂、自来水厂、汽车厂等厂家的关节他都打通了，这一笔生意做下来，每个人赚十个两百都不止。

刘光明在省城车站附近的店里花了三十块钱给胡美英买了条纱巾，蚕丝的，握在手里柔软得像风。对于胡美英，刘光明时常觉得自己做得不够地道，也可以说是骗了她，让她只做了几个月的供销社家属，然后，他这个行政二十四级干部就成了平民。不过，这趟茶叶生意让他多少又增添了点儿自信，看来，天无绝人之路，或者，那些来负责改制的人说的是对的，像那些刷在墙上、印在报纸上的"下岗再就业，爱拼就会赢""扔掉铁饭碗，道路会更宽"之类口号所说的一样。

刘光明回到鸭儿滩时，胡美英催促他，不如将买断工龄的钱到县城买套小房子，到那里做做小生意，鸭儿滩这地方太偏僻了，几户人家都隔三岔五地搬出去了，大哥刘光东家也在附近的瓦庄起地基了，到时候，就只剩下自己一家在这里，独户，住在鬼窠里一样，想想都怕啊。

刘光明递给她那条红纱巾说："你说得对，我们马上搬到县城去，不过，得让我把这笔生意做完。"

刘光明把这次的情况对胡美英一说，胡美英也两眼放光，她说："哎呀，那我们到时可以买个大一点儿的房子,也有本钱进货做别的生意了。"

刘光明说:"那是当然。"

在鸭儿滩只待了一夜,第二夜,刘光明又在瓦庄石桥桥头和老赵接上头,赶到了县城。两千多斤茶叶,不是个小数目,他俩天麻麻亮就到了茶市,老赵与茶农砍价比上次更有经验,收购了五个早上,总算收齐了,请了一辆东风解放卡车,直接上货拉到了省城。

省去了大巴车一路下客进站停顿的时间,到省城时才傍晚。这回表哥直接到高速入口去接他们,表哥坐在前面的出租车里带路,让卡车跟着他的车,一路开,开到了郊区一个仓库。

和表哥同行的一个人,熟门熟路地打开了仓库门,直接把茶叶卸在仓库里,又吱呀关上大门,上了锁。这个时候,夕阳也吱呀一声掉落下西天。刘光明看看仓库,门口没有名牌,他问表哥,这是哪家单位啊?

表哥告诉他,这是电厂的物资储备仓库,因为这批茶叶数量较大,不能像上次一样直接送到厂里,明天专门有人来验货,验完货后再结账付钱。

离开仓库,卡车司机先走了,他们几个到市里的一家饭店吃饭,表哥说要好好地请一下同行的那个人,那个人是电厂工会主席的小舅子,这回的业务能做成他功不可没啊。到了饭店,表哥点了几个大菜,那时候省城刚时兴吃小龙虾,上了红通通的一大盆,又上了白酒,似乎仍不足以表达谢意,表哥又把老赵叫到一边,让他到酒店外买两条中华烟,送给那个人。

"这条线不能断,你想想,一年做这一单我们就够了,是不是?"表哥说。

那晚上,送走表哥和那个工会主席的小舅子,老赵和刘光明又找了一家小旅馆住下,他们晚上被表哥劝了不少酒,表哥一杯接一杯地让他俩敬那个小舅子的酒,他们喝得头重脚轻,跌跌撞撞地上了小旅馆逼仄的楼梯,进了房门,鞋都没脱,就分别扑到床上睡着了。

刘光明临睡,心里头忽然觉得有一丝不安,他感觉似乎有什么地方不对劲儿,但没等他再想,他脑子里就像散开了的烟花,再也聚拢不起来,他想问问老赵,老赵却打起了响亮的呼噜,他嘴巴咧了咧,也睡着了。

第二天早上,刘光明和老赵很早就醒了,他们出去吃了顿早餐,然后,按表哥昨天晚上约好的,在小旅馆里坐等他来,然后一起去电厂结账。等到了中午,表哥也没来。刘光明突然慌张了起来,他看看老赵,老赵的额头上也冒出一粒粒绿豆汗。

不约而同地，刘光明和老赵起身跑步下楼，用公用电话不停地打表哥的电话。表哥以前打给老赵的都是一部固定电话，他说是他家的电话，但这一次打过去，一个老太太接的，却说是街道上的公用电话。除了这个号码，老赵不知道表哥的其他任何联系方式。

打了几十次电话后，刘光明对老赵说："不能再打了，快，我们赶到仓库那里去。"

老赵一拍大腿："对啊！"

他们立即在街头拦了辆出租车，飞速赶往头天卸货的那家仓库。凭着记忆，他们好不容易找到了那家仓库。跳下出租车，他们看到仓库门紧锁着，一切都和昨天傍晚一模一样，心里才稍微松了口气。他俩走到围墙边的保卫室，对保安说要看仓库里的货。

保安嘴里衔着根香烟，香烟燃烧了很长一截儿，烟灰就是不断，他说："那里昨天装着茶叶，你看什么看？"

刘光明说："我们看看茶叶受没受潮。"

保安说："不用看了，昨晚就运走了。"

老赵说："运走了？运到哪里去了？"

保安说："我怎么知道呢，我只负责看大门，仓库门也不归我开关。"

刘光明说："你们这个仓库不是电厂的？"

保安吸了口烟，说："电厂？什么电厂？我们这是村办轧钢厂的老仓库，现在租给别人了。"他说着，长长的一截儿烟灰轰然坠地。

## 5

大哥送来了刘光明委托他给巧买的花布衣裳。

刘光明烧了开水，又洗刷了木澡盆，在一旁摆上洗发膏、香皂、新毛巾，他给巧先洗头。给巧打湿头发后再打洗发膏，揉搓，一缕缕黑水洒落，又换水，又打洗发膏，再揉搓。洗了三遍后，水清了，刘光明用毛巾擦着巧的黑头发。湿润乌黑的头发贴在巧的头皮上，驯服得像一头刚出娘胎的小黑兽。刘光明猛地一怔，他不敢再看那乌黑的头发，扭过头去，将眼睛里的眼泪强行逼退。

一货车的茶叶就那样人间蒸发了，刘光明和老赵怎么也不敢相信这是真的，尽管报了警，警察让他们回家等消息，他们俩还是在省城蹲守了一个月，他们几乎把能想到的地方都找了个遍，还是没能翻出老赵那个表哥的一点儿踪迹。

老赵问老家的人，老家的人说，那家伙早就没有回去过了，早年听说在外面挣到了不少钱，架势挺大，出入都开着车，去年回老家时说是有个好项目让大家投资，十里八乡有不少人把钱投在他那里，说好今年分红的，结果不要说一分钱分红了，连本钱都要不回来了，现在也是怎么找也找不到人了。

老赵不断地向刘光明道歉，他后悔把买断工龄的钱全部投了进去，鸡蛋都放在了一个篮子里，这一下搞砸了，没办法收场了。老赵说着，把头都快要勾到大腿沟里了。

在省城蹲守时，为了省钱，他们俩天天吃炉饼喝生水，一个多月后，这样节省着，手上还是只剩下回去的车票钱了，他们只好先各自回去。这一个多月的时间，刘光明瘦得脱了形，人瘦毛长，双眼凹陷，夜里，走到瓦庄石桥头，他看着河水，几次想一头栽到水里去算了。

他没敢对胡美英说真实情况，只是说，暂时没结到账，很快他们就会有钱的。

这期间，老赵特意来看了他一次，偷偷给他塞了五百块钱。老赵一直是个单身汉，工作比刘光明早，身上还有一点儿积蓄，靠着这五百块钱，刘光明熬到了年底，熬过了年关。

正月到了，胡美英的肚子越来越大，离预产期只有十来天了，刘光明算计着是不是送她去乡卫生院，但手头上已经没什么钱了，早一天去就要早花一天钱，还是算好了时间提前两天再去吧。不料，就在离分娩快一周时，那天晚上，胡美英突然发烧，烧得整个人像火炭一样，刘光明被吓坏了，准备去外面村子找医生，但胡美英说她怕是肺炎，必须到乡上医院打针，否则这样烧下去恐怕对肚子里的孩子不利。

胡美英这样子，不能坐自行车在山路上颠簸，而且走几里山路，到瓦庄桥头再过桥去乡里，太费时间了，特别是瓦庄也没有车子，怎么到乡里去也是个问题。看着胡美英烧红了的脸，刘光明急中生智，他想起门前河边有个竹筏，是前不久一个烧炭人运炭丢下来的。他便抱了床被褥垫在筏上，让胡美英躺上去，他自己将门前的晒衣竿取下来做撑篙，撑着竹筏向对岸划去。到了对岸，就是县级公路，路边是县里设立的林业木竹检查站，那里有车，到时再拦辆车去医院，这样更稳当。

那晚,一开始时天空上还有几点星光,看得见河水奔流,却不料起了河雾。河雾是突然起来的,一团团一缕缕在河面上翻滚,刚划到河中心,河雾越来越浓,刘光明一下子失去了方向,耳边是胡美英痛苦的呻吟声,竹筏下是河水诡异的哗哗声,他慌了神,汗水瞬间湿透了衣裳,手上似乎一点儿力气也用不上,他咬着牙,拼命地划动,也不管方向对不对。划着划着,竹筏碰上了河中心的一块石头,一下子侧翻了,胡美英惊叫了一声,随后落入水中。刘光明跳下竹筏,捞起胡美英,拼命划着水。

水花四溅中,胡美英从高烧中清醒了过来,她说:"刘光明,刘光明,我这是要死了吗?"

刘光明差不多要哭出声来了,河水冰冷,他上下牙齿打着架说:"你可不能死啊,千万不能死啊,我们的孩子在你肚子里呢。"

刘光明挣扎着,一只手乱抓乱挠,触到了一根硬邦邦的东西,他死死拉住,才发现是河边的杨树根,总算上岸了。

在乡医院里,胡美英大声喊叫着:"我要孩子,我要孩子,医生,求求你,保住我肚子里的孩子!"

医生冲着一旁的刘光明摇摇头,递过一张手术通知书,让他签字。刘光明哆哆嗦嗦地在上面签上了自己的名字。

几个小时后,胡美英鼓起的肚子瘪了下去,孩子被引产下来。医生托着血糊糊的小肉团递给刘光明看,是个女孩,都已长成形了,皱巴巴的皮肤,让她看起来像个老人,可是,她却顶着一头乌黑的头发,头发真黑真浓密啊,像一头小兽。

这个生下来就老去的孩子。

这个生下来就死去的孩子。

刘光明跪在胡美英的病床边,失声哭喊着,一双手深深抓进床单里。胡美英勉强看了他一眼,就闭上了眼睛,她昏睡了过去。

# 6

巧刚来到鸭儿滩的时候,刘光明已经做起了"看生"先生。

所谓"看生"就是替人家看护快要生产的猪马牛羊,特别是看猪。这一带的人家几乎家家养猪,小猪苗的需求量很大,一般十多户人家就有一家专门养母猪,生下小猪苗再卖给其他养猪户。母猪生小猪时,需要从头到尾进行看护,这个过程中暗含有许多不测,如母猪难产,母猪压死猪崽,母猪不让小猪吃奶,等等,于是,就有了"看生"人。

刘光明是从外地拖着一条坏腿回到鸭儿滩后不久,才做起"看生"人的。刚回来时,他的一条坏腿还在化脓、发炎,每天要请村里合作医疗的医生上门换药,所以他暂时住在大哥刘光东家。

大哥家养了一头肉猪,还养了一头母猪,正是快要生产小猪的日子,一家人都很精心地照料它。之前一年,各个地方发猪瘟,母猪死了不少,导致第二年猪价猛涨,小猪苗也格外畅销,一窝猪苗卖得好可以收入六七千块钱,所以,母猪变得金贵起来,大哥每天在半夜里还要起来一次,给母猪添饲料。每天夜里,刘光明都睡不着,他拄着拐杖,坐在猪圈前面,就看着大哥喂猪。

猪圈顶棚上吊着一只昏暗的灯泡,像一个小葫芦,母猪拖着大肚子,哼哼着,呱嗒呱嗒地吃着猪食,给沉寂的夜晚增添了一丝生动。刘光明顾不得身边的蚊蝇成团成团地包围着自己,看着母猪,听着山风从山林上吹过来,大地泛起潮气,他觉得心里安静了下来,之前一直叮着他不放的恐惧和不安,突然飞走了。他对大哥说,你白天在外做事,晚上又要喂猪,太辛苦了,反正我也没事,你把饲料拌好,晚上我来倒猪食吧。

母猪临产前,刘光明让大哥买了一只顶在头顶的顶灯,隔上一刻钟就去照照猪圈。这是他从科学养猪的书上看来的,临产的猪,容易脾气暴躁,最好不要整夜亮着灯,要保证它的睡眠。刘光明守在猪圈前,听着母猪不时发出有节奏的呼噜声,注视着它隆起的肚子一起一伏,一窝新生命即将来到这个世界上,人世在这一刻难得地露出了它温柔的一面。

那天半夜,母猪哼哼的声音加大了,猪食也不吃了,刘光明知道它快要分娩了。他赶紧招呼大哥,让他在猪圈里再铺上一层新稻草。母猪在靠着墙的一边侧躺了下去,它的尾巴举起,生门肿胀鼓凸,两排乳房像一粒粒红纽扣儿,它的呼吸急促起来,肚皮起伏着,像有一双无形的手正按压着它。刘光明去看母猪的眼睛,它的眼睛半闭半睁,它似乎也看着刘光明,眼神里满是温柔的感激和信任,又似乎看着虚空,像是把即将到来的一切疼痛或死亡完全交付给莫测的命运。

刘光明老僧入定般地端坐在猪圈里,头顶灯挖出一个小小的洞穴,笼罩着母猪身体的一部分,约过了两个小时,母猪低低地却仿佛用尽了全身气力嘶喊着,随即，一个小小的粉红色的小猪头从生门之口探了出来，它满脸的皱纹，像一出生就衰老了，它的头顶也顶着一撮黑黑的毛发，它划动着双脚，终于，跌落出母体，带着一身产液，跌到了草绿色的干稻草上，它像一只小昆虫，眼睛尚未睁开，盲目地划动四肢，打着圈圈。刘光明轻轻地拢住小猪崽，将它捧到母猪的肚皮下，将它粉红的长嘴筒凑到其中一个乳头上，这是为了让它记得，这个乳头以后就是它专属的了，避免众多小猪争奶头。小猪崽不停抖动的嘴唇一接触到母猪乳头立即就扑上去，安静而贪婪地吮吸着。这时，第二头小猪崽又露出了它的湿润的脸和头顶那撮乌黑的毛发。

刘光明的心里温柔至极，他像获得了神启般，无师自通地帮助小猪崽们顺利地出生，一头，两头，三头，这只母猪真能生，一口气生出了十三头小猪崽，它们齐齐地扎在母猪的肚皮下，吮吸着母猪的乳头，它们真是一秒钟就变一副样子，身上的湿润的薄膜消失了，毛发仿佛见风生长，小尾巴很快地摇动起来，瞬间就有了一头猪应有的样子。

这是多么让人喜悦的事情啊。

这世界上让人喜悦的事情不多，这大概就是其中一件吧。

刘光明感觉一种潮水样的东西激荡着他，包裹着他。他突然想到在供销学校上学时，城市的南边有一座山，山上有座小寺院，有一次他和同学爬到了山上，到寺院里玩，进了院门，经过前门厅的韦陀塑像，走到里间，小门匾额上写着四个黑色的字，隶书，他念道：心喜欢生。这时候，一旁的一个和尚笑着对他说："阿弥陀佛，你念错了，应该从右往左念，生欢喜心。"他当时很害羞，一个中专生连几个简单的字都念错了，他后来特意查了查《汉语大词典》，知道了那几个字的意思，和尚说得没错，可是，现在，他觉得他当年念得也没有错，"心喜欢生"，不也说得通吗？而且，他是确确实实地从心里感受到了那种生的喜悦啊！

从那以后，沿着瓦庄往山里去，窑庄、沙庄、井庄，只要有人家的母猪要生产，他都会赶了过去，只为看着一头头小猪崽的新生，他渐渐地掌握了一些独门诀窍，比如解决母猪难产，为母猪催奶，能准确地预测到母猪什么时候生产，大概能产下几头小猪苗，他看了一本养猪手册，但更多的，是他自己总结和琢磨出来的，他好像有这方面的天赋似的。乡兽医站的人本来就不耐烦深更半夜到山里去出诊，这下好了，就由刘光明代替了他们。刘光明总是随叫随到，也不讲价，别人给多少就多少，就是一分钱不给，他也不说二话。养猪户们在母猪快要生产时，就提前来请他去"看生"，用自行车推着他，后面跟着巧。所以，那些年，只要在山路上看到刘光明和巧，人们就知道，又有哪家的母猪要生小猪了。

而每次"看生"完了后，不管多晚，刘光明都坚持不要别人送他，他和巧一前一后慢慢走着，别人不理解，只有他自己知道，他这一路上正享受着一场"生"之后的那种喜悦。

很奇怪，母猪生完小猪总是在深夜时分。刘光明喜欢在这样的深夜里行走。他拄着拐杖，巧紧紧跟在身后，有月光的晚上，他们就着月光，没有月光，他们就着头顶的灯光。无边的黑夜紧密地包裹着他们，风是和暖的，温热的，山上的树没有彼此的边界，全都连成了一片，地上的草木在吐着露珠，山谷里所有的水分都在聚集，凝结，流向小溪，流向河流，沿着山路走到河边，河水哗哗地响，偶尔，会有一条鱼啪地跃出水面，仿佛，世界都在这个夜晚新生，很多生命都在这个夜晚脱胎换骨，刘光明感到自己的脸凉润润的，自己的腿并没有残疾，他能像从前一样健步如飞，巧也并不是哑巴和傻瓜，她耳聪目明，他和她都成了婴儿，正在黑暗的子宫里被养育，他们都还没有被分娩出来呢。

## 7

巧来了四年，洗头洗脸洗澡，都是刘光明给她烧水，挤洗发膏，打香皂。刘光明喜欢端着一盆温水，从巧的头上倒下去，水顺着巧的头、脸、肩、背、屁股、大腿，滑落下去，水珠留在巧的皮肤上，她的头发乌黑闪亮，贴着头皮，像一头初生的小兽。每当这时，巧就睁着她乌黑的眼睛，直盯盯地看着他，嘴角难得地扯出一缕细细的微笑。

洗好后，刘光明细心地为她穿好衣服，抱着她，到床上去。巧抱着她的布娃娃，听话地睡在床的一头，刘光明则睡在另一头。每晚，巧睡着了，总是要将一双脚搭到刘光明的身上，刘光明将她推下去，她总是不屈不挠地又搭上来，久了，就都习惯了。

可是那天晚上，刘光明在灯光下为巧洗澡时，突然发现，巧不知什么时候胸口那里鼓出了两个花苞，他端着一盆水，迟迟没有倒下去，他看着那灯光下白皙的身体，吓了一跳，不知不觉间，巧从那个当初的女娃娃即将成为女人了。他迅速地给巧穿上了衣服，然后，在另一个房间空床上为巧铺了被子，他指指床对她说：

"以后你就睡这里了！"

等刘光明上床后，巧不声不响地又钻到他的床上来，弓着身，睡到另一头，很自然地又将一双脚搭到他的身上。

刘光明像被炭火烫了一下，他立即缩回了身子，从床上跳了下来，拉着巧，指着另一间房说："去那里睡！"

巧不去，睁着双黑黑的眼睛无声地盯着他。

"去那里睡！"刘光明吼着。

巧惊恐地看着刘光明，但她就是不走到另一间房里去。

刘光明不看她，他从厨房里抽出一根细竹枝，啪地抽了巧一下，巧的腿肚子上立即凸起了一道红色的血痕。她疼得咧着嘴，不解地看着刘光明，却一只手死死扶着门框，就是不走出房间。

刘光明闭了眼，又冲着她抽了一竹枝，巧呀地叫了一声，刘光明不停顿，跟着又继续抽，抽，抽，巧哇哇地叫着，跳了起来，跑到了那另一间房里，她躺在床上，紧紧地抱着布娃娃。

刘光明给巧关上了房门，然后回到自己房间的床上，也躺了下来。

他侧耳听着巧房间里的动静。巧开始呜呜地哭着，过不了一会儿，她就不哭了，呼吸顺畅了，只是，不时地抽泣一下，大概是在做梦吧。

刘光明却一直没有睡着，身上再也没有巧的小脚压着，好像船舱里没有了压舱石，这个夜晚都是晃荡的。

晃荡。是的，让人恐惧的晃荡的那个夜晚又来了。

那年正月，没有保住孩子，胡美英从乡卫生院出院后，没有回到鸭儿滩，她直接去了她娘家，而刘光明也直接去了省城。

老赵跑来告诉他，终于打听到了，那个可恨的表哥又在省城活动，听说他前不久还偷偷去了一次老家附近的亲戚家，又开着一辆小车，还带了一个不三不四的烫着大波浪头发的小女人。老赵气愤地说，说不定那辆车子还有那个大波浪头发的女人，花的都是他和刘光明的买断工龄钱。他们决定再一次去省城蹲守，抓住这个该死的家伙，茶叶和钱恐怕是要不到了，但哪怕是把他的一辆车子扣押起来也好啊。

根据别人提供的信息，刘光明和老赵在省城郊区的一个街道上蹲守了几天，也没有发现那个表哥，好不容易找到个别认识表哥的，不是说他去了新疆，就是说他去了海南,反正没有个准信儿。本来抱着挺大的希望的,可现在希望越来越渺茫。晚上,他们俩像两只土老鼠,钻进小旅馆里,蜷缩在床上,互相也不说话,粗重的呼吸充塞在小小的空间里。两个人都没有睡着。到了下半夜,老赵大概实在忍不住了,他轻身起来,划亮火柴,点了根香烟抽起来。火光把他的脸照得像块生锈的铁。

刘光明沙哑着嗓子说:"也给我来一根。"

老赵迟疑了一下,并没有开灯,而是将香烟点着了,隔床递过来。

刘光明狠狠地吸了一大口,烟头猛地红亮了一下。小小的黑暗的房间里两只红红的烟头闪烁,像一双嗜肉动物的血红的眼睛。烟雾弥漫,刘光明突然觉得眼前这情景就像那一次撑着竹筏带着胡美英过河一样,茫茫大雾中,河流似乎要瞬间将他们吞没。

老赵咳嗽起来,剧烈地咳嗽,仿佛要把整个肺咳出来,好半天他才停下来。他扔掉烟头,突然说:"去他妈的,光明,这样下去生不如死,不如赌一把。"

刘光明说:"赌?这里有赌场?本钱呢?"

老赵低了声说:"不是赌钱,是赌命!"老赵的牙齿咬得咯咯响,"人是一个,命是一条,这是我们最后的本钱了。"

刘光明觉得空气凝滞起来,黏稠起来,像固体,是可以用刀一片片切下来的。

老赵说:"这样活得也太憋屈了,不如干一把!要死鸟朝天,不死万万年。人无横财不富,马无夜草不肥,人为财死,鸟为食亡。"老赵将小时候学过的《增广贤文》背了好几句,牙齿依然不断地发出咯咯声。

刘光明后来才知道,那牙齿间发出的咯咯声,一半是因为害怕,一半是因为兴奋。他忽然全身也有了反应,他也扔了烟头:"妈的,有人对不起我们,我们也就可以对不起别人,干就干!"

老赵说:"对!省城这个鸟地方骗了我们,我们就是要在省城搞回来!"老赵说着,拉亮了灯,从床底下往外拿东西,一根尼龙绳,一把斧头。灯光下,老赵的脸仿佛印在水面上,水波晃荡,将他的整个脸都扭曲变形了。

刘光明吃惊地说:"原来你早就想好了?"

老赵说:"哼!我准备好几天了,对谁下手,怎么下手,怎么逃跑,我都想好了!我上午对自己说,晚上八点之前如果再找不到那个挨千刀的,我就要赌一把,反正都这样了,没得退路了!"

后来，一想起那个夜晚，刘光明的眼前就会晃荡起来，身体底下的大地就成了一只风浪中的小竹筏，左右前后摇摆，那水面泛着惨白的光，揉搓着老赵和他狰狞的脸。

晃荡着，晃荡着，他就会头脑里天旋地转，肠胃里翻江倒海，始终有一股浊气在喉咙里打滚，使得胸口喘不过气来，立时大汗雨一样滚落下来，随后，他就会呕吐，把苦胆都要吐出来。

随着这晃荡，这一晚，刘光明又跑到屋外的一棵桃树下，吐着，有好多年都没有吐过了，自从做起了"看生"人后，他就很少吐了。

他弓着腰，不出声地吐着，吐得像一条阳光下暴晒过的鱼，身上的鳞片片片翻起，直到吐无可吐了，他才慢慢走回屋里去。他走到巧的房门口，轻轻推开房门，看着巧，巧呼吸平稳，那个布娃娃和她睡在一头，一只玻璃眼睛在夜里泛着一点儿暖光。他关好门，回到自己的房间里去，经过刚才那一番风浪，他似乎忘记了刚才回忆起的那一切，他像壁虎会挣断自己的尾巴一样，自动挣断了那一截突如其来的回忆。这样，他在黑夜的深处，终于艰难地睡着了。

# 8

巧像什么事也没发生一样，也许对她来说，确实就是什么也没有发生，哪怕肚子隆起来了如山高。她仍然抱着布娃娃，慢慢走到自己的床边，躺下，然后很快就睡着了。

刘光明在脑子里不停地搜索着，从窑庄到井庄再到瓦庄，这一路上的村庄里，有哪些人有嫌疑，他一个个在脑子里过滤，像网鱼一样，网里面却没有网上来一条鱼，这一路上的村庄住的不是老人就是小孩，年轻力壮的早就不在了，剩下的那些老头儿，会是谁做下这丧天良的事呢？他想破脑袋也想不出来，到底是谁对巧作的孽。

只能是谁趁自己不在巧的身边害了巧。这两三年，刘光明和巧本来就已经很少出门了，因为找他们"看生"的少了，一年到头都没有两次，今年更是一次都没有，在"看生"这个活儿上，刘光明已经下岗好久了。

这一条山冲里的人，随着打工出去的越来越多，除了极少数人家，一般都不再养母猪了，特别是从前年开始，说是要整治村庄环境，政府又不让农户一家一户分散养猪了，而是招商引资，在窑庄老深山里建了一个大养猪场，据说一年可以出栏上万头肉猪。

刘光明面临着第二次下岗失业，他让大哥刘光东专门去了一次养猪场，问问管理人员，需不需要一个"看生"的。刘光东去问了一次，回来后告诉刘光明，那里配有专门的技术员，人家可都是农业大学畜牧兽医专业毕业的，大学生，科学养殖，哪里需要他这个半路出家的土兽医。

刚开始的日子，刘光明急得生了一嘴燎泡。他发现，不再"看生"，自己就像掉了魂儿一样，那种沉浸在"生"的喜悦中的感觉没有了，他就会越来越多地不可遏制地回忆起那个晃荡的夜晚，频繁地天旋地转，呕吐不止。

没有了"看生"，他的日子就没有了希望。夏初的一天，刘光明实在忍受不了，他决定去窑庄山里的那个养猪场碰碰运气。天开始有点热了，他拄着拐杖，背着茶壶，戴着一顶草帽，沿着山路往里走，只有一条山路，走到没有路了，就是那家养猪场。这条路过了窑庄的村堂之后，便开阔起来，据说这是政府为养猪场专门修建的，为了防止猪瘟传染，养猪场离村庄还有好一段距离，而且到猪场上班的人全要穿戴防护隔离服，经过杀菌室消毒才能去喂猪食、扫猪圈。

刘光明是带着巧一起去的，走那么远的路，耽误那么长的时间，他不放心巧一个人留在鸭儿滩。他们一路走得几乎没有停歇，刘光明摸摸腋窝下，那里火辣辣的，他知道准是拐杖磨破了皮肉，汗水一渍，格外的痛。转过一个山脚，他看见那个养猪场了，真是大，好像那整片山都被白围墙圈起来了，猪舍都是蓝色的钢顶结构，从山脚下往上望去，它就像一个白墙蓝顶的宫殿，巍峨高耸。

刘光明和巧一齐停住脚，往山上看着。

一阵山风吹过，刘光明耸耸鼻子，养猪场的气味被风带了过来。这些气味中，有猪饲料的气味，有半大的肉猪身上毛发的气味，猪粪和着猪尿的气味，而于这些复杂的气味中，他迅速地捕捉到了一股母猪即将分娩前的特殊气息，他知道，那宫殿里面，一场"生"即将开始，一场巨大的喜悦就要降临。

刘光明几乎是四肢着地，如果拐杖也算他的一肢的话。他喘着粗气，忽然加快速度，像百米奔跑的最后冲刺一样，往山上跑去。跑到半山腰，那种"生"的气息越来越浓，它给予刘光明的信息也越来越明确，刘光明认定，这头母猪晚上十点左右一定会分娩的。快到养猪场大门了，他看见大门楼两边，一左一右站着两个穿制服的保安，他们扎着武装带，戴着大檐帽，身板笔挺地相对立正着，眼睛里好像满是警惕。

刘光明突然顿住了,他看着两个全副武装的保安,立刻天旋地转,马上要呕吐起来。他捂着嘴,脸色惨白,掉头就往下走,拐杖跟不上他一只单腿的弹跳速度,在山路上划出一道飞扬起来的灰尘。

养猪场去不成后,刘光明天天枯坐在河滩的卵石上,他不知道怎么重新找到"看生"的喜悦,他甚至想过到北方草原上去,也许那里的牧民人家养牛养羊,还需要"看生"的人呢。

三年前的那个八月十九日,他和老赵约定的相见的日子,他见到老赵后,还说了这个想法,老赵坚定地否决了。老赵说:"现在草原上也大多是机械化、高科技养殖了,你那土法子根本行不通,而最最要紧的,你这一出去,不是自投罗网吗?嗯?"

老赵这样一说,刘光明彻底断了这个念头。好在,他过不久就找到了另一种"生"。他看见了知了猴在河滩的柳树下、桃树下,纷纷地往外生,往树上爬。一年总有一季,这些知了猴大批量、大面积、大声势地"生",他每天晚上都观看这些"生",像一个贪婪的财主,不断积攒财富,他不断地积攒关于"生"的记忆,这样一季"生"的喜悦,被他储存下来,然后在以后的日子里一点点释放,便能支撑他过完一年,等待下一个"生"季来临。

为了有更多的知了猴出生,刘光明每年都要在河滩上种许多柳树和桃树,这两样树种汁液丰盈,知了猴特别喜欢蛰伏在它们的树根底下,一旦出生,便爬上树去,吮吸着柳枝桃枝身上充足而甜蜜的树汁。

这样,两年一过,鸭儿滩便整个都掩在桃树柳树中间,连站在河对面的公路上都看不出来,这边岸上会有一户人家。他和巧相当于隐蔽下来了,除了每隔一段时间去瓦庄,让大哥带回点生活用品,他可是和巧再也没有出去过呀,那巧又是什么时候被人害了呢?

巧的肚子越来越大了。

刘光明翻看着日历,又快到八月十九日了。

那一年的八月十九日,在省城和老赵分手后,老赵和他约定了,两个人要是都还活着,就三年见一次,在八月十九日那一天,在瓦庄石桥桥头的石狮子下接头。这些年,老赵守着约定,平时则从不联系,只在这一天来瓦庄石桥桥头接头。

只有第一个三年,老赵没有见到刘光明,因为,那时,他正在煤窑里挖煤。

# 9

隔壁房间住的是那个浙江人,他一个人住,虽然他的房间里有两张床,但他就是要一个人住。当然,另一张床的床费他是要照付的。这说明什么?说明这人有钱啊,而且,这钱肯定就带在身上。

小旅店的小老板娘告诉他们,这个浙江人是做水产生意的,专门贩卖舟山群岛那边的大黄鱼,你看他每天进进出出的,不起眼的一个小老头儿,住这么破的小旅店,其实,省城这边好几个市场的大黄鱼都是由他供货的。

刮风了,刮得窗子哗啦啦响。小旅馆不仅很偏僻,设施也很破旧,所以住宿价格也便宜。风似乎吹得房屋都要散架了,一只猫在围墙上惊慌地叫了一声。

老赵伸出头看了看,月黑风高夜,他嘟囔了一句,拎起斧子就从这边房子的阳台上跳到了隔壁阳台,他用手一推,窗户就开了。刘光明拿起尼龙绳,赶紧开门,走到走廊上,关掉了走廊上昏暗的灯,并紧靠在隔壁的那间房门前。

小旅馆总共就两层,一层是一间小门脸,一个收银台,一个小老板娘每天晚上值班,到第二天早上,一个老头儿过来换班。二楼是一间间小小的客房,这晚上只住着那个浙江佬和刘光明、老赵三人。隔着一层楼,风声呜呜中,楼上的动静估计小老板娘不会发现的。这真是天赐良机。

虽然在这个狂风呼啸的小旅馆里,刘光明觉得自己和老赵拥有绝对的暴力优势,可他还是心慌不已,心脏几乎要蹦出胸腔之外,他感到呼吸困难,口干舌燥,两条腿不受控制地抖动。他感觉时间过去了很久,但其实只是一瞬间,门被老赵从里面打开了。刘光明和老赵很快站在了浙江佬的床边。

按照老赵和他的设计,他们这时是要扑向浙江佬的床,蒙住他的脸,然后逼问他,搜出他身上的钞票,然后塞住他的嘴,用尼龙绳将他绑在床上,等第二天守旅馆的老头儿发现他时,刘光明和老赵早已逃走了,警察不会找到他们的,反正他们用的是假身份证。然而,那浙江佬没等他们俩靠近床边,扑倒他时,就先惊醒了,并迅速地按下了床头边的电灯开关。

灯光里,三个人都吓了一跳,像是同时接收到一个集体动作指令——全都惊讶地张开嘴,却又硬生生地将那喉咙里的一声"呀"压了回去。本来并不强烈的灯光,这时突然显得异常亮堂,像高瓦数的聚光灯,让这个小小的房间成了舞台,将一切细微的动作与神情都放大了。刘光明看见浙江佬似乎嘴角浮现出了一丝笑意,有点轻蔑的神情,他还看见浙江佬脸上细细的皱纹,他可能并没有小老板娘说的那么老,他的皱纹不深,但细密,尤其是眼角四周,他的鼻毛大概好长时间没有修剪了,有浓浓的一撮爬出了鼻孔,像毛脚苍蝇。刘光明奇怪自己这时候怎么还有心思观察浙江佬的鼻毛和皱纹。

窗户打开了,风吹进来了,吹得灯泡晃荡了起来,这一切符合舞台布景的需要。难道这真是在演出一场戏?刘光明看看老赵。老赵的额头上突然渗出许多汗珠,一粒粒,灯光打在上面,分出了明暗。灯泡摇摆,但时间似乎停止了钟摆,三个人似乎停在一个时间上。

但浙江佬很快挣脱了时间的控制,他突然掀开被子跳下了床,嘴里喊着:"救命!救命!"浙江佬上身只穿了件背心,下半身却什么也没有穿,这老头儿原来喜欢裸睡啊,他光着两瓣瘦屁股往门口走廊跑去。

刘光明和老赵被浙江佬的喊叫惊醒了。刘光明仿佛升到了空中,他能看见自己的动作。他看见自己连忙扑向浙江佬,浙江佬刚奔到门口就被他扑倒了,浙江佬的头撞到了门框上,站起来就又跑,又叫喊着,身后,老赵一斧头跟了上来,一股血腥味立即弥散开来,浙江佬摇晃了两下,倒在了地上。

老赵转身去搜浙江佬的皮包、衣服,并没有想象中的一沓沓钞票,他又打开床头柜,空的,去摸枕头下,空的,他和刘光明对了个眼神,两人傻了眼,目光在房间里扫描,椅背上搭了个塑料袋,拿起来,抖一抖,一个玻璃杯,一个烟盒,两张钞票,一张五块,一张十块。两个人对望着,他们竟然一点儿不知道害怕,他们好像互相还笑了笑。

而这时,楼下传来了小老板娘的喊声:"谁呀?什么事啊?"她说着,噔噔噔地跑了上来,"风太大了,你们把窗户关好啊!"

老赵的目光突然凌厉起来,充满了杀气,他瞪着刘光明,努了努嘴。刘光明看见自己也跟着杀气腾腾起来,他扯起房间床上的白色被条,猛地蒙在小老板娘的头上。她立即倒地,呼喊的声音被被条捂住了,老赵赶上来,斧头轻轻一磕,小老板娘就不出声了,她腿脚在不停地抖动蹬颤,身底下流出了一股血,被子被蹬脱了,她身上的衣服也被挣开了,她睁着一双不解的眼睛看着眼前的一切,一双手死死捂着自己的肚子。

刘光明看了她一眼,突然喊出声来:"她怀孕了!"

老赵拉了他一把:"快走!"

刘光明被拉扯着下了楼,老赵磕开了收银台里的抽屉锁,里面有几百块钱,他一把抓起来。

"快跑啊!"老赵喊着。

刘光明还愣在那里,他脑子里不断闪动着小老板娘凸起的腹部,原来一个孕妇躺下去时,她的肚子会显得特别大,特别明显。恐惧感就在那一刻爆发了,他的全身不停地抖动,胸腔里翻江倒海,刘光明像一个溺水的人,沉陷在深深的水底,眼耳鼻口全被水灌满了,一点儿气也透不过来。他走不动了。

刘光明瘫坐在地上,他无比衰弱地对老赵说:"你走吧,我走不动了,我死了算了。"

老赵二话不说,上前背起他往门外走。风声凄厉,小旅馆吧台上的一本便捷挂历被吹得左右摇摆,页面翻飞,像一只鸟垂死挣扎,最后飞不动了,啪地摔到了地上,显示日期正是八月十九日。老赵发动了停在旅馆外面的一辆摩托车,对刘光明吼了一声:"你想死啊! 快走啊!"

刘光明突然醒了过来,力气慢慢回到了他的身体里,他跳上了摩托车的后座。

老赵加大了油门,摩托车疯狂地蹿了出去,大风呼啸着,吹起了路上的废纸、破塑料袋、灰尘,吹起了他们身上的衣服。

刘光明发现风越来越大,越来越坚硬和锋利,风像一把快刀,削割着他和老赵的皮肉和血液,他们的血肉被风削下,和废纸、破塑料袋、灰尘一起,在空中飘散,他和老赵最后只剩下了骨架,两具惨白的骨架骑在一辆飞速奔跑的摩托车上。

## 10

直到钻到了黑暗的地底下,闻到煤层的气息,刘光明才暂时安定下来,那种天旋地转的感觉才有所减轻。

负责招工的问他是什么文化程度,认不认识字,他摇摇头,而排在他身后的一个初中生,因为识字,就被分配做了记账员。他随着一帮都不识字的,领了矿灯、胶靴、镐子,坐着下井吊车,到了作业面。一股阴凉的封存在地底下亿万年的气息扑面而来,他深深地吸了一口,周围一片昏暗,世界还原成一个封闭状态,他一直剧烈跳动的心脏平缓了,落到了胸腔里。

私营小煤窑的这种采掘工作很简单，就是不停地挖，按斤论钱，而且工钱是一日一结，据说之所以形成这种结算方法，是因为有一些人或许头天下井时还是个活人，第二天就成了地底下的死人了，而死人是领不到工资的。因此，采掘工们每天下井前，第一件事便是对着煤井巷口的一个泥塑菩萨拜上三拜，保佑自己收工时还能全须全尾地走出来。

只有刘光明不拜，他像个哑巴一样，整天不说话，到了井下，拼命地向大地深处掘进，掘进。每天，他出的活儿最多，结的工钱也最多。一起下井的工友们信奉一句话，叫作"苦处挣钱乐处花"，每个月里，总有一两天，这些光棍儿汉会不下井，带着钱，相约着专程去附近集镇上，先是在小酒馆里要几个菜，喝几杯酒，互相划拳，唱酸曲，说笑话，喝得浑身发热时，就到固定的地方去，那里有女人的身子早在等着他们。到半夜时分，在女人的身上折腾够了，酒也醒了，口袋里带去的钱也花完了，他们才拖着满足而又疲惫的步子回到集体宿舍里。只有刘光明从不参与这些活动，他一上到地面就佝着身体，眉头紧锁，病痛难支的样子，吃了饭就躺在床上闭眼睡觉，而且从不脱衣服睡觉，他说，他从小就习惯了。久而久之，别的人再出去时就不再喊他这个病鬼和吝啬鬼了，就当他不存在一样。

这正是刘光明所需要的。他希望被人们遗忘。在井下的黑暗中，他所有的毛病都自动治愈好了，一镐，又一镐，巨大的黑暗，潮润的气息，稍许的憋闷，让他觉得自己被一个大地般的子宫所包裹，所保护，所保管，他还没有来到世界上，他还没有成形，没有人会认识他，没有人知道他是谁，他做过什么，在这里，就相当于他是不存在的。他需要这种不存在。

有时，他又觉得自己就是一个活动的陶俑，他想起在豹溪供销社日杂柜台卖陶器的日子，好像那是很遥远的事情了，但那厚重的松木柜台、昏暗的门市部、挂了黑釉的陶器，和眼前的井下在本质上是多么相像啊。他甚至怀疑，以前在豹溪供销社的日子，就是对自己今后生活的一个预演和预言。

他没敢想自己以后的生活，只要还能挖煤，那就一直挖下去吧，反正，这地底下的煤那么多，多得就像这世界上的黑暗一样，是总也挖不尽的。

这个县的小煤窑遍地都是，经常在同一座山上就有十几个大大小小的老板，有时从这一家的煤矿上能挖到另一家的煤矿里去。刘光明从不在一个煤窑做满半年，做了三五个月他就突然离开，反正，他也没什么行李。然后，转到下一个煤窑，干一样的工种，过一样的日子，拿的也差不多是一样的工钱。那些年，这样的小煤窑太多了，而到小煤窑打工的人也多，人员流动也十分正常，刘光明这样频繁跳槽也没有人注意，无非是嘟囔一句，那个病鬼不是病死了吧。

小煤窑出事是正常的，不出事才是不正常的，死人的事也是时有发生，最危险的当然是井下挖煤一线的，就是脑袋拴在裤腰带上，很多小伙子春节后活蹦乱跳地到煤窑上来，回去时往往只有一个骨灰盒。刘光明亲眼见过好几次事故，一次是瓦斯爆炸，一次是巷道透水，还有一次是冒顶，他看见一个人被半吨煤砸在身上，后来得知他的脊椎被砸断了，腰部以下全无知觉，也就是说，这个人以后只拥有一个上半身。知道危险，刘光明却一点儿也不想到地面上来干别的活儿，他甚至很享受在地底下的日子，至于危险，他经常视而不见，连配备的安全帽，他也经常丢到一边，他竟然在几乎没有什么防护措施的情况下，三年多时间里，一直平平安安。有一次，他前脚离开一家小煤窑，第二天，那窑就出了事，一下子死了六个挖煤的。他听说这事后，仍然在井下不停地挖着，一个人偷偷地笑着，嘿嘿嘿，嘿嘿嘿。他不知道自己笑什么。

这样的好运气终究没有能一直维持下去。事故发生时，前面的工友们叫喊着，没命地往外跑，他还愣了一下，他犹豫着，自己要不要跑？他后来回想起来，猜想自己肯定是不愿意跑到地面上去的，不愿意见到外面的世界，外面的人，外面的生活，像一个不愿出生的孩子赖在母腹里不出来。但最后几秒钟，他还是拔腿也跟着跑了起来，像是有人在他腿肚子上抽了一鞭子，他猛然醒了。

没等他跑到井巷口，煤层就大面积坍塌下来，他眼前一黑，立即坠入了更深的黑暗，那一霎，他听见自己叹息了一声，好像还微笑了一下，有一种轻松至极的感觉，身体随之缓缓地飘浮起来，飘到了地面之上。

## 11

看着巧的日益隆起的肚子，刘光明又一次天旋地转起来，那种恐惧又开始每天都袭击他，他努力在脑海的宽银幕上回放知了猴的"生"，希望能压制和缓解那种恐惧感，可无济于事。

他不再缩在鸭儿滩，而是每天天一亮就带着巧去瓦庄石桥的桥头，他们俩坐在桥两边的石狮子上，一左一右，像两头奇怪的狮身人面，守踞在桥头，一动不动，也不说话，只盯着来来往往的人。过桥的人很快发现了巧的肚子，一个个瞪大了眼睛。

"啊,傻子怀孕了?哪个的种?"他们问刘光明。

刘光明看着他们的眼神,试图从他们的眼神、动作、语言里找出破绽来,他从上到下看,从左到右看,看得问的人心里发毛,脚底下快快挪步,只留下一个背影给他,刘光明才咬着牙齿追着他们的背影说:"不晓得是哪个狗日的做下的!丧天良的啊!"

在桥头站了几天,刘光明也没有看出来哪个有作案嫌疑,大哥刘光东说:"要不,到派出所报警?"

刘光明哆嗦了一下,说:"报警?不,不,指望他们能查得清案子?"

刘光东说:"那怎么办?你让她生下来?你这样子又不能服侍她,小孩生下来后,得花多少钱哪,能养得起吗?"

刘光明默不作声,他把自己和巧又撤回到了鸭儿滩。

巧的个子不大,肚子却异常的大,像倒扣了一口大锅,她的行动越来越艰难了,这个傻女子,还是每天抱着那只灰扑扑的布娃娃,一到天黑就鸭子一样颠着碎步回到房间,安静地躺到床上。

刘光明又呕吐了,晚上吃下去的面条全都吐了出来,看着巧乖巧地回到房间,按灭了电灯,他一个人在昏暗中站了好久。

天空中升起了小半轮昏黄的月亮,朦胧的夜色里,刘光明看着自己模糊的影子,计算着,离八月十九日还有半个月时间,到时候,老赵会像之前一样来和他见面吗?

后山上的哼子鹰,拖着长腔哼叫着,"哼——哼——"的声音低沉而阴冷,据说,哼子鹰一哼,要不了几天,村庄里就会有人往生升天。

哼,刘光明想,也不一定是升天,也许是下地狱呢?

他就着那一星月光,回到堂屋里,轻轻推开巧的房门,月光照进来,黑暗像坍塌的煤块纷纷掉在地上,有一小块月光刚好照在巧的脸上和肚子上。

巧的肚皮一起一伏,像一个和缓的山丘,她的双手搭在上面,像抚摸,像护卫,而那只布娃娃依偎在她身边,睁着那唯一的一只眼睛,像她的另一个孩子。那么肚子里的孩子呢,是男孩还是女孩?他或她的头顶上会不会生下来时,也贴着一撮乌黑的头发,像一头小兽?

巧的脸上一派安详,青春的脸颊上绒毛纤细可见,面部显得极为柔和,看上去一点儿也不像是个傻子,她像是换了一个人。

刘光明看着巧,心里突然想,巧该不会也是一个隐蔽着的人吧,她是有意装作哑巴和傻瓜吧?他怔怔地看着巧,拄着拐杖,低着头,身影横在巧的床前,像教堂油画上画的忏悔的人。

哼子鹰又哼了一声,刘光明看见自己手上不知什么时候拿了块砖头,青砖在月光下泛着清冷的铁色,他吓得赶紧丢下砖头,几乎是跳到了门外。

他的心怦怦跳着,他被自己吓坏了,他已经支撑不住自己了,一屁股跌坐在门槛上。这时,一片乌云遮盖住了月亮,他霎时回到黑暗中。

在黑暗中,他的心脏跳得稍稍平稳了些,但他知道,黑暗并不能永远保护他,就像在那小煤窑里一样,他不可能在那里待一辈子。

当年,他被压在煤堆下,直到十二个小时后,才被挖掘出来,后来,刘光明才知道,跑在他前面的三个工友反而当场被砸死了,他犹豫了那么一会儿,却捡回了一条命,代价只是失去了一条腿。

煤老板因为那几个死亡的人,被弄得焦头烂额,天天愁着怎么去和死者家属谈判,根本没有来问他一问。医院的护士在替他抱怨,他一言不发。更让护士惊讶的是,一个夜晚,这个在小煤窑里被砸断腿的人,突然不辞而别,他还没有彻底治疗好呢,他是从急诊室转过来,连姓名都还没有写清楚呢,怎么就自己跑走了呢?

刘光明抖动着断腿,他已经想不起来,自己当时是怎么拖着一条坏腿回到鸭儿滩的。他只记得从小煤窑回到鸭儿滩,这一路上的每一个夜晚,天上的月亮都是血红的。

巧要是生下孩子,谁来服侍她?抚养小孩的钱又从哪里来?他想起大哥刘光东的话,深深地叹了口气。

在门槛上坐久了,那一条断腿开始酸痛,他扶着门框站了起来,返回到屋子里,他自言自语道,那就等着八月十九日吧,反正快了。

"哼——哼——"哼子鹰又大声地哼了几声。

## 12

像前几次一样,刘光明一早就去瓦庄老章家的肉案上剁三斤肉回来。他切好肉,柴火灶生起火,先将肥肉下锅煸炒出油,所有的油都不盛出来,因为老赵喜欢吃油足的，再放入瘦肉爆炒，加葱姜蒜八角茴香桂皮等作料，加水，水开后，放入瓦罐里文火慢炖。这是刘光明做的鸭儿滩味道的红烧肉，是老赵每次来必有的一道菜。

肉炖上了，他又到河边拎起前几天下的竹笼，这几年河里鱼少了，但多少还有一点儿收获，一条翘嘴白、两条红参子、三条油葫芦，还有几只虾，不多，不过做一碗杂鱼锅也够了。他顺手就在河边剖了鱼，洗净了。

天色还早，他又将小竹笋用温水发了，到时做一个油焖小竹笋。再到小菜园里摘了辣椒、茄子、黄瓜，蔬菜该是够了，他在心里盘算着做哪些菜，想了想，又从碗橱里摸出三个鸡蛋，再来一碗蒸蛋吧。

刘光明这一天都心神不宁，到天彻底黑透时，他才开始动手做菜。因为腿不方便，他做菜不是站着的，而是坐着的，他特意请人做了一条高板凳，这样他端坐在锅前，挥舞着勺子，白茫茫的雾气中，看起来活像一个人对着宣纸挥毫泼墨。

约莫九点钟了，巧已经先吃过了，上床睡着了，刘光明看看她，反锁上了房门，又锁上了大门，一个人拄着拐杖往瓦庄石桥走去。

这天晚上没月亮，天上闪烁着几颗星星，倒映在河水里，山路依稀可见。刘光明走在河边的山路上，鸟叫，蛙鸣，河水哗哗地流淌，像多年前的早晨，他跟着父亲担着粮食去乡政府办农转非手续一样，这么多年了，河水的腔调似乎一点儿也没变，只是自己早不是那个心头暗含欢喜的被国家新录取的中专生了。

瓦庄是寂静的，瓦庄石桥也是寂静的。

刘光明看看四周，轻轻走到桥头石狮子边，伸手在石狮子的嘴巴里摸。这头石狮子据说是清代当地的吴大善人捐资，请徽州有名的石匠师傅雕刻的，狮子嘴巴里的石球能够转动自如，但就是拿不出来，说明石匠当时就是在石狮子嘴巴里现凿出了这么一个石球。刘光明顺着石球，摸到了石狮子的舌头下面，和以前一样，那里躺着一张纸条。

就着星光，刘光明打开对折着的纸条，看见上面写着一个字：来。

刘光明捏着纸条，一双手微微抖动着，他用力一挥手，展开的纸片飘落到桥下的河水上，很快就看不见了。他急急地往回走。他知道，这时候，老赵或许正在附近的某处看着他呢。

当年，他和老赵约定了，三年见一次，为防不测，每一次见面时，老赵在石狮子嘴里先塞上纸条，若是"来"，则他一切正常，若是"去"，则他暴露了，刘光明要做好准备。而刘光明这边，拿走纸条就说明自己平安无事，若是不拿，可能就不会来了，老赵也不要再见他了。

幸好，这么多年了，老赵每次都"来"了，刘光明也每次都拿走了纸条。

刘光明回到鸭儿滩，就立即把一张小方桌拖到门外，将先前准备好的菜端到了方桌上。这些菜，都用小炭炉子保温着，还咕嘟咕嘟地冒着气泡。他又打开了一壶烧酒，倒满在两只大酒杯里。绿茶也泡好了，茶叶在杯子里沉沉浮浮。

这一切刚准备妥当，老赵就来了。

老赵看到这情形，略一犹豫，说："就这么在外面？"

刘光明说："没事，现在这里这么多树遮掩着，就是放台大戏别人也看不见。"

老赵笑笑说："也是。"

老赵并不坐下，而是从口袋里掏出一个信封，递给刘光明，刘光明也不推辞，直接揣了身上。这些年，每次来时，老赵总会递上一两千块钱，有一次给了五千，老赵说这一年挣得多。刘光明也不问老赵这些年都在做什么，但能约略猜得出来他过得怎么样。第一次八月十九日见面时，大概是老赵过得最惨的时候，那次他一坐下来，盯着一盘红烧肉，一连吃了五大块方才罢手，后来似乎是越过越好了，衣服明显讲究起来，头发也梳理得光溜溜的，像个成功人士，吃菜也小口小口的，原来喜欢吃的肥肉，吃了两块就不敢再吃了，说是会引起什么高血压高血脂。

刘光明问他："你去医院做检查了？"

老赵说："是找的朋友，不用挂号的，去了就做，做了个全面成套的检查，发现身体里零件坏了不少。"

老赵然后又从双肩包里取出香、黄表纸、冥币，在门前的桃树下点燃了，这也是每次的惯例。黄表纸跳跃着火光，把黑暗烧出一小块窟窿，然后化成了灰白的粉蝴蝶，飞散了。印刷冥币的纸比较粗糙，燃烧得比黄表纸慢，上面的头像是戴着冠冕的阎王，面值大得可怕，全是一千亿、一万亿的字样。它烧完后，飞不起来，成了灰黑的一块，紧贴着地面，像一块伤疤。

最后亮着的是香。

两个人也不说话，各自拈了三炷香，跪在地上，冲着那一堆灰烬，磕了三个头，将香插在泥土里，立住，香头燃着，青烟四散。做完这一切，他们方才爬起来，坐到桌边。

老赵喝了口酒问："那笔钱，你没有领？"

刘光明摇头说:"没领。"

老赵上一次来时告诉他,他得到信息,当年豹溪供销社所在的地块,因为被市里划为一个化工产业园区,被全部征收了,给了一笔钱,为了稳定,也为了对付那些后来无休无止上访的原供销社职工,最后按照县里的方案,有一大部分返给原豹溪供销社职工,每人有份,按照工龄等计算应领取的份额,老赵有四五万块,刘光明大约三万块。时间久远,有几个人联系不到了,当地就在报纸上出了公告,让这些职工尽快到有关部门去领取。老赵说完后问刘光明:"你去领不? 钱不少啊,这么多年了,应该没事了吧? "

刘光明摇头说:"我不领。"

老赵说:"好,那我也不领,你做得对,毕竟安全第一。"

六炷香的香火熄灭了。两人默默地吃菜,喝酒,以往刘光明总是喝得少,但这天晚上,他却喝得生猛,一大口,一大口,很快他就感觉自己的一张脸在呼呼燃烧。他侧耳听着,听到房间里巧轻微的打鼾声,她睡得正香。

老赵说:"光明,你怎么今天喝这么多? "

刘光明不说话,举着杯子对他示意了一下,又干了。

老赵也把杯子里的酒喝光了,他捂着杯子对刘光明说:"不加了,不加了,等会儿我还要走呢。"

这些年,每次老赵来,都是当天晚上来又当天晚上走,车子是早就联系好了,等在瓦庄石桥的桥头。

刘光明说:"不急,老赵,以后怕是再没有机会在一起喝酒了。"

老赵说:"你说什么? 为什么? "

刘光明说:"对不起,老赵,为了生,我必须死啊。"他说着,突然将酒杯狠狠地掷向河滩,玻璃杯摔到在河滩的鹅卵石上,粉碎了,炸响了。

霎时,几束高强的灯光突然亮起,灯光晃动中,从黑暗处蹿出一团人影来,他们上来就压制住老赵和刘光明,迅速用手铐铐住了他们:"公安局,不许动!"

老赵讶然:"刘光明! 是你干的? "

刘光明伸出双手塞进了手铐里,他低了头说:"老赵,对不起,下地狱了我陪你,这下好了,我们就不用再躲了。"

公安带来的高光电筒将鸭儿滩照得一片雪亮,十来个公安干警全副武装押解着老赵和刘光明。其中一个公安对刘光明说:"按你的要求,我们把你哥刘光东也带来了,你有什么要说的赶快说吧。"

刘光东从一片黑影中被推到了灯光下,他哆嗦着嘴唇说:"光明,光明,这到底是怎么了?"

刘光明从怀里掏出钱,先前老赵给他的信封,加上他自己早就准备好的,递给刘光东说:"大哥,这是我所有的积蓄了,你把这些钱收好,另外,你到豹溪镇政府去一趟,我在那里还有三万多块钱,你一起拿了,请你照顾好巧,她快要生了,让她好好地把孩子生下来,求你照顾好他们母子。"刘光明说着,咚地往下一跪。

两个公安赶紧把他提了起来,推了他一下说:"走啦!"

刘光东说:"可是,可是,那到底是谁的种啊? 我们不能做冤枉事啊。"

刘光明愣了一下,他边拄着拐杖走着路边回过头大声说:"我的,我的,我的,你一定要他们母子平安哪!"

# 13

冬天的时候,法律援助律师去看望关在看守所里的刘光明,了解案件情况。受刘光东委托,他给刘光明看了一段手机录的视频。

视频很短,只有几十秒钟,画面是一个初生的婴儿正从母体里伸出小小的头颅,她的头顶上顶着一撮乌黑的头发,头发真黑真浓密啊,像一头小兽。

律师说:"你哥问,给她取个什么名字?"

刘光明想了想说:"喜欢吧,心喜欢生,那就叫喜欢吧。"

【作者简介】余同友,祖籍潜山,现供职于安徽省作协,文学创作一级。有诗歌、小说在《诗刊》《十月》《人民文学》《长江文艺》等刊物刊发,多部小说被《小说选刊》《小说月报》《中篇小说选刊》等选刊及年度选本选载,曾获澎湃新闻首届非虚构写作大赛特等奖、安徽省社科奖文学类政府奖、安徽省"五个一工程"奖、《飞天》十年文学奖小说奖等奖项,出版有中短篇小说集《站在稻田里的旗》《去往古代的父亲》《斗猫记》,长篇小说《光明行》,长篇纪实文学《一条大河波浪宽》《让石头开出花来》,长篇儿童文学《大水之夏》《长江的微笑》等。

# 前夫困在前妻家

李　唯　李汀汀

## 1

李记斗抱着孩子进门的时候，看到华小军的手正搭在柳敏的肩膀上，并且似乎还在摩挲着，是那种劝慰她什么的摩挲，这个动作无疑体现了亲昵。李记斗顿时黑阴了脸。柳敏虽然以前是华小军的老婆，但现在是他李记斗被窝里的人，并且俩人还有了一个孩子，现在这个像小挂件一样黏在李记斗身上的小东西就是，所以，勾肩搭背算哪般？李记斗重重地咳了一声，同时又是提醒、警告和宣泄怒气。华小军和柳敏听到响动，惊悚地扭过脸来，那种透着亲昵的表情在脸上僵硬住，自然摩挲也停止了。

华小军对李记斗解释："我和柳敏，我们，真的没干什么。"

李记斗嘴努起，对华小军无声地吐了一句，并且伴以眼睛的怒视。

华小军从李记斗的口型上辨出李是对他爆粗口，但华小军没有恼火，连生气都没有，毕竟自己的手是搂在了现在已经是人家老婆的女人肩膀上。华小军进一步辩解，他主要是想为柳敏开脱，他说："我是出差来这儿的。我是听说柳敏因为职称没被评上，最近一段时间心情很不好，就顺道过来劝解劝解。你看我连外套都没脱！我要是想干什么事，怎么也得把外套脱了吧？就像开枪杀人，怎么着也得把枪套先拿下来吧？"

李记斗开口说："这种事儿，要想干，我听说过穿着雨衣都能干，为的是节省时间，好随时安全撤退！"

华小军的脸终于黑了，他不能不黑，李记斗已经把话说彻底了，彻底到已经没有遮掩和转圜的余地，就等于明说他和柳敏在房间里把事办了。但华小军不能撕破脸来，因为柳敏还在屋里，柳敏还要在这间屋里住下去，华小军息事宁人地说："好好，你既然这么说，那我也没什么可说的，我走。"他果然就赶紧走了，为的是不让事端再扩大。他临出门都没有再看柳敏一眼，他是想再看柳敏一眼的，但他不知道该用什么样的眼神看柳敏，依恋的？哀婉的？一言难尽的？若让李记斗看见，似乎都不太合适。所以华小军头也不抬地走了。

李记斗追过去嚷："你要是再敢来，你上午来，活不到下午；你下午来，活不到傍晚！"

李记斗然后怒气冲冲地回转身来迎向柳敏。

柳敏沉着。柳敏内心忐忑但脸上沉着。"李记斗你要是不想过了你把卫生间的门修好再滚！"柳敏不光沉着而且犀利，她先发制人地朝李记斗叫嚷。柳敏这时候提到要修坏了一星期的厕所门，她是有意的，想显得自己心地坦荡，连修门这种事儿这个时候都不忘叮嘱安排，说明她并没有因干下心虚的勾当而失魂落魄。柳敏以前在4S店里干过一阶段的汽车营销，懂心理学。

李记斗果然停止了气势汹汹，但他没有去修门，他想这时候他要是乖乖地去修门那他岂不是太孬了吗？而且李记斗也不相信柳敏和她的前老公一点儿事儿也没有。李记斗反而朝卫生间的门踹了一脚，让那门更坏一些，而后李记斗看着那门挑衅地说："这门好像更歪了，你们俩在卫生间里干啥了？是不是一块儿洗澡，地滑，扶门来着？"

柳敏说："不是。是我让他过来一起洗，他不过来，我急得挠门哩！"

李记斗恨得想咬柳敏。李记斗说："柳敏你这样气焰嚣张并不能说明你心里就没鬼，说不定这正是你想遮掩的伎俩！你们俩这事儿，我分析吧……"

"你也别分析了！"柳敏兀自打断了李记斗，她转身走进厨房去，须臾，掂一把切西瓜刀出来，抛在李记斗面前，说，"他也没走多远，你拿这把刀撵上去，一刀把他捅了，我佩服你是个战士！"

李记斗拿起了那把刀，他觉得他要是不拿会被柳敏藐视。李记斗拿着刀冷笑地说:"别以为我不敢！只不过我今天累了,我抱着你娃在街上走半天了,等哪天我精神好撞见他……"

这时候响起了敲门声,是物业上门催缴物业费的那种敲门,那种小心翼翼唯恐得罪了业主但又不得不敲的叩击。

李记斗烦死了。他平时就烦这种敲门声,现在更烦。李记斗不耐烦气呼呼地提着刀就去开了门,一下愣怔住。

华小军提着他的行李箱站在门口,他现在就是小心翼翼又不得不敲门的样子。

华小军说:"你们小区被封了。我刚走到小区门口,门口全是穿大白的,说你们小区刚检查出了三例阳性,接上级紧急通知,小区即刻全面封控,所有的人,不许进也不许出,接受每天核酸检测,然后等通知。我没办法,只有在你们家住一阵子了。"

李记斗傻掉了。

## 2

首先是要解决华小军怎么住的问题。虽然李记斗是刀在手中,但他不可能朝华小军砍下去,李记斗说得很凛然却是不能也不敢。另外李记斗也不能把华小军撵走,即便他把华小军撵走,大白们也会将其再送回并强制他收留,眼下抗疫是全国头等大事,任何人都得无条件服从大局,所以李记斗现在能做的便是怎么解决华小军住的问题,当然还要解决他的吃。老婆让人家咔嚓了——很有可能——还要管他的住还要管他的吃,李记斗觉得自己十分冤屈。

李记斗的家只有一室一厅,屋子小,因为这是学区房,为了将来孩子上学,李记斗和柳敏下狠心卖了市郊的大套房加上全部的积蓄换了这套小的,房子逼仄,因此华小军的住就凸现出来成了问题。本来也没什么问题的,李记斗和柳敏带着孩子一直是住在卧室的,客厅晚上是空着的,但柳敏和李记斗现在是严重的怄气阶段,柳敏不许李记斗再和她睡一张床上,让他滚到客厅去睡,柳敏说得厉声厉色,声如箭弩,不留丝毫余地。李记斗怀疑这有可能是柳敏演戏给华小军看的,想明示她现在和李记斗已是形同冰火,想暗示她和华小军才是春水潺潺。李记斗内心悲怆,他"滚"到了客厅里,客厅里连一张行军床都没有,只有一个提着行李箱的华小军站在厅中间等他安排。

李记斗瞪着华小军说:"狗日的,你准备怎么住?"

华小军说:"你把声音再喊大点儿!"他指指里间卧室,意思是让柳敏也听见他骂人。

李记斗把声音放得小小地说:"心上人,你准备怎么睡呀?"李记斗还是怕柳敏,怕柳敏从卧室里冲出来跟他吵,因此李记斗马上自我矮化。由此李记斗也越加确定柳敏是跟华小军好了,柳敏的心已经完全贴到华小军那边儿去了,华小军知道柳敏会帮他,所以他才让李记斗大声地骂好让柳敏听见。李记斗内心愈加悲怆。

华小军胜利地一笑,或者是李记斗认为的春心荡漾地一笑,说:"你睡沙发,我睡地上好了。我打地铺。"华小军想谦让一下。

李记斗根本就想让他睡地上,便找出一卷被烧了一个大洞准备要扔的垫子给华小军当铺垫。

李记斗睡在沙发上居高临下看着华小军睡在地上,心里才感到一丝熨帖。李记斗看见华小军脱去外衣露出臂膀,心生妒意:这个狗日的,竟显壮硕!由此李记斗想到这个坏东西养得这么壮实,跟柳敏有关系吗?是不是柳敏这些年背地里好吃好喝地猛招待他呢?李记斗心里又不舒服起来。华小军左侧对着李记斗睡,一条裸露的膀子白生生的,李记斗看着,又想,这家伙是不是就用这条膀子搂着柳敏睡呢?是不是习惯用左膀搂着柳敏睡呢?李记斗自己是习惯用右膀搂着柳敏睡的。李记斗猜想着,心里非常的不舒服,他看着华小军的膀子想,这条膀子要是得肩周炎就好了!李记斗盼望华小军得肩周炎。

到夜里十点左右的时候出现了状况:柳敏抱着小孩急匆匆从里间卧室出来了,并且还戴起了口罩。柳敏顾不得正和李记斗置气,急切地跟李记斗说:"我好像发烧了!身上一阵发冷一阵又发烫。"李记斗连同华小军都吓了一跳:这个时候要发烧就得高度怀疑是得了新冠!柳敏说:"要万一中了,传染给孩子就不得了了!"柳敏把小孩急急地往李记斗怀里一放,又急急地回到里间,把门关严实了,她要隔离自己,独自再观察观察。

李记斗先是自豪地抱起儿子亮相给华小军看,说:"她只能来找我,找她儿子的亲爹!你没戏!"然后又愤怒地斥问:"华小军你和柳敏你们今天下午那段时间,就是我没进家那段时间,你们俩干什么了?是没穿衣服折腾了吧?要不好好的她怎么就能发烧了!"

华小军说:"都什么时候了你还想这个!你真是个……"他想回怼一句粗话,但忍住了,不想这时候跟李记斗干架,他怕里间正难受的柳敏听见了更加着急难受。

华小军竖起一根指头对李记斗晃晃,对李记斗表示了无声的轻蔑。

李记斗褪下裤衩,撅起大屁股对华小军晃,对华小军表示了更大的轻蔑。

里间,柳敏的不适越来越被落为实锤,无论是体温计还是身体感觉都证实是确凿无误的发烧。而且柳敏的症状越来越严重,似乎每一分钟都在加剧地严重着,不光发烧还腹泻和呕吐,据说新冠和一般感冒发烧的区别就是伴随许多的衍生症状,除了上吐下泻,还有视力模糊,同时来势凶猛,像山体瞬间崩塌下来一样。柳敏不停地从里间蹿出来跑厕所,"哗哗哗哗",冲马桶的水声在不大的房间里回荡不息。当柳敏再一次从厕所返回卧室,须臾,她又探着一张蜡黄的脸从卧室里伸出头来,一绺头发汗淋淋地耷拉在前额上,凄惨地说:"我撑不住了,夜里,我这屋里得有个人睡在这儿好随时搀我一把,我怕再拉肚子爬不起来了,拉一床。"

李记斗抢先跳起来说:"我去!"然后他又强调说:"当然是我!"李记斗认为理所应当是他去,他当然应该睡在自己老婆身边,莫非还让华小军去睡吗?这是他的领土完整和主权所有!但李记斗的一跃而起瞬间就又被扯了回来——他一岁多的儿子哼哼唧唧地哭了起来。李记斗这才意识到他还有个小孩子需要照料!李记斗万般为难地看看儿子又看看卧室,像只放在釜里被煎炸的虫。华小军倒是伸手抱过那孩子,他想替李记斗照料的,他帮李记斗照料孩子也是为了帮柳敏。但那孩子却哭得更厉害了,从哼哼唧唧变成了号啕大哭,孩子不认他这个陌生的叔叔,李记斗的儿子依恋的是李记斗。李记斗没办法了,接过孩子,目光转向了华小军,他看着华小军的眼神是无可奈何的,是迫不得已的,是痛苦割裂的,同时,是严厉警告的,警告华小军,去照料柳敏可以,但要安分守己,不该碰的不该摸的……你自己明白!

"你明白了吧?"

李记斗又强调地重复一遍,李记斗说话总喜欢强调。

华小军针对李记斗的强调说:"我不明白!"

李记斗说:"你凭啥不明白?!"

华小军说:"我凭啥要明白?"

李记斗怒了,他本来就怒,现在更怒,说:"你不明白你是个锤子呀!"

华小军在地铺上彻底躺平下来,说:"你骂我,那我不去了。"

李记斗恨得想咬华小军。但他不能咬,连重话都不能再说,此刻华小军是他唯一可以拜求的人。李记斗说:"那你要怎样才肯去?"

华小军说:"你把裤衩再脱了,把你大黑屁股在墙上蹭十下。"

李记斗觉得眼冒金星,说:"你他妈的……凭什么呀?"

华小军说:"你必须这样做!因为你的屁股刚才侮辱了我,所以它必须向我赔礼道歉!"

李记斗抱着大哭不已的儿子,思考了一分钟,最后,无奈,用他的屁股去蹭墙。

华小军笑逐颜开,从地铺上一跃而起,同时说:"李记斗,一会儿找块布把你屁股蛋子上的白灰擦一擦啊!"然后他一蹿一蹿地跑进卧室里去了。李记斗感觉华小军是欢天喜地地就蹿进去了,他感觉自己即使不道歉,华小军这狗东西也早就迫不及待想进去了!这狗东西还迫不及待地关上了卧室的门!李记斗觉得自己是亲手把老婆的情人送到老婆的床上去了,自己还要拜托他向他道歉!

李记斗心如刀割。

## 3

之后的数天里,李记斗就看着华小军理直气壮地睡在他的卧室里。其间李记斗数次想带老婆去医院急诊检查治疗,李记斗想让柳敏早点痊愈,好早点结束他这"丧权辱国"的耻辱。但工作人员劝他,不明情况的发热发烧患者,特别是中青年患者,不要都急着拥到医院去,先留在家中观察,配合核酸检测,吃药休息多喝水。各医院现在都是人满为患,你排几小时队可能增加交叉感染的机会。李记斗只好作罢。华小军继续他的行为,不光继续理直气壮地睡着,而且还笑,笑声从被华小军关严实的门里传出来,一连串的,像公鸡叫——李记斗觉得这孙子笑得像鸡叫。李记斗听不下去了,实在忍不住爬起来去敲卧室的门,喝道:"华小军你他妈笑……你笑什么呢?你们在里面干什么了,你他妈笑得呵呵的!"华小军在门里头回答李记斗说:"我笑是想逗柳敏开心,想让她轻松,因为柳敏很难受。莫非我应该哭,让柳敏更难受?"李记斗语塞,他没了理由反对,只好任由华小军胜利和得意。

华小军却得寸进尺,说:"李记斗你应该说拜托我笑得声音再大一点儿!"

李记斗愤愤地说:"我拜托你笑得肛裂!"

核酸检测是每天早上做,小区封了,都由大白们上门来做。每次都由华小军把柳敏从卧室里搀扶出来,搀到门口,柳敏张嘴对着大白手里举起的棉签。柳敏偎靠着华小军,或者说就贴在华小军身上,一副病恹恹的样子。李记斗看在眼里,他认为,柳敏嘛,病肯定是有的,但私情嘛,更是肯定会有的!她这也是乘机合法化地和华小军亲热!呸!李记斗越发气恼。

来做核酸检测的大白身边的志愿者有物业公司的小姑娘兼职的,小姑娘们的嘴很甜,物业必须对业主甜丝丝的以便收物业费。小姑娘们喊柳敏"姐姐",对搀着柳敏靠过来的华小军则喊"姐夫",姐姐长姐夫短唤得亲热。其中一个小妹还说姐姐和姐夫长得很像,很有夫妻相,都有一张圆月般的脸,小妹还说了一句歌词:"你看,你看,月亮的脸偷偷地在改变!"华小军很受用,李记斗看见他在偷偷地笑。

"嗨,孙子!"大白们走后,李记斗瞪着华小军说,"你不能向她们说明一下吗?"

华小军迎着李记斗凶狠的目光,并不惧怕,理直气壮地说:"我是可以说明一下的呀,我是可以向她们解释你才是姐夫,但人家会怎么想呢?人家一看,这屋里,一个是姐夫的坐在客厅里,一个不是姐夫的睡在卧室里,还每天把女主人搀进搀出的,人家会想,这家是怎么回事啊?一妻多夫制啊?两个夫轮流侍寝小主吗?这家够潮的呀!这家够猛的呀!我得花多长时间说多少话才能解释清楚咱们之间的这种复杂关系?就算我可以说,人家有时间听吗?人家还急着赶到下一家去做核酸检测哩!所以我只能做这个姐夫了,免得人家多想。"

华小军望着李记斗笑嘻嘻的,李记斗再次认为这狗东西是在胜利和得意地笑。

连柳敏都笑。柳敏嗓子疼口腔也疼,一笑就撕扯,她就撕扯地咧嘴笑。

李记斗再一次语塞,又没有什么话来反驳华小军。

李记斗只能进一步让自己生气。

华小军继续每天将柳敏搀进搀出地做核酸检测,继续每天做着"姐夫"。除了做核酸检测,华小军做的最多的是搀着柳敏去厕所,柳敏一直腹泻,也一直呕吐。华小军搀着柳敏,有时也背着甚至抱着柳敏,从卧室里出来,走过客厅,从李记斗的面前走过去,他看都不看李记斗,很是理直气壮。华小军理直气壮地手托着柳敏的屁股,手还搭在柳敏的腰上,还搭在……其他地方,而李记斗只能无奈和酸楚地观看。

华小军还支使李记斗："李记斗你去给我们取条毛巾来,柳敏都出汗了,我也出汗了!"

李记斗也只能起身去取毛巾来交给华小军。

李记斗取完毛巾后猛然想起:卫生间里不是有毛巾吗?卫生间里有的是挂着的、叠着的毛巾!还有浴巾!这孙子不是在耍弄人吗?!

李记斗恶狠狠地怒视华小军。

华小军又对李记斗笑嘻嘻。

华小军承认就是要戏耍一下李记斗。因为李记斗脸黑,他整天黑着脸,让这屋里的气氛紧张而窒息,必须戏弄他一下。

柳敏嘶哑着声音支持华小军,说:"对!"

李记斗又无可奈何。

这一日,傍晚时分,华小军再次搀扶着柳敏去卫生间,李记斗依旧一如既往地眼巴巴地看着。华小军搀扶柳敏进去后关上了门,把那坏了的门关得咯吱咯吱地响。华小军每次和柳敏进卫生间后都要这样使劲地关门,把卫生间里的内容留给李记斗做无尽的遐想。这一次,门关上后,须臾,华小军又探头出来,说要跟李记斗说一件事。

华小军说:"李记斗,我得跟你说说,柳敏没憋住,拉了,拉裤子上了,我得给她换身内衣内裤,还得给她……洗洗身上。她自己发烧浑身疼,手疼得都抬不起来。你看,可以吗?"

华小军这一次明确了卫生间里将要进行的内容。

李记斗火冒三丈。

李记斗大吼:"你别动!"李记斗想,他要是连这个都能容让,他就真成了丈夫里的李鸿章了,彻彻底底地丧权辱国!李记斗取来两个口罩戴上,想想,又加了一个,三层!然后要进卫生间去给柳敏洗澡。

柳敏却用羸弱的身子用力抵住卫生间的门不让李记斗进来。

柳敏在门里喊:"李记斗你别进来给我洗澡!我已经阳了,你要是进来,再传染给你,你也阳了,那儿子怎么办呢?谁来带儿子呢?儿子那不得哭死啊!"李记斗说:"没那么玄乎吧,我专门戴了三层口罩哩!"柳敏说:"戴八层口罩也不保险!这个病毒,全世界的专家都说不清楚,说感染就感染了!要是万一感染了,李记斗你想儿子死吗?"李记斗急火攻心,放低声,央求柳敏说:"敏敏啊,不能这样啊,要是让华小军给你洗澡,你的光屁屁就让他看见了!"柳敏说:"看见光屁屁也比让儿子感染新冠强啊!"李记斗说:"不行啊,不能让他看啊!"柳敏说:"你走开! 我的屁股我做主!"柳敏坚决不允许李记斗进卫生间来。

李记斗五内俱焚却毫无办法。

华小军不着急,安详地靠在卫生间的门框上,问李记斗:"我能给她洗吗?"

李记斗说:"能!"他恶狠狠地问候了华小军的祖宗八代,闪开了挡着的门道。

华小军又一蹿一蹿地进浴室去了。李记斗想这狗东西又是欢天喜地地进去了。一会儿,响起了花洒喷水的哗哗声,大约是在调节水温,接着是一阵窸窸窣窣的声响,大约是在解衣衫了。这时响起了柳敏羸弱但明确的抗拒声,她嘟嘟囔囔地说她自己来,这让李记斗听着多少感到一丝宽慰,接着是华小军坚持的劝解声,然后是两人一方强行一方抵制的掰扯声,还有卫生间的什么东西在掰扯中被碰触,乒里乓啷的摔落声,然后华小军大约是急了,声音不自觉高扬了起来,让李记斗在外面听得更加清楚,华小军说:"柳敏你现在浑身都疼,手臂更是疼得抬不起来,你怎么给自己洗? 而且地上这么多水,又滑,万一你摔个骨折,你新冠再加上骨折,那怎么得了! 都这个时候了你拘泥于这个干什么呀? 你就让我给你洗个澡又怎么了? 我给你洗个澡又怎么了!"再然后,不再有响动,李记斗想柳敏大概是从了。

李记斗如万箭穿心,胸中巨大的块垒堵得他要炸裂,他想大喊大叫,苍天啊,大地啊,上帝啊,佛祖啊,联合国安理会啊,你们谁来救救我啊……

4

又一日,早上,有人敲门,一家人都惊了,这个时间,大白上门做核酸检测还早,小区又全面封了,谁会来敲门?连柳敏都颤巍巍挣扎着从卧室出来看,想看看是谁,是出了什么大事了。

门被小心翼翼地推开,是一名老者,柳敏是认得的,对门的邻居,好像是大学退休的教授,姓阎或者是姓常,阎(或是常)教授手里攥着一条茭瓜,脸上因为羞臊,泛着紫红。

教授说:"实在不好意思,万分地不好意思,我小孙子病了,不吃饭,一大早说想喝西红柿鸡蛋汤,我家没有西红柿了,冰箱里只有两根茭瓜,我拿了一根,能不能跟你家换一个西红柿？不好意思，不好意思啊！"

教授还给柳敏鞠了一躬，像是交换国书。

这一波疫情来得凶猛，小区附近的超市近乎瘫痪，市政府想方设法调集市郊以及外省市的生活物资，同时下令各级机关干部下沉到疫情社区当志愿者，给各家各户送粮送菜送油，但由于生活物资一时不能到齐，各户只得一小袋。市政府呼吁大家勠力坚持，危困只是暂时的！

柳敏慌忙说："好的，老师！您稍等啊，我去看看我们家还有没有西红柿。"

柳敏把李记斗叫到客厅冰箱处一起查看，因为这段时间都是李记斗在做饭，家里有多少存货他最清楚。冰箱里还有四个西红柿，柳敏提议给对门的老师三个，柳敏说，对门，是教授哩！虽说现在教授成堆，但总比卖烤串的少吧？知识分子面皮薄，跟人张一回嘴多不容易啊，安排，必须安排！柳敏这几天烧退了些，不那么难受了，就又恢复了一些往日的威严。李记斗不认同柳敏的提议，不情愿给那么多个，他只同意给一个，最多给两个，自家也实在是没有多余的粮草了！

柳敏批评李记斗说："亏你还是个先进工作者呢！"

李记斗说："我先进工作者跟西红柿有毛关系？"

柳敏说："你跟威尼斯商人有关系！"

李记斗不明白。他想了半天还是不明白。李记斗看见华小军站在后面探头探脑地看，瞬间，他明白了，李记斗酸溜溜地反击说："我这么计较和抠门儿，也是为了你呀，你们家的人每天吃得多呀！"

柳敏皱着眉说："什么叫我们家的人吃得多？"

李记斗说："你们家华小军啊！他给你洗澡，上上下下还得给你搓泥吧？那多累多辛苦啊，干得辛苦可不就吃得多嘛！"

华小军说："李记斗你这么说我可抽你喽！"

柳敏则是一记大耳光直接抽在了李记斗脸上，她怒不可遏。

华小军马上抱住了李记斗，连声说："女人，还是病人，你不能打她，不能打！"

柳敏趁机又踢了被华小军抱住不能动的李记斗一脚。

华小军和柳敏配合得天衣无缝。

李记斗简直要被气晕了，他觉得这俩现在才是夫妻，这俩现在是联手在干他！李记斗眼睛四下看着，想找根棍儿啊什么的朝柳敏再打回去。柳敏趁机溜走，拿着西红柿走向门口。李记斗只能站住，他不能当着外人特别是一位教授的面打自己的老婆,李记斗也是有职称的人,他是四级药师,在医院配药的,也算是知识分子。柳敏对邻居说:"老师,要在平时,不要说这几个西红柿,一筐西红柿我都能送您!还有,您拿来的这根菱瓜,我也收下了,我们家也实在是没菜了,不好意思,不好意思啊!"柳敏接过菱瓜,像金条一样地捧着。

教授也像拿到钻石一样捧着西红柿回对门去了。

柳敏瞟瞟要动手的李记斗,一溜烟儿地钻进卧室,又探头出来,对李记斗莞尔一笑,说:"你打不着,气死你!"

华小军紧跟进去又关上了卧室的门。

李记斗不再只是生气了,他在思考。李记斗咬牙切齿地望着那扇对他封闭的门,他想用手机对着那门拍一段视频再配上一段文字发到网上去,文字部分李记斗想写:"合法丈夫被出轨妻和男小三封隔在卧室门外,出轨妻还对合法丈夫说风凉话,扇他耳光,真是嚣张至极。"让柳敏和华小军身败名裂,像现在网上那些举报自己老婆或是举报丈夫的一样,同时还能换一些积分,积分积攒多了能换大米、油,还能换雨伞。李记斗手机都掏出来了,最后又没有做,这时李记斗扭脸看见了在沙发上熟睡的儿子,一道涎水在儿子胖胖的小脸上垂垂欲滴,李记斗想,真要把他儿子的妈往死里弄吗?算了吧。

第二日,下午,对门传来恸哭声,常教授(证实是姓常,门口有讣告)死了。常是前几日病的,到昨天来换西红柿的时候也还好,除了体温高一点儿其他也没什么,到了晚间,状态突然急转直下,胸闷气短,被救护车拉到医院,连抢救台都没来得及上,就死在了担架上。由于他年纪大了,基础病又多,从生到死急促得如轻轻一声叹息。

柳敏愣愣地倚在门边,愣愣地看着对门的家人高高低低地恸哭,柳敏从头到尾都是愣愣的,然后,她愣愣地回她的卧室,华小军又跟进去陪伴照料她。一会儿,李记斗听见柳敏哭了,先是嘤嘤咛咛小声抽泣地哭,然后逐渐凄厉。柳敏凄厉地不停地哭,这期间华小军揽着她出来上了一趟厕所,柳敏也是哭着如厕的。到了晚间,柳敏还是哭,只是不连贯了,有停顿,那是人哭到累极不得已停下大口大口地捯气,柳敏的悲恸已经完全超出了对一位邻人辞世的追念程度。再晚些,李记斗也听累了,他搂着孩子睡着了,不知道柳敏是不是还继续哭。等醒来,已是天亮,李记斗听见卧室里柳敏居然还在哭!但声音已经嘶哑,中间停顿期也更长,那是大口捯气的频次更多了。李记斗听见华小军在劝慰柳敏,但无效。柳敏捯气并继续悲伤地哭,最后李记斗从柳敏嘶嘶哑哑抽抽噎噎的哭诉中听明白了,她哭是因为她害怕,对门的老师说死就死了,那么她也有可能说死就死了。她要死了,她的孩子怎么办呢?柳敏哭着说她现在和李记斗连话都不说,她要是死了,她连个商量交代一下孩子后事的人都没有。她儿子真正就成了这世界上最悲惨的小孩了!柳敏偏执地沉浸在被她无限放大的悲惨中,哭得痛不欲生。

李记斗听得愣住,他没想到柳敏悲伤欲绝的原因竟是这个。

华小军从卧室里走出来,对李记斗说:"李记斗我可告诉你,柳敏快要崩溃了!"

李记斗说:"崩溃……什么意思?"

华小军说:"就是说她会哭死!"

儿子此时在沙发上高亢地哭了起来,仿佛是在配合柳敏,也仿佛在预示着妈妈的什么。

李记斗方寸大乱,他不知道怎么办好了。

## 5

华小军第二次从卧室里走出来的时候又是黄昏了,他说:"李记斗我必须跟你谈谈!"

李记斗说:"谈你妈的……"李记斗又勒住了自己,他想到柳敏正在悲绝中,自己要再和华小军争吵干仗不合适,就收住了粗口,说:"谈什么?"

华小军先在沙发上坐下,说:"你先给我倒杯水。我一直戴着口罩片刻都不敢取下来,而且我一直不停地说话,渴死我了,快倒杯水给我!"

李记斗说:"继续渴着。水,没有。"

华小军说:"你认为我们有必要一直这么剑拔弩张吗?"

李记斗说:"非常有必要。"

华小军说:"李记斗你是不是还认为我和柳敏,我们,搞七捻三了?"

李记斗说:"我可以不这么认为,但事实是这么记载的。你们的勾当已经被记载在历史的耻辱柱上!"

华小军喊起来:"李记斗我戴着口罩呢!我问你,戴口罩能亲嘴吗?"

李记斗不喊,他说:"干这种事可以不亲嘴。"

华小军被怼得语塞,他双手狠狠地抹了几下脸,平复一下情绪,他记得赵本山也常做这个动作,然后说:"好,就算我和柳敏,我们那什么了,但我现在是来和你商量怎么帮助解决目前她的情绪危机的。我们现在是在想法儿救柳敏,我是来跟你商量怎么救柳敏的!你能说,我不管,让她哭死去,就让她死!你能这么说吗?"

李记斗语塞了,这话他不能说,就算柳敏真的和华小军怎么样了他也不能说让柳敏去死。他从心底里不愿柳敏有个七灾八难的!

李记斗说:"那你说……怎么救?"

李记斗心里已经被柳敏哭得像猫抓的一般了,他对华小军的话甚至有些急切的渴望。

华小军一拍沙发喝道:"你还不快给你大舅倒水去!"

李记斗说:"我尿一泡给你端来!"他起身去给华小军泡了一杯菊花茶。

华小军迫不及待地饮,喝足了,长长舒出了一口气,开始说:"李记斗,现在必须有个人要去劝说柳敏抚慰柳敏,一定要把她这种要崩溃的情绪掰过来,这个人现在只能是你!"

李记斗说:"为什么不能是你?你不是一直在她耳朵边嘚啵嘚嘚啵嘚吗?"

华小军先纠正李记斗,说:"你能好好说话吗?"然后说:"我能替代你吗?你是她儿子的爹呀!柳敏的情绪就卡在你儿子身上!"

李记斗承认这是事实,并且他暗暗有些小得意,柳敏的根还是在他身上!李记斗说:"那我该怎么弄她呢?"

华小军说:"你上手段呀!"

李记斗说:"什么是……上手段?"

华小军说:"女人嘛,上手段嘛,你亲亲她,抱抱她,甜言蜜语你说上一页纸的,有钱你再塞给她一些,这些手段你没用过?没用过你这儿子是怎么鼓捣出来的?"

李记斗讪笑,嗫嚅地说:"这些嘛,是用过的。"但是紧接着他又说:"但是这些手段现在没用,至少这一次没有用。"

华小军诘问他:"为什么呢?"

李记斗说:"这一次严重了!"李记斗说这一次他把柳敏招惹得狠了。他说柳敏给华小军搓泥,把柳敏严重地惹毛了。柳敏那人,拧着哩,她要跟你置了大气,没有十天半个月平息不下来。他现在要是去碰柳敏,柳敏就会拿脚踹他。严重了,她还会掐他,两根指头夹住一块肉,啪,一拧,那块地方就变了颜色。

华小军发出了诡笑。

李记斗说:"你笑什么? 她也掐过你?"

华小军说:"当然! 她能放过我! 她一般都掐你哪儿呀?"

李记斗说:"脸、身上、大腿……大腿掐得多。"

华小军说:"我也是被她掐大腿掐得多。"

李记斗感慨,说:"你也是个苦命的王宝钏呀!"

华小军说:"王宝钏,王宝钏,都是王宝钏。"

"所以,"李记斗总结说,"你说的那些手段现在不管用!"

华小军沉吟,他在想他下面的话要不要告诉李记斗。华小军沉吟思忖了好一会儿,决定还是说给李记斗听,现在是救人要紧! 华小军说:"也不是一点儿办法都没有,我教给你一招吧! 你别一般地去亲她,你别常规地亲,你别常规地亲她的嘴呀、亲脖子呀这些地方,你亲她的耳垂儿!"

李记斗闻所未闻,觉得匪夷所思:"亲耳垂儿?!"

华小军说:"对! 高手才亲耳垂儿! 耳垂儿集中了人身上的许多穴位,是人身上最敏感的地方,特别是对于女人,尤其敏感,耳垂儿是通往女人心里的路,你亲她的耳垂儿,能亲到她心里去,含着她的耳垂儿,就像含着她的一颗心,她怎么能不被你打动!"

李记斗懵懂地说:"耳垂儿……这怎么亲? 没亲过。"

华小军示范给李记斗看。沙发上扔着李记斗儿子当玩具的橡皮泥,华小军拿过来一块,捏,想捏个耳垂,他左捏右捏,捏成后,不太像耳垂儿,倒比较像肚脐,华小军把"肚脐"含在嘴里,亲,那姿势像嗷,华小军嗷得吱吱响。

李记斗看得瞠目结舌。

华小军说:"过去我跟柳敏斗气,无论她有多大的火,我这么一亲她,全都一把拿下,百战百胜。李记斗你可以试试。"

李记斗懵懂了好大一会儿,开口说:"既然你是这样的……"李记斗想说"既然你是这样的老流氓",忽又想到华小军现在是在给他提供帮教,再怎么着也要对他礼貌一些,就又改口说:"你是这样的武艺高强,那你和柳敏,你们俩怎么还离婚了呢? 柳敏怎么舍得跟你离呢?"

华小军懊丧地说:"我犯了即使我亲她的耳垂儿她也不肯原谅我的错误。"

李记斗说:"什么错?你贪污了,政府要办你?"

华小军讪讪地说:"我,我出轨了。"

然后华小军试图给李记斗解释,他含含糊糊地说:"这事儿,男人嘛,有那么一阵,有那么一个时刻,有一瞬间,犯糊涂,把持不住,所以就……你懂的。"

李记斗爆发出嘎嘎嘎嘎一串笑声。

华小军说:"你是在嘲笑我吗?"

李记斗慌忙说:"不不不不不,我没嘲笑你!绝对没有!我笑的意思是,你这事儿,算乱搞男女关系吧?我的意思是你乱搞男女关系你乱搞得好啊!你要是不这么……乱一下,柳敏她能跟我结婚吗?柳敏虽然有时候凶,踹人,掐人,不温柔,但她是个仙女!我认为她就是个仙女!这么一个仙女能跟了我这个糙人,华小军,你真是帮了我了……"

华小军的脸阴沉得像是要下暴雨的天气,他打断了李记斗,没好气地说:"你还不快去!你嘚啵嘚啵什么呀!"他也爆了粗口。

李记斗说:"我要是去了,我儿子咋办?"

华小军说:"你要是这次阳了,你儿子我替你带,娃要哭就让他哭去,现在救柳敏是第一位的!"

李记斗还是迟迟疑疑地坐着,不肯进卧室去,他还是怵柳敏。

华小军说:"你赶紧进去亲柳敏的耳垂儿!"

华小军硬把李记斗推进了卧室。

## 6

李记斗进到卧室里来,准确地说是被华小军推搡进来的。李记斗看见柳敏侧卧在床上,间或发出一声长一声短的抽噎,她仍在悲伤中。李记斗硬着头皮招呼:"嗨……"

柳敏扭头,见是李记斗,有些意外,但瞬间意外就被怨怒弥盖,柳敏没好气地说:"嗨你妹的肾炎!"

李记斗赖赖地凑过去,搂住柳敏,说:"来,同志,亲一个!"

柳敏坚决地扒拉开李记斗,说:"亲你妹的肾炎!"

李记斗尴住,他记住了华小军教他的,于是硬上,放弃了搂,而改用双臂箍紧柳敏令其无法动弹,说:"就是肝炎也要亲!"然后一双唇在柳敏裸露出来的肌肤上鸡啄米般地啄下去,嘴里叫着"心肝、宝贝、小亲疙瘩……",凡是他知道的亲昵称谓全拿出来招呼柳敏。李记斗的热力全面铺开,同时不忘华小军告诉他的重点:去捕捉柳敏的耳垂儿伺机一口含住!无奈柳敏的耳垂儿虽然近在眼前但始终处于闪躲游动中,柳敏对于李记斗这行动的回馈就是抗拒,抗拒抗拒再抗拒! 柳敏推搡李记斗,对李记斗掐、拧,甚至咬,同时身子使劲扭动,竭力不让李记斗的嘴唇有着陆点。李记斗狼狈不堪但他锲而不舍,决心必须搞定柳敏的耳垂儿,搞不定他就去死! 有了必死的信念,李记斗终于搞定,把一块小小的、热热的、软软的肉,终于一口含在了嘴里。李记斗感觉柳敏浑身战栗了一下,激烈的抗争立刻和缓,接着柳敏发出"嗷"的一声,仿佛是什么被拿捏住了,就像钥匙插进了钥匙眼儿里,李记斗知道行了,于是他开始吸吮。这也是华小军告诉他的,华小军告诉他必须吸吮,吸吮是关键!

李记斗长长地、慢慢地吸吮着柳敏的耳垂儿,发出吱吱的响声。李记斗觉得这也没什么呀,不就是一小块肉被包住来回地磨蹭嘛,远不如亲嘴有意思,亲嘴比这有意思多了,至于要死要活的吗?但李记斗观察柳敏,发现这一招还真是至于!柳敏先是慢慢和缓了抗拒挣扎,最后彻底停止,然后她眼睛眯缝起,就像棉签插进耳道里掏耳朵的那种陶醉,那种痒痒的、酥酥的,间或有点小触痛的感觉,再然后柳敏眼睛不再眯缝起,她闭上了,眼角开始流泪,那是被融化了的表示,这种融化一点一点地扩大,最后弥盖了全身,柳敏大哭起来,大哭里已经没有了悲伤,而是被彻底融化了的崩溃,柳敏崩溃地哭喊道:"李记斗你这个大王八蛋啊……"

李记斗说:"小王八蛋,小王八蛋,没那么罪恶深重,也就是一小王八蛋。"

柳敏说:"总之你是个王八蛋!"然后又撒娇地说:"我后背痒,好多天了,我手疼抬不起来,够不着,你给我挠挠!"这是她被征服的表现。

李记斗赶忙殷勤地给柳敏挠后背。

柳敏被挠得舒坦,她不哭了,说:"李记斗,我问你,你刚才的那一套是从哪儿学来的?谁教给你的?"她说的是亲耳垂儿。这个动作柳敏自然是熟识的,但她不相信这是华小军教给李记斗的,华小军和李记斗现在势如水火,他怎么可能给李记斗私下传授这个?

李记斗也不能承认是华小军教给他的,这会很伤他的自尊,一个男人跟自己的老婆亲热,却还要跟老婆的前夫去求教如何亲热,这个男人岂不是活得太王八了,岂不是要被老婆严重看不起了吗!李记斗支支吾吾地说:"从……从书上看来的。"

柳敏说:"什么书？"

李记斗说:"一本……小说。"

柳敏说:"小说？谁写的小说？"

李记斗说:"海明威。"

李记斗在学过的课本里只记得海明威,因为海明威获了诺贝尔奖,有名气,他记住了,其他作家他从来都只当阿猫阿狗去听的,因此他就说海明威。

柳敏相信了。她觉得这合逻辑,作家嘛,总是要懂得多一点儿的,更何况海明威这样的大作家,作家总把自己懂的写在书里。柳敏转移了话题说:"李记斗,要不是你今天主动来向我承认错误,我勉勉强强原谅了你,咱们家就要死人了! 一想到我儿子以后那么可怜,我真的不想活了!"柳敏把李记斗进来跟她亲热说成是向她承认错误,她处处都要在阵势上占据主动。

李记斗啪地扇了柳敏一记耳光。

柳敏被扇得暴跳起来:"李记斗你敢打我！"

李记斗凌厉地说:"你要再敢这么说我还抽你! 我允许你死了吗? 咱们的儿子,我允许他可怜兮兮地活在世上了吗? 有我在,我就不会让你死! 有我在,咱们的儿子就只能有一种活着的方式,那就是健康快乐茁壮成长!你要再说这种死啊活啊丧气的话,我抽你个稀巴烂! 你听见了吗? "

柳敏怔怔地望了李记斗一会儿,而后,她莞尔一笑,温顺地偎在了李记斗的怀里。"我听见了。"她说。随后,她又保证道:"我再不说了,我听你的。"

柳敏喜欢李记斗这样,觉得这样比较男人。相比李记斗,华小军要斯文很多,甜腻是很甜腻,精细是很精细,但有时候总觉得不过瘾。柳敏喜欢李记斗这种粗拉拉的切割。

柳敏说:"李记斗你是个战士！"

李记斗霸气地说:"柳敏,来,我们来好好地亲一阵子嘴！"

柳敏一脚把李记斗踹到床下去,说:"你还要亲一阵子嘴,你还用了个量词!我告诉你李记斗你别嘚瑟啊,你赶紧把口罩再戴上！"柳敏只能让李记斗"战士"一小会儿,她不能把李记斗养得太过膨胀真的凌驾于她之上。

李记斗被踹得跌坐在地板上,他不生气,他已经习惯了。

柳敏开始跟李记斗严肃地谈另一个话题。

柳敏说:"李记斗,你要向华小军道歉。从今天起,你要主动向华小军示好。"

李记斗说:"凭什么?"

柳敏说:"你说凭什么!你来看——"柳敏让李记斗朝卧室的地上看,李记斗看到在卧室的地上,就在柳敏的床边有个地铺,地铺上扔着男人的一件T恤衫,还有袜子什么的,李记斗认得那T恤衫和袜子都不是他的,那想必就是华小军的,说明华小军这些日子就睡在地铺上。李记斗看到华小军还在地铺边拉了一根电线,放着一个电热水壶烧水,柳敏说华小军细心得好了得,专门弄个壶烧开水,以备她半夜渴了好喝。

柳敏说:"李记斗,华小军这些日子没黑没白服侍的是你儿子的娘!你还凶人家,从进门你就给人家甩脸子,你还不应该给华小军道歉吗?你好好看看他是怎么服侍我的!"

李记斗真就仔细地看。柳敏让李记斗看的是华小军的辛劳而李记斗仔细看的是华小军的贞洁。李记斗仔细打量柳敏睡的大双人床(这之前是他和柳敏一起睡的),现在空出来的那一半铺位,有没有被压卧的凹痕,华小军是不是明面上是在地铺上睡,但在夜里,或是干脆就在白天的某个时候,爬到床上去,在柳敏的身旁,搞事情?如果搞了事情床上就会有褶痕留下来,或者有头发什么的留下来。李记斗细细地看,还用手一寸一寸仔细地捋过。检测的结果是,好像没有。那一半铺位很平整,头发也没有,连头皮屑都没有,这说明华小军至少绝大多数时间里是睡在地铺上的。另外还有一个细节似乎也能佐证华小军至少这段时间并没有逾越雷池,那就是柳敏说她后背痒痒好几天了让李记斗帮她挠,李记斗想华小军和柳敏真要怎么样了,柳敏还能不让华小军帮她挠吗?山川沟壑都耕了还能放过这一小片坡地不犁一下?但是李记斗还是不放心,他想,这好像还并不能排除华小军就没有瓜田李下。柳敏和华小军,俩人白天黑夜这么凑近在一起,俩人又是旧夫妻,轻车熟路,华小军就没有摸一把?就没有抚一把?就没有贴一下?就好比一盘好点心摆在跟前,好比一盘蜜三刀吧,这是李记斗爱吃的糕点,李记斗想华小军就没有顺手拈一块吃?

李记斗说:"柳敏你要让我给华小军道歉以及示好,那我问你个问题,希望你如实回答。"

柳敏看穿了李记斗的小心思。

柳敏说:"只能问上半身的问题。"

李记斗说那他就不问了,上半身有什么好问的!

# 7

华小军阳了。

华小军最终还是阳了!

李记斗却没有阳。新冠病毒真是个说不清道不明的东西,李记斗亲吻柳敏的时候,柳敏的呼吸与他就近在毫厘,李记斗的阴却一直坚挺着。李记斗因此就把带孩子做饭等家务责无旁贷地承揽下来。疫情催生了一个词儿叫"天选打工人",李记斗就是"天选打工人"。

华小军阳了以后性情大变,先前的体贴、忍让、辛劳这些没有了,取代的是很强的攻击性。李记斗还没来得及向华小军道歉以及向他示好,就先尝到了华小军的尖刻攻击。

引起华小军攻击的竟然是李记斗与柳敏和好后的新关系。李记斗亲过柳敏的耳垂儿后,俩人和谐;柳敏是个嘴硬的人,她嘴上不愿跟李记斗服软,不愿跟李记斗亲啊爱啊地甜腻,她在行动上却悄悄地呈现,李记斗抱孩子喂饭的时候,她凑过来,在李记斗的手臂上,或者后腰上,偷偷地掐一下拧一下,这些掐和拧都不带有虐的意思,而是一种亲昵。李记斗明白柳敏这亲昵里也含有她前一阵对他态度凶横的道歉,同时也含有对他这一阵独自带孩子辛苦的感谢。因为有华小军在,柳敏的亲昵是隐藏的、偷摸的,而李记斗的接受和反馈则是明目张胆的、大张旗鼓的。柳敏偷偷掐李记斗拧李记斗,李记斗则是抓过柳敏的手来就大口咬,咬得柳敏哇哇叫,当然李记斗的这种咬就更不带虐性,而是高调地示爱。李记斗当着华小军的面就这样凶猛地爱柳敏,丝毫不顾及华小军会看见,他心里还暗暗希望华小军能透彻地看见。柳敏被李记斗爱得咯咯咯咯地笑,她欢喜李记斗的猛劲儿。

"咚"一声响,这是一旁的华小军把茶杯重重地蹾在茶几上。

华小军眼睛瞪得像愤怒的犀牛。

华小军说:"这屋里还有别人哩!你们要点儿脸行不行!"

华小军气哼哼地进卧室去了,摔上了门。

李记斗先愣住了,他心想不是你让我去亲柳敏的耳垂儿,让我去向柳敏示好的嘛,怎么你现在又来吃这个干醋?忽而李记斗又想明白了,他明白这就是男人深陷在爱里拔不出来了。之前,为了救柳敏于危急,华小军一切都豁了出去,他的尊严、他情感的底线,他通通都不管不顾了,现在,危机过去,事态转换,他又对他力推的结果感到痛楚,看到李记斗和柳敏卿卿我我,他又坐立难安,如蚁虫噬骨。李记斗明白华小军对现在已经是他老婆的柳敏,真是爱得如火如荼,爱得深切!李记斗嘟囔着说:"我×!"他这已经不是在骂华小军,他更多是感叹。

柳敏的解释是华小军病了。华小军现在是个病人。病人都脆弱、敏感,控制力差,平时没病时能克制能压住的情绪现在都克制不住都要发泄出来,所以说病人易怒。柳敏说她刚病过现在也还病着她能体会。柳敏劝解李记斗说:"咱们别跟病人计较,咱们得多体谅华小军,多安慰华小军,多为华小军做点什么,李记斗你说好不好?"

李记斗说:"好啊,你进卧室去跟他睡吧,我再打点水让你们洗洗?"

柳敏踹了李记斗一脚说:"滚!"

但柳敏和李记斗自此都开始小心翼翼,尽量不当着华小军的面亲昵,甚至尽量不要亲昵。但"荷尔蒙"是戒除不掉的。李记斗给孩子喂饭喂水,柳敏戴着口罩凑过来,李记斗好长时间没跟柳敏亲热了,疏旷已久,老婆身上的气味撩拨着他,李记斗不免心里蠢动,他禁不住伸手去摸柳敏,摸了一把后又闪电般地缩回来,然后左右看是不是让华小军瞧见了。李记斗说:"我俩这简直是背地里通奸哩,要偷偷摸摸的!"

然而华小军还是看见了。李记斗感觉华小军病了以后时时刻刻都在监视着他和柳敏,监看俩人有没有逾越,像乡下的老头儿守着他的几棵枣树怕让人偷吃了,很变态。李记斗飞速的动作被华小军更飞速的眼神捕捉了个正着,华小军看见了之后鄙夷地冷笑,冷笑鄙夷地斥说李记斗:"轻浮!"他还竖起食指对李记斗晃晃,表示不屑。

李记斗想怼华小军一句:"我是在摸自己老婆耶!什么叫轻浮?莫非我还要庄严地去摸自己老婆吗?"但李记斗想到华小军病着,又是因为服侍他儿子的妈而阳了,就忍下没说。李记斗对华小军笑笑,避了过去。

柳敏也生气了,觉得华小军过分了,但她也是忍住没说。柳敏反过来斥责自己的男人李记斗,说:"李记斗你也是手欠,摸摸索索的!你就急着这一两天啊?过了这几天,我是会飞了飘了化成灰了,你再见不着我了?你急个毛线啊!真是个手欠的货!"柳敏这责骂里含有抚慰和暗示受了委屈的李记斗,她想李记斗会听懂的。

李记斗果然是听懂了,他明白柳敏是告诉他不要急,等熬过这一阵儿,风光旖旎的日子还在后头哩!李记斗心里喜滋滋的,他咧着嘴笑。

华小军也听懂了,他却只听懂柳敏在骂李记斗,柳敏骂李记斗是个"货",这是鄙夷的意思,柳敏骂李记斗华小军就高兴,因此华小军也咧开嘴笑。

两个男人都认为柳敏的一颗心是在自己身上。

最后的总爆发是在接下来的事情上。又是李记斗在给孩子喂饭,柳敏又戴着口罩凑过来,之前柳敏和李记斗僵着,她硬绷着不过来看孩子,不和李记斗靠近,现在关系缓和,柳敏时时刻刻都想过来亲近亲近孩子,作为对之前疏离孩子的补歉和倾注对孩子的怜爱。柳敏俯下身子去看她的儿子时,或许是整天躺在床上看手机时间太久,加上还在阳中,体质虚,她忽然有些目眩头晕,脚下不稳,身子一个趔趄,李记斗上手抱住,抚慰她,在柳敏的头上、脖颈以及后背摩挲。柳敏很快和缓了,对李记斗说:"我没事了,你别弄了。"李记斗却不停手,继续在柳敏的头部、颈部、后背处摩挲,还增加了后腰。华小军彻底失态了,他箭矢一样地冲过来,真像乡下的老汉被人偷吃了枣而气急败坏,凶猛地一把扯开李记斗,力道之大,把李记斗衬衣领口扣着的扣子都扯飞脱了。

李记斗只是说:"华小军你再扯我一下!"

华小军已昏了头,又来拉扯撕巴李记斗,下手更猛。

李记斗仍然只是说:"华小军你再来动我!"

华小军又撕李记斗,还推搡他,他的掌锋甚至扫到了孩子,孩子哇地一下哭了。李记斗的儿子哭起来很有特点,会像大人一样地呜咽,听上去格外悲伤。

李记斗还只是说:"华小军你来动我,动我!"李记斗只是挑衅,只是推波助澜,只是一个劲儿地激怒华小军,他不还手,把自己放在一个被欺凌的位置,对于哭泣的儿子,他也不去哄,他甚至还有意让这哭声更响亮,让哭泣更悲伤一些,他知道有人会出来管这事。

柳敏果然爆发了,她满脸涨红、杏眼圆瞪。

柳敏说:"华小军你跟我进来!"

柳敏一把将华小军拽进卧室里去,关上了门,她要修理华小军。

柳敏说:"华小军你大爷的!"

进得门来,柳敏骂着并踢了华小军一脚,她对她的前夫毫不客气。

华小军揉着痛处说:"我怎么了?"

柳敏说:"你连我儿子都敢打啊!"

华小军慌忙辩解:"我一直都是把你儿子当省部级对待的!我只是不小心碰到了你儿子。我打的是李记斗!"

柳敏说:"李记斗你就可以打吗?你失态不失态!"

华小军沉默,低头不语,他无法辩解说他的行为是高大上。华小军讪讪地说:"我承认,我是失态。我刚才的举动确实是……我也知道不太合适。但是我忍不住!尤其是这几天我发烧,身上燥热,火大,看到李记斗他那样儿……我实在是见不得!我就冒了。"

柳敏说:"你见不得李记斗什么呀?"

华小军又沉默,他无法当着柳敏的面说出那个字眼儿。

"你是见不得李记斗摸我对不对?"柳敏替他说了。并且柳敏激动起来,说:"李记斗何止是摸我呀!就在我睡的这张大床上,在我身边空着的这个位置,这本来是你睡的位置,李记斗就睡在这儿,夜里,甚至白天也会,李记斗何止是摸我!他摸我,抱我,亲我……他什么都做了!李记斗什么事情都做了!"

华小军脸色阴沉得很,甚至眼眶里汪起了泪水,他想哭。

柳敏偏还要刺激他,她偏还要往他最软弱的痛处深扎,说:"李记斗还和我做爱哩,很多回!要不我和他的儿子是怎么来的?"

华小军眼窝里的水滚落下来了,他真是伤透心了,还有恨。

柳敏却继续说:"李记斗他现在是我的男人是我的丈夫啊,他是我儿子的爹呀,华小军你给我个理由,说我可以对李记斗说不让他碰!"

华小军自然说不出理由,他滴着泪说:"我没有理由。"

柳敏说:"没有理由你就接受现实!"

但华小军要强辩。华小军同样滴着泪强辩地说:"但是,我不乐意!我很不乐意!我极其不乐意!我不乐意我就要表达出来!我不能表达吗?我不表达我就会憋屈死！”

柳敏怒火满腔地说：“你憋屈死你活该！你死去吧！”

华小军的眼泪越加汹涌，他说：“柳敏你别这样说！你这样说我会很难过的！”

柳敏偏要这样说，柳敏偏要让他很难过，柳敏说：“我就是要让你难过！我就怕你不难过把之前的事情都忘了！”柳敏还把一直都戴着的口罩摘了，为的是说话畅快，她说：“反正咱俩都阳了，也不怕谁传染谁了，咱今天就敞开来说个痛快！华小军，今天到这一步，你说，怨谁？本来，这一切，都是属于你的！应该是你来摸我！在这张大床上，应该是你睡在这儿，是你来摸我、抱我、亲我，应该是你来和我做爱！华小军是你和我做爱啊！”柳敏特意把做爱连说了三遍，重要的事情说三遍，她还是连连往华小军最难堪最痛彻心扉的节点上狠扎，不这样不能解她自己的心头之恨和愤。柳敏大喘了一口因说得太急太猛而被憋住的腑脏之气，继续说：“现在，李记斗把这些都拿过去了，他在行你之职，你受不了了，你又来闹，喊，打人，你还强词夺理说你不乐意你要表达，你自己的东西你不珍惜你怨谁？你怨谁?! 你还要表达，你表达你的……”柳敏说了一句女人不说的粗口，她实在是被气狠了。

华小军黯然，他的愤怒被柳敏扑打得灰飞烟灭。往事的沉重一直魇压着他，现在更是将他揉得稀碎，华小军想最后争取一下柳敏，他嗫嚅地说：“柳敏，你听我说……”

“我不听！我不听！我不听！”柳敏捶打着床喊。

并且柳敏哭了起来，哭声甚至响亮过了擂床声，她想起往事依旧伤心不已。

柳敏哭着说：“华小军你给我出去！”

华小军只有讪讪地出去，他想他大概是再没有机会回到柳敏的卧室了。

## 9

李记斗就立在卧室门口，他试图偷听但听不太真切，看到华小军被柳敏撵了出来，或者说是被柳敏撅了回来，他“哈哈”一声笑，很有点幸灾乐祸，很有点兴高采烈，但李记斗这欢喜的笑只短促地笑了半声便戛然而止，这时他看到了华小军的脸色，脸色可怕，墙壁一样的灰白，没有血色，是那种一瞬间失去了血色，能感觉到血被迅速抽去的虚脱，整个人是被暴击之后的失魂落魄样。华小军在一个小凳上缓慢坐下,他坐下也是失魂落魄的。

李记斗招呼他:"嗨,华小军,你没事吧?"

李记斗没有听见华小军说什么,而华小军肯定是回答了他的。华小军的回答是喃喃的、自言自语的、含混不清的,他似在说"没事",也似在说其他,他的回答整个也是失魂落魄的。并且华小军咳嗽了起来,很剧烈。华小军从阳了以后就一直在咳嗽,此刻尤其凶猛,咳得绵长而持久,咳得地动山摇,咳得好像要把五脏六腑翻转过来抖落干净,像女人把手袋翻转来抖落里面的口红、钱包、小镜子、钥匙链……都噼里啪啦地往下掉,感觉华小军把肺里的什么都咳得掉了出来,李记斗被华小军咳得都怕了。

李记斗说:"华小军你快吃药吧!"

李记斗给华小军拿来了布洛芬和咳喘宁,李记斗还端来了水,水里放了盐,盐水能补充病患流失的电解质。但华小军不吃药,水也不喝,而之前华小军从阳了以后一直是按时吃药的,他还说他要快点痊愈快点转阴好继续服侍柳敏。

李记斗说:"华小军你不吃药你是想死呀!"

华小军说是的。他是想死。华小军这次的回答不再含含糊糊而是清晰干脆明了。华小军说:"我现在就想像对门那位邻居老师一样,咔吧一下就死了!"华小军说那样的死是最好的,没有慢慢地死去要长时间地品咂死亡的恐惧。华小军说他现在就向往那样的死。

李记斗冷笑道:"厕所里耍大刀,华小军你这是吓唬……"李记斗猛然住了口,他发现华小军并不是吓唬人,华小军的眼神是毅然决然的,甚至还有一丝轻松,那是决定了什么的解脱和释然,李记斗真被华小军的眼神吓到了。

李记斗说:"华小军,你这是怎么了非要死?"

华小军不想谈,说:"没怎么,就是不愿再活着了。"

李记斗又说:"是不是你想跟柳敏怎么着而柳敏不跟你怎么着你深受打击了?"

华小军说:"滚你娘的蛋!"

李记斗笑道:"好,你骂我了,你骂我说明你转移情绪了,你只要转移情绪不想死了,你随便骂我好了,你随便骂。"

华小军没有再骂李记斗,也没有转移情绪,而是变本加厉,他悲绝地哭了起来,更加地想死,他哭着说,因哭得太过凄厉,壅塞了他的话,他的诉说显得断断

135

续续的:"李记斗啊,我跟你说啊,我确实是,是,不想活下去了,没劲,没尿意思,活够了!自从和柳敏离婚,我就一直有想死的念头,我非常非常后悔,非常非常痛苦!但我又不甘心,我一直在寻找机会,哪怕柳敏心里,在心里的哪个角落,还有我一点点的位置,哪怕柳敏还有一丝丝地爱我,这都是支撑我能活下去的动力和勇气。上次我跟你说,说我是听说柳敏职称没评上心里郁闷来安慰她的,那都是扯!我是来找机会的……"

"我一看你狗日的就是居心叵测!"李记斗气恨地说。

华小军承认,说:"是,我是居心叵测。"

李记斗说:"那么你得逞了没有呢?"

华小军说:"这个问题现在不谈。"

李记斗急了,嚷:"凭什么不谈?"

华小军却又更伤心地哭了起来,哭声像河,把"这个问题"推送向了远方,使李记斗没有机会再追问。华小军哭诉:"就是刚才,柳敏又提起往事,她依旧耿耿于怀,她又哭了,对我怨恨还是很深,她让我给她出去,这等于就是说让我滚出去!李记斗啊,你听听,她让我滚出去!我完了,我在柳敏心里一点儿位置都没有了,我在她心里彻底死了,我还活个什么劲儿呀……"华小军哭得像面小锣在敲,一下一下有节奏地顿挫。

华小军夺过李记斗手中的药瓶,将瓶中的药片倒在茶几上,用茶杯盖碾,碾得稀碎,而后又拂到地上,用脚后跟儿踩,踩得更稀碎,显示他决不吃药就这么亡去的决心。

李记斗忙将药瓶夺回来,把残存的药片再捡回。

华小军哭着说:"没有用的。我要想死,你拦不住。一会儿我往药瓶里倒点儿茶水,茶水中有大量的鞣酸,会和药物中的蛋白质、生物碱、重金盐产生沉淀,会发生不良反应,这药就算是废了!"

"我×!"李记斗说,"你自杀还挺专业!"

李记斗望着一心向死的华小军,又感叹一声,说:"你狗日的真是麻烦!"然后他沉吟思忖地说:"你和柳敏的死结就是你出轨这件事,她心里对你过不去的坎儿也是这个,怎么才能让柳敏相信你没有干过这事,你是被冤枉的呢?她要是相信了,这事儿就能有转机!"

华小军苦笑,说:"不可能!柳敏是闯进房间里亲眼看见的,她等于是捉奸在床！"

李记斗却不放弃，锲而不舍地问："当时你，你们，那裤子，是穿着的，还是没有？"

华小军羞了一小会儿，说："裤子，那倒是……穿着的。"

李记斗说："已经是……完事以后了？"

华小军又羞羞地说："嗯。"

"那就坚决不承认！"

李记斗斩钉截铁地说，他还做了一个砍头的手势，表示刀架在脖子上也不认。

华小军愕住了："啊？"

李记斗教导华小军，说："你就说，你有出轨的念头这不假，这确实是事实，要不你也不可能带着女人去开房，但是——你注意这个但是啊——但是，临到要办事，你犹豫了，你退却了，你想到家里有老婆，你想到了柳敏！你觉得你要做了就太对不住柳敏了——这句关键的话你记住必须说啊——所以，你没做！所以，你穿着裤子哩！等到柳敏闯进来捉住你们的时候，你当时羞愧满腔无言可对，你觉得既然精神都已经出轨了再辩解肉体有没有出轨又有什么意义呢？所以你就什么都没有说，你没有为自己辩解，一切你都认了，然后你就离婚了。这个雷，你一直默默扛到了今天！你要是这么去对柳敏说，你想想，她对你的怨恨是不是就能卸去一多半？没有了怨恨，那剩下的事不就好办了吗?！"

华小军听得瞠目结舌，说："还能这么说啊？"

李记斗说："当然！婚姻是需要欺骗的。没有欺骗的婚姻是不会幸福的。"

华小军想想，予以否认，说："不可能！柳敏是多精明多鸡贼的一个人啊，这又是她亲眼撞见的，我说这些她能信吗？她根本不信！"

李记斗说："你狡辩啊！哪个男人不会狡辩呢？你狡辩！"

华小军还是摇头，说："狡辩也不行！柳敏你又不是不知道她是个什么样的人，她多强势多伶牙俐齿呀，我说一句她就得有十句给我怼回来，她根本就不听我说，她根本就不会让我有说话的空儿！"

李记斗又沉吟思忖了一会儿，说："那就只有一个办法了，你拿耳刮子抽她！"

华小军以为自己听错了："你说让我……耳刮子？打她？"

李记斗明确地说："对！不等她反应过来，你第二个耳刮子就再呼上去，直接把她打晕！至少把她打蒙！"

华小军像猛然听到人民银行宣布说银行的钱大家可以随便往家拿了，都去拿吧，惊叫起来："李记斗你疯了呀！"

"我没疯。"李记斗沉稳得像电视剧里的领导，"华小军，你想想，你是一个斯文的人，你从来不动手打人，是什么要逼得你出手打她呢？那一定是你的委屈太大了！你被冤枉，没人听，没人信，你想申辩却不允许你说话，你说一句，她用十句怼你，你气得肝儿疼，恨得咬牙又无法说，所以说你忍无可忍！俗话说兔子急了还咬人哩，你就是急了的兔子！你想，你都气成这样了，你已经气疯了，柳敏她还能不相信你是冤枉的吗？不由她不信！再有，柳敏是喜欢男人猛一点儿的，你打了她，展示了你刚猛的一面，让柳敏见识了她之前从来没有见过的你全新的形象，你洗去了你在她心里的污渍又留给了她新的风貌，华小军，你得让柳敏觉得你焕然一新啊华小军！一个男人，让女人觉得焕然一新，华小军你想想会发生什么事儿？你还用死吗？我之前每次想跟柳敏胡搅蛮缠蒙混过关，我都用这招儿，一个两个耳刮子扇过去，她就相信我冤得像窦娥一样！华小军你也试试！"

华小军愣呆呆地看着李记斗，像看一个神人或是一个大鳄。

李记斗说："你别看我，你教了我一招儿，我也教你一招儿。"

华小军依旧长久地望着李记斗，神情很有点不可思议。

李记斗说："你老这么看我干什么？你在想要怎么感激我吗？那行，你给我转账吧，我把我银行卡号发给你。"

华小军不跟李记斗玩笑，开口说道："李记斗，我这可是跟柳敏……我说我这是想跟她天雷勾动地火这不算是一句虚言吧？这万一我和她要是勾上了呢？你真不介意，我，一个可以说是你情敌的人，你真不在意柳敏她有可能……对我怎么着吗？"

轮到李记斗更长久地看着华小军了，而后，他感叹一声，这回是挺长的一声，说："你真是个狗日的！华小军，你确实恨人！"然后，他说："我他妈当然在意！我难道是街上的红绿灯吗？一会儿不让人家绿我一把我就过不去？但是，我就这么做了！绿我我也就这么做了！首先，我不能让你咔吧一下就死了，什么都不如一条生命珍贵！再有，我更主要是为了柳敏！你想，你要是真的在这屋里发生了什么，柳敏她心里还不得留下阴影啊？这阴影会一直陪伴着她，她后半生会一直活在阴影里直到她死，她到死都会活得痛苦活得很不好！我不能让她后半辈子活成这样！为了柳敏，我也是什么都愿意做的！总之……不说了，算便宜你了。"

李记斗给华小军喂了药，而后把他硬推进柳敏的卧室里去。

李记斗说："你猛一点儿，去抽她！"

# 10

华小军又进到卧室里来。

柳敏在床上卧着，哭泣是停止了，但脸色仍阴郁着，仍在气恨中，这种往事会始终萦绕很难褪净的。柳敏听见门响，扭脸，见是华小军进来，认为是来说好话乞怜的，便将脸更黑森森地拉下，眼帘也更狠狠地低垂下，且把视线瞥向别处不睬华小军，表示华小军说什么也没用，她决不原谅！

华小军没有立即开打，进门就打那是黑社会。华小军先采取了说，尽管柳敏的表情已明确告诉他说什么都没个卵用，他还是决定说一下试试看，说是华小军的强项。华小军劈头便说："柳敏你错了，你大错特错了！"

柳敏果然被慑住，或者说被吸引住，至少她被吸引住了，视线开始朝华小军转过来。

华小军这是叫板，或者叫棒喝，这是华小军被李记斗推搡进来那一瞬间他想到的谋略。华小军也是个鸡贼的人，他就是要用当头棒喝把气恨恼怒不理睬他的柳敏硬抓过来听他说。柳敏果然入瓮。华小军便滔滔地说下去。华小军基本上是按照李记斗的蓝本说的，但说得更加丰富。鸡贼的华小军主要在细节上进行丰富和补充，他知道人很大程度上是根据细节来判断一段话一件事的真假的，人往往都是跟着细节走的。华小军便从细节说起："就是那一年，你得了盆腔炎，治疗时医生叮嘱一年内不要同房，一年不能有夫妻生活，没办法，我就熬着呗。熬到第九个月第十个月的时候，我觉得我都快要着火了，当时走在街上我都不敢看展示女士内衣的广告橱窗，我怕我看了身上都有火苗子要蹿起来！就在这时候，在单位里，赵桐萱有事没事老在我面前扭啊扭的，我就……就那一次，唯一的一次，偏巧就让你闯进来逮着了。"华小军这样说首先把自己和一贯的寻花问柳区别了开来，让自己有了那么一点点的情有可原，以降低柳敏的恼恨程度。紧接着，华小军对自己这一点点的"情有可原"也进行了严厉的批责，以显示自己的自我反省自我检讨有多么的彻底，他说："我觉得我没有任何理由可被原谅，那么多人都要比我熬得久,人家都没怎么着,人家都能熬,我咋就不能呢?我认为我就是一头发情的公猪,很无耻!"华小军偷眼看柳敏的脸色,看是不是有一点儿和缓。

柳敏说:"你不要侮辱'无耻'这个词儿了,说你无耻那都是在表扬你!"

看不出来柳敏有任何一点儿和缓。

"是是是,我比无耻更恶劣!"华小军态度非常之好附和地说,他态度好是因为他接下来就要谈到最关键处,他必须态度好不能谈崩了否则会前功尽弃。华小军依旧从细节切入,他说:"就在我和赵桐萱要,要怎么着的时候,我看到了墙上的一幅画,是《春江花月夜》,木刻版的,我想到了咱们家里也有这么一幅画,一模一样,就挂在你平常睡的床这边的床头,我浑身一激灵,我猛然就想起你了——柳敏,我猛然就想起你了!我想起你还在家里躺着哩!我顿时,顿时啊,汗就下来了!我浑身流汗后脊梁发冷!我想,我这是干什么呀?我怎么能干这种事情呢?我干这种事情对得起柳敏吗?!柳敏对我这么好,成年累月,在家操持家务,给我洗衣做饭,在外上班,每月都把工资拿回来,自己连超过七十块钱的那什么,我说不出来那叫什么牌子的化妆品,都舍不得给自己买,这样的老婆,是老婆里的雷锋啊!我还在外头干这种事,我简直是,简直是……说我是个畜生毫不为过!我当时就是这么想的,所以我就……没做。所以你当时进来看到我裤子是穿着的!"

"我当时裤子是穿着的!"华小军又强调地再说一遍,像在说你看那旗帜是高高飘扬着的!

紧接着,华小军不给柳敏以思索的时间,假话是不能给对方留有思考的时间的,一思考就有可能穿帮露馅,就像哲学家说的:人们一思考,上帝就发笑!上帝会看穿了你而冷笑。华小军马上就回答估计柳敏会存疑的问题,他要趁热打铁,利用人的惯性,把柳敏已经形成的思维迅速固定下来,并且这一次,华小军不再添加任何作料,李记斗已经概括提炼表述得很到位了,他照说就是了。华小军说:"柳敏你可能会想为什么我当时不明说,为什么我这么多年不挑破不明说,为什么我要忍着冤屈这么久,因为,我是想,我已经精神出轨了,已经脏了,再要死乞白赖申辩肉体有没有出轨又有什么意义呢?所以我就什么也不说,我都默默地认了,把什么都扛了下来。"

华小军又偷偷看柳敏的脸色,看她这一回有没有一点儿和缓。

还是看不出柳敏有和缓。她愣愣地情绪起伏地看着华小军。

柳敏说:"华小军你给我倒杯水来我喝一口冷静一下!"

华小军赶紧给柳敏端过一杯水来。

柳敏喝了一口水后,说:"华小军你的意思是说你当时都要扣枪机了,但你又没扣?"

华小军说:"对的。"

柳敏把口腔里残余的水咽下去,大喝一声:"呸!"

柳敏说她根本就不相信!

柳敏说:"你不要怨我说不文明的话,你是说你的娱乐设备突然发生了故障你没法娱乐了所以你停止了?是抽筋了还是哪儿让刀给划了?否则我怎么能相信你到了关键节点突然就思想觉悟提高了呢?你之前怎么不觉悟?你给她打电话约酒店的时候你怎么不觉悟?你打车往酒店去的时候你怎么不觉悟?你和她洗澡的时候——你们事先肯定洗澡了!你们事先洗澡的时候你怎么不觉悟呢?到了关键时候你觉悟了,你是原子弹引爆你是掐着点儿来的? 我怎么可能相信你呢! "

华小军脸色煞白。虽然按照设计在遭到柳敏拒绝相信后,华小军应该表现出来脸色煞白,即所谓的气急败坏,但此时华小军脸色难看却不是设计的,他是真的急了,他知道这个回合柳敏要是拒绝相信他,那他就再没有机会了,人往往都是根据第一印象来决定后面的跟随的,就像开会,第一个发言的很重要,第一个人的发言往往都是决定会议的基调和走向的, 所以华小军无论如何都要硬拗下去。华小军首先否定他和赵桐萱事先两人一块儿洗澡了,他说两人要是脱了衣服一块儿洗澡那就把事办了,柳敏也就不可能看到他们都还穿着裤子。"裤子是穿着的!"华小军又强调了一遍裤子。然后,华小军乞求柳敏说:"柳敏你再听我跟你解释一下好不好……"

柳敏说:"不好!你在我心目中已经是不穿裤子的人了,你再怎么解释也穿不上裤子!"

华小军脸部肌肉已接近痉挛,他再乞求:"柳敏你无论如何再听我……"

柳敏决然地说:"我不听! 不听! 不听! 不听! "

并且柳敏再次开始擂床。柳敏又双手握拳,使劲地擂着床,床像战鼓似的咚咚响。同时柳敏自己的身体还在床上扭来扭去,使床还发出被碾压的声响,这两种声响合在一起,完全压过了华小军的话音,华小军再说什么都成了徒劳。

华小军一记耳光抽在柳敏脸上,啪的一声脆响在柳敏制造出来的声音中脱颖而出。

柳敏甚至没有意识到自己挨打,她万万想不到华小军会打她,她只觉得脸被什么撞了一下,她甚至都没有停下继续擂床。

华小军又一记耳光抽在柳敏脸上,声音更响亮一些。

华小军第二次扇柳敏耳光并不是出于激愤,不是愤怒难当忍无可忍,而是华小军已经习惯了重要的话要多说一遍,那么重要的事也要再做一遍,所以他强调地又打了柳敏一次。

柳敏这次感觉到了是华小军在打她,她停下了擂床。柳敏没有生气而是恍惚,很大的恍惚了,她恍惚地想这是华小军打她了吗,华小军居然也打了!柳敏从认识华小军到结婚同床共枕到离婚劳燕分飞,华小军连重话都几乎没对她说过,何况是打她!华小军这是怎么了他突然变得这么凶暴?华小军是急了,他为什么要急? 他真的是受了多大冤屈吗……柳敏望着华小军,眼神开始变得柔软,她想自己是不是真的冤枉华小军了。

华小军看到了柳敏眼神的变化,他想,老婆在必要的时候还是要适当地打一打的,一个巴掌下去,比嘚啵嘚啵半天要有效果。

柳敏最后相信华小军是受了冤屈。开始是有一点儿相信,继而是相信,再继而是严重相信,这也是华小军罕见地出手展示了之前从未有过的刚猛,柳敏好喜欢!柳敏好喜欢这个样子的华小军啊! 因为喜欢,她所以选择了倾向性地相信。

华小军这时候却真正感到了羞愧。华小军这时候真正感到自己错了,感到对不起柳敏,他出轨,还撒谎,还打柳敏,他真是个真真正正的大浑蛋啊! 华小军不禁伸出手去抚摸柳敏那被他打疼的脸庞,心想自己怎么就下得去手呢,他因为羞耻和怜惜,眼泪涌出眼窝。

华小军的眼泪让柳敏很感动。柳敏认为华小军这是受了委屈还心疼她挨打,并且心疼地掉泪,柳敏感动死了,感动得一塌糊涂。柳敏更是眼泪汪汪,并且激动得不能自控。女人总是比男人更要歇斯底里一些,她一把拉住华小军让他跟她走,出得卧室来到客厅,李记斗搂着孩子正在沙发上小憩,柳敏拍拍李记斗让他醒转,等醒转过来,她激动地对李记斗说:"李记斗,我告诉你,我冤枉华小军了,这么多年我一直在冤枉他,而华小军,这么多年一直不申辩,不倾诉,一个人默默扛着,特别是这次疫情,我阳了,他默默地为我端水喂药,扶我上厕所,给我洗澡,他还是什么都不说,还是默默承受,承受,承受!我亏欠他太多了!现在,我要补偿他,我要抚慰他!我必须为他做点儿什么! 必须的! 李记斗,我之所以要当面告诉你当面这么做,就是不想在背后背着你干!你不许有想法,你不许生气!"

柳敏开始亲吻华小军。她激动地亲猛烈地亲,把华小军的唇像奶嘴似的嘬得吱吱响。

李记斗只能看着。

华小军被亲得热血沸腾,他想回吻柳敏,但忐忑,他回头小心翼翼地看一眼李记斗,而后在柳敏的脸上,依旧小心心地、鸡啄米般地轻轻一触。

李记斗在华小军的后脖颈拍了一掌,说:"哥们儿你使点劲儿亲啊!"

## 11

家里彻底断顿了。

家里只剩下几个鸡蛋和一把鲜玉米粒,那不能动,那是给孩子留着的。除此之外,只有一根茄子、一棵小葱、一头外皮都已经干枯的独头蒜。负责家里膳食的李记斗把这些全部凑在一堆,做了一个蒜蓉茄子。一条蒸过后的茄瓜躺在碟子里,孤零零的,被傍晚的灯光映照着,让人看了更加饥饿。三个大人,几筷子就能吃完,剩下的时间,如何挨过漫漫长夜到达天明?

华小军说:"我们来说说话吧,说话能延长吃的时间。我们来玩'真心话大冒险',每个人都来说说自己的爱情,这能说好长一篇!"这是华小军想挑起的话题,看出他想借机一吐胸臆、倾诉心中的块垒,同时看出这些话在他心里已经郁积有一段时间了。华小军甚至有一点儿急切地抢先说道:"我在爱情上是走了弯路的!很严重的弯路!过去,我只爱柳敏一个人,对其他的女人,无论什么样的国色天香,我都只当她们是马路边的电话亭子,我看也不看的,我只打自己的手机,柳敏,就是我的手机!"华小军说到这里哽住,哽了好一阵子,让伤痛的感情飞了一会儿,又接着说:"但是,一阵乌云来,一阵风刮,我迷失了!"华小军说迷失的过程他就不说了,那是一段可耻的不堪回首的过往,如果非要用一句话来概括,那就是,他把柳敏这只手机,丢了!华小军说到这里又哽住,看出他内心是真的痛了,他让悲痛再飞了一会儿,才又接着说下去,好在,经过反省,经过挫折磨砺,痛定思痛,他现在把什么都想明白了,他还是只爱柳敏一个人,更爱!华小军说今后,在感情的归途上,其他的路他都截断、根绝,这辈子,他就只有柳敏这只老手机了,不管以后会有什么智能5G什么的新产品出来,他一概不思量,他会永远保存她,追随她,维护她,陶醉于她,矢志不渝!华小军用筷子撩起了一点儿蒜蓉茄子里的蒜蓉吃,茄子他不动,他要给柳敏留着,结束了他的讲述。

李记斗迫不及待地抢进来接着讲述。在刚才华小军讲的时候,特别是讲什么手机时,李记斗就想抢进来讲。李记斗很有一点儿跟华小军针对、叫板的意思,他无论如何也不能在柳敏面前输给华小军,这个占位他是一定要争的。李记斗说:"我在爱情上没走过弯路!我一直走的是正路!我一直就只爱柳敏一个人!从我第一眼看到柳敏,我就想,我这辈子,就死在这娘儿们身上了!"

柳敏说:"李记斗你说什么呢!你说谁是娘儿们?"

李记斗改口:"好好,我换个说法,包子!这辈子,我就你这盘包子了!"

"呸!"柳敏啐他,"李记斗你会说话吗?你说谁是包子!"

李记斗却不再改口,坚持地说:"包子好啊,包子是粮食,包子就是柴米油盐,包子就是过日子!"李记斗说从他见到柳敏,就决心这一辈子要好好跟她过日子。李记斗认为最深刻的爱情就是好好过日子,好好过日子就是好好吃包子。李记斗说有一首爱情歌,唱的是"你是我的小呀小苹果,怎么爱你都不嫌多",要是换他唱,他就会唱:"你是我的小呀小包子,天天吃你都不嫌多!"这么多年来,他就是这样实实在在地一心一意地跟柳敏过日子,从来也没有二心过。李记斗历数这些年,每天从一睁眼,起床做早饭,给孩子换尿布,晚上给柳敏泡脚,柳敏病了,背她上医院,甚至每月去超市给柳敏买"大姨妈"巾,从开始的扭捏和不好意思到现在锻炼得坦坦荡荡,高举着卫生巾就去收费处结账,就像导游高举着手里那小旗儿,等等,等等,一点一滴,全都是他对柳敏的爱!今后,他要把这份爱发扬下去,绵延下去,贯彻下去,直到永永远远!李记斗说得细碎而绵长,他一定要比华小军说得多,说得长,一定要盖过华小军去。最后,李记斗也是用筷子挑了一点儿蒜蓉吃,也没有动那茄子,他也要给柳敏留着,至此也结束了他的讲述。

柳敏只是笑。她笑望着李记斗和华小军,心想,这两个货!柳敏听出来了,这两个男人,所谓的"真心话大冒险",有许多并不见得是真的,至少有一部分是电视剧式的讲述。但柳敏并不戳穿他们,她也听出来,无论这两个男人说得有多么天花乱坠,有一点是真的,那就是他们都爱她!这让柳敏很欢喜。

轮到柳敏开始说爱的真心话了。

柳敏说:"我就不说了吧。"

华小军说:"不行!"

李记斗更坚决地说:"绝对不行!"

两个男人在这一点非常一致,都要求柳敏必须讲。两个男人都暗暗揣着一致的小心思,都希望知道柳敏情爱的天平现在偏向于谁,一颗心吊在谁身上,是自己吗?是对方吗?两个男人都判断应该是自己。

柳敏徐徐地说:"如果一定要我说,我不说我,我说说民国一位女子的故事,我视她为我的人生坐标。她就是林徽因。她同时爱着两个男人,一个是她的丈夫梁思成,一位是她视为此生挚友的金岳霖……"

华小军和李记斗都觉得屋里好像突然就静下来了,就好像,夜里,隆冬,数九寒天,窗外大雪纷飞,屋内炉火熊熊,炉火上坐着的水壶发出吱吱的声响,水汽的氤氲缥缈,柳敏的讲述就宛如那吱吱作响的水声,那缥缈的氤氲就是她讲的故事,不惊艳,只是有些乖张,不浓烈,但却隽永……

柳敏在结束后也是只挑了一点儿蒜蓉吃,她也没动那茄瓜,她要留给李记斗和华小军。

## 12

断顿的日子很快过去,商超很快恢复了物资供应,在突发的灾难面前,中国让世界感到惊艳的是政府的组织能力和贯彻执行能力。李记斗去取货时惊愕地发现,替代了小区附近大型商超多点上门送货员的,是一个成建制加强营的官兵,他们是作为执行作战任务三小时之内急行军站到这个岗位上来的;同时接到命令站到这个岗位上来的,还有各级机关的干部。这支军民组建的浩浩荡荡的派送货物队伍,几乎是在一夜之间,便恢复了城市的丰衣足食。

恢复了有吃有喝日子的小区又欢蹦乱跳起来,同时又有消息传来,根据检测的大数据显示,疫情得到有效控制,小区不日将解除封控,消息使这种欢畅更甚。因为不能下楼,小区的居民都聚集在各家各户的阳台上,唱歌,以及做各种肢体运动,因为那些摆动实在不能称为舞蹈只能叫肢体动作,大多数动作是健康的,但也有高兴到失控脱去了全部衣衫狂扭的,警察来巡视,看见了,并不上楼逮人,只是笑眯眯地提醒:"请把裤衩穿上。"

柳敏一家人也聚集到阳台上,她家的喜悦更多了一层:柳敏和华小军的核酸检测呈阴性!华小军对着四周欢腾的人们大喊了一句二十世纪人人都听过的电影里的台词:"列宁同志不咳嗽了!"柳敏望着四周,更是感慨万千,说:"这些日子,生活给了我们太多的磨难,疫情、生病、死亡、倒闭、失业……只有爱才能扛过去。"

柳敏哽咽住,然后,她说:

"我们扛过去了!"

柳敏哭了起来。

李记斗和华小军都哭了。

又过了几日,城市恢复了常态。可以自由行走的感觉真好啊!华小军要回去了,柳敏忽然很有些伤感,她不能去送华小军,她让李记斗去送。

送到小区大门口的时候,李记斗说:"华小军你啥时候再来呀?"

华小军说:"我如果再来,你要是又看见我和柳敏在一块儿,你会怎么样?"

李记斗说:"只要你和柳敏没在屋里研制奥密克戎准备撒得哪儿都是,我就没事。"

华小军笑道:"李记斗你放轻松了,真好!"

华小军走了。他对李记斗说他不会再来。爱有时是需要闪开、躲避、消失的……爱是需要放下的。华小军说他放下了。

李记斗望着华小军在细雨中走去的背影,怅然。

**【作者简介】**李唯,一级作家,毕业于上海复旦大学中文系,供职于天津电视台,在多个文学艺术协会担任职务。创作《腐败分子潘长水》《暗杀刘青山张子善》等中长篇小说多部。曾获《小说月报》百花奖、《小说选刊》年度大奖、《北京文学》奖等多种奖项。创作《黑炮事件》《美丽的大脚》《我的父亲焦裕禄》等多部电影、电视剧剧本,并获金鸡奖最佳编剧提名奖、夏衍电影文学奖、华鼎奖最佳编剧奖、新中国成立七十周年优秀电影剧作奖、改革开放三十周年优秀电影剧作奖等,被授予"德艺双馨"称号。

李汀汀,编剧,毕业于新西兰怀卡托大学,主修影视媒体及心理学,获文学与社会学双学士学位。中国文联新文艺群体拔尖班一期学员,中国电影文学学会会员。创作电视剧本《守望爱情》《80后进行时》《公主出没,驸马小心》、电影剧本《六月的日头》《李保国》《范进中举》等,创作小说《六月的演出》《婚前好友》等。

# 耳朵还有什么用

牛健哲

起初我不知道自己为什么会惊醒过来，我看看周围，一切似乎都该继续下去。天黑着，看窗外的灯火和月影，夜还没消耗多少。空气里和身上的溽湿都是我已经熟悉了的。身前的书桌上亮着台灯，大概是我在这段瞌睡之前按亮的。压在胳膊下的书稿摊开着第十六页和第十七页，下面还有五百来页，足够与我继续厮守下去。

这段时间我也接纳了自己打瞌睡的方式，几乎用它代替了一大半的正式睡眠。一般是在读到书稿的第九页或者第十页时，我开始觉得椅子和书桌不舒服，让阅读兴味严重下挫，同时也在消磨我离案的力气。接着翻几页，这套桌椅又显得过于舒服了，引我耽溺，让我两眼一次次失焦。想必我的上身是迅速萎软下去的，随后一侧脸皮死死地压在书稿上，两条胳膊娇憨地在脑袋外围环抱起来。

每次起身腰背都会作痛，我想我读弯了腰椎，或是睡弯了它。

书稿是白老师留下的，她写它一定就是在这张书桌上。加之出版社退了稿，没让它面世，我成了最偏得的读者。每次决意阅读时我都横下心，要扫清之前睡意留下的记忆盲区再图强力掘进，结果盲区牵连出盲区，我总是不断回溯，总是索性从头读起。也就是说我每次翻弄的都是前十六七页。这些反复刷入眼帘的文字塑成了我的瞌睡习惯。我睡倒得势如沉沦，在睡中历尽起伏，每段瞌睡之间醒得很浅，就像向水面浮升时懒得伸出头喘口气，噘噘嘴做做样子就直接勾头沉降下去。在那潦草浮升的分秒，我可能会懂事地整理一下手边的书稿边角，抹抹嘴角或者按亮台灯。

这些小动作连同我每次读下去的决心，无不证明我对这部书稿的尊重或说记恨。我与它关系非同寻常，有足够的理由保持尊重和记恨。写它的白老师是我妻子，写完它她就死了，一年前的事。我早就知道她有这样一间屋子，她会任性地来去，也会在里面做自己的事，但我没想到她在这里写出一部叫《软骨》的小说，还养了一条狗。她那个出版社的朋友把书稿交还给我，房东把狗指给我，两次让我惊慌失措。

处理完她的后事，我续租了这间房，我想我应该仔细地对待那些字句章节，好好完成这份私人阅读。

也可以说，阅读《软骨》的这份私密，是对白老师的弟弟小白的一种回击。小白是我以前的同事，也是把白老师带给我的人。在他入职的实习期我帮过他，他也孺子可教。我们之间的敌对情绪是从白老师死后才一发难收的。简单些说，他怀疑白老师的死与我有关，说是我让他姐姐经历了创痛，厌倦了过活，是我损毁了她活下去的意志，导致她了结了自己。书稿的事他说他早知道，我不配私藏它。

"把《软骨》给我。你要是擅自毁了它，只会坐实你的罪孽。"

一般他就是这个腔调。一开始我不知道如何辩解，只会说他姐姐被捞上来时是穿着泳衣的。后来我也跟他较上了劲，故意奸笑着告诉他，书稿太过意味深长，他这辈子都消受不起。

身负尊重、记恨和敌对相交杂的情绪，又交足了房租，一个阅读者是不该被打扰的。然而这天，什么东西惊醒了我。或许这段瞌睡略微沉冗了一些，我睁开眼，并没有觉知到截断它的是什么响动，只是醒来后看到那条狗在外屋打转。狗一定是受了惊，在急躁地追咬自己的尾巴。这一年来它被我闷在室内，变得越来越胆小敏感，追咬尾巴打转是它以应对现实的姿态来逃避现实的办法。可它太瘦了，做出再滑稽的动作也没法显得可爱。

这条狗是我续租这里的理由之一——我带不走它，房东也绝不留它，说白老师在这里养狗是违约，还不客气地要我去除房子里它的屎臭尿臊。我哪肯做这么卑贱的劳力，就当即硬气地说要继续长租他的房，让他少管我家的事。于是我搬进来，每天亲自忍受狗的屎臭尿臊。与我相处，它拉屎渐渐干结，气味愈发古怪，有时还带一点腥气。我也不大懂得带它出去便溺，试过一两次效果不佳，便只是

148

隔两天为它做一次粗略的、斩草留根的清理。可我不愧为一个有隐居心性的阅读者,过了一阵子,我适应了那气味。

"是那狗。那狗我带不走。"我对别人这样解释自己住到这间房里来的原因。小白要书稿时似乎觉得狗能跟他暗通款曲,也试图弄走它,我自然不会就范,宁可让它在我这里一直便秘下去。

醒了醒神,我怎么也该猜到,刚才是有人重重地敲了门。

我想站起来,可腰一疼腿一软,打了个趔趄,同时也来了脾气。能来这里找我的,我只能想到房东和小白。前者是不会轻易来的,我看得出他怕狗,有事他一定是先打电话。小白会来拍门。他对我已经那么尖酸那么憎愤,就像我在虐待那狗,同时对那摞书稿搞着什么恶心勾当似的,冲撞进来夺走书稿顺便拐走狗,于他是随时干得出来的。我这冒出的脾气也便是为他准备的。

我站稳,朝门口走。这时敲门声也再次响起来,门厅里还没停转的狗则像个冰陀螺又被人补了一鞭子,转得连成个环。我打开门时,已经尽力不礼貌地扬起了下巴。

幽暗楼梯间的气息扑进来,竟有几分清新。门外是个更加不礼貌的女人。

女人两眼空洞,动作倒和想象中的小白相仿,趁我愣怔,直接擦掉过我往屋里走。她身上有一点点酒味儿。途中她看看狗,狗承受了那眼风,像又挨了一鞭子一样,继续狂转。我替狗吼了她一声,同时也觉出了她的眼熟。

她回过头来,过于放松地看我,样子算不上醺醉。我没领教过这样的到访。要想抵消眼前的粗鲁,她需要是个相当年轻的异邦美人,而实情是她也栖身在这几座偏离城区的楼里,有一张圆脸,我偶尔能在楼下见到她遛她的狗。

"狗不是这么养的。"她甩动胳膊让我看看它,然后又指着里间说,"读东西你也不能这么读。"

我愣了愣,快要被她气乐了。这话好像比小白的斥责更无理。我问她是何方神圣,我怎么招惹到她了。

"我看得清清楚楚,你从来不遛狗,一读东西就睡,比你老婆差劲太多了!"

她甩手在鼻子前扇扇,仿佛我时时吸入的狗味儿让她受了多大的委屈。接着她居然扭头进了里间,朝书桌比画,意思是读东西瞌睡的事有现场为证。

冒犯来得越发莫名其妙,可我也看得出,这女人不是可以即刻赶走了事的,何况她提起了白老师。我胸腹运气把火气缓和下来,再次调用隐士的心性。

"我在附近见过你。你认识我爱人？"

她倒极其简捷地指指窗外，算是做了回答。外边近处就挤挨着另一栋楼，那些窗子都像是在瞪着这边。我想她该是住在对面楼里，隔窗能看到我这屋里，而且没少那么干。知道亡妻和自己先后被人窥视了，我安心了一些。

"你老婆不就是那个野浴溺水的姓白的老师嘛。这附近人不多，闲话可不少，何况出了这种事。"她在书桌桌沿上半坐半靠，身上是一条睡裙加一件男式衬衫，"估计你也该听说过我吧？"

"没听说过。我不喜欢聊天。"

实际上这时我想起在楼下听到过别人的议论，大意是说这女人频繁地换狗，又总能把新的一只养得极肥。当时她牵着狗，离得不远不近，狗正信步用浑圆的身子把一片野草踩倒压平。估计我只要缓缓步子，就能听到别人对她私生活的点评。

难怪她不怕狗，也没怕我替狗发出的一吼。

"嗯，你不喜欢聊天，就喜欢自己边读边睡。"

她在衣兜里摸了摸，没摸出什么。我以为她会开口跟我要烟，但她顺势做了个搂抱的姿势，说："你会跳舞吗？挺提神的。"

我只好当她喝醉了，皱起眉说："你先说清楚，你经常偷看我爱人？"

她动动手指，再次示意这里的楼间距之近："也不算偷看，到窗口就能看见。一开始我以为她也是个情妇呢。"

我斜眼瞄了瞄她，又有点扬下巴。"她是交通大学的副教授。"

女人令人生厌地笑了。看来她对自己的出格言行没打算收敛分毫。有点像那年的白老师，突然告诉我要搬出家里，随即忽地消失，狂悖至极，及至一年前丢了性命，也的确像是恣意为之的。可这女人的"野浴溺水"之说该让小白听听，这说明就连流言也没有对白老师的死因妄加推测，没有虚张出另外的说法。这样想着，我得到开释一样硬朗起来。

"她的事轮不到你来猜！"我给了女人冷厉的脸色。这话我对小白说过，脸色也对小白用过。所激起的反应当然不同——小白使足力气控制着自己的肢体，才没有走到我面前抓我的衣领，这女人则狠辣得多，冷笑起来——

"对对，应该先由你来猜，你猜到了吗？"

不知道是由于语塞还是恼火，我嘴唇有些发抖，但也学着做出某种冷笑。我四下看看，无以挥斥，就瞥了瞥外屋说："好，你是女的，闯进来我也不能把你怎么样，但如果我家的狗冲你来，你怪不得别人。它可不是只会养膘的那种。"

女人离开桌沿，却转到椅子那边，坐下了。"狗我可没少见，你叫它来嘛。"

整间屋子里的尴尬凝聚起来，缠绕着我和那条狗。它倒不转了，望着这边的冷场。

我索性甩起小腿，把脚边的一只烂拖鞋踢了过去，我是说，对着那瘦狗踢了过去。它这才闪身脱出我的视线。

"它在你旁边待过吗？"女人已经极度得意，"它叫什么名？"

朝她那边瞪了瞪眼睛，我硬起嗓门儿回答："耳——朵——"

可她已经捻起了面前书稿的一页，歪着头，眼风在前两页扫掠。"嗬，你挺机灵，用上了这里的人物名。但又不够聪明，太容易穿帮了。我读东西很厉害的。"

的确，故事一开篇，主人公"我"就几次提及一个叫"耳朵"的人，这算是绰号也好昵称也罢，借给一条狗用用其实没什么不好。我懒得再说什么，一屁股坐在书桌对面的折叠椅上，交叠起两条胳膊，摆出一副看她能待多久的架势。我刚来这房子时，这个折叠椅上面有个沾满狗毛的垫子，大概白老师写书时，那条狗就趴在上面。我来后扔了那垫子，狗的确再没在里间久留过。

"《软骨》，白青。"她读了书稿的封皮，饶有兴味的样子，"果然。你爱人果然写了部长篇，可惜了……"

我知道她要说的话绝不会顺耳，就继续不理她。她在从头阅读，这引起了我一种诡异的感觉，像是熟知她所读内容的优越感，又像是因为什么东西过度暴露给她而产生的不适感。总之我与这部书稿之间的私密关系，第一次遭到了破坏。更过分的是，她咂咂嘴，读出声来。我立即假意用拳头撑着腮帮，同时用拇指按下右耳耳屏，减小入耳的音量。至于左耳，我只能转头让它背离声源。我不可能告饶似的用两只手捂住两只耳朵，这事关一个主人的尊严。这样，开头两段叙写还是断续地钻进了我的耳孔，我听到了一对闺密游历一片山林的情形，听到了一段路上无数旁逸斜出的树枝、那个明晃晃的太阳、山下若隐若现的一泊小湖，还有她们的疲劳干渴。

这时阅读记忆倒反常的灵光，我只需听到个把词，就会有一串意象在脑子里被唤醒。朗读继续，我知道主人公白若和黎青每次绕过碍眼的树木山石，都会望望那个小湖泊。在后面几页读者还会发现，两个人走进山林最初的目的就是上山找到并亲近这湖泊,但找着找着,它居然出现在了低处,而且越来越让她们难以抵及,只能远远地俯视。后来她们只好改换了目标。这程路上,黎青相对来说还是在安心行走,白若则频繁地要求歇脚,而且总是唠叨着一句话:"耳朵一定在沙地等着我。"

很奇怪吧,有人在沙地等着,她们为什么还要在山林里跋涉?耳朵是谁,他等的不是"她们",而只是白若一个?也就是说,白老师这个故事,起初还是设置了些许悬念的,本来应该可以吸引我花些时间卒读到底,但下面,一旦我想仔细读下去,就会发现大量貌似还在情境中,其实游离于叙事逻辑之外的句段。我疑惑过这许多游离有多少来自白老师的笔法,又有多少来自我自己的睡意,貌似前者居多。总之很多前面读到的东西,会被后面的内容拉扯凌乱或者掩蔽起来。

"这两个女人,也并不像前面说的那样亲密嘛。"女人停下朗读,评论起来,"为了林子里的枯叶,她们也差点吵起来。"

她指的是写受潮枯叶的气味那一段。枯叶厚厚地铺在地上,一层层夹带着之前的雨水,黎青觉得那股潮气特别好闻,而白若厌恶地说那是"一股臊味儿",为这两个人争辩了几句。

"而且在这里又插了几句关于耳朵和沙地的话,意图何在呢?"她拿起书稿,手指弹击纸张。我自然不会答她,那些疑惑也该是专属于我的,现在倒好,都随我一年来的私人阅读一同被她放肆地夺了去。

"哦对了,我不该问你,你读得也不多。"见我闷声,她揶揄道,"那能不能说说,你干吗还要每天坐在这儿读它?它是不是什么好梦的入口?"

"反正这儿没有你的入口。"我开口语气就不善,"你还是先克服你的好奇心吧,再拖可能就没救了。"

"怎么,现在还有救?"

"你呢,先从不往这边看做起,就当我这儿没窗子。"我嘀咕着补了一句,"好歹你也是个女人……"

她抬起脸也眯起眼。看来她的脸皮也不总是那么厚。

我接着发挥:"不过偷窥了就找过来也挺不容易,因为还得数准窗户嘛。我不是夸你聪明哈,你可能属于有志者事竟成!"

"是不是看透你了,是不是吓着你了?"果然,她稳不住阵脚了,"想教训我是吧?告诉你,就算我每天都守在那套房子里做吃的喂狗,连窗口都不靠近,你这种人照样没有好日子过！"

我轻蔑地笑笑："怎么说我也不会晚上胡乱跑出来,抢别人的日子过。"

她鼻息作响,更冷地笑。"是啊是啊,晚上我这种人怎么能出门,来找我的人扑了空可怎么办,被他发现我在这儿又该怎么办?"

窗口荡来一阵夜风,在窗缝间擦出粗糙的哨音。

说这话就有点耍赖犯浑了,好像她闹得还不够似的。我也眯起眼,没了陪她吵下去的心思。

面对窗子,抬眼就看得见对面楼的明窗和黑窗,其中直对着这边的那户应该就是她的住处,因为我看到了那个黑窗子里有一双亮着的狗眼。迥异于白老师的狗,那边那条只凭隔空的两眼也能显出肥胖和慵懒。我想象了它和女人日夜做伴的样子。现在看来她不只是情妇,还身兼怨妇,所处的情形想必与她的世间同类大同小异,只是她对我过于坦白了一些。

说实话,我也一度疑心白老师租下这里是要依傍情人,但后来更多的,是隐隐地希望如此。如果是那样,问题会因为缘由浅白而显得轻快几分,《软骨》也就会化作一堆矫情的字句,或许我会把它直接烧给白老师。

我吁了口气,指指书稿对她说:"你在动我妻子的遗作。除了你这种不速之客,我没让别人碰过它。我想自己读完它有什么错?"

这像是在陈列丧妻之痛,我有点羞愧。她倒领受了这两句,抬了抬眉毛,不再较劲。

"而且还有人急着要把它抢去,去证明我罪大恶极呢。"我接着说了下去,"今天来的如果不是你,没准儿它就不在这儿了,你说我是不是应该对它下点功夫?"

"你是说,你老婆的家人?"她很聪明,也好像来了点兴趣。

我点点头。

"那你怎么还总是……"她显然又想提我打盹儿的事,但歪头抿回舌头,按下了话头。

我告诉她书桌上的茶杯里有水。我是看她手肘快要碰倒它了,可她哦了一声,端起茶杯喝了一口。那是半杯昨晚剩的茶,估计已经又涩又酸。她却像被敬了热茶的客人一样,咽得顺滑,然后等我继续说下去。

我索性顺应:"也是哈,我应该卷不离手彻夜畅读才对。她弟弟想读得要命,说她写这书稿时哭着给他打过电话,只说了这个书名,其余一个字都没说出来,或者是一个字都没能说清楚。"

小白的确是这么说的，他对自己一个字都没听到或者没听清耿耿于怀，似乎这本身就是我有罪过的证据，为此在电话里冲我吼了好几次。我没给他那条狗也成了他的口实，说我不敢交出它们，就是怕露出罪恶的马脚。最近的一次他没挂断就扔掉电话，他妻子拿起电话替他收了尾。他妻子对我说话当然只能不冷不热，但她低声说了句别介意。"他这人就这样。至于那东西……他其实是冲我来的。"

我没太听懂她的话，却知道小白当年不这样。初做同事时他是个温厚得出了名的小伙子，没人会听到他高声大气，什么事端都找不上他。看看他如今的变化，我甚至怀疑自己在其中真有一份罪责，然而仔细想来，他结婚后就变得对别人阴阳怪气的，像是早有莫名的怨愤。

连这些我也说给女人了，只是说得语句散乱磕绊，好像我并不算个亲历者似的。

"你还没告诉我你会不会跳舞呢。"她盯了我一会儿，说。

我慢慢回过神来，摇摇头。"你到底想干什么？"

她摩挲着《软骨》，认真地说："不会也没关系，反倒更好。我们做个交易——"

她回头看看窗外，又指指我，说："等一下对面的窗子里有人时，你过来搂着我，亲热一点；我今晚就帮你读完这部书稿，把情节和你该知道的细节都讲给你。我说过我读东西很厉害的。"

房间里安静得生出嗡鸣。她的话说得越是认真，入耳就越是过分。看来我们终究还是要对峙起来。

"你闯进来就很荒唐，说话更荒唐。"

"你不信我？我不是天生就这副德行的，我早年读书很多。"

"嗯，你过目不忘我都信，可是我干吗要掺和你的事？"

"你放心，对面窗子里的人，还有我，都不会再找你麻烦。我懂得怎么处理，过了今晚我大概就会搬出去。"

她扭头对着窗外。我这窗子连窗帘都没有，估计窗内几米的身形器物都形同对外裸露。对面那窗子还黑着，那双反光的狗眼眯得小了些。我替她设想着照常理她本该进入的场景，我想她可以因循那种角色关系的旧俗，跟今晚会出现的那个人要死要活地闹一场，扯掉他的衣扣再抓破他的脸，而他可以赏她一耳光，踢

154

开他送她的狗,让她跌坐在地彻底崩溃……这串镜头是可以反复循环上演的,每次都会质感十足,而眼下,她的事却要以荒谬的方式牵扯到我和我的窗口,甚至要牵扯到《软骨》。

"要不然,你找隔壁试试?"我指了东西两边的墙。这只是拒绝的另一种方式。我知道西边那套房没有人住,东边的属于另一个单元,不住人,是一家只有三四个雇员的小公司,做着些替人张罗仪式的活计。唯一一次我带狗上楼顶天台,就撞见他们正在晾晒一堆潮湿的条幅,还骂骂咧咧地说上面鸟粪太多,而我本来是想让狗在上面拉屎的。

夜里两边素来没有人声人迹。再算上窗子对位的因素,我应该是她唯一的选择。

她笑了笑。"可能我没说清楚——我说的是今晚照我说的,我们做得越好,我就会消失得越痛快越利索,这对你有好处。"稍加停顿,她接着说,"而且,你不想知道书稿里的耳朵是什么人吗,他和女人们见着之后会怎么样?你老婆这故事,高潮在哪里,隐喻是什么,名字又为什么叫'软骨'?"

这让我小小地诧异,自己居然受到了如此别致的威逼利诱。不过听上去,事情也有意思起来。书桌边的女人显然并没有多好的说服技巧,可以说腔调幼稚可笑,可我仍然觉得她颇具煽动性。除了明码交易,她似乎也在鼓吹着一种她和我都想要的东西。只是我们还是没法成交,我不会去跟她搂抱亲热,这又不是在什么滥俗的故事里,而她也不可能今晚就读完那部书稿。

我便做出比她高明的笑态,朝她摊开手:"那你先读读看。"

她让我打开顶灯,却也没有关上台灯,继续读了下去。明亮里,我看出几分她做学生时读书的姿态,也恍惚见了脂肪堆积之前直挺的脖颈。

闷坐了一会儿,我想过去倒掉她胳膊边那杯隔夜茶,再泡一杯新的,但由于对家里今晚没有热水的判断有十足的信心,就没有起身,只是换了坐姿,监考老师似的拉起一条小腿搭在另一条腿的膝头。

"嗯,她们累了,坐在地上。"她边读边说,显然是要给我一点甜头,投食诱捕似的,全不在乎这些我都读过。紧接着还会有白若和黎青吃野果的情节。

"黎青采了几个野果子,她们基本上和好了,一起啃了起来。都觉得很难吃。"

就这样,我们貌似在和气地共处,实则各怀鬼胎,对坐了十几分钟。就在我快要失去耐心的时候,一个画面在我面前的窗口闪过,让我欠起了上身。

这房子在次顶层,楼上也是没人住的空宅,所以住在这里便对本单元通往天台的门有某种无甚道理但约定俗成的统辖权。这也是我那天带着狗走上去的一个前提。但那天我并没有想到这种便捷与那小公司的人所抱怨的屎多的鸟儿们两相叠加会带来哪种可能,所以当事情发生时我吃惊不小,而且并没能即刻理解那画面的意义。

我应该是先听到了某种鸽子大小的鸟儿仓皇扑打翅膀的声音,但并没有定睛留意,那毕竟是窗外的响动。随即,一个瘦长的四足动物倏地跌下,肚皮对着窗内划过我的视线。那浅色的肚皮和胯裆我并不熟悉,稍后才明白过来——一条扑鸟的狗从这座楼的天台边沿摔落了下去。在女人翻捻书稿的噪声里,我没听见狗的身体钝击地面的声响。

我站起来,打扰了面前的阅读者。显然这时已经没法看清窗外地面上的东西了,我就去了门厅,果然,门开着,狗不见了。

出门前我回去穿了件衬衫,对看过来的女人说:“没你的事。”

她不明所以时倒相当乖顺,像受了老师的督促似的,低头继续读下去。大概她意识到这房间暂时接纳了她,而属于今晚的阅读时间却在损耗。她背对窗子,不会看到坠狗事故,也就不会理解我说没她的事,意思是事情都是拜她所赐——她闯进来后我忘了关好门,也是因为她,我第一次凶了白老师的狗,毁了和它好端端的互不理睬的关系。

在楼下我来回走了几趟,居然没有找到狗。窗子正下方没有狗的尸体,也没有它呼呼气喘的活体。用手机照明,在地上我看到了一道形似软笔书法的血迹,大概狗顿笔似的顿了顿身子,然后拼力移开了。血迹那一头没有明确的收端,是朝远处延伸的。我吸口气醒了醒神,觉得夜风的浑厚凉爽超出意料。察看了血迹伸展出的笔直线条,我知道这条久没出楼,一飞出来就摔得伤残的狗,忍痛急着去做的,就是远走他方。而方向又如此明确,有一次小白咬牙切齿地离开时它跟了出去,他就是往那个方向勾引它的。

无论如何这是伤人不浅的。我呼吸粗重了,不确定是在生谁的气或是为了什么而激亢,上楼的时候越发如此。在这所谓隐居的一年里,我时常经历一些情绪上的乱流,身上不止腰椎不好了,还虚汗连连,连肺功能恐怕也折损了大半。好在还有一条同样病病歪歪的瘦狗不远不近地陪着我,也见证了我面对小白未落下风,可刚才这点慰藉一下子被打翻了。

"看看你干的好事——耳朵没了！"等进了屋，也许我会这样对那女人发泄。在这磅礴气势之下，她应该不会再质疑那条狗究竟姓甚名谁，而我在吼叫之余，会为事发前给过它一个名字而暗觉欣慰。

上到次顶层，体虚所致的气短和情绪性的喘息绞缠到了极限，我像是具备了摔破所有罐子的决绝。只是冲进自己的住处又回到里间书桌旁，我发现自己是无处呼号的——女人还在，可她在书稿上睡了过去。伏案侧睡让她嘴唇噘翘，眼缝挤得皱缩而滑稽。

在她胳膊下面，书稿摊开着第十六页和第十七页，下面大概五百页的厚度是我熟悉之至的。

我边喘气边对着她失望地摇头。这时身心的激亢只能转化成别的什么举动，况且无论是我这些日子的浑噩昏沉还是今晚屋子里的荒唐景状，都该有个罪魁祸首。冲什么发作一气是在所难免的，我两眼朝着书桌，从空洞渐变为凶狠，死盯着她身下那摞书稿。

我看得见书稿里所有的褶皱和汗湿，它们映印着我长久以来的可怜和女人今晚的可恼可笑。我不会让她睡个舒服，醒过来再继续品鉴篇章。那摞纸和那堆字我再也不想消受，还没读到的情节，包括白若、黎青和耳朵之间所有将要发生的事，山林和沙地之间的暧昧关联，仿佛悉数袒露了出来，直接让我腻烦透顶。眼下一个想法涌动，我极想知道它们会让小白变成什么样子，同时恍若明白了他妻子的话——他要读它，其实是冲她去的……心血来潮，戾气升腾，我要把书稿寄给小白，以此跟它一刀两断。他嚷着要它那么久，它会轰然降落到他和他妻子之间，算是成全也好惩治也罢，我懒得理。

这部《软骨》归小白了，希望那条得名耳朵的狗也能血淋淋地找到他。在他那里两物叠加到底会映现我的罪恶，还是会淹溺他自己，是时候见个分晓了。

我找出出版社退稿时用的大信封，急不可耐地勾掉上面的几个字，重写开来。原来小白的地址和全名我都还想得起来，就是落笔的手有点哆嗦。妈的，寄出去！这念头犹如被我怀带已久，此时在胸膛间颠扑得火烫。

写好信封，只差把书稿塞进去了。我推了女人几把，她睡得很沉，只马马虎虎地动了动脑袋就又回到深眠，就像向水面浮升时懒得伸出头喘口气，噘噘嘴做做样子就直接勾头沉降下去。我便一手搬她的手肘，一手试图抽出书稿，拉动了一两寸，才发现她那张圆脸与纸张之间的摩擦力甚大。我不得不换个方位，把左手插进她左臂、左脸和书稿之间，屏气发力托抬，另一只手从她右侧抽拉书稿。

终于解救出《软骨》，我重又气喘吁吁，没心思把前十几页纸压平就囫囵塞进了信封。它即将去到它的下一站，相信也终将归落白老师那里。然而这时我却觉得了结的味道还欠缺一些。犹如受了指示，我看了一眼窗外，正对面的窗子里竟真亮着灯，果然有人站在窗口，直直地望过来。那条胖狗在灯光里现了身，蹲坐在窗台上自证其胖，眼睛重新睁大了。

无论那边有几双眼睛，我无意表演亲热给任何人看，但这个睡在书桌上的女人却让我觉着有一丝亏欠，就好像我们已经谈妥了什么，她却突然失去了督促我践行契约的能力，我也正在脱逃。这感觉难免荒唐。我想让我不安的可能还有我刚才俯身抽书稿的姿态动作，那已然形成了一种疑似的搂抱，但又模棱两可，也可以诡辩为师长对学生的拍抚慰勉，只是略显亲昵。我不喜欢自己如此滑头。

况且，对面那人贴近了那边的窗玻璃，我们对视了。那是个冷色调的长脸男人，该是进屋不久，还没有脱去外衣，目光朝向这边，越来越粗鲁强横。

无礼得很，我这儿只不过睡着他的女人。

瞬息间我决定把事情做到底，给他点颜色，也给自己住在这儿的光景收个尾。我又俯在女人颈背上方，摆出亲吻的架势。

她没有醒来的迹象，而且睡姿极其别扭。已经闻不到酒气了，可我亲不到她的嘴，连亲她的额头也会显得很蹩脚。我知道要表演就该流畅而到位，于是我用嘴捕捉到了她朝上的右耳，并且衔了起来。她的耳郭软嫩饱满，耳垂更是腴起的那种。以新手式的夸张，我叼着女人的耳朵扭脸去瞟视对面的男人。他的额头大概顶到了玻璃上。怕他看不清细节，我把这右耳斜着叼起老高扯得老长，已经有了十足的挑衅味道。相信等完成表演我一松口，这片弹性软骨和包覆其上的粉白皮肉就会迸弹开去，快活地扑颤一番。

【作者简介】牛健哲，1979年生于沈阳，主要写短篇小说，作品发表于《人民文学》《花城》《作家》《作品》《上海文学》等刊，也见于《思南文学选刊》《小说月报》等选刊和短篇年选，进入收获文学榜、中国当代文学研究会年榜等榜单。曾获评《鸭绿江》文学奖年度小说家，入选中国作家网"文学拾贝"计划，获辽宁文学奖。辽宁省作协第十四届签约作家。

# 萤火与白帆

朱文颖

## 1

少年唐鹏今年十八岁。但他经常幻想自己其实年过四十。他觉得自己的心理年龄差不多就是这个数字，或许更大些。

五六年前，这一带刚刚开始建造时，他就常来。那时湖边还很荒凉。风大得让人想起"北方"，或者"海边"。他伸开双臂，昂起头，闭上眼睛，感受着湖边的风击打皮肤的触觉。

有一次，他感冒生病，昏昏沉沉躺了一个星期。病好出门，第一个去的地方就是湖边。风仍然很大。他发现那里有了些变化。一块石碑竖了起来。上面是三个字：

苏州湾。

在这个世界上，那块石碑附近的湖面就是他最熟悉的地方。开始时他能看到一些水鸟，它们扑棱着翅膀掠过水面，留下一片银光，却没有丝毫声响。他觉得这些孤独的水鸟很像他；还有湖边的芦苇，茎秆迅速生长，叶片如同汹涌的海浪，然后发黄、枯萎、凋零……他觉得那些沉默、倔强、自生自灭的芦苇也很像他。

开始的时候他很少能看见人，后来慢慢多起来了。同时多起来的还有一些坚硬的东西：钢铁铸就的巨型拱桥、高大的建筑——他听说以后那里会是美术馆和音乐厅。

他不在意这些。他觉得自己已经四十岁了。

转折发生在一年前的春夜。

晚饭后，唐鹏主动走进了父亲的房间。这是多年未有的事情。父亲抬头吃惊地看着他，看着他手里的写字板和笔——这是他们沟通的方式——很小的时候，唐鹏听力就很差，但多少还能说那么几句。后来就几乎听不见了，他也再不愿意开口说什么了。

唐鹏在写字板上写了下面几句话：

> 今天我在湖里看到了帆船。
> 白色的。
> 他们说，这里有个帆船学校。
> 我要上帆船学校。

少年唐鹏在写字板上写下的心愿很快实现了。两个星期后，唐鹏被父亲送进了帆船学校。他的第一个教练长得和父亲颇有几分相似，在湖边和帆船上，他用手机和手势与唐鹏交流。他告诉唐鹏，帆船是依靠自然风力作用于帆上而推动船只前进的。对于初学者来说，首先应该培养对于风向、天气、波浪、水流以及它们之间变化的高度敏感性。

"特别是风向的判定。"教练说。接下来，教练在手机上又打下了这样一些字：

> 风是帆船的动力之源。
> 小型帆船的舵手背对着风，坐在船的前部，并调整位置以平衡船。
> 判断风和风向的第一个迹象是吹在脖子和耳朵上的轻风，或者是飘舞的旗帜和烟雾。
> 当风吹过水面时，水面上会呈现出波纹，而湖面上暗色的小块区域则表明有强风。

帆船的动力来自风力,然而你很快会明白,利用风力是有限制的……

说完这些,教练停顿了一下,面容有些忧愁地看了一下唐鹏。而唐鹏回避了教练的目光。他转过头,望向正在起雾的湖面。

# 2

在摄影师章虹的记忆里,少年鹏是突然出现在她的镜头里的。

那天她正在东太湖边拍摄鹭鸟,这种全身洁白、长着漂亮矛状羽的鸟类,体态超凡脱俗。在她的镜头里,它们优雅而淡漠地出入,如同很多很多个慢动作。它们仿佛在用这些慢动作昭告世人:这里有着它们需要的生态和空气。因此,当它们置身其中,就能无比自然地呈现出独一无二的美丽和疏离。

章虹按下了快门。

鹭鸟很美。湖面很美。鹭鸟和湖面的组合也很美。一切都好似太完美了。因此有什么东西仿佛不对。

就在这时,少年鹏和他的帆船出现了。

前一天的下午,章虹约了童年发小儿赵琳在湖边茶室叙旧。她们有近二十年没见面了——早在少女时代,章虹就跟随父母去了深圳——临出发那天,赵琳赶去机场送她。相对于赵琳的失声痛哭,章虹显得异常冷静。她一向如此。有点孤僻、神秘,常常隐藏自己的真实情感。而当时的赵琳已经考上了戏校。章虹想:赵琳的失声痛哭只是她的戏剧性人格罢了。

章虹赶到湖边茶室时,赵琳已经在了。她在楼梯口紧紧抱住了章虹。章虹觉得赵琳的声音仍然快而明亮,它在耳边嗡嗡作响,与二十年前机场分别时没有任何区别。

她们喝茶的地方在二楼,可以看到不远处的湖面,还有那块上面刻着"苏州湾"三个字的石碑。

赵琳问:"这些年你都好吗?"

章虹犹疑了一下,脸上如同湖水一般平静。

赵琳说她自己不是很好。戏校毕业后找不到合适的工作,因为她学的是昆曲,在学昆曲的人里面,她又不是最出色的。虽然她参加过行业里一些选拔赛,但总是名次不佳。所以,很显然,她不可能成为大师或者传承人一类的人物。但她又是爱昆曲的……思来想去,她最终承认自己走上了一条崎岖的伤心之旅。无论如何,她还是准备走下去。赵琳告诉章虹说。

"现在我是一名木偶昆曲演员。"赵琳说。

"木偶昆曲演员?"

"是的,既要会唱昆曲,还要学会提线木偶,"赵琳说,"非常辛苦,一般人真的受不了这个苦。"

赵琳两只手托住下巴,看着坐在对面的章虹,也可能是越过包着藏蓝色头巾的章虹,望向不远处泛着银光的湖面。湖面上有芦苇和芦苇的倒影,还有隐隐约约的白帆……午后的太阳让这一切变得薄而发光,很唯美,很神秘。

"说说你吧。"赵琳把视线拉回到章虹面前。她俏皮地微微歪了歪头,就像二十年前一样。

"我?"章虹微笑着。

"是啊是啊,二十年前,你像候鸟一样飞走了。有多少人羡慕你啊。"

章虹低下头,看着白瓷杯里摇曳的碧螺春茶叶。章虹说,她的人生轨迹确实就像候鸟一样啊,赵琳说得真好。她跟随父母从吴江来到深圳后,读书,生活,后来就成了一名生态摄影师。像候鸟一样在全国各地跑来跑去、飞来飞去。有一年,她参加野性中国西双版纳摄影训练营,在训练营结束的那天晚上,她发现了草丛间的点点萤火。

"你相信有命运这回事吗?"章虹突然停止叙述,向赵琳发问。

"命运?"赵琳仿佛被这个词吓住了。

"是的,"章虹说,"命运。"

章虹说她看到草丛间的萤火虫就被彻底迷住了,整个的心都醉了,完全没有缘由,完全不能自已。那些闪闪发光的小昆虫,那些漫漶的光带。不是浪漫,也不是神秘,"那就是命运",章虹说。

章虹说,从那一年开始,她便成了一个"追光人",从西双版纳到怒江,从四川天台山到南京紫金山……她一直在追寻着萤火虫的踪迹。而现在, 她回来了,回到了这里,她的故乡,她的原点。

"我相信,这里的湿地会是我'萤火虫之旅'拍摄的最后一站。"章虹说。

"最后一站？"赵琳脸上露出迷惑的神情。

"为什么？"赵琳皱紧了眉头追问道。

和赵琳面对面坐着的章虹，她背对着窗。窗外是泛着银光的湖面，湖面上微风阵阵、帆影点点。风划过湖上的帆船和湖边的芦苇，吹起了章虹藏蓝色头巾的边缘。

章虹稍稍犹豫了一下。她抬起手，解开了头巾上的蝴蝶结。然后，果断地一把扯下头巾。

"化疗，第三个疗程。"章虹淡淡地说。

她的声音在赵琳目瞪口呆的表情中，像烟一样薄而呛人地弥漫开来。

# 3

开始的时候，少年唐鹏并不知道自己进入了摄影师章虹的镜头。

像往常一样，他完成了教练安排的热身运动和柔韧性练习，并且仔细"观察环境"。那是个风平浪静的下午，湖边那些洁白美丽的鹭鸟说明了一切。它们悠闲、缓慢，并且神情自若。

动物总是比人更能预知自然界的变化。这是少年唐鹏在书本上学到的。他同意这个观点。因为在这片湖面上，他看到过很多无名的水鸟。在某种程度上，相对于人类，唐鹏认为自己与这些鸟类更为相似。孤僻、敏锐，随时能够感知危险，或许，还有某些……善意。他这么想着的时候，稍稍有些犹疑。

湖面纹丝不动。似乎只有鹭鸟起飞与降落时泛起的水纹。唐鹏的帆船在水面上滑翔着，湖岸越来越近了。微风在他的脖子、耳朵边流动，但是没有一丝声响。

这时，唐鹏注意到了岸边正在拍摄鹭鸟的摄影师章虹。

后来，他和章虹在彼此的手机上留下了这样的对话。

"当时你手里拿着变焦长镜头，很酷……我很少看到留平头的姐姐。非常特别。很美。"

章虹在手机上回复了一个微笑的表情。

"你正在拍鹭鸟吧？"唐鹏问。

"是的,开始时我在拍鹭鸟,但后来,你突然出现在我的镜头里。"

"准确地说,是你和你的帆船。"章虹又补充了一句。

"我?"

"对,你,你也很特别。"

"从来没人说过我特别。"唐鹏磨磨蹭蹭打了这样一行字。

"你是专业摄影师吗?"唐鹏追问道,"主要拍什么呢?"

就在这时,岸边有几只白鹭缓缓起飞了。它们展开双翅,用力向空中跃起。与此同时,湖面上漩起层层波纹。而白鹭如同借助风力,腾云驾雾般跃入空中。非常魔幻,异常优美。

少年唐鹏和章虹同时昂起了头……

"我拍所有美丽而转瞬即逝的事物。"

章虹在手机上这样写道,然后发给了少年唐鹏。

## 4

有一阵子,少年唐鹏的父亲唐怀宇常常去东太湖边寻找唐鹏。

那么一两次,他甚至幻想自己就是名篇《我与地坛》里的那位母亲。"湖边离我家很近,或者说我家离湖边很近。"到了开饭的时间,唐鹏还不回来,他就出门去找。

当时那一带刚刚开始开发,风大,人少,野鸟乱飞。

唐怀宇慌慌张张在乱石和芦苇之间穿行。他担心唐鹏躲在哪块石头后面,更担心唐鹏不小心掉进了芦苇之间的水里……没法喊他,因为唐鹏听不见。但由于焦急,有时候他仍然忍不住喊出了唐鹏的名字。他在这种莫名中行进着,寻找着。有一次他真的一脚踩空,过了很久才狼狈不堪地爬上岸来。

他浑身湿淋淋地在岸边坐了会儿,他甚至还哭了,放声痛哭。他觉得他是那样爱着儿子唐鹏。那可不仅仅是爱啊,他还理解他。理解唐鹏的天生聋哑、理解他母爱的缺失(唐怀宇的妻子长期在国外工作),但是,对于他,对于他的这种爱和理解,唐鹏表现得又聋又哑。那是真的又聋又哑,冷冰冰的,像三九寒天湖边的巨石。

唐怀宇的这种心境,通常他只跟一个人说:旗袍店搭档廖新。

唐怀宇和廖新合开的旗袍店离苏州湾不远,那是一座安静的古镇。镇里有河,河中有船,河上有桥。廖新就出生在这里。他俩是大学室友的时候,唐怀宇就跟着廖新去过镇上。

那时旅游业刚刚起步,去古镇的人很少。镇上都是一些低调的木头房子,街也是窄的,屋檐压下来,显得光线有些暗淡。廖新带着唐怀宇在老街上走,不少店主从铺子里探出头来和他们打招呼……老饭店、小茶楼、杂货铺,最多的则是门脸不大但挂着亮闪闪面料的丝绸店。

坐船的时候,四周蒙着点雾气。远远地望着老街,一切都是灰蒙蒙的,只有那些五颜六色的丝绸在闪闪发光。

"真漂亮啊。"唐怀宇说。

"是啊。"廖新顺着唐怀宇的视线望过去,心领神会。他们学的是服装设计,对于色彩、构图、面料,甚至模特,两个人都很默契,无论谁说什么,都能心领神会。

"以后,我们一起在这里开一家旗袍店吧。"廖新说。

"为什么不呢?"唐怀宇突然哈哈大笑起来。

那天,廖新坐在船头,唐怀宇坐在船尾。隔了那么远,还有雾气和风声,唐怀宇分毫不差地听到了廖新说的每一句话、每一个字。他又怎么会想到,后来他的少年唐鹏会完全听不到,即便是最猛烈的风声呢。

唐怀宇的这种疑问,通常他也只会跟廖新说。


很多客人以为他们是弟兄俩。

"你是哥哥,他是弟弟。"唐怀宇肤色白显年轻,有人这样猜。

"不对吧,他才是哥哥吧。"廖新眉宇间更放松雀跃,也有人那样想。

两个人一概点头、微笑,从不争辩。

"一样。都一样。都一样。"

每天早上,廖新早早来到他们现在的"锦绣"旗袍工作室,开门,烧水,泡茶,略作整理。唐怀宇来得稍晚些。工作的时候,他们很少说话,基本沉默。只有剪刀划过布料时的沙沙声。

中午饭后,他们会到河边抽半小时烟。然后,每个月,他们会挑一个下午或者黄昏,坐一次船。

船摇得很慢。有一次,廖新开玩笑说,就像穿旗袍的人扭动腰肢的感觉。

## 5

少年唐鹏这几天一直跟着章虹在震泽湿地跟踪拍摄萤火虫。

他像平时一样起床、洗漱、和父亲面对面沉默着吃完早餐、沿着湖边跑步热身……似乎一切如旧,但似乎又有什么东西已经发生了改变。

这些天他和章虹聊了很多关于萤火虫的话题。他现在知道,萤火虫的生命周期可以分为不同的阶段。从卵孵化到成虫的整个过程大约需要一年时间。在这一年中,萤火虫经历从卵到幼虫,再到蛹,最后成为成虫的转变。

"成虫的寿命通常很短,一般只有三到七天。"章虹这样告诉他。

热身结束,他在岸边坐下来,看着天上的云、水里的波纹,听着听不见的风声……思考着章虹说的这句话。

当然,这些天他也已经知道,留着平头的章虹并不仅仅只是酷、只是特别、只是美,那后面是一些非常悲伤的理由……章虹已经坦然告诉他,接受化疗后她的情况并不乐观。医生说了一个可能的时间。

他阻止了章虹告诉他这个可能的时间。

这些天他还经常有些乱梦。

在其中一个梦里,他梦到自己在一片野地里走。漆黑一片。他听到自己在梦中叫出了声音。"章虹——章虹——"

然后他就吓醒了,被自己竟然能叫出声音吓醒了。或者说,竟然叫出了章虹的名字而吓醒了。

那天晚上他见到章虹时,有点不好意思地躲闪着眼神。他也没告诉她,在梦里叫她名字这件事。

还有一天,吃早餐的时候,他在写字板上写了这样一句话:

穿上旗袍能让人变得更美吗?

看着父亲诧异的眼神,他稍稍有些后悔。但有一种奇怪的力量推动着他继续发问:

如果一个人没有了头发,她穿上旗袍也能变得更美吗?

他忘了那天父亲是怎么回答的。他们聊了会儿,虽然时间不长。但对于他和父亲,已经是极为难得的事情了。他们还聊过什么呢?他希望去上帆船学校,母亲什么时候能够回来,母亲还会回来吗……还有很多重要的,比如说,那些对于父亲更复杂更微妙的情感,他则把它们都藏起来了。有时候他也会担心,担心有一天,它们会像微风飓风暴风雨一般宣泄而出时,他已经听不到了。麻木了。

这天晚上,章虹穿了一件纯白色的连衣裙。
她瘦了很多,但白色又让她浑身闪烁着光芒。这是两种相互矛盾的感觉。
唐鹏替她背着沉重的相机。他们连续来了好几天了,都只是零零星星地看到一些发光的萤火虫成虫。章虹拍了一些特写和全景。潮湿温暖草木繁盛的湿地,几小片迷蒙的光影,寥落、梦幻、孤独,非常的不真实。
唐鹏提议休息几天,但章虹猛烈地摇头。
章虹走在前面,如同光引领着他。
唐鹏突然想到书上的一句话:萤火虫发光有引诱异性的作用。
他脸红了。四周一片黑暗,他却有一种被人窥见的感觉。

他们没有想到那晚能见到那么多萤火虫。不是成群结队。而是——仿佛湿地所有的萤火虫说好了在这一刻出现。而是——仿佛全世界所有的萤火虫说好了在这一刻出现。那是一条游动在夜空的壮丽的萤火之河,它缓缓地变幻着不同的姿态:萤火闪烁,与星光呼应。
那是一片萤火虫的大海。
在湿地里,章虹拿着相机走动着,飞跑着,匍匐着,静止着。她瘦小的身体就像一团巨大的光影。在她的上空,在湿地的上空,在整个的宇宙中,是更为巨大、无边无际、永不停歇的光的流动。

那晚,唐鹏在湿地里睡着了。他醒来的时候,天边已经能看见浅浅的黎明第一缕光线。无数小小的萤火虫仍然在闪烁。它们一半沉浸在夜的静谧,另一半已经融入了即将升起的太阳……

唐鹏紧紧抱住了自己的膝盖。他久久无语。萤火河流很快就要消失了,他应该忧伤;而太阳正在悲壮地升起,他又是如此欣喜。

在离开他不远的地方,章虹的白色连衣裙渐渐染上了日出的光晕。他看着她,突然觉得,她很像自己记忆里的母亲。

# 6

一个月以后。

少年唐鹏穿过钢铁铸就的巨型拱桥,走进了湖边一座高大的建筑。他背着一只巨大的相机。看上去有点像摄影师章虹的那只,但也可能不是。

今天是国际服装节开幕式的秀场。唐鹏父亲——唐怀宇和他的旗袍店搭档廖新,他们的旗袍新品牌"锦绣"也将在秀场亮相。

唐怀宇眼睛亮亮的,兴奋中带着期待;唐鹏站在父亲的身边,他手里拿着相机,镜头遮住了他的脸,看不到他的表情。

模特们鱼贯而出。

她们身后的数字化背景也在不断变化着:牡丹、蜡梅、荷花、薰衣草、向日葵、整片整片的竹林……

就在这时,穿着藏青色改良旗袍的章虹出现了。平头,消瘦、坚毅的脸部线条(化妆师用发光的材质晕染了脸部,呈现出鲜明而华丽的未来感),沉稳而稍稍晃动的步履;与此同时,大屏幕的背景幻化出了满屏的萤火虫。它们单个单个地闪烁着,无比清晰;它们拥抱在一起,如同潮汐般涌动着、起落着……

少年唐鹏按下了相机快门。

就在那天的黄昏,有人看到了湖中的唐鹏和他的白色帆船。

那是一群年轻的摄影爱好者。不知为什么,他们注意到了英俊的少年。他们手中的镜头紧紧跟随着他逐浪的身影,他那飞翔般华丽的视点——大剧院、博物馆、数字馆……

其中有一位娃娃脸的少女,她说,她听到帆船少年大叫了一声——

"我能听到风声了!"

"我听到了风声!"

但其他的人似信非信。这时,少年和帆船很快从他们面前划过,像一只白色巨鸟般消失在了湖的深处。

【作者简介】朱文颖,1970年生于上海,现居苏州。文学创作一级。著有长篇小说《深海夜航》《莉莉姨妈的细小南方》《戴女士与蓝》,中短篇小说《繁华》《浮生》《凝视玛丽娜》《分夜钟》《春风沉醉的夜晚》,散文集《我们的爱到哪里去了》《必须原谅南方》等三百余万字。曾获国内多种奖项,部分作品被译为英、法、日、俄、韩、德、意等国文字。

# 再造之城

张　弛

## 1

离开公路之后,眼前的土路七弯八折,一路向山谷深处蜿蜒。这条所谓的土路,是被时隐时现的一两道轮胎印显现出来的。显然,到过这里的车辆并不多。路两旁是茂密的野树林子,林子深处偶尔传来一两声鸟鸣。

一路下坡,李高唐只觉得被一股力量拽着似的,两脚止不住地向前踏去。脑子里全是工地上受的罪,烈日炎炎下,一车一车地推着砂浆,连推个百八十车,到最后,上那排颤悠悠的钢模板桥时,腰、腿、肩、臂,总之,浑身上下,条条肌肉都要挣断了,一身骨头眼看要散架……其实这都是早年间受的罪,跟姓洪的没关系。但不知为何,他脑子里就是要把老账新账都往姓洪的头上算。揽上洪齐天的工程时,他已经把家乡的叔伯兄弟子侄们都带出来了。虽然成了小包工头,体力上不受罪了,可烦恼和重重压力,压得他晚上睡不着觉。那六十来个人的吃喝拉撒都得他管上。垫资他都垫了十几万块了,老家那边欠着账,都说天道酬勤,没想到祸事还是找上他了。洪齐天跑路了,六十多万块的工程款结不上。老家那边,自从侯三儿那个无赖把家里的电瓶车推走,就不断有人上门,以破口大骂开路,想从家里搬东西。老母亲受不了这反复的激惹,老癫痫病发作了,人倒在门槛前抽缩一

170

团,手抽抽儿得像死鸡爪子,嘴里吐着白沫,眼珠子白多黑少,喉咙深处发出野兽咆哮般的呼噜声……后来,每当逼债人上门,母亲就要这么发作一回,不知是真是假。但父亲电话里的哭诉可是真真儿的……每次到这里,他就不敢再想下去了,靠晃脑袋强行止住。有人说他眼都红了,像是要发病。不知为何,此时他却反复想着那一幕,似乎故意在心中酝酿着仇恨,以增强行动的勇气……

深秋的野树林子里一片寂寞阴凉,眼前不时有片片黄叶打着旋儿飘落。忽然,他发觉柴招风不在身边了。他刹住脚回头一望,柴招风在后面磨叽着,脸上神情畏缩地看着他。他两眼盯住柴招风,直到柴招风加紧脚步赶上来。

那座红砖墙围成的大院终于出现在眼前,坐落在谷底的一片开阔地。铁栅栏门后面,一条趴着的黑背猛地耸起身,耳朵像雷达似的转动了半圈,耳廓朝向着他支棱起来。紧接着,伴随着一阵愤怒的咆哮,黑背朝他的方向猛扑过来,身后铁链绷紧了,颤动着。

他伸手把后腰别着的那根棍子拔出来,棍子沉甸甸地握在手里。据刘二棒说,是橡胶皮包铁芯的。这方面刘二棒最权威,他当年亲自挨过。他说这家伙抡到头上身上,见不到啥皮外伤,里面却受不了……他本来是准备对付洪齐天的。

有人拽他胳膊,他扭脸一看,柴招风神色慌张地朝院墙东侧指了指。

他看了黑背一眼,跟着柴招风拐向院墙东侧。黑背停止前扑,疑惑地看了他们一眼,又吠叫了几声。

原来东墙某一段墙根儿下,有一处鼓包。柴招风的意思是翻墙进去。

你上!他用眼色逼住柴招风,担心他要滑。他一贯关键时刻犯尿。

柴招风干咽了一口唾沫,嗓音虚颤地说,哥,陪你进去可以,动手……我是不动的。咱都讲好了的。我把你领到这里,已经算是……

讲好了你还啰唆个屎?!他厌恶地瞪了柴招风一眼,觉得自己的勇气都被这尿人动摇了几分。

二人跳进了院子,他一眼便望见洪齐天正坐在一把躺椅上,脚边一只小杌子,上边放着一只白瓷茶杯。他不顾黑背疯狂地叫嚣,提着棍子朝洪齐天走去。这时,一丝疑问却从心头升起,只见洪齐天转着脑袋四处张望,他的鼻梁上架着一副墨镜,黑洞洞地遮着双眼。他明明脸朝着自己了,黑洞洞的墨镜都盯住他了,却又转向别的方向张望着。

难道……他看不见?他心一凉,但没理会,沉声喊道,洪齐天!

洪齐天终于找着方向了,转过脸愣愣地望着他。

一阵难堪的沉默,姓洪的始终不吱声。

我,李高唐!

墨镜下面的嘴角终于绽开了一丝艰难的笑容。

听出来啦……听出来啦……

鸿熹园那个项目,你他妈的欠我六十万块,我倾家荡产了,你狗日的躲到这儿来啦!

兄弟……我比你还倾家荡产呀……要不是藏到这里……我命都没了。

你倾不倾家荡不荡产我不管,该我的六十万块你得还我!那是我父老乡亲的血汗钱!

兄弟……我反正就剩个吃饭钱啦,要拿你都拿走吧。我正学辟谷呢,说不定下个月就成仙啦,唉……

趁着他长吁短叹,李高唐轻轻挪步到姓洪的左侧,只见他一副墨镜还对着前方的虚空,嘴里悠悠地叹了一口气,脸上浮现着四大皆空的微笑,一副死驴不怕狼啃的架势。看样子,不像装的。

你老婆呢? 他不甘心,抱着最后一线希望问道。

跑啦……她是看我这辈子再也起不来啦!

洪齐天指指自己的眼睛,接着两手朝周围一划拉,这都是抵账抵来的,除了挖掘机,你看上啥拿啥吧。

他朝周围巡视一圈儿,院子里停了两台挖掘机,一座雨篷下面,有一台柴油发电机,还有几台破烂空压机……

他的心彻底凉了。

柴招风从后面靠过来了,突然插问姓洪的,哎,你眼睛咋弄的?

要债的打的。洪齐天把脖子拧向后面,手扒着左耳朵后面的脑壳。一道骇人的、不长毛的伤疤,像鬼剃头似的呈现在他们眼前。

小杌子上的手机忽然响了起来,洪齐天转过脑袋低下身子颤巍巍地摸索着够手机,刚够到手里就被柴招风一把夺去了。

洪齐天皮笑肉不笑地说,这是哪位兄弟啊? 手机,手机给我。

柴招风道,你不说看上啥拿啥吗? 边说边把电话挂了。

洪齐天乞求地笑着,手机给我留下呀! 手机又不值几个钱。

李高唐回道,你眼都瞎了,要手机干吗?

洪齐天挤出一脸摇尾乞怜的笑容,我耳朵还在呀,兄弟,你忘啦?手机还能打电话呀……

李高唐看了一眼柴招风,觉得狗日的胆量没有,机灵劲儿倒是有的,他使个眼色,二人转身就走。留下洪齐天在身后空喊,手机给我留下呀,兄弟……

## 2

李高唐走进水泥厂家属区的那条小巷时,有种时光穿越的感觉。左侧的那道老旧灰暗的砖墙顶上,栽满了陈旧的玻璃碴儿。李高唐恍惚记得,三十年前第一次跟父亲进城时,看到过这种防盗措施。巷子里沿墙歪七扭八地停着一辆三轮电瓶车,连一辆四个轱辘的都没有。电瓶车的尽头,坐着一个老头,面前支着一个铁公鸡似的奇怪机器。老头目光混浊,见到他面露傻笑,嘟囔了一句,机器补皮鞋!

4号楼不知是哪个年代的老式楼房,一条黑黢黢的漫长走廊连接着所有的单元。李高唐猛拍了一巴掌,一只昏黄的灯泡在走廊最深处亮起。恍惚间,李高唐好像又钻进了当年煤井深处的掌子面,他手扶着墙摸索着往前走。

突然,前面某个房间里传出一阵歇斯底里的叫骂声。接着,门哐地一下打开了。只见两个人硬架着一个弓腰屈背、脚步瘫软的家伙,踉跄着朝斜对面的公用卫生间冲去。从那颗快耷拉到地上的脑袋里,哗哗地喷涌出酒臭熏天的秽物,直洒了一路。

李高唐捂着鼻子,低下脑袋借着地面微弱的反光看清楚秽物的痕迹,然后一个箭步跃过去,屏住呼吸前行几步,才敢大口喘气。

那个下巴耷拉着提不起来的老太婆,全程都这么半张着嘴望着他,她的眼皮也是为了这件事才费力地撑开,而且她的右手一刻不停地抖动着。不知为何,她这副模样让李高唐平添了一股烦躁。

为了快点把老太婆打发走,他放弃了进一步还价,掏出一千两百元递给老太婆,就在合同上签了字。

老太婆还在嘟囔着数钱时,他已顾不上她了。他放下包就把自己放倒在那张单人床上,陷入了沉思。

他没想到小芹会做得这么绝。现在想来,他们拿回洪齐天手机的那天,征兆已经出现了。

这有啥用?!

小芹接过他递去的那部手机,略瞟了一眼就扔到沙发角落里去了。

她的语气充满了厌倦和绝望,而且看都不看他一眼。以前多困难都没出现过这种情况。他突然就想起洪齐天那个跑了的老婆,洪齐天说什么来着?"看着他这辈子再也起不来了。"他没敢深想下去。

他看了眼像疥癣一样层层翻卷起的墙皮,猛地闭上了眼睛。他的脑海里管不住似的想起两个人对未来充满希望的那段日子。那时还没有揽上鸿熹园这个让他倾家荡产的项目,手里还有点积蓄。他满心要让她提前过上好日子,要让她死心塌地跟着他。他狠狠心租了星光花园的那套大房子。欧式装修,罗马柱、酒柜、路易十几的沙发,夜里把暗藏在吊顶里的射灯全打开,躺在沙发上就能看见星光璀璨。在那张像蹦蹦床似的弹力十足、蓬松柔软的大床上,他深陷在她的身体里,深陷在她那双黑幽幽地凝视着他的眼睛里,难以自拔,就这么冲昏了头脑。

他后悔不该跟她这样的聪明女人绑在一起。他悔死了!当年红火的时候,她帮他管人、管账,他确实省了不少心。两个人一起谋划美好未来的那些日子,确实是他一生中最值得回忆的片段。可一旦有事的时候,他才发现,他是完全被绑在了这个女人的裤腰带上,只要她觉着累赘,她就可以轻松地把他解开,撇掉,而且说得他哑口无言,她把整个青春都葬送在他身上了,如不及时止损,这辈子就完了……

他是前天接到父亲电话的。父亲在电话里怪腔怪调地哭着告诉他,你母亲去世了,癫痫发作时引起了窒息。他急眼了,当时就要回去!父亲却哽咽着阻止了他,说,现在找他的人多得很,回去只能添乱。

从那天起,他有种万念俱灰的感觉。只想找个安静地方了此残生。星光花园的房子他租不起了,再加上好多人都知道那个地方,他只有藏到这里来了。

他能在这里了此残生吗?

## 3

刘二棒的出现,让李高唐刚刚落地的心又悬吊起来。那天他刚走近巷口,就看见刘二棒那颗生姜一般奇形怪状的脑袋从巷口晃悠过去了。骇人的是,那脑袋都过去了,却又掉转头折进巷子,直冲他而来,逼得他仓皇躲进了路边店……

这狗日的是来找我的吗?他心里起了恐慌。这要钱不要命的愣头青!人家说他脑子让棍子打坏了,动不动兽性大发,说他有一回在烤肉摊上跟老板打架吃亏急眼了,抓起烤肉铁签朝老板脸上乱戳,竟把老板一只眼珠像烤肉一样穿在了签子上……他不敢想下去了。

他给柴招风打电话,逼问他是否把自己的新住址外泄出去了。柴招风口发毒誓说没有。

也许刘二棒只是偶然路过?他的心稍稍安定了一些。

他仰靠在破沙发背上,闭眼镇定一番。不知怎么的,他的脑子自动联想着,联想着,忽然就联想到了柴招风说的那段视频。

那段视频是在洪齐天的手机里发现的。他们本来指望通过洪齐天手机的来电,诈出他隐匿财产的线索。可洪的手机连着半个月都一声不响。他俩不耐烦了,柴招风硬是把手机密码划开了,在里面胡乱翻看的时候,发现了那段视频。当时柴招风就啧啧称奇,他因为情绪低落,没当回事。

他从抽屉里拿出洪齐天的手机,找出那段视频。他把视频点开,渐渐地,那视频就像个黑洞,把他的目光和全部注意力一丝不剩地吸进去了。

视频是一个年轻人用手机拍摄的,他走在一大片别墅群里。这片别墅群似乎坐落在一片四周都是荒山的平谷地里。视频拍摄在冬天,别墅之间的道路蜿蜒交错,但破败不堪。整个别墅群空无一人,唯一能听到的声音,便是山风吹拂林草的飒飒声。一条条道路的两旁,一座座别墅的周围,都被枯黄的芦苇和不知名的野草簇拥着。山风阵阵拂过,芦苇丛摇荡起来了,座座别墅在苇丛之间时隐时现。小伙子以一种神秘之中略带紧张的语调介绍着他的所见所闻。随着他的镜头,李高唐看出,这些别墅已建好不知多少年了。看造型,当年一定属于高端大气上档次的类型,如今却颓败不堪。一座座别墅上黑洞洞的窗口,仿佛骷髅头上的黑眼洞,幽幽地注视着你。一股荒凉诡异的气氛四处弥漫……

这段视频是怎么跑到洪齐天的手机里的?小伙子跟他是啥关系?不知为何,这段视频似乎触动了李高唐的什么心事,令他久久不能出来,虽然他也说不清究竟触动了他什么。他只知道,那天傍晚他把这段视频来回翻看了好几遍,总有种什么奇怪的预感,似乎这片荒山别墅要与他有所关联。

心中有,眼中早晚会有。

那天下午他去仓库拉货,路过万岁山一带的时候,他的眼睛偶然向右侧一瞥,远处山尖上的一物引起他的注意。那是一个类似瞭望塔的柱状结构,表面漆成蓝白交替的色彩,围绕着那根塔柱,螺旋状的爬梯一圈一圈直盘绕到柱顶,柱顶立一个仿佛天线般的尖刺,刺尖上还挑着一面旗幡,在风中妖娆摆动。

这座塔柱让他心里一咯噔,觉得十分眼熟,而且十分重要。塔柱立在远山上,那条隐约的旗幡妖娆摆动,召唤着他似的。他刹住车,闭目半晌,那段视频渐渐浮出水面。他迅速从工具包里取出洪齐天的手机,找到那段视频点开,果然,在一段一晃而过的镜头中,他看见了那座蓝白相间的塔柱。

原来在这里!他有种说不清来由的震惊和喜悦,仿佛发现了什么秘密宝藏。

他慢慢地贴着路边开起车,直到右侧出现岔路,他毅然把车开进岔路。

岔路渐渐向深山处蜿蜒,他时不时地观察着,感觉方向没错。尽管七弯八折,但那座塔柱是越来越近了。道路两侧山石嶙峋盘踞,危岩耸立,扑面而来。山石的形状越来越狰狞,仿佛有许多牛鬼蛇神凝固在这山石之间。

他想掉头回去,发现山路狭窄,不容掉头,只有硬着头皮开下去。不料,拐过一座崖壁后,前方豁然开朗,出现一片山间台地,几十座别墅在台地上星罗棋布,铺向远方。

他把车刹在通向这片台地的路口处,路口处设有阻车杆。他下了车,对这寂静的山间台地瞭望一番,周围群山环伺,阳光从西天之上斜射进这片谷地,在金黄色的夕阳之光照耀下,一座座别墅墙体的不同受光面明暗相间,斑驳醒目。布局高低错落有致,整片别墅群仿佛镀了一层浅金。

他有种闯入秘境的兴奋和恍惚。他壮起胆子弯下腰穿过阻车杆,走进别墅群。

道路果然像视频里一样,坑坑洼洼,破损不堪。但他看得出,这一座座别墅,当年可真是高端大气。有两层的,也有三层的。屋顶的排瓦如同鳞甲般细密,有观景平台,有车库,有曲曲折折的回廊,有花瓶状矮立柱围起的回栏。

这片台地的地势,分为三层阶梯,逐渐抬升。每层阶梯上都分布着若干别墅。而越往高处的别墅,越显得气派豪华。他沿着一条坡道慢慢爬到最高一层台地,在居中位置他注意到一座三层别墅。

他推开锈迹斑斑的铁门,走进别墅内部。空旷的客厅周围,分布着曲折回转的一个个房间。他想起了有钱人的别墅里各种名目的房间,卧室、书房、餐厅、卫生间、儿童室、电影厅、游戏室、麻将房、弹子房、茶室……甚至还有他妈的什么冥想室！他沿着楼梯依次上到二楼、三楼，房间同样格局复杂，宛如迷宫，有一瞬间他差点迷路走不出来了……他终于来到了观景平台，他扶着花瓶状矮立柱砌起的回栏向下俯瞰，顿觉这座别墅如同王座一般俯瞰着沿阶而下的别墅群落和远山。

夕阳悬浮在群山之巅，绵延周遭的山峦一片赤红。天边只有一道浅浅的云幕拉在地平线之上。长庚星像一颗银钉钉在天幕上，发出熠熠毫光。

他像喝醉了一般，凝神俯视着眼前的一切，忽然产生一种坐拥一城的幻觉。

返回的路上，他在山道上遇到一个放羊汉。

他刹住车问放羊汉那片别墅是咋回事，为啥没人。

报废了，十多年没见过人了。

他再要细问，放羊汉却语带神秘地说，过细的我也不晓得，没进去过，不敢进。

不祥！不祥！有白毛女！

放羊汉面带神秘微笑望着他，摇头远去。

4

李高唐一直丢不下那片别墅群，那种坐拥一城的幻觉把他缠住了。一个荒唐的念头越来越强烈，渐渐主宰了他的意识。也许是他那种一无所有、破罐子破摔的处境吧，正常人的荒唐，在他身上似乎不显荒唐了。

主意打定后，他第一个想到的是洪齐天的那台柴油发电机。只要能给别墅通上电，基本的居住条件就具备了，其他困难都可以慢慢再说。他觉得那颗万念俱灰的心，突然死灰复燃，冒出了几颗火星子。

他到洪齐天那里去拉柴油发电机的时候，洪齐天脸对着他半张着嘴，那副黑墨镜似乎都显出一副诧异的神情。那一瞬间，他都觉得姓洪的能看见他。他不理会，只说了一句，是你该我的！

没问题没问题。洪齐天又转回脸对着虚空挥着手，恢复了一个瞎子的本分。

他指挥着雇来的随车吊司机，把柴油发电机吊到他的货车上。

对面仓库的门口，站着一个保姆样的女人，怯怯地看着他。他想，这大概就是照顾洪齐天的女人吧。和洪齐天以前的女人相比,这女人就是颗土豆。不过,饥荒年只有土豆靠得住。

他带着几分好奇朝那个女人走去。女人朝他怯怯地一笑,让开身子。他走进库房一看,乱七八糟的东西还挺多:小锅炉、空压机、打桩机……洪齐天也跟他一样,是从小包工头起家的,啥事都干过。这些杂七杂八的东西要么是以前干工程时的旧设备,要么就是抵账抵来的。忽然,他的眼睛被墙根堆成垛的纸箱所吸引,他走过去撕开包装一看,是瓷砖。他瞬间兴奋了。他觉得他这个荒唐念头有如天助,越来越顺了。

他给随车吊司机加工钱,二人开始把一箱箱瓷砖往车上抱。

你又拿啥?又拿啥啊?瞎子觉得不对,从藤椅上坐起身,寻着动静嚷嚷道。

瓷砖!他简短地回答。

我要用的呀,要用的呀!

你看都看不见,要瓷砖干尿呀!你有地可踩就知足吧!他兴奋地发现,他都有心情开起玩笑了。

你记个账呀!你拿东西要有数呀!瞎子故作凄凉地嚷嚷着。

# 5

随车吊司机让他半路打发走了。他心知这事上不得台面。然而,当他把车开到别墅跟前时,他心里开始打鼓了:靠他一个人,真能把这台将近一吨重的柴油发电机卸下车?

他倒是提前准备了千斤顶,两条四米长的槽钢、撬杠等物。他把车开到王座别墅后面相中的那个位置,车屁股冲墙倒到合适位置,把两条槽钢搭在车厢后沿上,做成两条滑轨,想把发电机通过滑轨卸到地面。可是,一旦实操起来,才发现他当初想简单了。两条槽钢搭在车厢后沿上,总有两个高起的搭头。发电机组的底座支架也是两条槽钢,他用千斤顶把发电机顶起来,用撬杠将底座那两条槽钢撬送到滑轨上,可千斤顶一泄劲儿,沉重的发电机压上那两个搭头,那两条槽钢立刻就乱颤着跑位了。而且他想,就算他能把发电机送上滑轨,一旦这一吨重的物件脱手下滑,他能拉得住吗?

他不得不放弃这个方案。

他苦思冥想着,初始的那种兴奋开始冷却了。

突然,他从地上一跃而起,他妈的!只要思想不滑坡,办法总比困难多!老子不信这么简单的问题解决不了!

他点上支烟边吸边来回走圈,绞尽脑汁打开思路。没人帮忙,没机械可用的情况下,怎么办?只有用最原始的办法,脑子得往原始处想……他忽然想起刚干土建包工头那会儿,曾经看过一本扯淡书,提到外国那些吃饱了撑的科学家,通过研究还原了埃及人当年是如何在没有现代机械的情况下把金字塔建造起来的,其中说到他们如何把两百吨的巨石从尼罗河岸边运到金字塔工地。

对!就是用滚木!

他的脑子立刻灵光一现。他想到在这一级台地和第二级台地之间,有一级高台可以利用。

他立刻跳上车发动起来,把车开到那一级高台跟前。他激动地发现,车厢底与那高台正好平齐。他妈的,真是天无绝人之路……

当他把两张两米长一米宽的钢板和十几根钢管从自己仓库拉到那个高台跟前时,他的心情既紧张又兴奋,不知道这个方案究竟能否成功。

他把车屁股倒至与高台相接,把第一块钢板铺进车厢,钢板上铺了几根钢管。他用千斤顶把发电机顶起来,用撬杠把发电机向前撬。他手撑肩扛,龇牙咧嘴,使出了吃奶的劲头儿,终于感到这沉重的物件开始向前挪动。他不敢松劲,一鼓作气向前撬动,口中闷哼着给自己喊上了号子。在肩膀的阵阵剧痛下,发电机组一点点向前挪动,底座终于推进到钢管上方。他松开撬杠扔到一边,喘了几口气,把千斤顶的劲儿泄了。发电机组稳稳地落在几根钢管上。他蹲下身子,肩膀抵住壳体向前推。沉重的发电机终于在钢管上滚动起来。

每次他只能让发电机前进两米,然后他不得不把头一块钢板拖到前方,接续在第二块钢板的前面。他用这种拆东墙补西墙的方式,为这一吨重的柴油发电机铺设了一条临时轨道。他肩勒毛绳,像伏尔加河上的纤夫,把发电机向前拖了两米远。然后扔下毛绳去拖钢板,铺钢管。这条临时轨道就像一条黑色的爬虫,一伸一缩,慢慢地爬向两百米开外的王座别墅后墙根儿处……

当他把最后一桶柴油提到发电机跟前时,他的两条腿弯直打战,浑身肌肉酸软得仿佛马上就要撑不住了。但在整整一白天累死人的折腾中,他的脑子好像被一个念头给魇住了。那就是,今天他一定要让他的王座大放光明,要让王座所有的窗户在夜色中透出温暖的亮光，变成大地上一个晶莹剔透的珠宝匣，给这片鬼气森森的城堡带来光明，镇住邪气。为此，不惜一切代价，一定要按期完工。

他两腿哆嗦着，深吸了一口气，提起最后一桶柴油倒进发电机的油箱，随即眼前一片黑。他扔下桶，一屁股坐在地上，脑袋仰靠在油箱上，眼珠无力地望着远方的夜空。

夜空由浅蓝变为深蓝，又由深蓝变为墨蓝。视野中先是飞进一只黑鸟，随着一声苍老的聒叫，他听出那是只乌鸦。紧接着那头接二连三的乌鸦飞进视野，终于引来了一大片。这一大片黑色的鸦群渐渐飞临西边那座山岗的上空。此时，夜空中仿佛出现了一股看不见的旋涡，或者漏斗，只见那黑色的鸦群像是被旋涡吸入似的，吸进了山岗上那枝杈茂密的黑色树林的剪影里。

不能再休息了。他挣扎着爬起来，把发电机打着火。伴随着轻轻的嗡嗡声，各个指示灯亮起来了。别墅一层的线路他已经提前布好了。他把进户总线从窗户里牵拉出来，按捺着心脏的跳动把插头插向输出插座。然而，那插头仿佛遇到什么梗阻，就是插不进去。他不停地变换着角度往里插，里面似乎有人故意给他捣鬼，就是顶着不让进。他急眼了，手腕都哆嗦起来，手指将插头越抠越紧。突然，他感到手指一滑，并且插头猛一下陷了进去。与此同时，一股猛烈的力道顺着手指冲进胳膊直奔心脏，仿佛一条活物钻进胳膊里，引起一阵痉挛般的震麻。

他瞬间就倒地昏死过去。

不知过了多久，在一片浓黑的混沌中，他隐隐听到有丝丝缕缕的女人呼唤声从遥远的天边传来。听不清那声音在呼唤着什么。他慢慢睁开眼皮，看见一张女人的脸在星空的映衬下，正从上方温柔地俯视着他。他努力辨认一番，觉得似乎是小芹的脸。他的眼珠略往左转了转，看见暗蓝的夜色中，别墅却大放光明，每个窗户都散发出温馨的金黄色光芒，耳中似能听到搞派对的杯盏叮当声和笑语喧哗声。

他有别墅了，小芹就回来了。他这么想。于是笑着朝女人说，你滚。

他再次醒来时，觉得脑子真的清醒了。第一件事就是后怕，那个女人是谁？当然不是小芹！他忽然想起放羊汉说的"白毛女"，一阵恐惧从心底深处泛起。刚才真有个女人吗？他朝左右张望，眼前忽然一座别墅大放光明，金黄色的光芒从每扇窗户进射出来，融入无边夜色。整个别墅在墨蓝夜色中晶莹剔透，犹如童话世界。他半张着嘴呆看着，把女人给忘了。

# 6

劳动的艰苦和繁重远超过李高唐的想象,快要突破他承受的极限。十一吨沙子和水泥,他只能靠自己一袋一袋扛进别墅。到最后,他仿佛听到自己浑身的骨头都在吱嘎作响。他想起了腰椎间盘突出这可怕的职业病,想起了瘫在床上的老亮。他咬牙硬着头皮干,可每当又一袋水泥上肩,他就感觉自己的椎间盘像一团黏腻的泡泡糖,从骨缝间挤了出来……

贴砖的时候,他更是体会到隔行如隔山。他怎么也贴不平齐,要么线缝贴着贴着就跑偏,要么就是砖不平,不是这个角高,就是那个角高。有一块砖,他怎么也找不平。这个角敲平了,那个角就翘。他拿着橡皮榔头左敲右敲,越敲越冒火,最后急眼了,发泄似的来了一家伙,把砖都给敲碎了。

他扔下榔头颓丧地坐在椅子上,边喘息边看着一地的狼藉,刮刀、灰堆、橡皮榔头、靠尺、敲碎的地砖……他的目光投向整个房间,发现整整一下午过去了,这间最小的卧室他还贴了不到一半。一个早已萌芽的念头越来越茁壮,他需要一个帮手,一个合伙人……

李高唐终于下决心把柴招风招来了。他把柴带进西南角的那间小卧室参观。小卧室是唯一铺完瓷砖的一间,尽管仔细挑眼,会发现多处不平整,但大面上看还不错。李高唐把它命名为"弹子房",他知道柴招风酷爱打台球,钱都输在这上头了。

电我已经通上了。瓷砖、沙子、水泥有的是。二楼给你住,八个房间,你和大葵养一群娃娃都够住。再说,三楼还没开发呢!他把烟头扔了,两眼目光灼灼地盯着柴招风,眼神儿里充满了召唤和鼓动的力量。

柴招风目光迷离恍惚,先是在室内四处打量,随后投向外面的那台柴油发电机,最后沿坡而下,逡巡着那一大片空无一人鬼气森森的别墅群落。

哥……你这……有点疯啊!

柴招风半天才醒过来,似乎还不相信眼前的一切。

咋的?你不信?我就是要在这儿住下去!你来不来是你的事……我是看在咱们铁哥儿们的分儿上,把二楼留给你的。

见柴招风有点不上路,李高唐虽然心中一凉,但他知道要沉住气。他知道,这货是惯于观望的。

他信步走进客厅，边走边指天画地地规划上了，再有两个月，赶入冬前，我把这客厅、卫生间、厨房、大卧、中卧、小卧、书房、儿童室都装修出来，瓷砖贴好，墙刷白，小吊顶搞上，窗帘花色、水晶吊灯我都看好了，剪彩的时候，水晶吊灯一开，那真是宽敞、气派、金碧辉煌啊！小芹前天跟我认错了，说要回来，可我就觉得……就觉得太孤单了。喝酒没哥们儿！如果你能搬过来跟我做个伴儿，我把二楼给你，我帮你收拾。到时候，大葵也得跟过来。白天，你坐我车去上班；晚上，咱们有别墅，有酒，有女人，有风景，要啥有啥啊！

他说得自己都亢奋起来。他紧盯着柴招风的眼睛，感觉对方的眼睛也被点亮了，与自己对视着。但只一瞬，又黯淡下去。

哥……你这……不靠谱啊！这房子再好，又不是咱们的，又没有房本。人家说赶，就把咱们赶走了啊！

兄弟！哥早调查过了，这房子报废啦！没人要啦！十几年没人问啦！谁住上就是谁的，就跟万岁山上的野山洞……

哥，其实，我也调查过了……柴招风两眼看住他说，你知道这房子为啥卖不出去吗？当年堪舆的时候，开发商得罪了风水师，风水师给他捣了鬼。风声传出去后，房子卖不动。仅有的几户也都遭遇不祥，都搬走了。这样的房子你敢住吗？当心血光之灾……

柴招风不上路，走了。

沮丧仿佛冰水渐渐漫上李高唐的心头，他有种浑身无力，支撑不住的感觉。他慢慢来到窗前，向窗外凝望着。

又到了夕阳西下时分，对面的山顶上，一大片古铜色的云爬过来了。沿坡而下的一座座别墅，都浸在古铜色的霞光里。忽然，他的余光感到视野左下角有物在动。他目光转去寻找，恍惚看到一个黑色毛茸茸的肥大的东西隐没在第二级台地的一座别墅的墙角后面。他吓了一跳，这怎么可能？这空无一人的荒郊别墅群，真的还有活物？

他怀疑自己是否出现了幻觉。

他紧张起来，目光从左到右仔细搜寻每个角落。巡视到第二级台地右侧的一座别墅时，他被吓得毛骨悚然，一个女人坐在那座别墅后墙根儿，正朝他这里望着呢！

他下意识地朝身边打量,客厅空空荡荡。环绕客厅,所有的门洞都敞开着,透过门洞,视线能看见的角落都空无一人。他强压着狂乱的心跳,大起胆子再去望那个女人。远远看去,那女人穿着件粉红色的连衣裙,两条白生生的胳膊撑在左右两侧,一张寡白脸上,两个黑眼珠似乎定定地凝视着他这个方向。微风吹拂下,女人的头发轻轻拂动着……

他望了一眼最后的天光,麻起头皮横下一条心,他一定要过去看看,他就不信这个邪!

他走出别墅望过去,女人没动静,还在那里坐着。他打开货车门,取出防身的那根包铁棍子提在手里,慢慢朝女人走去。当他走到二十米左右的时候,女人开始变了,那件粉红的连衣裙似乎是一只粉红色塑料袋,再走近几米,寡白脸也变了,似乎是一只搪瓷脸盆的盆底,从一只黑色的塑料袋里露出了一半,只是上面有两个受到敲击形成的黑色斑坑,无论位置还是形状,都特像是一对凝视着的眼睛。

到十米处的时候,不用再往前走了,那就是一堆垃圾。

可他还是感到害怕,回去的路上,他几次回望那堆垃圾,直到那堆垃圾又变成一个凝神谛视、神情哀怨的女人。

他没敢再待下去,直接开车回了水泥厂。

## 7

李高唐一晚上没睡好觉。柴招风不上路,他该咋办?一想到他要一个人穿过那条怪石嶙峋的峡谷,一个人踏进那片鬼气森森的别墅群,一个人在里面干活儿,甚至一个人在里面生活,一股瘆人的恐怖就周身弥漫……可一想到放弃,一种极度的不甘和沮丧又会涌上心头,他已经付出了那么多,怎么能放弃!更何况,他所设想的种种美好前景似乎就在不远处召唤着他,只要他能坚持搞出个模样来,总会有胆大的硬汉加入!

他一夜辗转反侧。

第二天一早,老太婆来了,说是要找缝线穿辣子用,蹲在她那只破五斗柜跟前翻腾着。

有一只旧书包模样的东西,老太婆忘了收进去。

老太婆出门到公共阳台上晒辣子。他一时不知该往哪儿去,只愣愣地盯着前方的虚空。他的目光渐渐聚焦在桌上那只旧书包上。那是一只二十世纪七十年代的军挎包,草绿色,上有一排褪色红字"为人民服务"。他曾在怀旧电视剧里见过。仿佛鬼使神差,他走过去打开书包在里面翻腾起来,都是那个年代的旧课本。忽然,一本薄薄的书引起了他的注意,泛黄的书皮上,字迹已模糊不清,隐约可辨那是本《辩证唯物主义》。他记得高中时他也上过这门课。他翻开书皮,扉页上印着粗粗的黑体字:"横扫一切牛鬼蛇神!"底下配一幅漫画,一个戴安全帽的工人,一个剪短发的女农民,还有一个背钢枪的解放军战士,各伸出一条粗壮的胳膊,三人铁拳汇聚,砸向拳下的一小撮怪物。那一小撮怪物里,有牛头马面,有京剧脸谱,还有一个干瘪瘦小蜷作一团的秃头人。

他又翻了翻后几页,几段加粗黑体字小标题显得格外醒目:"世界是物质的""物质是运动的""物质的运动是有规律的"。

他恍恍惚惚想起高中学这门课时曾背过的一些基本论点。这些应付考试的东西,此时忽然变成一股力量涌入心中。他忽然意识到,这东西一代一代地教下来,肯定没错呀!他投入地翻看起这本小册子,里面那些斩钉截铁的结论,特别是那些联系实际举出来的事例,让他心里越来越踏实,甚至越来越激动。翻完后,他在书皮下看到一行小字:杨宪国。

恰好老太婆穿辣椒的线用完了,进屋来找。他举着那本薄书问道,阿姨,杨宪国是谁?

老太婆腼腆一笑,就我那死老头子。

他怀揣着那本薄书,重新踏进了别墅群。每当恐惧袭来,他就在心里默默念叨,世界是物质的。那恐惧感竟真的慢慢淡去。他发现,如果把某种信念浓缩成短短几个字,像经咒一样,在心中反复念诵,信念就真的支撑住了。他算了算,"唵—嘛—呢—叭—咪—吽"——六个字。"世—界—是—物—质—的"—— 也六个字,这就是他的六字箴言!

他念叨着他的六字箴言,重新开始为梦想而劳动。熟能生巧,他的劳动也越来越顺。他的地砖铺得越来越平整,缝线均匀,横平竖直。

这个星期六的夜晚,他终于干完了:一楼所有房间都贴完了瓷砖,所有的墙壁都刷得雪白,客厅正中悬挂着水晶大吊灯,上面缀满了精心琢磨的水晶块。尽管是两三年前的过气打折产品,但仍不失豪华霸气,其造型活像一艘在童话的海洋里航行的水晶船。为了抬升客厅的品位，他还专门购买了好几个相框，里面装裱着当地师范美术生为赚学费而临摹的廉价油画。这么一来，这客厅就像那什么——传说中的"沙龙"了，甚至有那么点像是山寨版的博物馆。

他坐在那只旧沙发里，面前的茶几上摆满了酒肉菜肴。

几杯酒下肚，醇烈的酒气开始在头脑中氤氲弥散。他醉眼陶然地望着这一切，一种成功的喜悦刹那间从天而降，先是灌满了他的大脑，接着漫溢出来，流贯到四肢百骸中去。他有一种兴奋的，想对什么跃跃欲试的感觉。那一刹那，他忽然感到，这才叫成功，他妈的！想想过去，他也曾历经千辛万苦、百般挫磨，最后得到那么可怜的一丁点儿回报，疲惫和烦躁早都把成功的喜悦彻底淹没。

出大力，流大汗，然后一下子就得到！这才叫成功！老天为什么要故意给人那么多的挫磨，那不叫成功，那叫他妈的戏弄！

他舒心畅意地坐在沙发上。

透过大门右侧的那座拱形落地大玻璃窗，他的目光投向窗外高远的夜空。暗蓝的夜色中，隐隐可见天边黑暗曲折的一线山峰的轮廓。那黑暗曲折的轮廓线上，渐渐晕开一团微微的金黄色。在他出了神的凝视中，满月从山尖上冉冉升起。忽然，一群受了惊的乌鸦在大如车轮的满月中间飞过，仿佛一群黑衣舞者，从天幕的舞台之上飘忽而过，它们竟飞出了一条优雅起伏的波浪线……

他一时看得愣住了，乌鸦飞走了，空留下满月和夜空。他盯着那扇窗，头脑从迷醉恍惚中渐渐清醒时，一张女人的面孔也渐渐从窗外夜色中浮现出来。

他一个激灵，浑身激出一层冷汗。冷汗过后，他收摄心神仔细观看，窗外不远处，似乎真悬浮着一张女人的面孔，正朝室内观望着……他脑子里瞬间联想到那个放羊汉，紧接着跳入脑海的就是那天夜里遭电击后，那张星空下俯视着他的女人脸。他甚至觉得，那女人就是眼前这一个……

"世界是物质的。"他暗暗念叨了一句，把恐惧强压下去，脑子里开始了冷静的分析。看样子，这片别墅群里，确实藏有一个女人。他妈的，我要解开这个谜团！

他假装浑然不觉，醉醺醺地起身，摇摇晃晃地走到门边，突然把所有的开关按下，室内瞬间陷入一片黑暗。他盯向那扇窗，那里果然有一个黑色的女人头的剪影，剪影愣怔一下，向右侧跑去。

他一把拉开门，大喝了一声，谁?! 撒腿追出去。

他踉跄几步追到房子西侧，脚下一绊，一个前扑摔倒在地。沉重的撞击让他眼前一片金星,脑子里只留下最后一个印象,一条女人腿隐没在西墙角。

## 8

第二天中午,太阳最当顶的时候,他提着那条橡皮包铁警棍,一座别墅一座别墅地搜索起来……一直搜索到最西南角,他终于在一座别墅前发现了一点异样。那座别墅前的花圃里扔了一个扎紧口的塑料袋。他走过去慢慢蹲下,捡起塑料袋仔细往里看,里面有发黑的香蕉皮、方便面袋、电池,还有一块折叠起来的卫生巾。

他站起来,慢慢靠近别墅的窗户,从侧面向内窥探:别墅内部光线昏暗,他的眼睛适应了一会儿,看见左侧墙角有几个简易的拉链式衣橱,后窗下支着一只小铁炉,铁皮烟筒伸出窗外。中间摆着五座沙发,前面是一个茶几。沙发上似乎堆着衣物。他仔细看了看,发现那件黑呢子大衣下面躺着一个人,一个女人。

他犹豫了半晌,敲了敲那座铁门。铁门发出空洞的哐哐声。

没动静。

他加大力气敲,哐哐声更响亮,但也更空洞了。

还是没动静。

他的心悬起来了,有种骑虎难下的感觉。他扭住把手轻轻试拉了一下铁门,门朝外一动,显然没锁着。他大起胆子,硬着头皮拉开铁门进了屋。

他看见沙发的右侧有个打开的康师傅方便面空纸箱。茶几上有个没洗的空碗,碗底一层方便面残汤形成的嘎渣儿,几根干面条翘曲在干了的调料碎末上。看不出这顿方便面是哪天吃的。茶几的一角,半截短短的、像手指那么长的红蜡烛栽在厚厚一摊蜡烛油里。茶几表面上还有几行哩哩啦啦的蜡油渍。

他仔细打量沙发上的女人,女人脸色灰白,头发干涩地摊在脑袋两侧。嘴半张着,一动不动。眼皮合着,但似乎还残留着一道细缝,细缝之间,只见一道眼白。

女人的两条瘦腿从黑呢子大衣下伸出来,绷紧的长筒袜下面,可以看出只贴身穿了一条长衬裤。

已是初冬季节了,在这阴冷的别墅里,他不由得替女人感到一阵彻骨的寒冷。

喂!

还是没动静。

喂！

他加大了嗓门儿。

还是没动静。

他仔细盯着女人眼缝里露出的那一丝眼白，看着她那半张着的毫无动静的嘴，内心突然起了一阵恐慌。

他转而观察女人的胸部。胸部盖在黑呢子大衣下，看不出任何起伏的动静。

他颤颤地探出两根手指，伸到女人的口鼻前两三厘米处，手指上似乎一点气息都没有。

他吓得后退了一步，真不确定眼前是活人还是一具死尸！

他想到了报警，但另一个念头一下冒出来。这荒郊野外的，他能说清楚吗？

他眼盯着女人慢慢后退几步，然后转身拉开门脚步匆匆地朝王座别墅跑去。

# 9

李高唐龟缩在他的出租屋里，坐立不安，犹豫不决。那个女人，成为横亘在他和他的王座大别墅之间的一道深渊。有时他从床上一跃而起，心一横，打算不管三七二十一，一步跨过去！可总是到出门的那一步就又退缩了。

他开始反复回忆在别墅群里碰到的一系列古怪，回忆那天下午他探出去的两根手指上，到底感没感觉到呼吸，哪怕有一丝气息，有一丝微凉的感觉也行啊。标准降到如此低，他就拿不准了。

假如她就是头天夜里窥视自己的女人，她怎么会突然就死掉了，难道和自己的追逐有关？如今，他的怕和前一天不同了。前一天他怕的还都是些虚无缥缈的东西。自从横扫了一切牛鬼蛇神，那些东西他是不怕了，可这像是具尸体的女人，就活生生摆在眼前啊。

天气越来越冷，他连厚衣服、厚被褥和沙发都搬过去了，这里已是家徒四壁。

至少，他也得冒险把东西拿回来吧？

李高唐就是抱着这个念头，重返他的王座大别墅的。

天空中彤云密布，低垂翻滚，像是要下雪的模样。一蓬蓬枯草在寒风中瑟瑟发抖，叶子掉光了的枯树，也在风中哆嗦着身子。阴沉暗淡的天光下，从眼前飘零而过的一座座别墅，越发显得残破凋敝。

只有他的王座大别墅,隐隐透露出几分生气。他停下脚步细细打量着别墅,暗忖这几分生气从何而来。忽然,他发现别墅的后面有烟气在升腾,心中略有所悟,但转念生疑:咋回事? 难道那天生的炉子还没熄?

他慢慢走近大门,轻轻一拉门,门发出一声怪响,令人心颤的吱呀声。他正犹豫着进不进,只听里面传来一个女声:进来。

他的心一抖,猜到是那个女人,硬着头皮踏进门。屋内光线很弱,眼睛不适应,一片昏黑中,只隐约见那女人岔着两腿大大咧咧地坐在他的沙发正中。

心一横,一股勇气反而从心底奔涌而出。他一把拍亮了水晶吊灯,室内大放光明。

老唐,想不到你真回来了。你自己也没想到有这一天吧? 女人幽幽地笑望着他,像个老熟人似的。

他一时蒙圈了,愣愣地望着沙发上的女人。女人的头发又黑又亮,尾梢略带翻卷,造型可人,显然是专门收拾过了。女人脸上两朵红晕灿若桃花,眉眼又弯又长,眼梢略略上挑。眼角淡淡的几条鱼尾纹,嘴角隐隐的两条法令纹,使这张曾经漂亮过的脸透着几分沧桑坎坷。

这张脸,与那天下午简直判若两人,如同仙人点化。他不知她是专门化了妆,还是喝了酒的缘故。

女人正在喝酒,桌子上的几个盘碟里,摆放着卤肉、香肠、花生米等下酒菜。

他在脑子里激烈地盘算了一番:她是干什么的? 听意思是专门找自己的。可是,他那帮债主——那群乡下的叔伯子侄里,哪有这等人物? 过去打过交道的,谁叫过他"老唐"? 他还欠谁的? 一时想不起来……

他决定先不露底,且周旋几句,探探虚实。

唉,生死有命,富贵在天。如今我是两手攥空拳,只剩下吃饭的嘴了。

他也学着洪齐天的模样,摆出一副死驴不怕狼啃的架势,一屁股坐在沙发上,顺手拈了颗花生米塞进嘴里,一边嘎嘣嘎嘣地咀嚼着,一边斜眼瞟着女人的反应,看看他到底啥时候欠她什么了。

不料女人似乎没有追账的意思,依旧半眯着桃花眼笑着望向他,问道,老唐,其实我悄悄观察你好几天了,你是打算在这儿定居吧?

他愣了一下,随即觉得正中下怀,噢,就是就是! 后半辈子再也折腾不起了,就在这儿了此残生吧。

女人两手一拍,仰天一笑,呵呵,我十年没白等啊!人家都说我有精神病,说我守株待兔,没想到你这只流氓兔还真让我等回来啦!这真叫老天开眼啊!感天动地窦娥冤啊!来,咱俩喝一杯!

女人说着拿起桌上的白酒瓶给自己满上,也给另一个空玻璃杯满上,递给他。

他愣怔了片刻,脑子里飞快地回忆着,盘算着,看来这女人与债务无关。十年前他还是个小工,只有别人欠他的,他哪有欠别人的资格?再加上"精神病"三个字,一家伙把他点醒了。这女人是精神出了毛病,把自己当成谁了!而且看样子是风流债。他放松下来,甚至瞬间起了一番游戏人生的兴头。他接过杯子,别有用心地冲女人一笑,仰头一饮而尽。

女人含杯在口,眼珠滚在眼角斜望着他,直到看他喝干了杯中酒,才径自一饮而尽……

## 10

黑暗、混沌、冰凉,但这无上无下、无左无右的黑暗混沌,却又裹挟着他一刻不停地旋转着、摇荡着,他感到阵阵眩晕恶心,连眼都不敢睁开,只觉得肚腹、胳膊和大腿都像放在冰上似的,阵阵寒凉透骨。

直到腮帮子上被什么尖锐的东西踢了两下,他才不得不睁开眼睛。首先看到的是瓷砖,他刚刚贴好没几天的瓷砖。再往前看,他看见一双穿着高跟鞋的脚,他费力地抬起下巴,看见一个女人巍峨耸立在他的面前。他这才意识到,他就这么趴在地上。喝多了!这是他第一反应。他抽动右腿想爬起来的时候,脚腕上顿觉一阵硌痛,他费力地扭过头一看,赫然发现右脚腕竟被一镣铐状的铁环锁住,铁环上连着一条铁链,拴在墙角的一根管道上。

眩晕的头脑又一阵发蒙,他简直不敢相信这一切,以为还在噩梦之中!他闭上眼,狠狠掐了一把自己的大腿,然后睁眼扭头看去,没错,右脚腕的确锁在镣铐里。他就像洪齐天院子里的那条狗一样,被铁链子拴在墙角的管道上了。

一阵恐怖、怪异而又荒唐的感觉像洪水一样涌进头脑,把各种意念冲得七零八落,卷地翻天。他一时无法思考了,只茫然地抬起脸望着眼前的女人。

女人还那样巍峨耸立在他面前,他依稀记得的那对桃花眼、粉红的脸颊和盈盈笑意已荡然无存。女人脸色煞白,一双吊梢眼冷酷无情地从上方俯视着他。尤其嘴角那两条法令纹,刀刻似的直逼下巴两侧。

睡够了吧?睡够了我问你话!

女人一开口,嗓音冷酷沙哑,再也没了昨夜的温柔可爱。

大……大姐,咱,咱不带这么开玩笑的……他硬挤出一脸谄媚的笑容,心存侥幸地想,这疯子可能只是一时恶作剧。

谁跟你开玩笑!老实回我的话!女人上前一脚踹在他下巴上,高跟鞋的鞋尖仿佛铁棍在下巴骨上一戳,疼得他脸都扭歪了,几滴眼泪从眼缝里挤了出来。他接连眨巴了好几下,才把眼泪星子收干,他不想在这个女疯子面前露出软弱,头脑里迅速地思考着对策。

他忍住眩晕爬起身,倒爬回两步让右腿有了回旋余地,这才勉强坐起来。他板平了脸,抬起头不卑不亢地看着女人说,问吧,只要我知道。

他发现女人此时睁大眼睛盯着他,仿佛专注地欣赏着他的狼狈相。他感到一阵刺痛和羞辱,但他强忍着不显露。

好。我问你,李嘤乔那个婊子呢?还跟着你吗?

李嘤乔?李嘤乔是谁?他完全蒙了。

装!继续装!装得好!装得我还没法问了!

女人转身踩着高跟鞋噔噔噔地朝外走,快到门口突然转过身,两眼竖起来盯着他,手指哆嗦,嘴里恶狠狠地说,有种你装到底,别他妈地求我!

女人哐地一下摔门而去。

他突然后悔了,她这一去不知啥时回来!

女人一走,他从紧张中松弛下来,这才感到周身寒冷。他向窗外望去,窗外竟雪花飘飘,冬天真的来了!他又向后窗望去,炉火早熄了。他的目光继续在客厅里扫视,看见他的羽绒服、毛裤都在沙发上。他拖着铁链向沙发移动,直到铁链绷直,他离沙发还有两米左右的距离。他不甘心,手臂尽量前伸去够沙发套的垂边,似乎就差那么几厘米就够上了,可他的脚腕处已被那个冰凉坚硬的镣铐深深嵌进肉里,一股钻心的疼痛从脚腕直钻心窝,疼得他快要窒息了。他的手颤抖着够了最后几下,绝望地放弃了。

寒气一刻不停地包围着他。他抱着膀子,拖着铁链,在小范围内走来走去,脑神经被仇恨的烈焰炙烤着,不断设想着一旦摆脱了这副镣铐,他要把这个蛇蝎女人怎么样。可当他稍稍冷静一下时,仇恨就被茫然和绝望替代。因为整整一天都快过去了,女人压根儿不搭理他。她不会就让他在这里自生自灭了吧!他心中开始暗暗期盼着女人赶快回来。这种心理潜滋暗长着,一度竟压倒了仇恨,变成了渴求。有一个瞬间,他甚至联想到小时候捣蛋被妈妈锁在屋里的情景。当年他对妈妈的那种盼望和渴求,穿越几十年涌上心头,与此情此景交融在一起,化作两行委屈的热泪。热泪把他的心都泡软了,把仇恨都浇灭了。一种换位思考突然占据了脑海,他开始分析起来,女人为什么折磨他。昨夜喝断片之前的记忆渐渐回来了,女人是把他当成了"老唐"。而这个"老唐",一定是欠了女人的一笔风流重债!他想起女人昨天的一句话:"我十年没白等啊!"此时,这话叫他不寒而栗。他想起那个放羊汉的说法,想起了那天中午在女人寄居的那座别墅里的所见。如果这一切是真的,这个女人该有多可怕,用十年的时间守株待兔!用十年的时间积攒仇恨!而他,现在就成了替罪羊!他对他昨夜逢场作戏的那点兴头悔死了,肠子都悔青了!如果一开始就讲明白,自己不是什么"老唐"……可如今疯子认定他就是"老唐"了,他都镣铐加身了,此时再否认,这疯子能相信吗?

昨天的酒里一定是下了药。再看看这副精心准备的镣铐,锁住那两个铁环的生锈的铁锁……他的眼前突然出现了可怕的一幕:又十年过去了,后来者走进这个房间,积满灰尘的地板上,只趴着一副戴着镣铐的骷髅……他不敢再想下去,突然朝着大门撕心裂肺地大喊起来,大姐!大姐!快来人啊!

他的喊叫声在空旷的客厅里回荡着,仿佛连门都出不去。

喊声一停,世界一片寂静,毫无反应。

他一屁股坐在地上,疯狂地搬起了右脚,用左手撸铁环,那一瞬,他甚至连这只脚都不想要了。铁环的边缘切进了脚后跟薄薄的皮肉,钻心的疼痛使得他大叫一声,绝望地倒在地上。

他像撒泼的小孩一样躺在地上,号啕大哭。

大哭过后,他愣愣地望着天花板。新生活……才刚刚开始,不能就这么结束!他咬牙切齿地想。

他开始理智地想起办法来。不能再激怒她了,那个疯子。暂时先认下"老唐"这个身份。

那么,那个"李嘤乔"又是怎么回事?想着她那副咬牙切齿的表情,想着她要将"李嘤乔"那"婊子"生吞活剥,他一下就明白了,这"李嘤乔"肯定是把她拱翻,自己上位了,当起了老唐的"婊子"。

他苦苦思索,从记忆深处拼命打捞相关信息。突然,脑海里灵光一现,跳出了一个名字——唐跃蛟。此人他曾听洪齐天当故事说过,多年前开发楼盘失败,跑路了,扔下一个叫刘灿烂的女人,好像说精神出问题了。

难道是他?

难道这疯子就是那姓刘的?

苦肉计的方案在头脑中渐渐清晰了。

他最后掂量几番利弊,终于下定决心打消了最后一丝犹豫,鼓足所有的勇气对着窗外声嘶力竭地吼叫起来,灿烂!灿烂!我错啦!

# 11

灿烂!灿烂!

他的嗓音都嘶哑了,人再也支撑不住,坐在了地上。终于,在某一声嘶吼的间隙,他隐隐听得外面似乎传来高跟鞋的橐橐声。他的心都悬起来了,声音突然降了八度,无比轻柔,充满希冀地说,灿烂……你回来啦?你听我说呀……

大铁门吱呀一响,刘灿烂从门外进来了。她跺跺脚,掸了掸头上肩上的雪花,冷冷地望了他一眼。一声不吭地朝沙发走去。她把手里的塑料袋放在茶几上,从里面端出一盒泡面,埋头吃起来,看都不看他一眼。

他的心凉了,但还悬在那里等待着。本来他以为她会继续审问他,他把词都编好了,只管顺着她的心思说。没料到她不给机会。咋办?他只有涎着脸主动表白。可一旦面对面,他发现那些话他真说不出口!他下定决心,打算把那些话像抠酒一样,忍着恶心吐出来。他终于涎下脸,堆出丑陋的谄笑说,灿烂……当年,是我错了。

刘灿烂对着眼前的面条冷笑了一声,继续吸溜吸溜地吃面,看也不看他一眼。

他饿得前胸贴着后脊梁,但他克服虚弱,眼巴巴地望着她,心里焦虑地盘算着下一步说啥。

她吸溜够了,点上一支烟,长嘘出一道烟雾,扭过脸冷笑地看着他道,错啦?真觉得自己错啦?

他紧着点头,翻起眼皮偷瞄她一眼,只见她脸上浮起一丝残酷的冷笑,道,我不把你拴上,你能给我认错吗?当年你不是到处说,你对我已经仁至义尽啦,我的一切都是你给的……我不就是你养的一条狗嘛,高兴了就养着,不高兴就扔……你错哪儿啦?

说着说着,她声音中似带出一丝哽咽。

他一惊,偷瞟一眼,见女人眉峰紧蹙,眼圈儿发红,嘴唇都轻微地哆嗦起来。他慌了,这是他没料到的,脑子一片混乱,只觉得必须对自己来狠的。他嘴里慌乱地嘟囔着,我那是狂妄自大!我不是人!军功章里有你的一半儿……情急之下,他连歌词都胡乱抓取来了。

女人定了定神,抹了一把脸。忽然转换了话题,李嘤乔呢? 还跟着你吗?

这是他编好的,他胆子大起来了,动情地苦笑道,自从我破了产,她就跑路了!把我的钱全他妈卷走了,说是要止损! 当初我真他妈的瞎了狗眼! 哪像你啊,到现在还等着我……

最后一句他是灵机一动加上去的,他想套个近乎试试。

哈哈哈……女人仰天大笑,刚才憋回去的眼泪,此时倒给笑出来了。等着你……我他妈等着你……

女人边喃喃重复着,边欣赏小品演员献丑似的欣赏着他。

刚才说那段词时,他脑子里想的是小芹,他自信带进了真情实感,说不定已经讨好女人了。他想趁热打铁,先提个小要求试试。

灿烂……我已经一整天……没吃东西了。能不能……把你那……他怯怯地指了指她剩下的方便面残汤。

可以啊。女人看了他一眼,把烟灰朝方便面盒里弹了弹,手上略一犹豫,把烟头也扔进方便面盒里,然后把那漂着烟头的小半盒方便面端过来放在地上,拍了拍手。

他一时愣住了,半天涎笑着说,灿烂啊……咱不带这样的……这咋吃啊?

咋吃? 你知道我咋吃的吗? 刘灿烂慢慢蹲下身子,与坐在地上的他平平地对视着说,自从那年冬天因为采购吃的错失良机,让你跑了之后,我不敢再轻易离开这儿啦。东西都吃光之后,我就像游击队,挖草根,剥树皮,从地里掏虫蛹……什么没吃过?有一年冬天,实在没可吃的了,我是挣扎着到了公路边,等了一整天没等到一辆车。回房子之后,我躺在沙发上,又冷又饿,昏天黑地,想来想去没啥意思了,我把一整板冬眠灵吃了,想着……就这么睡过去算了……没想到,睡了一个星期,我居然又活过来了……

她的脸扭曲着朝他伸过来,眉峰又那么紧蹙,眼圈儿又那么发红,嘴唇又那么哆嗦起来:

从那之后……我他妈的居然学会了冬眠,就跟蝙蝠,跟刺猬,跟蟾蜍,跟蛇似的……熬不下去了,一板冬眠灵一吃,一星期不吃不喝,一动不动地躺着,连气都不怎么喘了……有一次,让一个流浪汉发现了,给民政局打电话,差点把我当流浪人员尸体给处理掉……知道我为啥不死吗?就因为一口气撑着,一定要等到你。

她一把抹去眼泪,死死地盯了他一眼,站起身,用脚把方便面盒朝他跟前踢了踢,转身到沙发那儿去躺下,不再理睬他了。

女人的故事又一次让他震惊了。她那副表情让他不得不相信她说的是真的。何况,那天中午,他亲眼看见她像具死尸似的躺在那儿。他不能不联想到,姓唐的不知咋的她了,让她生出如此深仇大恨。这联想让他害怕。他又一次后悔扛起了"唐跃蛟"这个身份,他能扛得住吗?这女人会对他咋样?会不会慢慢把他弄死,会不会让他生不如死……可如果此时翻供,只会更加激怒女人,只会更失去她的信任。只有熬下去,用忍耐应付女人的种种报复,抚平她的仇恨再说……他忽然发现,不知何时,他对女人的仇恨消失了。如今他对她只剩下恐惧,却没有仇恨,因为她在他眼中的形象越来越清晰,她只是个被侮辱、被损害的疯子。

他抬起眼皮朝她望去,发现她脑袋枕在沙发扶手上,正面无表情地盯着他呢。

于是他拿起那盒方便面,用手挑出那枚她抽剩的烟头,仰着脖子把那盒残汤喝了下去。

他又看了她一眼,看见她枕在沙发扶手上玩味般地看着这一切。

刘灿烂渐渐把她那边的东西都搬过来了。她似乎渐渐适应了,并且很享受和他生活在一个屋子里,就好像孤独的离婚女人豢养了一条什么宠物。但他这条宠物的作用,可不像一般宠物那么简单。

她在屋子里做饭,她自己吃完后,就把残汤剩饭通通倒在最初那个方便面盒里,搅成一团后,放在他面前。

有一次,他没有吃,他很冷静地抬起脸看着她问了句,你还没够吗?

女人愣了一下,冲着他尖声喊叫起来,什么叫够!那年你带着李嘤乔跑路的时候,我还怀着你的孩子!我在那家小诊所叉着两条腿刮宫,耳朵里还听着那个老女人的难听话!等你也尝到这种滋味,我就够了!

他没吭声，但他听出，女人虽然尖声喊叫，但声调里有种外强中干，硬撑着的感觉，不像前一阶段底气那么足了。他估计，经过这一段忍辱负重，女人的仇恨可能已经被他消磨了大半，她现在是硬给自己调动仇恨。是时候了。

他早注意到，女人用大号水笔在他面前的地面上画了四分之一个圆弧。这圆弧实际上就是以墙角里的管道为圆心，以那根拴着他的铁链为半径画出来的。他慢慢看出，这条圆弧实际上就是她给自己画的一条警戒线。与他接触的时候，比如送饭，或者取便盆，她从来不会进入这个圆弧范围内。她是防着他的。

他于是缩到了那个墙角处。她再来送那种狗食饭的时候，发现他缩在墙角里专心地把玩着铁链，不理她。

她也不会傻到把饭送到他跟前。他们就这么僵着。

最后她冷笑一声说，唐僧，你就蜷在那儿吧，孙悟空不会来的。

他这相当于一种变相的绝食斗争。

当他饿得奄奄一息的时候，她终于妥协了。

那天，她又叉着腰站在圈外对蜷在墙角的他说，如果你想体体面面吃饭，那你就接受劳动改造。只有劳动才能洗涤你肮脏的灵魂。

说着，她把一大盆泡好的衣服推进了弧线里。

他看了一眼，发现里面泡的全是她换下来的脏衣服。他爬过来，坐在她给的小板凳上开始搓衣服。里面什么都有，胸罩、小内裤……

从那天起，他开始像人一样体面地吃饭。不过，她劳改他的项目也越来越多，包括做饭、劈柴、洗衣、修理一些她的小东西。她把要做的活儿推到那个弧线里，由他把一切做好后，再推出弧线交接给她。

有一天，他正在给她搓洗衣服，肥皂泡蓬松硕大，在盆里堆得冒了尖。忽然，他感到头皮奇痒难忍。他伸手去抓头皮时，大约把一堆肥皂泡蹭在了头上。他忽然听到扑哧一笑。他寻声望去，只见她正躺在沙发上，头枕着扶手盯着他，脸上的笑容还未及褪去。他瞬间感觉，那是个真笑，不是冷笑。他竟然鬼使神差地回了她一笑。她愣住了，他也愣住了。二人之间一阵尴尬的沉默。

第二天，吃完饭之后，她要求他给她唱歌，并且列举了几首。

他坚决不答应。他说，他只接受劳动改造，不包括别的。

她的脸顿时阴下来了。她说这些都是她过去为他做过的，要想赎罪、洗刷灵魂,必须一一来过。

望着她阴下去的脸,不知怎么回事他就害怕了。他害怕失去眼下这种相对和谐,极个别时刻甚至不无温馨的气氛。在被铁链子拴着的情况下,这就是所能争取到的最美好的生活氛围了。

他只得别别扭扭地开了口。为了冲淡心底的尴尬屈辱,他故意野腔怪调地胡唱,边唱边看她的反应。她真被逗乐了,半躺在沙发上不错眼珠地看着他,甚至脸上都浮起了难得的红晕。

无聊的时候,她慢慢地开始跟他讲起他俩以前的生活。她讲的是美好的片段,不再像过去一样毒汁四溅地谴责揭露。她甚至还提到了做爱的片段,称他为"青面兽"。

他一时纳闷地问了句,青面兽? 啥意思?

她笑着说,忘啦? 是我送你的外号,只有咱俩知道,就是你屁股上那块碗大的胎记嘛!

那一瞬间,他忽然灵光一现,觉得机会来了。

第二天晚上,他一直观察着她,给她唱了几支十年前的流行歌曲,瞅着她心情最好的那一刻。他忽然收起笑容,无比诚恳地看着她的眼睛说,灿烂,有件事,不知当讲不当讲。

你讲嘛。

我真的,真的,真的不是唐跃蛟。我知道,你想报仇,也许还想改造他,但如果一切都用错地方,你不也是白费吗?

她愣住了,眼神复杂地望着他。

他下定决心,背过身,把衣服一件一件地脱掉。最后把他那两瓣屁股对着她。他深知,那两瓣屁股虽谈不上白净,但绝无什么胎记麻点。

身后一片沉默,片刻之后,忽然传来一声撕心裂肺的哭号,又遭骗了! 你们又把我骗了! 我这啥命呀,我咋活呀……

身后传来噔噔噔的脚步声。

他转身一看,她跑出去了。

她这一晚是咋过的,他不知道。他甚至稍稍为她担了点心。她的东西可都搬过来了。

他可是睡了深沉踏实的一觉。

第二天一早醒来,她仍然没回来。他爬起来,拖着铁链走了几步。突然,他发现地上有东西在闪光。他仔细一看,是两把钥匙,套在一个钢丝环里。他先是有点纳闷儿,这东西哪儿来的?突然脑子里灵光一现,他蹲下身子捡起钥匙。他盘坐地上,搬过右脚,左手拿着那把钥匙往那把铁锁的锁眼里捅。他的手抖得厉害,耳朵听到心跳在轰鸣着,轰!轰!轰!终于捅进去了,然而,拧不动!该死!他不信,他又换另一把钥匙,这回只听咔嗒一响,锁了他整整一个月的那把铁锁,终于打开了!

## 12

他提着棍子,来到她曾经寄居的那座别墅前。门依旧开着,他推门而入,瞬间幻想过她瑟缩在沙发一角,求饶地望着他的样子,但室内空无一人。这是他料到的。墙角的简易衣橱里,没剩下几件衣物,都是夏季的。他知道,冬天的衣物她都拿到他那边去了。所有的房间他都搜了一遍,不出所料,没人。厨房里剩的一点菜也都蔫巴了。菜都拿到他那边去了,他知道。

他出门看了看,决定从最近的那套别墅搜起。不知为何,他有种预感,她没处可去,还在这座鬼城里藏着呢。他进入一座又一座破败凄凉的别墅,不知为何,在经历了如此多的折腾之后,他再也没了初来此地时的恐惧,好像已经习惯了这个地方,好像这里成了他的所谓第二故乡。

找着找着,他有点茫然。他找她干什么呢?清除隐患?他相信女人的计谋不可能第二次得逞。报复?对,他是想揍她一顿,甚至狠狠地揍她一顿!哪怕为了挽回点男人的面子,哪怕为了那难堪的一个月。但是,揍完呢,他该拿她怎么办?她又不是他的仇家。她虽然在他身上发泄仇恨,但他很清楚,她是搞错了对象。在这件事上,她有点疯癫,甚至有点可怜。他没有真的恨过她。更何况,最后那几天,她对他其实越来越好了。他不由自主地想起了最后那几天的"劳动改造",洗衣服,做饭,修理小物件,唱歌……他都把她给逗笑了,脸上都现出了红晕。她到底要什么?这个疯女人!其实,她不就是想要个家吗?想要一个拴在身边的可靠男人,这和他的想法是一致的……

他搜到了西北角的那座13号别墅。这座别墅的周围种了很多树,芦苇也长得十分茂密。就在他一片茫然,不知该不该继续搜下去时,他听到了一阵低沉的、可怕的呼噜声。他惊慌四顾,右前方的芦苇丛一阵摇动,他终于再次看见那个肥大的东西了!这回他看清了:那东西一身黑色鬃毛,尤其头顶的一列鬃毛,像迎风旗帜似的一直飘展到背脊。粗壮野蛮的鼻子前拱着,两颗獠牙从唇边锋利地龇出,两只圆圆的小眼睛死死地盯着他。一线涎水从唇边流挂下来。

他稍稍一愣,转身就往回撤。开始他没敢大跑,直到身后响起沉重激烈的足蹄踏动声。

他使出平生之力撒腿狂奔,但腿始终有点发软,而且越来越软。那条延伸到山谷的坡道在眼前剧烈地颠簸起伏,沉重的足蹄踏动声却越来越近。他忽然意识到不能跑大路!他一闪身跑进别墅之间的小巷子里,然而,那东西不傻,穷追进来。跑到一片花圃跟前时,他脚下一软,摔了个眼冒金星。他绝望地回头一看,一个女人已经从花圃里蹿出来,挡在他前面,与野猪对峙着。

他爬起半个身子,认出那是刘灿烂。只见她张开两手,朝那头野猪轻声呼唤着,尤尤……尤尤……声调极尽温柔,但也饱含着紧张的颤抖。

他愣愣地坐在地上,还没容他反应过来,野猪已经翻脸了,猛向前一冲,拱倒了女人。

女人在地上蜷作一团,像一条被打了农药的害虫似的挣扎蠕动,嘴里发出痛苦的嘶嘶声。

野猪看了看女人,转身跑走了。

他跳起来跑到女人身边,见她脸色苍白,右胁下已渗出一片鲜血。

它不听我的话了……她仿佛惭愧地嘟囔了一句,就合上了眼睛。

刘灿烂不上医院,她说她没钱。

尽管对她的动机有所怀疑,但他还是伺候上她了。就像前些日子一样,只是他没给她拴链子。

有时,他望着躺在他床上的女人,忽然记起,他都忘了揍她了。

就算野猪帮他揍了她,而且揍得不轻。他这么想。觉得他和她之间的事情,越来越好笑了。

他越来越相信她的话,她真的在这里守候了十年。

受伤那天,她让他进城搞来一瓶七十六度的衡水老白干。

她把老白干倒在小碗里,点起一蓬蓝色的火苗,捏着一根弯弯的小针在上面烤了烤,往针眼里穿上一种特殊的线。随后她半靠在床头上,把内衣撩起来。

猛灌了几口老白干之后，她一边打着酒嗝儿，一边龇牙咧嘴地在那个小洞上穿针引线，全程不要他插手。

她还让他到她原先住的那套别墅的厨房里找一包草药带来，熬水捣烂之后，涂抹在右胁下的那个缝起来的肉缝上。

眼见着她伤势一天天见好，一种感觉越来越暖上心头，在这座荒城里，他终于有个伴儿了。

## 13

老唐！

李高唐刚把两桶水倒进水缸，身后就传来刘灿烂的呼唤。他心里一阵别扭。自从那个激情之夜后，不知咋的，她又开始叫他老唐了。

我是高唐，不是老唐。他努力笑了笑，纠正了她一句。

但她诡异地笑着，半天才道，你在别处是什么唐我不管，在我这里，你永远是老唐。

看着她脸上那丝诡异的笑，他的心颤了一下，她是又迷糊了，把他当作唐跃蛟了吗？不像。可她为什么非叫他"老唐"呢，她的心思无法捉摸。他无奈地说，老唐就老唐吧，名字就是个代号，关键你把人认准了。

他在她身边坐下。她说，老唐，眼下这份日子来得不容易，希望你好好珍惜，不要重蹈覆辙。

他不安地看了她一眼，说，那是自然。

你不会对我搞鬼吧？

她盯着他，眼神儿里微微放出一丝凌厉。

咋会呢？他有些莫名其妙，也有点不高兴。

你听……那个人又来了。

她把食指竖在嘴上，眼珠向外瞟了一下。

他一愣，凝神倾听片刻，远处，隐隐传来马达声。

她看着他道，昨天上午他就来过，扒着窗子往里看——不是你的人吧？

他愣愣地看着她，说，我的人？昨天上午我拉货去了，你知道的。

到门口了。她压低声音，指了指门。

他疑惑地走过去,猛一把拉开门。

哥,我来看看你。柴招风先是一个惊退,接着冲他尴尬一笑。

他把柴招风让进了门。

这就是我包工程时的那个小兄弟,柴招风。他压着一丝不安给刘灿烂介绍着。

这是……柴招风诡笑着看了一眼半躺在床上的刘灿烂。

你嫂子。

哎哟喂……嫂子!柴招风夸张地亲热着,两步并一步跨到床前冲刘灿烂伸出了手。

刘灿烂不伸手,脸上阴晴不定地盯着他,突然问道,你,昨天就来过吧?

柴招风尴尬地缩回手在裤腿上擦了擦,目光瞟到了李高唐脸上。李高唐严肃地望着他轻轻点了下头。

噢……来过……来过。柴招风边说边伸出手,隔着毛线帽搔弄着头皮。

昨天咋不进来?刘灿烂眼睛依旧盯着他不放松。

昨天……似乎抓头皮抓出了主意,柴招风脸上现出一丝涎笑。昨天我哥不在,我以为嫂子坐月子,就没敢进。

坐月子? 哈哈哈! 刘灿烂爆发出一串纵情大笑。兄弟,你真滑稽……逗死我啦……哈哈哈!

面对这一串纵情大笑,柴招风的背不由得又弯下去一分。他机灵地转向李高唐,开启了新话题,哥,想不到,你真把这里开发出来啦! 真太美啦……连嫂子也顺便开发啦……

他压低嗓门一个涎笑,然后就羡慕地环顾着周围雪白的墙壁、墙上挂的油画、头顶的水晶大吊灯。

哥……你带我上二楼参观参观吧?

有啥话你就在这里讲。这么远的山沟,你来两趟也不容易。刘灿烂插进话来。

他妈的! 他不该心虚地瞟刘灿烂那一眼,这女人眼里是揉不得沙子的。柴招风果然又目光虚弱地瞟到自己脸上来了。李高唐只得闭上眼睛轻点了下头,意思是顺其自然吧。

是这样,嫂子……我哥跟我说过,他一个人住这里太孤单。柴招风紧张地舔弄着嘴唇,干咽着唾沫。我哥当时的意思是,让我过来陪他住,就住二楼。

柴招风说罢,心虚地望着刘灿烂。

你哥说了不算,这房子是我的。不但这座房子,这一片房子都是我的。刘灿烂眼神凌厉地盯着柴招风。

噢……那……柴招风没办法了,又来瞟他。

这样,你不是要参观二楼吗? 你参观去吧。我跟你哥有话说。

柴招风瞟了他一眼,他又垂了一下眼皮。柴招风只得一步一回头,依依不舍地上二楼去了。他则走到了床边。

你想干啥? 她神色凌厉地望着他。

他想了想,决定坦然讲实情,都到这一步了,他有啥可隐瞒的。灿烂,确实是我让他来住的。那时候,咱们还不认识,没来得及向你汇报……

我不管你啥时候,你要是搞我的鬼,我跟你鱼死网破,办法我有的是! 刘灿烂目光凌厉地盯着他,随后瞟了一眼墙角,那堆铁链子还堆在那儿。

他心头一凛,伸出两手抱住她的膀子,语气诚恳地说,灿烂,我的身世前两天都告诉你了,活到这一步,我还有啥鬼可搞的? 我就想有个家……但是你想过吗,就咱两人,在这荒山野岭是活不好的。水的问题、取暖的问题,将来还有不知啥问题,都没法解决……人多才力量大! 人多才人气旺! 人气旺,才能镇住这里的邪气……那群野猪还没走,山谷里还有不知多少……想想吧。

他坐到了床沿上,伸出两手温柔地揽住她的双肩抚弄着,两眼温柔而期待地望着她。

二楼不行,你让他住隔壁去。别忘了,这幢房子是你当年许给我的。她目光灼灼地盯了他一眼。

## 14

窗外白雪皑皑,冬往深里走了。屋檐上垂下的冰溜子,仿佛天空中悬垂而下的水晶根须,又仿佛凝固在空中的一道道瀑布。沿坡而下,一座座别墅的屋顶上,都积着厚厚方方、轮廓柔和的一层积雪,远远看过去,就像蛋糕店玻璃柜里摆放的一只只造型别致、充满童话色彩的奶油蛋糕。一窝一窝的树丛结满雾凇树挂, 万千玉树琼枝在视野里由近及远铺展开去, 一直蔓延到对面的山头上。寂静的冬世界，真像走入了童话秘境。

李高唐轻轻叹了一口气，收回了眼神。

室内炉火燃得呼呼响。牌桌前的刘灿烂脸色红润，惬意满足——她再也没冬眠过。但她不知道李高唐的心思，他担心的是，人气怎么才能聚拢。

哥，出牌呀。柴招风催道。

他神思恍惚地打出一手牌。

哥，不好意思了。柴招风亮出底牌，伸手把桌上的钱拢到自己怀里。

李高唐看了他一眼，忽然问道，大葵呢？她咋不来？

担水去了。柴招风把手里的钱搓个扇面看了眼，塞进口袋。

大雪天，你让女人担水？刘灿烂瞪眼看着他。

女人不就干家务吗？要不养个女人干啥？柴招风不无挑衅地瞟了眼刘灿烂，又得意地瞟了眼李高唐。

老柴，咱们劳动新村可是靠劳动入股的。你不劳动，股权可要缩水的。刘灿烂皮笑肉不笑地盯着柴招风道。

谁说我不劳动？屋里瓷砖、刷墙不都是我们男人干的，是吧李哥？

李高唐意味深长道，兄弟，你嫂子说的劳动入股，意思是你要对咱劳动新村的公共事业有贡献。

柴招风半张着嘴，一脸茫然。

这时，远处忽然传来大葵歇斯底里的号叫。李高唐一惊，情知不妙，说，拿棍子！

三人赶到西区那边时，见大葵正连滚带爬地朝他们这边奔逃，两只水桶顺着坡道向下轱辘。

白雪地里，追着大葵的那头黑野猪显得十分刺眼，它看到提着棍子的三人，才刹住脚，呼噜了几声，掉转屁股朝它自己的13号别墅跑去。

柴招风扶起气喘吁吁归了队的大葵，不满地嘟囔道，不是关照你了嘛，别往13号那边去！

大葵哭咧咧道，那我要绕多远！老子腰杆都累断啦！

李高唐忧心忡忡地看着柴招风，兄弟，这吃水的问题，要靠你啦。

柴招风纳闷儿，靠我？

你乡下那哥们儿，不是打井队队长吗？

## 15

满堂哥,只要你把井给咱打了,把水通上,这一排别墅,你随便挑! 柴招风在他自己画的别墅区平面图上豪迈地一划拉。

屋子里炉火烧得很旺,打井队长高满堂两颊红扑扑的,似乎还没从迷醉中清醒过来。他又环视了一圈这刚装修出来的别墅,瓷砖、油画、水晶大吊灯、家具、厚重的窗帘,室内的豪华簇新与室外的老旧形成鲜明的反差,造成一种诡异的、梦境般的印象。

打个井,就能换来这么一套房? 他不相信地又问了一遍,眼神中充满了老实人的迷惑和担忧。

要我说几遍? 哥! 两家你都看了!

有房产证吗? 高满堂怯怯地问了句,仿佛为自己的得寸进尺而心虚。

我不是给你说过了嘛,唐跃蛟破产跑路都十年了,这片别墅当年就抵押给我们刘董事长了! 刘董事长就是当年唐跃蛟的夫人,姓唐的债,是刘董事长倾家荡产偿还的。这抵押来的房子,一时是办不了房产证的。要不能让你打口井就劳动入股啦? 看,这就是当年唐跃蛟跑路的新闻,你看看,都十一年了! 说不定他都入土为安了,你怕啥?

高满堂接过柴招风递来的手机,盯着那张新闻截图仔细看了半天,忽然把狐疑的目光投在了李高唐脸上,讪笑地说,这唐跃蛟唐总……不是这位兄弟吗?

你啥眼力! 就会打窟窿眼儿! 柴招风夺过手机恨铁不成钢地指点着说,我们李总跟当年的唐跃蛟长得是像了点儿,可唐跃蛟这照片是十一年前的,你想想,这位要是唐跃蛟,他十一年还停住不长啦? 李总,把你身份证拿给他看看。

李高唐两眼故意狠狠地盯着高满堂,仿佛忍辱负重似的,掏出身份证递过去。

趁高满堂看身份证,柴招风一旁敲着边鼓,道,满堂哥,打个井不要一万块钱,换套别墅住着。冬天带孩子来滑个雪,夏天一家人来避个暑,如果有"小蜜",你把她安顿在这儿,我替你照顾着……

放屁! 我们劳动新村是有底线的! 一旁传来刘灿烂的呵斥声。小柴,你别低三下四的! 高兄弟要看不上,昨天还有人跟我联系了。咱们这劳动入股,也是根据开发的需求,一个需求,也就只有这么一次机会……

刘灿烂把烟头按死在烟灰缸里,作势欲走。

柴招风连忙拉住,董事长别生气,让满堂哥再想想。

高满堂抬起头看了周围人一圈,咬牙吐出一字,行!

高满堂的打井机开进来了,寂静的山谷里,空压机的突突声和钻机的呼呼声四面回荡。

高满堂一家人都来帮忙了,李高唐带着柴招风也加入了劳动的队伍。随着井筒向地底深入下去,出土量越来越大。李高唐带着柴招风和高家的男人小车不倒只管推,干得热火朝天。严寒冬日,男人们的头上冒着热气,脸上洋溢着建设家园的热情。

高家的儿子甚至按照打井的规矩,围着钻机插了四面红旗,在穿谷风的鼓荡之下,红旗猎猎飘动。

李高唐停下手推车擦了把汗,他朝台地上放眼望去,只见在第一台地上,如今已经有三套别墅冒起了炊烟,三道淡蓝色的炊烟在雪野的山谷中随风飘荡,渐渐与天空融为一体。鼻子里飘进一股肉香,甚至酒香也提前混进来了。他知道,那是两个女人在给大家炖晚餐的肉呢!

他想,趁热打铁,改日把刘二棒叫来,一起到洪齐天那里把那台小锅炉弄回来。他要给大家通上土暖气。

## 16

姓李的! 你欺人太甚! 你他妈的要把我挖空呀!

洪齐天从椅子上忽地一下站起来,不知何时蓄起来的一把山羊胡子气得直哆嗦。只见洪齐天朝李高唐直冲过来,刚冲两步,想起了什么,转身拿起椅子边靠着的竹竿,一路哆哆嗦嗦地捣着地朝他冲过来。

李高唐转身出了门,不料洪齐天捣着拐棍还跟了个紧,一直跟到院子里,突然在他身后跌坐在地,一把抱住他大腿不撒手,今天不放下东西,你别想走!

李高唐没料到这撒泼手段,边弯下腰掰他,边低声呵斥,老洪,你欠老子六十万,老子还没搬够呢!

洪齐天仰脸尖叫,你六十万算个屎!老子还欠别个六百万、六千万呢!搬东西你狗日的也排不上号儿!

见他撒泼,李高唐冲刘二棒使个眼色。刘二棒上前,双手从洪齐天两胁下抄进去,一把就将洪齐天从李高唐大腿上撕下来,嘴里嘟囔着,老哥歇歇,老哥歇歇……

洪齐天两腿乱蹬着,两手去掰刘二棒箍住他胸脯的胳膊,无奈那两条胳膊就像铁打的,根本掰不动。洪齐天活像个被人捏住脊背的螃蟹,四肢在空中徒劳地舞动着,嘴里乱叫,你狗日的明抢啊!老子要报警!放开我!

李高唐让随车吊司机抓紧吊装那台锅炉。司机盯着他道,你们这……到底咋回事?

李高唐不耐烦地拿出欠条给他看:他狗日的欠薪,都是家里乡亲的血汗钱。

司机狐疑地看了他一眼,上车操作,将锅炉吊上货车。

那边刘二棒坐在那把靠椅上,像个尽职尽责的保姆,紧抱着洪齐天不撒手。洪齐天也挣累了,只剩张嘴喘着大气,你狗日的良心黑了,抢我个瞎老汉,老子要报警,你等着!

开车出门的时候,李高唐无意间从后视镜里看到,那个随车吊司机被洪齐天拦住,二人不知说些啥,只看见洪齐天把什么东西往吊车司机手里塞。

哥,再把那群野猪赶走,那套别墅就归我啦?

刘二棒侧过脸,一双烂红眼充满希望地盯着他。

放心,哥说话算数。

那,啥时候赶野猪?

咱们帮着姜师傅先安锅炉、装暖气,这个活儿一完,咱们就赶野猪!

没问题哥!我打头阵。不过,那个姓洪的,我看不像瞎子。

咋的?他心里一惊。

他是装的。刘二棒说,他看得见。

刘二棒的说法戳中了他的心事,他想起刚才洪齐天从靠椅那边冲过来时,都迈出两步了,又掉头回去拿竹竿的场景。

李高唐的车从峡谷里快开出来时,在最后一个拐弯处,他从后视镜里望见有辆车跟在后面,随着一拐弯,那车看不见了,但他觉得眼熟。

他把车刹在了路边。

哥,咋啦?

好像有辆车在后面跟着。

李高唐给刘二棒发了根烟说,咱等等。

一根烟抽完,后面没动静。

二棒,你下车,躲在那丛草棵子后面。如果有车过来,你帮我盯着点,看是啥车。待会儿我来接你。

李高唐把锅炉卸下,交代给安土暖气的姜继铨后,就开车来接刘二棒。刘二棒困惑地说,你走后不久,后面就来了辆车,你猜是啥车?

啥车?

就是给咱们装货的那辆随车吊。过去之后大约二十分钟就返回来,然后就回城了。

李高唐心里一紧。

咋的啦哥?

没啥没啥。

当天晚上,李高唐犹豫很久之后,问刘灿烂,灿烂,有个叫洪齐天的,你认识不?

刘灿烂道,认识呀。当年干工程的。

他和这片别墅有关系吗?

当年唐跃蛟把土方给他了呀。你咋认识他的?

也是干工程认识的……哎,我问你,如果唐跃蛟来找麻烦,咋办?

他敢露面! 他欠着一屁股债呢! 他敢来我收拾他!

对! 李高唐的眼睛在灯光下渐渐发亮了,咱把人搞得多多的,对付他!

## 17

机井打好了,水泵也安完了,可是把水通到每家每户,还得挖管沟,铺管道。锅炉虽然立起来了,把暖气送到每家,工程也还遥遥无期呢。李高唐这两天为人手不够深感头疼,正考虑招募新股东。刘二棒却按捺不住了,天天围着李高唐催问啥时候赶野猪,看到别人家都像模像样了,连暖气都快通上了,他的别墅还让一群野猪霸占着,想起来就气不打一处来!

李高唐不得不放下盘算安抚刘二棒,今晚就行动!

他隐隐觉得,刘二棒亏待不得,将来还靠他发挥大作用呢,名目他都想好了,封他个保安队队长。

当天下午,刘二棒提着斧头打头阵,李高唐和柴招风各提着大砍刀作为第二梯队,高满堂和姜继铨家的男人们提着铁棍镐把殿后,一行人朝13号别墅摸过去。

按照经验,那头长着獠牙的野猪是看家护院的,闻到生人气息,它定会率先冲出来。但它绝不敢进攻这么多手持武器的男人,只要把它先赶走,院子里的其他野猪就不在话下了。等占领了院子,把大铁门加上锁,就不怕野猪的骚扰了。

越靠近那座藏了不知多少头野猪的别墅院子,队伍前进的速度就越慢。那头"獠牙"始终都不露面。

哥!高满堂在后面用气声紧张地问道,你指定野猪就在这院子里?

李高唐回过头,狠狠瞪了这扰乱军心的家伙一眼。他发现,后面这一群人,有的已经开始紧张地朝四处张望,似乎担心野猪会从周围其他别墅里窜出来,似乎野猪会从任何方向突然窜出来,似乎大伙已经掉进了野猪布好的包围圈或口袋阵什么的。

队伍在离院子十米远的地方停住了,谁都不敢再前进一步。时间分分秒秒地流过,空气都仿佛凝固了。

哥,进院子吧,这样下去不是个事啊。

刘二棒不停地回头看大家,心急如焚。

李高唐心里一番挣扎过后,沉声道,进院子!

刘二棒打头阵,提着斧头迈进了大铁门。柴招风还在看他,被他一个狠眼色逼进了大门。他们刚进门,就听柴招风口里嘶的一声,眼前一头黑乎乎的庞然大物直朝刘二棒猛扑过来。

獠牙!他心里一紧。

好个刘二棒,要房不要命,抡起斧头就朝野猪头上猛劈下去。只听咚的一声闷响,斧头仿佛劈入了千年老树干,连空气都在震颤。獠牙头插斧头朝斜刺里撞过去,正冲着柴招风。柴招风咬牙抡刀照猪脸猛劈,只觉得刀砍硬木般地

207

震手,一股力道已经把自己甩墙上了。獠牙顺着劲往前冲两步,歪着身子开始原地转圈圈儿。忽听刘二棒那儿一声怪叫,一头不带獠牙的野猪正冲刘二棒拱去,而他的斧头早就搠进獠牙脑门,不知甩到哪儿去了。

刘二棒被一头野猪拱倒,正遭受着啃咬踩踏等一条龙式的报复。

招风,上呀!

李高唐不知哪儿来的一股勇气,抢刀朝那头野猪脑袋劈去,柴招风也跟上来胡乱砍着。不带獠牙的野猪嚎叫着躲向一旁。他赫然看见,屋子里还有野猪汹涌地朝外冲,只是一时被门卡住出不来。

快撤!

他和柴招风架起刘二棒就朝门外跑。

出门才见,高满堂和姜继铨家的男人都站得远远的,吓傻了。

当晚,大家来到王座别墅里,看望受伤的刘二棒并商量对策。

刘二棒其实没啥大事,就是被那头野猪拱伤了。幸亏那头野猪没长獠牙。

刘灿烂讲,没长獠牙的是母野猪。最近野猪比较凶悍,估计是窝里带着仔呢。以前她和那群野猪都是和平相处的。

如今你要占它的窝,它肯定跟你急。刘灿烂分析说。

那咋办呀?刘二棒急了,往起一挣,疼得龇牙咧嘴。

李高唐在原地转着圈子,绞尽脑汁想办法。

按说野猪也是猪,想不到这么凶残!根本不敢往前靠嘛——要是有几杆猎枪就好了。柴招风在一旁嘟囔着。

就是就是!高家和姜家的男人们连连点头附和。

听到这里,李高唐突然灵光一现。

## 18

时近年关了,公安局指定的炮仗销售点生意火爆,店主一改平日的低三下四,一脸不耐烦地厉声吆喝着维持秩序,排好队!都给我排好队!他妈的我不卖了!

大家无奈地花插着排好队,队首涎笑着虚哄发怒的店主。店主这才吊着脸重新开始卖货。

好不容易轮到了李高唐,他心中竟莫名地有些紧张。

来一百杆彩珠筒。他把脑袋凑到店主跟前,压低声音道。

一百杆?你要那么多做什么?店主脸上先是惊讶,再是警惕。

李高唐心里一紧,担心后面排队的哄闹,赶紧压低嗓门道,村里有群野孩子不好哄弄,一人给发个十杆,大家过个太平年。

店主狐疑地把李高唐上下打量一番,身份证!

幸亏带着。李高唐把身份证递给店主,店主吊着脸觑了一眼,塞还给他。

当他抱着一大捆彩珠筒挤向店门时,后面队伍已传来窃窃私语。他一出门,就听身后有人冲店主叫嚷,我×!都叫他一个人买走啊……

囤积!

他加快脚步朝货车跑去。

当夜,李高唐开着货车慢慢靠近13号别墅。刘二棒坐在副驾驶位,轻伤不下火线,他非要亲自炮打野猪司令部。

停好车,李高唐端起望远镜朝13号别墅瞭望。别墅趴在黑暗中,只是一片黑黢黢的轮廓。这不行,连窗洞都看不见。他想了想,硬着头皮打开大灯。别墅的身影在黑暗中猛地浮现出来。猫在后面的柴招风也把脑袋伸到前面来了,两个眼珠亮晶晶地浮现在黑暗中,眼神紧张地望着别墅方向。刘二棒一手举着彩珠筒,一手举着打火机,咬牙切齿地死盯着别墅。

先朝屋里打,好像都在屋里。第一杆打了后,盯住炸点位置,再调整角度,不要浪费弹药。就打那第二个窗洞,里面趴的多。

李高唐端着望远镜,活像个炮兵侦察员,指挥着炮手。注意……点火!

刘二棒的手哆嗦着揿燃了打火机,彩珠筒的药捻子像炸药包的导火索似的喷溅着火星咝咝地燃烧起来。

噗!一颗橘红色的彩弹拖曳着光焰的长尾射向13号别墅。可惜没打进窗洞!只在窗户右上角的墙壁上炸开。

红光乍现的瞬间,颤动的镜筒里,李高唐看见屋内野猪纷纷爬起了身,耸起了耳朵。

噗!又一颗绿色彩弹射出,这回是拖着一条绿光尾巴,直钻进大卧室的窗洞。一刹那,室内绿光灿然,伴随着爆炸的轰响。只见一群绿色的野猪一个个腾地跳起,狭小的空间瞬间变成一片足蹄踏动、狼奔豕突的混乱场景!

狗日的！叫你睡！刘二棒的脸上露出了狰狞的笑容。

接下来,刘二棒如有神助,弹无虚发。颗颗彩弹奔袭一个个窗洞,爆炸声伴随着五彩缤纷的光焰,野猪群在院子里、在巷道间东奔西钻、鬼哭狼嚎⋯⋯"宜将剩勇追穷寇,不可沽名学霸王!"刘二棒的彩珠筒对着群猪是追着打,压着打,挖着打!打得野猪群四散奔逃,溃不成军。连一旁的柴招风都按捺不住,也举着一杆彩珠筒挤到窗口体会一下炮打司令部的痛快⋯⋯

连续作业两个晚上,他们终于相信野猪清零了。

第三夜,当他们终于安安静静地摸进别墅的客厅时,眼前赫然趴伏着一头巨大的野猪,三人惊跳,却发现野猪一动不动。仔细一看,是獠牙,死在岗位上了。

## 19

小年夜,李高唐与柴招风、高满堂等最早入股的几家老户联名宴请新招募的股东们,弄了一百只椒麻鸡,号称"百鸡宴"。新股东们,其实大多是以前跟着李高唐干工程的家乡子侄们。在刘灿烂的策划下,这帮人债转股,纷纷加入了劳动新村的建设。有了这帮人的加入,各项工程进度都开始快速推进了,整个劳动新村一片热火朝天、欣欣向荣的景象。连卖瓷砖、沙子、水泥等建材的商户和供应蔬菜日杂的小超市老板都入驻了。

李高唐在水晶大吊灯下高举酒杯发表演说,号召大家"共同建设家园,共同抵御风险",宣布了新村的章程,当场提拔刘二棒为保安队队长。

人生能有几回搏,干!李高唐和刘灿烂一口喝干碗中酒。众人纷纷响应。

席散之后,李高唐酒兴不散,在刘灿烂的搀扶下,抱着剩余的彩珠筒,摇摇晃晃来到别墅大门口。

我要来他个二十四响礼炮,庆祝这个值得纪念的日子!

一颗颗彩弹腾空而起,先快后慢,冉冉升入夜空,最后以一声声震撼的轰鸣释放出朵朵奇葩。奇葩在夜空中此起彼伏,争相绽放,连月亮都抱愧退场,不知所终。

红黄蓝绿,阵阵光焰照耀下,放眼望去,一座座别墅都亮起了灯火,暖黄温馨的窗户上,可见一个个黑色剪影像皮影戏里的人物,为了家园辛勤质朴地劳动着⋯⋯

# 尾声

洪齐天的通风报信终于把唐跃蛟给招来了。看到当年摆烂的项目如今又生气勃勃了，唐跃蛟的心像冻蛇似的复活了。他招来旧部打算继续开发扔下十多年的项目，组织清房队赶人。刘灿烂则率领着劳动新村的人马与唐跃蛟展开了一番智勇双全的激烈斗争。因着当年欠下了刘灿烂的滔天情债，再加上跑路期间，大量债务是刘灿烂倾家荡产摆平的，唐跃蛟终于低下了他那颗无赖的头颅，以给刘灿烂分配股权的名义，承认了她的产权和这一伙人的居住权。

李高唐等一众"荣誉村民"在他们的"劳动新村"安然定居下来。他们那市井底层的热烈泼辣而又冥顽不灵的做派，在这片别墅区构成了一道独特的风景线，引来无数闲人甚至文人的好奇观望。对李高唐来说，最为惬意的是，刘灿烂再也没叫过他"老唐"，她为他正式更名为"高唐"。

【作者简介】张弛，中国作家协会会员，鲁迅文学院第23届中青年作家高研班学员，乌鲁木齐市作协理事。在《当代》《十月》《花城》《北京文学》《上海文学》等杂志发表长、中、短篇小说百余万字，作品曾被《小说月报》《小说选刊》《中篇小说选刊》《北京文学·中篇小说月报》等杂志多次选载，并多次获奖。著有中短篇小说集《爱辽阔》《沉重的肉身》等，电影剧本《鬼卡点》《离海最远的孩子》等。

# 断 纹 琴

王 琛

一

春天又回来了。它一度离开了树林、草地、溪水和岩壁，离开了林深处那一片寂静的墓地。当漫山遍野的洁白覆盖了所有过往，时间便死亡般没有了呼吸，一切变得虚无。如今，洁白还没有完全消融，春天又回来了。

我在一片野生的桃林间穿行，潋滟的粉色淹没了我。我必须敛息静气，避免那些热情的花粉透过口罩扑向我，亲吻我的口鼻，让我涕泪横流，让我刚刚下定的决心化为乌有。

又到父亲的忌日，他离开我已经三年了。我决心驱散心里的阴霾，不再让无休止的悲伤、无休止的思念打扰他的清静。

山风浩荡，草野寥寂。我孑立在洁白的大理石墓碑前，像个漂泊无根的幽灵。

身后又响起低语声，是一种抑扬顿挫的念诵，唱经一般。不用看我也知道，是那个瘸腿的老男人。

这片公墓是我老家村里开发的，在父亲去世前两年才建起来。父亲把爷爷奶奶的坟迁过来，还没多久，自己就住了进来。

向阳的山坡上,依山势建出五个区域,像五个小型社区,每一区都是排列整齐的几排墓碑。据说专门请阴阳先生测算过,按周易学说来布局。它背依青山,近守野桃园和黑松林,一条小溪相傍而过,冬日暖阳普照,夏日清风习习,是上好的风水宝地。

父亲住在金区,男人祭拜的坟墓在水区,就在金区的斜上方,不算太远。从第一次给父亲上坟就遇到他,后来又遇到过几次,每一次都能感受他的悲伤,也许是刚好暗合了自己的情绪,我对这个声音有了一种莫名的亲切。遇亲人去世,一般人有个一年半载也就走出来了,我算比较脆弱的,三年了才慢慢缓过劲儿来。那座碑的主人明显比父亲去世早,早多久不知道,但让一个老男人的思念血一样流淌,怎么说都有点怪异。

我取出抹布,将父亲的墓碑擦拭干净,再清理一下周边的杂草。临近清明,墓地严禁烧纸,不时有人前来巡视,所以扫墓的人大都把墓地扫干净,再贴上几串假花,摆些供品。父亲生前有洁癖,不喜烦琐,我便只擦擦墓碑上的鸟粪浮尘就够了。事实上,他的"新家"永远都像我们的老家一样整洁。

父亲是二十世纪六十年代初的大学生,因为成分不好被打回原籍,就再没出过村,在村办小学当了多半辈子的孩子王。经他手的孩子,不管是遇到生活中的困难,还是学业上的难题,都会回来找他,就算是高考也会请他给补习,工作后更是常来看望他。有他在,村里的孩子就很有出息,绝大部分考上了大学,少数没上大学的,也都靠聪明勤奋致了富。当村里基本只剩下老人,大家就开玩笑说让他给养老,邻里有了矛盾也请他主持公道,地位比村长还要高。父亲的葬礼相当隆重,举村哀悼不说,远远近近的学生都赶了回来。之后也常有人来山上拜祭,不管谁来都会为他打扫干净。

我从琴包里取出折叠的键盘钢琴,铺在碑前石台上,跪在地上弹起来。父亲生前最喜欢听我弹琴,不管是不开心还是身体不舒服,我的琴声一起,他就立刻眉开眼笑。每次来扫墓,我都会为他弹上几曲,基本是他没听过的,是为了让他看到我在进步新练的。当然,保留曲目也有,必须排在开场,是有点滑稽的《两只老虎》。这支曲子是我从小在儿童电子琴上比画着弹的,因此父亲觉得我很有音乐天赋。我相信只要这熟悉的琴声响起,父亲就会从那个世界回来,在碑上,在树梢,或是在天边,在任何他可以到达的地方看着我。

远远的白云变幻着形状,越飘越近,停在我的头顶不动了。我抬头望天,心底有肆虐翻涌的泪水,但我强忍着不让它掉下来。

男人不知何时已停止了出声,正面向我坐在石台上,垂着头,仿佛沉醉在我的琴声里。或许,只是睡着了。我虽然没有近距离见过他,但感觉就不是个有艺术修养的人,顶多能听得懂《两只老虎》。

整个墓区都被假花装饰着,唯有父亲和男人祭拜的墓碑什么都没有。并且,当我开始收琴的时候,他却站起身,蹒跚着走了,看来是没有睡着。这些都让我感到好奇,过去我一直沉浸在自己的世界里,没心思过多关注他,今天却不同,我决定等他走远,就过去探个究竟。

石碑前摆放着一只小小的香炉,香灰还没有被风吹散。大理石墓碑很特别,边角处雕刻了四个小小的祥纹,看来他刚刚念诵的还真是经文,确是个信佛之人。墓碑的中间有名字"林秀云",只有这三个字,连落款都没有。墓碑多用隶书,庄重空灵,但如果一块墓碑上只有这么少的字,却显得苍凉萧索,意味深长。我还是头一次见这样的碑,实在想不出尘世间能有什么样的关系,可以不去落款的。天使在人间?拥挤的爱?独角戏?联想到老男人一贯的样子,不禁脑补出一场场情感大戏。

## 二

离开父亲的墓地,我直接去了我的朋友庞夜家。他独自一人住在安定门附近,四室两厅的房子,没有亲人,也没什么社会关系。在邻居眼中,他是个怪人。

我应该是这个世界上,他在工作之外与社会唯一的关联了。鉴于这种唯一性,他让我的指纹拥有了开锁资格。也就是说,不管他在不在家,我都可以像回自己家一样出入自由。当然了,我也不见外,来了就收拾收拾卫生,或是做顿便饭。不请自到地在他这里坐坐,已经成为我的习惯。

假如这世上还有人知道我和庞夜的往来,一定会想入非非,编派出一堆香艳的故事。他正值壮年,我年近不惑,两个单身多年的异性,一直保持着密切的联系。我在工作中遇到烦恼,会说给他听听,生活中有什么困难,也会请他帮忙。他不会主动为我做什么,但只要我开口,他便想方设法地解决。

可是很遗憾,就像天上的星星都有不同的轨道,相距再近也只会擦身而过,我俩永远在各自的轨道运行,从未靠近过一步。

他和父亲一样喜欢简单干净，家里只有最基础的家具，所以偌大的空间越发空旷。装修却是高规格的，尤其是隔音的效果，简直是一流的。因为除了卧室之外，还有琴房、健身房和视听练习房，都是比较扰民的设置，就提前做了处理。

一台满地乱跑的扫地机保持着室内的洁净，也为他孤独的旅行增添着尘世的喧嚣。需要人动手收拾的是床头柜和餐桌椅。他是个勤快人，应该每天都会擦拭，但我偶尔会看到桌上有一些污痕，是没擦干净的痕迹，就顺手给抹一下。很惭愧，来收拾卫生指的就是这个。

时间在这里加快了脚步，八年前就像是昨天。

八年前，我第一次走进这里。那时我还是个正常人，有着正常的情欲和爱恋。为了和我爱了几年的男人做那件事，我做了足够的准备。

我在家里泡了澡，认真化了妆，喷了香水，穿了布少得几乎遮不住重点的内衣。二十出头的我让自己像一枚熟透的果实充满了诱惑。我还偷偷带来了安全套，红着脸在药店买的。这东西由女人来准备，对山村长大的我来说，是颠覆性的挑战，但我知道他没有，只能不管不顾了。我自己的小计划小图谋，我人生中的第一次，当然得自己负责。

那天傍晚，我像一只情欲中的火烈鸟，将洁白的羽毛染成火焰的颜色。我用言语试探，用头发装作不经意地蹭他的脸，把沾了口红的酒杯递到他唇边，借着酒劲儿触碰他的身体，如果他是个普通人，我想我还能麻利地脱光衣服……我做得拙劣而粗糙，但完全没有恋爱经验的我，已经把想象力用到了极致。

我设想过他热烈地接受，他那么大年龄没近过女色，心里不定有多寂寞。设想过他半推半就，男人嘛，有时就是虚伪的，装腔作势是他们面对脆弱内心的法宝。设想过他手足无措，面对如此热烈又露骨的挑逗，情感空白的他也许会受到惊吓。我甚至设想过他直接拒绝，他比我大很多，把我当作孩子的玩闹，义正词严地教育一下也是可能的。

独独没想到他会那样。

他冷冷地面向我，安静得仿佛没有呼吸。他安静像在看一场拙劣的丑八怪的表演，无聊又无趣。他推开我，全身的细胞都朝着远离我的方向，脸上的表情是冷漠、反感，或者是充满怒气，冰碴儿一般泼向我，他把我的火焰彻底浇灭。

连这样一个老男人都看不上我，我尴尬、愤怒，进而绝望，如果有个地缝让我钻，我会毫不犹豫地钻进去。

三

再熟悉的一个人，当你想起他来时，脑子里能出现面部表情的镜头，也就那么两三个。这也许是上帝给人的记忆基因一个神秘的编码。关于庞夜，我随时随地能想起他很多事，但他带有表情的形象，就只有两次。除了拒绝我那一次，还有一次是我们的初遇。

那时候，我还是个高中生，父亲买了架二手钢琴，说是要培养我的艺术素养。钢琴很旧，请了个师傅来家里调音。

他就是那个调音师。他穿着黑色的衬衣，衣摆扎进黑色的西裤里，裤缝笔挺，黑色的皮鞋锃亮。他有一头浓密的有光泽的黑发和一张棱角分明的脸，眉宇间是一种不可靠近的凛然之气。眼神太美，就像最蓝的天空中最白的一片云，柔软且干净。我也是第一次意识到，人的眼神可以用柔软和干净来形容。那一天，他站在我家客厅的阳光里，纤长、挺拔、沉静，在成熟男人的英气之外，还带着一种让人无法抗拒的温柔。除了父亲，他是我见过的男人里最帅气、最有质地的，他面向我的一刹那，整个世界都安静了。

他坐在我的钢琴前，手指放在琴键上，骨节分明，柔软又有力量。多么矛盾的综合体，我的心跌落进无边的深洞里。他轻轻弹过几个音，琴声像鸟儿鸣叫着穿过寂静的云端。

我爱上了练琴，没事就坐在琴凳上，把琴键敲得咚咚响。"卿本不识谱，何故乱弹琴"，是不是很有清人那句"清风不识字，何故乱翻书"的诗意？我如清风，乱了方向。

琴音没多久就失了准，父亲再次请他上门。父亲说，他的服务费是极高的，话有深意，可我顾不了那么多。父亲的宠爱，让我的任性有恃无恐。庞夜试音的时候，我也坐在宽大的琴凳上，坐在他身边。我的手指轻拂琴键，我的肘蹭着他的肘。有一次，他刚滑过一个音，我就心领神会地弹动手指，那些悠长又缠绵的音符，在我俩的指尖跳动开。世间烟火气，石上清泉声，江水流年也抵不过那一刻的天晴。

父亲告诉我说，他是个盲人，我根本不信。哪有盲人可以这样看人的，专注、温柔，仿佛水把糖给融化了。

何况，东西掉到地上，我还没找到落点，他已经给捡了起来。他还会画铅笔画，一只手按住画纸，另一只手动作飞快，一朵漂亮的马蹄莲便跃然纸上。他修琴的时候，我刚把一个琴键藏在掌心，他就立刻发觉拿了回去。

高考前，我紧张得手一拿笔就哆嗦，怕父亲担心，便不敢声张，只安静地坐在书桌前。书页翻开，里面全是空白。他来了，叫我陪他去外面转转。我俩向村后小山上走去，绿荫渐浓，遮蔽出一片阴凉，他的声音混迹于鸟的鸣啼和泉水流淌着的叮咚里。

他告诉我，当初他报考特教学院的调律专业，有一项工艺考核，是要求把木头用刨子刨平，用钻打眼，再把钉子垂直钉进木头里不能歪。平时练习时，他最害怕的就是钉钉子，要一手扶钉一手下锤。光想想就觉得血肉模糊，哪里下得去手。到考核的时候，他紧张得气都喘不匀了。可有什么办法呢？怎么都得过这一关，他一咬牙就挥起了锤子。说也奇怪，虽然他的心一直在抖，但一锤子下去，钉子就直直地钉进了木头里，比平时练习的任何一次都完美，比其他考生都出色。连老师都不敢相信，说这干净利落的劲头，专业技工也不过如此了。那是盲人调律专业第一次走进中国，肉眼可见的大好前途，太多人报名，但只招六个。他年龄小，正常情况怎么也轮不到他，就因为钉子钉得好，还真被录取了。

他说，人这一生总会遇到各种考试，松弛或紧张，准备得充分或不充分，都改变不了最终结果，上天自有安排，只要顺其自然就行了。他的话像一把梳子，梳理了我心里的蓬乱。也许，是我让他成了一把梳子。人生的际遇，谁又说得准呢，高考的时候我虽然依旧紧张，却考出了平时根本不敢想的好成绩。

他什么都看不到，却能洞悉我的一切。这真可怕，他像个巫师。但又像春日里拂过脸颊的风，不让人有一丝一毫被冒犯的不爽，被窥探的恐慌。如果说我的心像荒地一样贫瘠，那么他就是一个拓荒者，只要他耕耘，荒芜中便能开出花朵。

有人读得懂唇语，有人看得透微表情，但都要靠眼睛，他靠的是什么？我猜是心跳，他的聪敏远不是健全人能够理解的。也许只有看不见世事繁杂，才能听懂人心吧。

而我生而平凡,听不到他的心跳。

这种爱恋就像隐疾,痛,却说不出口。从高中到大学,我在自己的世界里悲欢,不敢告诉父亲,不敢告诉朋友,甚至不敢面对自己。我是学艺术的,气质不错,样貌也说得过去,追我的不说一个加强排,前仆后继总是有的。我该爱一个健全的年龄相当的男孩,该做《致橡树》里的木棉,站成独立自信的树的形状。可是我怎么会变成不受控制的铁屑,在一个盲人的磁场中停不下脚步,何况他还比我大十八岁。

多年前的那一天,是我参加工作后的第一个周末。我下定了决心不再等了,就把自己给了他,算是给糊涂的青春一个交代。然后我会远离他,像什么都没有发生过一样,去谈一场正式的、正常的恋爱,我的爱情值得晾晒在阳光下。

可是事实啪啪打脸,他让我的青春变成了笑话。


# 四


门锁响起的时候,我僵在原地,屏息静气。我突然想到了父亲。父亲生前对我说的最多的一句话就是:"小渡,有男朋友了就带回家来看看啊。"他最后走得匆忙,让我想租个男朋友尽孝都没来得及。

庞夜径直走到琴房门口,带着一种虽然随和,却无时不在的压迫感:"你也懂盲文吗?"

半个多月没见,忽然发现他变了。也许早就这样了,只是我才注意到。他的眉间已经拧成了"川"字,下巴出现了一个窝,鬓角有了零星的白发。但他依旧挺拔,脸上的纹路让他更加稳重。我轻轻呼出一口长气。

他语气平静,像对着一个每天回家都会见面的女人,说着三餐四季最平常的话,没去上班吗,晚上吃什么,要找哪本书,哎你在家啊……

我微笑着放下手里的琴谱。盲文我当然摸得懂,为了他,我什么不能学?只是我不会告诉他。

每一次过来,我都不会提前打招呼,而他回家后,不管我在哪个房间,在发呆在睡觉还是在做什么,我安静得像空气,他也能一下知道我来了,会第一时间出现在我面前。我试探过他是靠嗅觉还是听觉来感知我,都没有结果。他是

218

一个神奇的存在，一直都是，我无法把他当成个盲人。

我俩又一次坐在琴凳上。从来都是这样，没什么话题可聊的时候，我们就弹琴。不用邀请，一个人弹了，另一个人就会坐过来加入。

"你是我最苦涩的等待，让我欢喜又害怕未来。你最爱说你是一颗尘埃，偶尔会恶作剧地飘进我眼里……"

我弹了一首老歌，觉察这词不太合适，想要换曲，他加入进来。

"宁愿我哭泣，不让我爱你，你就真的像尘埃消失在风里……"

感觉他在扭头看我，良久，良久。真糟糕，我还是受不了这样的目光，觉得自己正在像糖一般地融化。

一曲终于结束，我起身倒水以缓解心中的慌乱，身后传来他的声音。

"周末你有空吗？能不能陪我去个地方。"

"有啊，干吗？"我努力克制着声音里的颤抖。他还是第一次提这样的要求。虽然他从没拒绝过我的出现，却也从未邀约过我的到来。

嗯……他迟疑着，像在思考，仿佛后悔了，但最后还是下定了决心："我想请你陪我去一个客户家，帮我去认一个人。"

他站起身，从一本琴谱里取出张照片放到我手上。

五

我从没见过我的母亲。我不知她是死掉了，或是和父亲离婚了，还是独自跑掉了，是人就得有母亲吧，我肯定也有，只是父亲闭口不谈。

和庞夜谈起母亲的时候，我心里没有一丁点儿波澜。父亲是我生命的全部，母亲只是个零。

庞夜对此表示理解，因为他也没有母亲。比我更不堪，他还没有父亲。他是奶奶养大的，他的亲人只有奶奶。

不，还有一个姐姐。

他告诉我，小时候他和奶奶住在农村，与姐姐家隔一道矮墙。小姐姐三岁，他是个小跟屁虫，两个人每天从矮墙上爬来爬去，把墙都爬塌了。

他说不清自己是靠什么来感知周围一切的，就像可以清晰地感觉到我的存在一样，在陌生的环境里，他只要发出一点声音，哪怕只是粗一些的喘息，周围哪里有障碍物他就了然于心了,他说他是属蝙蝠的。

"也许我有特异功能,这得感谢我姐。"他说这句话的时候,也是这样的一个傍晚,我俩一人坐在琴凳上,一人立于钢琴边。夕阳穿过玻璃窗踱进屋来,不急不躁,热情又有分寸。

从记事开始,庞夜就每天到胡同口接姐姐放学。只要姐姐的身影出现,远远叫他名字,他就能从众多嘈杂的声音中分辨出来。他会跑向姐姐,如果需要避开一棵老树,避开一块偶然出现的石头,避开不时穿行的路人,避开淘气孩子扔向他的乱七八糟的东西,他都可以做到。他像只敏捷的猴子,蹦蹦跳跳跑到姐姐面前。

闲暇时,姐姐会教他背诗,握着他的手教他一笔一画地写字,教他唱歌,做广播操。他总是顺拐,姐姐就在身后抱住他,引导他的动作。到后来,他都搞不清楚,自己是真的身体不协调,还是贪恋姐姐的拥抱。

那个时候他正逆反,不听奶奶的话,却对姐姐言听计从,姐姐便成了奶奶的传声筒。要求他随声追物,跟着物体的移动转动眼球。要求他讲礼貌,跟人说话要看着人家的脸。要求他做事要有态度,捡东西时要盯住再捡起来……姐姐的话都是圣旨,他全盘照做。姐姐专门为他准备了一个罐子,里面装些小东西,有时是硬币,有时是玻璃球,有时是豆子和米。姐姐会随手抓一把扔向天空,他的目光就随着起落,盯住落点弯腰去捡。捡硬币的时候,他要说出是一分、二分、一角还是五角。捡豆子和米的时候,要说出是黄豆、绿豆、红豆还是米。他患有先天性白内障,术后双眼视力仅0.03,有一点点光感和微弱的色感。但他的眼睛不是盲人那种不受控制地满眼眶乱转,眼神柔软又有温度,就是那样练出来的吧。

现在他依旧保持着这个习惯,每天至少练习一个小时。空空的视听练习室,一个很旧的粗陶罐子,里面装着硬币、豆子、玻璃球。在他家,我可以动任何东西,唯独这个罐子绝对不可以碰。这是我第一次进入这里,他就警告我的。

在姐姐的督导下,身边的一切都像照片一样,投射在他眼底的世界。世界因此而不同。

"你是不是把姐姐当成妈妈了?"我故意这样问。我没有妈妈,我觉得对妈妈就应该是这样的感情。

他笑笑,不说话。

那时候,日头已踱出,房间里很暗,我也像这样没有开灯。

# 六

这是一张五寸的彩色照片,是那种老式的数码相机拍的,像素不高,或者是由于对焦不准,画面不是很清晰。

照片上是一对恋人,依偎着坐在室外长椅上。看穿着,应该是三十多年前拍的了。女人的笑容很纯,有一种不事雕琢的美。男人比女人年长不少,板寸,自带英武之气,样貌虽普通,感觉却不错。特别是眼睛,很大,炯炯有神,在这么模糊的画面里都能发出一种犀利的光芒。

原来目光也是有力量的。庞夜的目光像水,温柔地将人淹没。男人的目光像鞭子,让人望而生畏。

"我想请你帮我去看看,我的那个客户是不是就是这个男人。"

也许将灯打开,我可以看得更清楚些,昏暗的天色弱化了我的视力。但我没有,我适应了眼前的蒙眬,不愿把什么都看得明白。我只是点头表示同意:"你找到那个男人了?"

照片上的男人,不知为什么给我一种熟悉的感觉,仅仅是一种感觉,中间隔着层纱,但我一点都不好奇。

我知道,庞夜和姐姐曾一度失去联系。自从上了市里的盲校,他每个月才能回家一次,每一次都会黏在姐姐身边。可是有半年,他为了准备调律专业考试,一直住在学校,好不容易回到家里,却没见到姐姐。奶奶告诉他,姐姐外出打工,看上了一个大自己很多的男人,家里不同意,她就和人私奔了。"平常那么懂事的姑娘,这回怎么这么轴!"奶奶一副恨铁不成钢的表情。

工作后第二年,奶奶突然离世,他回去安排奶奶的后事,没想到姐姐也在。原来,姐姐嫁的那个男人进了监狱,她走投无路回了娘家。

娘家已不是她的避风港了。她妈身体不好,见她回来又气又急,没多久就住进了医院,她爸成天骂她。

那时候,庞夜实现了多年的理想,成为专业的调音师,被一家规模很大的钢琴城聘用,收入比一个正常上班的健全人还要高。他在农村长大,自然知道村里的闲言碎语有多让人难堪,看不得她爸拿着扫把拍在她身上,回到市里立

221

刻租了房,把姐姐接了出来。

收入毕竟有限,只够租一间屋。幸福却充满了小小房间,特别是姐姐生下一个女孩之后。

他把收入大部分拿出来交给姐姐,自己只留日常开销。不上班的时候,他哪儿也不去,就在家里带孩子,做家务,忙得脚朝天。外出回来,他会给孩子带一些小零食,或是小玩具,还特意弄了架旧钢琴,让孩子没事就在琴键上爬。他对姐姐说,语言到不了的地方是文字,文字到不了的地方是音乐,接触音乐要趁早。不知从哪儿学来的一句话,让这个法律上刚刚成年的孩子,有了父亲的视野与担当。

他教会姐姐弹《两只老虎》这支曲子。姐姐弹的时候,他会加入进去,孩子就跟着节奏咿咿呀呀地比画。那时候天总是晴朗的,云朵也会飘过来偷听。

姐姐不忍心用他的钱,却没别的办法。她曾以泪洗面,不止一次摸着他的头说:“算姐借你的。”他深深地摇头,把头埋进姐姐怀里。他说:“姐别怕,有我呢!”

那段时光就像命运的影子,没有凹凸没有色彩,平淡、安静,有形状却看不出形状,是灰色的又是五彩斑斓的。

他俩很少谈论姐姐的婚姻,仿佛不存在一样。只有一次,姐姐突然告诉他,她上班的时候被人骚扰,那个男人是为她出头进的监狱,所以,她要等他回来。他没有深问,默默听着。他不感兴趣,他根本不想知道那一切,只想把握这些触手可及的日常。

可是幸福的日子总是短暂,随着男人的出狱,姐姐又一次离开了他。

他把所有精力都用在工作上,先后成立了自己的钢琴工作室、钢琴店、钢琴城。他忙得团团转,不允许自己停下来,不允许自己有任何多余的精力。

他已了无牵挂,就算路过村口也不会踏上一步。直到后来,有人想买奶奶留下的老房子,他回去处理,才听说姐姐带孩子回到那个男人身边不久,竟然遭到家暴,姐姐喝农药自杀了。知道这个消息的时候,事情已经过去很久了。

他不像在讲一段对自己影响至深的往事,语气那样平淡,仿佛在给一个涉世未深的小女孩举个例子,教她要避开渣男。故事讲完,他就坐进黑暗里弹琴,唱一首英文歌。

Another day has gone,I'm still all alone
(又一日过往,我依然孤单)

How could this be,You're not here with me
(怎会如此,你不在我的身边)

You never said goodbye,Someone tell me why
(谁能告诉我为什么,你从不说再见)

Did you have to go,And leave my world so cold
(你真的要走吗,让我的世界孤寒)

Everyday I sit and ask myself,How did love slip away
(我每天坐下来问自己,爱情怎会离开)

Something whispers in my ear and says,That you are not alone
(有个声音在我耳边低语,说你并不孤单)

…………

他音色干净,音调低沉,声音充满磁性,我听得忘记了周边的一切。不能不承认,他始终是我心中最有魅力的男人,没有之一。

<h1 style="text-align:center">七</h1>

这个小区我太熟悉了。它建好有四五年了,住的是周边回迁的村民。父亲也属回迁户,只是没有福气,才住了一年就走了。他走后这套房子一直空着,我也没想好怎么处理。我舍不得卖掉,但离市区太远,我没法住,也租不出去。没想到庞夜会把我带到这里。

庞夜为我戴上一个浓黑的墨镜,让我看起来像个盲人。我是真不习惯戴墨镜,走在阳光里还好,一进楼门就严重不适。盲人的世界是黑暗的,我体会出庞夜的不易。

我闭上眼睛,挽着庞夜的胳膊紧随其后。与其用尽力气费劲看,不如闭眼不操心。他的引领给了我足够的安全感。

庞夜轻轻叩响房门,房门发出沉闷而空洞的声响。我有几秒钟的恍惚,一种特别不真实的感觉轻飘飘飞在眼前。

门推开一道缝,亮光把缝隙越撑越大。幸好我戴着墨镜,否则我一定会眯起眼睛。

玄关处有一张台桌,上面供着一尊佛像,佛前是一只香炉。房间里烟雾缭绕,浓重的香灰味让我不由得皱了皱眉头。

庞夜的唇角微微上扬:"这是我徒弟,她跟着来实习的。"

我一下子惊住。

男人的头发已经花白,长得几乎遮住了眼睛。还是能看出眼睛很大,带着这个年龄的男人常有的混浊,却依稀感觉有两道光像鞭子一样抽过来。我一眼认出,他就是照片上的那个男人。

让我没有心理准备的是,他还是坟地里那个一直在念经的人。他穿着旧睡衣,一只裤腿破了洞,挪动的时候一瘸一拐。头发很油,都打绺了,也不知多久没有洗过。很邋遢的一个男人,特别是身上有一种颓废的气息,加重了他的邋遢。这种颓废是照片上所没有的,岁月真是把杀猪刀。

我眼观鼻鼻观口口观心,心如止水。庞夜应该听不出我的异样。

我看到了房间中那架旧钢琴。卡瓦依K-18LE,基础版的老式电钢琴,比我高中时的第一架二手琴还老,市面上早就不见踪影了。说实话,庞夜现在是成功的企业家,除非他自己愿意,没有人能请得动他亲自上门。虽然他平时也会接一些单子,完全是出于爱好,要么是琴特别好,市面上少见,要么是情况复杂,普通师傅难以应付。而如此一台低端又老旧的琴,庞夜断不可能出马。就算是想出马,客户也请不起,他的出场费可能比琴的价值还高。这个老男人看起来可不像有钱人,更不像艺术家。

并且,这架钢琴已经旧到盖板上都是岁月的裂纹了。宋人说"古琴以断纹为证,盖琴不历五百岁不断",断纹是古琴的标志。但这架琴虽老旧,却不是岁月的手笔,岁月可没有这么残忍。那是被硬物磕碰过的伤,是被刀劈过,还是被锤子砸过?一道道伤痕,让人有触目惊心的疼痛。庞夜轻抚着盖板上的凹凸与裂痕,像一个真正的盲人摸摸索索。

就算房间比楼道里亮很多,戴墨镜也依旧令人不适,但盲徒的角色让我不能摘掉,于是我闭上眼睛。我听到一种奇异的声音,咚咚咚,有些杂乱,带着些猥亵。那是庞夜的心跳声。

庞夜将盖板轻轻掀起,手指放到琴键上。我听出来,琴声铿锵,每一个键都在最好的状态,根本不需要调试。

庞夜将零件都拆下来,一件一件擦拭,又一件一件装回去。我见过他拆装钢琴,夸张点说,用快如闪电也不为过,还没看清他怎么下的手,就已经全部拆卸下来了,八千多个零部件,井然有序地排列在手边,再一恍神的工夫,就又恢复了原貌。他的手如变戏法般充满了魔力。可是这次他做得很慢,仿佛要把每一个零件都记在心上。

最后,他坐在琴凳上,弹那支旧曲。

两只老虎,两只老虎,跑得快,跑得快。一只没有眼睛,一只没有耳朵,真奇怪,真奇怪。

曲调通俗,心里会不自觉地流出歌词,男人听得如醉如痴。我眼前闪过庞夜口中的那个小女孩,伴着琴声,奶声奶气地跟着唱,手舞足蹈。

# 八

一迈进家门,我的脑袋嗡的一声,像被闪电击中了一般。我错了。我以为我努力控制心跳,可以不让庞夜知道男人就是照片上那个,我以为我成功了。

可是不对,他已经知道了。送我回来的路上,他没有问我答案,还拒绝了我一起吃晚饭的提议。

我哆嗦着掏出手机,伴着话筒里"您拨打的电话暂时无法接通"的声音,飞快地奔出家门。我要用最快速度赶到男人家。我知道庞夜不是个疯狂的人,但遇到他姐的事,谁又说得准呢。

那天天色已晚,我决定在庞夜家里住下。父亲去世后,我一个人不敢回家,就躲到庞夜这里,我俩在沙发上坐了一夜。之后,他专门为我添了张床,遇天气不好,或者比较累了,我就会留宿一晚。于我而言,对庞夜不再有奢望,反而可以更加自如地待在他身边。

我躺在床上辗转反侧。我还爱他吗? 在我近三十年的人生里,与这个男人的相处都快接近一半了。镜中已觉星星误,人不负春春自负。生命能有几个十年,人生可还有第二个青春?

当当当。虚掩着的房门响了几声。

"我听到你还没睡，想跟你聊聊。"

他穿着睡衣，最上面的两个扣子没有系，可能是自己散掉了而他没有发现。他在我面前从来不会衣衫不整。彼时，他结实的胸膛在夜光里耸立，让我想到了"险峻"这个词。我像面对一座孤立的山峰或陡峭的岩壁，不由得屏住呼吸。

他可以通过别人的心跳，听出所思所想。哪怕隔着墙，我的一举一动、一思一念也逃不过他的耳朵。这么多年，我一直在锻炼自己的心跳，希望在他面前遇到任何情况都可以不动声色。与其说我想征服他，不如说我更想征服自己。

我早就练得可以像和尚那样，眼观鼻鼻观口口观心，心如止水。可就在刚刚，停留在记忆里的陈年旧事，那首略带忧伤的歌曲，又一次拨动了我心上的弦，让他听出我情绪上的变化。我不由得生出懊恼，像攀岩者眼看近顶却一脚踏空跌落谷底。

他将手伸向我，摸着我的头坐下来，手臂自然地揽过我的肩。

我第一次坐进他的怀抱，脑袋是蒙的，身体道具般僵硬。

"小渡，对不起。"充满磁性的声音，仿佛是从我认识他第一天穿越过来的。我又控制不住自己的心跳了，脸涨得像着了火。

"我没有照顾好你。"黑暗中，他的目光望向前方，却像会转弯一般触到墙面又折回来，穿透我的心脏。"你爸把你托付给我，可是我没有尽到责任。"

"托付给你?"我惊讶。父亲心脏病突发，走得始料未及，根本不可能交代任何事。

"我得告诉你一件事，我必须得告诉你了。"他有点语无伦次。

"小渡，你其实，是你父亲抱养的。"

有个闷雷在我胸膛里炸裂，疼痛蔓延到每一个细胞，蔓延到骨头缝里。

我早就知道我不是父亲亲生的了。收拾父亲遗物的时候，我看到了自己的收养证明，才明白为什么父亲大了我将近五十岁。

可是那些相依为命的日子，冰箱里哪怕只剩一个馒头，他也会热给我吃。为了培养我，他毫不犹豫就买了钢琴。生性节俭的他，甚至多次为我请调音师。他是个乡村小学校长，一生住在农村，算不上有什么见识，可是他支持我的理想，任何我想要的，他都拼尽全力地满足。他是世界上最好的父亲，是我这一生

226

至亲至爱的人。

　　我泪如雨下。父亲去世后，一提到他我就控制不住情绪。此刻，我不知自己是疑惑，是委屈，是愤怒，还是难过。或许都有，或许更复杂。我不明白，这样一个秘密，父亲向我保守了一辈子，为什么要告诉一个无关的外人！

　　就算他俩是忘年交。庞夜后来常到我家里去，钢琴不需要调试也会去，就为跟父亲聊聊天。他教父亲弹琴，让父亲背诵："一线到五线，三五七二四；下一到四间，二四六一三。"父亲背会了口诀，僵硬的手指摆弄着八十八个琴键，笨拙又可爱。父亲教会了庞夜下象棋，为了公平，他俩就盲下。"炮二平五""马二进三"，他俩坐在沙发上双双发号施令，我则提线木偶般为他俩摆盘。一开始，庞夜总是输，没多久父亲就赢不了了。到后来父亲的记忆力出现问题，就常跑过来看看棋盘。即便如此，庞夜也要故意出些昏招，让父亲输得不那么惨。父亲就笑，说真正高手是不露声色就可以让对手赢的，庞夜的水平还是太差，费那么大劲也输不了。那是些温暖的日子，小院里常常装满笑声，随着父亲的离开一去不复返了。

　　就算这样，庞夜也是个外人。

　　庞夜取来纸巾，像哄小孩那样为我擦去鼻涕和眼泪。他说："你有一个全世界最好的爸爸。"

　　当然！我的心被眼泪浸成沼泽。

　　庞夜告诉我，父亲之所以花大价钱请他来调音，完全是因为希望帮我找到我的亲生父亲。父亲比我大太多，身体又不好，怕有一天他离开了，我在这个世界上就没有亲人了。

　　"他说你是我的女儿。"

　　我跳起来，起一身鸡皮疙瘩。

　　"你爸告诉我，"庞夜用两只手按住我的肩膀，努力控制我不断发抖的身体，"多年前，一个在县城打工的同村人找到他，说自己老婆在外面和人生了个孩子，那女人去世了，他不想替别人养孩子。因为知道你爸无后，就问他要不要你。你爸一见你就觉得喜欢，所以把你留了下来。那个人从前就很少回村，把你送来后就更没怎么见过面。

　　"你爸也是找了很久才找到我。他说父女连心，让你一见我就特别亲，他开始还挺嫉妒的，就没说出这层关系。你快高考了，他才告诉我。

"你爸走后,我尽我一切努力,希望可以像他那样照顾你。但是我做得不够好。"

他离我太近。除了父亲,还没有一个男人这么近距离地在我面前出现过。陌生的,异性的,又仿佛是我血脉里流转着的气息海浪那样一下一下扑打着我,打得我晕头转向。我想哭,想大喊大叫,我想跳开去跑掉,却一动也动不了,身体冻僵了一般。

我挣扎着望向他。眼前是一团比黑暗更黑的轮廓。是一个黑洞。是一场噩梦。

# 九

正值晚高峰,从市里往郊区正是最拥堵的方向,出租车久久不动方。我急得满头大汗,不停拨打那个不在服务区的号码。

庞夜没对我说起过仇恨,但我知道那是藏在他心底的柴,是不能被点燃的。那个女人不管在与不在,都永远是他的白月光。他的眼里从来没有过我的位置,知道他和我关系后没有,当初不知道的时候也没有过。

我没有母亲。我认为如果在生活中遇到伤害,就该用力打回去,哪怕同归于尽,也不能自我伤害和了结。何况,还有个嗷嗷待哺的孩子呢!我无法共情于一个懦弱的、没有责任心的、蠢笨的女人,与庞夜用尽赞美之词的"姐姐",简直不是同一个人。

说到庞夜是我的生父,我也接受不了,但我不恨他。他那时候毕竟还是个涉世未深的孩子,何况那个女人从始至终没有把他当过归宿,他也受伤不浅。

情到深处人孤独,爱至穷时尽沧桑。庞夜是个可怜的男人,真不知该怜悯他,还是鄙视他。

进到小区夜色已重,为抄近路我穿越草坪。有的地方坑坑洼洼,我跑得深一脚浅一脚。在一处凹陷地,我的脚猛地扭了一下。脚腕一阵钻心的疼,可是我顾不上那么多,忍着痛继续往楼里跑。

上了电梯,才定了定心神,从书包里取出墨镜。白天我遮目扮盲人,现在要是不戴墨镜,贸然闯入人家里,万一不是我想的那样,岂不是弄巧成拙。我瞬间想出了主意,如果庞夜不在,我就说是来帮他找手机的,反正他手机一直关机。

出电梯门的瞬间,脑神经忽然像通了电一般,又闪过一道灵光。不对,那个男人应该认识我。我们已经见过好几次面了,在墓地。我都能一下子认出他来,他凭什么觉得我是个陌生人,凭什么相信我是个盲人?父亲的葬礼排场不小,他是旧识,应该也能得到消息。哪怕当时没得到消息,之后只要到碑前看看,应该就知道我是谁了。可是他白天看到我时,一丁点异样都没有,仿佛我就是庞夜第一次带来的徒弟。

想到这些更害怕了。他应该是知道庞夜的,他既然可以因为怀疑女人出轨就家暴,就一定有可能寻找庞夜。庞夜在行业里小有名气,四里八乡也算成功人士,何况他是个盲人,两个村虽相距较远,但要想找到他,可算不上难事。

这么说男人早有思想准备,他已经洞悉了庞夜的企图,只是在等着对方出手?他会如何应对?他蹲监狱就是因为伤人,目光那样凶狠,一看就不是善茬,庞夜会不会有危险?

脚踝的疼痛让我冷汗直冒,可是哪里顾得上。

当当当,我敲门。四周鸦雀无声,突兀的敲门声在暗夜里很是吓人。

当当当,我再敲。门里似有响声,却许久不见打开。

当当当,我大声敲,我恨不得把黑夜击成碎片。

门开了,一个高大的身躯出现在我面前。他的脸已不再如初见时那样棱角中带着圆润了,眉头是紧张的,不皱也拧成"川"字,下巴有个浅窝,好像,还有了若隐若现的抬头纹。

"庞夜。"我不知心里是喜是悲。

"你来啦。"他看着我,除了目光不受控制地温暖又柔软,整个面部没有一丝表情。

"进去看看他吧,"他伸手摘下我的墨镜,在与我擦身而过时说,"看完赶紧下来,我在楼下等你。"

我紧紧拉住他的衣服,手抖得厉害:"他死了吗?"

"什么?"他转回身,笑了。"你脑袋里都装的什么呀,我是那么冲动的人吗?我找他,是想告诉他,他伤害的是一个真正爱他的女人,告诉他他把自己的亲生女儿送了人。这些就足以惩罚他了,用不着我亲自动手。"

感觉到我一动不动,他把手搭在我肩上:"他才是你的亲生父亲,我之前没有告诉你,是没想好该怎么跟你说。他早就后悔了,这么多年,他一直在给你妈妈念佛和超度。但有些错误是不可以犯的,犯了就没机会改了。"

他帮我拉开门,轻声说:"你去和他见一面吧,他过得不好,生活惩罚了他一辈子。"

夜色微寒,房间里灯光昏暗。还是满满的香灰味,让我屏了屏呼吸。那个男人面朝着我,颓然地跪在地板上。他看向我的时候,我看到了他满脸的泪。他的嘴唇嗫嚅着,仿佛在说对不起,又仿佛什么都没有说。我的大脑一片空白,身体石化成一尊雕像。

断纹琴独自在角落里忧伤。《两只老虎》不再是诙谐轻松的乐曲,它像幽灵一般从满是裂痕的琴盖里流出,在空气里缓缓飘荡。一个稚嫩的声音在轻声唱:

> 两只老虎,两只老虎,跑得快,跑得快。一只没有眼睛,一只没有耳朵,真奇怪,真奇怪。

【作者简介】王琛,北京作协会员,北京老舍文学院首届中青年作家高研班学员,2021年北京大学中文系与北京老舍文学院骨干作家高研班学员。作品见于《北京文学》《青年文学》《作家》《小说月报·原创版》《读者》《人物传记》《北京日报》《北京晚报》等报刊,其中《离家出走》获第七届金贝壳未来影像季年度优秀原创剧本奖。

# 空白签名·回声

白　琳

## 空白签名

### 1

我第一任太太非常喜欢雷内·马格利特的绘画。有一天她在提森博物馆里待了整整一个下午,只看了一幅画,离开时我问她那画面里的森林和马匹有什么含义,她朝我看了一眼,面部被射灯分割光影,存在和不存在处于叠加状态,这是一种遮挡错觉。

那是我们最后一次一起去看博物馆。一个冷飕飕的冬天,十二月份。离圣诞节还有大半个月,但马德里的主干道上早早挂上了各色彩灯,几乎每一个广场上都摆着巨大的圣诞树。一些街角立着身着裙撑的公主殿下,通常都只有留白的面部。区别是颜色和裙面上的图案,有些是环状心形,有些是几何立体,看着像什么公司的商标。后来我们发现一位印有欧元图案的公主后脖颈上还有一个二维码,她感到好奇,挤开几个正在拍照的扎着高马尾的年轻女孩,走上前去扫了码。

是什么? 我问。

她低头摆弄着手机没有及时回答我。再往后我们走到了普拉多博物馆。那时候正好下午六点,入口处有人在排队等着拿每日免费参观的门票。我们也走进队列，跟着人群缓缓移动。半小时后站在了委拉斯贵兹的 *Las Meninas*（《宫娥》）前面。新王后的长女玛格丽特公主被宫廷侍女们包围着。她的右边是玛丽亚，左边是伊莎贝尔、女侏儒玛丽·巴博拉和意大利男侏儒尼古拉斯·佩图萨托以及西班牙宫廷的其他成员。尼古拉斯正在用脚踩一只昏昏欲睡的獒犬。有大约十几年，我都把他错认为一个红衣小女孩。

不，他是一个男侏儒。后来在巴塞罗那看到毕加索以尼古拉斯为画面主角的许多复刻内容时，她毫不留情地指出我的错误。那时候我们刚刚结婚半个月。

实在太像了，我认为毕加索其实是把他当成一个女孩子来复刻的……我试着辩解。

不因为像而就是。她严肃地打断了我，线条非常凌厉。来自声音，瘦削的肩颈，干枯的手臂。这一切都在空旷的大厅里裸露，与室内过低的温度融合在一起。那时候至少她还愿意打断我，后来她几乎很少跟我讲话，不过生活上我们逐渐有了一些默契，用不到很多语言。

委拉斯贵兹站在他的画架前。我们正与他对视。那天一直冷飕飕的，在荒凉的博物馆里更是如此。我裹紧大衣，不知道为何，这个下午她如此执拗地走进一间又一间博物馆。再过三天，她就要搬去一个法国赞助商为她找到的艺术家联盟中心，临行之前应该有更多值得去做的事情，比如前往再婚的父亲那里叙旧道别，或许还能正巧碰到又一次被男朋友打到鼻青脸肿的姐姐，以及那个小小的婴儿。或者干脆待在家中打包行李——几个小时之前我坐在客厅的宜家沙发上和她一起看了中心负责人发来的一个不到三十秒的视频，她接下来的居住地是一座十八世纪的宫殿，内部被改造成十几个小公寓，每个空间都有五米多的高度。在那里她可以度过七个月的时间，创作或者干脆什么都不做。也许正因为如此，她想要在离开西班牙之前再看看她喜欢的画作。但我总有种感觉，仿佛她永远不会再回来。

刚才那个是一个通信公司的二维码。片刻之后，看着委拉斯贵兹作品的她忽然开口，声音带着股阴雨天独有的泥腥味。

我想了一下才反应过来她在说什么。她的思维一直都有些跳跃。

我们站在名为《宫娥》的巨大画幅前又一次陷入沉默。和之前的许多次一样，我想告诉她我更愿意对着身后遥相呼应的提香的《查理五世骑马像》。但她一定会对此嗤之以鼻。她对于任何画面中只有一个中心人物的画作都嗤之以鼻。

比起古典我更喜欢超现实主义，所以我宁愿站在雷内·马格利特的画作面前受罪而不是观赏委拉斯贵兹这幅无聊的作品。侏儒尼古拉斯·佩图萨托踩狗的情景是我在这幅枯燥的群像上唯一能够找到的乐趣。

我们现在居住大楼的下层就有一个类似的邻居，他时常穿一件红色的有运输公司标志的聚酯纤维夹克。我不知道他叫什么名字，但是我们每次谈到那个人都会称其为"尼古拉斯"。她喜欢这样的代号，并且把对方的太太唤作"玛丽·巴博拉"。这两个人并不能算侏儒，尤其是玛丽，我认为她应该有一百五十厘米，尼古拉斯差不多有一百六十厘米，因为不能很好地管理身材，他的肚子凸出来很大一块，这让他有向正方体发展的趋势。

为什么要创造这样的生命？她第一次看到两人的婴儿时说。

但愿那个可怜的孩子能够长高一些。她补充道。

她自己是一个非常吸引人的女性，身材纤长匀称，有几年还专注运动，有紧实的手臂和臀腹部。我知道那时她还是圣费尔南多皇家美术学院的学生、梅兰德兹教授的得意门生。长得清秀，又有才华，这使她在留学生圈里很有名气。但初次见面我就知道她是交际花类型的女人，尽管她具有一种冷冰冰的魅力。

第一次聚会还未结束时，她起身同大家道别，几乎所有人都感到惋惜，我也如此。那时候我坐在角落，她仍特意朝我走来。很高兴认识你。她说。只是简单的一句话，却令我内心悸动——也仅此而已。我对她的爱总是一晃即逝的。常常把她遗忘。但只要再次见面，迷恋的感受总会再度袭来。

第二次她坐在了我的身边，拿餐具的时候小拇指不小心划过我的手腕。修剪整齐的指甲将我刚刚晒过的皮肤划出一道印记。

真不好意思。她道歉说，没弄疼你吧？

我摇了摇头，屏住了呼吸。

她享受自己的魅力，知道如何挑逗我以及在场的其他男性。我们总是很捧场地参与这个游戏，并且适当地散发幼稚的嫉妒。后来想想，对于我们中的任何人而言，这些都只是令人兴奋的游戏。每次回到公寓，脱掉外套，在房间里打转，从冰箱里取出冷饮，走进浴室，这种被唤起的激动就会慢慢回落。我一直有能力向自己证明，我不是那些愚蠢的男人中的一个。我这样类型的男人是不可能严肃地爱上一个她那样肤浅的女性，但实际上我认为"肤浅"这个表达并不恰当。她只是过于自卑而显得自恋而已。

我很快识别了她的内在属性，但不妨碍我继续装傻陪着她玩那个令她沉迷的游戏。彼时是我感觉最为轻松的一段岁月，博士即将毕业，也在学校谋得了助教职位，算是很顺利地在异国就了业。这一切都使我有一点余裕。她的条件尚可，父亲在火车站附近经营一家生意还不错的中国小吃店。她虽然算不得出生在马德里，但中学时期就在当地就读，语言很好，这恐怕也是她在留学圈里比较令人瞩目的一点。我比她整整大六岁，在座的男性中，尽管我总是将自己投入阴影，但我知道自己在那个小圈层中的位置。有些时候我会衡量一些价值，尽管这只是一场游戏。

但很快大家就高兴不起来了，有一天她带来了一个法籍华裔，是一个瘦高的热情开朗的青年，也在圣费尔南多皇家美术学院读书。此后他们频繁出现了几次，关系似乎比朋友更为亲昵。有传言说对方出自一个好像很了不起的家庭，我一定不会尽信，也告诉自己她的这一切行为都是无聊浅薄的手段，只为了刺激我们进行更加疯狂的竞争与追求。但愤怒和痛苦还是很快速地贯穿了我。

我充满理性，知道自己不能够表现出所有的感情，于是照旧参加聚会，也同她讲话，不过不再有任何暧昧的注视和接触。有些时候我可以感受到她的焦虑，在这场推拉里我们不断交换着上风位置，但错落的刻度并没有巨大的差异，直到有一天，她在聚会的后半段才来，此前明显已经喝过一场了，眼神有些迷离。她在我的身边坐下，大家开始起哄。有人问她之前去过哪里，她没有回答，而是转向我，语带凉意地说，为什么你会让我感到痛苦？ 明明我可以过得很好。

完全占有她的欲望瞬间就被点燃了。我的心脏怦怦跳着，它从来没有那么激烈地跳动过。高中时我曾是省队的田径选手，激烈运动之下没有狂躁不安跳动的心脏，在那一瞬间近乎窒息的静止中再也没办法平复下来。

说完那句话她就离开了。我没有追出去，后半段时光非常恍惚，在嘻嘻的打趣与妒忌中，被满足、骄傲、惶恐、担忧笼罩。我感到害怕，知道自己脱离了掌控。

现在，那种似乎相同又不尽相同的感觉再次到来了，我厌恶自己的这一面。

我们走吧。这时候她转身对我说。

我跟她一起走出博物馆。外面开始下雨，其实下的是一粒一粒凝固的雪珠。她走在我的前面，裹紧驼色羊绒大衣，经过一个街头摊贩时转头问我要不要吃一块吉事果。我要了两块，装在小纸杯里，裹满肉桂。

我实在不能理解你怎么这么喜欢吃肉桂，它的味道过于霸道，几乎要统治一切。她吃完剩下的一块，食指与拇指圈起，卡在杯口下方将其捏扁，在走了半个街区之后扔进了路边的一个垃圾桶。后来她也是这样捏扁了那个婴儿的颈部，把他扔进了路过的第一个垃圾桶。

<br>

## 2

戴着面具的马从我们的身边旋转而过，灰色黄色粉红色与蓝色的鬃毛像是喷了过量的发胶，死死固定在僵直的后脑勺上。每一匹都是。

圣诞集市旁总会摆设这样的旋转木马，有些比较简陋，有些非常华丽。我们路过繁华区的中心广场，眼前的这个算得上装饰精良，每一个细节都有可品鉴的空白。但是马背上并没有乘客。

以前她偶尔会在这种闪着各色灯泡装饰繁复的旋转舞台前驻足，观赏一幅画作一样观赏对面的场景。有时候她买一张券，却并不坐上去。她一直都是这个样子，买一张很贵的门票，也只会在固定的几幅作品前站一站。她通常会站在中心位置。一次一个带婴儿的女人站在她的身后，她给对方腾出来位置。那是在美术馆里，在达利的面向大海的女人的背影前。还有一次，一个留着络腮胡的男人站在她的身后，她也给对方腾出来位置，那是在一座极为简陋的旋转木马前，没有过多的点缀和色彩，大部分的马匹都是正在脱皮的白色塑料。对方对她表示感谢，接着举起手机，为逐渐逆时针转过来的一个女人拍照。

她认为自己是在画的外部，但他者眼中的倒影将她置于画面空间的内部。她总是不能把现实当作现实，生活仅作生活，而是喜欢将所有的艺术感官与自己混为一谈，这使她整个的行为都像作秀。而感官迟钝在身为画家的她的眼里几乎是不可容忍的缺陷。

我从一开始就对这些感到厌烦，更愿意脚踏实地地活着——这总是争执的开端。不过这一切都是我自找的。

走吧，今天太冷了。我夹紧肩颈对她说。从最后一座毫无人气的博物馆出来之后，我就异常疲惫了，浑身都像是在冰窖中冻过一遍。我这才想起来这一天都没有吃饭，那块小小的吉事果根本没办法带来足够的热量。我失去了所有和她一起闲逛的耐心，只想快点回到公寓，吃一碗泡面也好。

我想要上去。她忽然开口说。不是请求也不是询问，而是一句简单的陈述。接着她走到左手边的入口处去买票。售票员在白色的小窗口里只露出肩部以上的一小块出来，是一个穿着黑色棉衣面色发灰的人。

你要和我一起吗？她回头问。

我摇了摇头。

她登上了那个舞台，找到了一只粉红色的小马，坐了上去。这匹马有紫色带网格的面具、橙黄色的座椅，以及蓝色的鬃毛。她苍白的手抓着这些浮夸的外表，很快跟着音乐起伏，转到了中心轴的背后。我站在原地观赏，看她时隐时现，忽而觉得自己替代了她的位置。那时候，每当她站在观赏者的角度的时候都会想些什么呢？我想。当她再一次转到柱子背后时我朝四周打量，这才看到那个有些简陋的售票口上由各色闪亮的小灯泡组成的一个词：carousel（旋转木马）。和西班牙语carosella十分相近，大概总有些关联。带着这样的好奇我翻开手机查了查，果然如此。十字军用它来描述1100年左右土耳其和阿拉伯骑兵中常见的战斗训练演习和游戏，他们将这个方法带给了远在欧洲的领主和国王。旋转木马在城堡内被秘密保存，用于训练骑手，加强骑兵的战斗准备。用于战斗——我们的生活中充满了无数次这样缓慢持续却上下腾挪的较劲，确实是这些小战车的隐喻。我抬首再次看向她，她是这个灯光璀璨的舞台上唯一的演练者，在华丽的布景和音乐里面无表情地上下穿刺。

"为什么你会让我感到痛苦？"这句话在我看来几乎算作犯规。那场聚会后，我再也无法将游戏进行下去。当天夜里，我反反复复地睡了又醒，醒了又睡。我觉得自己似乎梦到了什么美好的东西，但醒来时却失落无比。我第一次陷入了真实与虚构的幻境，除了这句话，即便尽力回忆，却再也想不起什么来。但幸福的感受只是短短一瞬，第二天我就陷入了巨大的怀疑，从那天开始，她再也没有露面，也没有回复我挣扎了许久才发出去的信息。我几乎用光了自己的力气才克制着没有去找她，或者再打一次电话。但我几乎每隔几秒就翻看一下手机。那上面始终都只有我发送出去的孤零零的一句话：

我们见面吧。

再一次遇到她是在半年之后。我又一次修正了自己的感情，但所耗时间比以往长了许多。我谈了一个女朋友，刚满十八岁，真正的懵懂无知极易控制。她时常令我觉得可爱，但也常常让我心生厌倦。她总是向我求证我对她的爱意，这令我深感烦躁，没有两个月，对她的耐心便渐次减弱。

为什么一定要我表白？我不说你就不知道吗？我平时对你怎么样你不明白？我会对她这样说。

我不知道你是不是真的爱我。有时候我觉得你好像并不爱。她委屈道。

我是一个男人。不会把爱这样的词放在嘴边一直说。说多了，不觉得就不珍贵了吗？

为什么对我如此吝啬？她哭了，只是一句简单的话，讲出来很难吗？

这时候我便想要回避，牢牢闭紧了我的嘴唇。对她发来的消息不读也不回。我的冷漠往往使她更加焦虑。接着她会祭出"分手"这样的词来进行勒索与威胁。而我最讨厌这个。

和女友上床之前我就知道她是一个处女，因为她的简单暗示了更简单的可能性。我感到开心，有一种复原和解脱的松快流经全身，我好像重新活了过来。不过，那些煎熬的黑夜固然不幸，却也令我时而回想。痛感仍然清晰——也不完全都是痛了，更多的是懊悔与恼恨。

显而易见，那个游戏我彻底输掉了。

所以，为了表达我的感激，我偶尔也会跟女友讲几句甜言蜜语。仅仅简单的几句话，她如获珍宝的样子却又令我陷入另一层的失落。我甚至会后悔讲出那些话，不知为什么它们听起来都像是谎言，并且还叫嚣着要从过去的阴沟里拖出那个女人的影像，这些都让我心烦意乱。

入秋之后的一个周末，我就职的大学华人学联组织了一次烤肉派对，久久不参加聚会的她再次现身，神情落寞。至少在我看来是这样的。那天她不太与人交际，在被落叶覆盖的草地上裹着一件驼色风衣，坐在一张白色塑料椅上，看着十分低落。即便这样，她也仍然吸引了许多人的注意，包括我当时的女友。她向我打听她的来历。

好像是一个画画的。我敷衍道。

怪不得，挺有气质的。女友说，语气中不由自主地透露着一丝艳羡与不服气。

坦白讲，我比较过她们的长相，显然女友更胜一筹。她明艳娇俏，眼珠清澈，眼白泛蓝，五官都要更大更立体些。但总体而言，缺少一份余韵。后来我逐渐体会到了那是什么。和在博物馆里看到的许多作品一样，好的艺术品都具备不可完全概括的独特韵律。

很快女朋友就从别人那里了解到了她的资讯，跑回来跟我说她刚被一个家世优异的男人甩掉。我夹起一份烤得刚刚好的牛排，放进了女友手中的红色塑料托盘中。

趁热吃。我说,少放点胡椒和罗勒。

她朝我们看过来,不露声色。但我知道这场游戏再次启动了。

一周之后她发消息约我见面,我拒绝了。但是傍晚从超市回来时却在公寓楼下看到了她。她手里抱着一只长方形包裹,头发剪短了,恰好触及肩膀的位置。

我们沉默着一起上楼。她跟在我的身后,臂弯里的东西总是磕向墙体。看得出来那是一幅画,或者只是一个空白的画框。走到第二层时我转身,把它从她的身上卸了下来,夹进自己的腋窝。它有些过于大了,几乎令我失去平衡。

进门之后我们都有些尴尬,只能找些不大要紧的话随便讲讲。没有人愿意抢先触及核心。尽管有个问句始终在我的嘴唇里跳跃:为什么来找我?

不过也不是完全的东拉西扯。在我小公寓的餐桌前,她喝掉了半杯气泡水,讲述了一些私事。父母很早就在国内离异,她跟随母亲留在西安,而父亲则带着姐姐先来到马德里。她上高中时想要出国,讨论了很久才被接了过来。她和他们的关系一直疏远,也总会因为父亲对姐姐的爱而感受到痛苦。那个女孩(她总是用这样的词提及姐姐)并没有被教育得很好,高中毕业之后就没有再继续读书,和第一个男朋友——一个三十多岁的汽车修理工生了第一个孩子。当时女孩才十九岁,所以婴儿交给男方抚养。现在她生了第二个孩子,现任男朋友有暴力倾向。

她的生活过得乱糟糟的,但我爸爸仍然溺爱她,到现在还一直在资助她的生活。每个月替她付六百欧元的房租。可是我从一开始就要到店里打工,念书的钱也要我妈从国内汇来……后来他说他要再婚,需要我自己搬出去住……他对待我一直不像对待女儿,而是一个寄宿者、一个租客……她喋喋不休地说着。那真是奇妙的瞬间,面对她时一切的紧绷和恐惧都慢慢松懈,看到她的嘴唇一张一合,我忽而感到了陌生,这是情感上的疏远与退化。那几乎算是认识她以来她讲话最多的一天。我耐心地听着,又轻松又懊恼。我越来越平和与冷淡。我想我不爱她了。

很快她就发现了这一点,客气地告辞了。

我不该来的。她站在门口说。

3

多年来她一直都像是一幅令人玩味的画作,比如说雷内·马格利特的那种。你站在画前,以为自己读懂了什么,却又像是什么都没有明白。一些混浊的元素引诱你进入思考,但未能理解的部分似乎永远得不到解释。那天,在她抱着画板造访我公寓的两个小时之后,我拨通了电话,约她去一家知名餐厅吃晚餐——为何这样,我自己都不能够解释,也许在她离开的两小时内,想要和她睡一觉的念头逐渐吞噬了我的理智。但这就是我们的故事。那个晚上我只余一丝记忆——有一张桌子,上面是一块巨大的桌布,绣花的边缘垂坠到地板上,当我伸出双腿时,发现下面是一个修长的惊叹号。那是一幅杰作。是我目前所见过的最好的超现实主义作品。

圣诞集市热闹非凡,我们沿着成列的红色小木屋摊点慢慢走着,每一个摊位都塞满了各色花草装饰、圣诞玩偶、瓷器,以及各种串珠挂件和各色巧克力坚果。有人递过来切好的花生糖酥,她谢绝了,挥着的手臂擦过一只闪着银光的麋鹿和红色心形吊灯。首饰、皮革、雕塑、玩具、金银器皿、烤栗子、圣诞小甜点姜饼人……她从中穿梭而过,和马格利特那个骑马穿过森林的女人一模一样。树木、骑手和马以一种奇怪的方式交织在一起。三叉戟的画法。她逛着这些摊位的时候也如此。在人群中隐现,既逼真又虚假。分析得越多,就越神秘和混乱。

终于,她停了下来,站在一个卖各种绿色植物的摊位前,拿起了一束被红色丝带捆好的槲寄生。一看就是刚刚摘来的,上面还保留着晶莹剔透的果实。售卖者是一个高个子的男人,牛仔裤很久没有洗过的样子,裆部掉在阴茎下方,屁股和膝盖都在下坠的位置起了鼓包,原本的湛蓝被灰色浸染,是肮脏的浊色。他冲她友好地笑着,三块钱。他说,这是小一些的,大一点的五块。

那些不新鲜了,就要这个。她探头看了看,从口袋里翻出几枚硬币递了过去。对方抽出一卷牛皮纸,灵活地再次将这束植物包装好。

上面的果子可以吃吗? 她忽然问。

当然不能,会死的。

真的会死吗?

会。

她剥下一颗放进嘴里尝了尝。

小姐……

你看,我不会这么轻易地死掉。她恶作剧般地笑了。

回家之后,她在靠近阳台的沙发角落里坐了下来。那是她固有的位置,左手边可以看到一座巴洛克教堂的拱顶。现在也可见一只小小的闪着白光的十字架。

不要开灯。她说。

我听从了她的意见。夜晚并不黑暗,城中到处都是灯火,我们随随便便就可从他处借取一星半点光亮。

我在客厅里打了打转,拉开冰箱门,取出瓶装水,喝了两口,放在桌上,走进了浴室。出来时她仍在那里坐着,槲寄生的果实已经被吃掉了一半。

看,并没能怎么样。她说。

我翕动嘴唇,想要告诉她这东西确实有毒。也想讲讲关于金枝的传说,但似乎又没什么好说的,她应该比我更清楚这一切。我在沙发的另一角坐下,从她的手中抽走了那束植物,顺手摆在了脚边的宜家小推车上。上面非常整齐地排列着油画颜料和刷具。她一直都是一个有秩序的画家。

接着我们陷入了很久远的寂静。我无法描述那个时刻,我们沉浸在朦朦胧胧的黑暗中,黑暗不是黑色的,而是灰黑色的,像是世界之外的一个空间。很小,却无止境,充满虚构。我们默不作声静坐了很久,久到我的感官都已沉睡。那真的是一个异常疲惫的下午,我们走了大约十公里路,而在两幅绘画前的站立更是对体能的考验。我的腿比往常更加酸痛,眼皮也沉沉地垂了下来,有一刻我不知道自己是否还在清醒状态,却清晰地听到了她的声音。

去艺术家中心是对的选择吧?她问。

是的。

你想要离开我了?

没有。

当时她吞了几片?

为什么忽然说这个。

几片?

记不清楚了。

我不相信你记不住。

真的忘记了。

几片?她的声音越来越冷,令我想起唯一一次冬泳时的感受,海浪打在身上,我只忍耐了不到五分钟就爬上了岸。

七八片的样子。

如果她死了就好了,这样我们就不会结婚。她喃喃道,语气里混杂着讽刺、悔恨,以及厌恶与奇异的冷静。

为什么又提这个。我不耐烦地起身,走进了卧室,径直躺在了床上。我已经想不起前女友的模样了,只能记得她糊了呕吐物的发丛。我从她的喉咙里抠出没被消化的安眠药的时候就知道自己此后会拥有巨大的麻烦,但这个麻烦并不是将头伸在马桶里如大理石一样苍白的前女友带给我的。

我快要睡着时她走了进来,钻进我的怀中,试图唤醒欲望,但只是白忙一场。我可以感受到她冰冷的手指、凸现的乳粒,却丝毫未被激起欲望,很快昏睡了过去。深夜里我醒来过一次,大约是被她磕掉的某个物品的声响惊扰,我呼唤了她的名字,没有得到回应。接着迅速沉入下一个梦境。再一次醒来时已经是第二天早上九点半钟,我下床走到窗前,推开木窗,阳光并不充足,天上凝聚着一些乌云,湿气有些重,天气预报说三点钟之后有百分之五十的降水可能性。

我醒来时她已经不在了,房间被收拾过,几乎所有的物品都在柜门后躲藏起来,连放着颜料的推车也不知哪里去了。公寓里显得异常冷清。阳台上有一幅新鲜的尚未完成的画作,一只龙虾的头上长出了一个女人的面庞。我认出那是她的肖像。她经常使用自己的五官作画,一匹马或者一束肉粉色的玫瑰什么的。但是这一幅有些特别,画面中她的眼珠是槲寄生的果实。

这是她在这个房间里最后的记录。

清晨五点零三分她推开大门,在离家不远的街区走了几个来回。他们问我是否知晓,我说这是一种日常状态,创作遇到瓶颈,或者失眠时她常常在深夜散步。

不会担心您妻子的安全吗? 一个女警察问。

我没能回答这个问题。而且很快接下来的事件使它更加无关紧要。

八点半左右她在楼下遇到了侏儒夫妻尼古拉斯和玛丽。尼古拉斯还穿着他那件红色的有运输公司标志的聚酯纤维夹克,外面套着件敞口的黑色棉衣。因为不能很好地管理身材,他的肚子凸出来很大一块,这让他有向正方体发展的趋势。玛丽一手推着婴儿车一手拎着超市购物袋,她又一次怀孕了,比尼古拉斯看上去更像是正方体。

她第一次主动朝我们的邻居打招呼,询问玛丽要去哪里。对方说要去一个半街区之外的特价超市买点东西,她热情地表示说愿意和她一起。尼古拉斯感激地道谢,登上那辆白色的运输公司货车。

她们一起经过了还在打烊中的服装店、几家有零星顾客的咖啡馆、一个刚刚开门的纺织用品商店,以及一个橱窗上贴满广告单的特价厨具打折店。后来她们来到了超市门口。玛丽说她只需要买一些火腿什么的,她说她愿意带着婴儿在外面的小公园里等她。

最近流感严重,还是待在户外比较好。她说服了玛丽。

女侏儒走进超市的两分钟后,她在婴儿车前弯下了腰,肩臂微微用力,我可以想象她蝴蝶肌的绽开。不一会儿,她推着推车,朝街口的小公园走去,将断了气的孩子扔进了沿途看到的第一个垃圾桶,接着若无其事地继续前行,最后在滑梯旁边的长椅上坐下。监视器拍到的画面就是这样。

这是她扔掉的第二个孩子。第一次是她姐姐的新生儿。她当着他们的面将他从二楼扔下。孩子的围兜挂在一扇支出来的木窗边缘,被取下来的时候几乎窒息。后来他们将他送还给生物学意义上的父亲,并且资助了那个男人一笔钱。

这些都是我在那天才了解到的。

她和你结婚原本我们都松了口气。那个女人——她的姐姐说。她和她长得不大像,更中性一些,看上去清爽干净,精神状态饱满。我应该多关心她的,但是我最近太忙了,一边工作一边在念硕士课程……我不知道她有没有告诉你,我一直在读口腔医学,但是属于半工半读,我必须自己赚学费……今年已经读到第八年……我一直都太忙了,其实真应该早点让她去看医生……

为什么?我问。其实我不觉得自己是在追究一个关于真相的答案,这只不过是一个衔接性的问句。好像必须有此一问。

什么为什么?

她为什么把你的孩子……第一个……扔下楼?

不知道……不过我猜大约是因为我爸爸很喜欢那个孩子,我记得刚出生时我爸爸总是很温柔地抱着他……她说,语气非常平淡。另一个角落里的玛丽可不是这样平淡的,她的尖叫几乎震碎整个街区的玻璃窗。

我认为她姐姐的解释过于简单,但也无意追溯。那天黄昏我身着一件卡其色羊绒外套,里面是件领口松弛的短袖T恤,和很多人围绕在一起,止不住地瑟瑟发抖。接到电话后我就这样跑了出去,了解来龙去脉,寻找她的踪迹,最后我们终于在一个房子里找到了她,是一栋用来出租的民宿,位于城郊一条不为人知的冷寂街道,坐落在一个小小的花园里。花园看上去荒芜又凋零,不过半下午就亮着地灯,草丛被照出一丝枯黄,角落里有一些弃用的陶土花盆。隔壁有一只大狗,冲着人来人往的庭院狂吠了一整个下午。它的脸在篱笆之后隐现，其中的一部分甚至被背景中的树叶所掩盖。

我怔住了，停止了抖动。这是一种遮挡错觉。画面的意义不在于实际的主题，而在于主题的混乱呈现。一个真实在另一个真实的前面或后面，面庞的顺序与分层是混乱的，遮挡实际上是不存在的。

当晚我就去找了一个华人房产中介，在他整洁却拥挤的小办公室里看了几个尚在出售中的公寓。大多都在城郊，八成新的简朴又廉价的住宅，便宜到令人心动，但距离市中心过于远了。马德里的房子近几年不太好卖，现在的住处相比我购入时已经贬值。亏损不太多。他给出了低于市场价五千欧元的价格，但保证可以在农历新年前就售出目前物业，我想了想，拒绝了他的提议。

回家之后我尽力和一种不舒服的感觉斗争。坐在一片死寂漆黑的沙发上，吞下了各种能够在家中找到的药片。这种事我看着前女友干过一次——仅此一次。那之后她被送去洗胃，醒来后用虚弱的手掌抚向我的面庞。我认为她只是想要扇我一个耳光。

药片毫无用处，我很快醒了过来，很快迎来了新的一天，圣诞节，以及崭新又超现实的一年。大封锁时期，在家中隔离的光阴我原本有很多机会清理她的物品，但我发现不知何时她已经打包完所有的东西，连她所使用过的玻璃水杯和一套青色的碗碟都不见了。解禁半年之后我收到了从法国邮寄过来的一只大型包裹，他们说这些东西从没有被拆开过，应该是原封不动地被寄回来了，整个行李所应支付的运费是158欧元。

我付了款，打电话询问她的亲戚是否有兴趣拆开这个包裹看一看。所有人都说不。它在公寓入口待了半个月，我重新将它扛下楼，扔在了垃圾堆附近。几个小时后我想起来上面还有完整的地址信息，很担心因为没有垃圾分类而收到罚单，便匆匆跑去查看，却发现它已经整个消失。我如释重负。

4

2021年的冬天我前往意大利多洛米蒂旅行，在山上的一个苹果庄园里住了半个月。附近有家滑雪场，但因为疫情的关系那时候仍在关闭。我所租住的是一栋两层楼的木屋，在一个坡地上。每当我从混浊的玻璃窗眺望远处高耸的山峰时,都有一种逃亡的感觉。山中的日子十分寂寥,似乎非常短暂,又尤其的漫长。我无事可做,除了面对鹅毛般的雪片慢镜头一样缓缓落下,就是在午后绑好靴带,踩着松软的积雪走出苹果园,到三公里外的镇子上去。那条路并不难走,但因为往往只有我一个行人而显得过于枯燥。冬天的道路没有什么错落的景致可言,山谷的一面被松林覆盖,染满了白色的雪雾。不过偶尔暴风掠过的声音会令人惊讶。冷空气强力地拍打着我的脸颊,甚至要将紧紧箍在头上的毛线帽子掀飞,这些都让我领会到短暂的眩晕与昏沉。四十分钟之后,我疲倦而混沌地走入镇子中心那条幽暗街道。因为没什么客人,许多店铺都门庭冷落,很早打烊。我尽量在工作日到镇子上去,找到一家亮着灯的小酒馆,慢慢喝一杯。回程时间过得很快,为了拉长它,我偶尔会坐在棕色的岩石上凝望远处。不过只是短短几分钟而已。这幅巨大的山景之中,我空洞而渺小,因走路而积攒的热量会被迅速耗尽。

我晚上总是早早熄灯,不到九点,整个庄园就陷入黑色的寂静。我的失眠慢慢好转,很快就沉入梦境,但第二天清晨醒来,那些活跃的繁复的梦全无踪迹。这些都令我感到满意。我穿戴完毕,起身下楼,距离屋子步行五分钟有一个外观随意而内部装饰典雅的主体建筑,那里早餐提供新鲜的羊奶,以及过于甜的糕点。这样的时节,旅客只有我一个人,主人也仍然准备了充足的食物。有时候我几乎靠这些东西维持一整天,有时候又只喝一点黑咖啡而已。

在苹果园里的倒数第三天早晨,我遇到了一对夫妻,他们看样子新入住没多久,对此地仍然生疏。我们在起居室里攀谈了几句,我向他们传达了自己的一些经验——味道尚可的餐厅、口感不错的咖啡馆,以及一些打烊较晚的酒吧等。后来我了解到他们从布鲁日来,先生年轻的时候拉小提琴(主业是经营一家巧克力店),太太是个作家,写过几本还算畅销的书。

我并不想离开这里,然而圣诞节的假日没有几天了。最后一晚我有些忧郁,在床上辗转反侧不能入睡。回到马德里,似乎就是一生中最美好的日子的结束。那个公寓里的一切至今仍令我感到窒息。但我一直懒得改变。连一年前我和她一起看视频时,她靠着的沙发抱枕也仍摆在原地。我再也没有坐到那个角落,并不是因为充满留恋。

我起床披衣,走了出去。这一日刚刚经历了一场暴风雪,我缩在屋子里一整天,都可以听到旷野的风声鬼哭狼嚎,甚至几度觉得这栋简易的屋子都能被吹翻。然而担忧的一切都未发生,入夜之后,狂躁的天气忽然转好,晴空万里,天上群星璀璨。我仰着头欣赏,因为恶劣气候而滞留的邮件恐怕无法发出了。我必须按时搭乘返程的火车。

我在雪地里的苹果树下呆立许久,直到脚趾僵硬。主屋还有灯火,我不知不觉就走上前去,感觉自己像一匹在林中隐现的马。屋内炉火熊熊燃烧,女人坐在洗得泛白的灰色沙发上,男人则站在壁炉前,正在专心演奏。我就是被这样的乐声引来的。

等他放下琴弓,我的苹果茶已经喝完半盏。他们仔细询问了我第二天的旅程,说幸好天气转晴。又在手机上查了查温度,比预想的好很多。然而这只是多洛米蒂的情况。马德里天气预报说有雨夹雪,我不想在湿漉漉的坏天气中走进家。

我们攀谈片刻,很是愉快,多少驱散了一些我的离愁。虽然接触不多,但他们相处的模样令我感到一种稳定。

你们结婚多久了?我很贸然地询问。但这显然是一个逾矩的问题,引起了短暂的尴尬。

啊,这个……其实……我们是朋友。女人率先打破沉默说。我们已经是朋友许多年了。大约总有二十年,我没有仔细计算……

男人没有讲话,也没有掩盖不快,把琴收进琴盒。

真的很抱歉,我……气氛陡然滑落,我有些尴尬和慌张。

不要担心。误会……大概也合情合理。她仍然友好地说,我想一下,大概是我去波蔓艺术中心那年,我们在法国认识的。那时候我刚刚出版自己的第一本书,名字叫《德芙比的陷阱》……我想你大概没有印象,它的发行量很一般,不过,是在这个苹果园里写出来的。

这个苹果园?是说这里吗?

没错,这个苹果园。那时候是春天,我来意大利度假,多洛米蒂很漂亮,五月份虽然还很冷,但是花也都开了。那些苹果树上有很多槲寄生,当时弗朗克,也就是这里的主人很是烦恼,任其发展下去的话,这些树会慢慢死去。所以有阵子他们忙着驱除这些东西。但也并不容易,一旦它们附着根部成功固着在主枝条上,就会发育出内部寄生系统……很复杂但又简单的过程。简化为……寄生……我就是在这个过程里获得灵感的,当然我的小说和这个没什么太大的关联。

我耐心听着她的解释,思绪却早已飘去了一边。于是她话音刚落,我便开口问,您说是在波蔓艺术中心?

是的。她有些讶异地望着我,你知道这个中心?

嗯,我朋友,我顿了顿说,一个画家,也曾受邀去那里创作。

原来这样。她点了点头,这个中心每年都会赞助一些申请者,但审核的过程比较严苛。现在可能更困难,我记得之前也同别人谈起过,有时候申请者要等待许久才会得到回复……不过一切都是值得的。那里有我的一段美好记忆……她侧身回望了男人一眼,他在我们聊天的中段就走进了餐厅,似乎在烧水煮茶,许久都没有出来。我知道我该告辞了。

第二天一大早我就搭上弗朗克的中型运输货车前往火车站,十一点半换乘飞机,不到下午三点钟就回到了马德里的公寓。天色阴沉,尚未降雪。我将钥匙与两封账单信件扔在鞋柜上,在客厅里打了打转,拉开冰箱门,取出瓶装水,喝了两口,放在桌上,走进了浴室。

# 回　声

她们把医疗账单堆放在靠窗的简易桌子上,白色台面中间有几道烧焦的疤痕,边缘的皮翘了起来。

母亲拎着饭盒进了厨房。她把书包压在角落,将喝过粥的空碗收到一边,拧住敞着口干掉的切片面包袋子,连同一瓶老干妈辣酱和一罐咸菜贴墙摆好。塑料袋里装着几颗持续腐烂的水果,她切下橙子发霉的一半,剜掉苹果褐黑塌陷的果肉,分割,修正,最后叠放在一只一次性塑料盒里。厨房里传出水声,她将碗泡进水池的铝盆里去,洗净手中的小刀,回到房间掀开书包,沿着桌面起皮的位置小心割开,将内部的碎屑清理掉。肮脏的渣滓陈列在桌面上,以及房间的每个角落。这个边角越翘越高,写作业被划过两次手。做完这些,她从包里掏出校门口买的强力胶,涂在用抹布抹过两遍的桌面里层,将卷起的皮窝回贴好,又擦净溢出的胶水。最后,她掏出几本书压在上面,等待胶水干掉。当除了等待别无他法时,她将能找到的书都摞起来,把边缘推到对齐。

医生说:"治疗已经没有意义。"

他们从来没有说过:"你们干脆把人接回去。"

她们在医院附近找了一个单间。厨房里有旧的粉红色窗帘和黄色柜门,把手本应在的地方有洞。

楼上传来轰隆隆的冲水声，一根粗壮的PVC管矗立在她身后两平方米的卫生间里。住进来之后她被这种巨响震慑，人们的排泄物如此沉重。不久之后，管道下方有了裂痕，起初并不明显，只是有少量的液体渗出，她俯身去闻了闻。

灰暗的冬天，她缩着肩颈，在清晨的肃杀中穿过混乱的诊疗室，进入B栋三区八楼的加护病房。这是一个更加阴沉的区域，有五个简陋的房间，每一间都只有两张床位。她们好不容易帮他获得了其中一个，几乎是他生命中最为优待的时刻。还有几个宽敞的病区病房，塞着不能受到优待的人们。门一开一合，从通道里走过，她经常能从缝隙里看到几名病人，以不同的姿势，与吊瓶钉在一起。只有两扇狭小的窗户，在冬日死死紧闭。空气中始终包裹着消毒水也压制不住的人体浊气，刺眼的荧光灯悬在头顶，不间断的警报声浇在低沉的人语里。这个病人干咳，那个病人呻吟，他们都急需护理。一个枯黄头发的年轻女子穿着医院提供的灰蓝色手术服，看上去十分沮丧，她慢慢地走到护士站，要了一个口罩。一名护士面无表情地递给她一张。她拖着脚步回到了她的房间。

春光明媚的早晨，楼上掉下来一个人。巨大的压力令她的注意力放在那人断裂的肢体上，而忽略身边疼痛不太明显的病人。她打开磨砂玻璃窗，让阳光透进来。一道湛蓝照亮了天花板。身后，他躺在平板病床上，无声无息。走廊里传来慌张的声音。隔床的哭声骤然响起，点滴悬空在头顶，啪嗒，啪嗒，越来越响亮。她帮那人按了响铃，却迟迟没有人过来查看。一扇门的另一边是一间宽敞、柔和的房间，她走过去，病房的护士全都不在弧形木桌后面。

入夏时节，灰色的影子爬上墙壁，她看一本书，封面上画着一个安静的图书馆，立着整排高耸的书籍墙。哐当哐当，门一开一阖，中午的嘈杂把她拉回现实。她的脚下是铺着白瓷砖的地面，鼻腔灌进混杂的饭味，每一扇门里都进出着无能为力的病人、护士、医生、绝望的家属。她从来没有见过有人在这个炼狱里读书。

半夜十二点钟，凌晨三点，剩下的时间，回声不断。几个月过去，重复好几次，翘皮的桌角没被黏合，把书拿下来的时候重新又弹了起来。

下一年九月，她上了一个专科学校，每天拿着针管练习注射。臀大肌、臀中肌、臀小肌、股外侧肌和三角肌。周末去实习，给安养院的老人们打针。消毒皮肤，抽取药液，排尽注射器内的空气，刺入肌肉，松开左手，抽动活塞，如无回血，固定针头。液体顺着滴管滴落下来。一滴一滴在流失。她别开眼睛。一个干瘦的老人刚被清洁完毕,躺在床上,没穿裤子,阴毛蓬乱,那里萎缩成一小团。她找不到他的血管,扎了几针都失败了,那人没有喊疼。终于扎好,整理托盘的时候他忽然剧烈咳嗽起来,咳出的东西喷溅在她的手臂上。

餐厅又长又窄,天花板很高,像一条无处可去的走廊。当她到达时,玻璃窗前有深冬的日落。她们都已经围坐了一圈。红绿格纹的桌布,有塑封的菜单,一篮子干掉的面包和简易小块盒装黄油。这是免费的。她们点了牛排,和冷冻的味道差不多。比萨上的香肠有腥味,百香果果汁每杯三十八元。晚餐结束时,她们已经祝贺了她三次,面前的盘子里只剩下不同深度的血色。她去柜台付了钱。

五年后她从新加坡护士学校毕业,回国之后有了稳定工作,不过她从来都不喜欢医院。楼道,人群,钟表,气味,温度。下班后,那些她从未接触过的病人,那些想要胶布、口罩、毯子或药方的亲属,通通不曾从她的听觉里远离,关于他们的回响成了一种折磨。

接下来所有空闲都在照顾母亲。她比躺在安养院的大多数老人都糟糕。排泄物太多了,它们是一团湿漉漉的、慵懒的东西,从她的肠道里日夜不分地流淌出来,聚集在她所有的褶皱里。泥棕色、黄色和绿色的东西几乎要渗透皮肉。她一动不动,就像堵塞的水槽里的水一样。有一天,她从床上掉下来,摔断了手臂,这只手臂受到了永久性的伤害,开始萎缩,飘浮在她身边,毫无用处。

她无力摆脱这只脱落的手臂,只能任其成为另外一重生活的障碍。女人已经枯竭,很瘦,不到六十岁的皮肤薄如宣纸。擦洗得太用力,马上便会被撕裂,太轻了,留下的细菌就会溃烂而引起感染。八年来,她都想把母亲从这些事情中拯救出来,就像她想把自己从中拯救出来一样,但是解脱遥不可及。

一个夜班结束,她在早晨走进病房。阳光很耀眼,实习的男护工正给母亲清理身体。光柱投射在他们身上,他把她的背部扶起,几乎要将她抱在怀里。他看上去很有耐心。

疼吗?我很快就弄好。他一边说,一边从女人身下拉出床单。她浑身赤裸,相当坦然,阴阜上的毛发已经极为稀疏。当他正在擦拭她耻骨周围的褶皱时,母亲痛苦地皱起了眉头。她走上前去,示意替换。

谢谢你。她说。

不客气。年轻人拎着一袋垃圾走了。

重新抽出几张湿巾,慢慢擦拭。母亲的嘴巴里发出咝咝的气流声,那是疼痛的回响，一种必须爬进她的身体才能理解的感觉。

晚上她做了一个梦，她脱胎于没有腿，没有手臂，没有脊椎的躯体。她光滑而充满黏液，难以被切成碎块。她一直试图分离，可它们又重新凝聚在了一起。

她马上搬到了一个新城市，换了一份工作，在一个护校教书。她租了一间方正雪白的房间。周末，她无所事事，在屋子里徘徊发呆。墙壁并不单薄，却依旧能够听到管道轰隆的冲水声。古老的、低沉的声音，在清晨混淆时空。楼上有人在练习小号，不分时段，但是她并未被冒犯。有时候她走到阳台上去听，隔着墙壁的声音是沉闷穿透的，到阳台上则变得清晰且空旷。吹得不好，一直都不好。然而这没有关系，无碍于她的生活。她对电视剧产生了兴趣，可以一整天快进着看完一部。人的悲欢如此集中。半夜她想起十八岁时坐在医院里的自己，管道中间空了一段。

她见了一些人，结了婚。对方是一个大学数学讲师，眼睑细长，发际线一直后退，认识的半年里完全谢了顶。指甲留得很长，边缘锐利，划伤过她的眼皮。他从教工宿舍搬出来，身体上留有未能完全洗去的匮乏感。蜜月去了海南，住在一座高大的、带百叶窗的联排别墅中的一间。阁楼上安装了许多天窗，这样阳光就像发光的烟雾一样穿过楼梯间。客厅里有面向海的落地窗，刺目的光线每天早上从四面八方唤醒他们。晚上两个人在种满热带植物的街道上吃晚饭，到附近的海边散步，回到铺着瓷砖的前花园里冲脚。这样度过了三天。

他们考虑贷款买房。坐着公交车去河对岸看了几套住宅，在负担不起的社区幻想未来。春天到了，怀孕是计划的一部分，她的肚子开始显露出来，他们选定了一间老破小学区房。

进入第七周，这时的胚胎像一颗豆子，大约有十二毫米长。她告诉他，如果他能看到她的身体内部，会发现胚胎已经有了一个与身体不成比例的大头，而且面部器官十分明显，眼睛就像一个明显的黑点，鼻孔大开着，耳朵处有些凹陷。

他们开始布置房间，把逼仄黑暗的一条通道里的物品规整到客厅角落。房子还是阴郁的，对面一座违章建筑挡掉了半扇窗的光亮。他换了更高瓦数的灯泡，整日开着。起初她舒适了一些，时间久了，觉得自己像是生活在孵化棚里的禽类。他们每个月都从生活预算里拨出一点钱购买婴儿用品。他在二手网站买到了一辆名牌婴儿车，八成新，打了对折。拿到货物的时候发现滚轮坏了一只，推起来一点也不顺滑。他们纠结了两天，最后决定留下来。

我们自己换一只就好了。他说,其他地方都还是新的。

他陪她去照了超声波,一切正常。胚胎上伸出的幼芽将长成胳膊和腿,现在看上去已经很明显了,手和脚看起来像小短桨。还听不到胎心音,但是它的心脏已经划分成左心房和右心房,并开始有规律地跳动,每分钟大约跳150下,比她心跳要快两倍。

医生告诉他们在这周的中间,它开始会有第一个动作。遗憾的是她感觉不到,大约需要等到六个月时才能享受到与其共感的乐趣。

挺健康的,不要担心。医生说。

她把超声波图像放在皮夹里,穿过医院门口的自行车群,买了一串糖衣快要化掉的糖葫芦,咬下第一口时流出了眼泪。


六个月之后她决定流产,他却犹豫不决。他们带着诊断报告去了市里所有医院,在大小不一的门诊大厅挂了很多次号。病历簿放在鞋柜上,背包里,杂乱的厨房抽屉里,卫生间的洗衣机上,矮几的边角。他们永远可以找到相同的结论——胎儿心室内点状强回声是一个声像图表现,是心脏的正常结构如瓣叶腱索、乳头肌等钙化的回声。声波转换成亮区和暗区,二十周时,通过这个回声他们发现孩子有先天性心脏病。它的左右心房还很小很小,这样也会生病。起初医生们不太能够完全肯定,都说一般情况是在胎儿七八个月时,心脏有了一定程度的长大,它的大小和构造才可以通过超声波进行确切的诊断。

拖到了第七个月,她早产。鲜血羊水混合着其他排泄物糊满了下体。她在一个毫不相干的同事车上产下了婴儿。是个女孩,紫色的,枯皱瘦小,奄奄一息。后来她转给同事两千块钱,算是致歉以及感谢,但是他没有收款。

他们把她从她的臂弯里拿走,扶她到房间的角落里。一个护士测量了她的血压,她的手臂被各种管子缠绕。整个过程中她都在颤抖,她感觉不到疼。

不要动。一个声音冷冰冰地喝止。她抬眼看了看那个护士,她戴着口罩,文了精致的眉毛和眼线。你这样我扎几针都扎不进去。她责备她。她这才发现臂弯和手背上留有血痕。

晚上,在产后病房,她走进卫生间,静脉注射管缠绕在吊杆上。一块血块从她的身体里掉下来,落在马桶里。它有一个小鳄梨那么大,像果冻一样摇晃。

有人给她介绍了一个可能,约在护城河边上的肯德基见面。对方是一个四十岁的女性,比自己年长不了多少。女人装扮干练,开着一辆奥迪,那天是周六,没有地方停车,女人打电话给她,问她是否可以在车里商谈,她同意了。她们在环河快速路上兜转了两圈,马上进入冬天,路两旁的树木迫不及待地凋零,天色灰败。下车的时候,她们定好了在医院会面的日期。

回到家她陈述了一切,他再一次表现出了担忧。他一直害怕。害怕未来的不可预测,害怕自己绝望的预测,害怕只有时间才能告诉他们答案的简单问题:现在怎么办?她感觉到有什么东西出现在她的胃囊、她的小腹、她的发根。她猜测这就是恐惧。

她没有赴约,也不知道那个女人该怎么办——她的女儿只有十六岁,已然成了妈妈。他们要送走刚出生的健康孩子,一个家庭的污点。

她也送走了自己的孩子。他们没有思考很久,或许也是漫长思考的终点。当她把那个乱七八糟的婴儿捧到医院,很快他们就把她放进了保温箱,一天好几千块钱。一周之后医生有了结论。

找她谈话的是年轻的妇产科医生,他给她看了一长串指标,耐心解释,她点头表示明白。

"不是不可以治疗,但是经济负担会很重,你们要做好心理准备,那个——孩子的状况很不好,也许随时都会发生危险。"

现在她明白了这句话的含义。

最终她好一点了,然后再多一点。时间似乎一直没有走出那年冬天的萧条,但她感觉几乎要恢复正常了,有了四季。就在那时,一个在新加坡认识的同学回国,请她喝茶。同学告诉她自己已经移民美国,在那边开设了一个护工中心,有大量的工作机会。

她辞了职,很快办好了务工签证。她计算了一下,这时候她已经离婚七年了。她听说数学讲师评上了副教授,再一次结了婚,住在河的对岸,终于有了一个孩子。

她震惊,刺痛,但也奇怪地松了口气,感觉好像肩上卸下了一个巨大的负担。她久违地哭了一次,大声抽泣。泪水具有净化作用,令她在无人之处以无法完全解释的方式得到释放。

接下来发生的事情并不是她康复了,实际上她从来没有康复。

她把热狗切碎,用盆里的面团包起来,放进烤箱。乔治的东西散落在所有的台面上,在他从未使用过的壁炉上方,在床头柜的抽屉里,书架的下方,洗碗池的左侧。他的轮椅折叠在门厅后的角落,一个置物台的后面,左扶手的位置有白色磨痕。不知道是谁收起来的。她一直没有整理这些地方,只是不间断地除去灰尘。

开胃菜用了浅色圆形木瓜,味道热带。在她到来之前,乔治从来没有吃过这种水果,它们却生长在他院子的角落。她起初做了不辣的青木瓜沙拉,他尝了一口,拒绝食用。后来她把熟透的木瓜放在一个小而深的碗的底部,浸在奶油中,上面是一勺令人厌恶的塌陷的鱼子酱。他喜欢这个味道,并且一再要求她重复做这道菜。他还喜欢她包饺子,从和面开始,他就坐在中岛的另一侧,静静看着。"柔软而富有曲线美,里面有天鹅绒般的小牛胸肉馅料。"他对每一个来访的客人炫耀。但也不是中式口味,它们在金色的肉汤中游泳,加入奶油糖的苦杏仁酒使它们的口感变得奇特。她偶尔还用木炭炙烤嫩和牛片,搭配朴实的洋姜蛋黄酱,他吃得津津有味。

她照顾了乔治三年。在第二年的某一夜,他把她叫到壁炉边,很慎重地询问了她的意见。

不。她回答。

她走回厨房,用微波炉给他加热一杯牛奶。在她到来之前,他也没有喝热牛奶的习惯。他已经很久没有吃过热的食物,他对吃没有兴趣。厨房的墓地又深又宽,散布着各种白矮星性质的厨具,它们短暂地发出惊人的光亮,然后很快坍缩成了太空垃圾。

是她拯救了它们。微波炉、三明治炉、面包机、煎饼机、热狗切片机。后来,她自己花钱添置了一个电饭煲、一个高压锅。在这片废弃厨房用具的荒地上,她尽力开垦。她频繁地使用了最后两个工具,它们如同恒星,而非恒星的残骸。

叮的一声,在空旷的厨房回响。微波炉里的牛奶热好了。她返回客厅,将奶嘴塞进了婴儿的嘴里。

谢谢你照顾我父亲。一个男人对她说。

如果不是你,他撑不到三年。一个女人补充。

他总是对我们谈起你的厨艺。另一个人说。

她把一碟干炸蘑菇从一个人手里递给另一个人,他们脸上的泪水和微笑似乎与她无关。他们主动提出帮忙,但她把收回的盘子紧紧地贴在胸前。

结束了在美国的第一份工作,她转职到月嫂中心接受培训,花半年时间考下几个证照,也有了新的驾驶证。

客厅里种着吊兰、仙客来和喜林芋,前门入口处铺上了小地毯。浴室的架子上放着装满百花香的玻璃罐。贝壳和马的玻璃雕像为他们的厨房柜台增光添彩。新年期间,入口处的地毯上摆满了来自中国的贺卡和礼品。在这栋别墅的侧面,有一个仓库,据说以前是一个谷仓,现在那里堆满了各种公关用品和货物。

新雇主是一个单身妈妈,时尚博主,中国人。彼得那时候才四个月大,而女人需要全世界出差。

试用期两个月,第三周女雇主就同她签订了正式的合同。她从巴黎回来,进门时脚上穿着一双简易拖鞋,卸了妆,眉毛仍然浓密。她递给她一盒榛子蛋糕。

你没有吃午饭,可以先吃这个。她说。

她看上去只有二十多岁。下午四点,她将合约递给她时罕见地笑了一下,她变成了三十五岁。

她弯腰看了看孩子,用手指抚摸他的脸庞。

五个小时,她忽然说。你抱了他五个小时。

她抬起身,指指屋子的角落:"看监控都知道。孩子哭,你一直抱着他。你很有耐心。"

她在偷偷吃药。她找不到摆脱困境的方法,也不想努力,吃药是最不主动的解脱方式。彼得三岁了,已经可以消耗完她白天所有的精力。他的双脚总是有力地敲打在地面上,啪啪传出回声。在厨房时,她总因为这些由远及近的声音生出笑容。慢炖锅、蒸锅、加热器、煮蛋器、奶瓶消毒器和酸奶机里喷出的热量让她体验到了一丝幸福的暖意。

她不信教,却总会带孩子走通往山坡上十字架的那条林荫道。一只小猫头鹰在秋日暮色中的土路上,彼得的好奇照亮了它的眼睛。它每天都在那里守候,孩子靠近它的时候它会飞到树梢上去。过一会儿它又飞了下来,站在路基旁,等彼得再次扑过去。空气中回荡着此起彼伏的欢笑,她想猫头鹰可能象征什么,上网搜寻了一次,却忘记了答案。但她却清楚地记得自己曾对答案感到失望。

她开始与佐野先生约会,他每个周六晚上带她去镇上的餐厅吃饭,之后回到公寓,做爱。午夜十二点之前,将她送回雇主的宅院。八个月后他离开了这片社区,告别仪式非常简单,他在入口处的圆形花坛前帮她拉开车门,餐厅的桌上摆放着萨尔萨维德酱、纳豆和凤尾鱼芹菜沙拉。蔬菜纵向切成卷曲的触手。吃罢饭，他们回到他的公寓，在长绒棉的床单上使用传教士的姿势。十一点四十五分，他把车在别墅大门前停好，吻了她的面颊。

来年四月，她搬回家庭旅馆。布置简单，格局同国内的违法群租房无异，大多是私人居室改造，老板都是早年来美的中国人，住客多是新移民。最高级的房间二十美元，一间房里只有两张床，三张床的十五美元。还有更差一些的，一天十美元，五六个男人挤在一个客厅，女人们紧缩在卧室，木板床一张挨着一张，床上胡乱堆着发黑的枕头被褥，床下塞满塑料袋和行李箱。除了月嫂，旅馆里还有做美发的、做按摩的、搞装修的、干苦力的。和她一样，他们在这边也没有家。

她收入不菲，月薪从六千美金涨到了一万。有医学背景，有厨师证和驾照，讲双语——重要的是会讲中文，到处有期待她的空缺。不出一周，她就可以找到新的雇主，搬进对方奢侈且豪华的别墅，成为另一个新生儿的住家保姆。她完全可以住得更好一些，只是那将会令她整夜不得成眠。

她在客厅里遇到了一个年轻人，他用公用厨房做饭，包子蒸多了，出来送一些给同住的人。他把盘子递到她的面前，眼睛里有恳切与赤诚。她拿了两个，和大家坐在沙发上品尝。韭菜鸡蛋虾仁馅儿的，她自己从不包这个。

吃罢饭，一对三十岁左右的姐妹商量着去华人街的舞厅，那里有"星光夜"活动，入场费只要十美元。她回房间躺在床上，做了一个梦，梦到佐野在纽约的餐厅为她拉开了一把黑色的椅子，乔治摇着车轮上前，他的双腿上有一只猫。他从猫的口腔里掏出一枚戒指，慢慢递给她。

一串巨大的声响突然袭来，轰隆。她被惊醒，有人关上了卫生间的门，脚步踢踏地渐行渐远。晚上十点，手机上跳出新闻："某某华人区舞会发生滥杀枪击事件……"有八人身亡，受伤的还要多。她闭上眼睛，在自己的单间里聆听薄薄墙壁里管道的声音。嗒，嗒。嗒嗒，嗒，嗒。

第二天她接到了面试通知，第三天她拖走了行李。第十五天，她在空旷簇新的厨房里，将新家庭里大些的男孩，误唤作了彼得。

【作者简介】白琳，生于新疆，罗马考古艺术史硕士，专注于中短篇小说创作，作品见于《当代》《收获》《芙蓉》《北京文学》等国内各大刊物。

# 和蚂蚁在一起的日子

江子辰

一

我站在窗前,看着夕阳苍老的背影慢慢西移,最后挪进一片涣散、失血的红。夜幕不经意间滑落,像蜘蛛从天而降,看不见蛛丝。

安静的写字间开始喧闹,汪小伊在召集AA聚餐。美貌是无形利器,散发威慑力,兼带吸引力。汪大美人经常颐指气使,围绕她身边的大小爷们儿,各怀鬼胎,俯首帖耳。我无暇领受这些,趁人不备,溜了。

楼梯拐角处,小电驴已在待命。这是我和光宇的共有财产。光宇是我老乡,招聘市场认识的,挺投缘。我们都缺钱,就像缺营养,菜色写在脸上。如何多挣钱,是菜色联盟的永恒话题。我们关系密切,却很少见面。光宇在酒吧上晚班,白天送外卖。我下班前,他送电驴过来。晚上我送外卖收工,送电驴到酒吧。这倒霉的驴要日夜上班。骑着它时,感觉这家伙有情绪,我就开导它:人各有命,贵贱前定。你连动物都不是,贱为电驴,活该让屁民屁股坐定。你若是宝马,何至如此?就不要抱怨了。哦?它好像听进去了,认命了,只是放屁的声音更响了。

夜色中的霓虹在路人脸上飘忽,像捉摸不定的命运。各种表情忽明忽暗,暧昧不清。一眼望去,满街繁华。暗影处,似乎隐藏着忧伤。

手机叮的一声，第一单外卖飘忽而至，我连忙往店铺赶，像一阵风。赶到提货点，飞快拎上包装盒，跨上电驴，蹚过夜色与晚风，直奔目的地。

外卖员是市井扫描仪。市井大了，什么人都有。一位退休老教师，每次接过外卖都会说，辛苦了小兄弟！有个美妇人，我只迟到五分钟，她就破口大骂，给差评，还投诉。

我学会了容忍，维持了稳定。看电影《音乐永不停歇》时，我记住了几句歌词：所有的东西，我们都要面对，并稍稍感恩。

今天这单甜品送得顺利，刚到楼前，电梯门就开了。一敲门，客户就开了门，一位文静的女孩接过甜品，含笑道了声谢谢，声音轻柔如鹅毛，我莫名心猿意马。生活虽艰难，温暖也常有。

下楼时，肚子咕咕叫了。我轻车熟路，驰向南平路。"潭城扁肉店"的霓虹灯光迎面飘来，我的心倏地温暖。

来啦？詹老板问。

来啦！

潭城扁肉是家乡的小吃，我隔三岔五就来吃一碗。有时是馋了，有时，是情绪低迷。

潭城扁肉颇有名气，与其他扁肉最大的区别，就是馅的肉不用刀剁，用木棒敲。木棒敲的肉馅，筋道有韧性，没有被切断的肉香相濡以沫，藕断丝连，在牙根和口腔里不断强调着存在感，让咀嚼者欲罢不能，回味再三。也许，这只是我乡愁的一种寄托因而美化？

这里的食客络绎不绝。

一碗扁肉下肚，心里踏实了许多，感觉生活又有了奔头。继续干活儿吧。

离开扁肉店，才骑出一段路，脸上忽然一凉，是雨点。我没在意。不料倏忽间，雨点飞快密集，水珠迷蒙了双眼。糟糕，今晚恐怕干不了活儿了。正想着，雨水已劈头盖脸，毫不留情。走路的、骑车的，惊惶四散，或闪进商店，或壁虎般依附在屋檐下。驾车的比较淡定，雨刮器不慌不忙。

人类的行为经常集体无意识，大雨之下，浑身湿透只在顷刻间，跑与不跑，又有什么区别？

我也跑，小电驴分水兽般莽撞，慌乱中进入了一个破旧的住宅区。终于站到了屋檐下。

# 二

人生祸福莫测。我又怎么知道这一场雨竟然改变了我的生活。而我的一个怪习惯,助长了改变的发生。

我习惯用背撞墙。只要靠上什么,就不由自主地撞击,靠多久就撞多久。一个人的习惯,不管是与生俱来或后天养成,都如鬼魂附体,身不由己。

周边的窗户大多亮着,我避雨的这户,却透着寂寥的黑。我背靠门板,撞击。随着雨声的节奏,撞击出了行为艺术的感觉。我不停撞击,慢慢地开始疲乏、烦躁。我撞击着门板,开始追溯这习惯的源头。

"靠墙站好,不许乱动!"久远的断喝声忽然响起。上小学时,我满脑子糨糊,经常被老师罚站墙角。因为紧张和焦虑,我就不由自主以背撞墙,站的次数多了,撞击便成了习惯。撞击时,我的紧张和焦虑慢慢减缓,一种舒适感从撞击处出发,一点点渐次扩张,直到全身……

雨不依不饶,似乎想水漫城市。我打开手机打发时间,一个视频吸引了我。即使看手机,撞击也无法停止。

一位推销大师讲成功学,舞台上吊着个大铁球,他叫一位壮汉上台,用大铁锤猛敲铁球,那球无动于衷。又敲了一阵子,依然不动。这时,大师掏出一个小锤,对着铁球一下一下敲起来,敲了很久,字幕显示40分钟时,铁球动了!很小摆幅。大师继续敲,铁球越荡越高……大师说,这叫累积效应,是成功的秘诀。

我忽然失重,仰天倒下,躺在门板上,门板倒在地上。糟糕,门板被我撞倒了。慌乱中联想大师说的累积效应,觉得很搞笑。几颗螺丝钉瞪着惊讶的小眼看着我。估计门的螺丝早已松动,累积效应和螺丝松动合谋,让门板轰然倒地。

我慌忙爬起来,迅速左顾右盼,准备飞身逃窜。四处无声,唯有雨声,雨声遮盖了许多,包括罪恶和疑似罪恶。

跑,还是不跑,我在犹豫。跑,立马浑身湿透。不跑,可能被认成撬门大盗。人生有多少误会是无法说清楚的呀?如果房主突然出现,我该如何辩白?三十六计,走为上,跑吧。

可是,不做亏心事,不怕鬼叫门!先躲雨,再静观其变。我谨慎地站在门外,靠着墙,继续撞墙,这墙,不至于也会倒吧?

雨越下越大,丝毫没有消停的意思。已是初秋,四周寂静,凉意逼人。我双手抱肩望着天,天黑洞洞的,黑得含糊。好想躺在床上,看手机,看闲书,听雨。可是出租屋远在郊外,不可望,也不可即。

合租房,另一对是情侣。不知是工作不累或太累,两人频繁做爱。他们非常夸张,每次都叫喊着好像被恶鬼追杀。那男生看着斯文,女孩小鸟依人,那么威猛地叫床,总给我不真实的感觉。太张扬了吧!我的愤怒有一点点酸。

女孩阿静清晨看见我时,总会羞涩一笑,男生小刚却平静得心安理得。有一次小刚先去上班,我和阿静相遇在卫生间门口。她说,哎,不好意思哦,对不起哦!可是没办法,忍不住啊。以后你带女朋友来,也可以尽情叫。说完砰地关上卫生间的门。我张口结舌。

一次翻闲书,看到"禽经曰:鹤以声交而孕。张华云:雄鸣上风,雌承下风则孕",不禁哑然失笑。想象雄鹤在上风唱歌,雌鹤在下风欣赏,雌雄间知音交流,乃孕。这是何等的优雅啊!这就像俞伯牙和钟子期,一个水上操琴,一个崖上听曲,说巍巍乎若高山,洋洋乎若江河,遂成知音,只是不会受孕,而鹤可以。人类如果学会如此操作,至少可省去诸多擦拭纸巾……

慌乱中,联想也胡乱。

此时,风声雨声叫床声,逼得我大着胆子,在这屋里住下了。

## 三

我不是随随便便就住下的,我像哈姆雷特那样思虑了许久。雨越下越大,我越来越困。这房子尘满面,鬓如霜,一时不会有人来吧?综合诸因素,我果断住下。睡之前,我将门板扶起,站好,让螺丝归位。

此屋两室一厅一厨一卫,装修简陋,家具寒碜,屋里弥漫着一股难言的气息。尽管如此,这却是我漂在省城以来住得最大的房子。

不踏实的夜,我半睡半醒,还做了个梦。梦里被人揪住领口,呼吸困难。此人看不清面孔,声音如雷,大胆狂徒,敢偷我房子?我浑身颤抖,说,没偷,没偷,只住一晚,一晚。接着被吓醒了。睁开眼,一时不知身在何处。睡意在黑暗中慢慢消散,我想起了昨晚的雨,心里很不踏实。一看手机,凌晨四点,这样的时刻,应该不会有人出现。我告诫自己少安毋躁,静待天亮。

四处一片静默,雨不知何时停了。突然,不知何处响起几声虫鸣,我武断地认定,这是蚂蚁的叫声。蚂蚁会叫吗?

这声音让我想起弟弟。弟弟喜欢蚂蚁,他的童年,蚂蚁是最好的玩伴。此时,弟弟的身影在我脑海里晃动。我摇摇脑袋,想甩掉他的影子。我怕想起弟弟,一想起他,我就有负罪感。

天已蒙蒙亮,我得尽快离开这里。

迈步出门时,听到叮当一声,低头看见一把钥匙,心头一动,就把钥匙插进锁孔,一转,插销一伸一缩,天,是大门钥匙!原来应该是挂在门后的挂钩上。我将钥匙抛向空中,伸手接住,又抛向空中,如此三次后,果断塞进口袋。

锁上房门,迈下台阶,回头看一下房号:104。左右观察,四处无人。我轻步急走,走出社区,融进人流,心里才踏实下来。

这里离上班的地方很近,走路大约十分钟。要是住这里,真是赛过神仙了。那楼盘广告是怎么说的?上班路程短了,生命就长了。如果住在附近,等于增寿啊!当然,也就这么一想。此地为黄金地段,房价奇高,房租奇贵,若在此地租房,我的工资差不多只够付房租。

# 四

我的老家在闽北边城,大学毕业后赖在省城不走,在一家小广告公司打工。写文案,拉客户,整天焦头烂额。这里工作的最大特点就是加班,不给加班费。

这天,我第一个来到公司,这算奇迹。随后而来的同事看我就像看见鬼。因为我迟到成性。江山易改,本性难移,突然移了,挺吓人。这不能怪我,出租屋那么远,每天上班时间已到,我的脸还像柿饼一样贴在公交车的玻璃窗上,感觉下车好一阵子,脸才能恢复原形。

喝了牛奶啃了面包,新的一天开始了。我打开电脑,打磨未完工的楼盘广告文案。楼盘闺名"君临桃花源",地处郊外,设计三十层商品房二十幢,体量够大。此类文案大同小异,就是厚着脸皮胡吹。有个小池塘就是"水岸观景",周边的沙县小吃、小卖部和银行储蓄点,就是"紧邻商业、金融一条街"。如此操作成习惯后,也就淡漠了羞耻感。后来我有了体会,入行广告业,做文案、写广告词,就是脸皮增厚的过程,皮够厚了,就得心应手了。

这"君临桃花源"有一致命伤,就是西面君临的是一座坟山。这个很棘手。中国百姓生丁吉祥,忌谈死亡,让人掏数百万元与鬼为邻,这广告词,鬼自己来写也难。此时我才醒悟,这个大单为何落到我头上。可这鬼差事别人能躲我却不能,我比"别人"更需要钱。再说了,不管我写不写,这楼盘都会涂脂抹粉开盘,都会有人被骗而与鬼为邻。毕竟,在省城买房的有大批外地人,他们有很多盲区。

我想象,几年后,这里的业主搬进新居,登高一望,突然发现邻近的山丘高高低低汹涌着各种坟台,会不会惊愕得眼珠跟泪水一起滚下来?

如此一想,我感觉自己是为虎作伥。当然,我想多了,根据多年的观察,每一个东施般的楼盘,经过"运作",都能如西施般出嫁。

开发商大多是猴精,心脏强大。这楼盘开工之前,开发商已在坟山那一面立起了一道长长的、高高的广告牌,画面是密密匝匝的桃树、桃花,"君临桃花源"的创意,应该由此而来。

靠近坟山的那一面,他们先盖一座楼房,封顶后就不再施工,密封着不让人进人。施工者被严下封口令。此屏障,遮挡了坟山的鬼脸。

中午填饱肚子后,看看桌上瓶子里的蚂蚁,打盹儿片刻,又一头栽进电脑,直到天色渐黑、人声渐少。把文稿的枝枝丫丫最后修剪一次,认真保存。

忙了一天,文案基本完成,主广告词还要推敲。

悠悠山水间,君临桃花源,尽享诗意栖居。

东接闽水,西临天国,停靠一生梦想。

生态坡地庭院,品味自然水岸,桃花盛开的地方。

…………

花里胡哨写了十多条,直到肚子咕咕叫,我才敲下最后一个句号。让老板定夺吧。把稿子发到老板邮箱,才长长松了口气。

老板是女老板,年过四十,孤家寡人,感觉她是把别人做爱的时间省下来,用来拍桌子骂人。好几次我忍无可忍,差点揭竿而起,最后硬是忍了。西谚说:不要跟给你发工资的人过不去。我深谙这是真理。因为这样做的实质,就是跟自己过不去。按目前的局势,她虽然不能捏蚂蚁一般把我捏死,但捏碎我的饭碗,易如反掌。

正准备下班,手机响了,老板召我,我心头一紧。

刚进老板办公室,这女人就劈头盖脸训斥,你哪根神经搭错啦?哪壶不开提哪壶,什么"东接闽水,西临天国,停靠一生梦想",故意的是吗? 买房子就是为了去天国做梦? 你到底是怎么想的?

我一时没听明白,写了十多条,也不是每一条都记得清。什么天国,哪有什么天国? 哦,突然我明白了,肯定是打错字了。当时好像想的是"西临青山"。这娘儿们就是爱抓小辫子,那么多条可供选择,干吗揪住这条不放?

哦哦,打错字了,对不起,对不起! 我再改过。

算了,以后干活儿上心点。

我连忙退出。回到写字间,心里还是别扭。把那瓶蚂蚁挪到近前,盯着看,看着这些整天傻忙的小生灵,我突然怒气横生,要是能辨认雌雄,我一定抓出一只雌蚂蚁,把它捏死。


# 五


我养蚂蚁是因为弟弟痴迷养蚂蚁,蚂蚁是他童年最重要的玩伴。蚂蚁带给他童真的快乐,也因为蚂蚁,他付出了惨痛的代价。

我出生的山村叫桃花村,可是村前、村后、河岸、山坡,我就没见过一株桃树。问过爷爷、爸爸,也说没见过。没有桃树,为什么叫桃花村? 这是一个谜,就像"君临桃花源"的桃花。

桃花村名字很美,我的生活却是灰暗的。童年与少年时光,我都浸泡在一种茫然、无望和惶恐的空气中。在家里,这种空气更浓,令人窒息。这种空气的源头,是我的母亲。

我的母亲,和书籍课本上描写的母亲都不一样,这让我非常困惑。从我有记忆开始,我印象中的母亲,是坐在麻将桌前的母亲。作为农妇,她很少出现在田间地头,也很少出现在厨房的炊烟里。我和父亲、弟弟希望她在家里,希望有热菜热饭吃;又害怕她在家里,只要她在,家里就充满斥骂声。我们偶尔吃着她做的饭菜,听着厨房里锅碗瓢盆的乱响和她高高低低的斥骂声,心里就有一种莫名的惶恐。

母亲的骂声是坚硬的,有时我宁愿她动手打我。她的骂声像一捧沙砾,或者像一阵乱鞭,让你无从躲避。好几次母亲开骂时,我看见父亲和弟弟下意识地抱着脑袋。

父亲曾经怒不可遏,动手推搡母亲,甚至甩她一记耳光。但是,这些动作就像打开了母亲咒骂的闸门,骂声洪流般喷涌而出,量大且速度快,源源不断,势不可当。父亲住了手,也许他终于明白了,如果不把这个女人打死,她是绝对不会闭嘴的。从此,父亲认命了。

弟弟小声对爸爸说,爸,你来做饭吧,不好吃我们也吃。那时弟弟才四岁。

当时父亲是民办教师,上课之余还得忙地里的活儿,根本没时间做饭。我和弟弟经常吃冷饭,就咸菜。母亲除了早餐,一天都在打麻将,她的另外两餐不知道怎么解决。家里没什么钱,赌注也很小,但她上瘾,走火入魔。她的牌友多是孤寂的留守妇女、缺爱的寡妇。牌桌的征战,也许是她们仅有的生活乐趣。

弟弟五岁时,父亲被学校辞退,母亲咒骂的唾液集中到了父亲身上,我和弟弟挨骂的次数明显减少。但我并没有感觉放松,我替父亲难过。父亲成功逃离了,外出打工。我上了初中,住校。每次我和爸爸离家时,弟弟就会缠着哭,不让走。他很无助,我和爸爸很无奈。

无端咒骂不知道是不是会成瘾,母亲一天不骂人,似乎就像鱼缺了水。她经常带伤回家,那是骂了更强硬的人的结果。可怜的弟弟,不知道什么是母爱,却独自承受着母亲的戾气。

弟弟有个怪癖,喜欢嚼树叶、草叶,嚼过后吐掉。他整天嘴唇泛绿,挨近他就闻到草叶香。一个人在家的日子,他身上的草叶味更重了。

尽量少回家的我偶尔回来,弟弟老说饿。他明显瘦了,沉默了。原来和我在一起时,他话很多,有十万个为什么。现在,他的问题怪异,且令人忧伤。

哥,是蚂蚁多还是人多?

蚂蚁为什么打架?

蚂蚁会骂人吗?蚂蚁有妈妈吗?

蚂蚁饿肚子能饿几天?

蚂蚁……

弟弟迷上了蚂蚁。家里闲置的瓶瓶罐罐装满了蚂蚁。母亲多次怒火冲天,将弟弟的蚂蚁瓶罐摔得粉碎,把他骂得狗血淋头。幸好母亲只骂人,不动手,也算君子。一个至亲的人,却成为生活中的噩梦。对父亲、弟弟和我而言,母亲毁了我们的正常生活,成为痛苦的源头。如果她不是我们的亲人,我们就不会束手无策,我们就不会像无辜的蚂蚁被任意揉搓。

弟弟并没有屈服,家里的蚂蚁瓶罐很快又出现了,在更隐蔽的地方。干瘦的村庄,缺精神,缺物质,却不缺蚂蚁和废弃的瓶罐。弟弟执着地要和蚂蚁为伴,母亲只能放任了。况且,她经常把这个小儿子忘记。

有时周末回家,母亲就会对我吼一句,看好弟弟!说着又出门了。

父亲一年只回家一次,有时甚至不回来。和弟弟相处时,我总是充满愧疚。作为哥哥,我无法替他分忧。平时,他只能待在家里,母亲断喝,不许跑出来,被我发现,打断你的腿!于是弟弟乖乖待在家里,和蚂蚁玩。

弟弟喜欢去河边,每次回家,我就带他去河边游荡。弟弟本来是爱笑的,走在树林、河边,他追逐蜻蜓,追逐蝴蝶,拔狗尾巴草,捡蝉蜕,嚼树叶草叶……童稚的笑声在水面、草尖上翻滚。如今,他变得安静,低头走路,不时蹲下来,那是他发现了蚂蚁。在蚂蚁洞穴前,他会蹲很久,有时坐下,甚至趴下,目不转睛地看着蚂蚁的队伍。蚂蚁们看似散乱却有序,各自顶着比身体大数倍的食物列队前行,坚忍且忙碌。

有一次,弟弟趴在地上,很久不起身。我好奇地蹲下。弟弟在观察一片树叶,树叶上有一只蚂蚁。只见这蚂蚁全神贯注地拉锯,锋利的虎钳牙像锯子,锯开叶片。它的球形脑袋有节奏地上下摆动,抬起、低下,抬起、低下。在后腿的支撑下,它旋转着,慢慢地在叶片上刻画了一条弧线。它不停地转着弯,有意避开叶子的主筋脉,终于,切下一块几乎是圆形的叶片来。它举起硕大的圆叶片,蹒跚前行。这时我才发现,周边有许多小叶片在蠕动。蚂蚁们撑着绿色小伞有序前行。一条小小的绿丝带,微微扭动、蜿蜒。我随着弟弟跟踪着绿丝带,来到一个蚂蚁部落。地面上有一座座小塔楼似的土堆,土堆上分布着许多洞口,蚂蚁密密麻麻,进进出出,宛如人类的集市。

我看呆了。世界那么大,生物那么多,人类和蚂蚁,谁更聪明?谁的生存更辛苦?

弟弟似乎对这些见多了,他没有感叹,只是微笑。对蚂蚁,他到底知道多少?他为什么痴迷蚂蚁?看他严肃专注的样子,我鼻子有点酸,想一把将他搂在怀里。

初中快毕业时,我突然明白了那句老话:命运是掌握在自己手里的。要想摆脱压抑和窘迫的环境,唯有读书。我将所有能利用的时间倾注在功课上。陪弟弟玩,我也带着课本,他看蚂蚁时我读书,不管在树林还是河边。

这是最美好、最安静的时光。

可这安静,时常被弟弟打破。大多数时候弟弟只是观察,看蚂蚁搬家、觅食、打架。有时他会轻轻说话,对着蚂蚁。

和我一起玩好不好? 我叫你小黑好不好? 要不然叫黑虎? 哈哈,这么小的老虎,哈哈……

黑虎你是不是骂黄点了? 骂人不好,我讨厌骂人!

哎,你们不要打架……

有一次,我正靠在树下解题,突然被吓一跳。

天杀的! 你为什么还不去死? 我一看,弟弟趴在地上,破口大骂。骂蚂蚁?

我说,怎么了,弟弟?

他不理我,继续骂。没有良心的,我对你们还不够好吗? 嗯?

我瞠目结舌,不知如何是好。我发现弟弟有暴力倾向,尤其在情绪不好时。但只对蚂蚁,对其他动物倒没有。有时他用树枝捅蚂蚁窝,得意地看着蚂蚁慌乱奔逃。有时将爬满蚂蚁的树枝插进水里,看到蚂蚁在水里挣扎,抱成一团旋转,他哈哈大笑。有时他竟然对蚂蚁大开杀戒,用火烧,有时用小刀,认真地将蚂蚁一只只切成两段,看着还在蠕动的残肢,嘴角挂着笑。没耐心时,将几只蚂蚁用指头碾成碎末……

目睹这一切,我目瞪口呆,不知如何是好。

这样的暴行,通常发生在我要回学校的前一天。小小年纪的弟弟,如此异样的言行,我真的很难理解。虽然看不清他的内心世界,但我感觉,那世界有着与他年纪不相符的沧桑。

# 六

对外地打工仔来说,在省城有一套房子,就相当于有了尊严。人称我辈为蚁族,其实高估了,至少蚂蚁不用为住房操一辈子的心。

如今形势有变,我疑似有房子了,确实有一套房子的钥匙,正睡在我的口袋里。

自从那个雨夜天降住房,我一直心神不宁,脑海里有一万种猜测。屋里厚厚蒙尘,说明久无人住。久,到底多久? 一个月还是一年? 此房东,是一个月后会回来,还是一年后,甚至更久? 有没有可能房东出门,遭遇不幸而死于非命,而他

(她)无亲无故? 或者是富翁拥有无数房子,把这套忘了? 或者房东是罪犯正困在牢房? 或者……唉,我的想象力不够,又有点不厚道。

这房子像梦里的房子,让我感觉不太真实,我得用一段时间,把它从梦里拽到现实中来。

我将这房子当作犯罪嫌疑人,开始细细摸底、追踪。我要细细端详它、琢磨它。它在我面前洞开一扇门,也许有前定的缘分?每天傍晚一下班,我便骑着小电驴,边等订单,边在小区外慢慢逡巡。

小区总共五幢楼,楼高六层。楼房墙面斑驳,铁栅栏焊着所有的窗。社区路面坑坑洼洼,应该久未修整。这样的房子,有可能被人忘记或抛弃,就像人老珠黄的情人。

小区大门内侧有间小门房,坐着一个似睡非睡的老伯。有人进出,他从不过问,就像门上贴着的门神。小区甚至没有名字,大门砖砌的方柱上有门牌:江边路十三号。可是,这一带哪有什么江?

我将这套房命名为飞屋:天上飞来的。

每送完一单外卖,我就回到这里等单,继续观察。小区进出的多是老年人,这让我心安不少。

观察一段时间后,我基本断定,这套房子和主人失联了。失联多久,难以判断。至少目前,这房子缺主人。既然主人空缺,我是不是可以临时代替?老话说,房子不住招虫,易颓败。我临时住住,算不算帮房东的忙?当然是。说通自己后,我就一周在这房子住一夜,通常在月黑风高时,随风潜入屋。夜里我尽量不做梦,以免梦话外传,惊动高邻。

慢慢地,我试探着把窗帘拉开一点,让灯光微露,向邻居们无声问个好。还好,并无异样出现。再然后,我挪些日用品过来,一周在这里住两夜。我不再如小偷般四周张望、飞快地钻进屋,而是慢悠悠地在门前徘徊、游荡,像个自在的主人。一切平静,感觉良好。早上离去时,我镇定地关门、锁门,想象着自己就是主人,坦然去上班。当然,我尽量不与人打招呼。不过我多虑了,根本没人主动和我打招呼。这里的邻居打过照面的有那么几个,个个表情淡漠。现在的人,谁爱管闲事? 这很好。

小刚和阿静已经分手,合租房的夜安静了许多。小刚搬走了,阿静对我说话的语气变得十分温柔。阿静挺好看,我有点动心,但我害怕。对女生,我的感觉很矛盾。作为物理现象,好看的女生能吸引我。但我没底气,怕纠葛,就装着坐怀不乱,体验无欲则刚。在我印象中,母亲年轻时也很好看,但她的火暴脾气,烧坏了视觉上的好看,在我心中只留存恐慌。当然,我很明白自己不是怕阿静,是怕……怕她让我付房租——付她的房租。接着是不是还要付什么,我不知道。总之我害怕。所以,我逃离合租房的次数更加频繁。

害怕是一种直觉,直觉往往很正确。幸好我胆小,少了不少麻烦。不久,阿静有了新男友,叫小文。小文应该经常在健身房举铁,浑身肌肉像盆景里老树的虬结。有意思的是,壮汉小文在床上很沉默,两人亲热时,只有阿静的声音。没有了呼应,她的声音少了气势,基本不影响我睡眠。熟识后,我发现小文是个醋坛子。阿静乖巧,和我说话的语气变得生硬。这很好,我可不想惹麻烦。我也曾大胆设想过,把这屋退了,每月能省千把元。只是决心很难下。

一天早上从飞屋出来,一个中年妇女突然靠近,吓我一跳。一看,是扫地阿姨。她左顾右盼一番,神色诡异地凑近我说,你怎么敢租这房子?

我大脑一转,唔,我是租户,内心一下淡定。我问,这房子怎么了?

阿姨摇摇头,神情继续神秘,不回答。唰、唰、唰……她边扫边离去,扫帚柄差点划到我鼻尖。我转身要走时,耳边飞来几个字:凶宅! 凶宅! 声音在落叶里飘。我的脚步顿时凝固。过一阵子,才迟滞地迈步,慢慢离去,但心里有了一个结。

一个休息日,我主动找门房聊天。老伯姓蔡,我叫他蔡伯。蔡伯是瞌睡门神,他睁开睡眼看见我就说,哎,你是104的吧,卫生管理费还没缴吧?

我忙问,多少钱? 是物业费吗?

没什么物业费,就是卫生管理费,一个月三十元。没住不用交,现在你租住了,就要交。

我痛快地交了两个月的。蔡伯不用刺探就说了很多话。估计平时没什么人理他。我大致知道了104室的前世今生。

原房东是一对母女,独女。此女胖而丑,一直嫁不出去。母亲拼命张罗招婚,最后招来一骗子。骗子骗财骗色后失踪,胖女痴情,割腕自杀身亡。一年前,母卖了房,进了养老院。蔡伯见过买房者,但没看清楚。是个壮年男人,低帽檐,戴口罩。行李不多,就几个纸箱。

你什么时候租的? 这个人买房后没见他来过。

我含糊其词。

房东久不露面,让我踏实,凶宅却让我心虚。但与贫穷相比,虚无的鬼魂真不算什么。此后,我在飞屋过夜的时间更多了,住这边,无须疲于奔命,每天至少多睡一个小时,幸福感都增加了。况且,我已经交了那个卫生管理费,不是吗?

　　合租房,还是不敢退。

　　在飞屋,我尽量君子,没开过橱柜任何一扇门,只是睡一张床。经过推测,我断定我睡的不是那个自杀女的床。

　　有了这么大可以支配的空间,我准备兑现心中多年的一个愿望。

　　因为我在办公桌上养着一瓶蚂蚁,同事们都觉得怪异,他们哪里知道,如果条件允许,我要养一大窝蚂蚁哩。

　　谁能理解呢,这瓶子里在沙土中隐现的蚂蚁,是我的精神慰藉。每当烦忧来袭,只要看着这群忙碌的小生灵,我就会闻到草木的味道,就会心平气和。瓶中二三十只蚂蚁,我每天总要看上几眼,看得眼熟,有的甚至能叫出名字。那只大个子黑虎,经常隔着玻璃与我对视,它耸动着小脑袋,龇着虎钳牙,似乎在对我说话。同在天涯沦落,心情应该相似吧。我不由自主地关心它们,寒冷的冬季,甚至想为它们织毛衣。有时无聊,我会用笔尖挑引起一只蚂蚁,看它慌乱地在笔的两端来回奔跑,心里有一种莫名的快感。

　　我的小宠物打扰了同事,一只偶然出现在他们桌上或手上的蚂蚁,会引发遭遇鳄鱼般的惊叫,尤其女生。可她们面对活生生、比蚂蚁大数倍的虾蛄时却无所畏惧,下狠手蘸着芥末往嘴里送。偶尔逃亡的蚂蚁,无一例外被我的同仁捏死,这令我无比愤怒。你就能不能把它们送回家吗?又不远!我的愤怒总是产生搞笑效果。我与周边环境,有点"隔",就像人隔着玻璃瓶看蚂蚁,又像蚂蚁隔着玻璃瓶看人。

　　后来,我将蚂蚁之家放进一个更大的蓄着水的瓶子里,护城河剥夺了小生灵的自由。但与活命相比,自由只是奢侈品。为了维护蚂蚁的生命权,我的办公桌变得拥挤。

　　飞屋里最大的变化,就是多了个长方形玻璃鱼缸,它坐在一个装满水的大托盘上。里面假山林立,有草有枯枝,有沙有碎石,我觉得这是个世外桃源,就以桃花源命名。我将办公桌那瓶从家乡带来的蚂蚁放入桃花源,让它们成为原住业主。原住民太少,我得招兵买马。一个休息日,我在郊外树林里偷袭了一群蚂蚁,用一个大塑料袋俘虏了这个族群,然后放进我的桃花源。如果说办公桌上的瓶子算蚂蚁部落,这应该算蚂蚁王国了。

不知为何,桃花源里经常发生武斗,尸体横陈。微小辛苦如蚂蚁,为何也不能安生过日子?看资料后才知道,蚂蚁靠气味辨识对方,不允许其他族群的蚂蚁在自己部落生存,除非被俘虏成了奴隶。如此看来,蚂蚁最常态的敌人就是蚂蚁,这一点很像人类。地球上大规模的同类战争,除了人类,就是蚂蚁。有生物学家说,蚂蚁是地球上最成功的生物。哪一天人类灭绝了,蚂蚁还会存在。存在又怎么样?就为了没完没了的劳作忙碌吗?就为了卑微地活着?

一段时间后,桃花源里不再发生武斗。我心有不祥之感,估计占少数的、我从家乡带来的原住民,已经被我引进的外来者灭绝了。唉,弱肉强食,我又有什么办法?当然,这也只是一种猜测,蚂蚁都一样,我就当原住民都还在。

桃花源的建立,了却了我的一个心愿,淡化了些我的愧疚。在心头萦绕多年的一缕思念,终于有了寄托。在这里,我时常会闻到草叶的气息,耳边隐约有弟弟的笑声。一个人静静地隔着玻璃,凝视玲珑的小生灵,是我珍惜的时光。这样的时刻,我内心安宁,思想纯净。

# 七

弟弟六岁那年,我经历了最难忘的一天。

那是一个周日,树叶在风中抖动,在阳光下闪亮。我和弟弟在河边草地上分别关注着课本和蚂蚁。此时,风声细细,流水轻轻,鸟鸣声时断时续。四处无人,只有我们哥儿俩。那时情景,此刻想起,如梦似幻。唯美安宁的前一刻、痛彻心扉的后一刻,怎么能如此天衣无缝地对接,而且毫无征兆?

我陷入一道数学难题,左冲右闯,无法突围。弟弟没有声音,我想他已经闯入哪一个蚂蚁部落,正与那些小生灵玩耍。我在难题包围中发现了生门,一步一步,柳暗花明,眼看就要冲出重围。这时,突然听到弟弟在叫,哥,哥,你看,你看,那烂木头上有一窝蚂蚁!我分出一小缕注意力抬头看,弟弟已经站在水边,一段烂木头在河水中飘摇。我看不清那上面有没有蚂蚁,大声喊道,别管它,快过来。话音未落,我已把注意力全部收回,目光转到作业本上。纸上的难题已找到出口,只是出路类似迷宫,我专注地一步一步走着……终于,走出了生天。这份模拟试卷上最难的题被攻克了,我兴奋地站起来。这时,我发现弟弟不见了。目光搜索,不见他的身影,我飞跑起来,顺着河流的方向。

弟弟！弟弟，你在哪里？

我的声音有点慌乱，只是有一点，我想弟弟是故意躲起来了，让我找他。可是四周没有回应，水流的声音在我耳膜里突然澎湃起来，暗含着威胁。我的心突然剧烈跳动起来，我脚步飞快，顺着河流，河水的流速突然也快起来，似乎想把我甩在身后。

弟弟，弟弟！我的声音颤抖得厉害……

几个小时后，在村民的帮助下，我找到了弟弟。他躲在一块大石头后面，泡在水里！他抱着那块烂木头，身上爬满了蚂蚁。

看着弟弟小小的遗体，我悲痛地失语，同时失去了流泪的功能。事后邻居大哥说，我干号着像饿狼嚣叫，却号不出一滴眼泪，那样子非常吓人。

母亲替我流了许多泪，她跪在地上，搂着湿漉漉的弟弟，呼天抢地，短命仔啊！短命仔……她表达悲伤的词汇，明显比骂人贫乏许多，但我真切地感觉到，母亲是爱弟弟的，至少在这生离死别的时刻。

父亲赶回家时，弟弟已经被埋葬。乡间习俗，夭折的孩童要尽快入土。父亲坐在弟弟小小的坟台前一动不动地抽烟。父亲本来是不抽烟的，他作为民办教师被辞退后，忽然就抽上了烟。一向霸道的母亲却没有制止。也许，这便是父母闹腾半生却没有离婚的暗扣。一天一夜，父亲坐在那里，像一棵树，尽管夜风冷吹，枝叶并不摇晃。天黑之前，母亲离开了，我一直陪着父亲，直到第二天的朝阳在坟前草尖的露珠上闪晃。

父亲说，我走了。转身离去，我紧步跟上。父亲停下来，从口袋里摸出几张钞票，递给我。好好读书。他拍拍我的肩膀，大步走去。我想他还会交代一句，照顾好你妈。但他没说。他直接去了车站，返回打工的城市。

弟弟的死，似乎伤了母亲的哪根筋脉，她元气泄漏，说话的声音低了几度。我认为，弟弟的死像针刺，捅破了她的脾性，使她的戾气漏风，至少流失大半。在外有没有骂人我不知道，至少，她不骂我了。多年来的精神枷锁，从我身上当啷落地，我突然有点不习惯。周末回家，虽然依然见不到她，但是锅里总会热着一碗面或者米饭。她似乎在弥补亲情的漏洞，在大儿子身上，偿还欠小儿子的母爱。虽然爱的浓度稀薄，但我心怀期待。

毫无疑问，是我的失职造成了弟弟的死亡。此后的岁月，自责如影相随，我有很深的负罪感，甚至都害怕梦见他。可是弟弟很单纯，在梦里相见时，根本就没有什么不满情绪,依然一声一声地叫哥、哥,叫得欢天喜地。梦中醒来,我腮边有泪痕,负罪感愈加深重。这样的负担,我扛了很久。

有时,我觉得弟弟是死于蚂蚁之手的。但这话,对谁都不能说。虽然他可以对蚂蚁为所欲为,但终究还是落入蚂蚁布下的陷阱,死于非命。

大千世界,强者与弱者,是没有定势的。阴错阳差,命运就产生颠覆。这里暗藏天机,无法破解。

# 八

弟弟夭折后,父亲对这个家的眷恋更淡薄了,他两年没回家,但该寄给家里的钱没有少。我高三那年年关,父亲回来了。父亲依然沉默寡言,我们父子相处,像两个禅修者,很少语言沟通,偶尔眼神交流。他顶多拍拍我的肩膀,说,好好读书。但他的目光,让我感受到了父爱,父爱深沉,无须赘言。

父亲经常不在家,我总能在后山找到他,他盘腿坐在弟弟的坟前,一坐就是半天。我不想打扰他,在不远处的树下陪他。在弟弟面前,他倒像饶舌的妇人,喋喋不休。我听不清他说什么,但吹过来的山风,让我触摸到了悲伤和痛苦。我含着眼泪,悄悄离去⋯⋯

父亲回家后,我没有看见父母说过话,两人楚河汉界,泾渭分明。

大年三十,母亲在厨房里忙碌,父亲帮厨。母亲时不时唠叨几句,声调不高。我感觉她在自我控制,压制着想骂人的欲望。

晚餐还算丰盛,只是语言有点少。我不断敬酒,想把气氛搅动得热烈些。他们不为所动,沉默地咀嚼。餐桌上,咀嚼声响得夸张、怪异。幸好不时有鞭炮声爆响,遮盖了尴尬。

那一夜,父亲肚子痛,他忍着,呻吟声畏首畏尾,不敢全部伸展。我竖起耳朵,关注墙壁那边的动静。父亲的呻吟声时高时低,时而收声。无声时,我感觉他应该更痛苦。

我起身走到父母卧室门口,问,爸,爸,你怎么啦?

母亲回应,没事、没事。你睡吧。父亲也停止了呻吟。

我回到房间,心却悬着,睡眠也悬着。

突然,父亲又开始呻吟,声音越来越大。这时,母亲似乎已忍无可忍,她破口大骂，肚子痛有什么了不得的，像个什么男人!女人生孩子也没有你这么叫的，什么东西!

我连忙过去说，爸，我们去村卫生所，去，快去!

去什么去，今天卫生所哪还有人?死不了。抽屉里有止痛片，给他吃两片。哼!

我连忙找出药片，给父亲服下。父亲走出卧室，在客厅沙发躺下，他的额头上汗水淋淋。过了一阵子，我问，爸，好点了吗?

父亲点头，不再呻吟。我陪着他，相对无言。

没事了，去睡吧。父亲说。我不放心地看着他。爸，你跟我一起睡吧。父亲点点头。母亲已经关上卧室的门。

我和父亲睡两头。懂事以后，这是我和父亲最亲密的一次接触。

见父亲安定下来，我觉得止痛药起作用了，悬着的心归位，很快入眠。正值青春，我的睡眠沉入海底，对水面上所有的事，一无所知。

等我一觉醒来，耳边缭绕着躁动的鞭炮声，我忽然触到一个生硬的物体，这才想起父亲也睡在我的床上。我一激灵，感觉不对，刚才触到父亲的脚，怎么这么生硬、这么冷!连忙再伸手，我的手立刻变得冰冷，脸上的肌肉也僵硬了。我的思维冻住了，只是呆坐着，一声不吭。我想我的灵魂已经出窍!

母亲的叫声让我还了魂。快起床了，起床吃饭!声音里散发着不耐烦。我一下哭出声来……

母亲冲进来，看着僵硬的父亲，她呆住了，嘴角咧着，似乎想哭，又似乎还没弄明白怎么回事。终于，她哭了，大哭，声调和平时的咒骂声一样高亢。

父亲患的是急性胰腺炎。事后查资料得知，重度急性胰腺炎会导致持续性器官功能衰竭，造成呼吸困难，出现幻觉，最后昏迷，导致死亡。

可是，可是，我睡死了!我居然没有察觉到父亲的痛苦与挣扎，也许他呼吸困难时曾求助过我?也许他发不出声音时曾拉扯过我?也许，他求助儿子得不到回应，弥留之际非常绝望?我不敢想象。也许，也许父亲不愿打扰我的睡眠忍痛不吭一声，任由死神拖走!我出现了幻觉，一会儿看见父亲慈祥的笑，一会儿看见他幽怨的目光。而真实的父亲躺在那里，一声不吭。我双腿一软，跪在地上，绝望地号啕大哭……

父亲死得太突然，猝不及防猛击了我一锤。我回想当晚的所有过程，检讨失误。如果当时我睡得警醒些，父亲应该不会病故。如果、如果母亲当机立断，和我一起送父亲去村卫生所或乡卫生院，父亲是不是现在还安然无恙？如果……可是想那么多"如果"又有什么用？苦果已经结成，在孤独之时、失眠之夜，我都在丝丝缕缕品尝着苦涩滋味。

在这样的夜晚，我经常陷入迷惘。我觉得是母亲害死了父亲，却无法声张。这世上有许多事，我大惑不解。比如一个人对你暴戾、冷漠、蛮不讲理，给你造成极大困扰甚至伤害，你却不能恨他（她）、反击他（她），否则将遭受社会谴责。"亲情"这个词让我无所适从。世上那么多人，有好人有坏人。为什么是你的家人，就可以忽略恶？在亲情的烟幕中，隐藏着多少冷漠、残酷，掩盖了多少是非，甚至罪恶啊。我与母亲，有挥之不去的疏离。情感就像植物，得从种子开始培育，播什么种，开什么花，结什么果，必须有时间积累，无法倒逆。我与母亲的情感距离不是我故意拉开的，所有的苦酒，酿者自饮。我认为，亲情的本质是爱，不是血缘。如果没有爱，血缘又能说明什么？如果说亲情是一瓶美酒，那也绝不是酒瓶。拿着一只空酒瓶告诉我，看，美酒！那不是欺骗吗？

爱，或者失去，也许是亲情的阴阳两面？我很迷茫。

安葬父亲后的好长一段时间，我的内心都无法安定。为什么两个至亲至爱的人都在我眼前死去？明明有机会制止事故发生，为什么我都错过了？我成了负罪的逃犯，精神上一直背负着包袱。

高三最后一个学期，我像打了鸡血，不是悬梁刺股，而是破釜沉舟。如果考不上大学，我还有什么出路？我当时还不明白，像我这样的家庭，即使大学毕业，出路依然狭窄。

人的脾性是难以改变的，只有命运的惩罚，方能收敛、妥协。父亲死后，母亲不再打麻将，人也变得沉默。父亲和弟弟的离去，似乎将她的戾气全部带走了。她收回让亲戚耕种的土地，开始耕耘。抽空，她打短工，割稻、收菜、挖荸荠，甚至下池塘拉网捕鱼……

我的苦读，母亲的苦干，目标是一致的。对她而言，就是让唯一的儿子离开，孤身留守破碎的家。她意识到这点了吗？对我而言，是命运的挣扎，是逃离。

命运没有辜负我的努力，我如愿以偿，考上了省城的一所大学。

以后靠你自己了。母亲将第一年的学费交到我手里，说了这句了断的话。

收拾行李时，我在床下发现了几个玻璃瓶，蹲下来细看，里面都有蚂蚁在蠕动。我挑选了一瓶，擦干净后，塞在旅行包一侧的水杯网袋里。从此，在我的行程中,蚂蚁一直是沉默的伴侣。

自从带了一瓶弟弟的蚂蚁后,我的负罪感奇怪地慢慢减轻了。只是我经常有误听,靠近这些蚂蚁,会隐隐听到有人叫"哥、哥……"声音里弥漫着草叶的香气。

母亲没有送我,她说田里忙。说着转身走了。我看着她瘦削的背影,百感交集。

# 九

慢慢地,我在飞屋出入不再鬼鬼祟祟,有时也来午休。这里的住户,不管沉默还是多嘴,都麻木。也许他们的精力只够关照日渐颓败的身体,身外之物,无力顾及了。也有几个点头打过招呼的,再次相遇我想礼貌一番时,经常得不到回应,这让我尴尬,也让我踏实,这里,没人注意我。

此处是黄金地段,却未被开发商盯上,我估计是面积太小,油水不足。即便如此,这里的房租还是很贵。

这里太方便了,我真心喜欢上了飞屋。至少单恋上了,觉得这里应该是我的家。虽然不敢退合租房,但我已习惯了这里,有点离不开了。再说了,离开这里,我的桃花源怎么办?

见我经常不来住,阿静和小文有点放肆。一次我推门进客厅,看见这两个家伙在沙发上肉搏,弄得我进退两难。其实不能进,只能退。退出后,我曾愤愤地想,妈的,这屋该退了,还犹豫什么?能省一千多块哩。有这一千多块,助学贷款也能早些还清。只是,决心真难下啊。

一天晚上,送完外卖回到飞屋,临睡前,我坐在客厅的破沙发上刷手机,偶然抬头,发现简易吊顶的一角露出一个东西,不禁好奇。认真瞅,好像是大信封的一角。我找来晾衣叉子,慢慢将信封往外拨,一会儿,大信封带着粉尘,飞落而下。信封不厚,没有封口,感觉里面就是几张纸。我将纸抽出来,一看,有点失望,是几张剪裁下来的报纸。抽出一张一看,题目却惊心动魄:

"村主任被砍数刀,凶手深夜逃逸。"

其他几张剪裁的报纸都和此案有关,有警方通缉令,有后续报道。一看时间,都是一年前的报纸。

这是一个强奸杀人案,嗯,不是受害女子被杀,是强奸犯被杀,没有死,重创后瘫痪在床。

273

案犯张无忌(报道里都用化名)是退伍兵,妹妹张木莲在村主任钱仁义家当保姆。两家是远房亲戚。钱仁义趁老婆回娘家时,强奸了木莲。木莲老实,不敢告诉父母。父母也老实,知道后也没声张,居然让女儿继续在钱家当保姆(什么原因报道里没有说)。木莲又被多次侵犯。张无忌退伍后,感觉家里气氛不对,妹妹明显憔悴,目光躲闪。父母经常叹气,语言支支吾吾。军人气未消的张无忌弄清真相后一声不吭,家里人以为此事就此收场。不料,不久后的一个风雨之夜,张无忌持刀潜入钱家,下狠手为妹妹复仇。也该钱主任命大,中了七刀居然没死,留一命与床铺终生为伴。

　　整篇报道看下来,感觉还挺解气。只是其中一句我看着刺眼:没有证据证明钱仁义强奸了张木莲。

　　案发后,张无忌连夜逃遁,钱家一皮箱现金同时失踪,据说有上百万元。蹊跷的是哥哥外逃后,张木莲被抓,罪名是帮凶,她药倒了狼犬,开了后门。这让我心里打了个结。

　　翻看完凶杀案,我将剪报塞进信封,站起来随手甩向吊顶,反复三次,才让信封回到原处,还带下几缕粉尘。扑打肩上粉尘时,我突然一机灵,重重坐下。此案和此屋是否有关系?此问号像大号铁钩,钩得我毫无睡意。会不会是这个张无忌潜逃后,偷偷买下这个凶宅作为藏身之地?听蔡伯说,这房子的户主还是林大妹,就是前房东。只是,若要藏身这里,为何又不在这里住?我挠破后脑勺也想不出个所以然。若真是这样,这房子真是凶宅加凶宅啊!我的心一下子像灌了铅。

　　趴在桃花源前,我细心观察这里的臣民。蚂蚁也许没有日夜观念,此时夜深人静,它们还在忙碌。忙什么呢?为了一碗饭,还是要争一口气?谁知道呢?也许对蚂蚁来说,生活就是工作,工作就是生活。也许它们只是机械地忙碌,并无思考,所以没有烦恼,这让我有点羡慕它们。也是,那么小的脑壳,能思考什么?我倒是会思考,还不是照样像蚂蚁般忙碌?如此一想,顿时心生悲哀。唉,别想太多了,就算房主真是张无忌,就算他真的回来,也不至于杀我吧?我又没强奸他妹妹。何况,这些只是猜想。

　　在这个不安宁之夜,我突然发现了弟弟喜欢蚂蚁的心理依据。肉体无法挣脱束缚时,可以精神或灵魂挣扎;社会面的无力感与被动,可以在小世界里强悍和主宰。这样似乎无法改变什么,但足以排遣压抑,释放无奈,获取片刻、片段的安宁。

本以为自己养蚂蚁是赎罪,是思念,现在感觉不全是。或者初心如此,后来变了。那么到底为什么呢?我发现,我对蚂蚁的态度其实已发生变化,从凝视,渐渐变成了俯瞰。我很享受那种操纵感,那种一切在我掌控之中的感觉,真好。比如,我可以决定窝里蚂蚁的生死,虽然我不会这么做,但不能确定往后会不会。也许某一天,由于什么原因气急败坏,或怒火中烧……

当我隔着玻璃俯瞰蚂蚁们忙碌的身影时,忽然想,在上帝的眼中,我们会比蚂蚁大一些吗?

十

人最强悍的对手,叫命运。在命运面前,凡夫俗子都是蚂蚁。命运经常和你开玩笑,随意地,就把大难题摆在你面前。

我每月的收入,扣除房租、助学贷款后,剩下的,我留一半,寄回家一半,这是我该负的责任。

母亲从来不给我打电话,我也不打,不知该和她说什么。除非过年不回家,才会接到舅舅的电话,那一定是出于母亲的派遣。电话里,舅舅会说一大堆礼义孝道,但就是不说"你妈叫你回家过年"之类的话。

这一天,阳光灿烂,我接到舅舅电话,非年非节,这有点不一般。

你妈病了。舅舅说,她跟你说两句。接着,我听到了一个熟悉又陌生的声音,没什么,你舅多事。挂了。

我揪紧的心脏,松了一些。

过了两天,舅舅又打来电话,说,你妈真病了,她跟你说。我突然有点紧张,手机莫名地从耳边逃离,我盯着手机上那一排数字,似乎在观察母亲的神情,揣测她会说什么。

有一点不舒服,一点,医生说,最好去省城医院看看……没说完,她就挂了电话。

我的脉搏一下子加快。母亲的语气由原来的钢筋软化成面条。我不知道她的心情,也看不到她的表情,但她的来电令我失魂落魄。我知道,如果不是感觉很不好,母亲是不会打电话的。我是她唯一的依靠。而谁是我的依靠?下班后,我无心送外卖,皮影般在街头彷徨。夜幕不知什么时候落了下来,我看见自己的影子在路灯下忽长忽短……

脚步带着我来到了潭城扁肉店。

来啦? 詹老板笑意盈盈。

来了。

要了一大碗扁肉,我盯着碗里沉浮的家乡美食,突然失去了食欲。透过扁肉的外皮,看着内馅儿,我满心疑惑:这种敲碎筋肉的残酷,却使扁肉更好吃,这是什么道理? 藕断丝连的痛,要比当机立断的决绝更有滋味吗?

潭城扁肉店临街,行道树是羊蹄甲,羊蹄甲四季开花,春季尤盛。人行道两边的羊蹄甲树,枝叶交织在道路上空,形成迷蒙的网。此时,夜色中、暗影下的羊蹄形的叶、羊蹄形的花,绿意簇拥的玫瑰红令我双眼迷离。那抖动的叶,像彷徨的心;摇摆的花,像未痊愈的伤口……

笼罩在羊蹄甲的花影中, 我陷入迷茫。我弄不清自己为什么在这个城市漂泊,不这样又能怎样? 我聚集不了生活的方向和目标,父辈常说的理想,我没有。与同龄人瞎扯时,从来就没有这个词。逃离乡村来到城市,我的选择错了吗?

现在,我又面临选择:回家充孝子,但没有生计;接母亲到省城,但无法安顿,也无法相处。实际上,大学四年我都没回家,假期要打工挣学费、生活费。就算有空,我也不愿意独自面对母亲。而现在,生病的母亲是我一个人的难题,我恨自己不能铁石心肠。无奈,是弱者不得不面临的选择。

十一

舅舅带母亲来到省城。

噩运,并不因为我没有能力而消停。尿毒症,这是省立医院的诊断。这比我预先的设想加重了好几个等级。在医院大楼里,我无助地望着窗外,一抹阳光刀一样劈过来,我双眼一痛,泪水涌上眼眶,我闻到了血腥的味道。

现实的重击,让我处于半麻木状态。所以命运也不能完全吓唬我。我顺其自然! 我只能顺其自然,或者说走一步看一步。走不动了,就让命运裁决吧。

把母亲和舅舅安置在合租房,我谎称自己住办公室,每晚在飞屋里苟延残喘。此时的飞屋,成了我的方舟。

看病焦头烂额,医院就像马蜂窝,一到那里,我的头就炸了。这里收费处的窗

276

口就像钞票粉碎机，手伸进去都让我战战兢兢。目前只是做透析，一周两次。我开始借债。医生说，要解决问题，得换肾，当务之急，是亲人做配型。这样医疗费会省很多。省多少，还要花多少，我完全没概念。

舅舅见我整天走路飘忽、有身无魂的样子，又开始给我上课，语重心长。你妈生你养你，供你上大学，让你体面地在省城工作，现在该是你回报的时候了。舅舅老了，少一个肾扛不住。作为儿子，你年轻力壮，就你了。你应该做出牺牲。应该的。

舅舅说的没错，可我听着满心不爽。人生总有一些大道理毫无道理，却像一座山横亘面前，让你无法逾越。

牺牲？为什么要牺牲？什么时候需要牺牲？什么样的人，值得你牺牲？为母亲牺牲难道不应该？母亲是母爱的化身，母爱多么伟大啊！可是，不释放母爱的母亲，算称职的母亲吗？当然，她生下了你，就是你的母亲，这无法逃脱。但是，被生下的恩德，是多么被动的债务啊。如果好生养育，双方互有恩惠，带着感恩的心做牺牲，牺牲才是天然的啊。可是……还能有什么可是？

我和母亲，互为债务人、债权人。我现在要做的就是还债，尽管不知道这债是怎么欠下的。而母亲欠我的却清晰分明，那就是母爱。

亲情有时就是一把软刀子。人们总希望别人善良，自己却做不到。舅舅经常唠叨我，说在省城这么久，关系肯定很多。工作这么久，肯定手头宽裕吧？手术费应该没问题吧？其实他的问号，就是句号或感叹号。他对简单的伙食颇有微词，经常话中有话地说，你雇个护工得多少钱？舅舅也是硬撑……

他对我的表现很不满，认为我没有紧迫感。我虽然茫然无措，但我知道，我的态度根本就无关紧要，态度再好，我也越不过一大片沼泽。如果能像蚂蚁，我真想找个洞躲起来。

到省城后，母亲基本成了哑巴，非必要，不说话。尽管我表面上尽力摆出友善的姿态，但母亲肯定看出了我心里的不待见。她躲闪的目光让我偶尔有点快感。我对她说，我不欠你的。在心里。

这一段时间，"孤军奋战、孤立无援"这两个成语不时在刺激着我，我麻木应对，垂死挣扎。不是说"车到山前必有路"吗？难道这句老话对我无效？

一天，女老板把我叫到办公室，我心乱如麻，不知她又有什么幺蛾子。现在，保住饭碗是我天大的事。

听说你母亲住院了？怎么不吭声？我们大家看起来都非常无情无义吗？

这母夜叉，我差点被她弄出眼泪。我马上反省，发现自己对她有极大的偏见。

我跟大伙说了，不论多少，都捐款。能帮多少帮多少……

广告公司从头到脚就九个人，捐了三万元，其中一半是老板捐的。我看着微信上三万元这个数字，内心颤抖。我有点恍惚，似乎看见同事们加班时下坠的双肩，缺睡眠的双眼，我甚至闻到他们疲惫的味道……

我终于忍不住了，泪水哗地流下来，失声痛哭起来。我忍了很久了！有人递来纸巾，是汪小伊。我看着她，对自己的失态有点不好意思。可是我看到她眼里满含泪水。她的身后，默立着好几个同事。他们对我摇着手，我一下子感觉暖流涌遍全身。

我的电驴共有人光宇，友情赞助了一千元。我知道他的日子不好过，上有老下有小。这情谊，我记一辈子！

这些捐款很温暖，却杯水车薪，但我的心不再空空荡荡。一个冷静的夜晚，我在飞屋里将面临的困境大致梳理了一下。如果我配型成功，换肾第一年的费用要三十万元左右。术后使用抗排斥的免疫药物费用，每个月需三千元到五千元。母亲只有农村医保，可报销的比例很少……

这样的费用就像巨轮，我是轮下螳螂。尽管我不是想当车的螳螂，但是，车轮已经轧过来了。

# 十二

反复思虑后，我退了合租屋，这谈不上破釜沉舟，是走投无路。看病开销太大，外卖又跑得少，我经常濒临身无分文的绝境。省下来一千多元的房租，可勉强填饱三个人的肚子。

住进飞屋后，我没有一天心神安定。

舅舅和母亲各住一屋，我睡沙发。住的地方宽敞了，他俩却满眼疑惑。一次听舅舅对母亲轻声说，没钱，现在却住更大的房子。这小子，不实诚。我的心劲已断弦，根本不在乎他们说什么。

母亲没有回应舅舅，只是嘟囔了一句，真不懂事，养什么蚂蚁？

根据医院的安排，我和母亲做了配型。大约一周后出结果。

配型,希望配上还是配不上?我说不清。这个没有让我感受到爱的女人,凭什么要为她掏心掏肝?如果配型成功,我就别无选择!如果躲避,就要被道德万箭穿心。如此看来,配不上对我更有利些,就不会被责怪。如果没人在乎你,爱你,那么自己多爱自己一点,应该没错吧?人各有命,自求多福吧。我这样想着,并不理直气壮。

如果配型成功,后面的医疗费在哪里?我不知道,真的不知道!我只是盲人骑瞎马,夜半临深池……

等待结果的日子度日如年。担心我做事不牢靠,配型之前,舅舅和我深谈了一次。

舅舅说,如果配型不成功,那就是命,谁抗得过命? 如果配上了,这手术及各种医疗费用,至少五十万元。这钱,你要考虑一下怎么解决。

我垂下脑袋,不知怎么接话。

五十万元救一条人命,怎么说都值。舅舅的语气轻松且豪壮,我的心底升腾起一丝希望。舅舅是村里能人,当过村干部,开过小卖部,倒卖过阿克苏苹果,与倒卖文物的贩子交往甚密……他也许有办法?性命攸关的时刻,亲情真的要闪光了!

我满怀期待地看着他,揣测他能帮我筹措多少钱。

舅舅说,你知道,你舅妈抠门得很,我身上很少有超过一百元钱的时候。心有余而力不足啊!舅舅似乎知道我心里想什么。他深叹一口气,语气一转,我倒有一个想法,当然,这也是无奈之举。他干咳两声接着说,与生命相比,一切都是身外之物,况且,这生命是生你养你的母亲的生命,养育之恩比天大啊……

舅,有话直说吧。

嗯嗯,很简单,把这房子先卖了救急,你还年轻,以后……

舅……舅,我不是说……说过了吗,这房子是租的,不……不是我的。我哪买得起? 一二百万啊!

你要这么说,我也没有办法。舅舅沉下脸来。

这……这房子真不是我买的,租……租的。我突然有点口吃。

此时,在一旁观战的母亲突然开口,哥,你别说了,我不值这么多钱。她语气粗暴,我感觉被敲了一闷棍。

不久,在“乡里乡亲”微信群,我突然发现,自己成了狗屎! 原来,舅舅在群里发起捐款,不知什么原因,老家的人,认定我是白眼狼。

一时间,我在老家臭不可闻,不孝子、无情无义……各种帽子满天飞。我的一个发小儿说了一句"他母亲也并不称职",立刻被网暴,吓得不敢出声。我内外交困,庆幸自己离老家够远。

舅舅的募捐只收到一万多元。亲戚乡亲,多是手头拮据的乡下人,每一分钱,我都感恩。只是,只是大多数亲戚,声讨我时义正词严,捐钱时一毛不拔,我有点失望。

舅舅淡淡地说,现在谁也靠不住,亲戚算什么? 子女也不过如此。

我立马低下了头。

## 十三

一天夜里,大雨如注,感觉就是我第一次光临飞屋时的那场雨。雨声渲染着凄凉,我倍感孤独。半睡半醒间,我突然看见沙发前站着一个肥胖女人,我看不清她的脸,但她手腕上滴滴答答的血滴,滴得我脊梁颤抖,头皮酥麻。这个女人,从蔡伯嘴里吐出来,活生生地站在我的面前。我的心脏停跳了几秒钟,身体忽地弹跳起来,没头没脑地疯跑。胖女人像滞重的石雕,走一步,地板就颤动一下,发出巨响。我跑向大门,可是,大门打不开,像被焊死。我回头,绕着沙发跑。巨响的脚步声紧贴身后。跑着跑着,腿越来越软,感觉就要瘫下去。

正茫然不知所措时,我听到了舅舅如雷的呼噜声从梦里跳出来。我久久惊魂难定,睡意跑得一干二净,只能大睁着眼睛,等待天明。

明天就要出结果了,我听天由命。母亲也只能听天由命。此时真是万籁俱寂啊。我又听到蚂蚁的叫声,声音低落寂寥。

不知过了多久,我突然听到一种可怕的声音! 那是钥匙开锁的声音,声音细微,暗夜里,却像锥子搅动我的脑门儿。因为我反锁了门,那钥匙在锁孔里反复询问,听不到应答。

开锁的声音很执着,我失魂落魄,茫然地站起来,在原地打转,想找个地方躲起来却无处可躲。想从窗户跳出去,铁栅栏拦住了我。

门外响起了敲门声,一声又一声,越来越大声。我脚步慌乱,慌不择路,仓皇中被什么绊了一下,一个趔趄,扑倒在玻璃缸上。桃花源顿时倾倒,哗的一声巨响,玻璃破裂,蚂蚁们惶惶出逃,四处溃散。

额上一阵剧痛,有液体暖暖流下,一股血腥味弥漫。我感觉额上痒痒的,多处针尖轻刺般隐隐作痛。一摸,满手血污,血污里蠕动着蚂蚁。我感觉身上爬满了蚂蚁,全身上下酥痒疼痛难耐。我拍扫了几下,就住手了,那么多的蚂蚁,根本无法扫干净。这些平日里我俯瞰的小生灵,如今统治了我。

这时,我真想成为一只蚂蚁,非常想。

敲门声忽然停止了,我的心跳舒缓了一些。

不料,更猛烈的声音响起来了,那是用脚踢门的声音。同时,一个暴怒的男声在咆哮,谁在里面?开门,快开门! 暗夜里,这声音刺耳浓烈,充满火药味。门板瑟瑟发抖的声音传染了我。

母亲和舅舅被惊醒了,他们站在各自的卧室门口盯着我。他们的目光没有惊慌,却冷硬,是局外人的淡漠。门外撞击声不断,我的身体不由自主地跟着节奏抖动。而蚂蚁们乘人之危,机械地扩大着我身体的痒痛……

我茫然四顾,喘不上气来……


【作者简介】江子辰,主任记者。作品散见于《福建文学》《小说月报·原创版》《湘江文艺》《西湖》《芒种》《文学港》《厦门文学》《泉州文学》《中华文学选刊》《中篇小说选刊》等杂志。已出版小说集和散文集两部。曾获福建省中长篇小说双年奖、福建省优秀文学奖、福州市茉莉花文艺奖。现居福州。

# 葛生于野

于昊燕

## 起

　　玉芬这个名字，在中国民间的普及度类似于英国的简，属于人民群众喜闻乐见的好名字。玉是富有君子品质的石头，芬是花草的香气，正如简的寓意是正直、诚信、不善变，无论世事如何流转，愿望总是熠熠生辉，所以，人们热爱简·爱，也热爱玉芬。

　　玉芬九十岁，生活在北方的乡村，越来越多村人在年轻时走进城市，留下衰老、陈旧以及一栋栋敦实坚固没有炊烟的砖石房子。若干年后，从遥远的四面八方迁徙而来另一群人，把空房子租下，在院子里种南瓜与金银花，支起五色的太阳伞，伞下摆着绿色铁艺桌椅和嗡嗡唱歌的咖啡机，把陈旧的生活演绎成怀旧的情怀。

　　玉芬没有太阳伞与咖啡机，出了房门是有风有土的院子，四个儿女轮流从城里回来陪伴她，几十个孙辈重孙辈走马灯一样从世界各地来探望她。院子里有一株年久且坚韧的葛藤，生长着繁茂巨大的叶子与紫红的花朵，肥硕块根的每一个水分子里都有稠密的秘密，隐藏在岁月的泥土里。玉芬掉光了所有坚硬的牙齿，上牙扔床底，下牙扔房顶，化为尘埃，但是，她清清楚楚记得三十六年前的事，那时候,月光如盐,白茫茫一院。

葛生蒙楚,蔹蔓于野。予美亡此,谁与?独处。
葛生蒙棘,蔹蔓于域。予美亡此,谁与?独息。

# 承

铁柱大爷在一九八七年的时候六十岁,凡常俗人的故事,是一张傻瓜相机拍出来的彩色照片,光线散淡,色彩斑驳,景色模糊,人物平淡,呈现出磨砂般的钝感。

最初的征兆始于元旦之后春节之前的腊月初八。石磨是农业时代把高粱、谷子、稻子等谷物去皮的石制工具,青石或麻石质地,北方罗碾厚重,南方槽碾轻巧。铁柱大爷的碾子是花岗岩的罗碾,既能给水稻小麦谷子脱皮,又能磨面。铁柱大妈在清早剥了一笸箩蒜,泡进尺八高的醋罐,未来二十天,蒜瓣会偷偷变成翡翠色,蒜透醋香,醋浸蒜辛,除夕夜配韭菜鸡蛋馅儿饺子绝佳。铁柱大爷到后院碾玉谷面,玉谷面由玉谷菜的果实研磨而成。玉谷菜是野苋菜的一种,每个走过饥馑年代的人都会热爱这种实惠美好的植物,下雨时在屋檐下、田埂上、院墙边撒一把种子,不几天就长出花紫的一丛,叶子生生不息,随时掐来蒸菜团、摊咸食,黏糯饱腹;花朵结出紫红穗子,在洗衣板上搓几下落一盆淡黄籽粒,既能炒熟加糖稀做凤尾糖,又能碾面做年糕;茎子干透了可以捻火绒子。这些年粮食早已丰足,铁柱大爷依然在菜园子周围种一圈玉谷菜,年轻时养成的习惯,往往会成为贯穿一生的情怀。

此刻的碾子对于铁柱大爷而言,是陨石之于嬴政,流星之于凯撒,暗藏命运不可言说的玄机。铁柱大爷双手握着碾杆,粗壮如鼓的碾磙子在灰白色碾盘上蓄势待发,右弓步左蹬地丹田提气,刚一发力,肚子里突然贯穿了一道闪电,疼得直不起腰。铁柱大妈嫌弃地说:"懒驴上磨屎尿多。"铁柱大爷以为岔了气,边揉肚子边说昨夜的怪梦——被一个二尺高的圆墩墩的石头人撞了右腰。正说着,疼痛突然翻江倒海般袭来,电闪雷劈般震得耳朵里只剩轰鸣,利爪锐喙的金雕展开翅膀遮天蔽日,暴雪席卷大地,百丈冰凌凝结又碎裂,万马奔腾的潮水把千里岸堤拍打粉碎。

手术室是人与死神放手一搏的最后场域,生死狭路相逢坦诚相待。主刀者是县医院的外科主任,刚从上海进修回来,主攻肝胆外科。大海大江大河兄弟三人在手术室外忐忑不安等待结果,主任老婆二舅的儿子的发小是大河媳妇的表弟,也一并陪着等,滔滔不绝讲主任扁鹊转世、华佗再生、一刀回春两刀阎王见了也抽筋的系列故事。手术室门被打开,主任简单直白:"肝癌晚期,扩散了,最多两个月。"三兄弟几乎瘫软在地,表弟帮他们骂老天不开眼,一家人老老实实、勤勤勉勉,没占过田埂,没挤过宅基地,怎么就得了这样的怪病。大河认为手术费是给阎王的红包,多花钱就能保命,眼见人财两空,急火攻心,搬起花坛里的红砖去砸住院部的玻璃门,被大江与表弟死死摁住,大海说术前在十几张纸上签了字画了押,随便反悔怎能算个人!大海到住院楼洗漱间里用冷水冲了把脸,神色平静地跟铁柱大爷说:"阑尾炎,割了,好了,输几天水,咱就回家过年了。"铁柱大爷面若白纸,气息微弱,依然牵挂着未竟事业,说:"你妈腊月二十三要用玉谷面蒸年糕,咱们赶紧回家碾面子,碾完还得用细罗子罗三遍。"想了想又叮嘱道:"我跟你说的事儿,你千万记住了。"

回家的路二十公里,农家交通工具通常是自行车、牛车或者公共汽车。铁柱大爷这种情况显然只能躺着回家,黄牛一身任劳任怨的腱子肉,拉着木质大车迈着碎步悠然直行,不多看路边的野花一眼,稳健可靠,只是速度缓慢,这段路能从正午扎扎实实走到太阳落山、万家灯火,四九寒天,绝对可以把铁柱大爷冻成冰柱大爷。大海人缘好,在村里找了辆新拖拉机,橙色车头,绿色车斗,突突突一个小时就能到家。铁柱大妈追着大海打了几巴掌,骂开膛破肚这么大的事情居然不汇报不商量,拉回一条死狗来她不伺候,她得招呼家里的老母猪下崽儿。骂完,指挥三个儿媳妇往拖拉机后斗里铺褥子。最底下是两层新稻草编的稿荐;上铺一卷蓝粗布旧褥子;再铺绿叶红牡丹花被面,絮了十二斤棉花的半新被;最上面盖一床里外三层新的百鸟朝凤缎面被。三个儿子和一个女婿,分别蹲在后斗的四个角里,咬着牙死死揪住牡丹花被的被角,把被子抻得平平的,兜住迷迷糊糊的铁柱大爷,硬是没有一点颠簸地回了家,只是四个人的胳膊差点脱了臼。

女儿国英去村东边的秦家台烧了香。秦家台是此地香火最盛之地,长百米、宽五十米、高十米的土夯的高大土堆,台上无庙,台即神,神即台,一树一木一石一土一叶一花皆为神灵。传说秦始皇东巡至此遇到献不死药的仙人,一个卫兵捧一头盔土建起这帝王气象的高台来祭天。高台由黑褐色土堆积而成,与周边方圆百里的黄土截然不同,土里是一层又叠一层的贝壳,瓣状帽状扇形圆形螺旋形,黑色白色红色花斑点,完整的半拉的碎成粉末的。秦家台小学的李校长说这叫东海之土,东海就是曹操写的"东临碣石,以观沧海"的那个海。台上古树成林,遮天蔽日,停栖着成千上万只鸟雀,黄昏时分满天是归巢的翅膀,树下是九曲十八弯互通互连的狐穴獾洞刺猬乐园。自古以来,附近的老百姓遇到难事儿就来台前祷告,祈求仙人长生不老的福泽与秦始皇一统天下的威武能够镇住厄运,甚至有些人把台子上的土带回去当药。现在自然不会再有这种荒唐事儿,但是,祈福的习惯依然流传了下来,台子是村人从小到大的忠实陪伴,如朋友如家人般不可或缺,婚丧嫁娶、升学考试、生老病死,人们来这里告念一番之后,心里会更加踏实。何况,台子里还出土过灰陶水罐、粗把瓦豆、陶纺轮、石镰等物件,摆在省博物馆里,给了人们一些有史可依的自信。

秦家台正东正西正南正北四个方向各有一个两米多高的鼓肚子铜香炉,所有香烛收纳其中,仙气袅袅,直冲云霄。烧香有规矩,三炷清香三样供品三叩九拜默念三遍心事,供品是祈福者爱吃之物,烧完香后拿回家吃进肚子里,愿望就会更快实现。国英供奉的是父亲最喜欢吃的烧鸡、蜜三刀和黄桃罐头,带回家,铁柱大爷啃了一口烧鸡,立刻知道是城里最有名的老会家的烧鸡,皮油亮,肉紧实,鲜嫩咸香,肚子上的伤口立马不再火烧火燎地疼,还吃了一张刚蒸的春饼,又香又软。年关,大河小塘都结了冰,隔着厚厚的冰层可以看到水底鱼群缓缓游动,大江用凿子砸了个冰窟窿,鱼儿争先恐后跳出来,在冰面上蹦来蹦去,大河猫一样逮鱼,收拾干净,炖出一锅奶白色的汤。铁柱大爷吃了三天烧鸡,喝了四天鲫鱼汤,一天好似一天,慢慢从炕上爬起来,捧着肚子挪到院心,坐在圈椅上晒太阳,金贵的阳光晒着掺了黄稻草的泥墙,挡住凛冽北风,老榆木院门大开着,门上贴的方斗红纸上写着气势磅礴的"福"字,路过的邻人惊喜地打招呼:"铁柱大爷好哇,秦家台灵啊。"大家都说铁柱大爷一辈子敦厚实在积攒了福气,一个月下来,胖了几斤。

家里人、村里人、村外亲戚,探望的人络绎不绝,癌是每个人生命里最恼人最倔强的谜语,人们绝口不提"癌"字儿,总是遮遮掩掩用"瞎病"二字来代替,又各自不甘心地寻找着破谜儿的方法。国英的公婆打听到个偏方,专门跑过来献宝。国英的公爹和铁柱大爷在炕头上扯着闲话,炕头热乎乎的,茉莉花茶沏了三遍还香味扑鼻,铁柱大爷兴致勃勃地讲起了秦家台的古意儿,本地人把故事叫作古意

285

儿，故事也就变成了以古为鉴，比之普通的道听途说添加了历史含金量与文化风味。国英的婆婆说陪着铁柱大妈在西屋里烧火，其实是为了避开铁柱大爷，娓娓道来和偏方相关的体己话。国英婆婆住的村子东头有个叫德利的牲口贩子，走南闯北几十年，见过别人没见过的奇景，吃过别人没吃过的美食，四十六岁上得了食道瞎病，吃不下肉，咽不了米。德利爱读古书，生死之际突然就悟到了万物"野火烧不尽，春风吹又生"的奥秘，笃定吃春天的头茬野菜最有用。春节过后，德利穿着大棉袄，戴着狗皮帽子，拿个两寸长磨得光亮的小镰刀在田里晃悠，看见野菜立刻挖出来，吹吹黄土，塞进嘴里，现挖现吃，不浪费一点新鲜气。国英婆婆拍着铁柱大妈的膝盖说："亲家，德利现在五十岁了，我腊月二十六赶集还遇到他，喝一碗羊汤吃两个大油饼。"铁柱大妈往灶里扔进几个玉米芯，橘色火苗跳动，脸色也亮堂起来。

过了元宵节是立春，天气晴美，柳条虽然光秃秃的，却明显柔润起来，遥看泛着青油油的光泽。北风还是冷，顺着衣领猛钻，铁柱大妈戴着国英织的红褐色毛线帽，扎上灰蓝色头巾，跑二里多路到向阳坡上去找野菜，在这荒野之中，她突然放声大哭，哭瞎病不长眼专门欺负老实人，一边哭一边扒着干枯草丛下冰冻的黄土。铁柱大妈惊喜地发现，看起来干枯成粉末的葛藤，在冻土里居然生出了珍珠一样乳白的芽儿。她小心翼翼用指甲掐下来，放进竹篮里的黄地儿红花搪瓷碗里，再盖上一块印着喜鹊登枝的毛巾，半天下来，菜芽芽攒了小半碗。毛巾崭新，是十年前大海结婚的时候新媳妇送给公婆的。铁柱大妈舍不得用，一直压在箱子底，这次拿出来，一是毛巾厚实保暖，二是想借借喜气，要个好兆头。铁柱大妈回家后说生嚼野菜对肚皮上的伤口愈合有好处，铁柱大爷不挑剔，也不问缘由，给什么吃什么，嚼着那些乳白的芽儿，说："玉芬，甜丝丝的好吃。"

铁柱大妈大名叫赵玉芬，多年来，外面人多叫"大海他爸""大海他妈"或者"铁柱大爷""铁柱大妈"，他们也习惯了以老头子老婆子相称，几乎忘记了自己的名字。玉芬心里一颤，想起如花似锦的年华。二十世纪上半叶，此地旧俗颇流行定娃娃亲，只要两家人相处投契，便给幼不更事的孩子定下亲事。娃娃亲简直成为一个家庭的重要风评指标，越是家境富裕声望好的家庭，孩子定亲越早，甚至指腹为婚。玉芬与荣良却是个例外。玉芬家爹哑娘病，无人来定亲，她长到十八岁，在土改学习班认识了荣良，荣良二十四岁，娘去世了，有三个弟弟一个妹妹，还未结婚。在工作队工作人员的撮合下，两个家徒四壁的人结了婚，女不要彩礼，男不要嫁妆,女不嫌男多负担,男不嫌女有拖累,成了新社会新式婚姻的典型,公社大喇叭里宣传了三天。新婚夫妻在玉米地里除草,玉芬乌云似的头发编成两条大辫子,甩在柔软的腰肢上,荣良脾气好,读过私塾,有几分文气,会讲故事,因为比玉芬大六岁,凡事让着玉芬。荣良在玉米地里找到一根嫩嫩的甜秆儿,让玉芬嚼,甜秆儿是只长秸秆不结棒子的玉米,翠绿甘甜。玉芬温柔地笑说"甜丝丝的,好吃",荣良小声说"这辈子前无古人后无来者,只给玉芬一个人拔甜秆儿吃",哄得玉芬死心塌地跟他过日子。日子过了三十多年,两个人相伴相随,为两家爹娘养老送终,给弟弟娶亲,送妹妹体面出嫁,养大三个儿子一个女儿,给儿子盖房子娶媳妇,为女儿挑了称心姑爷。

春分,河汊子里的冰渐渐化开,鱼时时露出头来透气,大雁嘎嘎叫着飞过。打过几次惊蛰雷后,桃花粉梨花白,野菜遍地长,轻轻松松就能掐上大半篮子最嫩的叶子尖儿。荣良天天生嚼野菜,无油无盐,却品出了天然之味:野葛芽涩中有甜,曲曲菜苦后回甘,荠菜软香微咸,婆婆丁清淡爽口,蚂蚱菜汁多软糯,灰灰菜辣嘴辣舌,"嘟噜酸"比山楂开胃。荣良吃完野菜神清气爽,像年轻时候一样开始讲古意儿。

荣良说起了秦家台为什么只有柏树与梧桐树。话说秦始皇修秦家台的时候,一位英俊的士兵与本地穿着花布裙的姑娘相爱了,他们遇见彼此宛若遇到了世上一切,如糖似蜜,如胶似漆。可是,士兵不能在此地久留,姑娘亦不能跟随军队同行,一起私奔又怕连累家人。他们手拉手面对炽热的太阳发誓,活着不能结合,死后一定同穴。四月的晨雾中,秦家台即将封顶,他们在台子中央挖了墓穴,设置了可以自动关闭的机关。二人相拥其中,士兵为姑娘的发髻轻轻插上蓝色鸢尾花,在百灵鸟唱起第一支歌的时候拉动机关,无边尘埃落下把两个人活埋,自此再无分离与错过。秦家台上长出了强壮的柏树与秀美的梧桐,柏树的根深深地扎在地下,梧桐的花开在高高的空中,枝叶相互覆盖,仿佛恋人亲密的拥抱。讲完故事,荣良走到田里遛弯儿,撒了一畦萝卜种,结结实实来回踩了两遍土。玉芬跟着走一圈,在心里念了一千个天王爷菩萨,果然民间土方更管用,佛祖的长明灯如果有灯芯的话,一定是根绿油油的野菜梗。

芒种到了,南边人忙插秧,北边人忙收麦,荣良兴冲冲要去桑子镇给八十岁的姨过生日。爹娘一辈儿的人都去世了,只剩下这个姨。那些年,玉芬的娘瘫在床上,姨过个十天半个月就来一趟,里里外外收拾洗涮,保住玉芬一家人的体面。玉芬爱笑,爱花草,不计较得失,都是随了姨,出嫁之后,始终把姨当亲娘来孝敬。荣良清早起来到处翻找大河媳妇做的新布鞋,说穿了显得精神,玉芬絮叨着"狗窝里藏不住肉丸子",还是帮他找出来。荣良又洗脸刮胡子,拿着玉芬的梳子蘸了水,一个劲儿问半寸长的头发梳成分头是不是更好看。

　　玉芬来不及细看,手忙脚乱收拾盒子。在这里,走亲戚要提一个黑漆的木盒子,里面放上方块的麻酥、圆形的桃酥等糕点,最不济也要放十个圆滚滚顶着红点的白馒头,再找块儿正方形大红布包起来,打个结,喜气洋洋地挎着去亲戚家。吃完饭回家时,懂事的亲戚亦不能让盒子空着,留一半糕点,或者放点稀罕吃食,三四个香瓜、五六个糖包、一斤油条都可作回礼,统称压盒子。玉芬踩着凳子,把挂在房梁上的柳条篮拿下来,拿出一包麻酥,双层草纸包得四四方方,封面上的大红纸已经油透,还有一包荷叶裹着的十个油饼。玉芬把点心装进盒子,喊荣良把里屋炕子上的红布拿过来,连叫了三声没人答应,只听见一声叹息,一声从胸腔里发出来的如释重负的叹息。玉芬赶紧走过去,只见荣良端坐在椅子上,动也不动,手里握着个白色的药瓶,里面的止疼药剩了最后三片,他脸色祥和,甚至有一丝丝笑意,不知是即将去走亲戚的兴奋,还是笑话阎王爷晚来了三个月。

　　院子被打扫得干干净净,锄头、镰刀、铁锹也被磨得锃亮,摆放成行。房梁上的蜘蛛网早已扫走,燕子窝下面不知何时钉上了个斗笠,兜住了所有可能突发的危险。

　　玉芬颤巍巍喊了声:"你吃了我多少野菜,也不说一声就走。"

　　停一停,又喊一句:"你欠我多少古意儿,还没有讲完呢。"


# 转


　　道恒爷爷说,出殡之后是铁柱大爷与李翠仙合坟。此地传统,夫妻百年之后要合葬在一起,千年修得同船渡,万年修得同墓穴,家和万事兴。

　　道恒爷爷是白事儿的大总管,今年七十有九,腰板挺得笔直,祖上中过进士,现今一个儿子在县财政局工作,另一个儿子在乡政府工作。生与死之间是悬崖绝壁,只有最通透与最公正的人,才能做生命尽头的摆渡人,劈开假面的骨头,帮助灵魂在葬礼中安息,完成人生在世最后的谢幕。道恒爷爷识文断字,凡事一五一十说清道明,每个字都像砸钉子,一颗钉一个眼儿,结结实实,装裹、戴孝、停床、报庙、报丧、出殃榜、吊唁、入殓、推送、出殡，千丝万缕，千军万马，指挥得分毫不差。

搭好灵棚，道恒爷爷找人去给李翠仙的娘家人报丧。没有人认识李翠仙，几乎所有村庄里都有这么一个艳丽又陈俗的名字，淹没在茫茫人海中，无人记得她的模样，无人注意她的生活。

大江大河一脸困惑，问："李翠仙是谁？"大海解释说："李翠仙是咱爸第一个媳妇。"大河像看梦游者一样看着大海，问："大哥，我怎么不知道这回事？"大海说："咱爸动手术那天早晨才告诉我的，说不知道能不能过了这个坎，跟我提前交代后事，说坟茔的东南角唯一一棵槐树边上有个小坟，是翠仙妈的坟，如果手术不成功，要与翠仙妈合葬，让我们记得给翠仙妈烧纸。"大河急赤白脸地叫："我不同意，什么翠仙妈麻花妈，听都没听说过，我只有一个妈，别的我不认。"

道恒爷爷严肃地说："你爷爷跟李翠仙的爸一起在海埔贩盐，两个人的媳妇正好都怀孕了，当时指腹为约：若是都生男孩结拜为兄弟；都生女孩结拜为姊妹；若是一男一女，就结为夫妻。你爸满月里就和李翠仙定了亲，婚书上铁板钉钉写了姓名、生辰八字和祖宗三代名号。铁柱的大号柳荣良写在上面，你祖父、曾祖、高祖的名字也都写在上面的，轮不到你个小辈说三道四来反对。玉芬百年之后，可以再与铁柱、李翠仙合坟。李翠仙没有后代供奉，铁柱不与李翠仙合坟，李翠仙只能做孤魂野鬼，老柳家不能出陈世美！"大海点头称是，大河梗着脖子不说话。大江轻轻问大海："哥，你是哪个妈的儿子？"大海瞪了大江一眼，说："和你一个妈！"

道恒爷爷让孙子柳光明专门去了一趟前李庄，给李翠仙的大哥李福海家报信儿，请他来一趟，为妹妹、妹夫主持合坟仪式。柳光明和其他年轻人一样，对突然冒出来的翠仙大妈一事备感惊讶，他们不信鬼神之说，并为铁柱大爷在去世后的背叛颇有微词，可又隐约感觉道恒爷爷的话里有莫名的权威，于是，他们心里揣着说不清道不明的困惑与好奇，观望事态发展。天气不好，时不时飘点雨，柳光明腿长，自行车骑得飞快，链子盒被撞得哐当哐当乱响，身上没落几个雨点。前李庄不比大柳庄平坦，南低北高，一条弯弯曲曲的土路贯穿村庄，鸭鹅在枣树下乱跑。柳光明打听了几个人才找到最西边胡同北数第二家，青灰砖的门楼子，左右分别雕着三尺高的花瓶，门框上贴着的春联苍白无色，写着"南极无辉寒北斗，西风失望痛东人"。

柳光明刚停下自行车，大门开了，走出一个神情木讷的中年人，提着乌漆麻黑的潲水桶准备去喂猪。柳光明说："大哥，我是大柳庄的，来给李福海报个信儿。"男人说："李福海是我爹，前年去世了，我叫李合顺，你跟我说吧。"柳光明说："大柳庄的铁柱大爷，大号柳荣良，娶的是福海大爷的妹子李翠仙。铁柱大爷今天过去了，后天出殡，请您来一趟大柳庄，铁柱大爷合坟的事情也得您费心看看怎么办。"李合顺登时有点蒙，打记事儿起，父亲兄弟三人，并没有听说有姐妹，自己也没有过姑姑。父亲去世前一周，人瘦成一张纸片，脑子却格外清醒，把家里家外的恩赈仇债与他细细交代一番，还强调了奶奶一九四二年在院心枣树下埋了一坛子银圆，翻新房屋的时候要仔细找找，可是始终没有说过有个嫁到大柳庄的妹子。乌鸦突然落在猪圈里呱呱叫起来，李合顺说："你是不是搞错了，我家没有大柳庄的亲戚。"

李合顺最小的堂弟李合阳甩着大红喇叭裤经过，认出柳光明是他初中同学，当下相互捶了几下，亲亲热热拉进门喝茶。李合阳也说不知道李翠仙这个人，柳光明再三确认了前李庄加后李庄只有一个李福海，又把道恒爷爷的话重复了一遍，三个人一头雾水。李合顺知道做大总管的人一言九鼎，事里一定有曲直，不会认错亲戚。于是，李合顺让李合阳给柳光明下碗面条吃，自己则出门找同宗中父辈的人去打听。他从西头走到东头，几个叔都说不知道这事儿，堂兄弟们更是闻所未闻。李合顺心里打上了鼓：前年年中爸肺病去世，去年年首妈心脏病去世，去年年尾媳妇车祸去世，两年中，一个门里抬出了三具棺材，这是得罪了哪路神仙！村里已经悄然传开了闲话，有人说是李福海冲撞了黄鼠狼大仙，有人说是李合顺丧良心卖米糕猪肉。谣言让李合顺的生活雪上加霜，心时时如惊弓之鸟，现在又从天而降了一桩莫名丧事，不由得背后飕飕发凉，心里想着抽空赶紧去秦家台烧炷香，再去防风林种棵树，学雷锋积善德。

李合顺问了三条胡同，到堂伯李福亮家才捋清眉目。李福亮六十六了，吧吧吸着旱烟，想了半锅烟的时间，说："还真有这么一回子事！你爹有个亲妹子，小名叫翠儿，比我小六岁，比你爹小两岁，跟大柳庄的叫铁柱的小子定了娃娃亲，那时候大柳庄的亲家每年初二来送新衣服和点心盒子，我和你爹吃了不少糖糕。"李合顺长舒一口气，总算是合了辙！又追着问："大爷，一直没听说过在大柳庄有亲戚，是闹掰了吗?"李福亮说："没闹掰，翠儿没过门就病死了，时间太久了，日子艰难，就渐渐没有来往了。"李合顺又问："大爷，只是定过亲，但是没结婚，也没来往了,这不能算亲戚吧!"李福亮正色道:"婚姻大事,换过八字帖,写过婚书,祖宗都知道了,咋能不算亲戚?"李合顺又问:"大爷,我姑埋在哪儿呢?我爹没带我上过坟。"李福亮说:"翠儿死后,棺材直接送到大柳庄了,我们那一辈儿人都是这样,女孩子定了亲就是婆家的人了,死了要埋在婆家的坟地里。"李合顺舒了一口气说:"反正已经埋在大柳庄了,他们愿意合就合吧,和我没什么关系。"

李福亮说:"怎么没关系!你是亲侄子,打断骨头连着筋。合坟之前,要先起开翠儿的坟,按照规矩,娘家人来铲第一锹土,你不铲这锹土,他们就不能动土,你姑和姑父就不能合葬。"李合顺听得头都要炸裂了,别人都是天上掉下个林妹妹,他是大柳庄飘来个鬼姑姑,正考虑着如何拒绝,又听李福亮仔细嘱咐:"你们年轻人可能不在乎这些老规矩,我们这一辈儿的人讲究个死后认祖归宗。不到三十岁就去世的人叫短寿人,没有结婚就不能算成年,不能进祖坟,翠儿死的时候太年轻,只能先埋在坟圈子边角上,等到合了坟才能进祖坟。翠儿不合坟,不进祖坟,就永远是漂泊的孤魂,人家会笑话你这个娘家人呢!"李合顺肩上加了千斤重,无论他是否认同这些旧俗,他都不能做一个让别人戳脊梁骨的不孝侄子,只好点点头说:"大爷,那我去一趟。"

李合顺家雕花门楼下本来有块青石板,昭示着曾经殷实的家道。二十年前石板被撬走了,只剩下泥地,前些天大雨,踩出些歪歪扭扭的鞋印子,晴天后凝固住,坑坑洼洼,风吹进些麦秸和秆草叶儿。好巧不巧,李合顺大清早在门口崴了脚,登时肿得挨不了地,有只长着花冠子的戴胜鸟,在门口的老枣树上定定看他一眼,展开翅子飞走了,枣花儿的甜味比往年更加浓郁。李合顺心里说,一定是苦命的姑怪自己三心二意,于是赶紧叫了堂弟李合阳代他去,详细说了来龙去脉,让十五岁的儿子雪峰拿上二十元钱,跟着李合阳一起去。李合阳听完哧哧地笑出来,说:"合顺哥,你太神神道道了,几十年前的事儿早就化成灰了,哪有什么报应责怪。分明是你偷看对门花枝招展的赵寡妇走了神才崴了脚。"玩笑归玩笑,纵使李合阳也不认可老辈儿的说法,可是,娘家人毕竟要为嫁出去的姑娘做主,无论是刚嫁出去的姑娘还是几十年前嫁出去的姑娘,何况,在十几个堂兄弟里,李合阳与李合顺关系最亲。李合阳赶紧换了白衬衫、黑裤子,骑着二八大杠自行车,带上堂侄雪峰出了门。雪峰女孩子一样安静地偏坐在后座上,李合阳心想:这孩子自从母亲去世后就不太说话了,也瘦了很多,轻得像个鸡蛋壳。

一进村,柳光明和几个人迎了上来,不由分说,给李合阳与雪峰戴上白麻布的孝帽,领着他们到了灵棚。黑压压的灵床前面摆着张铺着宝蓝花缎子被面的祭桌,周遭围着柳光明从镇上冷库里拉来的冰块,桌上九个大白盘子,分别装着公鸡、肥鸭、鲤鱼、五花肉、枕头酥、羊角蜜、绿豆糕、花生、白桃,一盏莲花酥油长明灯,灵位上摆着铁柱大爷的画像——八字眉,留着小胡子,笑呵呵的老头儿。李合阳和雪峰作揖打躬,李合阳喊了声姑父,雪峰喊了声老姑爷,跪地四叩首,跪在棺材两边草席上的孝子孝媳头戴白孝帽,身穿麻布长袍,手持黄表纸,伏身发出唔唔的痛哭声,等着令官喊"孝子还礼"时,便磕头表示感谢,李合阳与雪峰再起身,又作揖打躬。大海大江大河三兄弟赶紧爬起来,拉着李合阳和雪峰在凳子上坐下喝茶水,说着不咸不淡的客气话。

大河给李合阳递了一支烟,突然说:"兄弟,我妈跟我爸做了一辈子夫妻,和和美美……"大海截住大河的话低声说:"大河,按照老辈儿规矩来。"大河撒起了泼,喊着:"去他妈的老规矩,全是封建迷信,我不能让妈受委屈,成了第三者!"雪峰惊慌地看着李合阳,李合阳站起来,把雪峰划拉到身后,捏紧了拳头,他觉得这件事荒诞,亦同情铁柱大妈这从天而降的委屈,但是,若欺负了李家的人和李家的鬼,他都会揎柳人个赤橙黄绿青蓝紫。大海死死抱住大河的腰,大江赶紧叫来了道恒爷爷。道恒爷爷吼了一声:"大河,你想干啥?"大河带了哭腔说:"我想不明白,活人过一辈子,不如个死鬼!规矩规矩,你们怎么不想想我妈是什么心情!"

道恒爷爷气得胡子发抖,说:"祖宗的仁义礼智信,你吃到狗肚子里去了吗?死者为大,李翠仙是你爸的媳妇,你要叫妈,张口闭口死鬼,你有没有家教?没有规矩,不成方圆,你想让前李庄来的娘家人笑话我们大柳庄不讲道理没有廉耻吗?"大江把大河架到一边,大河还在抽泣,大海低声向道恒爷爷认错,又忙不迭向李合阳和雪峰道歉。雪峰茫茫然,只听见灵棚外面戏班子的人在厉声唱着"向东到过东海岸,向西也曾到济南,向南过过黄河岸,向北到过泰安山"。

柳光明领着李合阳和雪峰到另一个堂兄家吃了中午饭,白菜丸子、猪肉粉条、大馒头,放开来吃。吃完来到村外的墓地,四周是拔地而起的白杨树,叶片一面绿,一面白,在风中翻来覆去,噼里啪啦拍着巴掌。长满青草的坟冢,连连绵绵,像无数馒头,有些立了碑,有些没有碑。水芹菜开着小黄花,鹅肠菜开着小白花,车前草竖着花穗,清明节踩出的小路若隐若现。大人的坟大,小孩的坟小,坟与坟之间说着悄悄话。有些坟年年培土,溜圆坚实;有些坟无人管理,倒歪陷塌。几个腰间系白麻腰带的男人守着一个不起眼的小坟,大海搬来一张矮矮的木头小桌,大江在桌上摆好寿桃、苹果、花糕几样祭品,大河拿着长串红色鞭炮,朝他们点点头。柳家祖坟里铁柱大爷的墓穴已经挖好,按照道恒爷爷的安排,现在准备掘开李翠仙的坟,把李翠仙的棺材抬到准备好的墓穴里,等待出殡之后,与铁柱大爷的骨灰一起合葬于密实的大地之中。

道恒爷爷拉长了声音喊:"起坟——"

一阵鞭炮声响起,李合阳与雪峰郑重其事手僵脚硬地走到坟前,有人递过来一把铁锹,黑色的熟铁的锹头,崭新、锋利,闪着寒光,枣木的锹把粗拉拉扎手。雪峰发抖地握着铁锹把,铲下第一锹土,浅浅的一层草皮和着零落的树叶花朵。李合阳接过铁锹,铲下第二锹土。刚刚下过雨的泥土,湿润松软,青草的白色根系被斩断,发出清脆的汁液四溅的声音。之后,李合阳与雪峰后退几步,默默看着那群男人在有力地铲土。天气热起来了,男人们穿着背心,露出赭石色的肌肉,擦着汗。很快,大海喊了一声:"找到了!"大江招呼人拿红布来包棺材,大河点燃一挂千响鞭炮。在炸裂的脆响与呛人的黄火药味里,李合阳与雪峰不由得心脏一阵狂跳,他们不认识躺在地下的这个人,但是这个人的骨头与他们血脉相连。大海捧出了一个几乎散了架的棺材,比抽屉大不了多少,颜色早已被泥土蚀净,简直就是个寒碜的破风箱。

雪峰别过脸去,他才读初三,喜欢问前排扎马尾辫的女生数学题。那个女孩子常开朗地笑着,他以为所有女孩子都是芬芳的玫瑰、闪烁的星星。直到今天,他才知道了有的女孩在年轻的时候死去,埋葬在陌生的荒野,被所有人忘记,孤寂地等着另一个人死去。雪峰并不觉得李翠仙是苍老的长辈,相反,在他心里,李翠仙是个瘦弱幼小的女孩子,穿着花褂子,梳着羊角辫,扎着红头绳。她夜晚会在月光下的荒野散步吗?草尖上的蜘蛛网是她悄悄编织的婚纱吗?雪峰又想起母亲,她躺在灵床上,仿佛睡着了一般,直到黄土缓缓落下,最后变成一个圆圆的坟头。他依然觉得母亲会在某个傍晚回家,她只是回了一趟娘家,她的提盒里藏着最好吃的点心与香瓜。被父亲呵斥之后,雪峰常常去墓地,坐或躺在坟边,发呆或流泪,土里有熟稔而亲切的气息,仿佛母亲的怀抱。再过几年,父亲是否会娶一个新的女人进门,再过几十年,父亲还会记得母亲吗?生与死,花与果,梦与醒,哪个更重要?

李合阳发现雪峰的脸色苍白,眼神迷离,额头渗出汗来,他怕葬礼场景刺激到这个十五岁丧母的男孩,赶紧搂着雪峰的肩膀慢慢退出人群。道恒爷爷以为李合阳对快散架的棺材有所不满，走过来解释："李翠仙六岁就病死了，那年月穷啊，这是最好的装裹了。铁柱和她没见过面没说过话，可是，李家人守信，把李翠仙的棺材送过来的时候也把嫁妆送了来，这嫁妆后来贴补了铁柱娶亲与饥荒年月。你回去跟合顺说，老李家一诺千金，老柳家绝不忘恩负义，大海兄弟三个，一定年年给李翠仙上坟。铁柱有的，翠仙都有。"李合阳点点头，心中惨然亦释然：生盟与死誓都不过是"信义"二字。

柳光明跑过来，说："晚上吃席，你们坐上座，明天你们来参加出殡，孝帽要戴到出殡结束才能摘。"李合阳啧了一声，说："道恒爷爷，我们得回家处理事儿，给合顺哥请大夫看看伤没伤到骨头，再送雪峰回学校上课。还有一个月中考，指望他成为老李家第一个大学生呢。我也准备去广东的电子厂上班，票都买好了。出殡那天，我们就不来了。"说完一把扯下头上的孝帽塞给柳光明，坚决、果断，像塞炸药包，雪峰也把孝帽拽下来，在手心里团了团，又不好意思塞给柳光明，就塞进自己裤袋里。对他们而言，扯下孝帽的那一刻，这场白事儿也就结束了，眼泪与痛苦，都结束了。

两个人头也不回地走了，身后鞭炮响个不停，唢呐呜呜咽咽吹着，白色纸马上扎满五彩花，红色碎纸屑落满黑黄的土。死生契阔，与谁成说，执谁之手，与谁偕老，平俗世间，生老病死之际，人们蜂拥而至，尽情低吟高唱，挥霍烟酒鱼肉，灵棚撤掉之后，人们也散去，归于无边的原野、农田与房舍，继续过漫长的日子。所有人都知道，死去的一切会成灰，人们记住的是念想。念想是一根绳子，捆着绑着烦着恼着，挣脱不得，一旦解脱，灰飞烟灭。

# 合

夏之日，冬之夜。百岁之后，归于其居。
冬之夜，夏之日。百岁之后，归于其室。

二〇二三年的中元节，葛藤爬满荆棘的篱笆，紫红的鸡冠花开了一院子，南瓜花丝瓜花黄瓜花疯长。掐了谎花儿才能结瓜，玉谷菜因为没人撇叶子，茂盛得密不透风。几场雨水后，荒地里野菜蔓延成灾，向阳的山坡开满花，无人采摘，黑色的铁轨与白色的高速路交错追逐着时间。

国英陪着玉芬来到公墓,路边种满黑松、白皮松、华山松、赤松、塔柏、龙柏、侧柏、蜀桧、球柏、北美香柏、翠柏、白玉兰、桂花、栀子、南天竹,偶尔有落叶,很快被风吹走,或者被环卫工人扫净。如果不是草地上墓碑排列整齐,这里就是个漂亮的公园。大海兄弟把墓碑擦洗得干干净净,摆上糖醋鲤鱼、醋熘白菜、老醋花生、黄桃罐头,一样一碟,荤素搭配,果蔬齐全。玉芬盘坐在玉米皮编的蒲团上,念叨着:"你一辈子没有钱嘴不甜,我就图你对我一心一意,你却瞒了我一辈子,我是不讲道理的人吗?你为什么不告诉我实话?等我去了那边,看看你怎么说!"大河说:"妈,你都念叨三十多年了,翠仙妈那时候才六岁,一辈子没见过我爸,你怎么就过不去这件事儿。"玉芬说:"你懂啥,我跟你爸闲说话,闹着玩儿。"国英问:"妈,你又哭了?"玉芬摇摇头说:"那年正月挖野菜让北风吹狠了,迎风就流泪。"

国英用粉笔在青石板地上画了个圈,把金锭、银锭、地府银行的纸钱、男女四季衣裳放进去,火舌跳跃,闪光的纸、暗黄的纸、花花绿绿的纸,瞬间都化为了浅白色灰烬,零落的火星一明一暗。国英喊了一声:"爸,翠仙妈,收钱了。"突然来了股旋风,绕坟头三转,纸灰顿时升腾而起,在空中弥散。玉芬擦擦眼泪,从口袋里掏出一把外孙子买来的奶糖,摆在墓前的菝葜草上,乳白色糖纸上画着一只蓝线条的兔子,说:"翠儿,吃块糖。"花岗岩的墓碑上刻着三个人的名字,玉芬的名字描着红漆。

谁记得一九八七年?桂花香飘散在村镇,芦花摇曳在河洲,玉米晾晒在土墙上,高粱地里拍着电影,月光笼罩的小楼里有人在写一封信"越过长城,走向世界",日子像狐狸穿过田野,大地上四处生长着过往。

【作者简介】于昊燕,文学博士,教授,出版学术专著三部,在《文艺研究》《中国现代文学研究丛刊》《当代文坛》等刊发表学术论文数十篇,有多篇小说发表并被转载于《收获》《小说月报》《北京文学·中篇小说月报》《长江文艺·好小说》《青年作家》《四川文学》等刊,曾获云南省文学奖、云南省文学艺术评论著作奖等。

# 尘网中的毕加索

杨映川

一

奉有敬不可能告诉儿子,他心慌得很。从拎箱背包出家门那一刻,他的心忽上忽下,忽左忽右,背后冷汗飕飕。他怨恼这种感觉,他知道有一个字叫"尿"。二十年前的新婚夜,他就这么个状态,恍恍惚惚,洗浴时右脚绊左脚,摔了一个跟头,右手因撑地咔嚓断了。那在憧憬中如暴雨梨花般的夫妻生活,被这一事件强行修改了节奏,在很长一段时间内他拘谨而被动,这也成为后来他漫长婚姻生活的一个主基调。

要说他可是个见过广阔天地的人。他的谋生版图最西到过宁夏,在宁夏待了四年;最北到过东北,在东北待了两年;后来又在山西待了一年。如今他要乘坐高铁列车,从山区小城田州前往繁华都市南京,中途只需换乘一次车,七个多小时就能到达,连一个夜觉都睡不上。就是说现在出门,下午五点多他就能到达目的地。这也太快捷了,太不能给人充分的心理准备了。走南闯北那些年,他去往陌生之地也是有一些不安的。行程通常需要花两三天甚至更长的时间,乘坐的交通工具种类较为复杂,火车客车拖拉机摩托车三轮车马车,旅途中他在火车行李架上睡过,在候车室地板上睡过,在货车车斗里睡过,他见过晨朝的日出与暮夜的星

296

月,淋过瓢泼大雨,顶过鹅毛大雪。路途中风物不断变化,南方山多,北方平原多;南方的水田、北方的麦地;南方的橘子树、北方的苹果林。每个站点上来操着不同口音带着不同气息的人,他会到站台上买一些吃食,盒饭、饼子、馒头,饮食习惯也随地域在变。这些有层次递进的变化,让他的不安和心怯一点点平和消化,最后化成对目的地满心的期待。

儿子奉咏胜高考成绩在全县文科排名第二,被南京大学录取。奉有敬此番出门就是送儿子上学。算起来他有十来年未出过远门了,这十来年偏安一隅,尽管争气的儿子给了他莫大的底气,但让他在几个小时内完成不同地域间的跨越,他还是生出莫名的烦恼。他和儿子都希望一家之主白月梅能一起前往南京,就当出门旅游一趟。白月梅说超市不能关门,不说关几日,就是关半天生意都要被吴家抢了去,想要再抢回来就难了。在离白家超市五十米不到的对街上,半年前开了一家超市,是吴家人开的,和他们卖的货品种类差不多,甚至最近还在门口摆了麻辣烫摊子。这种赤裸裸的抢生意没有什么应对的好办法,白月梅想得到的就是开门要比别家早,关门要比别家晚。除了怕被吴家抢生意,白月梅还嫌高铁票贵,说过去他们乘火车奔赴千里之外花费不过两三百块,有一些路段还能逃票。现在往返食宿一人花费将近两千,花这冤枉钱不如让儿子拿去买书和吃的。白月梅的主张奉有敬向来无法反驳。

儿子很能干,在网上把车票和住宿都订好了。父子俩在飞驰的高铁列车上交流不多,儿子戴耳机听音乐,奉有敬眼盯着车窗外。每到一个站,儿子会报出站名,再报出下一站站名。看着已经拓出大人模样的儿子,奉有敬心中感慨万千:生命的轮回就是如此神奇,血脉承继永远能给人以安慰。奉有敬身量在165厘米左右,从高度来说与伟丈夫相去甚远,从胳膊腿脚的肌肉看,却是个有分量的存在。头发蓬松掩盖了他顶部的荒凉,眼睛时常半眯着,这让他的表情缺乏庄重和严肃,仿佛他对身外的世界总怀着谨慎的探究,并且老看不明白。列车的速度是他从未体验过的快,他的眼睛眯成一条线,被抛在身后的世界让他有点眩晕,有点飘忽,有点膨胀,这种感觉很舒服,似曾相识,由远而近环抱着他。在某个瞬间,他的大半个身体从玻璃窗伸出去,只把屁股留在座位上,脑袋四肢胸腹分别落在树梢上、草地上、石头上、田地里、沟渠里……它们一路追随火车前进的速度,大声喧哗,互相追逐。他的屁股在座位上挪来挪去。儿子看父亲像在醉酒的状态里,他想父亲是因他骄傲喜悦,他也因此骄傲喜悦。父亲的嘴巴突然爆破出一连串响亮的笑声,把他吓了一跳。奉有敬被自己的笑声拽回来,脑袋四肢胸腹从车窗外飞窜回来,一一归位。他低眉环顾四周,掩饰着站起来往厕所的方向去。他从一节车厢走到另外一节车厢,连续走了两三节,然后停在车厢之间的连接处。脚下晃晃悠悠,他靠着车厢壁回味刚才的感觉,这种感觉有多少年没出现了?他想不起来了。他的手控制不住地在车厢壁上勾画,画了好一会儿,他强行让自己停下来,再认真想了想,是什么唤醒了这只手?十多年前他强行把这只手给封印了,现在它毫无征兆地跑出来。他认为,这得归功于儿子,儿子成人了,考上重点大学,他和白月梅辛苦这么多年不就盼着孩子们有出息吗?这个大关一过,他是可以松活松活了。

火车到站,奉家父子挤出站台,他们在火车站前边的广场上找到南京大学迎接新生的阵营。奉有敬让儿子站在"南京大学欢迎你"的条幅跟前,他拍了几张照片发给白月梅。等了好一会儿,白月梅没有回复,想来是在忙着,没顾得上看手机。往常这个时间白家超市生意最好,麻辣烫大锅被置于超市门口,白月梅会不断地往锅里下料,海带串、鱼丸串、牛肉丸串、油豆腐串、鹌鹑蛋串……欢腾跳水,香气扑鼻。附近有一所中学,放学拥出校门的学生如小蜜蜂被花儿吸引,将超市门口堵得严严实实。白月梅圆润的脸被蒸汽熏得潮红,嘴里反复强调,不急,不急,一个个来,小心烫到!奉有敬会坐在收银台前,紧盯监视器的屏幕。超市有八十来平方米,小偷喜欢趁人多浑水摸鱼。孩子偷拿零食,大人是啥方便拿啥。碰到这种情况,无须翻脸呵斥,在他们经过收银台时,轻声道出对方昧下的东西,提醒把账结一结,大多数人会装作若无其事把账结了,没钱带身上的只能把东西放下红着脸离开。

奉有敬仰望天空,这会儿他头顶上的天空和白月梅头顶的不是一块了。儿子办完注册登记手续,父子俩乘坐校车到学校。奉有敬到新生宿舍与儿子一道把床铺安置好,他到学校附近的宾馆住下。第二天一早按照原定的计划,父子俩先去了较远的中山陵,再逛夫子庙、秦淮河。中山陵,奉有敬没什么特别的感受,那一带山矮树稀疏,而田州周边的老山那可是山高林密,景致要好得多。奉有敬虽然只有高中文化,秦淮河、夫子庙还是知道的,能到这些著名景点游玩他觉得很不易,他让儿子陪他慢慢走。书院贡院他们一间间进去,夫子庙人多嘈杂,和田州县城过年一样热闹。可能是家里开有小超市的缘故,他更关注那一间间小店铺,点心糖果丝绸古玩小吃都有卖。父子俩吃了鸭血汤小笼包盐水鸭桂花糕,奉有敬后悔没有坚持让白月梅出来，女人在家一个人忙得腰酸腿痛，他在外头闲逛吃独食，愧疚感随着饱嗝儿不停地翻上来。

秦淮河上有装饰得很明艳的船舫，船票每人80元。售票处近前的广告牌上注明茶水点心包含在票价里。奉有敬想，好歹带儿子见识一把，就买了票。船舫在水上缓缓行进，河岸两边是仿古的亭阁，红墙青瓦，杨柳依依。奉有敬剥盐水花生扔嘴里嚼，混浊的水流往身后流去。儿子站在船头不停拍照，间歇坐到他身边喝水，满头大汗地撇撇嘴说："过去这河上一到夜间船舫里都是妓女。""妓女"这个词语从儿子的嘴里吐出来让奉有敬感觉有些别扭，可儿子大了，他不做评价。这个词语到底还是影响了他，他再看那混浊的水，就像是脂粉水，那水底漂浮着一个个满面脂粉的女子。他说不清这是一种什么感觉，不阴郁也不光亮。他扔下手中的吃食，脑子里有一幅画，如果手边有笔，他真想立时画下来，那只跃跃欲试的手把他的心挠得痒痒的。儿子又念了一句"风流总被雨打风吹去"，他觉得儿子真是大了，若在百年前，定是一个才子，也可能在这河上吟诗作对倜傥风流。他又像在火车上那般，忍不住笑出声来。

下船后儿子在一家文具店前驻足，说想买笔墨练书法，要写一手好字。他随儿子进到文具店，儿子跟店员咨询时，他在一处柜架上看到一盒盒的蜡笔，正像一个戒烟许久之人看到烟草，除了淡淡的惊喜，还有迟疑和恍如隔世的情怯。在给儿子结账那一刻，他匆匆跟店员说再要一盒24色的蜡笔，店员却说那不是蜡笔，叫油画棒，比蜡笔质量要好，他说那就要一盒油画棒两支铅笔。店员又问要不要画纸，他点头说"要要要"。儿子的笔墨装进了一只塑料袋，他的油画棒纸张另外装了一只塑料袋。他以为儿子会问他为什么要买这些，可儿子好像没有注意到，他们各自拿着属于自己的袋子。

当夜，奉有敬躺在宾馆的小床上翻来覆去，油画棒和纸张就搁在他桌边的小柜上。那心情就像一个小孩拿到一件危险玩具，提醒自己不要去动，要忍一忍，忍过去就算了。终于，还是忍不住，他翻身摸索着把油画笔盒抓在手中，抽了一支放在鼻子底下，一股香蜡味，好闻。同房间还住着他人，他翻身起来，举着手机照亮，把画纸铺在床上，手机架好，铅笔没削，他直接拿起油画棒在纸上抹画，没有太多思考，因为白日里那幅画就在他脑子里。第一笔下去挺重的，用的是土黄色，画的是一条舫，用一个女人的身体当船身，然后用浅绿色画河水，绿色的水把身体掩盖。太久没画，手生了，女人浮在船尾的脸过于肿大，就像在水里泡大了一样。他把纸搓成一团,过一会儿又展平了,继续画河岸边的屋宇,一幢接一幢。他的身体不停地出汗,好像什么东西在往外逃脱,又在不动声色地复活,他紧张又兴奋,手里的油画棒握起来黏糊糊的。第一幅画画完,已经半夜两三点,他彻底没了睡意。他想画一幅和南京大学有关联的画。他站在南京大学的门口,他把自己画得小小的,看上去像个小学生的模样,而从里边走出来的人都是大人,这是他踏入南京大学校门那一瞬间最真实的感受。他看那座大门是仰视的,他看所有从里面走出来的人都是仰视的。

早上儿子过来和他吃完早饭,两人去了栖霞山,下午逛南京路。他在南京路上给白月梅买了一件棕色桃花丝绸无领短袖,一条阔腿九分裤,他见好几个街上的时髦女人都是这样穿的。儿子挑了一双坡跟黑皮鞋,特地交代这是他给母亲买的,钱也由他来付。儿子身上有几百块钱是亲戚给的红包,这小子用在这上头,奉有敬当然不反对,还夸奖:"你妈一定会穿这双鞋子走遍整个田州,让所有人都知道是她儿子买的。"儿子又给姐姐挑了一条真丝围巾,交代父亲一定记得姐姐回田州的时候交给姐姐。奉有敬叹了一口气说:"奉咏莲连春节都不回田州,你以后别学她。"儿子笑着说:"我姐可好了,她说只要我成绩好,给我发奖学金。"

三年前奉咏莲高中毕业就离开田州下广东打工,去之前是和家里吵过的。奉有敬和白月梅都希望她复读,在奉有敬的内心,他比任何人都希望女儿能静下心来读书,复读一年两年三年都无所谓,家里又不是供不起,读书总比打工要轻松吧。当年他若是有这机会,或许就不是现在这个样子了,但会是什么样呢?他说不明白。霞听说已经是市卫生局副局长,他不敢想自己有这么高的地位,可仍然忍不住会想,有些事谁说得准呢?

回到宾馆,儿子帮他收拾行李。明天儿子要参加新生活动,不能送他到火车站了。儿子发现他放在枕边的画,拿起来看,很惊奇地嚷道:"爸,这是你画的?"他想抢过来,觉得不妥,只能装作毫不在意地点点头。"您是什么时候学画画的?怎么从来没见您画过?""瞎画的,像你上幼儿园画的吧?""这画有超现实主义的风格。""啥叫超现实主义?""就是有不一般的想法,还有毕加索的味道呢。""毕加索的味道又是什么?"儿子笑着把父亲的画卷起来说:"这两幅画我先收起来,改天遇到个大师,把您推荐出去。"奉有敬看儿子喜欢,心里也喜欢,可还是撂下一句:"明天扔垃圾桶得了。""爸,给您提个意见,您可以试着用别的颜料来画,会更上档次。"奉有敬笑笑不说话,原先他选择蜡笔是因为便宜,用习惯了,如今他捏着颜料棒才有感觉,才敢大胆落笔用力涂色。当年他正式用蜡笔在纸上画之前,还有很长一段时间是拿着棍子在沙地上画。那真是一段永生难忘的时光,就像那些年把皮肤晒脱一层又一层的阳光,不是只停留在皮肤上,而是穿透到血肉里。

二

三十年前,奉有敬正是奉咏胜现在的年纪,他同样经历了高考。高考成绩公布那天,他和同学们聚集在学校的篮球场,有的站着,有的坐着。大部分人都是一种无所谓的态度,仿佛已经知晓结果,来这一趟不过是为了有始有终。这所县中学历史上只有一名学生考上大学,还因为是少数民族加分被录取的,每年能出几个中专生就是不错的成果了。奉有敬平时学习很刻苦,他没期盼过能上大学,他就想上中专,比如说邮电学校、银行学校、警察学校这类的,读上两三年就有工资领,而且不用回家当农民了。只是,那个时候,中专不比大学容易考,奉有敬平时成绩并不突出,他等待的只是一个奇迹。班主任从远处不紧不慢地向他们走来,隔着几米远就嚷着:"你们这一届剃光头了。"奉有敬心里咯噔一下,幻想破灭。人群发出叹息和自我解嘲的笑声。班主任走到他们中间, 立定了说:"大家不要灰心,有没有想复读的?把名字报给我。"有六七个同学举起手报名复读。奉有敬的手夹在腿间,一动不动,感觉到老师的目光投向他,他低下头,看大脚趾从凉鞋里跑出来。

一个叫霞的女同学,用脚抵了抵他的凉鞋说:"你不复读?"奉有敬摇摇头说:"不读了。"霞说:"我们都出生在山旮旯儿,想走出去只有读书这条路。"霞已经复读一年了,在奉有敬的印象里她是很用功的,不过学习成绩还不如他。他说:"我家供不起我了。"她说:"你可以去求啊,亲戚朋友总有的吧,我这一年能复读就是我跪来的求来的,我给我哥哥嫂嫂、姐姐姐夫都下跪了,今年我打算再去跪我几个舅舅舅妈,无论如何我都要复读。"霞跟他说这么一长段话,还拿眼睛盯着他,奉有敬真恨不得马上应下,说他要复读,这样他还能够和她相处一年,她应该是想和他再相处一年的吧?他吃过霞从家里带到学校里来的酸菜、萝卜干,很下饭,她给他的时候说带多了,不能久放,分他一点。那东西很是宝贵,有那么一勺就能下一碗饭,可以省了菜钱。如果她真的吃不完,相信有很多同学是愿意代劳的。他吃了一段时间怎么都不好意思再白吃了。霞大大方方说:"如果想还她的人情就送给她一幅画。""什么画?""就你画板报上的那种。"奉有敬想起来了,学校搞黑板报比赛,大家知道他平时喜欢画画,就让他去画插图,他画了一幅女生浇花的插图,女生梳着两条大辫子,霞也梳着两条大辫子。

离学校不远处有家书摊,同学们经常去租书看,男生尤爱武侠。大家平时没太多闲钱,所以一人租书绝对充分利用,在借书期限内,书被快速传看,让更多的人都能读到。奉有敬吃饭的钱都紧,租书钱自是没有的,偶尔书从别人手上传来一回,多半看不到开头那一本,也看不到结尾那一本。他学会脑补那些残缺的故事,照着书上的插图画大侠,画侠女,将那些激荡人心的场面画出来。最初是临摹,后面是自我发挥,画画是他学习闲暇的解闷儿,也是向同学炫耀的资本。霞喜欢他的画,他用心给她画了一幅,一个执剑少女衣袂飘飘站在山巅之上睥睨众生。霞说:"你心真细,能把一根根的头发都画出来,这衣服看样子就像被风吹过一样。"其实奉有敬觉得自己画得并不好,他画的人脸几乎是一个模子,他不晓得变化,他也不晓得如何对着一个人,画出那个人真实的样子。他没有老师,也没有请教过谁,反正他就这么画出来了。

奉有敬拿着离中专线有二十来分差距的成绩回来跟母亲汇报,说想再复读一年,还加了一句:"等我考上了,借的钱我负责还。"母亲在火塘边,双手执一条木棍,用力搅拌猪泔水,她没有立即答他,因为之前他们已经有过交流,如果考不上他得出去打工了。父亲去世得早,家里不能没有顶梁柱。屋里弥散着一股猪泔水的煳味和酸臭味,母亲停下搅拌,往灶膛里扔了一大块柴说:"你姐夫开拖拉机掉沟里瘫了,之前你考试一直没告诉你,为了给你姐夫治病,我把原来你姐夫给的彩礼钱还回去了,你不会怪我吧?"奉有敬愣住了,他还想过母亲不同意,他就去跪姐姐姐夫的,最直接的路全部被堵死了。姐姐早年订过婚,未嫁前男方患急病死了,姐姐得了克夫的恶名,再加上人长得不好看,在家里待了多年,前年终于嫁出去了,根本没敢跟婆家要多少彩礼。那点寥寥的彩礼钱母亲当命一样存着,说是留给他娶媳妇的。如今姐夫出事,怕是姐姐克夫的传言又甚嚣尘上了,母亲拿钱救命是为姐姐打算,何况姐姐已经快生了。

"你去一趟你姐家吧,"母亲说,"不用急着回来,留在那儿帮干几天活儿。"奉有敬点头出门。姐姐嫁得不算远,四五个小时脚程,刚嫁去时还经常回来帮母亲干活儿。他出门时已经是黄昏时分,走在寂静的山道上,有那么一会儿他觉得这世上仿佛就剩下他一人,好吧,如果只剩下他一个,他又要往哪儿去?他会四处寻找,不停寻找这世上是否还有幸存的人。奉有敬被自己没来由的想法弄得黯然落寞。其实,在走出家门的那一刻,他便已决定今生与学校永别,也与霞永别了。现在这两个家只有他一个立得住的男人,母亲虽没有明里拒绝他的请求,但已然将摇摇欲坠的家境透露给了他,他除了挺身而出没有别的选择。

奉有敬在姐姐家住了一个多月,等姐姐生完孩子他才返家。临别时姐姐把头抵在他的胸口上抹泪:"弟啊,姐只能靠你了。"他不知道说什么,他拍了拍姐姐的背,那个初为人母,本该变得丰腴的身体却单薄得让人心疼。奉有敬并不知道姐姐如今的困境如何来解,孩子生下来又多了一个要照顾的人,男人半死不活地躺在床上,端茶递水都让人伺候。公公婆婆两个都有肝病,蜡黄的脸,乌黑的唇,每天坐着晒太阳,仿佛他们的命就是靠太阳续的。奉有敬也知道,这看起来无法渡过去的苦难,最后大部分人都挺过来了,谁也不知道他们是怎么挺过来的。母亲没有直接拒绝他复读的要求,让他来姐姐家是为了让他看清楚,一个人能走多远不能只从自己的角度考虑,要看一看周围的人。如果周围的人全弓着背直不起腰,他是否还要踩着这些人的背往上攀高?或许真能攀得上去,但势必要将脚下的人全踩进土里。更可悲的是,也许把他们踩进了土里,他也未必攀得上去。这令人绝望的领悟他永远不希望有。

大伯在镇上捞沙子,奉有敬请求大伯带自己一道做事。大伯问他是不是还想复读,他没有否认。他猜这是母亲对大伯说的,他们说的时候是会说他不懂事,异想天开呢?还是会有一些遗憾、一点抱歉?大伯说:"捞几天试试,你还不一定吃得了这个苦。""您能吃的苦,我也能吃。"他很少说这样的硬话,他说是因为胸口憋着的一口气,需要有发泄的途径。大伯轻笑,说:"年轻人就应该什么苦都能吃。"

捞沙第一日,穿短裤入水,水清凉,脚下踩着松软的沙子,手上拿着竹箕,弯下腰用力一铲,往上一提,水漏出去,沙子留在竹箕里。奉有敬感觉像小时候玩游戏,心里轻松。等日头正中,水上泛着一片光,眼睛一不留神就被刺中,眼泪溢出。上半身是热的,头皮一直在出汗,下半身仍然是凉的,上下的不协调让肉身生出一份莫名的恶心。他看一眼在几米外动作熟练的大伯,咬咬牙,继续弯腰,用力铲沙。竹箕出水那一瞬间最沉。看他累得面红耳赤,大伯有点幸灾乐祸地笑了,然后才过来给他做示范。"竹箕先不急着出水,顺着水流的方面走,靠近岸边时再出水,这样可以省去很多力气……"大伯边做边说。他照做一遍,确实是省力不少。干什

303

么活儿都不能少了经验,如果大伯不说,他慢慢也能悟出来,就是得多吃点苦。

过得几日,晚间他躺到床上,身子往上移,草席上一根突起的草刺与皮肤摩擦,瞬间产生被划拉开的剧痛,手摸过去湿了一把。他查看痛处,殷红一片,伤口虽浅,但出血量大,大腿上的皮肤已经被水泡得极其脆弱,稍微硬质的东西就能划破。他用手抹掉血,手往墙边贴着的报纸上蹭,血在报纸上蹭出一个形状,像一条鱼尾。他再用手蘸血,将鱼头鱼身补出来,一条小血鱼跃然纸上。他不敢光着腿睡觉,找出一条长裤穿上。早上起来发现裤子黏着腿,夜里辗转,席子隔着裤子照样能蹭破皮肤。血把裤子黏在腿上,把裤子撕扯下来又是一阵痛。再到晚间他还是光腿睡觉,皮肤破开流出来的血,他用手蘸上在报纸上作画。他画了一条又一条大大小小的鱼,出血量大就画大鱼,量少就画小鱼。有一天他还画出了一个太阳。

白天捞沙,他喜欢看岸边沙堆越堆越高,仿佛他在堆一座银钱做的山。总会有人在临近黄昏的时候过来估算方数,把钱结清,然后再把沙子运走。那一处又变成平地,第二天他又有了从头再来的机会。他喜欢睡懒觉,八点起床吃完早饭才往河边去。他一般九点就到河边了,河边很安静,一夜的河水将河岸沙地梳理得很平整。他手里执根细棍在沙地上画,画河流、船只、河里的鱼虾,还有浸在水中快要融化,或是长出鱼尾巴,或是长满水草的自己。他不怕日头晒,他不乐意戴草帽,他想让太阳把自己照得更彻底一些,这样才能让下半身抵御住河水润进身体里的湿气。晚上睡觉他觉得两条腿很沉,水仿佛渗进去了,流出来的血都淡了很多。床边旧报纸上画的小鱼越来越多,他也在鱼群当中。他只画了自己露在水面上的半截身体,没在水中的没画,他想后面再用血一点点把没在水里的身体画出来。他脑子里早就有那样一个画面,那是一条鱼的尾巴,他是一条美人鱼。

十一月,水越来越凉,进入枯水季。上游没有雨水,这一带河段的沙都捞得差不多了。大伯说要收拾东西回家了。他的行李很少,一个背包全能装下,草席不值几个钱,过完年可能还过来,就不带走了。床边涂抹在旧报纸上的血已是一件成品,有太阳有河流,有他这条美人鱼,还有一条条大大小小的鱼儿。原本鲜红的血泛着乌黑。他想把报纸揭下来,可报纸粘得太紧,撕碎了一角,他索性不撕就留在墙上了。大伯凑近看,嘴巴合不上。"这怎么像是用血弄的?"他没出声。大伯再看他一眼说:"你弄的?"他点点头。他听到大伯低声骂了一句"癫仔"。他们回家坐的是拖拉机,路上颠得厉害,大伯夹在手中的烟都被颠掉了。他给大伯把烟拾起来。大伯吹了吹，把烟送进嘴里，深吸一口，吐出白色的烟雾。"阿敬，要不，你还是复读吧，我家没什么钱，但供你一年半载还行，就是不知道你现在回学校时间还够用吗？"奉有敬不知道是什么让大伯起了这个念头。他摇摇头说："功课丢下容易，拾起来就难了，读书的事我早就不想了。"

过完年，奉有敬听村主任说种田七能赚钱，但要有技术。他想自己好歹是个高中毕业生，村里就没几个，自己没技术还指望什么人有技术？他到乡农业技术站咨询，有技术员给他讲了一些知识，说本乡已经有人种了，建议他去取经。奉有敬去实地取经，认定田七不娇贵，好伺候，价格也不错，回来下决心种田七。捞沙子挣了一些钱，他再跟大伯借了些，先买田七种，余下的钱预留买肥料。村子附近早就没有什么空地，他往山里去，走上两三个小时有一处荒坡是父亲早年开的，那时只为种红薯藤养猪，父亲去世后这地抛荒了。奉有敬依稀能辨出原来开的地，虽然杂草丛生，红薯藤还顽强地生存着。以原先开过的荒坡为中心，他刀砍荆木，斧劈杂树，继续扩大地盘。早上踏着露水上山，归家已是月上树梢。洗完澡，沉重的身体倒在床上，就如水倒到地里，他能感觉到它们沉下去，沉下去，一点儿都不剩下。早晨起床，他摊开双手，每一根手指根部都有一个被反复打磨长出硬壳的水泡。他寻找右手食指上握笔磨出来的小茧，已经不留痕迹了。他有点失落地在那地方摸索了一会儿，最后还是摸索到新长的茧泡上。

在荒坡的背风处就着几块大山石，奉有敬打了几根树桩，用草和树枝围起来，再回家找了几块羊毛毡铺在顶上，一间形状不规则但能避风雨的小窝棚就搭起来了。为了省下时间和脚力，他跟母亲说要在山里住，隔个几日回家一趟把吃食带进来。开荒是最苦的，母亲心疼他来回奔波，为他准备了被褥和米面。他在山里住下，隔个五六日回一趟家。这一片坡上的草树被他清理得差不多了，这是最基础的工作，往下得一寸寸翻土，把草根树根清理出来，把深层的土翻出来晒晒日头。早上他起得早，干到中午十一点休息，下午等太阳偏西了再继续干到晚上。中午做简单的饭食吃完，他大多数时间躺着睡觉。窝棚里很热，不时有蚁虫爬上身狠狠咬上一口，他也不伸手去捉，翻个身，用身体把虫子压死。这片山林如今是他的，他开垦，流汗，他躺在山头呼吸，听着山林也在呼吸。他的脑子里浮出很多纷繁复杂的画面，他很想画下来，可身边无纸，手上无笔，他的手指在虚无的空气中涂画，又坐起来拿树枝在空地上勾画。他看不到自己心中的画面落到实处，一下子着急了。他往坡上跑，又从坡上跑下来。胃像饿急了似的一阵痉挛，他在窝棚里翻找食物,中午煮的稀饭还剩下小半锅,他把锅凑近嘴边吸食粥水,喝完锅里的粥疼挛止住了,他全身虚脱般冒汗。他赶回家住了一晚,取了点钱,跟母亲说是要到乡里买些日用品。他在乡中学附近的商店买了纸张和笔,看还有水彩蜡笔,他有点动心,比较了一下,水彩比蜡笔贵,他买了蜡笔。母亲说过,有饺子吃还非得蘸酱油就是败家,家里煮菜连酱油都不舍得放,他还画画,还要画彩色的画,蜡笔已经是奢侈得很了。店家柜台边上堆的几张报纸他张口讨要,店家连他买的东西一并塞给他。

他一刻不停往山里赶,回到窝棚时天已经黑透。他点上一根蜡烛,微光荧荧,引来几只飞蛾。他庄重地把图画本铺开,纸张太白了,离开学校之后他就没有在这样雪白的纸张上画过画了。他用铅笔描了描,手有些发抖,线条歪歪扭扭。他闭上眼睛,那一幅折腾了他一天的画面又浮上来,他没有再犹豫,快速下笔,铅笔勾画出山的轮廓、树的枝条,他身形巨大,弯腰锄地,太阳像帽子一样顶在头上,掉落到泥土里的汗水变成一条条蚯蚓钻进地里。山水树木太阳土地都涂上彩色,只有他自己没有颜色。画作完成他全身上下松活,比开出一片荒坡还安逸。他安安稳稳睡了一觉,早上拎锄头一口气松了半亩地,他看到一路落下的汗水都变成了蚯蚓,在土里蠕动。

一个人在野地里干活儿,溢出的汗水能把衣服浸湿透,汗水里的盐渍还容易把衣服弄得稀薄。这一带好几天也见不着个人,他索性只穿裤衩干活儿。这下好,只有晚上睡觉时他才会穿上衣衫,主要是防虫咬。衣服好几天才洗一次,省事节约。他没觉得干活儿有多累,就算有些累,当坐在窝棚里画画时,他会变得轻松快活,仿佛他能静下来画画,是他用劳动换来的,劳作得越累,他画得越安心。他把自己画在画上,有时他趴在地上,有时他站在山头,有时他比山高,有时他跟蚂蚁一样细小。他也画他住在窝棚里,像一条狗那样住在窝棚里,旁边有几家邻居,老鼠、蛇、乌鸦,他和它们相安无事,和平共处。只有他知道这山林是很热闹的,特别在夜间,蛇、刺猬、山鼠在草叶间穿梭,蝙蝠倒挂在那些有果子的树上。鬼鸮叫的声音像婴儿哭喊,这家伙眼睛利着呢,一个飞扑就能捉住一只山鼠。他和这个空间有一种秘而不宣的交流,无人能懂。

平整出来的土地选最肥的一块育田七苗。田七苗得长到一年左右的时间再移种。为了能在山里继续住下去,他跟母亲说种黄豆,一坡的黄豆也能卖不少钱呢。黄豆不用天天守着,田七苗也不用天天守着,母亲让他还是回家住,隔几天再进山一趟,成天窝在山里也生不出钱来。家里的床是比睡在窝棚里舒服多了,但在窝棚里他可以画画,想什么时候画就什么时候画,不吃饭不睡觉也无人干涉。他说坡里的红薯藤长得好,他在山里再养两头猪。母亲反对,说猪养肥了请人担出去除了给工钱还得请人吃饭,这猪等于白养了。母亲说的有道理,猪是不能养了,那就养山羊,羊能赶着跑,羊还能自己找草吃。母亲说:"你要有本事弄到买羊崽的钱你就养,家里是一点余钱都没有的。"他去找大伯借,大伯还是在镇上捞沙,周末偶尔回家一趟。大伯说三对羊崽的钱不是小数,让他写借条。他写借条时,大伯说:"你种田七又养羊,蛮有想法,看来读书还是有用的。"他愣了一下,他在村里人的心里,还是个读书人呢。

奉有敬拿到钱就出门找人收购羊崽,过了两天兴冲冲地把羊崽拉回村里。正碰上大伯母在家里闹。大伯母手里拿着他给大伯写的借条指桑骂槐,意思谁都听得明白,她认为大伯与母亲关系不干净,所以大伯才成天补贴他们家。母亲一脸羞愧,进屋翻箱找钱还大伯母。他上前要跟大伯母理论,被母亲拦住了。大伯母拿了钱扔下借条,一脸愤愤地走了。母亲把借条撕毁说:"钱是留给你娶老婆的,现在变成三对羊崽了。""我能将这三对羊变成一群。"母亲抹一把泪,并不信他说的,但她能怎么办呢?她一脸忧愁。"我不晓得你为什么老躲在山里,你是恨我不让你复读吗?""我从没有这么想过。"他真不知道母亲怎么会这么想。"这个家我是为你守的,也守不了几天了。"母亲背上竹篓出门,留给他的是一个瘦弱佝偻的背影。他觉得母亲刚才似乎是扇了他一记耳光,又似乎没有,他一刻也不能在家里再待下去了。他出门找到一个表兄,央求对方和他一块把羊连夜赶到山里去。

他在窝棚附近围着山岩搭了一个简易的羊圈。白日羊自由地在坡上吃草,晚间才把羊赶回羊圈。夜间羊儿时不时发出咩咩声,随风飘过来的羊膻味让奉有敬感到无比的满足。这是他的农场,有羊,有一坡的黄豆,有半尺高的田七苗。他还能在窝棚里画彩色的画,他不羡慕山外的任何人。回家拿米面时,母亲递给他一封信。长这么大第一次收到信,信是霞寄来的。她告诉他,她考上卫校了,她可以当医生了。她还鼓励他不要放弃,有机会还是要争取复读。奉有敬心脏猛地一收缩,离他和霞在操场上的那次谈话竟然过去一年了。他把信扔进火塘里,几张薄纸瞬间腾燃,那光亮刺着他的眼。他笑了笑,他觉得霞言过其实了,读卫校出来最多能当个护士,也说不准,在他们乡下护士也经常被当成医生来用。

十月初母亲进山和他一块把黄豆收了。这一坡的豆子收下来,卖了两百八十块。母亲把钱收进贴身衣袋，他本想说要留一点钱买化肥，过几个月田七就要移苗了，他不忍心说出来，就让母亲享受他几个月在山里给她带来的安慰吧，肥料的事他再想办法。家里的猪粪鸡粪他是不能动的，家里种的菜要用，何况对一坡地来说也是杯水车薪。他将开荒堆起来晒了几个月的草木连同豆萁烧成草木灰撒到土里，再到林子里找那些腐叶厚的土层，挖出来混在土地里，收起来的羊粪一天一点也撒在坡上。尽管肥不够，但大部分土地呈现出肥沃的黑色。

　　天气渐凉，他还是穿裤衩干活儿。其实也没太多活儿干，他跟着那几只羊在山里闲逛，说是他在放羊，还不如说是羊在放他。羊都养得蛮好，一只只肚子圆滚光溜。他躺在草地上看两只公羊打架，他的身体被太阳铺满，身上没有衣物，清凉又温热，他能闻到自己皮肤上的味道和太阳的味道，两种味道都很浓烈。一只公羊后退之时，翻滚下坡，他慌忙起身，顺着坡溜下去，屁股被树枝拉扯好不辣痛。在那坡底看羊是完好的，自己的裤衩却烂得像渔网一般。这是他剩下的最后一条裤衩。第二天，他光着屁股放羊。太阳出来时他仍然是那样躺着，把少见天日的物件大大方方地晾晒。自从享受到赤裸的自在，奉有敬画上的人就变成赤身裸体的了。他画了很多幅自己晒太阳的画。有一幅他取名叫《阴阳》，躺在野地里的男人，一半在阴影里，一半在阳光里，那个分界线很标准，从他的人中肚脐大腿中间经过。

　　年底了，进山伐柴的人多起来，好几个人都看到一丝不挂的奉有敬走在山道上。奉有敬有时也能看到对方，看到了他能怎么样，只能装作看不见。村民们回去后议论，这孩子魔怔了，成天在山上待着，被山精野怪迷了心智，光不溜丢都不晓得羞了。这些话人家当然不会当着奉有敬母亲的面说，是大伯母特地上门将这个传言一五一十地讲与母亲听的。母亲气愤难当，在村里骂了好几天，说自家孩子勤快得很，养羊种田七，眼红的人烂心肠烂嘴巴。等奉有敬回家取米，母亲让他回家住，羊也赶回来。他没跟母亲顶撞，说明年春天等田七苗移种后他就回村里住。他看到母亲的眼里全是枯槁的忧伤，他想，他很快就能让母亲的眼里长出青青的苗，就像田七那样青的苗。

　　过了年春雨绵绵，他把田七移完苗，仍然住在山里。现在活儿少了，他每天可以有很多的时间来画画。他对自己提高了要求，要讲究结构和布局，没谁教导，他就凭自己的理解来处理，尽量在一幅画里画出更多的层次和内容。他画了一幅《长在身上的田七》，田七的根系深入他的骨头血液，每一根都长在他的身体上。他想这田七将来一定能卖一个好价钱，保守估算一两万是能挣上的，那钱全给母亲收着。不过这还要等上三年,三年后羊肯定也成群了,到时候坡上的草不够吃了,那就卖掉几只,总数限定在十五只以内就好。一只母羊刚下了羊崽,他很开心,回家跟母亲说,母亲也高兴,说:"你的媳妇就指望在这些羊身上了。"他算了算,大概要卖掉十只羊崽才能娶媳妇,他的媳妇都指望着羊肚子呢。

村主任的儿子阿关娶媳妇,大家都去喝喜酒,奉有敬也去了。母亲红包封得挺大的,让他多吃多喝别亏了。奉有敬吃了五块手指厚的白切肉,喝了七八碗酒,肚子胀得厉害,他有点想吐。他跑到后院倚着一棵树喘了喘,恶心的劲儿下去了。有一间屋亮着灯,门半掩着,门上挂着大大的"囍"字,他隐约记起是要闹洞房的,阿关这小子不就比他大两岁,早早就有老婆了,说不定明年就有娃了。他推门进屋,屋里空无一人,一张大床挂着粉红色的尼龙蚊帐,床上整整齐齐堆着三床被子。他转身要退出去,却晃眼看到墙上挂着新郎新娘的结婚照,那两个人头挨头笑得像花朵。他想他的媳妇就指望在那些羊身上了,他四下找笔没找着,急得直冒汗,屋角火盆里有炭,他拿了一小块,在新娘的半身照下边画出羊的身子,四条羊腿画得特别粗大,像把新郎新娘托举着。他的作品刚刚完成,刚上完厕所回来的新娘及陪同新娘的新娘妹妹在门外发出见鬼一样的惊叫。赶来的新郎把奉有敬拉到门外,劈头就是两拳,第三拳被村主任拦下了。村主任劝儿子说:"大家都晓得阿敬是个癫仔,你跟他计较做什么。"奉有敬被打不觉得疼,被人扛回家躺床上呼呼大睡。

第二天睡醒他觉得脸疼,照镜子一看脸是肿的,慢慢想起是阿关打的,但不知道为什么被打。母亲哭着求他搬回家里住,他在母亲的哭诉声中了解了事情发生的经过,他羞愧得很,一刻没有耽误,飞奔着往山里去了。他回到自己的窝棚,像一条受伤的老狗呼呼喘气。他捂着肿胀的脸起誓,不再沾酒。他想以后回村里只能是晚上了,最好谁也不要碰上,狗也不要碰上。他拿出纸笔,画了一群羊,他是那头领头羊,他的心稍稍平静下来,无论如何,他可以在山里像一只羊一样活着。窝棚入口的光突然暗下来,他仰头看,两个大汉站在窝棚口,他们都是村里人,母亲从他们身后挤进来。他下意识地把正在画的画盖起来。母亲却扯出他堆在棚角的一摞画纸,那些画里好多幅都有光屁股的人。母亲一边用力撕扯画纸,一边悲愤地喊:"造孽啊,真是被鬼迷了,烧了,全烧了!"他上前想阻止母亲,早有人把他从窝棚里拖出去。他挣扎着,叫喊着,他们把他扔到外头的空地上,有人掏出事先准备好的麻绳把他捆起来。窝棚很快被点着了,火焰发出噼里啪啦的声响,他想他那些画也被烧着了,那些画上的他被火席卷皮肤,他全身发烫,他再喊,张大嘴,没有声音从嘴里发出来,他的嘴一直张得大大的。在窝棚化为灰烬之后,他们拉他走,他不走。在被人架着的时候,他挣扎,有人取下皮带抽打他,一鞭又一鞭,他看到母亲流泪了,他不再反抗。他们驱赶他回村,也驱赶他养的那些羊回村。在村人眼中,他们在拯救一个魔怔的人。

家里请来道公做法事。道公在奉有敬的头上剪了几撮头发,烧成灰后撒向荒野。奉有敬不吵不闹,他坐在火塘边煮猪食。他知道请道公花了母亲不少钱,他只能迅速地变正常。羊全卖掉了。母亲偶尔进山打理田七,奉有敬待在村里做母亲平日里做的活路,煮饭煮猪食种苞米除田草。他没坚持多久,他也想坚持的,可坚持不下去。他的手总想画点什么,他刚画点什么,母亲转眼就给他投灶里去了。家里后来一张纸一支笔都找不出来。他等不到田七收获了,他在一个夜晚出逃,朝着一个叫宁夏的地方。

三

以同床共枕二十多年的经验来看,白月梅很快发现从南京归来的奉有敬有情况。这家伙人在超市神思不知飞到了哪方,事情反复交代还能办岔了,说事却不像以往的应付,能提出建设性意见,还有说一不二的气势,仿佛他是一家之主。另外,晚上收工他不与她一道归家了,说学养生,要留在店里安安静静地打坐。她说:"家里没人吵,难道不能打坐?"他说:"超市二楼的窗户十一点左右能对上月亮,月光有助于养神聚气。"这套说辞够神道的,白月梅想,老家伙,别拿这个忽悠我,我信你才怪呢。她盯过梢,超市关门后他真就把自己关在二楼,没去别的地方。她心里嘀咕,这家伙装神弄鬼的,难道去南京有什么奇遇? 这奇遇弄得像搞外遇。

超市二楼原做仓库用,奉有敬从南京回来清理出一个空间摆了一套桌椅,这就是他的画室。开门做生意时他不敢画,但脑子会开小差,想晚间要画的内容,想到入神处,就忘了周遭。超市的小偷小摸又开始多起来。白月梅清点货架,查出数目不对找他来问,他调看监控,小偷们手段不高明,是他自己疏忽了,没捉现场,过后就不好追究了。超市做的是薄利多销的生意,白月梅卖那些麻辣烫,连韭菜串的韭菜数量都要精确到根,他坐在超市里还能让人把货顺走,这对得起谁啊?他动了点心思,画了一幅警察捉小偷的画,警察高大威猛,小偷猥琐宵小,画贴在纸板上,立在超市入口,还有大字说明"偷盗一律报警"。进出超市的人都无法忽视这幅画,眼睛会在画上停留一至三秒,奉有敬心中暗自得意,觉得自己多年的手艺有了实际的用处。往后的几天,进超市的人锐减,光顾麻辣烫摊子的孩子也少了很多。早上,奉有敬刚把纸板支好,白月梅上前一把扯下说:"你去听听大家的议论,都说我们家把谁都当贼呢。"奉有敬如五雷轰顶,万万想不到副作用会这么大。这画立在门口,不正是警告所有人吗?谁高兴被警告啊。他赶紧向老婆请罪,说好心办坏事了,马上消除恶劣影响。

他将一部分快要到保质期的货品整理出来,选个周末摆在门口,进超市消费的可以拿走一份当附加礼。购物满三十元送礼活动顺利开展,住得远的为了这份附加礼还特地跑上门来购物,超市生意又恢复了原来的模样。白月梅表示满意,奉有敬悬着的心这才放下,夜里又能安心画画了。他画吃麻辣烫的孩子,孩子们的嘴张得大大的,东西不断投放进去,肠胃那一块是透明的,可以看见好多好东西,有海带丝、萝卜块、鸭血、炸豆腐、韭菜……如果人能管好自己这张嘴并不需要花多少钱。他想起自己以前在山上的时光,衣服可以不穿,吃却一顿都不能落下。他画那些超市的小偷,偷盗的老人把偷来的东西藏在他们的皱纹里,偷东西的孩子把偷来的东西藏在他们的眼睛里。他画菜市场里卖菜的,每一把菜下面都坠着一个水秤砣,画公园跳舞的大姐们,粗胖的身体里还藏着一个青春靓丽的身体……他看自己的画有时会笑上半天,大晚上的叽叽咕咕地笑着,身体很舒展,他想他也没有骗白月梅,估计打坐的效果和这差不多,还未必能赶上。这世上的每一个人都如同小时候家里包的一种叫千层的福粽。粽子用了一层又一层的叶子包裹,里面只放一点点糯米,甚至只有两三颗。剥这种粽子是孩子最乐于干的事,每剥一层他们都会喊一声,这非常考验包粽子人的手艺,就像一个套娃,一层叶子套一层叶子,到最后看到剩余在最里层的那几颗米,他们发出欢呼声,抢着送进自己嘴里。人也一样的,剥掉一层是一个样子,再剥掉一层又是另外一个样子。

他会将画拍下来发给儿子,儿子是忠实的粉丝,每一幅画都给他取上一个很有学问的题目,像《食物链》《非常重量》《双人舞》等。儿子是他的底气。他在街上走,很多人都向他打听奉咏胜的情况,夸他有福气,养的儿子有出息。他感恩孩子,如果不是儿子上了重点大学,他哪里有机会重新拿起画笔。

晚上十点,奉有敬帮白月梅把麻辣烫摊子收进超市。白月梅将没用完的料收进冰箱,摘下袖套和围裙说:"你今晚还是要打坐?"奉有敬说:"打,一天都不能断的。""那我就先回去了。""好的,我再看一下,十点半关门。"白月梅点点头走了。以往超市是十点关门,自从奉有敬提出要留下来打坐后主动把关门的时间延长了半个小时,这半个小时其实是满含歉意的,他觉得骗了老婆,他就得多干点活儿。对面吴家超市是九点关门,在这县城里九点过后生意就稀疏了。白月梅说:"那女的九点准时要去打麻将,打麻将有什么意思,能保证赚钱吗?不但不保证,还很有可能亏钱。"奉有敬会附和说:"没有意思,坐多了腰颈还会出毛病。"他知道吴家两口子不是经常打麻将,他们关门后会去游泳,还去打球。奉有敬一个人守着超市,经常半个小时里一个客人也没有,偶尔也有客人,每一个进超市的人都让他兴奋,得到他的热情接待。为此他还画了一幅画,名为《漏网之鱼》。

今晚上又得了两条漏网之鱼。一个迁进来买了一条烟,整整一条。一个是来买孩子用的纸尿裤,最贵的一款,30片装188元。奉有敬还说过,就算一天换三次,把我一天的饭钱都算上才够垫屁股。店门关上,他带着一份愉悦的心情上二楼。他将雪白的画纸在小桌上铺开,铅笔轻轻勾画,女儿的脸浮现出来。他把女儿画成侠女,美而飒,手里的剪刀当作剑,面前成沓的布料在她的大剪刀修剪下,碎布翻飞,美衣成形。女儿怕是遗传了他能画的才能,不然领导怎么会夸她有想法,有设计理念呢? 中午女儿给他们发来信息,说她当上了工厂的小领导,管着五十多号人呢,工资也涨了,每个月多拿一千块钱。女儿在东莞某服装厂工作,当初是和他们闹翻去的,两方联系不多,基本不谈自己工作的事。现在能主动告诉父母喜讯,做父母的当然是开心的。晚间奉有敬去买了半只烧鸭,和白月梅喝了点小酒庆祝。白月梅说:"这当了个小领导,心怕是更高了,以后更不愿回我们这儿了。""不回就不回吧,在什么地方过得好随他们。"

一个声音在身后说:"哟,月亮是对着窗户了,画的小姑娘长得很好看嘛。"

白月梅不知道何时出现在他身后,他吓得一哆嗦,手捂在画上。"我画着玩的。"

白月梅并没有很在意他的画,当发现男人是背着她做这件事的时候,她反倒是松了口气。"我睡不着。""啥事能让你睡不着?""你知道吴家超市今晚上几点关的门吗?十一点半,我过来的时候刚关门。""开这么晚能有生意吗?""有,人还挺多。他们进了两台投币的游戏机,大人小孩都爱玩。""打听打听多少钱一台,如果不是太贵,我们也买两台回来摆上。"白月梅说:"奉咏莲说在广东价钱比较便宜,不同的机子有不同的玩法,每台价钱在两三千块钱浮动。我想买四台,我们要比吴家多选择,人才会上我们家。"奉有敬说:"行啊,就照你说的,买四台。""奉咏莲说她赞助家里,四台机子的钱她出了。"原来白月梅早就把这事给盘算好了,连机子钱都有人掏了,奉有敬请示自己该做些什么。白月梅说楼下地方不够,四台机子只能摆楼上,让他把二楼堆放的货物好好整理一下,把空间腾出来。奉有敬心想,这下他画画的地方又没了,没了就没了吧,家里的营生大过天。他让白月梅先回家,他自己收拾,反正机子要运来还得十天半月的。白月梅又嘱咐几句走了。奉有敬没心情继续画了,他先把前阵子画的画一张张卷起来,画笔收好,再把十几箱饮料和小吃全部移到一个角落,明天还得找木板来隔一隔。

　　四台机子在半个月后运到,安装好后果然客人不少。奉有敬不用在楼上守着,他只管在楼下兑换游戏币。超市关门延时了,如果玩的人多,关门的时间就随玩的人定;如果玩的人少,就十一点关门。麻辣烫也相应卖到晚上十一点,因为玩的人不时要下来补充一下能量。过了十点,他们把一楼的灯熄掉一半,只留一扇门开着。能这时间来买东西的,都是目标明确的,他们可以代客人取货。白月梅的摊子移到里边来了,炉子熄了火,余温还够用,移进屋里更能保温,楼上有想吃的可以下来取。白月梅轻声说:"照这几天的流水看,半年就能回本。吴家这两天好像过九点就关门了。"奉有敬说:"人都是喜新厌旧的,谁不喜欢上手新机子。"

　　十一点半关门后回到家里洗漱一番,基本上十二点才能躺到床上。有时回到家里奉有敬很想把白天想到的内容画下来,可就是太累了,只想着睡觉。他把画纸都藏在儿子的房间,等白月梅睡着的时候溜进去画上几笔。有一次画着画着睡着了,半夜醒过来,恍恍然,不禁感叹身体老了都无法自控了。

　　游戏机生意安稳地经营了一个多月。夫妻俩跟女儿报过好几次喜讯了。晚上,奉有敬坐在柜台里,白月梅已经把炉子移进来,时不时瞟两眼电视。几簇电筒光在门口闪了闪,散乱的脚步一下奔进屋内,两个身穿制服的人冲上二楼,门外还守着两个。奉有敬和白月梅莫名其妙,反应不过来。只听到往楼上去的那两个人发出严厉的呵斥声,上面玩游戏的人陆续跑下来。

　　奉有敬问:"怎么了? 出什么事了?"

　　门口守着的人说:"有人举报你们怂恿未成年人玩游戏。"

　　奉有敬说:"这不是网吧的游戏,这种游戏机大人小孩都能玩的。"

　　两个穿制服的从楼上下来,扬扬手中的手机说:"我们已经取证了,你家超市要查封,非法经营游戏机。"

白月梅说:"凭什么我们不能经营,那吴家超市不一样有游戏机吗?"

"人家吴家超市到工商局备过案的,你们去备过吗?"

白月梅哀求道:"我们没听说过,可不可以补办?"

"今天这里要查封,有什么事明天到局里再说。"

奉有敬说:"你们通融一下,我这儿卖麻辣烫的,你们封了明天就臭了,我们明天就去局里申请。"

两个穿制服的把麻辣烫摊子推到超市门外。"不要阻碍执法。"

奉有敬和白月梅一边继续求情,一边被推搡着退出门外。超市大门关上,穿制服的拿出链锁锁上了门,又在上面打了封条。

白月梅捂着嘴哭出声来。她说:"完了,这下是彻底完了。"

奉有敬说:"别哭,会有办法的。"

## 四

奉有敬曾在一本画报上看过一幅照片,天很蓝,土地开阔,一朵朵黄色花盘朝着太阳的方向。一个伫立在花海中的老人家,满是皱纹的脸上露出的笑容也像一朵花盘。他从图片的注解里了解到照片的拍摄地在宁夏。当时他就想,如果能见识那样美丽的花海,他的脸也会像向日葵一样,朝着太阳,上面全是光。

火车进入宁夏境内,奉有敬稍加打听,就了解到有好几家农场在招人种甘草。他有种田七的经验,甘草和田七都是中草药,这份工他能打。到了五沟农场,管事的听他说有种田七的经验,就开出一个工钱,还说农忙季会再加些。问清楚是包吃住,挣到的钱基本上都能寄回去给母亲,他很满意。他只提了一个条件,说他觉浅,希望能分到人少的宿舍。管事的是个心善的人,告诉他,想一个人住一间也是可以的,就是房子有些破。他当即表示只要不漏雨都能住。管事的领他去看房子。那原本是一间装农具的房子,用木板隔了一小间,一铺床倒是宽大,就是有一股浓郁的臭味,说不出那臭味来源在哪儿。奉有敬表示自己愿意住这间屋,还能替农场看管农具。管事的笑着说:"农场的人全是来干活儿的,没人偷农具。"奉有敬不好意思地赔着笑说:"农具在我们那个地方会有人偷的。"

五沟农场不止种甘草,还种枸杞、大豆、向日葵。在农场打工的有本地的也有外地的,加起来有百来号人。奉有敬每天准时出工作息,和其他工友友好相处。工作强度还是蛮大的,一般洗漱完,吹几句牛,工友们便熄灯睡了。奉有敬一个人住没人聊天,省下来的时间就画几笔,不敢弄太晚,怕耽误第二天的工作。周末工友们喜欢跑县城,看电影、下馆子、泡澡的都有,不出门的聚一块打牌打麻将,有彩头的那种。扑克麻将奉有敬全不会,但他会当观众,在旁边看上一会儿,再回到自己那间散发着臭味的房间,没别的事,还是画画。屋里除了他还有很多生物,蟑螂和老鼠在晚间最是活跃。他一个月上一趟县城,从农场出去要坐上一个半小时的车,进城后他给自己买纸买蜡笔,再把钱寄给母亲,也会看电影吃一顿南方风味的饭。

生长于南方的奉有敬对大西北是好奇的,这反映在他的画上。他画开阔的土地,一垄垄作物,画枣树、苹果树、向日葵。他照样经常把赤身裸体的自己画在画上。为了省下剃头的钱,他买了一把剪刀,对着镜子给自己剪头发,剪短就成,不管齐不齐。他画了一幅《我的脑袋》,画上的自己在自己头上开荒种菜,靠耳边种的是大豆,头顶种的是向日葵,后脑勺种的是大豆。画完他看着有趣,来宁夏后第一次笑了出来。别人看到他那一头如狗啃的头发,都说他的头发跟外头讨饭的乞丐差不多,是不是不想讨老婆了。他坚定地摇摇头说:"我头发整齐也讨不到老婆。"

农场里女性大概占六分之一,有些是农场附近的本地居民,有的是跟男人一块来打工的夫妻档,像蒙雪这样年轻的外地女子不多,长得有蒙雪这样姿色的就更没了。蒙雪瘦高个儿,眼睛大鼻梁高,头发随意绾一个髻子,把一张秀丽的脸全露出来,皮肤黑是黑了点,更衬得眼睛清亮。在奉有敬眼中,蒙雪有侠女的风范,平时干活儿抡锄头、挥铲子,每一个动作都舒展优美,那情境都能入画。奉有敬这么看蒙雪并不代表他暗恋蒙雪,他单纯就是欣赏,就像欣赏被风拂过的豆苗、朝阳开的向日葵,他不会想入非非。蒙雪是随父亲蒙老头一块出来打工的,他们比奉有敬晚到农场一年。据说蒙雪还有一个哥哥一个弟弟,都在家里待着。大家私下里议论蒙老头重男轻女,长得这么漂亮的女儿非带出来打工,儿子反倒留在家里,摆明了就是让女儿卖苦力挣钱养家。不管别人怎么说,奉有敬挺喜欢蒙老头的,干活休息的间歇,蒙老头经常给他塞上一颗糖。他怀疑蒙老头有低血糖,否则哪会经常在兜里揣糖。蒙老头说:"小奉,千万不要跟别人学抽烟,吃糖比抽烟好,糖也比烟便宜。"农场很少有男的不抽烟,奉有敬偶尔为了应酬也会吸别人给他的烟,他自己没有吸烟的习惯,听蒙老头这么说之后,他连别人递给他的烟也不接了。蒙老头也是一个月去一趟县城,他喜欢约奉有敬一块走。他们在县城的活动轨迹几乎一致,都是买些日常用品,到邮局寄钱。在小馆子搭伙吃饭,奉有敬总是抢着买单,偶尔蒙老头也抢付一次。奉有敬很想问蒙老头为什么不带蒙雪一块上县城,又怕问了显得自己有什么想法似的,就没问。

一个周末,奉有敬和蒙老头又结伴进城,出发前,蒙雪偷偷交代奉有敬到百货商店帮她带几袋洗发膏。奉有敬奇怪她为什么不让自己爹带,再转念一想,没准这爹不乐意给姑娘买这些东西,他就给蒙雪把洗发膏带回来了。夜里洗漱完,奉有敬刚铺开纸想画几笔,有人敲门。门外蒙雪头发湿漉漉地站着,全身散发着一股好闻的香气。"来还你钱的。"白天蒙雪问奉有敬洗发膏花了多少钱,奉有敬说没花几个钱,不用给了,没想到蒙雪还找上门来。奉有敬不好意思接钱,推辞道:"你太客气了,就一碗面的钱。"蒙雪把一两张票子塞进他手里,轻轻一笑说:"我还带了花生,请你吃花生。"蒙雪的脑袋和上半身都探进屋里了,奉有敬只得请她进屋。屋里只有一张凳,正放桌前,桌上是铺开的画纸。奉有敬上前两步,把椅子拎起来放到蒙雪身边。蒙雪没坐,走到桌边看画纸。"你还会画画?""画着玩的。""给我画一幅,行不?"蒙雪偏头冲奉有敬笑,散开头发的她比平时显得更娇俏。奉有敬心脏一阵急跳,说:"我画得不好,别把你画丑了。""我信你不会把我画丑的,你现在就照着我画。"奉有敬不敢再看蒙雪,低头说:"不用,不用,我能画出来。""我不在你跟前你也能画出来?"奉有敬点了点头,蒙雪发出朗朗的笑声,在屋里又转了几圈,给奉有敬留下一包脆香的花生走了。蒙雪头发散发的香味留在屋里久久不散,奉有敬就着这香气连夜画了一幅画,画上的蒙雪头发披散着,戴着一个栀子花的花环。

蒙雪拿到画脸色有点不太自然,她说,头上都是白色的花多不吉利呀。奉有敬满心的期待一下子落空,变得慌张起来,他把画从蒙雪的手中扯过来揉成一团说:"我闻着你头发上的香味和栀子花一样,就想把栀子花画上去。"蒙雪听他这么说,脸色缓和了些,说下一次上县城她和奉有敬一块去。果然,周末是他们一块上了县城,奉有敬没看到蒙老头,还担心蒙老头身体不舒服。蒙雪说:"我爸说了,以后就让我上县城。"蒙老头换成蒙雪,干的事情基本一样,吃饭也是奉有敬结的账,就是逛街的时间变长了。蒙雪在百货商店试衣服试鞋子,一边试还一边让奉有敬当参谋。蒙雪的衣服鞋子看上去都挺旧的,样式也过时。她试新衣新鞋,试完了一件又一件,试完又放回去。看到她脸上那份不舍,奉有敬总有要替她买下来的冲动。要帮姑娘买衣物,不就说明有非分之想?他到底是不敢造次。他只给自己买了纸笔。蒙雪买了一瓶酒,还有一些下酒菜。他们乘车回到农场,蒙雪把酒和下酒菜交给奉有敬说:"晚上我爸来跟你喝酒。"

　　稍晚,蒙老头果然来了,还自带了酒盅。他们把桌子移到床边,蒙老头坐椅子,奉有敬坐床。从容地把酒倒上。奉有敬告诉蒙老头自己酒量很小,蒙老头说,在自己屋里,喝多往床上一躺就完事了。自从在阿关婚宴上喝多了出事之后,奉有敬就发誓不再沾酒了。平时也无人劝他,真就好长时间没喝了。面对蒙老头,奉有敬无法拒绝,很快就二三两下肚,脸开始热起来。蒙老头问他今天和蒙雪在县城有没有一块去看电影,奉有敬说看了。"蒙雪一定拉你逛百货商店了吧?""逛了。""你没给她买点小礼物?"奉有敬愣住了,缓缓地摇了摇头。蒙老头说:"真替你着急,你想讨老婆不耍点手段哪成?"奉有敬更加迷惑了,蒙老头这是暗示他追求蒙雪吗?有几两酒壮胆,他说:"蒙雪哪里看得上我?"蒙老头摆摆手说:"这个农场我看你最顺眼,有文化又本分。"奉有敬听蒙老头的夸奖,欢喜得很,主动给蒙老头敬酒。蒙老头继续鼓励他追求蒙雪,这天上掉下来的好事让血气方刚的奉有敬如在梦中,又春心萌动跃跃欲试。蒙老头是什么时候走的,他是什么时候躺床上的,他一点也不知道了。仿佛这顿酒就是他与蒙雪的定亲酒一般,后来每个周末蒙雪都邀他一块上县城,他这一头当然是高兴的,到了县城陪蒙雪看电影、逛街、吃小吃,像所有情侣一样。有一次他们买的是电影院最后排的位置,蒙雪头靠到奉有敬肩膀上,那气息吹得奉有敬脖子如有小虫爬,电影放的啥他全然不知。他想稍稍改变一点姿势,避开敏感部位,头一拧突然跟蒙雪的嘴顶到一块,那一份绵软让他的身体有如过电,麻了一阵又一阵。等电影散场,奉有敬觉得蒙雪已经是他的女人了,以后他要对她负责,对她好。他把心中所想一字一句地跟蒙雪表白。蒙雪说:"我爸说如果你要娶我只要你两年的工钱做彩礼,我们一起在五沟农场干上两年,以后就是我们两个人自己过日子了。"奉有敬喜出望外,两年的工钱能娶到蒙雪他觉得一点不贵,只是两年不能给老娘寄钱他有点为难。"我家里只有一个老娘,逢年过节得孝敬她一些。""没问题啊,怎么能不孝敬老人呢?"奉有敬觉得蒙雪太善解人意了,打那以后,他的工钱全交给蒙雪,蒙雪会给他留够买纸笔的钱,单凭这一点,奉有敬都觉得蒙雪是个好姑娘。

　　和蒙雪的甜蜜爱情,占用了奉有敬不少画画的时间,但也给了他全新的灵感。他第一次把他和其他女人画在一个画面上,他把他和蒙雪画成连体人,他们共用下半身,他们在向日葵地里,他们的脸都朝着太阳,光亮灿烂。他们坐在电影院里,没有看着银幕,而是看着对方。还有,他们在星空下,翻滚在野地里。这些画他可不敢给蒙雪看,怕她骂他是流氓。蒙雪平时过来帮他洗洗衣服打扫卫生,他们亲嘴拥抱,他很想跟蒙雪那个,但他不敢,只要还欠着一分钱的彩礼,他都没有那个胆。他和蒙雪谈过将来,等彩礼给蒙老头交清楚,他们就成婚。他们还在农场干,攒上一笔钱在附近租一间屋子,以后就在这儿定居了。他们都没说要回自己的家乡,那都是穷地方。

又一个春节来临,农场的绝大部分人都会回家过年,不回去的人能拿双份钱,因为农场养有不少牲口,这也是要有人照料的,有人主动留在农场最好不过。奉有敬像往年一样留下来了,这是他到农场的第三个春节,他有点经验了。天寒地冻,户外没有太多的劳作活动,他能抗冻的衣服没两件,却喜欢在雪地里乱窜,看河水是怎么一点点冻起来的,看雪下的草根是如何隐忍过冬天的,还有那荒凉的土地是如何让雪水慢慢渗透的……蒙老头和蒙雪也回去过年了,他还多了一份期待,她说会给他带回来麻辣香肠和腊肉。他计划好了,多得的双份工钱给蒙雪买一件红色的羽绒服。在他的画里,白色的雪地上,蒙雪穿上红色的羽绒服,她经过的地方,雪全部化了。

农场的人陆续返工,蒙家父女却一直没有出现。春暖花开,奉有敬和大伙一起下地干活儿,他偶尔会到汽车站去转转,他认为蒙雪会从某一辆车上下来,但他失望了一回又一回。他忍不住向农场管事的询问有没有蒙老头的消息,他家里是不是出什么事了。管事的窥见了奉有敬的焦灼,他说:"蒙老头一直说这地方又干又冷,不喜欢,不回来正常。你和他们有什么约定吗?"奉有敬一听慌乱了,他根本不敢说自己将近两年的工钱全给了人家。他说:"蒙雪说会带腊肉腊肠回来的。"管事的拍拍他的肩膀说:"孩子,以后多长点心眼儿,有的话听听就行了。"

天气转热,羽绒服穿不上身了,奉有敬把自己给蒙雪买的羽绒服塞上稻草做成稻草人。这也是他画上的内容,穿着红色羽绒服的稻草人是这片土地上最醒目的存在,像火一样燃烧,可它仍然是个假人。稻草人身上的羽绒服在第二天失踪了,被替换为一只破麻袋。

奉有敬气急败坏,他站在稻草人旁高声咒骂,骂着骂着他骂出了哭腔。他停下来把稻草人扯成潦草碎片。夜间,有人叩门,是一个看起来面生的姑娘,姑娘拎着一个布口袋,她把口袋递给他说:"对不起,我不知道这件衣服是你的,我觉得挺漂亮挺好的羽绒服给稻草人穿太可惜了,所以就用破麻袋换下来了。"奉有敬把口袋推回给姑娘说:"算了,这衣服我也穿不了,你喜欢就拿去吧。"姑娘脸上带着疑惑说:"这衣服真是你的吗?"奉有敬看那姑娘的表情火又上来了,说:"当然是,我买来送人的,后来不想送了。你要不要?不要我烧了。"姑娘抱紧袋子说:"我要,我要。"

## 五

过了几天,奉有敬在饭堂见到那个姑娘。姑娘负责打饭,不知道是不是心理作用,奉有敬感觉自己碗里的米饭比过去分量要大。过了一段时间,这个在饭堂干活儿的姑娘和奉有敬一样拎着锄头下地了。他抽空问她为什么不在饭堂干了,她说,饭堂是轻松一些,日头不晒雨不淋,但钱也挣得少,她到农场来是挣钱的,不怕出力气。奉有敬说:"可惜以后就没人给我多盛饭了。"她笑着说:"不够吃,就吃我的。"只要在饭堂碰到奉有敬,姑娘都要凑过去问他吃饱了没有,奉有敬哪好意思吃人家的饭,都是说吃饱了。有一次开玩笑说饿,对方马上把饭盒里的饭拨到他碗里。两人渐渐熟络,奉有敬对白月梅的印象是朴素、结实,干活儿是把好手,因为比他大两岁,他叫她月梅姐。

一个晴朗的夜晚,白月梅约奉有敬出来,他们走在田埂上,地里庄稼刚刚发芽。白月梅说她想去东北,问奉有敬愿不愿意一块走。奉有敬有点犹豫,说东北他一点儿也不熟。白月梅说:"我们俩在一块儿你还怕什么?"从这话里听出白月梅将他当作一家人了,他一直觉得白月梅像自己的亲人,亲人怎么能不在一块儿呢。他说:"好,我跟你走。"

他们乘了三天的火车到达东北。白月梅很快在一家木材加工厂找到工作。奉有敬也在这家木材加工厂挂了号,但没有马上上班,白月梅让他先去把驾照考下来。这没花多少时间,奉有敬在五沟农场时学过一阵,有基础,跟驾校的教练再练一练,很快就考过了。虽然有了驾照,加工厂却没有给奉有敬安排运木材的活儿,他被分在锯房。锯房不需要什么技术,眼快手快就能干好。听说厂里人最不愿意待的就是锯房,锯材时粉尘飞舞,时间长了人容易得肺病。他对这份工作还算满意,体力支出不比在农场时大,工资却比农场高,而且他喜欢闻木头锯开散发出来的香味。现在他与另外两人住一间宿舍,那两人是本地的,周末会回家,他周末就能无拘无束画上一两幅画,他也很满意。

东北的风物与宁夏自是不同。木材加工厂就在林区附近。奉有敬喜欢莽莽苍苍的树林子,喜欢看远处山顶堆积的厚厚的雪,他让这些都变成了他画中的背景。一日厂里运来六七根木料,厂长亲自到他们锯房指导工作。早有人告诉奉有敬,能弄到这车木料的一准儿花了大价钱。这叫黄檗,都是三十年以上的树龄,估计深山老林也找不出几根了。奉有敬想,这树比自己年龄还大呢,三十年那应该有三十圈年轮了吧。他蹲下身子察看一根圆木,上面是有一圈圈的年轮,一二三四……好像真能数过三十呢。厂长指挥大伙按照一定的尺寸锯材,两名工友协作着将一根木头送到锯头边,伴随着锯齿发出的吱吱声,黄褐色的木屑翻飞。还在数着木头年轮的奉有敬像是听到筋骨破碎的声音,他打了一个冷战,他突然怀疑这些木头是有血有肉的,它们和他一样接受阳光雨露,从未想过会有斧锯之祸。他为之前喜欢锯开的木材散发出的香气感到羞愧和恶心,他仓皇逃出锯房。即使跑出了很远的距离,刺耳的锯木声仍在耳旁响着,在这令人厌恶的声音里一具具身体四分五裂。

稍晚奉有敬去跟厂长解释说自己听不了锯木的噪声,希望能换个部门。厂长对他怪异的举动早就不满。“我们这个厂区就是待在我的办公室都能听到锯木声,你觉得你能换到哪个部门?如果听不了还不如不干了!”奉有敬没敢和厂长硬刚,辞职不是他一个人的事,白月梅也在厂里,他要走得先和白月梅说清楚。他跟白月梅说想换个工作,真实的原因他不敢说,他的理由是听不了锯木的噪声。白月梅在厂里做的是烘干木材的工作,平时将木头搬上搬下的也不轻松。正因为不轻松,所以她没办法理解已经干了一两个月的奉有敬怎么突然听不了噪声了。“要不你上工时戴上耳塞?我给你买去。”“没用的,那种声音漏一点进来骨头都痛。”“那就戴耳塞试一段时间,不行再说,找另外一份工作也得花时间,边做边找呗。”

戴耳塞对奉有敬是没什么用处的,因为他的眼睛仍然能够看到电锯将一根根木头断骨碎筋,他的鼻子能在木头的香气中嗅到血腥。他想克服自己的胡思乱想,这就是一根木头而已,没有血没有肉更没有骨头。他没有办法克服,他画了很多幅画,树有皮肤有身体和四肢,他把自己也画成一棵树,他长在泥土里,他的身边长着很多树。白月梅到宿舍找奉有敬,偶然看到了这些画,她虽然只有初中文凭,但还是能从画上看出点什么,奉有敬把树当人看?难怪不愿意在锯房干了。她觉得奉有敬太矫情了，以前觉得他喜欢画画还挺特别的，现在看来除了让人胡思乱想外没屁用。白月梅不是个心里能藏事的，她把那些画拍在奉有敬跟前说："以后别再画这些奇奇怪怪的东西了，别人还以为你脑子有病呢。"奉有敬想起往事，他在村里就是被当作癫仔看的。他说："我画画是为了解闷儿。""解闷儿的办法可太多了，你可以去唱歌看电影打牌。""我不喜欢那些。""那你喜不喜欢我？我都不如这些画？你把画画的时间花在我身上不行吗？"奉有敬沉默了。

他到底还是辞了职，幸运的是很快在一家酱料厂找到了新工作。这家酱料厂主要生产大酱和酱油，把奉有敬招去是看他会开车。厂里原来有两名司机，其中一个生大病，奉有敬当替补。他的主要工作是运送大豆原料，闲时还得和其他工人一起选豆子，洗豆子，搬大缸。酱料厂始终飘扬着一股咸臭的味道，在这种味道里，奉有敬感觉自己也被腌制了，他把自己画成一罐打开的酱料，行走在大街上，吸引了很多人，还包括苍蝇。酱料厂离木材厂有两小时的车程，他和白月梅基本上只能在周末见面，如果他要送货周末他俩就见不上。日子一天天过，奉有敬不知道哪一天他才能和白月梅真正在一起。酱料厂还能进人，但奉有敬不敢跟白月梅提，因为酱料厂的工钱远不如木材厂开出来的多。

奉有敬跟采购员到外地选豆子，马上就要出发了，白月梅来电话说干活儿不小心把脚弄伤了。他知道白月梅很能扛事，跟他就没撒过娇，来电话说明伤得不轻。如果不是要出差，他上刀山下火海都要赶着去看她。他的一声"对不起"刚说出口，白月梅就用极快的语速发表了一通不满，不容他分辩就把电话挂了。正巧厂领导又来电话，说订单取消，暂时不用进货了。奉有敬觉得这是老天爷可怜他，他马不停蹄往木材厂赶，到达白月梅住处时已经是晚上八九点。门缝透出光，有男人的声音传出，奉有敬拍门的手停住了。他想起白天白月梅给他打电话时还说了这么一句："你没时间，大把人有时间。"更早前白月梅还说过，我可不是非嫁你不可。一种混浊的痛感漫上胸口，他缓缓转身离开。走出去几百米，他听到自己沉重的喘气声，他觉得自己是一个鬼魂，轻飘飘的，很快就要被黑暗吸收了。一辆路过的卡车打着大灯，晃花他的眼睛，又让他重回了阳世。就算要与人决斗，他也要勇敢地斗一场。他转身撒开腿就跑，以极快的速度跑到白月梅门前，里面传来白月梅的尖叫声，他一个蹬腿踢在门上。这一脚没把门踢开，却让里面的打斗声停下了。一个人冲过来开门，奉有敬以为是白月梅，没想到是原先和他一个宿舍的徐北斗。本能地，奉有敬把徐北斗摁到地上。白月梅冲过来把门关上。

徐北斗喊起来:"你们两个想玩仙人跳啊?"

白月梅一巴掌打在徐北斗的脸上:"玩仙人跳?你今晚到这儿来是我邀请的还是你自己来的?刚才把我摁在床上,是我强迫你的?今天你不给个说法,我就报警。"

"别装正经了,你不开门我能进来?我来的时候,你不是笑脸相迎?"

"你说来探我伤,还带了礼物,我当然不能打你的脸。"

"奉有敬,你要是个男的,有点骨气就不能和你的女人玩这种阴招儿。"

奉有敬听他们两个人的对话大致已经明白今晚发生的事情了,他想,苍蝇不叮无缝的蛋,白月梅一个人住一间,本不该把男人放进来;就是放进来了,也不应该关上门。徐北斗更不是个好东西,本就有老婆,知道白月梅是他的女人还敢乱来。奉有敬的愤懑、羞耻化成密集的拳头落在徐北斗的身上。"打死你,你死了我偿命。"徐北斗发出痛苦的喊叫声,一边闪躲一边喊:"我错了,我错了,别打了,我快死了。"白月梅没想到奉有敬这般狠,她抱住奉有敬,转身朝徐北斗说:"想当这事没发生过,你得给我一万块钱作为精神损失赔偿。""我没带钱。""写借条,把你犯的错也写上,这样才不怕你赖账。"徐北斗按照白月梅的要求,把该写的都写了。

奉有敬没想到白月梅这样解决问题,他觉得自己像一个帮凶,又觉得徐北斗是罪有应得。在徐北斗离开后,奉有敬说:"白月梅,如果我今晚上不来,会有什么样的后果?"白月梅说:"你不来,徐北斗要真把我睡了,他要付出的代价就更大了。""意思是,你根本就不在乎让他占便宜,只要能敲竹杠就好?"白月梅说:"奉有敬,我在意钱,也在意你,我最不太在意的就是自己,如果你介意我这么做,你现在就走。"奉有敬没有走,他蹲在地上,蹲到脚麻了,一屁股坐到地上。"白月梅,你要真心想跟我过日子,就把木材厂的工作辞了,到酱料厂找一份工作。""好,等徐北斗的钱到手,我跟你结婚,跟你走。"此刻的奉有敬心里生出一种莫名的悲哀,为自己也为白月梅感到悲哀。"白月梅,我赚不了大钱,人长得也一般,你确定要跟我?这世上比我好的男人多了。""我妈临死前专门叮嘱我,嫁人一定要嫁本分老实的,你是我见过最本分老实的,我会跟你一辈子,除非你不要我。"

那几天奉有敬是惶惶不可终日的,他知道白月梅贪财,贪财也不能说是个错,只是她胆子实在太大,他不确定他有没有能耐娶这样一个女人。他也害怕徐北斗报警,害怕警察找上门来把他和白月梅当作诈骗犯抓走。迷茫、担惊受怕,他还请了假,待在宿舍里只做一件事,就是在纸上不停地涂画。白月梅成了大主角,他画她在农场辛勤地劳作,从土里挖出金元宝,画她烘干的木头都变成了金块,画她的肚脐眼是一个聚宝盆,只可惜肚脐眼太小,最多只能放进去一分钱的硬币,出来也是一分钱……在所有的场景中,他都让白月梅获得钱财。

白月梅拿到徐北斗给的封口费后果然辞了木材厂的活儿,到酱料厂和奉有敬做了同事。她并不满意酱料厂的工作,主要是工资低。她数落奉有敬成天跟一群老娘儿们晒豆子,太没劲了。数落归数落,白月梅还是跟奉有敬领了证。他们没办婚礼,也没跟厂里说他们的特殊关系,两人在外头吃了一顿有三个硬菜的饭,然后前往一家小宾馆开房。遗憾的是,奉有敬洗澡时在卫生间摔了一跤,手摔断了,没能与白月梅同房。在诊所接骨时,白月梅是有些懊恼的,她以为奉有敬一定欲火焚身,挠肝挠肺。其实奉有敬没有,他好像还松了口气。洗澡时,他慢腾腾地拖时间,打了一回香皂,又打了一回香皂,他还不敢相信自己能做别人的丈夫。手中的香皂从指缝中逃脱,滑到脚下,他就是这么摔的。

白月梅的哥哥白月山出狱了,白月山让妹妹赶紧回老家,说有事情做,让白月梅帮着打理。白月山是打架伤人致残坐的牢。白月梅跟奉有敬说她哥哥是个狠人;仗义能吃苦,能跟哥哥在一起就是有了倚仗;又说如果哥哥没坐牢,她不会去宁夏投奔大叔。她和哥哥从小没了父母,就是相依为命的兄妹。奉有敬知道白月梅不满意眼下这份工作,就依了她。他们一块儿回到白月梅的老家山西。白月山现在是一个小包工头身份,上面还有大包工头,以前他就是替大包工头出头才坐的牢。他负责管理一个翻斗车队伍,专门到矿山给人运煤。他把妹妹召回来,一是方便照看,二是将赚来的钱给妹妹做个小生意。他没想到妹妹给他带回一个妹夫。白月梅见哥哥管理车队,马上要求安排奉有敬。奉有敬本来就有驾照,稍培训一下就能开翻斗车了。白月梅开了一个小卖部,专做来往车辆的生意。

奉有敬算得上是有些开车经验的了,但开这翻斗车总让他心里不踏实。每辆车的载重是两吨,但都会超载,至少超到两吨半。拐弯速度稍快些,车身晃动,他的心脏就会莫名收缩。这个感觉他不敢说出来,在矿区搞运输收入还是蛮高的,白月梅满意,他不能不满意。晚上,他铺上画纸,他画小时候的自己,那时候总是背着背篓进山,背篓什么都可以装,猪菜、草药、野果子、柴火,背篓装得满满当当,一两米高不在话下,经常只看得到一个背篓在移动,看不到背背篓的人。背这种超高超重的背篓奉有敬是有经验的:人得弓着背,头往前倾,否则很容易被背篓牵扯着往后倒。开翻斗车其实就像背背篓,控制不好重心就栽了。

下雨天,车队出事了,一辆翻斗车侧翻滚下山,司机头破了,白色的脑浆混着黑色的煤灰。车队的人集中在白月梅开的小卖部里,大家都不说话,脸上蒙着一层灰败的气色。白月山说:"大家别多想,这种意外百年才碰上一次,小心点就好。"一个司机说:"才不是百年一遇呢,开翻斗车经常出事,去年在这个矿拉煤的死了三个。"白月山骂了一句:"你们拿的工钱比那些开长途的还多,又没见你嫌钱多。你们不比那些在矿山挖矿的轻松?老子的钱也是拿命挣的!"没人再吱声,白月山继续布置明天的工作。

晚上奉有敬失眠了。白天他到过那个惨烈的现场,白色的脑浆怎么跟豆腐花一样啊,黑色的煤灰撒在上头,玷污的方式很下作。这个想法让他开始呕吐,吐得翻江倒海。死去的司机四十多岁,家里有老婆有孩子,他们该伤心成什么样了?他在黑暗中吁了一口气,坐起来,亮了灯,看边橱上有一瓶二锅头,拿来喝了。他脸热心跳拿起笔,并不知道具体自己要画什么,闪过一个念头就想把那个念头画下来,很快就用了一沓纸。他手上捏着一支黑色的蜡笔睡着了。早上起来,闻到一股焦味,目光寻找后落到屋角的一堆灰烬上。他想起了什么,跳起来找自己的画,这大半年来画的画全不见了。他光脚跑到屋外,看到白月梅在搬箱子。他趴在那只箱子上激动地问:"我的画呢?""烧了。"这个女人竟然和母亲干了同样的事情,他粗着嗓子喊:"为什么?你发什么神经?"白月梅扔下箱子说:"因为我不喜欢看你的画。""那你可以不看。""你一晚上画那些晦气的东西,我不想看也看到了。"奉有敬使劲想了想,昨晚上似乎是画了不少内容,画翻斗车里装着一具具尸体,画那个摔破的脑袋用创可贴打补丁……他还没想清楚,白月梅的语调更激昂了。"在你眼里我就是个爱钱如命的人,我连拉出来的大便都能变成金条,对吧?我整个人就是一只金钱豹,对吧?"奉有敬吓了一跳,不能说他画白月梅没一点嘲讽,当然他更多的是祝福。"暂且不说你怎么看我,我们就是农民工,画画能当饭吃吗?浪费纸,浪费墨,再画也成不了文化人。"后面这句让奉有敬自尊心受损,他不能一直让白月梅狂追猛打,他硬挺着脖子说:"我们没有共同语言,离婚吧。"白月梅的眼里充满了悲愤:"可以,马上离,我肚子里的孩子跟我姓白。"

奉有敬觉得自己是个浑蛋,白月梅怀孕他都不知道。他也不知道白月梅已经跟白月山吵翻了。哥哥手下的人出事,白月梅心里也不痛快,她跟人打听,了解到开翻斗车出事那还真不是一桩两桩的。她后背一阵发凉:她怎么到今天才知道这些,如果奉有敬出事了她该怎么办?她昨晚找到哥哥,说奉有敬不能再开翻斗车了,哥哥说如果自己妹夫都不干了,别人会怎么想。白月梅说不管别人怎么想,她再爱钱,也不会拿命去搏。哥哥说:"女生外向,嫁人胳膊就往外拐了。"白月梅说:"我不想当寡妇,拐就拐了。"

前阵子接到母亲病重的消息,奉有敬就动了回乡的心思。他带着怀孕的妻子,在离开七八年后返乡了。老母亲熬着病体,终于能见到孙女奉咏莲出世。弥留之际,母亲拉着奉有敬的手说:"如今你是有老婆孩子的人了,就不要走远了。"奉有敬答应了母亲。如今村里镇里县里都有了很大的变化。他原来跟大伯捞沙的那条河,最近有人捞出一些形状奇特的石头,这些石头被省城里来的人用高价收走了。大伯怂恿奉有敬赶紧捞石头去,他两条腿因风湿骨痛,下不了水,只能看着别人发财。奉有敬和村里的另外几个年轻人搭伴,他买下一条机动船,几乎每天都在河上走。水浅河清的枯水期才是捞石头的好时节,这和捞沙子有所不同,但捞石头和捞沙子都要长时间泡在水里。奉有敬的皮肤泡软了很容易划出血来,手上沾着血的时候,他想起多年前他曾经用血在报纸上涂抹画画,现在他不画了,母亲不喜欢他画,白月梅不喜欢他画,那他就不画了。

奉咏胜出世不久,河里的石头就被捞光了,奉有敬把船卖了,用手头积攒的钱在田州县城买了一间屋,全家迁往县城。他们先是在菜市场摆摊子,后来开了一间小超市。白月梅是会做生意的,奉有敬是能吃苦的,日子慢慢地过着。孩子们长大了,他们的头上也长出了白发。

# 六

奉有敬夫妻到工商局去,接待的人说了,经营游戏机要有娱乐场所经营许可证,他们没有办;而且他们家超市还在中小学附近,这是不允许的。他们解释说平时没允许孩子玩,执照他们是不知道要办。负责人说:"不是不知道,是想蒙混过关吧?现在没办法,你们等候处理。"他们每天都去工商局打听消息,连去了三日,处理意见还没下来。白月梅说:"我们再关几天门,以后就不会有生意了。"奉有敬安慰说:"再等等,总会有结果的。"白月梅说:"等等等,你每天就操心你那些画,画能画出钱来?"奉有敬惭愧万分,超市是老婆一点点弄起来的,自己就是配合。现在出事,本应该是他一个大男人出头的时候,他却什么主张都没有。

白月梅认定是吴家告的状,因为白家超市抢了他们的生意。有好几次白月梅就要打上吴家去,被奉有敬拦住了。奉有敬绞尽脑汁想门路,想来想去他认为他是认识工商局局长的。工商局局长的儿子和奉咏胜一个班,开家长会的时候他们见过。奉咏胜还告诉老爸,局长的儿子学习不行,老师把他们安排坐在一起,他可没少关照。奉有敬当时还说,学习好的帮助学习差的是应该的,要谦虚,要友善。

奉有敬在早上上班的时间在工商局大门口等到了工商局局长。"王局长好,我叫奉有敬,我们去年在田州高中毕业班家长会上见过。我儿子叫奉咏胜。"王局长本来还板着一张脸,听完他的介绍,脸色一下缓和下来。"哦,是咏胜的爸爸啊,你好,有事吗?""我可以到您办公室去说吗?"……听完奉有敬的叙述,王局长先夸奉有敬教子有方,再说他有错,游戏机收缴是免不了的,罚款少交点,按规章要罚一万,现在往轻里罚,三千,交完罚款,超市马上就能重新经营。奉有敬千恩万谢照办了。

超市重新开门,生意突然就差了,头两天几乎没一个顾客。白月梅做的麻辣烫主要的消费群体是学生,学生都避开了,偶尔有一个过来,马上被同学拉走,听那话说的是,他们家的东西不卫生。白月梅气得喊出声:"你说谁家的东西不卫生?"奉有敬把白月梅劝住了:"没有必要和孩子置气,这肯定是超市关门传出来的谣言,拦不住的。"那卖不出去的麻辣烫,他们夫妻就自己吃,家里不用做饭了,光吃麻辣烫就饱了。

奉咏胜放假回来,看家里这情形,给父母出了个主意:再开个网店,收山货卖土特产。在白月梅质疑能不能行的时候,奉有敬已经下农村走了一趟,收回来木耳香蕈火麻八角,这些东西在超市里能卖,在网店也能卖,等于有了两个出货的渠道。奉咏胜注册的网店名叫毕加索的仓库。白月梅说这名太怪,像是外国人开的。儿子没跟母亲解释什么,给父亲发送了一个链接。原来奉咏胜把父亲画的画全都拍了照,做成网店的非卖艺术品展示,还特地注明这些画的作者就是网店的主人。奉有敬看自己的画被挂到网上,那种感觉很奇妙,有点陌生,不太相信是自己画的,等确认是自己的作品以后,又有点惶恐不安。

"儿子啊,你整这些有啥用啊,跟卖山货扯不到一块吧?"

"要的就是这个效果,爸,等着吧,会有人看到你的才华的。"

儿子的话让奉有敬的五脏六腑熨熨帖帖,嘴上谦虚着:"随你折腾了,反正你妈关心的是收来的货不要卖不出去发霉了。"

白月梅还是会做生意的,网店没多长时间她就掌握了窍门,她告诉奉有敬一定要有主打产品。她找到一款主打产品，当地农村叫血米，煮出来的米饭一粒粒紫红紫红的。这种米产量不高，白月梅全收购来了，还鼓励村民多种，她会全部收购。这血米在网上打出的广告是，有补气血的功效，特别适合女性吃。白月梅用手机在田间地头拍了好多花絮，这血米一下子就卖光了，顺带将花生薏米枸杞这些普通的食材都搭着卖了出去。毕加索的仓库赚的钱竟然超过了实体超市。

有个艺术学院的学生偶然在网上看到奉有敬的画，觉得很有意思，把画作的链接转给他的导师。艺术学院的教授看了也很感兴趣，他按画作下面留的联系方式联系，从奉咏胜那儿了解到，这是个业余爱好者的作品。他问可不可以买几幅，奉咏胜问他可以出多少钱，教授说八百一幅，奉咏胜说一千，教授同意了，要买十幅。

奉咏胜把这个好消息告诉父亲，奉有敬既欢喜又惆怅，他的画还能卖钱？他什么身份都没有，最多只能算喜欢画几笔的。他不同意出卖画作，他跟儿子说："喜欢的就送他两张，我的画不值钱，不能跟人要钱，人家喜欢我就感激不尽了。"奉咏胜没有做说服的工作，他认为父亲这是真正的艺术范儿。奉有敬按照儿子给的地址，把画寄给了那位教授。奉有敬让儿子别跟白月梅说这事，一说耳根就不清净了，他还怕白月梅逼他画画卖钱，那比不让他画还可怕。

转眼又快到春节了，夫妻俩都唠叨奉咏莲这个月应该回来过年了。咏莲谈了对象，说过年带回来让家人瞧瞧。夫妻俩心中一块石头落下，这女孩子家有了意中人，性子就变了，知道娘家好了。没等到奉咏莲回来过节，他们接到一个电话，说奉咏莲跳楼自杀，人没死，就是摔瘫了。夫妻俩赶到广东，女儿躺在医院的病床上形容枯槁。白月梅抱着女儿大哭，一边哭一边骂，骂女儿没良心，为个男人把父母兄弟都抛下；骂女儿傻，这世上没有什么事值得拿命来搏，为个渣男更不值。奉有敬摸摸女儿的腿，腿还是温热的，只是没有知觉。他说："咏莲不怕啊，医生说了，还有希望能站起来的。你小时候怕爸捞石头捞出风湿，每天给爸打热水泡脚，以后爸也给你每晚泡脚，血活了人就能站起来。"奉咏莲脸上滑下了泪。"爸，我跳下来的时候就后悔了，我对不起你们，我让你们操心了。""没事，做爸妈的就是要护住儿女的，爸妈在，你什么都不用怕。"

为了方便女儿乘车，奉有敬从广东包了一辆出租车，直接坐车回到田州。白月梅心疼那一大笔车费，但也没说什么。回到田州，奉有敬带女儿去看一个名中医，那医生给了方案，理疗、按摩、敷药、运动一起来，算下来，每个月得花七八千。

白月梅说:"我们挣的钱光交这治疗费了。"奉有敬说:"放心吧,这只是暂时的,女儿能好起来。她能好,吃多大的苦我都愿意。"

白家超市出台了一项新举措:只要订货超过五十元的,给人送货上门;如果不够五十元的,愿意加个10%的运费也给送货上门。田州县城不大,需要送货的不多,每天最多一两单。奉有敬弄了一辆电单车,他顺便接别的外卖单子,能挣一些钱。奉咏莲虽不能走,但人坐在超市一样能看店,这就把奉有敬解放出来了。奉有敬在送货的途中摔了一跤,左手的两根手指挫伤了,痛得要命。他去医院打封闭,打了一段时间手指头又疼了,再打封闭手指头好像失去了知觉。这两根失去知觉的手指头他正好拿来当挂钩,一只两三斤重的袋子挂上来没任何问题,送外卖可方便了。他脑子里有一幅画面,他变成了一棵长满枝丫的树。他没有时间画画,白天忙忙碌碌,晚上要给女儿煮水泡脚,陪女儿说话,还要整理那些要外寄的山货。

奉咏胜给奉有敬发来一篇文章,说那个艺术学院的教授写了一篇文章,是专门评论奉有敬的绘画风格的。在这篇文章里,他说奉有敬是一个天生的画者,敏感、神经质,却又质朴、天真烂漫。奉有敬的画解构了生活,将人支离破碎,也将生活支离破碎。那篇文章还登载了奉有敬的几幅画作。奉咏胜说:"爸,我已经替您感谢这位教授了,他也许是我们家的救星。"奉有敬有点听不明白:"什么救星?""我想,这篇文章发出来,会有不少人想买您的画。您不会还不卖吧?"

隔了几日,有个省里电视台的记者联系奉有敬,说要到田州采访他。他同意了,把这个消息告诉孩子们,孩子们都替他高兴,奉咏胜还特地交代,在采访的过程中父亲要自然,要保持自己那种看起来有点木讷的本色,这样才会让观众更对他感兴趣。奉有敬这才知道原来自己在儿子的眼中是木讷的。他有点不服气地说:"爸爸如果装聪明点,不显得更有水平吗?""爸,这你就不懂了,能说会道的人多了去了,恰恰是您这样的,会造成一种反差,越不善言辞的人,越有深度。"奉有敬心想,现在的人心思太怪了,都反着来吗? 儿子大学还没毕业,是不是太世故了?

采访的电视节目播出后,省内大大小小的媒体联系要采访他的更多了,奉有敬都同意,但他会向对方说明采访耽误自己做生意,自己家境较为困难。媒体一方心领神会,都表示会根据采访时间长短付他报酬。在一段时间里,接受采访成了奉有敬的工作。他要说的内容都差不多,他从原来的紧张变得一点也不紧张,就像聊家常。因为他是收费的,他在讲述的过程中还真用了心,尽量让不同的媒体都能得到一些新鲜的材料。

联系要买奉有敬画作的人陆陆续续多了起来,他不再坚持不卖,他叫价最便宜的三千一幅,高的有标价一万的。具体价钱由儿子来掌握,在网页上标注得一清二楚。他害怕跟人谈价钱,问价的他都会让人家上网查看标注的价,还说那是儿子定的,仿佛跟他没有关系。当有人问可不可以少点的时候,他会硬着头皮说:"不讨价还价的,跟超市里的货一样,标啥价卖啥价。"当买方不跟他讨价还价就把画拿走时,他又会失落,他总怀疑自己不值这个价,他也疑惑别人买他的画拿回去能做什么呢?真的会挂在墙上欣赏?他内心是舍不得卖那些画的,每一张他都记得清清楚楚他是在什么情形之下画出来的,卖掉就像把自己的记忆卖掉一样。他偷偷画了一幅画,这幅画不敢现于人前,画完就藏起来了。画中,老奉的脑袋大大的,像柜子一样分了一小格一小格的,每一格里都藏了一幅画,有些画被卖掉了,那一个格子里就放了一沓钱。画的题目叫《卖画的老奉》。

奉有敬成了田州的名人,来白家超市买东西的人多了,网店毕加索的仓库的订单也越来越多。他给自己超市送货就够忙的了,没空再接其他外卖的单子。有一天他送货经过吴家超市,看到门口围了一大群人。自从游戏机事件后,他们两家生意的竞争都放明面上来了,反正就是老死不相往来。白家超市在很长一段时间被吴家超市压得死死的,搞网店后生意才慢慢有了起色。奉有敬出名后,大家能上白家超市买的,就不会选择别的地方。眼见着吴家超市门前冷落,今天围着这么一大群人就很反常了。骑在电单车上,奉有敬的目光穿过众人的头顶,他看到人群中站着自己的老婆白月梅,与白月梅拉扯的是吴家的婆娘,吴家婆娘明显处于劣势,她的男人捋起了袖子,在一旁作势要揍白月梅。

奉有敬把电单车停在路边,用力挤进人群的中心。他一边挺进,一边大喊老婆的名字。顺着喊声看到自家男人,白月梅像得了救星。"老奉,吴家人到处散布谣言,说你画的人不穿衣服,你是个大流氓。"奉有敬把女人拉到身后说:"没事,随他们说去。"吴家婆娘说:"装什么艺术家,画出那种东西就是下流。"白月梅从奉有敬的身后又冲了过去。"你生来就会穿衣服?你咋不羞得钻回你娘肚子里去?心里脏的人看什么都脏。"奉有敬觉得白月梅这两句话说得真高级,不过,他还是不想让这场争吵继续下去。他环顾四周,用经历过采访历练出来的从容大声说:"告诉你们,那些光屁股的画卖的价更高,我是得了便宜还卖乖了。"人群爆发出欢快的笑声。

奉有敬用力将白月梅拉出了人群。他驮着她往自家的超市走。

白月梅抱着他的腰说："你继续画，再赚个大大的名声，把他们全气死。"

"大名声铁定是赚不到了，你晓得那些媒体采访我是个什么心理吗？他们觉得我没什么文化又在社会底层，这德行的人不应该能画出这些画，能画出来就是新闻了。"

"小名声也不错，我们要小名气就够了。"

"要不我教你画吧，我们搞个夫妻画坊。"

"你敢教，我就敢画。"

奉有敬没有教白月梅画画，他教的是奉咏莲。他告诉女儿，觉得闷，觉得烦的时候可以尝试着画一画，把想的画下来。奉咏莲看父亲的画能卖出去，想自己成天坐在轮椅上有一技之长总是好的，她跟着父亲学了一段时间，画纸上没几个成型的东西，她把画笔扔了，说自己越画越烦，不想画了。奉有敬没想到是这个结果，很受打击。过了几天他想起女儿爱唱歌，或许唱歌比画画更适合女儿。他本来想跟女儿说这个，想来想去又没说出口。他想当年自己画画是无人提议的，自己想画就画了。唱歌女儿要是想唱就唱了，哪用得着他来说。

时间一长，再没有媒体来采访奉有敬了，他的画也渐渐无人问津。他没太在意，因为他的女儿已经能够重新站起来，能够慢慢地走路了，这对他来说是最重要的事。他在自家屋子的正墙上，挂了一幅叫《全家福》的画。他们一家人在当年他放羊的那片草坡上晒太阳，所有的人都晒得晶莹透明，他们嘴里嚼着汁水甜美的草根。他觉得，这是最美的时光。

【作者简介】杨映川，文学硕士，一级作家。在《花城》《人民文学》《当代》《十月》等刊物发表过小说数百万字，有《魔术师》《淑女学堂》《我记仇》《狩猎季》等十余部长篇小说、中短篇小说集出版。曾获2004年度人民文学奖、第十七届百花文学奖、广西独秀文学奖、文艺创作铜鼓奖等。

# 生育手记

于一爽

## 1

王波在客厅翻了很久,问李依依:"什么和尚服啊?"

李依依的肚子又是一阵痛。

王波举着一件连体衣,把头探进卧室问:"是不是这个?"

李依依嗯了一声。

"连体衣就是连体衣,干吗叫和尚服?"王波说,"还拿什么?裤子买了吗?"

李依依说:"你别跟我说话了。"因为再说下去,感觉自己真的要发脾气了,全天下的父亲都不知道婴儿不需要穿裤子吗?

他们此刻正在准备待产包。

"什么时候走?"王波洗了洗手说。

"用洗手液!"李依依在卧室说,"我肚子有点儿疼,但也不是特别疼。"

因为是第一次生孩子,到底多疼才要去医院呢?她感觉这实在缺乏量化标准。

王波过来,把手放在妻子的肚子上。李依依的肚子并没有很大,这让他们两个人都感觉失去了一点象征性,看上去也就和王波的啤酒肚一样大。

又躺了半个小时,老金的微信来了,问到哪儿了。

一个小时前,李依依完全没有阵痛的感觉,还答应老金一同吃晚饭。

于是李依依说堵在路上了,说完之后觉得不对,春节,都没有车,怎么会堵在路上呢? 她的肚子忽然又没那么痛了。于是她穿上保暖内衣,把防辐射服套在外面,看上去正像一个孕妇应该有的样子。不然就去吃饭? 她感觉这多少是个办法。

## 2

路上真的不堵车,可是李依依的肚子又开始痛了,比之前更痛。毫无规律。她改变主意对王波说:"去医院吧。"从怀孕那天开始,李依依就一直把大白本带在身上,大白本是医院特定的孕妇手册。

到了急诊室,李依依进不去,因为她的健康宝出现了弹窗,她近期在网上给王波买过痔疮药。痔疮也和疫情有关? 她向保安解释,保安说:"没准儿痔疮真的和疫情有关。"

测过血压脉搏,缴费之后,李依依被临时安排进保安旁边一个小房间。李依依扒开裤子看是不是流了血,就像已经截肢的人总是幻想自己的肢体会痛一样,她总是感觉自己会流血,或者说,她总是担心自己会流血。

李依依听见王波喊她,就回应了一声,王波再喊,她再回应。王波找不到她,不知道她就在保安旁边的这间小房间里。李依依把大衣裹了裹,躺在床上,看着白炽灯。电话响了,王波问:"你在哪儿啊?"李依依看着头顶的白炽灯,不知作何解释。

护士这个时候让李依依从小房间出来,说这里也不行,要去另外一栋楼隔离。

## 3

三个人刚走出门,李依依抬头一看,下雪了,薄薄的一层。地上被路灯照得亮晶晶的,红色的"急诊"两个字很显眼,就像两个大灯笼。护士走在前面,王波扶着李依依,在后面走得很慢。李依依想到早晨在客厅窗外看到的一排小鸟,下雪了,这些小鸟要紧急搬家了吧? 如果没有怀孕,她也不是那种容易同情小鸟的人。

整栋隔离楼里都没有人,护士进去之后开了灯,李依依去找卫生间。护士说:"先别小便,要做B超。"李依依直接走到卫生间,拿一张卫生纸擦了一下,没有血。她觉得自己有点儿神经过敏了。如果一直想一件事情，就是在滋养一件事情。坐在走廊里，她从来没有来过这么空旷的医院，就像刚刚建设好，而她是第一个体验者。她要王波拿纸杯去给她接一杯水，她继续憋尿。

王波拿着纸杯对护士说："这个水好烫。"护士说："凉凉就好了。"

李依依觉得他们说出了这世上最朴素的因果关系。

护士甩了甩体温计，让李依依夹在腋下，李依依已经很久没有用这样的体温计了，这无疑证明这样的体温计更准确。她又去测了血压脉搏，高压偏高，低压偏低，压差很大，她想或许这正是自己情绪变化不定的原因。与此同时，她又把问题回答了一遍。为什么健康宝会出现弹窗？因为去医院买了药。买了什么药？痔疮药。去过疫情地区吗？没有。接触过发热病人吗？没有。以上回答如实否？如实。

李依依把体温计拿出来，不高也不低。水的温度也刚刚好，她一饮而尽，尿意更多了一些。她问护士："医生快来了吗？"

护士打了个电话说："医生在手术，做完了过来。"然后带着李依依去了一个诊疗室。往常，王波都要等在外面。如今，因为整栋楼只有三个人，王波自然就进来了。他第一次进这样的诊疗室，一张检查床，铺着粉色的一次性床单，但并不像其他诊疗室一样两侧有仪器，办公桌上也空空如也，桌面上方贴着医院的守则，类似"几大注意"，旁边有一个不锈钢柜：一层是一次性床单，二层是药品，诸如此类。

护士让李依依躺在床上。"要脱裤子吗？"李依依问。"听一下胎心，露出肚子就行。"

先是一系列嘈杂的声音，涂了凝胶的肚皮很凉，护士穿着隔离防护服，检测仪器在她的肚子上移动。李依依感觉过了很久，都没有听到有规律的"咚咚"声，她闭上眼睛，才平静一些，坐起来之后，李依依没有问，也不敢问。护士拿了两根很长的棉签，一根捅到嗓子眼儿，一根捅到鼻根部，采咽拭子和鼻拭子。鼻拭子果然更痛一些，她想。后来又抽了两管血，一管是检查病毒抗体，一管是检查基本血象。护士把血样放好，对李依依和王波说："给你们留一个电话，如果有事，就打这个。等医生手术完过来给你照B超，顺便也等一下你的检验结果。"李依依用手压住针眼儿说"好"，想了想又问："那医生大概多久做完手术？"护士说："等你的结果出来了，她肯定做完手术了。"李依依问："那结果多久出来呢？"护士说："等她的手术结束了，你的结果就差不多出来了。""嗯。"李依依想，自己终于碰见了鸡生蛋和蛋生鸡的问题。护士又说："如果有事，就打这个电话。"李依依看了一眼挂在墙上的钟表,已经快晚上七点了,往常,她最喜欢看的一档综艺节目就要开演了。护士走出隔离楼,又忽然想起什么,回来说:"你们就在这个屋子里待着,其他屋子,我开了消毒灯,对眼睛不好。然后,如果有电话,你们就接一下,是我打的,不会有别人了。"护士又强调说。两个人点头答应。李依依让王波也喝一杯水,既然不知道什么时间做B超,她就不敢再喝了。王波忽然想起什么,说:"不然我出去把车从急诊室那儿开过来,一会儿就不用走路了。"李依依说太麻烦了,王波说不麻烦。李依依说太麻烦的意思就是别去了,她不担心自己,因为有应急电话可以打。她觉得一个人在一栋医疗楼里很恐怖,甚至还有更恐怖的想法,但她觉得不应该说出来。

躺在诊疗床上,盯着天花板,李依依发现自己从来没有这么专注过,很多人称之为最高贵的"无用的专注"。

## 4

过了一个小时,李依依的核酸检测结果出来了,她被重新带回急诊室。自始至终都没有一个做完手术的医生来过。她想,这仅仅是一种说法。

李依依想,老金肯定已经吃上了,她让王波给老金发了一条信息。李依依坐在急诊室外的塑料椅子上,她感觉自己还挺有闲心关心老金,这都什么时候了!急诊室人很少,不到十个人,是啊,谁会在春节生呢? 医生不过节吗? 有两三个人看着肚子很大,其他人不知道是什么原因。李依依测完血压后进到一个屋子里,医生让她张开腿躺在检查椅上,戴着塑料手套看了两下说,没有开,有宫缩,等到晚上十二点再查一次。李依依看这个塑料手套很眼熟,王波也有,他犯痔疮的时候会用到。

"那我不能走了? "李依依问。

"你还想去哪儿? "医生的言外之意好像是:你还想等会儿去放炮吃饺子?

李依依回到外面的塑料椅子上,王波在结账。李依依问多少钱,王波说700元,李依依想了想之前的检查费用,加起来也就两三千,她不由得想到,自己太勤俭持家了。她想起有一年去私立医院打狂犬疫苗,挂号费是2500元,会员挂号费是2200元。她当然没打,也并不仅仅是因为缺钱,可以说,完全不是因为缺钱,她就是觉得自己被欺负了。

王波在椅子上又看了一会儿朋友圈,很快睡着了,椅子很硬,李依依不管采用什么姿势,肚子都越来越痛。王波的朋友圈没有关,她听见里面一个视频的声音很响亮,而急诊室很安静,李依依拿过王波的手机要关上,她刚一碰,王波就醒了。李依依说:"我肚子痛。"王波说:"你别想了。"这句话的效果等于让李依依去喝一杯热水。王波重新把手机打开,又传出视频声。李依依起身去卫生间,女卫生间正在打扫,她直接走进男卫生间,另外一个女的正好从男卫生间里挪出来,看上去更痛苦,整个人没有办法直立。李依依还可以走路,如今直着走路已经是一种高难动作,孕妇就像一种没有进化好的生物,肚子有很强烈的下坠感。在洗手池边,李依依看见自己出门吃饭前化的妆已经花了。她刚从卫生间走出来,就听见一声接着一声的尖叫,正是刚才从男卫生间里出来的那个女士,她的老公正扶着她,在地上做深蹲。李依依绕过他们,看见王波也在卫生间门口。王波正在用手机拍做深蹲的这对男女,但李依依知道,他并无恶意,对他来说,一切都是崭新的,就像孩子第一次逛动物园。她自己现在正是这样的动物。

扶着李依依,王波说:"我找到了一个好地方。"

李依依跟着他,往写着"EXIT"的一个亮灯出口走。看见一排椅子,中间没有扶手,因为宫口没有开,她没有床,这排椅子正好可以当床。这个通向出口的通道很空旷,以至于这么多椅子都没有人坐。李依依不禁想,这是去哪儿的呢?但是,她并没有进一步想。李依依躺下来,和王波头对头,她看见走廊尽头有光,还听见尖叫的声音一阵比一阵紧,还是刚才的那个女士。可是椅子很硬,也很冷,李依依裹着大衣,她听见王波的呼噜声。又一阵疼痛,李依依哭出了声,她很容易哭出声,也可以忍住,但她现在不想忍,她要吵醒王波。她越哭,声音越大,和走廊尽头的声音形成呼应。王波翻了两个身才起来,李依依抱着他的肚子,她感觉这么抱一会儿,王波又要睡着了。

很漫长的时间。离医生规定的检查还有一个小时,她看了下老金的朋友圈,想知道自己错过了什么。来到医院之后,她没有再给老金回过电话。

才过了十分钟,王波让李依依干脆现在就去做检查。李依依说还差一个小时,王波说不差了。李依依走到检查室,医生果然不在乎是不是还有一个小时,这让李依依感觉她应该早点儿过来,如果宫口还不开就回家,躺在自己的床上不好吗?如果开了,那就一直等着开下去。她想起几年前在网上看到的一个类似油画的调色盘,从一指到十指,一指大概就是一个小西瓜籽儿,十指就是一个大西瓜或其他什么水果,她当时被那张图片吓坏了,或者说,她被那张图片恶心坏了,谁会想到自己的身体从西瓜籽儿变成西瓜呢?老金说自己和老婆离婚,就是因为看到了老婆分娩。这句话要是一般人说,准会觉得此人不道德。但李依依想,老金的话是真的。李依依显怀的时候,老金曾很认真地对王波说:"千万别看分娩。"如果他不这样说,一般人多半没什么兴趣,他这样说,反倒让人有了几分兴趣。

医生说:"开了半指,继续等着,天亮了再过来检查。"李依依问:"什么时候天亮?"

医生没有回答这个问题。李依依想,因为这个问题太深刻了。又说:"宫口开了不到一个小西瓜籽儿大?太痛了。"李依依从检查床上下来,提裤子,穿鞋,把粉色的一次性床单扔进垃圾桶,医生又让李依依去了另外一个房间测宫缩压。她侧卧在一张小椅子上,房间里大概有十几张椅子,孕晚期的时候,她每周都要来测一两次,主要是测胎动,胎动很难自己数,医生说是因为她不敏感。她想,我还不敏感吗? 孕晚期的时候虽然有宫缩,但压力并不大,也不觉得痛,此时此刻,平均几分钟,压力值就达到100,网上说,痛经的最大指数是10,而机器达到100之后就不再往上走了,所以理论上,李依依平均每两三分钟就在承受十倍、十几倍甚至几十倍的痛经。当压力值达到峰值的时候,她就把自己的尖叫和图像一起录下来发给老公王波,王波在外面的塑料椅子上回信息说:"这也太痛了吧。肯定不对,要找医生。"李依依想,能有什么不对的呢?

她对王波说:"那你试试掐自己。"

过了一会儿,她又说:"算了,就算你真的掐自己,也没我痛。"

李依依想起一件事:怀孕大概七个月的时候,她去一家私立医院给胎儿照四维彩超,其实是想看看胎儿的性别。那家医院更像一个私立诊所,二层是四维彩超室,一层是分娩体验室。因为胎动不明显,彩超里的胎儿一直背对着摄像头,医生让李依依去溜达,她就走到分娩体验室,不光女的可以体验,男的也可以体验,体验仪器看着很简单,就像路边美容院里的一台美容仪,旁边是一个沙发,后面还支起一个易拉宝,写着"为爱挑战,感同身受"。

看见这个屋子,她连医生能不能看到胎儿的性别都开始怀疑。易拉宝的下面还写着一些更惊心动魄的宣传语:12根肋骨同时断掉的痛、小腹曲线形爆炸的痛、用大锤抡小腹连抡数小时的痛!

李依依现在回想,如果只是为了制造惊心动魄的氛围,都不如老金的一句

"剥皮"好。几个月前在饭桌上，老金说生孩子和剥皮一样。不知道他这么说是因为生过孩子，还是被剥过皮。感觉后者的可能性更多一些。李依依还记得他说这句话的时候非常坚定，一直在拍自己的大腿，把大腿都拍青了。

体验仪器的原理很简单，就是把左右两个电极片贴在体验者的腹部。李依依当时感觉到了胎动，就重新回到二楼，她想自己绝对不会让王波体验，因为万一没这么痛呢？价钱倒是很便宜，70元。她不知道除了体验的价格，还有什么能吸引人去体验的。

此时此刻，躺在急诊室里，机器偶尔发出很刺耳的响声，提示胎动异常，但是没有一次有医生过来。李依依想，可能就和抽血的指标一样，正常值是10，如果你是10.1或者9.9就会响，可是人不会因那0.1的差异就去死。看来并没有超级异常，但她依然觉得那响声很刺耳。闭上眼睛，放下手机，大口呼吸，她忽然知道如何形容这种疼痛了，老金说的也不对，她想，这实在太痛了，就像是在身体很深的地方，很深很深，如果不是这种痛，人不会知道身体里还有这样一个地方，好像已经连通到别人的身体里了，但这是不可能的，确确实实就在自己的身体内部发生。

检测半个小时，护士过来，给她拿掉身上的仪器，指了指墙上的抽纸，让李依依自己去擦身上的耦合剂。护士把长长的一条检测纸带撕下来，有一米长，让李依依拿着去给隔壁的医生。

走出检测室，李依依看见王波站在走廊尽头。走廊尽头有一个医生和一台血压仪，所有的家属只能在医生和血压仪的外面，那是一条明确的分割线啊。李依依看了看墙上的钟表，已经夜里一点了，她想起曾经带王波去过一次夜里的急诊，大概也是一点的样子，一点看上去，比晚上十二点和两点更像夜里。一点是丑时的开始，按古代的说法，鸡都叫了。她忽然有点儿心疼王波，给他发信息说："你怎么不去睡觉？"王波回复："你吃东西吗？"李依依说："你吃吧。"王波又回："检查有事吗？"李依依说："还不知道。"

其实多半没事，可是李依依为什么非要说还不知道呢？她觉得自己不心疼王波。另外她其实有些恨这些检查，但又非如此不可。她深信，人类应该给造物主留一个出口，不应该对肚子里的一切了如指掌。

急诊室里的两三个医生跑来跑去，看上去像发生了非常紧急的事件，这让她不由得紧张起来。她看见之前在卫生间门口做深蹲的女士被搬到一张移动床上，她的老公小跑着跟在后面，一个医生对另外一个医生说："羊水破了。"

李依依忽然想到老金说的,羊水千万别破,破了就不好生了。为什么不好生了?他也不说了,应该就是干了,都没有水了,能不干吗?简直是一句废话。或者是他的前妻破了羊水,但也不便多问。李依依知道,所有的孩子都应该被祝福。于是,她祝福这位羊水破了的妈妈。古代不光有生殖崇拜,也有羊水崇拜。这样想着,李依依的肚子又痛了起来,并不比之前更剧烈,但是比之前更密集。王波这个时候发信息过来说:"门口有一个吃小面的地方,我能去吃一碗吗?"李依依回复:"那你吃两碗吧。"因为她想,不会有人因为看到这条信息而真的吃两碗。何况他都这么胖了!整个孕期,李依依长了15斤,王波也长了15斤。如果王波的肚子里有一个真真实实的孩子,李依依只会觉得是他不舍得生出来。

过了很久,李依依感觉真的过了很长时间,就像小时候和奶奶躺在一条棉被里,奶奶讲的故事开头,很久很久以前或者在山的那边、海的那边,大概就是这样漫长的时间。一个很年轻的医生,贴着假睫毛,看上去就像随时可以脱掉防护服去跳舞,这个医生看了李依依那一米长的纸条说:"继续等着吧。"

李依依重新回到塑料椅子上,急诊室的人更少了,刚才的一小阵忙乱也已经消失,保安打着瞌睡,因为根本没有人从旋转门里进来。贩售机里有奥利奥。李依依记得自己最后一次去做产检时,医生让她在待产包里准备一些巧克力,那次产检之后,李依依买了很多巧克力,但是在今天之前,她都吃光了。因为她就是这样的人。

现在,贩售机里有奥利奥,也有巧克力。她想起一个笑话:如果只吃奥利奥中间的白色部分,就叫"吃丽丽"。但,这也算一个笑话吗?她连笑都不敢了,她怕肚子里的胎儿觉得这并不好笑。

在塑料椅子上坐了一会儿,李依依打开老金的朋友圈,发现第一张照片是老金和自己的冰箱拍合照,又往下翻,老金依次和家里的几大件拍合照。当然,如今已经没有几大件的概念了,但老金家里有,老金的冰箱看上去用了很久,是那种上面冷冻、下面冷藏的黄绿色冰箱,也说不好是黄色还是绿色。她给王波发信息说:"老金搬家了?"

王波没有回复,大概正在吃第一碗面或者第二碗面。可是老金怎么会搬家呢?老金的房子是军产。每次喝多了,老金都握着李依依的手说:"我有两套房子,一套是军产,另一套也是军产。"并且每次都是王波在场的情况下,这仅仅是一种有趣的游戏。李依依每次都说:"我也有两套房子。不对,我有三套房子。"

眼下,老金会住到哪里去呢? 另外一套军产是他的父亲在住,老金的父亲已经100岁了,明年101岁,后年102岁,之所以这么说,是因为毫无悬念,他会一直活下去,成为挡在老金和军产面前的一道永恒的墙。老金说:"五十而知天命,自己每次见老父亲都要穿西装,证明我现在还不知天命。"

李依依想,不对,其实这就是老金的天命。

人总以为还有另外的天命在等着自己,其实没有了。李依依看着墙上的钟表,快两点了,什么时候天亮呢?是不是升国旗的时候?升国旗的时候就是自己宫口开了的时候,当然也可能没开,没有一种规律说平均一个小时开一指,或者两个小时开,也可能三个小时都不开,也可能十五分钟就全开。

更重要的问题是,此刻,没有一种合适的姿势。李依依旁边有一个孕妇家属,一直在打呼噜,如果只听声音,她会以为是王波正在打呼噜。她的另外一边是一个看上去比她还要高龄的产妇,肚子并不大,但表情很痛苦,表情是可以传染的,李依依不敢看她。她闭上眼睛,要是能睡一会儿,哪怕就一小会儿,该有多好。

可是并不知道是不是真的睡着了,天亮了。大概是睡着了,因为她梦见一个废墟:是环形的,里面有一个浴缸,浴缸里面有水,源源不断的水,浴缸外面还套着一层浴缸,她看不清楚是谁在里面泡,只要有人进去,水就会漾出来,漾在外面一层浴缸里,她想告诉里面的人不要躺下去。做了双重的梦,或者说她两次进入了这个梦。她甚至在想,这个梦是不是肚子里胎儿的梦?

## 5

她不知道王波是回来过,还是一直在吃面,就像《千与千寻》里变成猪的父母,一直在吃。不知道都这个时候了,自己为什么还要诅咒王波?检查的时候,宫口已经开了一指,医生说开到三指就可以去分娩室,如今她与第一阶段的成功只差这两根手指的距离。李依依因此有了一个简单的床位,重新做了核酸检测,因为这是疫情蔓延的城市和季节。这张床和另外一张床之间用蓝布屏风围了起来,屏风下面是轮子,旁边床的家属进进出出,她的屏风就要移动一下,以至于她的屏风经常移动。旁边床的孕妇正在吃奥利奥,她忽然想到羊水破了的那个孕妇,是不是这会儿已经抱上孩子了。

她又想父母应该起床了,给他们发了一条信息:"我在医院等着生。"她和父母单独有一个群,虽然她想不出来有什么话要背着王波和父母说。

看着眼前的鸡蛋和鸭蛋,她想,王波早就回来了,回来带了蛋,又重新坐在了外面。小米粥很浓,她喝过很多粥铺的小米粥,有的浓,有的不浓,到底有没有标准做法呢?很大的一碗,她只喝了两口,胃里一阵反酸,就跑到卫生间去了,也不能用"跑"形容,因为她一旦跑起来,就会有医生大声说:"前面那个孕妇,跑什么跑?"

重新回到床位,又到了检查时间,平均半个小时就有一个男医生来给她看宫口、测胎心。男医生的话很多,大概是因为他知道自己是男医生,所以要比女医生更像一个女医生,不仅话多,而且格外体贴。李依依感觉医生很紧张,因为他实在太体贴了,好像因为心虚。李依依不需要体贴,她来公立医院,就不是为了体贴。她是高龄产妇,甲状腺有问题,胎儿脐带绕颈两周半,生长发育受限,她连破伤风针都不敢去私立医院打,她要来这里可不是为了什么体贴,难道等着护士和自己说:"小姐,您要咖啡还是奶茶?"

医生把帘子拉开,问李依依是不是叫李依依,与此同时,让她脱裤子检查子宫,从来没有一个人让李依依脱裤子的同时还跟她确定是不是本人。医生瞥见床头柜上的小米粥,床头柜下面是待产包,上面是一些生活用品。医生问李依依怎么不吃。

"吐了。"李依依说。

"吐了也要吃。"

李依依想说:"那多浪费?"

"现在不补充体力,没有办法生。"医生说。

好像生孩子是去拉两车钢筋。

医生把手伸进去,说:"还没开,从一指到现在,还是一指。"就像小说里写的,可能明天就来,可能永远不来。李依依头顶的胎儿监护仪一直在叫,她听见男医生对另外一个医生说:"每次宫缩的时候,胎心就掉下来,加大监护。""加大监护"四个字让李依依觉得自己是某类濒临灭绝的珍贵物种,她用手摸着肚子。病房里的白炽灯很亮,长管形,小米粥已经凉了变成果冻形状,接下来会越来越凉。她把剩下的鸡蛋和鸭蛋黄拌在粥里,吃了一口,父亲的信息过来了,回复了一个"好"字,后面是"正带公婆游潭柘寺"。公婆数天前已经从老家来京,原计划今天就是去潭柘寺旅游,父母陪同。先游潭柘寺,后游北京市。潭柘寺还有戒台寺是联票,如果一起去更划算。潭柘寺距离市中心三四十公里,就是说距离李依依三四十公里。该寺始建于西晋永嘉元年(307),距离现在有1800至1900年,但不管多少年,都没有肚子里的胎儿古老。李依依深知,所有的胎儿都是他自己、他的父母、祖父母、外祖父母、祖先,甚至是西晋的祖先。李依依回复:"玩好。"但她深知,没有人会玩好。

又在剧烈地痛,她希望越痛越好,那就可以生了吧,从来没有一种痛,让她这么有成就感。自己写过的东西、得过的奖、爱过的人、爱过自己的人,忽然都比不上这样一件简单的事更有成就。不过实在太痛了,李依依转念想,再也不生了。在她整个孕期,她都在想,她会生二胎、三胎。这并非为了响应政策。如果一直生下去,又有什么大不了的呢?可是,现在太痛了,绝对不生了,谁说都不生了,是男是女都不生了。但是这种想法仅存在于阵痛的时候,好了伤疤忘了疼就是这个意思。

另外她又想,父母和公婆大概不会去戒台寺了,李依依想,这样一来,在网上订的票就没有那么实惠了。

时间到了中午,李依依已经在这里坐满十二个小时。王波对李依依说,他要再去吃一碗面。这让李依依很困扰,那碗面到底有多好吃?

李依依和王波也算一见钟情。曾经有某个女作家形容一见钟情的感觉,就像从桥上跳下去自杀。李依依觉得那位作家写得很差,但这句话说得极为准确。或者说,也不是那位女作家写得很差,而是李依依有一种偏见:所有女作家只要写情感,就都很差。女人就应该好好活着,不要折磨自己。那位女作家还写过另外一句名言:结婚,就是一男一女抱怨为什么要一起生活,还要生孩子。那位女作家写了几句大言不惭的至理名言之后,果然也离婚了。

当初的李依依也想不到,自己一见钟情的是一个这么喜欢吃面条的人。什么时候吃不好?非要现在吃!

终于开到三指,值得庆祝。王波也吃完了。或许他是因为紧张吧。李依依忽然温柔地想到。

## 6

去分娩室的路就是昨天夜里两个人去睡觉的那条走廊,她在走廊里听见很多叫声,混合着新生儿的哭声,可还是叫声更多一些。李依依坐在轮椅上,被推进其中一间,这一切发生得非常快速,王波要跟着进来。护士说:"你干吗?"王波说:

"我不能进去吗?"护士说:"没你的事。"李依依不知道怎么就没王波的事儿。护士让李依依快点儿换衣服,李依依痛得没有办法从轮椅上坐起来,眼泪哗哗掉下。她把衣服脱了,新换上的连体衣没有兜,李依依问护士怎么放手机,护士好像听到了一个不存在的问题,于是隔着门缝喊李依依家属,王波伸进来一个脑袋,护士把手机递过去。门关上的时候,李依依对王波说,密码是123456(这个密码说明他们夫妻之间真的没有秘密)。接着,李依依问护士没有手机,怎么和自己家人联系。护士说:"你想得还真多!"她还想和护士说一句:"让我再见见老公。"她的情绪还没有来得及酝酿,护士说:"快点儿脱袜子穿拖鞋。"李依依声音很小,说:"太痛了,让我坐一下吧。"于是,两个护士商量起来,一个对另外一个说:"那就让她坐一会儿吧。"李依依想不通这有什么商量的必要。就这样在分娩室门口换衣服的凳子上坐了几分钟,或者坐了有半个世纪。她听见其中一个护士说"差不多了",行刑时刻到了的感觉。里面也有医生在喊李依依的名字:"李依依,人呢? 不是推进来了吗? 推哪儿去了?"这句话忽然让她感觉生孩子也就不过是一件普通的小事。可千万别把我推进什么肛肠科做什么阑尾手术,她想。

分娩室的床位很紧张,怀孕还不到三个月的时候,李依依就已经申请了这家医院的床位。与此同时,还做了几件要事,包括:有胎心胎芽确定为宫内活胎就要去社区办理"母子健康档案",进行高危评估,去围产内分泌代谢科完成免费营养代谢筛查指导,还要完成线上孕校学习及心理健康筛查。孕妇的高危评估分五个颜色,绿色是风险很低,因为不存在零风险,每一个胎儿在出生之前都是盲盒,即薛定谔的胎儿,接下来是黄色、橙色、红色。李依依是黄色,还有一种紫色,通常不建议继续妊娠。另外医生当时建议再花250元做一个人体成分分析和营养快速评估,油、奶、大豆、坚果、鱼、禽、肉、蛋、蔬菜、水果、谷、薯各多少克,都需要李依依分别回忆。人体成分分析显示李依依的身体总水分、蛋白质、无机盐、体脂肪、体重、骨骼肌、躯干、上下肢的肌肉、内脏脂肪面积、细胞内外水分、基础代谢率、腰臀比、身体细胞量等,还有一些百分比、指数、比率。另外有两项,她也不清楚,叫全身相位角和生物电阻抗……李依依看着这些数据,忽然不认识自己了。

此时此刻想到这些,想到那台人体成分分析仪,李依依忽然觉得它很像分娩体验仪,看上去像一家公司制造的。剧烈的疼痛又来了,医生好像知道她在乱想,于是说:"别胡思乱想啊。"

于是她尽量什么都不想,观察着分娩室,有床、写字台,还有很多她不认识就觉得很可怕的机器闪着光,躺在床上依然是检查宫口、胎心监护、血压,依然是宫缩的时候胎心往下掉。写字台前一个护士看着李依依已经破烂不堪的大白本说:"怎么这么破烂,放在一个文件夹里不好吗?就这样,还当妈?"她看见护士拿着胶棒在一页一页地粘。"怎么缺检查报告啊?"护士一边粘一边说。李依依说:"都在里面,有点儿乱了。"然后又一个劲儿地说"对不起",好像不说一百遍"对不起",自己就生不出孩子一样。

隔壁的分娩室一直报警,她这里的几个人就都一哄而散地跑过去了。过了一会儿,李依依看没有人进来,她的检测仪也一直在响,看着纸上的曲线,胎心有几次掉到了安全线下面。她喊老公,忽然意识到王波对她这么重要。她听见楼道里忙忙碌碌,顷刻,进来一个护士,直接走到写字台前,看着李依依的大白本,说:"怎么这么破烂,放在一个文件夹里不好吗?"一模一样,可是李依依确定,这是另外一个护士,刚才的要胖一些,这个明显要瘦一些。她又一个劲儿地说"对不起",不知道为什么要说对不起,除了有点儿邋遢,她不知道自己做错了什么。护士继续拿着胶棒一页一页地粘,李依依想,她们说的也没错,还当妈呢? 可是眼下,自己不就是要当妈了吗? 她又想,之前那位男医生一定不会这样不看一眼,这反而让李依依很放心。如果连护士都不看,这多半仅仅是一些小小的提醒。又痛了几轮,一轮比一轮紧凑,就像《琵琶行》里写的"大弦嘈嘈如急雨,小弦切切如私语。嘈嘈切切错杂弹,大珠小珠落玉盘"。没有小弦切切,全是大弦嘈嘈。李依依闭上眼睛,心想,家人肯定在潭柘寺给她烧香拜佛。自己的母亲不管去哪个寺庙,都要烧香拜佛、捐款,尤其是捐款,每次过生日,还要买一些小泥鳅放到河里并跟它们说:"游走吧,不要再被抓回桶里被做红烧泥鳅。"每次她都在菜市场买最小的泥鳅,卖菜的都说:"这样红烧起来不好吃。"

也许只要想别的,就没那么痛了。难怪关羽刮骨时还要读《春秋》,比如一个产妇在床上想到几条小泥鳅,也许自己未来的胎儿就是小泥鳅转世,这让李依依感到一丝冰凉。这个时候医生来了,医生看了监护仪,对李依依说"再做一次,如果还是往下掉",然后,他说了一个专业词,类似大滑坡或者大下坡,总之有点儿像泥石流的意思,或者20世纪20年代的西方股市大崩盘。同时又进来几个医生,直接就给李依依做备皮、备血,也许在做之前也问了李依依,但是如此迅速,李依依都不知道发生了什么。医生说:"如果继续掉,就马上剖宫。"李依依想都不想地说:"只要胎儿没事就行。"因为任何一个妈都会这么说。在怀孕的时候,她想过很

343

多,是顺产还是剖宫产,其实这一切都是多余的。她又想起老金和自己说的:"人应该相信自己随机应变的能力。"听上去多像小商贩说的话,实在不像老金说的。不知道为什么此时此刻,李依依都对老金充满偏见。虽然他们是最好的朋友,总是一起喝酒,当然,不知道这算不算一种朋友关系。老金知道自己最好的朋友正在生孩子吗? 王波和他说什么了吗?

医生重新走出去,写字台前面的护士还在粘大白本,不停地让李依依回答重复的问题:年龄、甲状腺、脐带绕颈、胎儿生长受限,还有家族遗传等等。忽然,李依依在某一瞬间明白了,他们为什么要一遍一遍地问。是啊,没有人想有纠纷。除了是生孩子,这首先是工作,但这个念头很快就过去了,她感觉自己有点恩将仇报。此外,她更多时间是在和肚子里的胎儿说:"宝宝,一定要抓住,胎心不要掉下来。"因为书上说,胎儿在肚子里也知道妈妈要说的话,说三遍以上的话,如果不是谎言,就是祈祷。李依依祈祷胎儿的胎心不要掉下来,如果这个时候王波在旁边就好了,纪录片里,都是妻子一边痛苦地分娩,一边拉住丈夫的手,可是此时此刻,她的两手还在半空中,她知道王波在外面也一定不好受。不知道有没有其他父亲陪着一起。很快医生又进来了,对李依依说"咱们先不剖宫了",又说"能自然分娩肯定是自然分娩",有点像她在第一次婚姻里听到无数次的:两个人能过就过。

于是,李依依又被推出分娩室,去了隔壁房间。她的宫口开了三指,至少要开到六指,才可以重新回到这里。

隔壁房间有六张床,左右各三张,躺满了孕妇,大概都是和她一样的处境,有的人在叫,有的人在哭,或者是两种反应夹杂短暂的平静。李依依被移到一张床上,接上尿管,几个医生在检测器上看着六个人的情况,偶尔他们也说一下晚饭吃什么。其中一个说,要去吃垃圾桶比萨。这不禁让李依依想到自己的大白本,如今不知道被护士们粘成了什么样子。她时不时喊"大夫,太痛了",她就差喊出"救救我"三个字了。她希望有一只手可以伸过来握着她的手,但是,所有的人都在忙自己的。哭声和叫声此起彼伏,半天之后,过来一个护士,盯着李依依,然后伸出一只手让她握住。不管是平躺还是侧躺,无论怎么躺,这种剧烈的疼痛都跟随着李依依,她看见四周人的表情,真丑。她想自己也是,一定很丑。如果自己是一个妇产科医生,年复一年、日复一日地面对这些丑脸,也一定没什么耐心,更不想伸过来一只手。李依依宁可对着墙,她发现墙面很白,为什么这么白呢?"我想喝口水。"她对医生说,感觉身下的尿垫湿乎乎的,多亏没喝小米粥。不然她准会在当场大便。她想到杂志上看到的那些女明星,生完孩子就抱着孩子对着镜头笑,化着淡淡的妆容,发型整齐。如果自己还没有神经错乱就是这个世界疯了。李依依使劲儿掐自己的身体,只要是她能掐到的地方,她掐自己的脸,揉搓自己的脸。她看见旁边床的孕妇安静了,正坐着,医生拿着足有半米长的针管插进去。李依依问护士:"这是什么?"护士说:"止痛针。"李依依问:"我能打吗?"护士说:"你想打就打呗。"如此回答让李依依十分吃惊,尤其是最后一个感叹词"呗"。就像厨师在问比萨上是不是要多放一勺番茄酱,回答是想放就放呗。

李依依全力把孩子挤出来的时候,她的爸妈、公婆正在医院楼下涮火锅,看来已经草草结束旅游了。当然,这是王波后来告诉自己的,而且王波说的时候打错了字,打出来的是"他们正在医院楼下握着火锅"。

李依依想,这是一句好诗。有点僧敲月下门的意思。

与此同时,在外面的王波一直在签字,是不是要剖宫,是不是要打麻药,是不是要保留胎盘,是不是要脐带血。本以为生完孩子就没有问题了,后来发现这才哪儿到哪儿啊。

怀孕让李依依有了很多体会,就像一个人在你身体里盖房子,你也不知道房子会不会塌。而且你几乎做不了什么。换句话说,房塌了也不是你的原因。李依依就这样想着,还没来得及打止痛针,就开到六指了。她问医生是不是打了止痛针就不痛了,医生说"因人而异",让她感觉这完全不能叫止痛针,只能叫某种好运气或者坏运气,好像生孩子是去赌场猜大小。可是她已经开到六指了,忽然之间就要功成身退了。医生说:"不建议打,生得慢。"

眼下还有比生得慢更糟糕的吗?于是李依依被重新推回一个人的分娩床,她已经可以进入第三阶段了。下身搽满酒精,医生让她宫缩的时候好好使劲儿。她觉得自己闻上去一定很呛鼻子。

几番下来,她感觉到胎儿的头要出来了。其实也不是感觉,是医生说"头出来了"。如今已经分不清是感觉还是指令。疼痛并没有缓解,痛应该叫出来,可如果叫出来就撒气了。李依依几次没忍住,痛的时候没用力,气都撒没了,她周围有四五个医生,还有两三个护士,把她围得密不透风。李依依想,如果王波在,都没有地方可站立了。其中一个医生说:"生不生?这么多人都给你使劲儿,你自己干吗呢?"李依依的声音很小,但她能感觉到自己很谦卑,一直在说"对不起",虽然她也不知道有什么可对不起的。自己也不是故意的,难道她不想把孩子生下来吗?

留在肚子里干吗呢,变哪吒?

另外一个医生说:"你不好好使劲儿,卡在脖子这里了。"这让李依依感觉恐怖起来,好像自己成了杀人犯。医生看着监控,说马上,还有几秒,宫缩又来了,这次使劲儿。李依依想握住旁边随便什么人的手,但所有人的手都在忙着,她只能用自己的左手抓住右手。憋住气,感觉有一部分尿也跟着一起出来了。宫缩结束了,只能等下一次。医生说:"再试一次,不行就要侧切。"李依依还没来得及问什么是侧切,伴随着一阵强烈的疼痛,她听见哇的一声!

接下来是很多声,她抬不起头,身体也不想动弹,但她知道,有一个生命离开了自己的身体,变成了独立的生命,此刻正在不远处的小盘子里。她瞥见其中一个医生把这团粉色的肉球拿过来,跟她说:"看看,男孩儿,3000克。"医生让其中一个护士出门通知家属,不一会儿,李依依听见外面喊:"李依依家属,谁是李依依家属?生了。"后面的听不清了,大概走远了,不知道有没有说母子平安,电视剧里不都是这么说的嘛。房间里的人忽然减少了一半,她也分不清是医生还是护士,婴儿被放了旁边的小托盘上。李依依继续躺在分娩床上,婴儿哭了几下,就不再哭了。准确地说,不能叫哭,胎儿是通过胎盘由母亲供给氧气,一旦出生,这条通路被切断,就靠自己的肺呼吸了。第一声啼哭是肺已张开的表示,在西方,只有听到婴儿的第一声啼哭,他才算来到世间,就像一台计算机,哇的一声,开机了,然后就是:活去吧。

"这么怕疼? 孩子生完了。"一个医生说,"你做什么的? "

"写小说的。"李依依说。

"写小说的,哦,多生次孩子,就知道怎么回事了。"

李依依不知道这句话应当如何理解,是说多生次孩子就知道写小说是怎么回事了? 联觉呀!

还没喘口气,医生用力挤压李依依身体内的血水,娩出胎盘,看上去这并不是一个人的身体,而是一块充满了秽物的海绵。如果说有什么比分娩还要疼痛,那就是此时,一天没有吃东西,她感觉有一点意识模糊,但她知道胎盘正在远离自己的身体。大概在胎儿三个月的时候,胎盘在体内慢慢生成。李依依想到一句很悲壮的话:一将功成万骨枯。

老金曾经说过,女儿出生后,他在某天夜里驱车几十公里,把胎盘埋在了北京市最大的河边。他还说,要等长大成人以后,带她去看看,好像这是孩子长大成

346

人后应该收到的第一件生日礼物。如今女儿在异国他乡,距离自己的胎盘至少隔了半个地球。

接下来在分娩室的两个小时,李依依吃了王波给自己买的盒饭,没有吃完,其实她一口都不想吃,但两个护士坐在旁边,她不敢吃,好像这也是分娩的一部分。吃了几口,剩下的被护士打包送回病房,两个护士小姐姐在谈论当下最火的一位明星的纳税风波,她们也应该娱乐一下了。婴儿在自己身边,还多少有点儿不敢相信自己的眼睛。李依依已经分泌出几滴乳汁,上等黄油一样,婴儿小嘴一鼓,吸了一口。其中一个护士说:"这是国际规定的亲子时刻。"李依依觉得很滑稽,亲子时刻还需要国际规定吗? 她不知道还有谁在门口,她迫不及待地想被推出去,像一个胜利者一样被推出去。

# 7

被推出病房的时候,她觉得自己的妆肯定都花了,但是谁会在意一个英雄母亲是不是貌美? 李依依只看见老公和妈妈、婆婆。她忽然想到一个词:婆婆妈妈。她预感到这将是等待着自己的生活的一部分。

其他人都在楼下涮火锅,或者说"握火锅"。疫情蔓延,最多允许三个人来医院。李依依的母亲一直在拍照,虽然有医生制止,但还是偷拍了几张。

李依依被推出来的第一时间,王波就在门口对她说:"我一直在给你签字,以后你去精神病院也要我签字了。"

李依依忘记是谁说的,最好的夫妻关系就是没关系。她想,可惜并不存在完全没关系的夫妻,至少还存在签字的关系。

婆婆手里拎着给产妇的理疗仪器——大神吹。可惜还没用上,她就被推回多人病房了。

所谓多人病房,就是有各种各样的情况:和她一样刚生完孩子的,孩子就在妈妈的病床旁边;有生不出来孩子的,一直宫缩,一直不分娩;有流产的。感觉这就是一个生育博物馆。进来一个护士,让李依依不要下床,又在李依依的床上铺了一张尿垫,让她就在尿垫上小便,并叮嘱她"一定要小便"。

李依依上网查了一下:产妇生产后不排尿,被称为"尿潴留",这种情况较常见。子宫前方就是膀胱,分娩过程中,子宫持续收缩,加上盆底组织持续往下用劲儿,对膀胱造成机械性压迫、物理性损伤,导致膀胱过度疲劳,其神经组织亦出现较小的瘫痪状态,膀胱功能未恢复,导致"尿潴留",大意如此。看完,李依依更担心自己的小便。越担心,越没有小便。这好像是一条科学定律。

婴儿被放在金属车里,身上盖着小花毯,只要看见这个样式的花毯,就知道他出生在这座城市的这家医院,婴儿的脚腕上写着"李依依之子"。李依依把自己的隔帘拉上,小心翼翼地收拾东西,同时,她想到的可以做的第一件事是发一条朋友圈,可是她不知道写什么好,就拍了一张婴儿在吃手的样子,软乎乎的,得到了几百个点赞。王波在朋友圈下面评论说:"你提供的是蛋白质。"言外之意,儿子太像父亲了。

李依依想回一句:是怕你不认他。可是想想,又觉得有点此地无银三百两的意思。

她又看了一眼老金的朋友圈,最新一条写的是:我就服李依依,昨天说过来喝酒,今天生了一个孩子。

躺在床上,李依依开始得意,所有的事情,一旦知道方法就会很简单。尽可能避开麻烦,就是最大的善行。此刻的李依依好像已经掌握了某种生产方法。一个人的身体可以做任何事情,甚至连坟墓都可以自己走进去。

次日早晨,医生来做足跟血和耳聋基因筛查,打了第一针疫苗,并说床位不够,看李依依的伤口已经愈合,更重要的是小便了,就宣布道:"你出院吧。"李依依觉得这更要让自己飘飘然了。

婴儿喜欢像老虎一样睡觉,四肢张开,李依依想到一个词——虎睡。看着熟睡的婴儿的眼睛,她发现:如果把孩子当孩子,就是最大的愚蠢。李依依甚至感觉婴儿会忽然走过来问自己:"你生我干吗?"是啊,难道就是为了让自己飘飘然一下吗?同时,李依依在想自己的婴儿为什么这么安静,不是说婴儿都会吵得父母不能安睡吗?有人说:"孩子不哭,家庭关系就好。"(多少有点把家庭关系全部推给孩子的意思。)进来的医生说:"别急啊!他还不知道自己已经从你肚子里出来了!"是啊,李依依想,自己再也不能包含着他了。

## 8

王波接李依依出院,在医院门口,她得到一个关于人造子宫的传单:未来,每个人一生中可以领取两个生育指标，通过父母资格考试，作为公民福利的一部分，不仅指自然生育。要是孩子不在了，还可以补领，云云。李依依想，自己不是在做梦吧？她感觉怀中的婴儿都是梦的一部分。

"恶浪浊波拦不住。"与此同时，收到老金贺词。听上去就像一句话剧台词，或者是梦话，但一定不是酒话，酒话应该是："恶浪浊波拦不住。喝！"

但这七个字却让李依依大为震动，这种震动就像她第一次看到验孕棒上的阳性显示一样，如果一个生命要来临，那它就一定会来临，就像这世间的万事万物一样。对比这种确定，喝酒已经是最温柔的惩罚了。

# 9

一切如常，李依依整个月子期间都没有外出，除了例行产后检查。其中一项是盆底测压，是通过置入受测试者阴道内的压力探头，采集受测试者盆底肌肉施加到探头上的压力信号，根据探头气囊传输来的气压变化情况进行数字化转换，并加以运算分析，实时显示、打印压力差值、变异性、募集时间等数据。李依依用这个探头在机器上画了一些几何图形，画出了一些波峰波谷。她问医生："是不是画得越高越好？"医生说："好好画。"

李依依产后总是憋不住尿，也不能大笑，如果谁逗她，她就会尿裤子，这都是盆底测压没有及格造成的。

事后证实，李依依分娩那天发生的另外一件事是老金搬到了郊区，那天吃饭应该就是送行宴。之后再聚也不容易了。李依依知道这件事情的时候，婴儿正在大哭。老金说，自己女儿出生的时候每天夜里都哭，但他并不觉得烦闷，婴儿之所以哭，就是要干死这个世界。

李依依感觉胸口一阵肿胀，她的奶水很有限，哪怕吃了很多猪蹄、鲫鱼、木瓜、花生、大枣，也就这么多。所以她很珍惜这种肿胀的感觉，有一个专业说法叫奶阵，形容那些奶水很多的妇女，但这和她无关。喂奶之后，婴儿安静下来，眼神一片混沌，她缓慢摇着婴儿床，喊着"够够，够够"。人的名字真的是长辈给起的吗？还是自己生下来认领的？就像只是借助父母的精子、卵子来到世间一样？她不由得想。

喊着喊着，她编起了一个故事：很久很久以前，有一个孩子叫够够。

但事实上,她并不知道很久很久以前,有没有一个孩子叫够够……

李依依就和婴儿这样躺在床上,婴儿枕在李依依的臂弯里,用一只手刚好可以托住婴儿的脸。婴儿是混沌的,于是是可爱的。李依依的手像小鸟的手,没有肉,用老金的话说,其实就是没福气的意思。

王波在隔壁屋正在努力工作。李依依感觉很满足,她爱王波。她进一步卑鄙地想,就算王波没有那么爱她,他也跑不掉了,因为他们已经拥有了一个真实的儿子。同时,王波的肚子那么大,因为他又胖了,喝了不少催奶汤的结果。还能跑到哪儿去呢?可以说,不是她和王波生出了孩子,是孩子生出了王波和她。这样想着,很快就睡着了。中午的阳光温暖。

李依依在梦里看见一个人,他明明长着老金的脸、老金的肚子,连小短腿都和老金的一模一样,可非说自己不叫老金,那就姑且还是叫他"老金"吧。老金正和一个孩子看月亮,孩子说月饼没有月亮圆。老金说,一样圆。梦里的李依依感觉自己很年轻,尚不曾拥有自己的孩子,所以并不知道梦里的孩子是谁,也还没认识王波,他们尚未进入李依依的世界中。

一阵痉挛,忽然醒了,婴儿还在熟睡中,并被自己紧紧抱在怀中。

她从没感觉这么幸福过。

以前只是快乐,如果有人现在和她说,快乐的反义词是幸福,她也绝不反对。

够够是老金起的名字,他的原话说:"看见你们生孩子,还感觉良好,我就觉得够够的。"这多半是他的经验之谈。另外他搬到乡下,养了很多猫和狗,这从朋友圈中可见一斑。老金还发了一句话:孩子就是这样,和猫在一起像猫,和狗在一起像狗。

## 10

这大概也算是一种邀请吧。

【作者简介】于一爽,作家,人民文学奖、十月奖得主。出版小说《一切坚固的都烟消云散》《火不是我点的》《生活别爆炸》《船在海上》《经年》。

# 与谁分享

老　藤

　　清早,福兴苑门口那棵老槐树上落了一只喜鹊,叽叽喳喳叫了好一会儿。喜鹊叫早这情景并不常见,因为这座城市自古以来就乌鸦多,喜鹊少。黄昏时分,经常可见黑泱泱的乌鸦遮天蔽日,起义一般俯瞰这座城市以及城市的居民。福兴苑的居民对乌鸦没有什么好感,人们更喜欢喜鹊,但真正意义上的喜鹊很少来,偶尔光顾的是灰喜鹊,而灰喜鹊与喜鹊不同属,是冒牌货。今天,喜鹊的光顾让福兴苑比平日苏醒得要早一些。老班每天早晨五点钟准时下楼,一边啃着面包,一边清理出租车上飘落的槐树叶。

　　老班是出租车司机,出门前他看了下日历,二十年前的今天,恰好是他拿到驾照的日子。二十年了,出租车换了好几辆,跑的公里数不知能绕地球转多少圈,他却从没有出过事故,连小小的剐蹭都没有。喜鹊的叫声让老班心情甚好,他抬头看了看,发现树枝上的喜鹊也在看他。他把半块面包放在马路牙子上,再次抬头道:"下来吃吧伙计,西式早餐。"

　　俗话说"喜鹊叫喜事到",他想,要是换成乌鸦,他才舍不得半块面包呢。

　　老班居住的福兴苑名字不错,却名不副实,是个由四栋两层旧楼围起来的大杂院,因为住户多,地产商开发没赚头儿,一直没能改造。不过老班觉得没改造也不是一无是处,福兴苑至少有两个优点,一是烟火气十足,邻居抬头不见低头见,想打牌推开窗招呼一声,瞬间就能凑齐一桌;二就是院子里绿意浓浓,四棵老树长势喜人,如果动迁改造,这些百年老树肯定难逃斧锯之灾。四棵老树布局匀称,东面是一棵直径一米多的旱柳,西面是一棵冠如巨伞的梧桐,中央则是一棵缠绕在风雨亭上的紫藤,紫藤下有花岗岩石桌石凳,是老年人最惬意的乘凉处。大院只有一个门洞,开在南面楼房的中部,门口外面,则是一棵枝疏叶稀的老槐树。他给四棵树都起了名字,旱柳叫大东,梧桐叫西塔,紫藤叫皇姑,老槐树则叫和平。熟悉这座城市的人都知道,这些名字都是地名,他用最熟悉的地名来命名四棵老树,反映了内心对这些老树的喜爱。四棵老树他最爱的是老槐树,每年槐花绽放季,满院浓浓的花香让他忍不住想多吸几口空气。福兴苑里最长寿的孟老太称老槐树为神树,每年春节都会给老槐树树干缠上红布条,这些红布条为老槐树增添了几分庄严感,让儿时的他印象深刻。上小学时他写过一篇作文,名字叫《戴红领巾的老槐树》,这篇作文还被老师当作范文宣读过。三个月前,他在交通广播里得知,一家叫《芒种》的杂志举办歌颂家乡征文活动,他心血来潮,在手机上写了篇八百字的散文——《和平颂》发了过去。《和平颂》与和平无关,是写那棵老槐树的,写了祖孙三代与老槐树难舍难分的情感。散文最后他写了这样几句话:"老槐树呀,你应该枝繁叶茂才对,为什么变得枝疏叶稀? 当我想到自己谢顶的父亲和祖父时,我忽然读懂了你,哪一个为儿女操劳的老人能有一头秀发呢?"散文用微信发走后便没了下文,他也不抱什么奢望,自己不过是有话想对老槐树说而已。

老班觉得门口这棵老槐树已经不单纯是一棵树,它是福兴苑至少三代人的见证。福兴苑的人们谁没有闻过槐花香?谁没在槐树下乘过凉?他觉得福兴苑已故的所有人都隐身在这棵老槐树里,父亲、祖父,还有孟老太……有的化身为一截老干,有的变成一截新枝,看到了老槐树,仿佛就看到了这些亲人的面孔。他的父亲和祖父都是司机,父亲开公交,祖父开卡车,他开出租车,三个人都是天不亮上班,深夜里下班,早晚出入福兴苑时居民们尚在梦里,唯有老槐树一如既往地迎来送往。在老槐树离地五尺许的主干上,有个西瓜大小的树瘿,每次上下班,他总会抚摸这个树瘿几下,树瘿被他抚摸得不再粗糙,摸上去像父亲满是皱纹的额头。树瘿是树的愈伤组织,是老槐树的痛。每次抚摸树瘿他都会说:"是谁伤害过你,留下这么大的疤? "

树上的喜鹊发现了面包,叫得更加起劲,对于喜鹊来说,吃到可口面包的机会并不多。

"今天也许会有个大活儿,"他对自己说,"如果能跑趟桃仙就好了。"桃仙是机场,送客人去机场对于出租车来说就是大活儿。他这几天业绩不佳,媳妇脸色有点冷,夜宵虽有鸡架,但却少了老雪啤酒。他收工一般在半夜,正常情况下媳妇会备好一只鸡架和一瓶老雪啤酒犒劳他,但这几天老雪啤酒不见了,他没有问原因,嚼过鸡架和一碟香菜根就上床睡觉,谁叫你业绩不佳呢?赚不到钱,媳妇凭啥赏你笑脸? 他媳妇是个麻将迷,可惜麻技一般,十赌九输,输掉几个小钱无所谓,输掉了好心情他便没了老雪喝。不过他不和媳妇计较,媳妇除了喜欢麻将外没有不良嗜好。他最头疼那些占着马路跳广场舞的大妈们,你越是鸣笛,她们越是挡道不让。他想,若是媳妇去跳这种占道的广场舞他一定会阻止,尽管他从来没有阻止过媳妇做事。

今天真是奇怪,七点了,竟然一个乘客没拉到,空旷的青年大街好像睡过了站一样,平时这条街上可是车水马龙。叫车平台也很安静,他忽然明白了,今天是周六,周六周日的早晨没有人赶着上班。估计早晨的喜鹊是白叫了,去桃仙这种大活儿不会有。他把车停在一个路口,开启熄火等客模式,油价总是不停地涨,省一点是一点。

七点半,过来一个乘客。是一位看不出年龄的女乘客,戴一顶黑色大檐遮阳帽,黑口罩,一身黑色大摆连衣裙,看上去像个中世纪的修女。黑衣女上来后,没等他礼貌性地询问,就说:"回龙岗。"

他愣了一下:"回龙岗?"

"去回龙岗。"女子又多说了一个"去"字。

他不能再问,打开导航往回龙岗驶去。"这算是大活儿吗?自己想的大活儿可不是回龙岗,回龙岗和桃仙是两个世界。"他在心里对自己说:"一个将人送达,一个将人送走,送达的能回头,送走的就一走了之。送走肯定不是喜鹊鸣叫的意思,要是换了乌鸦就难说了。"回龙岗是这座城市的大型殡仪馆,虽说里程和去桃仙差不多,可是司机不愿意往这里跑。他每次拉客去回龙岗,心里总会想起在这里化成青烟的祖父和父亲,尤其是父亲,离世前那个晚上和他说的一句话让他无法忘怀。父亲说:"这辈子净拉别人了,去回龙岗,只能别人拉自己了。"

女乘客一句话不说,不知何时又戴上了一副墨镜,从后视镜里观察,像极了神秘的隐身人。回龙岗在郊外,沿途要经过一些菜地、庄稼地,田地里玉米长势极好,但不是油汪汪的绿,而是那种自带重量的黑绿。他想起一个农村乘客在车上说的话,无论什么菜,只要颜色不对肯定有猫腻。他问乘客凭颜色怎么就能判断是否有猫腻。乘客说苦瓜本来就一脸绿褶子,要是把苦瓜变成光溜溜的紫茄子,还敢吃吗?吃的东西要看里子少看面子,歪瓜裂枣最甜。他又问乘客,这玉米的颜色有问题吗? 乘客说,这玉米种子有猫腻不说,还因为没轮茬,靠化肥催着长,结果就催成了这个疯长的模样。他还记得乘客进一步解释说:"地也有累的时候,不轮茬会累出病来的。"

女乘客下车后,插在支架上的手机忽然响起来,屏幕显示是一个陌生来电。接通电话,传来一个女性清脆的声音:"您是班章先生吗? 我是《芒种》杂志社编辑,恭喜您,您的散文《和平颂》获得了我们征文三等奖,您方便的时候来编辑部取一下奖牌和奖品。"他不相信自己的耳朵,问:"怎么,我真的获奖了?"对方的声音越发清脆悦耳:"没错,三等奖一共八名,您名列第一,评委认为您用一棵叫和平的老槐树来歌颂家乡和平区,三代人,一棵树,构思独到,文笔朴实,充满真情实感,是一篇好文章。"他心跳骤然加快,感觉心脏要蹦出胸腔一样,想说几句感谢的话,却又不知说什么,连着说了几遍谢谢。对方问他什么时间去编辑部,他马上回答说:"中午就去,不,现在就去。"放下电话,他用力掐了一下大腿,浑身顿时触电一般战栗了片刻。遇到兴奋或尴尬的事他习惯掐大腿,尤其是右腿内侧,掐一下会清醒一个钟头。

很多人不知道,老班曾经有个梦想,那就是少年时代的武侠作家梦。他上中学时喜欢读古龙、金庸的小说,读得如醉如痴,晨昏颠倒,读多了就萌生出写的念头,就偷偷在笔记本上写武侠小说,前前后后写满好几个日记本。武侠作家梦严重影响了他的学业,结果高考失利。后来,武侠小说过了火爆期,开出租车也没有闲工夫写作,武侠作家梦只能深埋起来,作为一种遗憾成为记忆。他有时和媳妇感慨,自己要是坚持写,说不定就是第二个古龙。媳妇很不屑,说武侠小说都是蒙人的,你要是不写那些乱七八糟的东西,说不定就会考上大学呢。他便故意气媳妇:"我要是考上大学,你还能找到我这样疼你的老公吗?"这话媳妇听着高兴,他对媳妇好在福兴苑是有口皆碑。

在北三经街66号,他看见几只麻雀在《芒种》杂志社的牌子下面啄食,人走近了,麻雀才飞走,原来是有爱心人士在这里撒了些谷粒。当年,他把辛辛苦苦写就的一篇武侠小说寄到了这家编辑部,却泥牛入海,如同将人送到了回龙岗一样,一送了之。他还记得那是一摞手写稿,足足八十八页,写了一个江洋大盗偷盗沈阳故宫文物的传奇故事,他自己觉得故事蛮抓人的,人物功夫也十分了得。担心稿件丢失,他还特意挂号寄出。那是他第一次写武侠小说投稿,当然也是最后一次。

编辑部在三楼,楼梯很宽,楼道里异常安静,不像是办公的场所,在他的印象里,像《芒种》这种地方应该门庭若市才对。敲开约好的办公室门,一位长发女编辑起身相迎,问他是不是来取奖状奖牌的,他点点头。办公室有点杂乱,到处堆放着报刊,连个待客的沙发都没有。女编辑问了名字,找出一个扁扁的纸盒,打开后是一个很精致的木制镶铜奖牌,奖牌上有获奖者名字和作品名字,落款除了杂志社的名字外,还有市委宣传部的名字。女编辑说这个奖项很重要,有宣传部的落款这个奖项就成了市级奖。"你若是公职人员,这个奖项在年度考核时会加分的,"女编辑说,"班师傅,你能获这个奖项很难得,这次征文有不少省、市作协会员参与,他们都没有获奖。"他心里一热,作协会员,那可是令人仰视的身份。

奖品是一个钛金不锈钢保温杯,杯上印了与奖牌相同的金字。他很喜欢这个杯子,钛金的色泽既柔和又高冷,那排弧形金字也大小合适,看上去相当协调。女编辑说:"本来要发奖金的,但赞助商挺抠门儿,奖金只够几个朋友撸次串,就干脆定制了一个杯子留作纪念。"老班觉得奖励杯子比发点奖金好,发奖金回去要上交媳妇,杯子无论放在车里还是摆在家里都是个好东西。他见女编辑态度和蔼,说话也坦诚,就忽然想问问很久以前那次投稿的事,便壮着胆子问:"这位老师,我想问一件事,一件无所谓的事。"

"有事您尽管说。"女编辑把奖牌、奖杯装入一个纸袋子递给他,不知他要问什么事。

他接过袋子,低着头说:"嗯,是这样的,人总是会有些想法的,尤其在青少年,有些想法不知天高地厚,你可别笑话我,我呢,曾经写过不少武侠小说,尽管写得不好,但还是壮着胆子写,还壮着胆子投了一次稿,就投过一次。"

"从《和平颂》能看出来,你文笔是有基础的。对了,稿子投给哪家杂志了?"女编辑并不因为这个问题而感到意外:"什么时间投的?"

"投给了你们。"老班思忖片刻接着说,"大概是二十年前吧。"

女编辑扑哧一声笑了:"哎呀,二十年前,我还在上小学呢。"

"我想知道,怎么就没有回信呢?据说那个时候很多杂志是给退稿的,而且都有编辑写的退稿信。我那篇稿子下了不少功夫,八十八页,每页三百字,两万六千四百字呢。"老班像是自言自语,他知道这个问题女编辑回答不了,因为女编辑不是当事人。

"是这样呀，"女编辑说，"投稿是有讲究的，我们是一本纯文学杂志，不发通俗文学，严格来说武侠小说属于通俗文学，应该是你错投了。"

"错投？"

"是啊。"女编辑点点头，"你如果投给通俗类文学期刊，结果也许就不是这样，很多作者在投稿上很容易错投，错投的结果可想而知，好比我们喜欢吃米饭，你却发来一锅黏豆包，我们当然不会吃了。"

"原来是这样啊。"老班点了点头，看来错投比其他原因要体面，至少不是黏豆包质量有问题，只能说不合人家口味。

"欢迎您以后给我们投稿，这个奖项所有获奖作者都进入了我们的作者库。"

"作者库？"他问。

"是的。"女编辑微笑着说，"作者库的作者来稿，我们会认真对待，可以说是每稿必复。"

他心里涌上一股热流，再次谢过了女编辑，抱着那个装着奖牌、奖杯的纸袋离开了编辑部。他不能停留太久，今天要跑够额度才成。下楼的时候他心里窃喜，看来喜鹊叫声果然灵验，征文获奖还不是喜事吗？对于他来说，这个奖项比什么都重要，至少证明他当年的梦想不是四六不靠。

这件事应该马上告诉媳妇，相信媳妇会对他刮目相看的。他投稿的事媳妇知情，媳妇不看好他写什么《和平颂》，媳妇说："你一个开出租车的颂什么和平，不搭！"

"这回你看搭不搭！"老班心里对媳妇说，"你老公也是个有两把刷子的人，只是造化弄人才没成为第二个古龙。"

发动车子，打开空调，平息了一下呼吸，他拨通了媳妇的电话，话筒里传来麻将哗啦啦的响声。媳妇有固定牌友，都是福兴苑的几个姐妹，她们玩牌输赢不大，就是图个乐子。他兴冲冲地说："媳妇啊，今早出门听到老槐树上有喜鹊叫，我当时就觉得有好事，果然，今天一个天大的好事降到我头上啦，你猜猜，是啥好事？"

"你买彩票了？"

"我从来不买那东西。"

"那你拉了个大活儿？"媳妇又问。听得出来麻将已经码好，开始出现抓牌的声音，有人喊了一声："杠！"

"大活儿能叫天大的好事？我中奖了！还记得上次征文吗？我写了篇《和平

颂》,获了征文三等奖！"

"真的？"媳妇显然也兴奋起来,马上问,"奖金多少？"

他放平了声音,道:"发了奖牌和奖杯,没有奖金。"

"没有奖金？你不会留着做私房钱吧？"媳妇似乎不信。

"真没有,工作人员说了,赞助单位太抠。"

"这算啥天大的好事,你咋学会忽悠人了呢！"媳妇明显不高兴了,顺口说了句,"九饼！我在打牌呢。"然后挂掉了电话。

他"喂喂"了两声,嘴张得老大,好一会儿才放下电话。

他把水杯的包装打开,放到挡位边的凹槽里,让有字的一面朝向后座。然后把证书也从盒子里拿出来,端端正正摆在副驾驶位置上,看着证书和奖杯他笑了,什么样的大活儿能比得上这两样东西？这是多少省、市作协会员都想得到的荣誉啊！他并不埋怨刚才媳妇的态度,猜想媳妇今天一定是手气不好,听她打九饼喊出的语气就可以判断,媳妇上午肯定没和过牌。他希望媳妇赢牌,每次家里夜宵有炖鸡架配一瓶老雪,他就知道媳妇一定是赢牌了,媳妇输牌的时候夜宵只有干巴巴的烤鸡架。

时间已过中午,他下车到街边的老四季面馆吃了一碗拉面,看到周围的食客都是鸡架、老雪、香菜根和拉面老四样,他便很想喝一瓶老雪,但他忍住了,开车是万万不能喝酒的。"回家喝吧,今晚要喝两瓶！"眼前拉面里油花很旺,仿佛盛开着一朵朵小黄花。"谁有喜事不喝酒呢？"他对着碗里的小花说。老班酒量不大,最多喝两瓶老雪,但平常只喝一瓶。

从老四季面馆出来,就遇到了两个打车的中年人,要去北陵附近一个建筑工地,那里有家著名的房地产企业因为资金链出了问题,工程处于停工状态。两个乘客一胖一瘦,胖的上车就眯眼假寐,瘦的则喋喋不休唠叨着什么。他听出了个大概,意思是瘦子为工程垫付了不少资金,现在工程停工,开发商跑路,他的损失无法估量。瘦子嘟哝了好一会儿,胖子才说了一句:"怕啥,跑得了和尚跑不了庙。"

瘦子说:"庙会被没收,然后拍卖,之后按比例清偿,轮到我只剩点清汤寡水了。"

胖子又说:"不怕,大不了底不兜了就是。"

"漏兜是早晚的事,"瘦子说,"到那时候我也就放挺了。"

"现在放挺的很多,飞机、高铁都没法坐。"

357

胖子明显是想瘦子当老赖,一旦成了老赖,人就没了信用,在社会上寸步难行。他想,应该开导开导两位才对,便插话道:"两位老板别老想着烦心事,人不管逆境顺境总要找点乐子才成。"

"找啥乐子?"瘦子问了一句。

"比方追剧,或者写点小文章什么的。"说完,他故意用手扶了扶奖杯,奖杯上的烫金字虽小,却醒目,后面的两位乘客肯定能看得见。他希望把话题引到他今天所获的奖项上来,这样,就可以好好讲讲福兴苑那棵老槐树,讲讲他的《和平颂》,如果时间允许还可以讲讲当年他写的武侠小说。

"写文章?"胖子睁开了眯着的眼,胖子的两个肿眼泡睁开时活像两个煮熟的肚包肉忽然被利刃豁开一样,有一种爆裂感。"写文章更他妈烦心,我一天也憋不出仨字来。"

瘦子道:"哪有工夫追剧,追剧的都是些闲人。"

"问题是有值得追的剧吗? 我现在只刷短视频。"胖子说完又闭上了两只肿眼。

他多希望两人能注意到自己的奖杯啊,这个奖杯确实漂亮,钛金,不锈钢真空,是一般杯子没法比的,关键是上面那排弧形的金字,工工整整的行书,字体俊朗清秀,弧形下面变成了三个隶书字:三等奖。三等奖也不能小瞧,一共才八个,自己在编辑部没熟人,能获奖完全靠实力。从后视镜里发现,那个瘦子的目光倒是几次扫过奖杯,但没有任何停留,也没有询问什么,而是把目光投向窗外。嘴里嘟嘟囔囔道:"跑路,跑到哪儿? 还能跑到火星上去?"

"火星上也不一定就舒坦,"胖子用肯定的语气说,"我要走,就到月球上去,想家的时候还能看看地球上的长城,据说在月球上能看到长城,我们的古人就是伟大。"

"修长城是不是也拖欠工钱?"瘦子问。

"谁知道呢? 欠也不会写在史书上。"胖子的回答意味深长。

他没再插话,长城修筑者是服劳役,哪里来的工钱? 两位显然和他思路不在一个频道上,他不能对牛弹琴。他把车开到一个被蓝色铁皮围起来的工地,瘦子付了车钱下车,他连声再见都没说,按照出租车文明礼仪规定,他应该向乘客道一声谢。

汽车在街道上缓行,他不时左顾右盼,这里是几个政府部门的办公地,打车者应该不少，可是转了好一会儿，没人招手打车，他有点灰心，索性选择了一处遮阳的地方停下来，拿起副驾驶位置上的奖牌好一顿欣赏。奖牌要是再大一点就好了，家中客厅窗台上两只梅瓶之间那个位置正好可以摆放。两只梅瓶尽管是仿品，但奖牌却货真价实，两只仿品中间夹着一个真品，这就叫负负得正，很搭。

他正在摩挲奖牌，副驾驶开着的窗子里露出一张白白净净的脸来，是个眉清目秀的青年。青年问："走吗？"他点点头。刚才青年露出脸的时候，他还无法判断这是一个男孩还是一个女孩，声音出来，他听出这是一个男孩。男孩留着三七微分发型，莫兰迪色的上衣肥肥大大，有点网络上说的"娘炮"味道。"去清北博雅，"青年说，"知道怎么走吧？"青年拎着一个博雅培训的白布袋子。去清北博雅，不用说这是一个备考的考生。他打开导航，心想，考研肯定要考作文，考作文押题很重要，不知这个青年押了啥题，他记得当年自己就是作文跑题了，否则至少会考个专科。

"要考研吧？"他问。

青年点了点头，连个"嗯"字都没说。

"考试考的是运气，押对题很重要。"他没话找话。

青年没有接话，开始刷手机。青年刷手机的速度飞快，两只手小鸡啄米一样忙碌。

"押对了题，才能考好。"老班又缀了一句。

青年还是没有说话，看着手机屏幕却兀自笑了几声。老班误会了，以为青年在笑他刚才说过的话，很郑重地说："别笑，作文跑题，名落孙山。"他希望青年能把目光从手机屏幕上挪开，哪怕挪开三秒钟，青年就会看到眼前的钛金奖杯，因为青年坐在后排中间位置，与奖杯在一条直线上。

青年听到了后面这句话，脱口道："什么名落孙山，你这师傅怎么咒人呢！"

他急忙解释说："我是说我当年高考，作文写跑了题，要是现在，我肯定拿高分，我的文章刚刚获了征文三等奖……"

"行了，什么作文不作文的。"看似文弱的青年脾气还不小，应该是刚才那句名落孙山刺激到了他。

"怎么，考研不考作文吗？"他被抢白得有些尴尬，他是善意提醒，谁知好心被当成了驴肝肺。

"我是理工科！"青年的语气里透着不满。

他像是被人当胸推了一把,脊梁骨撞在座椅靠背上,靠背今天好像格外硬。他掐了一下大腿,用力很大,右腿内侧肯定有瘀青了。他想,考研不会像中学生高考那样考作文,这个常识怎么就没想到呢?

他不再说话,青年依旧在刷手机,但不再发出笑声。由于是下班高峰期,道上堵车严重,前面有车开得太慢,他也不鸣笛,因为鸣笛前面的车也不会礼让。大家都心急,急什么用呢,还不是自己折磨自己。他忽然就想,刹车尾灯为什么要设计成红色呢?红色太刺激人了,要是换成蓝色或紫罗兰色岂不更好。

车开到清北博雅,青年下车后吭当一声,车门带得很重,看来是心有怨气。他并不恼,心想,也许小伙子去年是名落孙山吧,打人不打脸,说话不揭短,谁叫自己无意戳中了人家的伤疤呢。

路灯已经亮起,黄黄的,像虚化了的柠檬。因为绿化带上有高大的国槐遮挡,路灯显得明灭不齐。清北博雅的门前相对宽敞,老班就想在这里等客,拉不到客还四处跑,会白白浪费汽油。打车的人不少,不知什么原因几拨从楼内出来的人绕过他去打了别人的车。耐心等吧,说不定会有一趟大活儿。他拿起奖杯,两手摩挲不停,钛金的手感就是好,又凉又滑,坚韧真实,不像塑料杯,把在手上有一种假惺惺的感觉。

他等了一个多钟头,看到刚才那个青年从楼里出来,拎着白布袋子从车旁径直走了过去,他想叫住青年,犹豫了一下没有叫,从前窗看到青年上了别的出租车。他失望地收回目光,这时他才发现自己没有竖起空车提示灯。难怪没有乘客来问,原来人们把自己当成了等客的网约车。

"太马虎了,"他责备自己,"不亮提示灯等于合理拒载。"他急忙把指示灯立起来,粗粗地喘了口气。"错过了好几趟活儿。"

空车提示灯刚竖起来,就过来三个穿白衬衣的人,他们刚吃完夜宵,身上散发出一股油饼羊汤的味道。这应该是小市羊汤的味道,没错儿,肯定是小市羊汤,附近就有一家,他吃过不止一次。三人上车后,要坐副驾驶位置的高个子手扶车门道:"把座上的东西拿一边去。"

"这可是奖牌,今天刚领的。"老班把奖牌装进纸盒里,他希望对方能追问一句。但对方显然对奖牌没兴趣,口气有些不悦:"不管啥牌,你不拿走我没法坐。"

老班"嗯"了一声,将奖牌放到左手边,好在奖牌很薄,占地方有限,不影响开车。

后排两位一男一女，男的下颌宽厚，有点谢顶，一看就是个主事之人；女的身子很软，呈S形偎在后座上。主事男说："小胡，材料弄完，给了印刷厂，我们这些加班的'笔杆子'也该放松一下，打电话叫谢科长过来，掼蛋。"女的说："谢科长掼蛋最臭，我可不和他对家。"

副驾驶座上被称为小胡的人马上挂电话，电话打通，小胡让谢科长马上去会议中心。结果对方磨叽了好一会儿。放下电话小胡说："不行啊主任，谢科长老岳父过生日他喝高了，说话舌头都打卷儿，来不了。"

"这个谢科长！"主事男嘟哝了一句，接着说，"那就叫娜娜吧，娜娜掼蛋还行。"

"你心里只有娜娜，娜娜来了不能和你对家。"女的说。

主事男严肃地说："谁和谁对家不能由你我说了算，要按规则定，规则即天意，如果我俩摸到同色的，就是谁也拆不散的对家。"

小胡打通了娜娜的电话，三两句就交代完了。放下电话小胡说："妥了，娜娜现在就打车往会议中心赶。"

三个人接着讨论起掼蛋的技法，他不会掼蛋，听三人讲得津津有味，心里不免有些失落，刚才主事男说材料弄完了，开始送厂印刷，估计他们加班是写材料了。趁他们讨论的间隙，他故意说了一句："写材料是个辛苦活儿呀。"

没想到他一句话引发了小胡的共鸣："是啊，不是有个顺口溜吗，写材料的人是疏远了老子，冷落了妻子，耽误了孩子，用坏了脑子，累坏了身子。"

女的补了一句："主任脑子和身子可都没坏。"

"扯淡！"主事男不高兴了，小胡这样讲，伤害了主事男的自尊。

小胡吐了下舌头，讪讪地笑了笑。

没有引出想说的话题，他忍不住又补了一句："写文章也有写文章的乐趣。"他故意把写材料换成了写文章，希望由这个话题能联系到《芒种》的征文，联系到奖牌和奖杯，这样他就可以讲讲《和平颂》，讲讲他当年的武侠作家梦。

没人接话，他的话像一串飘落的槐花，连一丝尘土都没溅起来。

夜半时分路上不堵车，他将车开到三人要去的会议中心，小胡扫码付款，主事男和女乘客下车后就匆匆走进大厅。他悄悄瞅了一眼，主事男腹粗腿细，看来真是写材料累坏了身子。

他感觉有些饿，决定收工回家。马路上不时有亮着空车指示灯的出租车驶过，这些同行都是打替班的，两班倒，接班后要跑一个晚上。

福兴苑到了，老旧小区没有物业，车辆停放约定俗成，他没有进院，把车稳稳地停在老槐树下，这是属于他的车位。熄火，下车，把奖牌和奖杯装进纸袋，锁好车门，一转身，看到了树干上那个光光的树瘿。他抬手抚摸了一下树瘿，树瘿有些暖，他索性闭上眼睛，再次抚摸了几遍，脑海里出现了父亲褐色的额头。树瘿太像父亲的额头了，充满皱纹，带着体温，摸上去会有一股热流传遍周身。

他喃喃地说："我获奖了，这是个不容易获的大奖。您该为儿子高兴才是，文章里写到了您，还写到了爷爷，还有孟奶奶，你们虽然故去了，可我总觉得你们就在这棵老槐树里住着，你们从没离开我。"

说着这些话，他鼻子酸酸的，但还是忍住了眼泪，苦笑着说："老槐树啊，我也是个有想法的人，一个大活人能没有想法吗？"

夜晚本来无风，当他抽回抚摸树瘿的手时，老槐树树叶忽然沙沙沙响起来。他抬头望了望，老槐树的枝叶没有摇动，深夜，栖息在树上的鸟儿也不会叫。他用衣袖擦了擦脸颊，点点头说："有你懂我就行了。"他掂了掂沉扑扑的纸袋道："回家，吃鸡架，喝老雪！"

穿过门洞走进福兴苑，他忽然发现紫藤树下模模糊糊有个人在长椅上坐着。是谁呀，这么晚了还坐在这里。他想过去提醒一下该回家休息了，这里坐久了会着凉的。走到跟前，发现坐在那里打瞌睡的人是媳妇。媳妇站起身道："家里没有老雪了，去买了两瓶，没上楼，在这里等你。"

他愣了一下，这一回眼泪没有止住。

【作者简介】老藤，本名滕贞甫，山东即墨人。第十四届全国政协委员，中国作家协会主席团委员，原辽宁省作协主席，现任辽宁省政协文史委副主任。出版长篇小说《刀兵过》《北障》《北爱》《草木志》等11部，小说集《熬鹰》《无雨辽西》等8部，文化随笔集《儒学笔记》等3部，老藤作品典藏(15卷)。曾获百花文学奖、丁玲文学奖、《小说选刊》奖、中国作家出版集团优秀作家贡献奖等多种奖项。作品多次进入各种年榜和选本，以英、法、俄、西班牙等十种文字译介到国外。长篇小说《战国红》《铜行里》先后荣获第十五届、十六届全国"五个一工程"长篇小说奖。《北地》被评为2021年中国好书，《北爱》获评2023年长篇小说金榜。

# 虎　符

言九鼎

## "桌子里藏着颗子弹"

我到市作协时,侯真明正与市文联领导聊天,老远就能听到他的笑声,嗓门远比房门大,时不时踱上两步,窗外蝉声在他身影里晃动着,缥缈如烟,时浓时淡。

上午八点半,市文联秘书长安老师打电话来,说侯总很想见我,问我可否去一趟。

安老师是文联驻会的秘书长,擅长写历史小说,学养深厚,为人宽宏,素为我敬重。

我问安老师,老侯想干啥?如果想找人写传记、搞宣传之类的就算了。我这人较真,嘴不饶人,吹牛拍马的事往往会弄成吹毛断发的残局,大可不必。

不会。安老师解释,侯真明不是暴发户。他在部队是团职干部,现在是著名企业家,境界是有的。他今天过来,原本是商量承办八一征文比赛的事。安老师说到这儿,突然笑起来,挺有意思的是,他在我手机上看见了你的微信头像,这就聊起你来,非要结识一下。对了,你的作品他也是读过的。

侯真明于我并不陌生,他是自主择业干部创业的标杆。我自主择业后,退役军人事务局组织了一次培训,请侯真明给我们上过课,我们也到他的企业里参观过,印象不错。此人自主择业前是团长,敢说敢干,气派极大。他创建的"伍人精工铝业"不过七年时间,便成了本地明星企业,员工三千余人,企业文化带着浓重的军味儿,公司编有一个预备役营,编组、训练都极为正规。

侯真明看见我时明显吓了一跳。

"一跳"不是形容词,是动词。我能听到他脊椎上挺的咔嚓声,瞳孔闪出一道光圈。甚至,握手时还能感受到他指尖的轻微颤抖。我有些疑惑:论部队职务,我没有他高,"自主"前我只是个副团职新闻干事;论职业,我现在只是个闲散居家的"军旅作家",虽然出版过两本书,加起来也没卖到一万册。唯一交集是我们都曾是"战虎师"干部,也都在师农场搞过生产,称得上战友。可仅凭这个,是震不到他的。

直到落座,侯真明还在打量着我,仿佛我身后还站了一个人,不,像是站了一群人。他眉头微皱,眼睛频眨,既像在调焦远观,又像在拼接回忆,甚至都没顾上跟出门的领导打个像样的招呼。

小言兄弟,把你微信头像原图发我一下。他加上微信后立即索要照片,而后举起手机,不断撑开拇指、食指,放大图片,小心翼翼,像在轻扒屏幕上的一道伤口,生怕弄疼手机似的。

那张照片是我驻生产连时照的,着老式迷彩,神情凝重,眼光犀利,两手插兜,背靠班务桌。身后是一扇小窗,窗外是金黄耀眼的向日葵。

这张照片是我人生的转折标志。此后,我不光性格,甚至连相貌都变了。当时没意识到,后来探亲回家,亲朋好友都说我不一样了。敏感的老妈甚至怀疑我出过事故,脸上动过手术,为此跑老远问大仙儿。大仙儿说,你儿是土马命,经部队大熔炉一烧,变瓷实了,这叫脱胎换骨。

难道侯总会看相?窥见了这段过往?

没错,就是这张桌子!侯总抬眼问,这是哪年照的?

二〇〇一年。我答。

哦——我是一九九一年驻守师农场的,早了你十年,没想到我这伙计又跟了你。我告诉你啊,这张桌子的主人原本就是我,它是我创意设计,五班副亲手制作的,那小子是个好木匠。桌子后来摆到了俱乐部,专门搁电视机用。侯真明说着抽出烟,递给我一支,自己点上吸了一口,依旧盯着手机上的图片出神。

是的,当时我们三排负责水稻和蔬菜田,住野外黄泥房。搬抬时班务桌断了腿,就用它凑合上了。我玩笑道,怪不得侯总卓越,原来心里头支着一张桌子哈——您见我就是因为这张桌子?

侯真明点头,越来越怀旧。当年没意识到它的价值,换成现在,无论如何都得把它带走。

是吗? 如果帮你找到这张桌子呢? 我笑问。

我出十万。侯真明猛抬头,声音压低,眼里放光。

一个玩笑竟然开出了古玩的价格,他的回答出乎意料——其实,这张桌子就在我书房。

不知它是什么材质,通体枣红,生黑虎纹,样式笨拙,格外沉重,并不招人待见。我之所以带着它,有点卧薪尝胆的意思——我曾被手下一个班长像杀猪般摁在桌案上,嗷嗷待宰,颜面扫地。

生产结束时, 桌子就撂在野外黄泥房里, 第二天不知被谁搬到了连部大门口。临回团头天晚上,我坐在桌子上抽了半盒烟,烟头直接掐灭在桌角。第二天装车完毕,竟发现它又被丢到了猪圈旁,便叫人抬回,塞到车上,带回营区。

回连后,我发现这张桌子很不制式,与其他桌子相比,宽大沉厚,像是骆驼站到了马群里。营长让处理掉,可我一见那个满脸猥琐的收破烂汉子,改了主意,转而把桌子寄存在了机关战友家。后来部队裁撤,我带着这张桌子来到新单位,先存在车库,再挪到库房,而后又搬到了公寓房,最后买了房,带进新家。妻子见我不舍得丢弃,便想新漆一遍,看我仍不同意,只好根据桌子的风格装修了书房,它便正式成了我的书桌。

侯总,恕我直言,您这是贩卖情怀还是彰显实力? 我在侯真明"出十万"的话里看出一丝犹豫,尽管极细微,但让人起疑。他让我想到那些粗俗不堪者的附庸风雅,想到某些部队里吊儿郎当却整天在朋友圈标榜家国情怀的转业战友。

兄弟眼里真是不揉沙子。我刚才犹豫,是本想出个更高的价儿,怕不合适,才压低到十万的。侯真明笑着问道,这张桌子不会在你那儿吧?

我点点头。

走,小言,到贵府一叙,拜访一下咱们的老伙计。侯真明站起身来,方便吗?兄弟。

方便! 我倒要看看,他对这张桌子有多深的情感。侯真明拽上还在思虑的安老师，一块下楼上车。

车上，我盯了侯真明半路，他神情居然有些紧张，白衬衣领至少整了三遍，身体坐得笔直。我突然怀疑这张桌子里藏着什么秘密。

安老师笑问，侯总，只怕这张桌子里藏着故事吧？

侯总长长地嗯一声，我讲讲这个桌子的前传吧。从哪儿说起呢，得从那道黑色闪电说起。咱农场那块，气候异常，我在那边第一次看见黑色闪电。几道闪电后，抬头就看见一块黑疙瘩，那种黑色，极恐怖，看一眼身上就像被捅了个窟窿似的。黑家伙飘飘悠悠落在农场西北角的大枣木上，突然炸出刀片状的蓝光，轰地一下，旁边一片树木灰飞烟灭。老枣树枝叶全没了，树干跟金箍棒似的飞出老远，裂成两半。我就把这枣木拉回来，做成桌子。木头可真硬，电锯打得它火星四冒，接连废了三把锯片。地上的锯末都是黑的，全部烧成了炭渣儿……

您离开时，为什么不带走它呢？

那时候嘛，没存这个心。也有人想搬来着，可就这么一张桌子，四个兵搬不动，真是纹丝不动。当时嘛，多少还有点迷信，不管咋说，这木头是古坟上的，带走也怕不吉利，就留下了。

安老师解释，从中医上说，这个雷击木具有清热解毒的功效。如果从民俗和收藏方面说，真正的雷击木可是个稀罕物。小言呀，你可能捡到宝了。

侯真明摇摇头，不止如此，这张桌子里还藏了一颗子弹呢！

子弹？这话倒吓我一跳。


## 察验


下车后，侯真明从后备箱里拎出一个精致袋子，里边有两罐茶、两条烟。我刚要拦，他就摇头，拍着我肩膀说，登门看战友，咋能空手。我去接，他又摆手，直接走上步行梯。我家在六楼，他一步两个台阶，不喘气地往上迈。

他五十多岁的人，身材魁梧，体形匀称，身板不比小伙子弱。我虽然年轻几岁，却不得不放慢脚步，基层训练中伤过腿，搞新闻采访时又伤过腰。自主择业后，运动量减少，两年时间不到，肚子变大，遂又加大跑步量，体重刚下去，腿病又犯了。去年下半年以来，伤痛加剧，右膝盖时常闹病。医生说是半月板损伤，药倒是吃了不少，又是外敷又是内服，氨糖也没少吃，效果却不大。我问精通中医的安

366

老师有没有什么妙招。他叹气说,有一味药,立竿见影,可惜现在买不到了……因为是顺嘴一问,没太在意,这事也就过了。

进屋之后,侯真明连连点头,整整齐齐,一尘不染,小言兄弟,你真是把部队的作风带到家了。很好。

安老师嗅了一鼻子,问我,你平时也焚香?这香气纯,不是化工香。我摇头,指着书桌道,应该是书桌的味道。

这书桌原来没什么味,大约三年前,竟开始出香,且逐年变浓。香型偏焦香,略带苦气,有点像大麦茶,有时候则近似阳光暴晒小麦秸秆的味道,平常不觉,猛一进屋就会闻到。

是啦,就是它!侯真明走到桌前,用手抚着桌沿,拈拈手指,在鼻尖嗅嗅。这是棵古树,生平没见过那么粗的老枣树,你看,都出油了,多亏你没刷油漆——哎,想起来了,我记得桌案底下靠左角有一个疤痕。他这么说着,蹲了下去,拿手机电筒照了照,指点道,你看看,没错吧。我看了一眼,果然发现有一块黑色月牙形疤痕。

侯总,那颗子弹在桌子什么位置? 我问。

应该是在某个桌腿的上方。侯真明皱着眉头回忆道。

见他含糊不清,我问道,子弹进桌,是您亲眼所见? 再有,一颗完整的子弹为什么要塞进桌子里呢? 还有,他是怎么放的呢? 这么硬的木头,先打眼,而后再把子弹塞进去? 费这么大的劲,图个什么?

侯真明饶有兴趣地看我一眼,问,你大学学的什么专业?

计算机。

怪不得,你的逻辑能力很强,所以看你小说总有种侦探推理的味道。对的,你这几个问题都问到了点子上。我给你听段录音吧,这是我与当年的五班副五年前的通话录音——

…………

侯真明:你真想起来了? 他真能徒手把子弹拍进桌子里?

五班副:这家伙,真牛×。子弹,就那么一摁,就能钉到桌子腿里,就跟拿钉子扎面包一样。咋可能呢? 可他就是弄进去了。

侯真明:为什么当时不说呢?

五班副:忘了!当时那感觉吧,看着子弹打进桌子,就像脑袋被戳破,小风呼地一凉,脑子就进水了……也就是今年春天,我给闺女家搞装修,刨木头时才突然想起这档子事,就跟脑子里突然塞了张照片似的。就这一小段记得,之前之后的还是想不起来……

没头没尾的一段话,传达出两层意思:第一,子弹是被人硬生生摁压到木头里的;第二,侯真明一直在追寻某个人,这颗子弹是重要线索。

怎样的一只手,竟能把子弹硬生生钉到坚如石头的枣木里?果真是徒手,桌子表面一定不齐整,应该容易发现才对。可这张桌子我至少擦拭过上百遍,不可能看不见呀。

咱们看看就知道了。侯真明与我将桌子朝外挪了半尺。正值夏日,窗外热风吹进,两人冒出一头汗。为确保光线明亮,我把两盏灯打开,又把窗帘撩起来。两人一番寻找,关键部位还得上手细摸。

当摸到桌子左后腿最上方一处黑红斑点时,我心里一紧,感觉质地略有不同,拿来手电照射,隐约发现有嵌入的痕迹,只不过时间太久,两者基本融合无间了。

因为有了先入之见,侯真明与安老师都认为这是子弹。我摇头否认,心里更生出懊悔,看着他对书桌抠抠摸摸,突然有些腻味,进而警惕起来,感觉受了他的操控:只编一个故事,便把我拽进圈套,环环相扣,不容反驳,直到你心甘情愿对自己的书桌刀斧相加。

侯真明递我支烟,我没抽,他也没抽,他收回烟去,笑问,怕破坏书桌?

我说,是,不能动!里边就算有个导弹,我也不找了。

确实如此。这家伙从班务桌变成书桌,很难说有多喜欢,像是一道疤,年久日深,早就变成身上一块肉,容不得别人动手动脚。

侯真明大笑,真能身边配个导弹,大小你也是个基地司令了,你的弹你做主,我们只是随意扯扯淡。这话逗得我跟安老师都笑起来。侯真明喝口茶,轻声道,说真的,我请个朋友过来,老手艺人,精通木作,相当专业,绝不会破坏桌子,你如果觉得不妥,可随时叫停。如果损坏——我说如果啊,如果损坏了桌腿,我赔你二十万。咱是看出来了,这桌子你肯定不会卖,那就顺便让他替你估估值,成不成?

话说到了这个份儿上,已经没有退路了。我只得点头答应。

安老师问,侯总,我越听越蹊跷,这子弹到底咋回事? 这拍子弹的人什么来头?

侯真明苦笑,安老师啊,小言兄弟,我跟你们坦白吧,这事困扰了我近三十年,我也一直在追查,他到底是个什么人呢?

他叫什么? 安老师问。

厉虎!

安老师一愣,再问,严厉的厉? 老虎的虎?

侯总转头看向安老师,眼睛里像是冒出两枚钉子,您知道他?

我当然知道了,我正在写他的小说嘛!安老师猛吸一口气,厉虎可是唐人啊!

老侯问,唐山人? 安老师笑起来,手像雨刮器般挥了两下,大声说,不是唐山人,是唐朝人,古人,古代人,死于安史之乱。我最近在写关于他的一部长篇历史小说,收集了很多历史资料。

恍惚间错乱了时空,就仿佛一颗子弹被手枪、步枪、冲锋枪同时射出,飞出不同弹道,又奇异地命中了目标。

一个刹那,三张脸,六只眼,混合成十八般表情。

## 壁画

直到侯真明的那位邹姓朋友上门,我才从玄想中回过神来,理智告诉我这绝不可能,但同时也感觉侯真明没有撒谎,他们所说的厉虎会不会是两个人呢?

一见邹先生,我长出一口气。想象中,他应该是装空调师傅的打扮,背着工具包,拿着电钻。但邹先生人很儒雅,身微胖,穿宽大对襟灰衫,六十岁上下,头发花白,留着短须,手里只拎了一个老旧的软皮紫色工具箱。

他神情冷淡,只同侯真明点了个头,便看向书桌,此时桌子已被抬到客厅正中。他近前看了一下,目光便像生根一样,盯了老半天,还拿出放大镜扫了几处,上下左右看个遍,皱着眉头轻喘一口气。

特殊吧? 老邹。侯真明问。

何止特殊,简直奇异。邹先生又使劲嗅了嗅,正儿八经的雷击古枣! 我很好奇,什么雷能击出这种奇异的雷焦和雷纹?均匀透彻,荧光闪亮。更不可思议的是它的味道,不酸不臭也不变淡,反有种浓郁香气,不可思议。

安老师说,邹先生果然是行内人,真是长见识了,这物件价值几何?

邹先生摇头,无价。

侯总指了指"子弹"的所在,邹兄,这东西好取吗?

邹老师掏出仪器,测了一下,点头道,好取,但不是金属,是块石头。

石头? 确认?

嗯。

侯真明不信,说,先取出看看。

取出来麻烦吗? 我问。

不费劲。邹先生说着,掏出一个类似千斤顶似的物件,竖着固定到桌腿上,慢慢压动把手,耳听得一阵阵解压的咝咝声,约五分钟,一枚暗红色子弹状物体从机器孔洞中冒出头来。

侯真明拿在手里仔细打量着,又对着光看了几眼,递给了邹先生。邹老师看过,直摇头,看木头我没问题,玉石类没把握,看样子,就是一般石头,不是什么名贵东西。我长出一口气,不是子弹也就心安了,要不还得往派出所跑一趟呢。

侯真明眼神一空,接过邹先生递来的石头,陷入沉思。邹先生没多说话,收拾完东西,转身出门。

安老师、小言,你们怎么看?侯真明问。安老师说,你先让我看看这是啥东西。我指着那颗石头道,你的五班副没撒谎,厉虎确实在桌子里留了颗子弹,但真弹被人取走了,而后磨了块石头堵住了弹孔。

取走子弹的会是谁呢? 侯真明点上支烟,目光炯炯。

我说,一定是生产连的官兵。

何以见得? 侯真明问。

我分析道,很明显,两者弥合紧密,证明时间很早了,至少不是在我手里被取走的;取走子弹者,没有留下孔洞,也不是匆忙堵塞,而是比着子弹大小磨了一块石头,如此从容,证明不是偷偷摸摸;看这石头,像是咱们农场那边山上的,所以我认定是生产连官兵干的,至于是哪一年的生产连,那就不好说了。毕竟,从你到我,过了整整十年。

侯真明点头,问,小言,你这么年轻,当时也不达龄呀,为什么自主择业呢?是不是锋芒太盛,领导容不下?

我摇头,恰恰相反,首长挺赏识我。但因身体不好,又想照顾家庭,我的战场就转移了。

我没说谎,也没说透。决定自主择业前三个月,妻子突然告诉我,她喜欢上了男同事,想结束婚姻。妻子小我十岁,曾是我的崇拜者,因我的文章而结缘,又因婚姻而放弃工作五年之久,直到儿子上了幼儿园她才应聘到某外企。两地分居,各自奔忙,难免疏远。其实在她说出真相前,我已然有所察觉。

我告诉她,给我一年时间。而后,我提出离队请求,抽空回来约她的同事吃了顿饭。那小子倒有胆,竟然过来赴约。整个饭局,我们一语未发。四十分钟后,他才问了一句,你真了解你妻子吗?我反问,你知道自己的生命价值和爱情代价吗?饭后,他结账,我旁观,他上车,我关门。

三天后,他辞职。妻子大怒一场,责问我为什么威胁他?我将整个录音放给她听,妻子沉默半月,待知道我选择自主择业后,大哭一场,我则安静地为她做了一顿大餐。此后,我一心居家,买菜做饭,打扫卫生,接送孩子,辅导作业,全力支持她工作。一年后,等我再问起那个让她动心的人,她只是虎起脸来捶了我一拳。

侯真明不无遗憾地说,像你这样的,牺牲了前途,有点可惜。

不可惜。我说,前途的终点是什么?不还是人吗?没有家人的前途,只是死路一条。

侯真明沉默。此时,手机响了,他冲我点点头,说到外边接个电话。

他刚出去,我就见阳台上的安老师对着那颗"子弹"舔了一下,而后长长地哎哟一声,小言,你真是赚大发了,一天发现了两个大宝贝。

我看着他不像开玩笑,问,这玩意儿也是个宝贝?

安老师激动得面颊发红,不瞒你说,我刚才都动了歪心思,真想把这东西骗走哩!

是什么?

嘿,这个东西,宝贝。药典上也没有,别的地方不出产,当地人叫它"土龙血骨"。这个东西治腰腿疼,一绝。我之前跟你说的那个特效药,就是它。你可得保存好了啊。这玩意儿现在按克卖,比黄金贵重多了。

土龙血骨?是不是也叫龙骨?我知道啊。陉阳县午原镇好多人都知道这东西!

安老师问,你去过午原镇?

我不由笑道,午原镇就是我们老部队的农场所在,我跟侯总都在那儿搞过生产。

安老师一拍大腿，哎呀，越说越近了，对对对，那儿是有个部队农场。我小时候就在午原镇姥姥家长大。来来来，你看看。安老师举起那枚石头对准太阳，隐约能看见半透明状的紫红细线，状若游龙。

安老师说，看见了吧，这就是"土龙血骨"的由来，这东西就出在你们师农场的唐坟，别处没有。

对，我们农场西北角的大土丘好像就叫唐坟，也叫唐人坟。

安老师介绍说，坟里的人，都是唐代勇士。安史之乱，叛军大举进攻，横扫河北。据史载，和平日久，兵不习战，守城官兵看到如狼似虎的敌军攻城，直接吓得坠城而亡。可安禄山军队攻到午原城时，遭遇了顽强抵抗。官军一千人守城，叛军一万人围攻，三个月没拿下。最后安禄山加派精锐部队围攻，午原城粮草耗尽，这才破城，活捉了守城官兵二百余人。这些官兵饿得皮包骨头，却视死如归，非但不投降，反而破口骂敌。叛军主将大怒，把部分官兵零刀碎切，见震慑不住，将剩下官兵用铜条捆绑，投入窑火，活活烧死……

侯真明进屋来，静静地听着安老师讲述。

安老师继续说道，据野史记载，杀害将士时，先降血雨，后降天火。天火变成两个火球，而后爆炸，火焰炽热，连土石都烧化了。据我外公说，这个土龙血骨，正是由这些将士的碧血丹心与天火山石凝结而成。最初发现土龙血骨药效的正是我外公的父亲，他作为秘方使用了多年。而那个天火，应该就是今天说的球形闪电。

这支守军的将领就是厉虎？我问。

对，就是厉虎。安老说着突然想起什么，拿出手机来，我这儿还有一张刚整理出来的壁画，画上就是厉虎。手机点开，一幅壁画亮在面前。

此人穿绯红圆领袍，挂佩刀，裹黑色幞头，方脸圆眼，眉头挑起，宛如两只黑色铁钩，眼神犀利。见此画像，我与侯真明不约而同惊呼一声。

侯真明问，这个画像确实像我见过的厉虎，你吃惊什么？

这画像也让我想起一个人，一个不愿提及的家伙。我慢慢说道。

侯真明好奇，问道，看你变颜变色，连腰杆子都挺直了，这个人是谁？

蓝虎——我手下的一个班长。

蓝虎？侯真明皱起眉头，小声嘀咕道。

安老师不禁也噢了一声，又是一个"虎"哟，听这名字这般耳熟呢？

# 蓝虎

侯真明还想探问蓝虎的故事,手机又响了。他接过电话,向我和安老师解释道,有个外企采购经理过来,我得见下面。晚上没事,安老师,言兄弟,咱们接着聊呗。多少年了,说话没这么上瘾过,晚上咱们几个,再叫上我的助理小孙,讲讲故事,我给你们摊摊底。我保证,一定能提供素材和灵感。在家等着,我派车过来。

我打开手机,调出厉虎的图片,蓝虎就跳到了眼前。

蓝虎就是把我摁到桌上摩擦的人。

二十年前,我大学毕业参军,军校集训后,先在师机关借调了半年,而后分配到大功团三连任三排长,当时,我们连刚派驻到师农场担任生产连。事实上,师司令部已经选定我了,只因为师里严格了条件:所有调进师机关人员必须有一年以上基层经历,我这才下连。之所以下生产连,算是特殊照顾,毕竟这里工作轻松,有时间钻研业务。

第一次见蓝虎,他正带兵在连部门口刨树,穿着绿绒衣跨坐在倒伏的树冠上,倒钩眉,牛蛋眼,似撇不撇的嘴角叼着烟,模样散漫,但视觉庄严,像是一尊骑着怪兽的天王塑像。我以为他是连长,抬手敬礼,他没还礼,只冷冷看我一眼。

等指导员介绍过后,才知道他叫蓝虎,只是个二级士官,且只比我早进连一个月,代理排长。指导员交代,你是大学生排长,论管理论军事,都还不足,要向蓝虎学习,工作中多听取他的意见。

我生性平和,不想争权,且在基层是过渡,没必要跟一个士官较真,便有意谦退,时时忍让,可这家伙不识抬举,处处挑刺。

比如出操,我稍晚一步,他就大声嘲笑。武装带稍松,他就抓住皮带铁扣上下抖动,而后一把扯开,扔到地上,惹得一片窃笑。再有晚间站岗巡逻,他擅自扩大范围,连边缘处的水塘也囊括进来。我带队巡逻时,不过少走百米距离,他就不依不饶点名示众,关系越来越紧张。

我怀疑这家伙有病。这是农场,主要从事生产,如此折腾,简直不可理喻。我试图接近他,但无可交流,他的口音极重,很难听懂,眼神像炮,居高临下。我懒得再迁就,甩手要走,却被他锁腕擒拿,像破枕头一般甩出两米远。

说实在的,我虽是大学生军官,可体能不弱,大学时是运动健将,军校集训期间五公里越野、四百米障碍都是优秀，但与他一比，望尘莫及。

春天犁地，翻开了兔子窝，几只兔子四散奔逃，我们十几人围追一只兔子勉强得手，他一人竟然获得三只，一只被他甩石头砸死，一只是被他恐吓撞树而亡，最后一只累到七窍流血。

新兵下连后他大搞体能训练，五公里，战术匍匐，散打摔跤，晚上还搞紧急集合，折腾得大家筋疲力尽。

我找他谈话，他竟然说为了防"野兽"，或者是防"战斗"，他的话总是说不清，搞得我狗咬刺猬无处下嘴。连长也找他谈话，根本没有改观。最后连里只好迁就，把其他两个排最精壮的兵换到我们排，供他折腾。

我有些气不过，觉得连队太软了。结果连长、指导员反倒做我的思想工作。自那时起，我隐约听出，蓝虎不简单，他的真实身份不是士官，而是军官，且职务不低，他到我们连类似于领导蹲点，带着"尚方宝剑"。后来又听传言，他似乎是在原部队犯了错误，被罚下连当兵的。

我改变了打法，一方面严格自我要求，疯狂训练体能；另一方面坚持自我，不惜针锋相对。比如，他要搞弹弓训练和游泳训练时，我坚决反对，这两项训练，短时间内不会见效，且存在安全隐患。我们两个对视一夜，默峙三天，最终不了了之。

紧接着又一件事，让我愤恨到极点。

六月间，女朋友来生产连看我。她是我军校同学，毕业后被分到某省军区机关，那次出差，顺道来看我，连里为她接了风。我请了两天假，带她到山里转了转。最后一天回到连里，带她去唐坟游玩。

唐坟是座小土山，长满槐、枣、杜梨树，夏日间葱茏一片。山上据说产一种黑红色石头，内裹紫金丝絮状纹理，当地人称为龙骨，据说是一种特殊药材，多年前曾遭疯狂挖掘，已近绝迹。约是去年，相关部门说这里是先烈抗日遗址，纳入了部队管理范围。尽管如此，仍有好事者偷偷上山寻宝，我曾三次劝阻，有一次还差点动起手来。

为了满足女友好奇心，我陪她上山，在洞穴坑道内走了几遭，陪她捡了几块石头，谁知下山时被蓝虎一把夺过，一路推搡。当着女友面，我不好发作，只说蓝虎是个异类，不必理会。可蓝虎不依不饶，直到宿舍内，还像审问犯人般呵斥。我忍无可忍，背后偷袭，想来个锁喉抱摔，结果又遭他反杀，还没明白怎么回事，就被他撂在了班务桌上，众目睽睽之下，平摊在桌面上，动弹不得。

女友的眼光像是定型剂，把这一幕固定在我的脑海中。此后多年，这番场景成了噩梦，我无数次与蓝虎拼杀，醒来之后还会打几下拳击泄恨。

可让我痛苦的是，送女友返程路上，她竟然与我聊了一路的蓝虎。

半个月后，蓝虎冷笑着递给我一封信，竟然是女友写给他的，言辞间带着崇拜与期许。我撕碎信件，写信与她断绝了关系。那个晚上，我喝了一瓶酒，像泼妇骂街般吐完了这辈子的脏话。

就在我与蓝虎矛盾不可调和之时，驻地出了一桩案件。

我排战士夜间巡逻，发现农场水塘边有可疑人员。蓝虎过去排查，竟在塘内搜出密封存放的两包雷管，便立即上报。与此同时，我们也接到了山中矿区炸药库被盗的通报。师部下令，让我们协助地方排查缉凶，三排负责搜寻农场周围可能隐匿逃犯的处所。

那天晚上，我们搜查到农场北侧临近河岸一带。

此处地形并不复杂，一片土丘，土石相杂，灌木密集但矮小。丘下即河流，河面至丘顶，高约二十米，坡面陡峭，近乎垂直。崖壁上杂草稀疏，还生着几小片荆棘，不大可能躲藏嫌犯。

蓝虎独自坐在崖边，一动不动。月光很亮，他的影子黑如玄铁，连周围的空气似乎都在硬化。不知道他有什么心事，竟没发现这是一块裂地，身边周围草丛有一道巴掌宽的裂缝。这片土质疏松，说塌就塌，毫无征兆，我经历过两次，深知其中厉害。

我在他身后裂缝处踩了一脚，一股极细微的震颤传到脚心。这说明此处即将崩溃。蓝虎如果坠崖，不死也会重伤。我没有提醒他，转身就走。

## 扑朔迷离

迈出两步后，我突然转身，一把揪住他肩膀，使劲一拽。蓝虎借力蹬地，跃出裂地，猛地抬脚，狠狠踩踏。裂处应声滑落，像一头鲨鱼沉入水中，几秒钟后，一声闷响，坠入河中。

他侧耳听了听，指指右下方崖壁荆棘处，眼睛中竟然冒出幽幽蓝光。莫不是疑犯藏在那里？

我趴在崖边，向下观瞧，两分钟后，果见有一条绳子顺下，而后荆棘中探出一个脑袋,四下打量后,顺绳索下滑。原来灌木后藏着一个洞穴。大约他们听到了坍塌声,意识到危险,想要转移。我刚要大喝,却被蓝虎制止,他示意洞里还有人。果不其然,又过片刻,洞里又有一人抓住了绳子。

我觉得蓝虎处置失当,甚至有故意放水的嫌疑。明知洞里有人,为什么不马上行动堵在里边?我喊话示警后,这两人反倒爬得更快了,显然就是罪犯。

此时,我们战士都分散在周边,即使马上通知,也来不及集合,如果再从两侧斜坡包抄到崖底河岸,最快也得七八分钟,到那时,嫌犯极可能再次溜掉。急切之中,我想跳到塌陷处的土台上,再沿着崖壁上的小土棱摸到洞穴处,想办法弄断绳子。此举虽冒险,但远胜于搓手干等。

蓝虎一把拦住我,满脸胜算,做个手势,示意我掏出手电,听他号令照疑犯。

他找准角度,掏出弹弓,拿出铁丸,侧弓瞄准,拉满弓弦,在我手电亮起的同时,铁丸飞出,只听一声惨叫,下边那人便掉了下去。又过三五秒,他再次射击,上边那人晃了几晃,也脱手下坠。

与此同时,我通知三个班迅速下去搜寻。

蓝虎把弹弓缠起来,竟然要递给我,我一把推开。

他把弹弓塞进我手里,说道,认真保持你的愤怒,直到它成为一种力量。他的话音从没有如此清晰完整过,我不禁愣住。

嫌犯被擒,供认不讳,又招出三名同伙,他们偷炸药,原本要谋划另一桩大案的。

事后,我荣立个人二等功。蓝虎如何奖励,不得而知,因为抓贼的第二天一早,他便离开了连队,没人清楚去了哪里。

我跟指导员解释,那两人是蓝虎发现并打落的。指导员说,不必讨好了,他人走了。我说,我干吗要讨好他呢?指导员说,所以啊,应该为你报功。

蓝虎离开当天中午,我就在黄泥房里拍下了那张照片。

至于那个弹弓,我一度以为丢了,转业时整理物品,竟在书箱的大信封里找见。皮筋失了弹性,弹弓木架开裂,倒是弓架下边的弹壳饰品有点意思,我把它扯下给儿子玩,儿子玩腻了,我将它挂到了钥匙包上。

正思忖着,侯真明发来了微信语音:小言,我突然生出疑问,蓝虎跟厉虎有没有可能是同一个人呢?还有,你身上一定藏着关于厉虎的什么秘密。因为我一见你,大脑里就像插了根天线,过去的信号都接收到了,每个画面、每个细节清晰得像电影一样……

正思绪纷乱时,安老师又打来电话,语气里带着兴奋,小言,你猜我发现什么了?

什么?

我找到了你说的那个蓝虎!

啊?在哪儿?我问。

别急,听我慢慢说。安老师慢声细语道,你说这个蓝虎时,我就觉着耳熟,这些日子不是一直在写厉虎吗,手边历史资料不少,我翻开邻市编撰的《英烈传》,就找到了蓝虎。

据安老师叙述:1940年,冀西某分区游击大队长蓝虎在执行任务中遭遇日军扫荡先遣队,于午原镇发生激战,游击队员伤亡较重,且战且退,到唐坟时被敌包围,子弹打光,展开肉搏。当时狂风大作,雷雨交加,竟有一个球形闪电落在蓝虎的刀上,随着他挥刀一砍,便与扑上来的日军同归于尽了。

随后安老师又发来一张图片,内容是当年幸存游击队员的回忆录:

我受重伤,被队长推进一个斜坑躲藏。我觉得不成,又往上爬,刚探出头,就感觉头皮发麻,随后听见很好听的"嗡嗡"声,隔着树丛看去,见一个茶碗大小的白球在队长身边飘。队长也受了重伤,估计是刚站起来,摇摇晃晃地举起刀,那边几个鬼子正在射杀咱的人呢。突然,那个白球变绿了,像甜瓜一样,穿在了刀尖上。蓝队长冲着鬼子举刀这么一砍,球炸了,眼前一片白,山跟簸箕似的猛抖几下,我又被掀翻到坑底⋯⋯

在安老师提供的资料里,名字并不统一,有的写成"蓝虎",有的则是"兰虎"。我告诉安老师说,侯总怀疑蓝虎跟厉虎是同一个人。结果,您这边又出来一位兰虎。

安老师说,古往今来,同名同姓的人多了,但他们先后都出现在午原镇,这就有意思了。还有,你仔细看那幅壁画没有?发现疑点了吗?

有。我说,厉虎腰间那个黑乎乎的东西是什么?怎么看着像把驳壳枪?

安老师啧了两下,说,你呀,观察力就是强,看到了关键。对的,唐代武官画像和人俑,从没别过这种东西。一般而言,在腰带这个位置,挂的是个鞶囊,可他腰上斜插的物件极似驳壳枪。巧合的是,就这块壁画有损坏,"枪"的弹仓部分和枪管部分看不清了,暂时没法断定。

我又问，您觉得这幅壁画靠谱吗？会不会像历史教科书里的古人像，都是稀里糊涂照一个模子描的？

靠谱！安老师说，从两个细节能看出来，一是穿着，完全合乎当时情况；二是细节，人物右手大拇指指间关节粗大，这是常年拉弓射箭所致，所以画像高度还原，极为写实。

有没有可能是一场穿越呢？我问。

安老师嗤了一声，依我看，说"穿越"，格局还是小了。在黑格尔观点中，整个宇宙万物基本上是一个唯一的、绝对的、完整的、无限的精神运作过程。你看，"宇宙是精神运作的过程"这多气派。还有，禅宗怎么说的，他说，十世古今，始终不离于当念；无边刹境，自他不隔于毫端。这境界得多高！

与安老师通话后，我竟然怀疑起蓝虎的真实性了，便联系了当年的司务长，他负责发放工资津贴和服装被褥，记性极好，应该见过蓝虎的签字。谁知他想了半天，最终否定：根本就没有蓝虎这个人。就算有，伙食关系肯定没跟来，他也没请领过任何一件东西，但凡签过字的，我都能记得。

我又问过当年一个班长，还记不记得蓝虎。他问谁是蓝虎？我说你也忘记"蓝排"了？他说蓝排不叫蓝虎吧，应叫蓝禾谷，是蓝排亲自说给我听的。

我只好再去问当年的指导员。他早年转业，现在已是处级领导，我们前年见过一面，他的青春文静成了馅，都裹在了褶皱和脂肪里，只有在哈哈大笑时，才能瞥见以前的影子。当年他亲口告诉我，蓝是春来江水绿如蓝的蓝，虎是云从龙风从虎的虎。

结果现在他口气大变，我的言排，哪有蓝虎？我敢肯定，这十有八九是个化名，包括他的相貌，也多半是化过妆的。现在看，他当年应该是执行某项秘密任务，具体是啥，咱们谁都不会清楚。

细节无比真实，真相却扑朔迷离。

想到这里，我还真是期待着侯真明关于厉虎的故事了。

## 旧事

侯真明派车，把我接到公司，横穿过整洁且现代化的厂区，开到西南角一个小院前。他的助理孙启萌早就候在那里，热情相迎，侯总在茶室里沏茶相待，安老

378

师一会儿就到。

进得小院，我不由得一愣，感觉这地方极为亲切，但又说不上哪里熟悉，不禁四下里看了一圈。

熟悉吧？侯真明笑着出来，指点几下那棵杨树和树下那块大石头。我恍然记起来，树和石，竟是农场生产连门口的物件。

白杨树模样特殊，应该是两棵树的合体，根部之上有个两米大的孔洞，孔洞之上，才是主干，粗有两抱，高约三米，再往上就左右分杈，如大汉半蹲马步，抬手力举千斤重物。因为树被迁移，斩断了部分树冠，不及原来气势雄伟。至于那块石头，至少有半个屋子大小，砂岩质地，其状如上山虎。原来是在树的左侧，此刻摆在树的右侧。

当年在农场时听说，这种格局叫作"白虎照堂"，预示着农场要出将军的。万不承想，竟然被侯真明弄到了这里。

看我一脸诧异，侯真明解释道，四年前，他又回农场一趟，因为老部队裁撤，农场一部分划归地方，一部分交由其他部队建设训练场。农场场部和生产连区域交给了当地政府，准备搞旅游民宿。按照开发规划，杨树跟石头碍了事，侯真明瞅准空当，谈妥价格，连树带石运了回来。

小孙说，晚饭就在侯总茶室里吃，重要客人才在这里招待呢。

进屋来，见其中摆设与他处不同。迎面山水是一幅摄影作品，宣纸打印，颇有大写意的神韵。猛一看又觉眼熟，经侯真明指点才看出是师农场周边的午原山。当年天天面对，如今对着全貌竟没认出来。

他的老板桌也不是红木家具，而是米黄色长方大桌，桌角上还摆了个军绿色老式座机，好像进了老连队的会议室。吃饭圆桌也铺着迷彩布，倒像是作战会议室。所有瓷茶杯，一律做成了当年军用绿色茶缸的模样。就连烟灰缸也是军绿色的，上边还印了个红五星。

最为显眼的是在靠门左侧墙上挂了厉虎的壁画像，画像旁边还竖着一具高仿明光铠图。侯真明说，我一从你家回来，就让人去打印装框，你们来之前才挂上。这身盔甲是工艺品，早就摆着了，一个朋友做的，我都收藏好几幅了，这是明光甲，还有细鳞甲、锁子甲等。

孙启萌说，我们侯总当兵三十年，还是没当够，又把俩儿子送进了部队，现在都是军官了，一个海军，一个空军，父子三个全从军，陆海空占全了。

侯真明看我一眼,小言,我说句话,你可能有同感,离开了部队,才感觉自己真正入了伍,军旅人生才刚刚开始啊。都说部队是大学校、大熔炉,它到底教会了我们什么?那就是认命。哎,我这个"认命"不是消极的,而是积极的,只有拼过命的人,才有资格认命——

我打断他,听侯总说大道理,不如介绍一下孙美女,我看她有些眼熟。

小言呀,你提醒得对,我一兴奋,老毛病就犯,不少员工反映,就怕我讲大道理。他指了指小孙,孙启萌,我厂最年轻的技术主管,也是我老战友的闺女,名校毕业,文理双全,材料学博士,也研究科幻小说,是省作协会员。

孙启萌扬眉一笑,言老师,怎么个熟法?

觉得你很像个老朋友。

老朋友?男的女的?她也开始打量我,让我猜猜——是您前女友吧?

我点点头,端杯喝茶。说实在的,有点后悔提起这个话头。没想到她却追着不放,哪儿的人?叫什么?我摇头,表示不想再提。

孙一璐,对吗?

我挺直身子,瞪眼瞧她,你们什么关系?

哈,她是我二姑。言老师,我想起来了,我应该看过你们的合影照。姑姑提起过你。你们的故事,我了解个大概。她见我表情凝重,不由笑道,您不会仍对她念念不忘吧?

说不上念念,只是没忘。原先是愤怒,现在是怀念,怀念那段岁月。

您所说的"愤怒",是指她给那个蓝虎写过暧昧信吗?您是不是认为她移情别恋,喜欢上了蓝虎?

我点点头。

您错了。我姑姑在去农场之前,已经移情别恋了,但没好意思当面说。她发现你对那个蓝虎特别忌惮,就来了一招借刀杀人——给蓝虎写了一封信,其实就是给你看的,目的是让你提出分手。果然,你们都中招了。

我点上支烟,听着小孙讲下去。

言老师,我觉得你当年的选择正确。我姑这人爱折腾,从不消停,结婚三年就离了,两年后转业,自己做生意,倒是赚了不少,结果却被第二任丈夫骗了,至今没翻身。后来闹着要出家,现在痴迷上了推广某购物平台,整天风风火火,不是办讲座就是搞聚会,你要加她微信,保证一天聊你三次,直到把你发展成她的下线为止。小孙说着哈哈大笑起来。

历史活成了一棵树，按照自己的意愿生长，当它伸进现实时，总会结出意料之外的果实。

小孙给我倒上一杯茶，说，事实上，我姑姑对蓝虎确实印象深刻，她说，那是一个让人看一眼就忘不掉的人，能提供足够的安全感。言老师，能给我讲讲他的故事吗？

侯真明一拍桌子，对，言，你先给我讲讲蓝虎吧，越细越好，说完他，我再说说厉虎。安老师晚会儿到，咱们先聊着。

窗外竟然变了天，一阵风后，传来隐隐雷声。

点上烟，续上茶，谈起蓝虎，也讲了安老师提供给我的历史资料。

故事讲完，小孙抿口茶，人如其名，这个蓝虎像个独自游走的异行者。或许"蓝虎"只是个代号，或许他是先烈"蓝虎队长"的后人也说不定。但您坚持待在连队没进机关，肯定跟他的影响有关。

对，我立二等功之后提前晋职，又被树为典型，担任连主官，机关暂时回不去了，也不想回了，四平八稳的舒服，没劲。

侯真明一拍桌子，对，人为啥是两条腿？因为只要你动，总有一脚悬空，一脚腾空，才有无限可能。我当年可以退休，可以转业，我为啥选择自主择业，而后创业？就是这个道理。

外边响起脚步声，安老师急匆匆走了进来。

恰在此时窗外闪电划过，桌上侯总的手机猛地振动一下，闪过一道蓝光，屏幕自动解锁，竟然播放起了视频。


## 莫名其妙的视频


侯真明把手机递过来，我担心他手机被植入了病毒，操作系统失灵，连强行关机都不成。

最开始我怀疑侯真明下载了某种游戏，但随即就否定了这个想法——这根本不是一个游戏画面，而是一场很怪异的战争视频。

侯总说，不急，先看看这是个什么东西。

场景极为真实，镜头毫无技巧章法，更像随身现场拍摄，摇晃颠簸，急剧晃动,推拉摇移根本没有过程和铺垫,忽远忽近,忽上忽下,看得人眼晕。喊杀声、马蹄声、喘息声以及铠甲摩擦声无比真实。

画面极为血腥。枪尖刺入肉身,并非爽利的破风声,而是高速旋转的"沙沙"声,接着是沉闷的刺压声和压抑的哀痛声。枪尖并没有透身而出,而是随着战马的奔跑斜向一挑,急速回撤,伤口喷血如一把斧头直削枪头。枪头红缨如兴奋异常的大手,猛地张开,扑打开鲜红的血液。

手机喇叭音效也特殊起来,每一道声响都变得立体,引发了我们三个手机的共鸣,整个屋子都回荡着厮杀的声音。声音如电流划过,头发丝都嗞嗞作响。

镜头突然回转,画面中出现一顶黑色灰缨铁盔,铁盔下是一张清秀苍白的脸庞。盔大脸小,极不协调。镜头再下移,能看见鱼鳞状的黑甲披膊。

安老师指着画面道,不对呀,这是个女孩子,眉毛显然用石黛画过的。女孩子怎么穿着精锐部队的重甲呢?这是什么节目?能暂停吗?

我摇头说,这是很邪门的一段视频,不受控制。

安老师眯着眼睛感叹,天啊,难道唐朝时就有纪录片吗?这些个服饰装扮,应是唐朝本朝——

突然间,侯真明惊喝一声,这是厉虎的声音!厉虎,没错!他这么说着,双眼死死地盯着屏幕,怎么可能?难道厉虎真是个演员?他是演员?

镜头突然拉远,远处有一队人马冲杀过来。说是冲杀,有些夸张,他们行进的速度并不是很快,前后左右各有照应,伴随着号角和旗语,挺着武器,黑压压向前推进。镜头中的兵士有的披挂两当甲,有的是绛色皮甲,有的连甲都没穿,但一律表情麻木,带着杀气。

画面再闪,是一员战将,穿着耀眼的明光铠,手中持槊,奔驰而来,奇怪的是,他乘马的身后,还有人牵了一匹空马……

安老师又点评道,这是合乎史实的,猛将恶战,一匹马是不够用的,很多是有备用马的,好轮换骑乘。

画面开始模糊,但能听到清晰的弓弩声……

半分钟后,画面消失,手机发出类似电流的沙沙声,手机恢复锁屏状态。我打开系统检查,一切正常,没有病毒。文件夹里只有一个未完全下载网络链接,但可以判断,这跟视频毫无关系。

这个视频哪儿来的?手机上的?还是网络上的?你是行家,不会不知道吧?安老师问。

莫名其妙,我也不清楚。我说,倒有点像电子干扰,或者是特殊信号错入。

侯真明若有所悟地嗯了一声,我想起来了,五年前也应该是这种情况。

什么情况?

侯真明想了想,五年前,也是一个雷雨夜,晚上三点半,我记得很清楚。当时,企业生死攸关,我愁得睡不着,整个人近乎崩溃。我喝了半斤酒,刚迷糊着,突然,手机里传来了喊杀声,那个声音格外真实,听感觉还不是野战,是冷兵器攻城战,听得惊心动魄。当时还以为手机出了问题,结果手机关机,电池拿掉都不管用。也是在那个声音里头,我听到厉虎吼了一嗓子。当时打个激灵,忽地一下清醒过来。手机里声音是没了,但说不清为啥,厉虎那一嗓子就像定海神针,穿过耳朵插到了肚子里,信心大增。第二天我冒着天大危险做了个决定,我们集团从此起死回生,凤凰涅槃了。后来我一直以为那是个梦,现在看来,也是真实的。

听他说罢,我们三人都陷入沉默。

听您这么一说,我感觉浑身起鸡皮疙瘩。小孙看我们一眼,轻声问侯真明,您的意思,刚才那个视频是一场穿越历史的画面?

侯总反问,没有这个可能吗?安老师、小言,你们意识到没有?我们三个都跟师农场、厉虎有关系——你看,安老师研究厉虎,我见过厉虎,小言认识蓝虎,可我认为蓝虎就是厉虎。再有,只要我们三个在一起,总有些奇怪事情发生,比如回忆变得清晰、发现那张桌子、发现厉虎壁画以及刚才的奇怪视频。这说明什么?这说明我们的相聚不是偶然,而是必然,甚至带着共同的使命任务。你们想想……

或许还有磁场的作用。小孙解释道,这里的树,这里的石头,这里的人,都跟厉虎有关,再加上雷电,有可能把储存在历史空间中的信息激活了。

来来来,我们也把氛围激活起来。侯真明抓起黑色的小酒坛冲我晃了晃,小言,认识这酒吗?我瞧了瞧,正是师农场所在县城出产的白酒壮士饮。

我在生产连时就喝过这个酒,感觉一般,味道发苦,辣嗓子,还上头。就在侯总倒酒时,我想起来了:蓝虎临走前那天晚上,也就是抓住嫌犯回到小屋时,他请我喝了一次酒,准确地说,是"一口酒",酒装在行军水壶里。

他把水壶给我,我以为是水,猛灌一口,像吞了炸药,胸口炸了膛,瞬间窒息。一股蓝瓦瓦的火气,从胸口直冲而出,透过额头发散出去,仿佛从我体内射出几颗子弹,呼啸着射向天空。

我大喊，壮士——因为酒气太烈，最后那个"饮"字没能喊出来。蓝虎笑着点点头，自己也仰头喝了一口。由于他笑得过于突然和意外，我竟然下意识做了接棒的动作。这个场景完全忘了，此刻对酒才又记起——接住一个笑容，竟然用了近二十年。

我接过酒，大声道，就它了。

侯真明一挑大拇指，说，兄弟，识货。壮士饮，这是绝版，十年前停产了，这些都是库存的老货，后来我淘了十几箱，埋到了门口石头下边，今年开封一尝，绝了。香醇可口，嘴不苦，头不痛，余味厚重，说明酒体绝对过关。但是，你喝的时候，得像喝红酒那样，先醒上十分钟。他说着，把酒倒在分酒器里。

工作人员端上热菜来，侯真明大笑说，这是我们这里的招牌菜，是咱们连队"大烩菜"的改良升级版，你们尝尝。

酒过三巡。安老师笑道，侯总，阵仗摆出来了，该你的厉虎上场了。

小孙催促道，是啊侯总，我们等着你的故事呢。

侯真明点上支烟，从哪儿开始呢，先从我生病说起吧。

## 治病

侯真明交代，我说话尽量简洁，如果跑题了，你们就提醒我一下：

1990年，我提干后第二年，暂调到师农场。

我原在师侦察连，参加军事比赛腿部受伤，老治不好，在医院待着没劲，在连队又不能训练，整天着急上火，首长就把我安排到了农场。

啥伤？膝盖那部分疼，原来说是肌肉拉伤，后来又说是半月板损伤，还有说是关节炎……找省城专家看，说是劳累所致，必须休息。这病呀反正是个疼，什么医疗手段都用过了，就是不管用。特别是怕剧烈运动，不能快速蹲起，运动稍一过量，疼得人浑身发冷打战。

为什么安排到师农场呢？首长照顾咱呀，实际是让我到那里去静养。

小言可能不知道哈，咱们这个农场啊，实际上也有疗养院的性质，周围山清水秀，空气好，环境好，适合休养，有时候集团军的老干部也去那里放松。

最关键的是啥，师农场所在的那个午原镇，有个老中医，治腰腿疼一绝，领导安排我去，主要是让我就近看病。

那么我怎么又调到生产连了呢?这话说来长了。当时担任生产连的是二团一连。安老师你可能不清楚,我们这个生产连,一年一换,今年是这个团的连队,明年是另外一个团的连队,轮流担任。

这个二团一连不好带,兵很野,偏巧老连长家里有事,请假回去了。指导员呢,是个机关干部,刚下来做主官,带兵经验不足,管理也跟不上。再加上猛地从正规连队到野外农场,思想准备也不足。这帮兵们不管不顾,接连跟地方打了两架,场部领导感觉有点控制不住,就把我安排到一连,临时担任二排排长。原来的二排长受了处分,调到别处了。

为什么要任二排排长呢?因为二排在野外住,兵难管,跟地方干那两架,全是二排的班长们惹出来的。二排负责种水稻和菜地,还负责周边巡逻啥的,就搭了两间土房,住在田里。活动空间大,干活又分散,确实不容易管。

我一上任,就敲打了三个班长。我的军事素质没的说,咱是靠军事技能提干的。本人是咱们集团军五公里越野、四百米障碍和散打冠军,连续三年无人撼动。拿现在话说,妥妥的"兵王"。我那时候年轻,作风很霸道,进排第一天就跟三个班长说了,不服来战,谁赢听谁的。

他们以为我是个后勤干部,也没放在眼里。四班长要陪我练练,我说你们一块上。

安老师问,赢了吗?

当然,别看我腿上有伤,收拾他们三个问题不大。我一对三,六分钟不到,全部撂倒。有一点得交代,我家是武术世家,我七岁开始练武,早晨起来不上厕所,把一肚子尿练成汗,从身上透出来。十岁站桩,站了六年,一个马步扎三炷香,从小到大,打架从没怕过谁。我要是腿不疼,别说他们三个,再来三个都不是我对手。

当然了,不能光耗子扛枪窝里横呀,还得收拾地方上的小痞子。你要说起来干架这个事,还真不能光怨这帮兵。

这个午原镇,历来是关塞重镇,民风强悍。地里有不少古墓,据说老百姓种地挖土都能找到古董,当地一度盗墓成风。我去那会儿,盗墓基本没了,但"刨坟"的还有不少。我说这个"坟",就是指"唐坟",农场西北角那个土石山。那块儿出产"土龙血骨"。据说,找这玩意儿就跟找玉似的,顺着坑道,一锹一锹地翻,如果谁能挖出那种带细血纹的石头,就捡到宝了。后来,部队下了通知,说这个唐坟啊,不光是古迹,还埋葬着革命先烈,又说地方相关部门要把这儿保护起来,等等。话虽这么说，但没有明文规定，只是很笼统地让适当保护。

一说"适当"保护，就不可能适当。毕竟，农场周边那些地方是个模糊地带，没有明确界线，你要保护，就难免有争执，有争执就不可避免动手，要动手就不能吃亏，因为你吃一次亏就得老吃亏。要知道，凡是想来唐坟揩油的，都平头百姓，要么是小混混儿，要么是地头蛇，背后又有高价收购，绝不会轻易罢手。革命老前辈不能不保护，军地矛盾又得合理控制，这个很难拿捏。

我这脾气，从不打退堂鼓，瞅准时机，收拾了两群小混混儿，但手段是要讲的，不能硬碰硬。我打听了一下，午原镇的派出所所长以前是咱们师的转业干部，而且跟师侦察科刘参谋关系不错，我通过刘参谋跟他联系上了，说得很投缘。

那群小痞子来唐坟的时候，我一边通知派出所，一边自个儿过去了。他们见我一人，觉得好欺负，我就跟他们讲条件，让他们出三个最能打的，我一打三，点到为止。我要赢了，他们保证不再过来；我要输了，他们就可以在这儿刨一天。

他们觉得划算，挑了三个最能打的。我看一眼就知道，三个中有两个是练拳击的，还有一个是摔跤手，不过我不怕。但那次我是大意了，也很倒霉，差点落了下风。这三个人联手，相当厉害。我要是腿疼不犯，没问题，可腿一疼，速度慢了，就露出破绽了。

幸亏，派出所出警了。这时候，我撂倒两个，也结结实实挨了几下，算是打成平手。不过这次以后呢，他们就看出了咱们的实力，不敢轻易找碴儿了。

腿病得赶紧看呀，我就去找那个老中医。之前也找过，人家云游去了，现在可算是回来了。

那个老先生，听说还是参加过抗美援朝的志愿军老战士，我是相当敬重，第一次上门还拎了水果。老先生医德好，给咱军人看病不要钱，他给我号了脉，开出大小十二包药。大包像个小枕头，里边有十味药；小包极小，还没有个捏扁的烟屁股大。老先生说得斩钉截铁，药吃完可去掉八成病，而后再过来针灸，把病根除掉。

我乘兴而回，结果非常败兴。满肚子心劲儿熬药吃药，结果呢，非但没好，反倒加重了。我当时真是绝望。你想想，我是军事干部，靠军事素质立身，腿要废了，人也就废了。顶多评个"残疾军人"，一两年就得滚蛋，彻底离开部队。我当时表面轻松，心里格外沉重，有时候看着自己影子都觉得是个拖累，不知道怎么办好了。

安老师问,你说的那个中医是洪长兴吗?

对,是洪老先生!

安老师笑起来,那是我外公。

侯真明赶紧端起酒杯敬酒,失敬失敬,对老人家的医德,我没说的,真心佩服,人家对军人真是照顾。但对老人家的医术,我保留意见。药还没吃完,副作用就上来了嘛,一停药病就见轻,这咋解释?

噢——我想起来了,这个事让他耿耿于怀,直到去世也没有完全释怀,原来是你呀——安老师皱着眉头说,按理说不应该呀,他当时就给你使用了龙骨,小包里装的就是,要知道当时他也没有多少存货了!

侯真明点点头,但确实没治好。

那你的腿疼病是怎么痊愈的? 我问。

让厉虎治好的。侯真明说。

厉虎还会治病? 小孙问。

不会! 侯真明摇头说。

那他怎么治好你的呢? 安老师问。

又急了不是,别着急,听我慢慢说。侯真明指了指桌子,来来来,咱吃口菜,听我慢慢讲。


## "丐帮帮主"


侯真明嚼了一口菜,喝下一杯酒,又点上烟:

接下来,我得说说农场那边的异常天象。

回头想想,在厉虎出现之前,我们遇到了不少异常天象,印象最深的有两次,第一次是黑色闪电,第二次是奇怪云层。天上的白云一层一层,一圈一圈,特别立体,跟浮雕似的,当地叫盘龙云。两天后,就遇到了一个特别的黄昏。

明明夕阳已经落山了,天还是特别亮,而且亮得出奇。记住啊,没有晚霞,但天色特别漂亮,整个农场周围,弥漫着金黄色。那种黄色刚开始像一层雾,但又不是雾。到最后,雾气没了,整个山峦,整个地面,变得透明一般,散着轻柔的黄光,明亮又不刺眼,格外舒服。人走在光里,都像镀了金,都成金身罗汉了。当时有经验的老兵,还以为要地震了呢。据后来专家解释,说那是极光,这个我就不太懂了。

我可以解释一下。小孙说道，一般而言，极光出现在地球高纬度地区，但中纬度地区，如果遇到地磁暴，那么来自宇宙空间的高能粒子，会跟地球周围大气分子、原子发生作用，从而发光。从经验来看，极光是绿色或红色的，但金色的光还没听说过。或许，还有别的什么原因吧。

侯真明点点头，接着渲染：

第二天一早，日出的时候，景色更特殊。大雾遍地，只有太阳照下来的地方是透亮的，就像有人在天地间斜挖了一口井，光顺着洞口照下来。真可惜，那时候没有手机，如果能照下来，场面简直绝了。

上午九点，一切恢复正常。十点左右，我突然发现班长们不对劲儿，六个正副班长，除五班副外，都他妈瘸了，虽然硬挺着，装着没事，可我还是看出来了。问啥情况，他们不说，我一提他们迷彩裤腿，发现腿上有瘀青。我当时就火了，问谁揍的，是连长还是指导员？你知道，三个老班长，都是超期服役兵，分量很重，就是副连长也得敬着他们三分，谁这么胆大，敢揍他们？谁又揍得了他们？

我问，咋回事，挨连长踹了？他们沉默。

我又问，地方小混混儿又来找事了？你们交手了？他们仍是摇头。最后，四班长一跺脚，说，没脸说呀，丢人丢到家了，排长，能不能过两天再说？我说，不行，必须说。这才逼出了真相——他们被一个乞丐揍了。

说是雾散了，他们下地干活，见菜地有个人在偷西红柿。偷吃也就算了，还扯断了十几株秧子。四班长上去制止不听，便动了手，不承想被人一把抓住扔了个狗啃屎。五班长、六班长一起上，仍被人家一招打倒。最后三个人一块冲上去，还是被集体放翻。四班副、六班副跑过来帮忙，也被制服。最后乞丐不打了，起身就跑，他们去追，三分钟不到，就被人家甩掉了。

我当时给气乐了，觉得他们胡扯淡，五个班长的实力能干趴十五六个平常人，怎么可能输给一个要饭的？再有，他们跑五公里，速度最慢的都是二十分钟，竟然会被一个乞丐甩掉？

六班长见我不信，一脸血红，说，这家伙就是个洪七公，用的是降龙十八掌，绝对高手。排长你要跟他过招，顶多五下，就得趴下。

我还是不信，以为他们在撒谎，我猜他们极有可能办了什么坏事，没脸说实话，编个瞎话糊弄人。我到菜地那边，看见西红柿地里狼藉一片，就问那个看菜的小战士怎么回事。这孩子老实，把前因后果说了一遍。

他说,确实有个古怪家伙,披头散发,胡子满脸,也不说话,看不出年龄。最奇怪的是穿着古代的衣服,裹了一块铠甲,腰上还别着一支老式手枪。

还有什么?

兵说,他眼神像刀,看一眼,就像刀扎一下。

还有没有?

兵说,他打镖打得准,一石头打死一只野兔。二十米左右的距离,一扬手,兔子就翻滚而死,倒在了西红柿地边。正巧碰上四班长他们,不让他捡兔子。我听着那人肚子咕咕叫,提议用西红柿换兔子。没想到这家伙食量惊人,一口气吃了十几个,吃完了摘好的西红柿,还要去搜新的。他好像不知道生熟,一连扯了几个青柿子,明白过来又去找红的,弄断了好些个秧子,于是他们就干起来了。最后咱们输了,那个乞丐拎着兔子就跑,四班长他们也没追上。

越说越玄了,这是什么人?

我叫那兵推了辆自行车——我们排专门配了一辆自行车,有急事会用——带着我朝那个人跑的东南方向骑去。

菜地东南方,也是一片土丘。这片地方也属于部队农场,但因为不能耕种,生产连基本不管。从土丘再往东南,就通向了山里。山里有不少景点,有藏兵洞、古栈道、瞭望台等,当时山里边还建了个影视基地,经常有剧组过来拍戏。

我跑到土丘时,见一帮人拿着摄像机、灯光、喇叭之类的在拍戏,看样子是古代戏,有几个人戴了头套,穿了戏服。这时候我才想起,师农场确实有个通知,说近期有剧组到这边拍电影,让我们正常作业,不要围观什么的。我想,恐怕打伤四班长他们的不是什么乞丐,而是化过装的专业武打演员。

我带着那个兵找了好一阵,让他辨认,死活没找见,打听一圈也没问出个所以然,只好回来了。

幸亏几个班长没有鼻青脸肿,这要是外边挂了伤,我这排长可算是窝囊到家了。我心里憋了一口气,发誓要找到这个家伙,狠狠教训他一顿。我告诉四班长他们,再见那人,不准动手,先汇报。

大约一天后,四班长悄悄告诉我说,那小子又过来了,蹲在地头吃西红柿呢,战士了解内情,预先摘了一筐西红柿,先稳住了他。

我带着四班长他们赶了过去。为了对付这家伙,我还抽空到镇医院打了一支封闭针,生怕交手时再犯病。

# 厉虎

侯真明神情凝重起来,拍了一下桌子,终于见到了这个家伙。

他跪坐在地上,大口吞着西红柿。那个感觉很怪异,正午的太阳多热呀,他那一块竟然是凉的。怎么说呢,感觉他像隐藏在一个透明的洞穴里,又感觉他是蹲在你心里头,一种说不出来的沉重感。还有个感觉很邪门,明明离他很近,就那么几步路,可是老也走不到,一句话:距离跟时间不匹配,恍惚间觉得不在一个平面里头。

真走到对面了,才觉得舒服了一点,但仍然要适应,怎么形容呢,就像你刚戴上近视镜,有点晕乎乎的感觉。

这家伙真能吃,我们去的时候,他吃了二三十个西红柿。那年头那个西红柿,个头儿大,又是自然熟,跟开花大馒头似的。他三两口就一个。真像兵说的那样,披头散发,头发上黏糊糊的,沾着草叶子、沙土,打着绺儿。胡子也老长,向外岔着。他里边穿着绛红色衣服,破了好几个洞,脏兮兮、硬邦邦。那个铠甲,胸口有两块凸起的圆铜板,坑坑洼洼,在太阳底下反着光,像两张麻子脸。黑乎乎的甲片上锈迹斑斑。奇怪的是,铠甲只剩下了一小半,从左胁到右后腰的部分,斜斜被切断,露着打结的铜丝和皮线。

我转到他身后,发现他后背脖领子上还有三行黑笔写的数字,数字不是阿拉伯数字,是汉字写法,看着挺滑稽,当时想是不是道具人员瞎搞呢。

安老师插话,如果真是这样,可不是瞎搞,只能说这个道具人员很内行。为什么呢,古代铠甲很贵重,制作工序相当麻烦。将士领到铠甲以后,要先数清楚甲片的数量,还要称一称铁甲的重量,而后把这些数字写到甲上,方便归还时核对数据。只不过记录的方位不太统一,有的记到甲襟上,有的会记到甲背上。

侯真明噢了一声,接着说道,更搞笑的是他的皮带,那种皮带应该是八路军系的牛皮带,那种皮带我在师展览馆见过,整个看有点不伦不类。

正想笑话他,他抬头一看,把我镇住了,那种眼光才叫犀利,真像是凭空抽出一把匕首,空气都能割出一道口子。我当时就意识到,这绝对是个练家子。

我问他,你哪个剧组的?

他继续吃着,像是没听懂。我感觉他像个哑巴,又比画问,你从哪儿来?他应该听明白了,指了指北边。这时候我注意到他的胳膊,上边的血迹还没干,血糊啦的,不像是化装效果。

我往前凑了一步,他两眼警惕,抱着装有西红柿的铁桶,后撤半步。我见状,又让战士摘来十几个,放到他面前。至此,我基本肯定,他不是地痞请来的打手。极有可能是个身怀绝技的武术演员,还有可能是个落魄的武术家扮群演。

又吃完这十几个柿子,他打了一个嗝,嘴里嘀咕了一句。听口音,判断不出是哪里人,根据我现在的经验,感觉他说的像是广东话。我摇摇头,表示没听懂。他也不再说话,站起来,四下里打望。他的五官看不清,神情很茫然,茫然得连我都感觉自己被扔到了沙漠里。

我捡起一根树枝,写出我的名字,又问他是谁?

他犹豫片刻,抓起树枝,也在地上写了两个字:厉虎。而后他用脚扫平,又写了一个字,很搞笑,那个字我们都不认识。他想了想又在地上写了一个字,这次看明白了,是个繁体的"饿"。

这好办,我让四班长回去拿馒头。我们每次打回来的馒头都多,多余的馒头就挂在小土房外边,还有方便面火腿肠啥的,都让人拿来,让他吃。

他拿起馒头来闻了闻,立刻开干,七八个馒头,不大会儿就造了进去,噎得直打嗝。吃完馒头,又吃了十几根火腿肠。火腿肠吃完,又干嚼了四包方便面,这时候他可能饱了,冲我们抱了一下拳。

嗯——说抱拳也不准确,应该是这么个姿势。侯真明回忆着,比画了一下他的动作。

安老师说,这是唐代的插手礼,右手向上竖起大拇指,左手抱住右拳,左手小拇指打开,置于胸前,行礼时向外稍稍推一下。他说着,示范了一下。

侯总伸出大拇指,对,就是这个动作。

厉虎插完手要走,被我拦住。我说,这可不行,你打伤我的班长,咱们得操练操练。尽管他没完全听懂我的话,却大致明白了我的意思,摇摇头。

我直接拉开架势,冲他招招手。他扫我一眼,撇撇嘴,而后把手伸到怀里。我以为他要解开铠甲,甩膀子比试,我也把迷彩服脱了,露出了军用背心。说实在的,我一方面是怕他把我衣服弄脏,另一方面是想展示一下肌肉,让他看看咱的实力。

结果他见我把衣服脱了,手又从怀里抽出来,盯着我发愣。我原以为他被吓住了,随后又感觉不是,他应该是被我腰带上的子弹壳吸引了。那时候,我们都喜欢把子弹壳做成个小物件挂在钥匙链上,没有钥匙链就挂在腰带上。我那个是步枪弹壳,准备磨成个小铜哨。

这家伙两眼发亮,突然伸手来抢。动作之快,绝无仅有。也就是我,常年练散打,也练过拳击,反应快,一个滑步闪开,他扑了空,这时候他看我的眼神就不太一样了,能看得出来,他也很意外。他又比画着什么,意思是不想动武,只想要那个弹壳。

我用手势告诉他:打赢我,立即给你。

他犹豫一下,从怀里掏出一块破毛巾,也说不清是红色还是黑色,破破烂烂,在手里抖了两下,缠到了头上。

安老师说,那个东西叫抹额。

对,抹额。他把碎头发系住时,我才看清楚他的面目,眉毛浓重,倒钩眉,就是在眉毛根上边生着一对倒钩,像是故意画上去似的。一双大眼,黑眼珠像是两个抛过光的铁球压在雪地上,高鼻梁,稍微有点鹰钩鼻。

他做了个手势,手刚落,人就扑了过来,虽说是扑,右脚几乎是蹭着地面出来的,腰半弓,两只手一前一后,重心特别稳,动作相当快。即使我高度戒备也没能躲开,裤子口袋竟被他抓住。

我急忙向右扭身,右手叼他手腕,顺势进左脚别他右腿,左手隔挡他,想借着他的扑劲,顺势摔翻。这个摔劲儿很大,平常训练中,百十斤的沙袋,不眨眼就能抱摔过去。

结果他身形极稳,我像是搂了一棵树,摔不动,反倒被他拦腰抱住,猛地一抡,掼向地面。那个力量太大了,像台推土机,根本挡不住,我下意识勾颈护头,在地上一滚,化掉他的攻击力。

侯真明说得投入,不自觉地加了一个双臂护头的动作。

这时候,厉虎就露出破绽了,他可能怕把我摔伤,想举步弯腰去托我。我当时年轻气盛,接连被他挫败,心里已经冒了火。再说,一旦交手,很难点到为止,我一心想把他打倒,就利用了他的破绽。

他弯腰伸头,这是大忌。你别看我倒地了,这时候就更能发挥飞腿旋踢的威力——我借着前滚翻的力道,猛地拧腰旋身,同时跳起,右腿横扫。这个力量大得很,一旦扫到,绝对踢晕。

我用腿扫,他用手挡,就听得咔嗒一声,清脆得很!

小孙问,把他扫倒了?

不是。侯正明说,我腿折了,从膝盖处,那个疼呀——

## 换骨

我应该是晕过去了,等清醒过来,被种菜的小兵架着,我就看见四班长他们一脸茫然,那家伙不见了踪影。

我问人呢。他们向远处看看,说没了。四班长、六班长,一个搂着膝盖,一个捂着肚子,不用想,他们又被削了。远处是玉米地,这家伙钻进玉米地,跑没了影儿。从他们吃惊的神色里,不难想象这家伙速度有多快。

当时就觉得完了,当兵当到头了,这条腿彻底报废了。那种疼,就像是有颗烧红的弹头在骨头里乱窜。他们要把我往医院送,我说稍等一下吧,先到小房里躺躺再说。主要是面子,接受不了呀,一个兵王,三两下被乞丐干废,脸没地方搁。再有,场里、连里要追究下来,这是事故呀,一个排长、五个班长受伤,总得编个理由啊。

缓了好一阵儿,他俩总算站了起来,带我回到小房,刚回去,我差点又晕过去,一看右腿膝盖处,肿成了紫茄子。两个小时后,实在挨不过,这才跟连里报告,撒了个谎,到了镇卫生院。也真是巧,镇里停电,X光不能用了。医生检查一番,说十有八九膝盖骨裂了,赶紧往县医院送吧。

也不知谁的主意,就近跑到镇上洪中医那儿,据说他的接骨术也是一流的。

我们去后,老中医摸了一遍。他是认识我的,问怎么回事,我说是摔的。他盯着我直摇头。眼见骗不过,我悄悄告诉他,这是打架所致。他仍然不相信,问我之前服药效果如何?

我说不管用。他又问我跟谁打架?我有点上火,没搭理他。他把过我的脉,却说,没事,歇两天就好。我说这怎么可能,我都听见骨头裂开的声音了。他说,你的腿骨不是断了,倒像是被人换了。

这岂不是天方夜谭?不靠谱呀。他说,你要信我的话,就在这里安安生生躺一夜,明天再看。

结果呢? 我们问。

结果第二天肿就消了一半,也没那么疼了,可以踮着脚走路了。到第三天,疼痛全消,几乎可以正常走路了。再歇一天,不但恢复了正常,原来的病也没了,而且腿部力量还加强了,或许是骨头没裂,或许真是换骨了,反正从那儿以后,我的腿病再没犯过。后来，我们执行了好几次急难险重任务，我的腿脚比年轻人都好用。

厉虎呢？再没出现吗？安老师问。

当然出现了。又一天后的夜里，记得是星期五，连里开完支委会，已经晚上九点了。夏天的九点，要说也不晚，明月当空，小风凉凉的，走在路上很舒服。从连部到小房那边也就两公里左右。

走着走着，突然见前面多了道黑影，当时还以为是道树影，转眼之间，我就知道那是厉虎。他身上有股气息，老远就能感受到。晚上他的气息是热的，就像是热风吹过麦浪那个感觉。我当时一阵激动，小跑过去，果然是他。

我拍着自己的肚子，问他饿不饿。他摇头，冲我嘀咕了一句话。具体什么意思没太懂，但大概意思是想跟我比试身手，我当时就有点怵了，可又不甘心。但实际上，他不是比武，是想点拨我。

行家伸伸手，就知有没有。他演练了几个招式，刁钻凶猛，我一看如梦方醒，这才明白自己走了冤枉路，花架子居多，死劲居多，他那些东西一看就知道是从实战中打出来的……事实证明，这些以后派上了大用场，特别是我调到特种部队那会儿。

我就原地比画了几遍，再找他，没了，啥时候走的，往哪儿走的，一概不知。实实在在地说，那真叫如梦如幻。但是从那时起，我才彻底明白了什么叫人外有人，心里那个傲气全没了。所以，我此后才能走到领导岗位。还有个事，我得说一下，我在部队已经晋升副师了，就是因为搞训练太大胆，出了事故，又降回正团。可我谁都不怨。为啥？只要你真明白天外有天、人外有人，就应该知道理中有理，因中有因，不会觉得自己委屈，对吧？

我问，厉虎就这么走了？

侯真明说，实际上，他去田里小房找过我。那天，是五班副值班。别看是在野外住着，也有值班员的，我们新打的那个枣木桌子，临时做了值日桌，值日桌上有电话，值班员坐在桌边，就负责接电话，上传下达。

五班副告诉我，说下午有个奇怪的家伙来过，比比画画，话也听不懂，便让他走了。这里得解释一下，五班副跟厉虎没交过手，也没见过他，所以不太清楚前因后果。我问，他还干了什么？他挠挠脑袋想了半天，说没有。实际上他是忘了，后来才恢复了片段记忆，说厉虎往桌子里塞了颗子弹。

哎，小言，你发现没有，除了你我之外，凡是跟厉虎接触过的人忘性都特别大，他们的记忆好像被有意删减了。包括挨揍最狠的四班长、五班长,几年后再提这事,忘得干干净净,一点印象也没了,这倒让我怀疑自己得了妄想症。自从见过你和安老师之后,我才相信,厉虎确有其人,且极有可能是穿越者。要么,我这个腿伤痊愈你怎么解释?为此,我还专门跟小孙请教过量子力学、平行世界这些知识呢。

小孙接过话题,慢声细语地讲起著名的"双缝实验",讲到不确定性的"量子叠加态"和光子的"延迟选择"。一句话概括:不但可以穿越,而且现在可以改变历史。

故事的结尾依然是谜题,大家一时无语。

厉虎为什么要留下一颗子弹?子弹从何而来?子弹又被谁取走?还有种菜战士说厉虎腰间有一把老式手枪,会不会就是壁画中那把残缺不全的驳壳枪?为什么侯总一见我就会恢复记忆?为什么我的出现会引出一段奇异的视频?蓝虎跟厉虎到底有什么关联?

窗外雨停,窗子打开,清风徐来。偶有一两声湿漉漉的蝉声传来,粗糙而突兀,像是河岸上一块滚动的石头。

## 英雄不死

安老师抿口酒,轻声道,这个厉姓啊,应该是出自姜姓的炎帝。据唐代魏王李泰编撰的《括地志》说,神农后人迁徙到了厉山,也就是春秋时的厉国,即现在的湖北随州市东北。这个"厉",在唐代应读作"赖"音。

见大家听得认真,安老师又说道,唐代较有名的厉姓名人,应该属贞观年间的厉文才了。至于这个厉虎,名不见经传,小人物中的小人物,据陉阳县某家谱说,他原先是个猎户,身形魁伟,可徒手搏虎,后参军,做到壮武将军,这是从四品上的武官衔。至于参加谁的军队没说。后来守卫午原城,一战成名。其实,守城还不是最厉害的,最牛的是他在敌军重重围困之下,只带数十骑杀出重围去搬救兵。

安老师看了我跟侯总一眼,你们是当过兵的,知道一万人是什么气势。当时围城最多时有两万人,粮草不缺,士气正盛,武器也算精良,很难想象他是怎么闯过重围的。唉,我们的文字呀,伟大是伟大,但就是太模糊,文史传统又讲究一个"简"字,缺失了太多的细节,所以,只能靠想象来填补。

安老师指了指我的手机说,所以,我才相信刚才那段视频的真实性。我感觉那不是一段视频,它更像是一段主观记忆,虽然没有电影画面的观赏性,但格外有冲击力。在我看来,这是上苍对我写作苦心的奖赏,给了我新的素材和启发,能遇到你们,我之幸也。敬大伙儿一杯。

小孙说,刚才听侯总讲故事,我对厉虎这个人充满好奇,您能不能再细讲一下。

哎,你别说,这个厉虎还真有故事。厉虎冲出重围,颇像是张巡守城时南霁云突围的翻版,救兵没有搬到,厉虎没有苟且偷生,又杀回了城里,与守军和官兵共存亡。但他真正感动我的,其实是另外一则笔记故事。据那篇记载所说,厉虎出城,一是为搬救兵,二是护送自己的小妾出城。这与张巡守城完全不同了,张巡最后杀了自己的小妾充作军粮,厉虎则拼死把小妾送了出去。返回时,厉虎为保存实力,假装投降,接着又反水,回到午原城中。笔记小说如是说,不知是真是假。

说到这里时,安老师突然想起什么,拍了一下脑门,哎呀呀,刚才那个视频里不是有个顶盔掼甲的女孩子吗?她应该就是厉虎的小妾,天哪——

侯真明一拍桌子,妥了,这绝不是巧合!

安老师抓支烟点在手里,因为激动,手指颤动,指甲扣打桌面,像在发电报。

小孙给我们续上茶,笑道,我可以推理一下了,厉虎和蓝虎,杀身成仁时都遇到球状闪电,对吧?刘慈欣写过《球状闪电》和《三体》,小说里说,球状闪电是宏电子,被闪电攻击过的人,会变成量子态的幽灵人,它存在的状态是叠加的,既是死的,也是活的,既可以在这里,也可以在那里。我还读过一篇文章,是介绍俄罗斯日尔诺夫卡小镇的。这个小镇北边,有一个叫作鬼穴的奇异之地,此处的球状闪电世界闻名,每当天空发生闪电时,附近居民的手表要么停走,要么走得快慢不均。这至少说明,球状闪电对时间是有影响的。

小孙停顿一下,说,推理一,如果真有穿越这件事,应该跟球状闪电有关。如果厉虎是个四维人,能自由穿越时空,那他修复三维人的腿伤,轻而易举,就像我们用铅笔去修改纸上的图画一样轻松。推理二,在球状闪电中,作为量子态的厉虎跟蓝虎相遇了,甚至是融合了,这就可以解释,为什么厉虎身上会有一把手枪了。

安老师笑道,有意思,有意思,这可谓是"量子读史法",哈——

侯总敬酒道,安老师,您这本关于厉虎的作品什么时候写完?

安老师说,快了。

好,我先预订三千册,所有员工,人手一册。侯真明说得豪气,酒杯重重一蹾,手背把我的钥匙包撞开老远,卡扣碰开,露出齐整整的钥匙。

侯真明扫了一眼钥匙,眼里竟像失火一般,一把抓过,瞅着上边那个弹壳装饰问道,这是什么?

那正是蓝虎当年留给我的,是他弹弓上的饰物——弹壳里塞了一块磨铁,猛看像颗子弹。有段时间,儿子拿着它到处显摆,还把老师们吓一跳。班主任为此还特意打电话给我,让我赶紧收回,杜绝安全隐患。

蓝虎给我的纪念,你不会是在找它吧,这可不是子弹!我说。

侯真明朝我肩膀上重重地拍了一下,说,就是它。侯总拿在眼前端详,越看越兴奋,兄弟,这弹壳就是我的,就是被厉虎抢走的那个。你看,边上还有一个小孔呢。哟,这里边装的可不是普通铁块,是一枚箭头。安老师,你看看?

安老师拿在手里,对着光看了又看,点点头,应该是破甲箭箭头敲打磨制的,箭头上还有字呢。

是吗? 侯总瞪大眼睛,冲小孙高喊,快,把我的放大镜拿来。

在放大镜的照射下,一个模糊的字迹映入眼帘——虎。侯真明使劲同我握手说,没错,没错,五班副说的就是它。这就是厉虎钉在你桌子上的那颗"子弹"! 这么看来,是蓝虎找到了它,后来又留给了你。

侯真明目光炯炯,咱们按照小孙的思路来推理,这枚"子弹"极有可能是一个定位系统,厉虎把它留在这里,就是想定位,确定下次再穿越过来。结果,蓝虎就再次回来了。因为小言佩戴着它,它又具有某种能量,所以,能唤起我的记忆,所以我们就能感应到厉虎的思绪,所以我们才看到了那段视频……这不是穿越又是什么?!

小孙问,还有问题我想请教,厉虎在地上写的名字是简体字呀,这怎么解释?

安老师笑道,简体的万字,早就有了,王羲之就写过。至于穿越这个话题,我跟小言交流过了,不必太纠结,也许是想象加巧合,但你的感觉是真实的,这就够了。黑格尔怎么说来着,人类从历史那儿所学到的唯一教训,就是他们没有从历史里面学到任何教训。这个观点,我不同意。往事并不如烟,往事如山。有形与无形的历史,时刻都在影响着我们。德国哲学家谢林认为,自然界是睡着的精神,精神是清醒的自然界。那可不可以这么说呢,历史是睡着的现实,现实是清醒的历史。历史与现实的区别,只在于人是否清醒。在我看来,探索历史其实就在改变历史,怀念英雄实际是在唤醒英雄。英雄不死,向心而生。这比穿越的话题更加振奋人心!

我们鼓掌。小孙说，足可以写篇小说了，题目就叫"越千年"?我说，可以叫"将军令"。安老师说，叫"虎符"怎样?一语双关，虎符既指调兵信物，也指我们的主人公，还指我们今天的心境……

那天到底喝了多少酒，记不得了，只觉得酒好喝，一直喝到了半夜。趁酒后豪气，我把那颗"子弹"送给了侯总。

## 尾声

交往既多，便成朋友。半个月后，侯总又提及往事，告诉我说，当年，洪老先生的药是管用的，只是负责熬药的战士出了差错，他竟然把铁丝拧成弹簧状，塞到了砂锅嘴里，以为这样方便过滤药渣。如此一来，就等于加了一味反药，把药效完全破坏了。我刚才都跟安老师道过歉了……

而我遵安老师嘱咐，一边服用土龙血骨，一边用他开的中药擦洗，膝盖病痛竟然止住了。

又过一个月，侯总约我面谈，说预备役要对预编单位进行编组调整，需要一名具有专业基础的副营长，他准备推荐我加入预备役，我爽快答应。他还说，十月中旬，他们预备役营要成建制脱产集训，集训地竟是在我们师农场那块，那边的现代化基地已经建好了。

那一刻，我竟然有些激动，扭头看向窗外，天高云淡的天气，一片爽朗。恍然间，自己又回到了生产连门口，看见倒伏的树冠上跨着一个人，倒钩眉，牛蛋眼，嘴角叼着烟，冲我点头一笑。

我诧异地看看脚面，没错，我穿的是锃亮的"三接头"；扭头看看肩膀，上边竟还挂着崭新的中尉肩章……

【作者简介】言九鼎，本名梁洪涛。河北成安县人。1976年出生，1994年入伍，1998年考入解放军艺术学院文学系。2001年毕业后进入基层部队，历任排长、副连长、连长、干事、组织科长，2016年从陆军河北某旅自主择业离队。作品见于《解放军文艺》《人民文学》《中国作家》《小说月报·原创版》《西南军事文学》《散文》等刊物。部分作品被《小说月报》《新华文摘》转载。出版有人物传记《向心而行》。

# 青 玻 璃

沈轶伦

## 1

是雨先落下来,还是蛇先过来,她不知道。

奇怪的是她一点没想躲。庄星保持原本的姿势坐在水库的边缘。她看着蛇,蛇也昂头看着她。乌青鳞片上,灰褐色的纵纹,两粒黑眼睛。雨水落到她脸上,她用手掌抹脸,才意识到湿手撑在地上沾满细土,她用指背去擦眼角。堤岸上只有她一个人。

她浑身湿透。记得以前有一次湿透,她骑着自行车穿过整个大学城,那时候她只觉得被淋得彻底也很带劲,像爽爽快快冲了一个澡。那天她即将遇见一个人。那时候她还年轻。那时候还会觉得兴奋。现在她什么感觉也没有。到此刻为止,她已好几天没吃饭,也几乎没睡,但她一点也不觉得困。

"你是应激反应,肾上腺素飙升啊庄星,你知不知道这股劲过去我就要看到你去医院输液了。"父亲去世后,父亲的助手北辰会劝她。

她说:"不会的。我看过报道,说人可以一周不吃饭的。而且我喝水了。我现在手边有四升装的饮用水。"

"喝完水,然后呢?"

"躺在地上。"

"会着凉。"

"地上舒服。"庄星说,她抬眼看了一下双开门冰箱。从地面看这个银色的机器,真是庞然大物,因为阿史喜欢在家里做菜宴客,所以她才换了这个超大升的。仰视它简直巍峨。她在地上往前蹭了蹭,伸手够着冰箱的散热边。

"起来吃点什么,喝点牛奶。"

"也许你也可以试试看,在最熟悉的地方躺下来,然后觉得一切陌生。还会有很多新发现。"她说,"比如我看到,原来小贝在找的珍珠别针就在餐边柜下面,那是她最喜欢的娃娃裙子上的别针,是我表妹在她三岁生日那天送她的。它其实一直在那里。只是我们没有看见。"

"我不能帮你什么忙,"北辰说,"就督促你吃点。"

"怪吧,"庄星说,"办展览前我还嚷嚷要减肥,但那时候少吃一顿饭,整晚都能听见肚子咕咕叫,完全受不了,半夜起来怒下一碗面。但现在它们——我是说我的身体很安静,一点声音都没有。你说为什么我肚子都不叫了?"庄星说。

"我不在,"北辰说,"但如果我在你边上,我会买了饭,然后一勺勺塞给你吃。"

庄星摇摇头,把脸贴在地板上,看着落地窗外,说:"江南进入黄梅雨季,雨好大。"

北辰说:"我这儿也在下雨。我们下面的溪流涨上来了。"

"下雨天待在山里,肯定很有感觉。爸爸那么会选地方。"

"对啊,山谷里听雨。我记得,下这样大的倾盆大雨,庄老师进教室的时候会收了伞说'下猫下狗',rain cats and dogs。"北辰说。

"我爸还说过什么?"

"庄老师说,放了家具散散味道,叫你全家来玩。"

庄星说:"还有什么全家。"

北辰继续说:"装修都收尾了。眼下还有几个工人住着。保洁阿姨打扫了几间房间出来。上海虹桥站每天晚上六点一刻有一班火车,两个钟头后就能到这儿,怎么样? 你现在出门,八点半就能到。"

庄星盯着吸顶灯上的羽毛纹样。

"你要是想哭过来哭。"

"我只是想躺一会儿。"

"青山水库,小溪竹海,有的是你躺的地方。别躺地板上了。不要顾影自怜。"北辰说,"别让你妈再晚年丧女。"

于是庄星放下手机,从客厅地板上把自己支起来。一节一节起来。

她走到卧室,打开衣柜,收拾了几件换洗衣服。离开房间时,她看到门口的快递盒,包装上是一个鞋类品牌。她没拆,她知道里面是什么。

下单的时候,她还在和表妹合计,等书法展结束后,她俩可以一起带小贝旅游,来看看庄老师的民宿。那天表妹主动支付了儿童凉鞋的钱,说是送给小贝,那天表妹还主动买单了咖啡。她们坐在咖啡店。那家咖啡店店员怂恿表妹购买会员,说买六次消费可以打折。

"好的呀。"表妹说得特别大声和热情,表妹本来最讨厌这些营销,可那天表妹主动登录了小程序注册。庄星留意到,表妹看起来有些变化,她似乎刚剪短了头发,穿得也比平日艳丽。表妹最近瘦了很多。庄星说:"你最近很辛苦吗?"表妹摇摇头。庄星说:"你今天这么客气干什么?"表妹说:"你要参加书法展,我为你高兴啊。小贝是我外甥女,我喜欢啊,有那么多为什么吗?要感谢舅舅。那时候我要去海外交流,我爸妈没能力帮忙,是舅舅资助我。我们是一家人。"

表妹说:"这家咖啡店真不错,他们自己烘焙的豆子,很有品位,蛋糕芝士放得足。你喜欢吗?我们以后常来。你开心吗?你书法展那天需要我帮忙吗?我早点来。我给你买一束花好吗?你最喜欢的鸢尾好吗?"

那双儿童凉鞋从仓库发货,经中转站快递员送货,然后到庄星家门口了,直到现在都躺在门口走廊上,显示了消费主义时代的快捷。点一下,嗖,货物到了,从一个念头到如愿以偿,只要十天。再点一下,嗖,一个页面滑走。一个对话框删除。一个人消失。一种生活结束。

庄星把没拆的快递盒整个塞进鞋柜。关门,下楼,打车,去火车站,过安检,候车,刷身份证检票,然后找到月台,找到车厢,找到座位。庄星盯着窗外。外头是一片雨幕。她从车窗倒影里看到车厢里的人坐下或者走动,像看着海市蜃楼。

她觉得一道巨大的膜正隔在她所有意识和行动之间,像一层厚重磨损的玻璃。什么看起来都不太真实。这节车厢,邻座在刷短视频的人,叫卖零食走过通道的乘务员,都像群演。都在假装。她搓了一把额头和双颊,没有感觉。她知道,是她的大脑在保护她,额头背后的那个东西,现在屏蔽了她所有的痛感。所以她还没发疯，她还没尖叫，她一滴眼泪也没有，也没有一丝困意。总之，车内广播报到站时，她发现自己左手还紧紧攥着进站时刷的身份证，挺直背坐着，原来两个多小时里她一直保持同样的姿势睁大眼睛盯着窗外。

站外已是一片黑夜。火车站大厅的光亮得惊人，照亮这个县城小站外几个在候人的司机。庄星一下看到了来接她的人。她努力地笑了笑。北辰看看她，什么也没问，北辰身后的工人从她手里接过背包。她道谢，觉得肩膀立刻松了下来。

这儿的雨非常大，那工人一再踩刹车，车速渐渐降到30迈以下。车窗外，除了车灯照到的一小片银亮闪烁的雨幕外，什么都看不见。公路上只有他们这一辆车。

"我来的时候在镇上的超市给你买了巧克力棒，在后座塑料袋里。"

"我不饿。"

"我可不想回头和师母说，你女儿死在我手上。"北辰坐在她身边。

"我会留下遗言，凶手不是你。"

"那你死在我和庄老师好不容易装修好的民宿里怎么说？"

"会帮你们上热搜的。"

"这能'十万+'吗？"

"要不我死的时候脱光衣服，裸死。建筑师之女裸死于其父亲设计的民宿内。'百万+'。"

"好的，欢迎大家收看本期《案件聚焦》。"北辰过去很喜欢这个节目。"我说庄星，"北辰说，"就算有人要死，也不用你去死。"

"爸爸说过，古代的时候，很多新建筑开工竣工，都要人祭的。"

"哪有，烧烧香，再供奉几个古钱进去就行了，或者供奉猪羊牛祭一祭，就差不多了。为了做好一件事，非要用命献祭吗？"

"那你们师徒为什么非要跑到这里来？"

"不说这些了。我上次见你是你参加书法展那次，对吧？在展厅里，你穿着一身长裙子，捧着一束鸢尾，多好看！你爸知道会希望你好好生活。"

庄星不响。

"听我的，去洗个热水澡，去吃点东西，去睡觉。"

"再说吧。"庄星轻轻说。

这时，开车的工人说："马上就到了啊。"车厢安静下来，只有雨刮器有节奏的声音,不断应和着窗外雨声。

边上浮现一排路灯,因为雨水随风回旋的缘故,看不清灯柱,那一盏盏灯如被看不见的幽灵捧着,浮在半空的水雾中。

灯光照亮一些商铺和村宅的门面,庄星知道他们进了村。雨停了。车轮碾过积水,发出滋滋的声音。车转弯过了一座小桥。在一阵剧烈的狗吠中,车在村委会的停车场停下。跳下车的工人走了几步,对门卫房外的狗棚挥挥手喊了几声。声音在山谷里回荡。一只大黄狗摇着尾巴出来,工人走过去摸狗脖子,它安静下来。

庄星下车,在一幢幢低矮相似的村屋中,她立刻辨别出她父亲和助手北辰一起设计的那幢建筑。那是一幢带院落和池塘的四层楼白色房子,传统的黛色马头墙、竹篱笆围墙、木门木窗框,都是父亲喜欢的利落线条。爸爸过去常说,建筑就是语言,而语言就是定义。

你再说些什么吧,爸爸。

这幢房子亮着灯。远远看去,是背后起伏的山的轮廓线下的一个视觉焦点,像坠落在山谷里的一颗星。

## 2

庄星在房间里躺到天渐亮。她住在二楼的尽头。屋子里家具还没到齐,只有一张床。入睡前保洁阿姨送了一盒蚊香来,说:"山里蚊子老大一只了。"阿姨用整只手掌比画,她留神着庄星的脸色,谨慎地在关门前嘱咐庄星别开阳台窗。

又开始下雨了。黑夜和水声漫涨上来,庄星合上眼睛听那雨声。表妹原来给庄星的绰号可是"睡神"。那次庆祝阿史升职,他们三个人在外滩源的西餐厅吃饭,表妹说:"昨天我和庄星在面馆,一边说话,一边等面来,我去问服务员要一碟醋。就这么拿醋的工夫哦,等我坐下来发现庄星居然两手托脸在饭桌上睡着了!"

"那不是我天赋异禀。"那次庄星笑得前仰后合,"我和阿史刚刚从巴黎回来,还没倒好时差。"

"啧啧啧,讨厌死了你,秀恩爱。"表妹掐了一把庄星。

停在那一刻就好了。庄星想。她那时候刚刚结婚两年?不对,是刚度蜜月回来。她叫上了表妹,说要把在巴黎代购的包和化妆品给表妹。那是庄星最放松的时候。她在吃饭和写字的时候都会欣赏自己的婚戒,如欣赏一枚勋章。不对,是盖章,证明她达标了。后来才发现她能睡着是因为怀孕。

那天晚上阿史一边盘账一边说:"你妹真可以啊,我们给她带包,还要请她吃饭。以前在大学里也是这样,她出国交流,回来时我们让她带礼物给老师,礼物费用大家AA,这没话说,她连行李超重费也叫我们AA。"庄星走过去,看阿史列在电脑上的数字,说:"一家人,算了算了。"

阿史的手覆上庄星的乳房,他说:"哦,一家人,那你补偿我哦。"

庄星缩了缩,阿史的手就势往衣服里放一放。他呼吸急促起来。他说:"我原来和你妹都不熟。要不是为了认识你。"

"说得好像你们大学没有女生一样。"

"学艺术的女生,不一样。你那时候骑自行车到我们学院门口,我走出来时看到你,你站在一棵盛开的什么树下。你被淋湿了,衣服贴在身上。小仙女一个。"

"四教前面的那棵是红叶李。"

庄星是在大学城长大的。她的父亲是大学的建筑系教授,家里来往的都是那些人,设计师、画家和博导,他们的孩子上清华、宾大、哥大,在巴黎高等师范大学,在哥廷根大学,在罗德岛设计学院……就好像你从小住在渔村全村都捕鱼,你长在山上猎户邻里出门都有收获,庄星对于自己上了位于上海郊区的工艺美校这件事,并不在乎,但也不想提。直到父亲的朋友开始问她要字。直到她的名字开始出现在书法展里。父亲总是抚摸她的头发,说只希望她开开心心做自己喜欢的事。

"再说,做教授就是成功吗?我们这种老东西应该快点腾位置给年轻人,是吧?你问问北辰。"庄老师笑着指了指北辰。

结婚后,庄星还是习惯每周去看爸爸。北辰看到她,买了三杯咖啡跑上楼,气喘吁吁。他矮矮胖胖,很大的眼睛,内双,平头,总是穿休闲衬衫、工装裤和帆布鞋。这也是庄老师的着装风格。只是相比而言,父亲个子更瘦些也紧实些,这和父亲常年跑马拉松有关。

北辰递给庄老师美式,辨认着杯子上的标记,把拿铁递给庄星,笑着摇头说:"庄星啊,你爸爸又在给我画饼。我'肝'不动了,这辈子做个老讲师知足了。"

庄星四仰八叉坐在爸爸的办公室的沙发上。北辰顺手拿一个靠垫来给庄星。"腰。"他说。他帮她脱了鞋子,并排放在沙发下。

"坐起来,结了婚的人了,端庄点。屋里还有别人呢。"庄老师叫庄星坐起来。

那时候她刚怀孕,怀孕的人最大啊,她撒娇。父亲也奈何不了他。

"北辰又不是别人,北辰不会说我的。"庄星吐着舌头说。

"是啊,你小时候还坐我膝盖上呢,下次就是你小孩坐我膝盖上了。"北辰说。

"三代人,一眨眼,真是白驹过隙。"庄老师一边喝咖啡,一边说,"我只想快点退休,我的愿望是去山谷里造一幢自己喜欢的民宿,依山傍水的地方,请朋友来玩。我的人生任务都完成了。"

"任务没完成啊,老师,还有五百本要签名。"北辰把一摞摞准备要签名的著作摊开到扉页,把签字笔递给庄老师。

北辰对庄星说:"你爸爸还是理想主义者。还风乎舞雩,咏而归呢。"

## 3

比自己小两岁的表妹考上名牌大学时,庄教授帮了点忙,让表妹顺利进了金融系。表妹说:"真羡慕你啊姐姐,你事事有舅舅。"庄星嚷:"我才羡慕你。"她更紧地搂着表妹说:"你才是读书的料,为你高兴。"

有了表妹在大学,庄星去大学城更勤了。那段时间,她经常有空就去旁听父亲的讲座。她贪看那些大学生。他们坐在这里是名正言顺、真材实料。她想。她很喜欢被问路。"同学,教学楼在哪里?""啊,谢谢同学。同学请问图书馆在哪里?"她喜欢被当成这里的一分子。那天出门遇雨,庄星问北辰借了自行车,一路北骑去大学城另一侧的第四教学楼找表妹。她被淋湿了。

表妹的同学阿史走到红叶李树下,替庄星打伞。

阿史追得凶。半夜到庄星楼下唱歌。短信电话一天到晚不断轰炸。他长得和父亲有些像,也是高个儿,也常年长跑。"你们是好学生。"庄星说。她后来知道阿史也是他老家的高考状元。

有的人念到高三崩溃到要跳楼,阿史做完功课还在外面吃夜宵。阿史爱吃。什么都吃。从米其林餐厅到路边摊,有时开车开到一半会停下来,叫庄星去弄堂口买根油条。庄星从没被人支使过。穿着高跟鞋站在大饼油条摊前让她觉得有趣。听阿史侃侃而谈公司里的项目、海外交流见闻还有法国大厨的手法以及酒类的名字,也让她觉得有趣。她觉得他精力旺盛、效率奇高、好学博闻。有时庄星和阿史说小贝的事,她说了很久,女儿的表情,女儿做了什么,女儿又打算干什么。

阿史一句话总结:"你就说小贝要买什么。"他摸出手机打开转账页面。她觉得阿史言简意赅。

是庄星说服阿史可以叫朋友一起聚餐。人越多,庄星觉得更自如,她是成功人士的妻子,是漂亮房子漂亮餐厅里的漂亮女主人,女主人需要观众。她叫表妹也常来做客。他们在同一个美食平台选择了互相关注,在同一个"超话"里互为好友。

吃饱喝足后余兴节目是大家——阿史、表妹和他们的同学——到庄星家里来试酒,喝了几杯后,大家错落占据房间一角。他们开着电视放美剧,但也不一定看,有时候听唱片,也聊天,他们在不同投行和金融机构工作,生意上有交叉,经常跳槽,所以基本上每个人都和对方的公司有过交集。听这群优绩者聊天,让庄星觉得某种意义上,她复刻了小时候家里的客厅。

有时庄星觉得酒劲上头来,会捂着脸回卧室会先睡一会儿,然后再起来开门参与进他们。她为了保持身材,会在饭后催吐。但她从来没有告诉过阿史。他说他最喜欢她大城市知识分子家庭的儒雅。人文、艺术、涵养。你父亲就是典型的谦谦君子,温润如玉。阿史说:"你很安静。写字这个爱好很好,不会打扰别人。"

吐完躺在卧室,听到客厅里大家说笑的声音,有时那声音响,有时那声音轻,庄星觉得挺满意。连吵的时候也觉得好。因为知道他们就在那里。隔着一扇门,她所要而没有得到的一切补齐了。只要推开门。

现在,庄星躺在一个陌生的山谷的陌生村子里。

她躺在父亲去世前花了所有心血打造的山谷的白房子里,躺在这张还没对外开放的民宿的床上。她想,那扇门隔开的,原来就是她的前世了。


差不多过了五点,外头的风雨收声。蒙眬中,庄星听到山谷里的鸟鸣。

她在枕头上挪了一下位置,从渐渐能视物的窗户眺望民宿外的景色。父亲喜欢这种细节,走入室内,通道收缩,是一个由暗到明的过程,然后是窄窗、墙,再然后一面宽阔的窗,豁然开朗。他不喜欢一览无余。他说视线需要节奏。

窗外近处是村道两边栾树和杨梅树的顶端,枝头上,有几只灰色的鸟跳来跳去。四周是山。她应该早点来这里看看父亲。可她一心都是要参与书法展。阿史半夜才到家,看到她挑灯夜战满地纸,他摇着头进屋洗澡,洗了澡出来问她,将来准备干什么?

"什么干什么？"

"我知道参展是你的心愿。现在既然要开了，你也该想想开好以后。"

"以后怎么样？"

"人工智能时代，书法的前途……"

"这是国粹，是艺术。"

"你早点听我的，开个辅导班带小孩写字。家长们都愿意为辅导班掏钱的。等小贝大了，我也不反对你教教她。我是真心为你好。你不就是要证明自己能赚钱吗？"

庄星低头在砚台上舔笔。一直到女儿睡了她才终于有时间到客厅来铺纸。书房里全被阿史的东西占着。

"你再写能超过王羲之吗？"

"不能。"

"现在大家都夸你，但只有我才会告诉你实话，对吧？这几天你忙得让女儿吃外卖，还让她一个人看半天电视，我也没说过你，对吧？我还是支持你的梦想的，对吧？"

阿史说这些话的时候，很温柔。他蹲下来拣着一幅字，笑着。


民宿四周的山上都是竹子，风一吹，叶片的海如浪潮起伏，黛色的山的轮廓渐渐从黎明的边缘中凸显出来，细细的白色山雾不断离散又聚集。

有那么一瞬间，庄星觉得山岚其实丝毫没动，飘来飘去的是自己，她身在山谷里，也不在这里，她其实还在那里，被困在停车库。散兵游勇，撤退三百公里，想到父亲的怀抱里。

庄星分辨出淙淙水声，她起身打开阳台门，雨停后，山谷里极新鲜的空气和瞬间响亮起来的水声一起涌入屋内。阳台外沿，几只被惊扰到的鸟扑棱棱飞起来。庄星走到阳台上，从这里正好可以俯瞰民宿下方的溪流。

她套了一件衬衫出门的时候，看了一眼隔壁紧闭的房门。走廊里还散落着装修工人的条凳和工具箱，地板上铺着保护膜。一楼是前台，柜子后面是保洁阿姨的房间。庄星走出院子的时候，街面上一个人也没有。她打开手机定位。看到这一块河谷平原南高北低，溪水就随着山势一路流下来。最终流入水库。

她要去看看那个水库。

# 4

在开书法展前三天,表妹被庄星拉到咖啡店听吐槽。听完了后,表妹说:"你不开心。"

庄星低头看拿铁里的拉花。这家咖啡店店主在墙上贴着拉花比赛亚军的奖章。他为表妹拉了一头熊,然后为庄星拉了一个超复杂的带翅膀的马。

"飞马?"

"独角兽!"那店主翻了白眼,傲娇地回答。

表妹和庄星头凑在一起笑了笑。

"我有时觉得,也许我活得太不现实了。"庄星说。

"和现实无关。生活没有答案,所以需要你们搞艺术的。"

庄星摇摇头。

表妹说:"我和阿史一样。我们顶多算产品的消费者,不能创造,但艺术能创造。"

庄星说:"阿史讲,全是因为家里有他,我才能去搞形而上。他负重前行所以我才能岁月静好。"

表妹笑着说:"你去忙你的形而上,岁月静好不是挺好的? 这段时间,我可以帮忙去接小贝。"

表妹说:"我才是看着小贝长大的。你怀孕那会儿产检,他天天说忙不去。我也做这行,我怎么能挤出时间? 怎么能你一叫就陪着你去?"

庄星说:"是啊,有时候觉得你才像我老公。"

表妹说:"你是大小姐,永远有人在照顾你。争宠。我们都争着宠你。"

庄星笑着靠在表妹身上。

表妹说:"好啦,这样,我晚上接了小贝吃晚饭,然后交到她爸爸公司,让他下班带回家,你就可以多几个小时属于自己,安心筹备你的展览。"

她们手挽着手走出咖啡店。那一瞬间让庄星想到她们二十岁出头的时候。她们一起在品牌店打折时排整晚的队,后来一起买第一双高跟鞋,一起去美甲店做手,一起在百脑汇楼上挑手机,一起在肯德基打小时工,然后凑了钱买第一台电脑,她们一起站在八万人体育场外踮着脚尖听里面传出的歌手歌声。在庄星试婚纱时,也是表妹陪着的,庄星走向阿史的时候,也是表妹捧着戒指盒。

婚礼司仪在表妹进场时放了钟点的节奏声。

嘀嗒嘀嗒嘀嗒……

时针进入倒计时。

原来当时已经进入倒计时了,为什么庄星当时没有发现?如果发现了她还能不能那么笑着走出咖啡店?

那天走出咖啡店,庄星发消息叫爸爸一定赶回来参加她的书法展。

其实有什么要紧? 不过是许多中青年书画家的联合展览。但爸爸来了。

来上海的时候是北辰开的车,回去的时候,装修队的工人说快要下大雨了,屋顶有些漏水,要庄老师回来看看。爸爸心里着急,所以自己开的车。

后来交警打来电话时确认了这点。死者六十五岁,坐在驾驶位。另一位死者四十岁,坐在副驾驶位。车速并不快,是前面一辆水泥搅拌车打滑侧翻,压到了小轿车。

表妹那几天特意请了年假,一直住在庄星家。白天表妹给庄星做饭。晚上是表妹彻夜抱着庄星,抚摸庄星的背,让她好喘口气。殡仪馆给出的流程非常现成。订花、订照片、订棺材,庄星自己研墨写了挽联。书法展后第一次研墨,是她给父亲写挽联。

阿史正在外地出差。他在葬礼前一晚赶回来烫西装。她看到他出现,和他大吵一架。他说他为了来送岳父,特意推掉了一个在海外的项目。还要怎么样?他定了最大的花圈。他的父母在照顾小贝。"你还要我怎么样?"他不明白庄星的歇斯底里,"我已经做到这样好了,我给你打了礼金了。你问问你妹妹,你对我们的压力一无所知。是谁让你能每天打扮得漂漂亮亮?你只不过是在家带孩子写写字消遣啊。"

庄星走进厨房打开碗柜,把阿史买的所有餐盘摔碎在地上。

但在父亲葬礼结束后的晚上她就给阿史发了消息道歉。她说她重新下单买了新餐盘。他回复说他明白她心情不好。他要立刻出差,已经上飞机了,再聊好吗?

父亲葬礼一天后是北辰的追悼会。

庄星一个人去了。北辰的太太个子不高,样子朴素,儿子初中生模样,一脸青春痘。他们都穿着黑衣服。北辰的妈妈对那个修复了又修复,甚至都被敷了粉打了腮红的脸俯下身,如所有母亲会对摇篮里的婴儿俯下身那样。

庄星从没见过北辰穿正式西装。她没法在这被黄白色菊花淹没的陌生人脸上辨认出她认识了一辈子的人。还打领带,真的一样,她简直想笑。

庄星读幼儿园、读小学,都在父亲大学的附属子弟学校,放学的时候,父母有时没空来接庄星,就拜托北辰来接。在一堆来接孩子的老人当中,年轻的北辰显得很特别。每次被老师领着走向门口的时候,庄星便远远看到北辰胖嘟嘟的圆脸,他挥着手叫她:"庄星,我来啦。"庄星紧绷一天的心立刻松快了。

他会从她身上接过书包。"真沉啊。"他埋怨,然后憨憨地从裤兜里掏出一根巧克力棒,让庄星一边吃一边回爸爸的办公室。

"都化了。"庄星说。

"我暖呀。"北辰笑。

后来庄星把校内课间休息发的点心带给北辰。喏,手绢包了两块饼干。喏,小心翼翼揣在口袋里的一只橘子。"投桃报李。"她说。

北辰说:"感动,不过,你留给庄老师吃好了。"

庄星说:"不,给你。"

北辰说:"我可不是你家长啊,我是……你爸爸的助手。临时帮一下忙。"

"那我呢,爸爸的右手吗?"庄星问。

北辰讲:"你是你爸爸的心肝。"

庄星走过去一把抱住北辰的肚子,把脸贴上去,听着北辰的心跳。是这里的心肝吗?

北辰讲:"对对对,伺候好你老爸还要伺候你。"

现在北辰妈妈微微俯身,几乎是含笑地对棺材里的人说:"你有什么不舒服吗? 不舒服要记得讲啊。是吧,跟老师太忙了,哦。"

北辰妈妈抬头,茫然看着走过来献花的庄星,她说:"啊,小星来啦,问你爸爸好啊,平时北辰多亏他照顾。"

那老妇人的眼神完全没有聚焦。她轻快地回头对北辰说:"你快看,谁来了。"北辰妈妈伸手探入棺内去拍北辰,被其他亲友拉开了。

庄星不记得自己是怎么回家的。

出租车已经送她到小区门口,她下车又走出去,找到最近的一家酒吧要了一整瓶酒开喝。然后她想到阿史。

然后她想到自己还要去接小贝回家。

阿史总说:"你凭着良心说,总是你和我吵,我从来不和你吵,对吧?你让别人评评理,是庄星情绪不稳定,我是讲理的,我是包容的,对吧?"阿史就是这么把表妹推过来说:"你去陪陪庄大艺术家,艺术家情绪就是不稳定。回头我请你吃饭当谢礼。"

庄星想在回家前散散酒味。她打算在小区绿化带里走走。可江南进入黄梅雨季,雨落下来了,她乘电梯到地下车库。

空荡荡的地下车库,一个人也没有。角落散发着一股猫尿味。她绕了一圈,准备上楼。远远看到自家的车。它在诡异地抖动。庄星以为自己喝到神志不清了。

她擦了一下自己的额头。视线都产生重影了。她想,清醒一点,她对自己说,振作一点,庄星。然后她发现那交叠在一起的是两个人不是一个人,是两个实体不是两个影子。

"你为什么要下楼?"后来,表妹隔着桌子坐着,很平静。

就好像之前她们在咖啡店聊天那样,也就是十天前,她们头还凑在一起,看着手机准备下单,在给小贝选凉鞋时出主意。为什么选带蝴蝶结的?小贝明明说过她喜欢带珠子的。为什么要选粉色的?小女孩都喜欢粉色的,但小贝偏喜欢蓝色的。你为什么要下楼?男人都是这样的。他们没有进化好。我是拒绝的,但他非要这样。

"你为什么要下楼?"表妹问。

表妹说:"你又不开车,这天为什么到车库来?我从来没告诉过你吧,我还不是希望你幸福?可你,你不是自己告诉我你不开心吗?"

表妹说:"不,我没打算取代你啊。但本来就是我先认识他的。他先是我的同学,你记得吗?"

表妹说:"他能选你,为什么不能选我?"

# 5

清晨的村里,各家民宿的主人陆续起来,有的在开窗透气,有的在门口支起桌椅。江南地区的雨季,触目可见的一切,花草树木、门窗地面都是湿漉漉的。庄星沿着溪水的流向走,水面越来越开阔,岸边的村屋渐渐消失。只剩一条大路。她顺着路走,越走越快,直到写有水库字样的岩石标记出现在一个巨大的花坛里。

这是一个建造于二十世纪七十年代的拦洪发电的大水库。她走到水边,举目远眺,真安静,只有竹林与风。水库大概有五个西湖那么大。

标牌上写着"禁止垂钓"和"禁止游泳"的字样。走下去也不是很难。她看了看环境。

但有好几个十岁上下的孩子正在水库边扔石子玩,吵吵嚷嚷的。庄星留意到一个孩子能同时用三颗石子打出水漂儿,如同魔术。围观的小朋友都叫起好来。

她站在那里想,人真了不起,能把水流拦截成湖。但人又什么都控制不住。


当时她就是这样和阿史说的。她说的第一句话是:"你不能控制一下吗?"

阿史蹲下来抱着她的双腿。庄星意识到他抱着她,是为了防止她走近表妹。她低头看阿史的颅顶。他的头发稀疏了。他不再是那个疯狂地在她家阳台下唱歌的人了。他不再是那个一把抱起她在塞纳河边转圈的人了。他第一次和她过夜,他发抖,说他幸福得要哭。他说他十年寒窗不知道为了什么,到上海来不知道是为了什么。此时此刻知道了,是为了走到庄星身边。

他说原来做的每一道题都有意义,是为了走进那所高等学府,为了在那个雨天看到你。从今以后也只爱你。永远永远,今生今世。

而庄星曾经觉得,那些她不能为父母证明的,阿史替自己做到了。

在婚礼上,他引用了黑塞的诗:"因为你,我爱上了这个世界。"他还唱了猫王的歌:"坠入爱河。对,就是一头掉进去。I can't help。情不自禁,坠入。坠入你懂吗?你经历过吗?"

控制不了。

他的头发稀疏了。他的眼袋下垂了。她难以相信自己从未留意到这点。自己不久之前,还在为写书法内疚,为筹备展览反省,还在想自己当了母亲就有义务让家里没有后顾之忧。就好像自己的母亲一直为她父亲付出一切,母亲一生以做庄教授太太为荣。父亲拍着庄星的头说:"女儿最优秀了,你不要委屈了自己。"但母亲总是拉着她叮嘱,聪明女人要学会给男人面子。

庄星总觉得哪里不对劲,但她不知道哪里不对劲。

"你够幸福了。"阿史一遍遍强调,但是她感觉不到。也许真的是因为自己情绪不稳定。所以她在父亲葬礼上看见母亲的刹那,就决定向阿史道歉。

阿史当时说的是:"你问问你妹妹,你不懂我们这行的压力。高处不胜寒。我都不敢在你面前流露。"

他是什么时候开始用了"我们"?

所有的餐盘全被摔碎在地上。从今以后没有我们了。

现在只剩她一个人在家。庄星走到厨房倒水,喝水,没有餐盘的橱柜,显得很空。然后她坐下,然后躺在地板上。

她听到冰箱嗡嗡运作的声响。冰箱里还有表妹烧好放在"乐扣乐扣"里的鸡腿。("阿史、你和小贝一人一个。")还有表妹特意做的欧包。("早上烤箱热两分钟就能吃。")

天黑了。天亮了。天又黑了。天又亮了。

它们在冰箱里发霉。


躺在地上,她和想象出来的北辰说话。

"为什么那天不是你开车呢? 爸爸年纪大了反应慢。为什么那天你们不坐高铁呢?"

"我应该过去陪陪爸爸,真的。让我过来你们这边,换你们回来。"

"北辰,像小时候来接我一样。求求你,再来接我一下。接我一次。"


有一个傍晚。北辰和她说:"你写书法,临的米芾、赵孟頫,他们都写诗写过苕溪的风景。庄老师一定和你讲过吧,我们门前的水就是苕溪的一部分。"

北辰在她背上写着"苕溪"两个字。庄星怕痒,翻身不让他写下去。

"书法家这么敏感啊。"北辰说,紧紧抱住庄星。

北辰说:"小时候就抱过你,你一年级还是二年级的时候,去春游回来那次,拉肚子,裤子都脏了,班主任打电话给庄老师,庄老师在法兰克福讲学,国际电话打回来催我去接你,你留在教室,磨磨蹭蹭,不肯出来,我只好走进来抱你,臭死了,臭妞,没想到现在还要抱你。"

"我记得。那天大家放学都走了,我不敢站起来。大家都走光了。走廊里都没有人了。天都黑了,我很害怕。我听到你叫我名字,你不知道我多么感谢你来救我。"庄星哭了,"你带我走吧。我太难受了。"

北辰亲了亲她裸露的肩头。

"向之所欣,俯仰之间,已为陈迹。"北辰说,"你就来帮我们写这幅字,就写这两句,'俯仰之间,已为陈迹'。写好了装裱挂在民宿大堂里,以后大家一进门就能看见,如何?青年书法家为我们题词呢。大庄老师设计,小庄老师写字,厉害吧?多神气! 在古代,属于一门两进士,父子同上榜。"

北辰起来,说要走了。他拍拍肥软的肚子,说:"我实在没有老师的毅力天天长跑啊。对了,我告诉你,我们在民宿挖院子的时候,竹根下看到一窝蛇。工人说,是祥瑞。我们开车把蛇放到水库边去了。蛇是小龙,困龙得水,就舒展了。"

"我来的话,你来接我好吗?"

"一定会啊,变成鬼被你一叫也要来啊。"

他一件一件穿上衣服,他说:"竹海、山岚,云中雁阵、老树生苔,一切的一切,和你们书法的章律,都是通的。"

他说:"那水啊,碧青。青玻璃。"

北辰说:"对了,想起来了,赵孟頫是这么写苕溪的,'我居溪上尘不到,只疑家在青玻璃'。"

玻璃面上倒映着孩子们挥动手臂的样子。

忽然,镜面裂开,绞碎湖面倒影的群山。

孩子们扔出的石块擦过水面,轻盈若飞。一点一点,化成涟漪,化成碎影。

然后一切都沉入湖中。

# 6

那几个在扔水漂儿的孩子一下子收缩成一团,又尖叫着散开。

一个大孩子直直朝庄星奔过来。水库边只有她一个成人。

在嘈杂的呼救声中,庄星明白过来,是一个小孩子为了捡石子失足滑落水中了,她立刻冲过去,拨开慌成一团的孩子,跨入水中。

好冷啊。已经入夏,没想到水库的水刺骨如坠冰窟。庄星踩了几下,脚下够不到水底了。她看了看小孩。那落水男孩的头在水里明明灭灭。此刻还不行。庄星!她叫自己的名字,调整呼吸。此刻还不行。她想。

水托着她,身体慢慢浮起来,她的肌肉记忆指挥她开始向落水的孩子蹬腿过去。那男孩只被冲出去两三米。庄星伸出手,让男孩抓住。然后她划动左手。他俩慢慢够向岸边。

岸边的孩子七手八脚地抓住落水男孩,等他一上岸,他们一哄而散。

天空又开始下雨了。庄星坐在岸边平复呼吸。她浑身湿透。在庄星抹去脸上水珠的时候,发现一条蛇在看着她。乌青鳞片上,灰褐色的纵纹,两粒黑眼睛。

她不觉得害怕。她看着蛇,她希望它能近一点,它应该刚刚在水下就咬她一口。这样刚刚一切都可以结束了。

她到水库来,就是为了这个。来结束一切。

偏偏那个小孩要她去救,她都下去了,都到水库里了,又不得不游了上来。像死过一回。

但现在整个水库只剩她一个了。

她站起来,她的心跳如擂鼓。她走向刚刚下水的地方。

"阿姨。"方才那个向她呼救的少年跑过来,羞涩地呼唤庄星。她停下来。

"谢谢阿姨。"他说,"谢谢救我弟弟。"少年鞠了一躬。他把手里的伞递给庄星。

庄星摆摆手说没事,她定了定神,这才笑了笑,说:"你们当心点。"她想搀起那个少年,但只触到他的脸,好暖好暖。

她心里轰然一响。

蛇消失在石缝里。

庄星低头看,发现方才在救落水儿童时,被对方抠掉了右手背一块肉。那小孩求生时的力气可真大啊。现在她的伤口渗出血来。混着身上的湖水和雨水,血一点一点顺着手背流下去,她觉得痛感一点点渗出来。

衣服湿透贴在身上。她觉出冷。那道谢的少年跑开几步,又在不远处停下来回头看庄星。他撑着一把伞,明亮的黄色。背后是碧青的群山。山上白岚弥漫,如雾如梦。庄星对他挥挥手。他还在等她。她跟着他走上台阶,走上路面。她要回去冲一个热水澡。

回到房间,手机上是十几个未接来电。有表妹发来的消息,庄星划走不看。

然后是工人发语音来,在等庄星决定民宿接下去怎么办,保洁阿姨在等她结算工钱。以及父亲的朋友,说要等庄星的意思,接下去系里准备办个小型追思会。

还有小贝发来的语音:"妈妈,你怎么提前去休假了?"

她听到话筒那端,孩子的声音后面夹杂着阿史的呼吸。他没有发声。"妈妈我马上放暑假了,你也带我一起玩吧。妈妈你帮我买凉鞋了吗?妈妈,你在哪里玩?妈妈,你开心吗?"

庄星把手机扔在床角。

一触到枕头,她立刻睡着了。


床垫轻轻一荡。是北辰走过来躺下。

"你听外面的雨。好大。下倾盆大雨就是这样的。庄老师说,rain cats and dogs,下猫下狗。我们走不了啦。"

"你哪里也不许去。"她从后面抱着北辰。把头埋在他肉乎乎的背上。

"好,我们哪里都不去。"

房间里没有开灯。她已经看不清北辰的脸。她什么也不想看清。

她又变成小孩子,拉肚子拉在裤子上,浑身发臭,裤子凉凉地贴在腿上。她不敢动弹。所有的人都被接走了。她那有名望的父亲总是忙,总是不在,总是不来。现在连老师也走了,教学楼的走廊灯关了。整座校园安静下来。鸟叫,虫鸣。风从窗缝呼呼吹进来,没有人了。毛骨悚然。

这时她听见北辰的声音,他气喘吁吁沿着走廊跑过来叫她的名字:"庄星,庄星。"

他气喘吁吁的,已经汗流浃背。

庄星缠着北辰进来,一次又一次。她对阿史从没这么放肆过。她也从来没有这么放松过。有什么从她身体内部裂开来,冰川融化,玉石倾倒,碎入海底,涌动浪潮,全世界的水平面随之上升,淹没陈迹,淹没来路。

然后她就这么贴着北辰,像一对荷底的青蛙,交缠着不动,没有身份,没有定义,就这么听着雨声的节奏。

他抚摸她手背上的伤。

"古人管这叫云雨,化云为雨,落下来。变成生命,变成生灵。西方人就觉得是猫狗。"

"那一定是透明的猫和狗。"庄星说。

"为什么是透明的?"北辰说。

"雨滴变的嘛。"

"我觉得应该是青色的。毕竟掉在竹海里。青色的猫青色的狗,胖滚滚的,一只一只接连从竹叶上掉下来,圆圆润润的,挤挤挨挨的,顺着山谷中央一条溪,最后都滚到水库里去。多可爱啊,把溪水都挤得涨起来了……"

"然后呢?"

"然后到太湖,然后到淀山湖。"

"然后呢?"

"变成黄浦江,到上海,最后到东海。"

"最后能到吗?"

"不到又怎么样呢?"

"对啊,不到会怎么样呢?"

"不能到的话,就在这里。"

"在哪里?"

"就在这里停一停。"

**【作者简介】**沈轶伦,中国作家协会会员。已出版《如果上海的墙会说话》《隔壁的上海人》《似是故人来》《说宁波话的上海人》等非虚构著作。短篇小说发表于《上海文学》《西湖》等。

# 驯 虎 记

李知展

## 1

　　是一场豪华和荒诞的葬礼。滨湖别墅的院子里，香烟袅袅，咒语缭绕，三名道士和三名和尚轮番做法礼忏，烧香念经，悲哀虔诚，超度亡灵。一位锦裘华贵的妇人在两边年轻女孩的扶持下，坐在檀木雕花椅上，哭得好看又肝肠寸断，口里不停呻唤："多福，你好狠心，就这么撇下妈妈走了啊……"镜头切换，从李虎的眼光看过去，黄白两色鲜花掩映下，金线勾勒黑体凝重的灵台上，供奉的是一张金毛的尊容。他作为本地有名的狗场经营者，闻名遐迩通狗性的人，应邀负责金毛最后的入土安葬。妇人仍在追忆哭喊，拍着手，拈着纸巾，泪光涟涟，沉痛倾诉和多福相处的温馨时光……李虎有点急，他等着法事做完，送逝者葬入提前买好的高档墓地。妇人对墓碑上的电脑字体不满意，要将正楷换作汉隶，这一通忙活完，才能交差，才好领取那封望眼欲穿的红包。

　　他急需这笔钱。女儿发烧，在医院输水，他想早点赶过去陪她。哀乐还在放着，和尚道士绕着圈，超度经文念了一遍又一遍，悲哀持续渲染，似是没完没了。他也只能低头扣手，做痛心状。

　　忽然，《月亮之上》的歌声高亢明亮，一下子刺破这重金打造的悲伤。他的电话响了，是妻子帮他设置的来电铃声。妻子闫羊喜欢曲调昂扬的凤凰传奇。贵妇人瞪来一眼，李虎握着手机，像是握着炸弹，手都是哆嗦的，不由得低声叫了句"哎呀"。可看到来电人姓名，又不敢不接，脑门儿上挂了一帘汗粒。惶惶然觑一眼妇人，塌着肩，歉疚地笑着，歌曲还在月亮之上激扬，妇人赶苍蝇一样，厌恶地挥了挥手，李虎这才小跑着，往僻静处接听。

甫一接通，陈狐尖细的嗓音就传来："虎子，忙什么呢？那件事儿想通了吗？晚上'山村食佳'二楼'喜相逢'房，我们兄弟叙叙哈。"略一停顿，他说："王局也来，就这么定啦。"不似邀请，更如下令。说完陈狐就挂了电话，徒留李虎原地愣怔。

李虎清楚，陈狐也好王豹也好，其实从没看得起他，他们一叫他"兄弟"时，他就知道，准没什么好事。"兄弟"两字是紧箍咒，他们又来索取情义了。只是这回，他打算反抗一次，不再奉上利用价值。

## 2

冬天的雪湖凛冽肃杀，水面冰封，寸草不生。李虎在湖边生了堆火，冰面上砸出个窟窿，将缝衣针烧红扭弯，纫上丝线，用河沟里掘出的蚯蚓作饵，钓鱼。他不停地哈着气搓着手跺着脚，在火堆和钓洞之间来回跑。太冷了。他破烂的棉袄不知拾谁穿剩下的，小一号，箍在瘦削的身上，棉花缺斤短两，领口四分五裂，纽扣丢三落四，袖口因不停擦拭长流的鼻涕，积年累月，乌黑油亮，是他少年时期的包浆。

李虎打小没娘。娘早逝后，他爹经人说合，续娶了一位村里的寡妇，等于打包入赘，从城郊搬到几十里外的村里过起了日子。李虎跟过爹一段时间，不怕干农活儿，但受不了后娘的冷漠。人家有儿有女，是一家子，热热闹闹，有说有笑，他爹都是倒插门的外人，大气不敢出，他又算个什么呢。这年，李虎因中秋多吃了几个月饼，后娘就没给好脸色，喂猪时指桑骂槐地嘟囔了句："吃，就知道吃，猪托生的！"此话情理不通，李虎没忍住，接了句："嘿，它要是狗托生的那还奇了怪呢。"没等后娘声嚷，事态扩大之前，他爹及时照李虎腔上一端，也是嫌他没眼色，少吃几口能饿死？李虎爬将起来，呵呵冷笑，对他爹这种为了自保急于划清界限的行径很不屑了：白天我割了一推车牛羊草料你们没看到，吃两个月饼就都看到眼里了,去他妈的吧。老李你也忒不是个东西,我娘刚病死半年你就新娶,给人家吭哧瘪肚地做个免费劳力,热脸贴上冷屁股,还觉得和他们是一家的,呸!爷们儿走了,你就在这儿长久地过你的好日子去吧!李虎掏出东西,在门口撒了一泡,头也不回,扬长而去。

还回到城郊,和病恹恹的奶奶生活。平日里,奶奶替附近煤矿上的工人浆洗、缝补;逢集,奶奶拄着拐,眯着迎风流泪的昏花老眼,在街口摆个小摊,卖点针头线脑;辛苦节俭,勉强落点小钱,够他们祖孙俩买挂面吃。能糊口就不错。至于荤腥、零花钱、新衣裳,想都不用想。可逼急了,李虎也有办法,下河钓鱼,上山逮鸟,上蹿下跳,偶尔能打个牙祭。

浮子动了,有鱼咬钩。他忙从火堆前奔到湖边拽绳,是条巴掌大的草鱼,李虎潦草清洗下,鳞片都不刮,用树枝穿着,架到火头上。刚烤熟,雾气中,闻听几个半大孩子下到湖边,大约是来溜冰。他们寻着篝火和香气,走近了,李虎才看清是王豹、陈狐他们。李虎握着树枝的手心一紧,咽一下喉咙里丰沛的口水,还是把烤鱼扬着,献到王豹跟前:"刚烤好,豹哥你尝尝?"胁肩谄笑。

王豹父母叔伯都在集团矿上做管理层。彼时城郊煤矿效益正水涨船高,他作为独子,生养得娇,爹妈赐名王宝,成天"宝儿,宝儿"的,千宠万娇。稍大点,他觉得不是那么回事儿,改为王豹,自觉挺有气势。四近的孩子都买他面子,明明他属兔,陈狐、李虎都比他大,也叫他豹哥。一个个半大孩子,拙劣地模仿港片的样子。这王豹也有意思,后边又觉得属相卯兔不足以彰显霸气,年龄改小一岁,成了1988年生,属龙,这才满意。

当下,王豹对他黑乎乎的供品看也不看,一脚踢开:"狗屎似的,什么玩意儿。"

陈狐指挥李虎扯了一窝干草,铺就一方最佳的向火位子。在陈狐的恭请下,王豹理所当然地坐下,勾出几根手指,做个烤火样子,不冷落属下的殷勤,这就难得了,有了与民同乐的味道。王豹见多识广,口才好,十岁的孩子,在豫东闭塞之地,竟知道香港回归这般大事,还能说出第一任特首是谁。大家服气得很,支棱着耳朵,上早朝似的,听他高谈阔论。宣讲完毕,王豹从兜里掏巧克力,开始大宴群臣。别人一人一个,独陈狐得双。陈狐脸上漾着宠臣的得意,站在王豹身后睥睨群像。可王豹一句话,陈狐就跌下云头,一脸惶恐。王豹嘀咕一句:

"让你约的戴鹿呢,这点事儿都办不好,嗯?"

陈狐挠着头,赔着笑,小心解释道:"那不是她爸妈看管得紧嘛,豹哥你放心,你的礼物我都转交到她手里啦,我看她好开心的,眉梢压不住的欢喜,脸蛋儿都红扑扑的。"

想着娇俏的戴鹿收到他的礼物笑起来可爱的样子,王豹这才心情转好,也弹给李虎一枚巧克力。李虎忙接住,欢喜得没抓没挠的,只会冲王豹傻笑。剥开金灿灿的锡箔纸,是一坨黑色,和奶奶吃的中药丸相似,散发着略带焦苦的香甜气息。李虎抠下一些碎屑,铺在手心,用舌尖舔起,甜腻的味道淹没在涌起的口水里,沿着喉咙顺流而下,香甜越发浩大。他舍不得再吃,依旧小心封好,藏在棉袄里,要留给奶奶尝尝。

看他吃得那副猥琐和珍惜样子,王豹陈狐他们哄然大笑。李虎抬起头,也附和着他们笑。陈狐终于忍不住,说破了:"你那颗,是豹哥吃了一口嫌苦又包上的……"

又被他们捉弄了。

李虎习惯了,心口那儿尖锐地疼了一下,随即也就压下去了,仍然嘿嘿一笑,不能恼,举着他烤煳的鱼,大嚼大咽。他们大约也觉得没意思,去湖边滑冰了。李虎吃完一条,他再钓,再烤,吃得不亦乐乎。终于囫囵吃饱,在袖子上擦擦嘴,把吃剩的边角料和鱼刺鱼骨拢在火边,烧出焦煳的气味。又钓了一会儿,选出一条最大最肥的鱼,架在火上,加大柴火,肉香理直气壮、源源不断地顺风往河面扩散。

雾气浓重,王豹踩踩冰层,想滑而不敢的样子,倒是陈狐在湖面上味溜味溜滑得纵情。喧宾夺主,就显着你能!王豹正要发作,陈狐忽然连滚带爬往岸边滑,尖锐嘶喊:"鬼来啦,有鬼……鬼眼在闪……"

傍晚的雾气黑蒙蒙的,在风的作用下,如排浪涌动。陈狐身后的缭绕浓雾里,果然有几点黄绿的光点,森森然地眹着,似鬼眨眼,透着恐怖和诡异。王豹哪经过这场面,惊叫一声,跌了一跤,老大的威严便从脸上啪啪往下掉。他爬起来,踹陈狐一脚,倒责怪他:"瞎叫什么!"

李虎却不惊不慌,脸上是那种早有预料、猎物终于出现即将满载而归的笑。他顾不上理会狐豹二人胡闹,这会儿他镇静得很,有气度得很。李虎掏出腰刀,将浓淡的雾气挑破,眯着眼观察了片刻,嘴咧着,双目小型探照灯似的,灼灼闪动。他挥了挥手，示意那几个货先避到岸上，他伏在旁边的枯草里。

架在火头上的鱼，嗞嗞啦啦地烤着，香气不怀好意又波澜壮阔。鬼眼近了，又近了，四顾探望着，没人，没陷阱，只有肉香坐镇，终于放心现身。这才看清，是两条野狗和一只流浪猫，它们嘴角涎水披挂，眼里放着饥肠辘辘的凶光，确认安全无虞，这才争相蹿到火堆前。

外部既然没有危险，两条野狗彼此开始攻讦，你咬住鱼头，我咬住鱼尾，急得小猫只好吃点骨头解馋。

正于此争食之际，李虎瞅准机会，一个纵身，扑过去，一把抱住稍肥那条狗的头，压制住，往泥窝里摁，抽出手，刀子随即插入其咽喉。野狗呜呜低叫几声，恰如泄了气的皮球，成了一袋沉闷的肉。另一条狗迷瞪间，仓皇逃窜，跑出一段，才对着兄弟的丧命现场，悲愤又屈辱地汪汪几声……李虎泛着笑意，开膛剥皮，去除内脏，将肉条分缕析，在冰水里涮洗。

这一系列动作沉着残忍又行云流水，看得岸上几人目瞪口呆，这是那个唯诺瘦小缺爹少娘乞丐似的孩子吗？这欲擒故纵熟练的捕狗手法，是出自那个被人欺负时只会缩着头不敢还手的人吗？王豹他们都打过他也骂过他，望着李虎手上红艳的小刀尖，这会儿，忽然都有些胆战。

### 3

莽山出好文石，一众古籍里都有记载。所谓文石，石质软硬适中，纹理层次分明，有玉的质感。打出的砚台，磨墨如锉，蘸笔如油，滴水三日不散，蓄墨十日不耗，是文房珍品。除了砚台，还适合做石雕。有段时间，莽山周边的石雕艺人称得上星河璀璨，有擅雕龙刻凤的，有擅雕狮子麒麟的，有擅雕猛禽的，有擅雕花鸟人物的，有擅雕领袖风采的……别的名家不表，且说山脚一处僻巷里，有个老鲁，擅雕石狗。

雕凿石狗，取其忠诚无畏，繁殖力旺盛，镇邪辟魔，安宅吉祥。老鲁的石狗，姿态各异，变换成狮相、虎相、狼相、麒麟相、狻猊相，有站有卧，或平视或仰视，头宽，眼凸，龇牙，咧嘴，吐舌，耸耳，卷须，扭头，摆尾，口含贵钱绳，颈系铃铛，左脚踩钱纹鼓，右脚踩钱纹球，腿刻云雷纹，尾饰祥云纹，身勒力士带，遍饰如意纹……端的是各个不同，神态灵动。石狗功能有别，守村、守宅、守田、守井、守墓等,又有章法,百种风情,千般造化。

老鲁一辈子雕凿得眼瞎。

李虎溜溜达达,常去老鲁那儿闲耍。一是老鲁不嫌他,二是老鲁孤寡,有个人说说话,省得舌头生锈。两人一个杀狗,一个爱狗,为什么能说到一起呢?就是都了解狗性。杀狗的不了解狗言狗语,容易被它咬得鲜血淋漓;雕狗不了解狗情狗态,雕出来的东西是死的。都关系生计,两人论起狗来,有共同话语。常常老鲁雕好了一个新东西,揭开洇湿的草毡子,让小李观摩评点,也是得意之作忍不住分享的意思。李虎小小年纪,大言不惭,道:"老鲁,你这眼角再翘一点,尾巴再甩出去一点,当更好看。"老鲁有的接纳,有的就当小子乱放屁,笑眯眯地随他指点。

老鲁叫鲁牛,长得那真叫丑,龇牙咧嘴的,常年弯腰雕凿,身子佝偻。再加上邋遢,衣服常年不洗,又好烟酒,浑身散发着不洁的气息。老鲁个子矮,手却大;人虽丑,心却灵。老鲁的石狗不愁卖,一辈子没少挣钱,大都被假意来和他相好的女人骗走了。老鲁也不大介意,下次有女人故技重施,说要和他过日子,他仍乐得眉开眼笑的,虽然往往毛也没捞着,女人哄他一笔钱,没等睡呢,就溜了。所以老鲁大部分时间还得自己做饭。李虎来找他,除了能聊到一起,主要的,还是想在他这里蹭顿吃的。

可是呢,不到饿得不行,李虎轻易也不愿来。不是吃饭要领白眼什么的,是老鲁太脏了。李虎也脏,那是没办法,条件不允许,他有颗想干净齐整的心。老鲁不同,是除开石雕技艺,其他都浑不在意。每次李虎去做饭,都要骂老鲁一顿,上次刚给你收拾了,怎么没几天厨房又跟他妈茅房似的,到处黄酱流汤,锅碗黢黑,蚊蝇茂盛。李虎吃他一顿,收拾洗涮,一通下来,累得腰疼,每次都嚷着"老鲁你狗日的邋遢货,下次爷们儿可再不来啦"。每次都这么说,说的时候还牙根痒痒,可过不几天,他还溜溜达达地来。一是又饿,老鲁有钱,买块猪肉,炖上一锅,他俩能吃得满嘴流油;还有一点,这世界,也就老鲁把他当回事儿。

那种被人当成个人的感觉,挺好。

老鲁吃饱喝足,抽着烟,看他小子麻利地收拾锅碗,老头儿笑眯眯地问他:"虎子,想好没,跟爷们儿学石雕吧,不收你钱,磕仨头就行。"

"李虎,李虎!"李虎愤怒,"给你说多少遍了,不要喊什么'虎子'!"好好的一个名字,被王豹陈狐他们一口一个戏谑地"虎子,虎子"喊成了一条狗。狗当狗就算了,人当狗,就难过。在他们跟前不好反驳,在老鲁这儿,他还是要强调一下的。

老鲁就笑:"就说愿不愿意吧!"

"我再想想。"老鲁雕了五六十年,不知什么是尘肺病,可他常喘不过气的模样,李虎见过,有点恐惧,再加上天天一身粉泥,李虎觉得这么脏、苦,不如学个其他的。

"再想,我就死了,你跟鬼学去。"

有一会儿,李虎怅然若失。可老鲁接下来的话,很快就让李虎释然了。老鲁醉了,摊开身子,仰看蓝天,喷出一口旱烟,呵呵笑了,说:"其实,你再学,也赶不上我老头子了,这活儿,到我手里,可能就绝啦。"

老鲁一辈子心思都在石雕上。到他临死,李虎出钱,省民间文艺家协会才追补了一个证书:鲁牛,工艺美术大师。到那时,李虎必后悔没跟老鲁好好学习技艺。可在当时,他只顾怼老鲁:"有啥好牛的呢,还不是连个老婆娃儿都没落下。"并提出:"下次再帮你收拾家里洗衣服,要涨价啊。"

老鲁已半瞎,雕刻时闭着眼,也能做得栩栩如生。半瞎的老鲁一只眼萎缩,一只眼半睁着,成了阴阳眼。看东西,老鲁是看不清了,可看人,却通了神明。逢人走过,老鲁搭眼观瞧,就知道他内里是个什么东西。

"这人,是狼变的,身上披着张人皮。"

"这人,是一头猪,身上除了嘴就是胃,总也吃不够……"

"这人,不要看他人五人六的,其实是只老鼠,装了张狮子相,实则胆子小得很……"

他看李虎:"你这人奇怪。"

"说来听听,怎么个怪法?"李虎不过当他说笑。

"心是虎心,披着张狗皮,这也罢了,下面是牛脚,心里装着个咩咩张嘴却不出声的小羊,肩膀上还趴着一只叽叽喳喳叫的白鸟……你这是虎性、狗生、牛命,还得顾着一羊一鸟。嘿,这辈子可够你忙活的。"

李虎哈哈笑,合着我开动物园呢。这老头儿,越发没正经。也就在他这里,自己是放松的,开心的。

他问:"那你是什么呢,老鲁?"

"我也想知道,可我看不到自个儿。"他说,"小爷们儿,你说,这辈子谁又能

424

认清自己呢？"很是叹息了。

<h1 style="text-align:center">4</h1>

戴鹿还是被约出来了，不过不是陈狐，也不是王豹，是李虎。戴鹿蹦蹦跳跳朝着湖堤走来时，李虎就后悔了。

戴鹿是优裕家境里养出来的小女儿。说个话软软甜甜，看什么都天真烂漫。按说，她和李虎之间，像活在平行时空的人，没有交集的可能。可是呢，戴鹿有条叫"小花"的白色博美犬，这天丢了。戴鹿哭得眼都肿了。这只小可爱是戴鹿远在上海的表姐送给她的，不仅是陪伴了她多年的情谊，更代表着表姐所属的那种优雅开阔的生活。戴鹿哭哭啼啼，不吃不喝。

小公主失魂落魄，一家人急疯了。不过是去市里参加一场婚宴，怎么就没关好门，让小花跑出去了呢？家里的老阿姨更是哭求赌咒，对天发誓："我就出去买了趟菜，走前还给小花喂了水，关好门才出去的，真的，是关好门的，真的啊……"恨不得以头抢地，骂自己，打自己，哀哀地哭，说自己老糊涂了，不中用了，寻死觅活的。阿姨是老家的亲戚介绍来的，沾亲带故，一把年纪，平常任劳任怨，父母再有怨言，也不好发作，只好互相责怪对方不小心。吵完了，又叹气，四处都找遍了，连个影子也没寻到。戴鹿的父亲做生意，母亲供职于单位，都广有人脉，发动朋友一起找，找了三天，也没消息。父母想，毛孩子大约是被哪个该死的坏蛋给害了，甚至悄悄给表姐说了。表姐答应再给戴鹿买一只更可爱的，劝她："乖，听话哦，可不敢再哭了。"

可戴鹿一句话，不只表姐为之一恸，连母亲也落了泪，戴鹿说："姐，就算新买的再好，它也不是小花了……就像再好的那个谁……也不是姨妈了……"表姐的妈妈，戴鹿的大姨，母亲的姐姐，子宫癌去世不久，姨父就另娶了年轻漂亮的新欢……电话里，母亲和表姐都感慨掉泪，表示："找！只要有一线希望，都要把小花找到！"

这就不单单是找一条狗的事了。

打印单张贴出去，悬赏广为传布，电话丁零不断，可都为了骗钱，没一个真是小花。戴鹿心都要碎了，粉泪盈盈的，脸上的婴儿肥都瘦没了，倒显得脸型流丽，楚楚可怜的，更好看了。

一家人着急上火，父亲眼窝红红的，眼袋黑黑的，脸上黄黄的；母亲平日妆容精致，现在只潦草扑个粉底，急火攻心，舌尖上起了好几处溃疡，一说话就带苦相。

上海的表姐电话里时时关切动向。

老阿姨自怨自艾，捶胸顿足，流着泪，病倒在床。

就在这个关头，李虎抱着小花登门。

全家人喜从天降，簇拥着李虎，他似是解救危难的大英雄。老阿姨当场就要给他跪下，哭得大放悲声。

这下好了，失而复得，皆大欢喜。

戴鹿将小花抱得紧紧的，喜极而泣中抬起小脸，郑重地对李虎说："谢谢你！"弄得李虎手足无措，连连摆手："不值什么，也是凑巧，我在湖边钓鱼，听到堤岸下的土洞里有叫声，钻到洞里发现是只小狗，对照了电线杆子上的启事，才知道是你家的……"

话没说完，老阿姨响亮地一拍巴掌："这么说，我想起来啦，都怪我这老不死的。那天你们不是去吃宴席嘛，我想着鹿鹿回来，肯定大鱼大肉吃得起腻，想给她做个开胃的酸汤。湖边常有菜摊子，是近郊的农户自家地里现摘的，菜新鲜……肯定是我关了门，小花又从门缝里挤出来，跟在我后面，我老眼昏花啊，竟没发现，我该死，真该死啊……"她拉住李虎，千恩万谢的："小伙子，多亏了你啊，要不阿姨死了都不安心哪……"絮絮叨叨，又要哭，并强烈要求辞职。戴鹿的父母当然没同意，小花找回来就好了，不说伤心的事了。

最后，说什么李虎也不要酬金。戴家没办法，给他和奶奶买了一堆吃的喝的、几身新衣、一应生活用品。

后来，老鲁听说此事，聊起时，萎缩的那只眼阴沉着，另只好眼眨着，一脸蔫坏，吧唧着旱烟袋，问他："小子，你说实话，真在湖边找到的？"意思很明白了，不会是你小子偷出来，然后藏起来邀赏的吧？

"老头儿，我有那么坏吗？"不过临了，他没忍住，诡谲地笑了笑，"不管怎样，那什么，小狗好好的吧，没人受伤害吧？"

"那要是做保姆的老阿姨是你奶呢？"

李虎不吭声了。转过头，看院中的各式石狗，低下头，嘀咕道："老头儿，我有什么办法呢，出主意的又不是我，我不过是个小棋子罢了……"

只过了几天,李虎就约戴鹿:"现在雪湖边的野花开得可漂亮啦,走去湖边玩啊,顺便看看小花那几天藏身的那个土坑呗。"戴鹿自是雀跃要去。

到了湖边,才发现王豹早已备好零食、坐垫、遮阳伞,绅士款款地笑着,迎接戴鹿。间隙里,冲李虎眨眨眼。李虎一拍脑袋:"哦,差点忘了,上次在店里买了鱼饵还没给钱,你们先耍,我去一下。"

接过王豹扔来的钞票,到底舍不得走远,就猫在一处草丛里。李虎的心都是疼的。因为情窦初开的年纪,中学一帮傻乎乎的男生,谁不将举止文雅温婉美丽的戴鹿作为梦中情人呢?戴鹿在开学典礼或者节日晚会上高歌一曲,那做派、那神态,谁不心旌摇曳?她是天上的星,雾里的花,遥不可及的梦。

那边,王豹卖弄口舌,将戴鹿逗得隔不大会儿就咯咯笑一阵。戴鹿这才发现,王豹并不像之前以为那样轻薄自负,至少在她跟前,是讨好的、臣服的、巴结的。可是呢,他说着话,总千方百计地靠过来,手指蜻蜓点水似的,时不时触她一下。戴鹿躲开,他就安分一会儿,再言笑转圜,待她放松戒备,他继续靠近、试探。如此几回,戴鹿略微讨厌,想,该回去了。

她刚要起身,四顾无人。王豹忽然一把将她拉住,头直戳戳地俯冲,上嘴就亲。那哪是亲,比啃还凶狠,大约也是跟港片里小阿飞学的。因业务生疏,不知错位,头撞着头,眼撞着眼,鼻子撞着鼻子,青春的劲道太猛,戴鹿"哎呀"一声,只觉鼻根酸疼,有血涌出。她一摸,满手殷红。

戴鹿本就有晕血的毛病,这一吓,尖叫起来,声音都劈了,高喊大叫:"救命啊,救命!"叫着叫着,就要软软地晕倒。

李虎闻听此声,急忙拎了块板砖奔来。见状,犹疑了一下,还是跳起来,将砖头盖到王豹头上。

## 5

还是老鲁说得好,有种人,张三得势他摇旗呐喊,张三下去了换成李四,他仍然兴兴头头的。他本就是帮闲的跟班。那副熟练的逢迎状,就像狗对骨头,管它骨头换在谁手。

陈狐就是这样的人。

不需王豹出手,陈狐就纠集几人在厕所里将李虎一通围殴。不过呢,李虎感觉到了,虽然气势浩大,陈狐却没殴打关键部位,砸下来的拳头雷声大雨点小。他懂了,陈狐手下留情了,他也有迫不得已的地方。

说起来,李虎并不十分讨厌陈狐。他自带一团热腾腾的喜气,有他在,氛围总是轻快的,陈狐的热度和幽默让每个人都舒服。他做头领不行,没那个魄力,但总想逗点能,傍上个老大,狐假虎威把上下盘活,他有这个天赋。那点小聪明和灵活手段,如半瓶水晃荡,不表现出来简直憋得慌。

何况,陈狐有个善良的母亲。李虎记得最清楚,初一有段时间他和陈狐座位挨着,他妈妈来学校给陈狐送自家做的牛肉辣椒酱,别的孩子午间都去食堂或者校门前小吃摊吃饭了,就李虎趴在座位上饿得浑身瘫软。陈母将牛肉酱放在陈狐桌洞里,随手也给了李虎一瓶。看他气色不对,还问他:"病了吗?"李虎胡乱点头,接了牛肉酱,在陈母刚转身的一刹那,就受不了那想象中诱人的辣香,拧开瓶盖就往嘴里倒,辣得咳嗽不止,却仍狂吃……陈母一回头,都看在眼里。第二天就让陈狐带了两块羊油烙饼。陈狐不当回事地往他桌洞一扔,继续和后边的小姑娘说笑。李虎一上午坐立难安,油饼细弱而顽强的香,像在撒一张网,他是那饥饿海洋里的小鱼,网越收越紧,将他五花大绑,只胃里大水汤汤。李虎按住虎口,一边觉得自己好没出息,一边疯狂吞咽口水。终于负隅顽抗,熬到他们去了食堂,李虎才小心取出。烙饼软嫩金黄,羊油独特的清香,夹着洋葱和肉丁,李虎三两口吞了大半,剩下的,小心咀嚼下咽,眼泪就出来了……李虎这辈子也忘不了这么香的饼,香得让人心碎。之后,陈母让陈狐给他捎过不少吃的,还邀他去家里,给他们做烩面、蒸碗、炖菜,到了冬天,看李虎棉衣破烂,还给过他一件旧大衣。

李虎真是感激。

陈家并不富裕,陈母对他好,只是出于善良的天性,可是,他能回报什么呢?后来李虎就不愿接受她的好意了,他怕还不起。

现在,戴鹿怪他下套约她出去被王豹孟浪,王豹怪他没个眼色搅了好事,好容易机缘巧合才展露曙光的两方,这下都得罪了。李虎又恢复孤魂野鬼的身份,在被人嫌恶的边缘地带独来独往。他又恢复了打狗的勾当。

到了冬天,有时,是否打狗甚至容不得他来选择。北风一寒,街坊邻居肾虚、夜尿、腰疼的患者,就拿话怂恿他:"虎子,最近有香肉吗,有了也给咱一碗,给你钱。"香肉即狗肉,据说有强肾滋补的功能。真假凑上来的笑脸,那种被需要感,促使李虎还得重操旧业。

老鲁说:"不吃那点肉,能死? 作孽。"

"老头儿,再打这一冬天,以后就不干了。"他心说,我不吃那点肉不会死,可没钱买药,奶奶会死。"今年的野狗比往常多,常咬伤人,我这也是为民除害,在做好事呢。"李虎笑嘻嘻的。

仍是故技重施,生一堆火,在河边凿冰冬钓,将鱼肉架在火上烤,诱惑雪湖边上出没的野狗,闻香出动。

这次,李虎运气不好,鱼不咬钩。快入夜了,才钓上一条小的,刚架到火头上烤,又下起了小雨。李虎有点焦躁,正打算放弃,奶奶的药快要吃完了,实在不行去老鲁那儿借点钱吧,可老鲁被女人骗了几次,又大手大脚惯了,大约也没几个闲钱了。李虎打起精神,熬到夜深,终于浮子晃动,这条还挺大,钓钩都拉直了,足有两三斤。嘿,他来了精神。

雾蒙蒙的小雨中,火头湿重,呛得李虎直咳嗽,可鱼肉的香气还是散播出去了……他伏在草棵子里等。许久,雾气里才浮起两粒鬼眼。李虎大气不出,计算着鬼眼离火堆还有多远。可这野狗老奸巨猾,警戒心极强,老僧人定一般,足有十几分钟都裹足不前,就为观察到底是不是圈套。李虎想,这是遇到对手了,倒有点心痒难耐的兴奋。

双方都按兵不动,在拼到底谁能沉住气。

雨虽不大,带着寒气,落下来冰针似的,扎得身上那点儿体温四处漏气。陈狐母亲给的那件军大衣已穿薄了,李虎忍不住哆嗦。可对面野狗仍眯眼蹲坐,处变不惊,真成老鲁雕的石狗了。李虎实在撑不住了,正要冲出来烤火,这时,转机出现,来了一只流浪猫。它可没那么多顾忌,奔到火堆前,上嘴就撕扯烤鱼,吞噬时还发出满足、喷香的呼噜声。到此,狗还岿然不动。李虎服了。直到小猫将鱼可着劲儿糟蹋了小半个,狗才抖抖皮毛,也不是一下子跑来,而是走几步就看看周围,缓慢靠近。李虎想,狗日的真是心思缜密。终于确认暂时没可见的风险,它这才显出凶相,犬牙长露,甩头一嗥,唬得野猫屁滚尿流。它冲上去没有立即大快朵颐,而是小心叼住鱼头,就要往回走。

李虎拨开茅草,箭镞似的,一蹿而出。

没想到它这么高大威武,不像狗,更似狼,皮毛奓起,面目凶猛,双耳直立,浑身线条坚硬,如铁线勾勒。端的是条好狗!

强者交手，只在电光石火之间，李虎一扑之下，没压制住它，反被它轻松后跳，避开他的蛮力，而后，它轻捷腾起，照他胳膊来了一口。这一下咬得可不轻，要不是他及时护住了头部，它能命中他脖颈。李虎冷汗涔涔而下！

两方落地，李虎喘息，它凝神屹立，彼此打量。李虎小眼骨碌一转，心下主意已定，既然强攻不可取，他忽地朝反方向跑去，用刀子挑开火堆，挥舞着燃烧的树枝，大呼小叫。狗也明白了，这是防止它往岸上窜逃，要把它逼回冰面上较量。李虎腰里别着刀，一手举着烧着的树枝，一手抄着根木棒，将它步步赶回冰封的湖面。

野狗明知凶险，也只得就范，退之前，叼住掉落地上的鱼。他们一个驱赶，一个倒退，都步步为营。李虎不断用木棒叩击着冰层，快到湖心，感受着叩击的回音，他忽地一喜，猛地抡起木棒砸冰。这里冻得浅，几下被他砸裂。野狗这下懂了，他是要砸破冰面，不惜两者都落水，也要将它擒获。这几天回暖，冰面伴随着嘎嘣嘎嘣的脆裂声，塌陷一片。他们俩相距仅两三米，它想逃离，可李虎将断裂区砸得越来越大。他落水了，它也没逃掉。在落水前，它怆然一叹，无耻的人类啊，真是毫无人性、毫无底线。

仗着会游泳，李虎不急着爬上冰面，转着圈儿，保持着距离，挥舞着木棒，严防它爬出冷水。李虎不愿跟它正面冲突，就这样逼迫它泅在冰水里，耗尽它力气，等它没了反抗能力，再一击毙命。如意算盘打得好，可李虎高估了自己的泳技，棉袄棉裤泡了水，胳膊腿上都像绑了砖头，拉得他往下坠。刚才在草丛里就冻得打战，今晚垂钓不顺，就没吃上烤鱼补充体力，这下被刺骨的冰水一激，腿肚子最先抽筋，他努力甩腿，不行，腿像灌了铅，根本不听使唤。接着，脚抽筋，大腿僵直，肚子肠子也在抽筋，反胃，浑身止不住痉挛，似有两只鬼手攥住他脚脖子，往下拽，再往下拽……很快，湖水淹没到李虎胸口。这可完蛋了，他想，怎么会这样呢？他手在挥，嘴在喊，其实使不出力，喊不出声，无非是溺毙前的徒劳扑腾，如被宰的鸡鸭垂死前的挣扎。李虎直勾勾地望着天，夜幕黑森森的，天地间流动着凛冽的寒气。这会儿，湿冷的夜，墨团子似的，都往他头上聚拢，千斤压顶，将他往水下按……冰水没顶之前，强烈的悔恨掠过心头，真该听老鲁的劝啊，打狗作孽，这下好了，报应来了，天也不佑他。

不知过了多久，沉在水里荡荡悠悠，三魂飘飘七魄渺渺，生死朦胧之际，他感到身边毛茸茸的一团，忽然一惊，脑子里嗡嗡响，只由着本能，攀住那一团，拼命扯着、拽着、抱着、按着，头往上探，身子往水上挣。李虎扑扑腾腾、跌跌撞撞，借助那一团的支撑，奋力游啊划啊，似乎用尽了力，终于摸到了冰面。有了坚硬的支援，他心里有底了，攀住冰面的断裂处，又是踩又是蹬，挣了半天，才爬上冰面……李虎呼哧带喘，瘫倒在冰上，仰望着天空，天空阴雨乍晴，有了几点寒星。

活过来了。

他凛然一惊，刚才在水里抓靠的是什么东西？借助岸边微弱的火光，这才看清，野狗漂浮在水里，已经没了动静。它灰暗的皮毛，经了冰水的漂洗，竟一身如雪，是条纯白的狗。

李虎忙用木棒打捞，拽它到冰面上，他抱着它到火边，他喊，他推，他烤……狗都不会动了。

死了。

李虎愣过神来，抱着狗头，坐地号啕……它在最后的关头，救了他一命。它却在冰水里浸泡太久，没能上岸。

这时，身后散去的稀薄雾气里，有微弱的汪汪声。李虎赶过去，是一只白色的小狗，脸上带着无辜和懵懂的神情。它妈妈久等不至，它委屈又焦急，不惜暴露出来，呜呜叫着寻找。

李虎明白了，野狗方才为何叼住烤鱼不即刻就吃，它是要给它的孩子……李虎看看地上的卧着的大狗，又望望身边呜呜不止的小狗，他哭着，猛扇自己的脸。


# 6


人情薄似云，光景疾如箭。不知不觉间，过完一年又一年，每个人的命运和努力有关，但从最后呈现的结果来看，好像还是其他的作用更大一点。

他们几个，除了戴鹿成绩好点，王豹、陈狐、李虎成绩都一般。可王豹去上了个省会的大专，在学校里如鱼得水，策划选题，组织活动，组建社团，竞选学生会主席，"五一""十一"还自费请同学们来个旅游，自信张扬，长袖善舞，实乃风云人物。在老师的关爱下，取得了专升本名额，虽多读两年，却有了本科学历。毕业那年，又是报班，又是请人指点，在父母和自己的共同努力下，顺利考上市里关键系统的公务员。单位里,王豹识得眉眼高低,收起那套高调派头,谦虚谨慎,积极主动,待人接物大方得体,懂得人情世故,连续几年被评为优秀。如此稳步前进,26岁副科,30岁正科,今年35岁,据说还要进步。年纪轻轻,担当大任,一度主持开发区分局工作。在地方上,被视为前途无量的新星。

陈狐呢,第一年没考上,在母亲鼓励下,花钱去了市里最好的复读班。一旦放下胡混的勾当,凭他的智商和灵光,刻苦学习了一年,考了个还不错的省内二本。大学和和顺顺,对付着学学,翘翘课,打打游戏,谈谈恋爱。毕业后,和女友在省会租房奋斗了几年,也没弄出多大局面,退而求其次,和有志留在大城市的女友分了手,考回市里的事业编,买房、相亲、结婚、生娃,按部就班。孩子有父母帮衬,琐碎事不需操心,三十六七岁,既无野心,又生活滋润,发了福,对家庭和人生俱满意,眼里常汪着笑意,时不时在分类可见的朋友圈里晒晒女儿照、打卡美食、抽抽烟、喝喝酒、钓钓鱼,幸福惬意。只偶尔醉眼迷离,翻看手机里加密的相册,回想和前女友在出租屋的时光,争吵和挫败隔着时光滤网都被滤掉,苦中作乐的点点滴滴,越发清晰、珍贵,他看着看着,会轻轻叹口气。

戴鹿则如愿以偿考上音乐学院。据说大学期间,和某位业内名人谈了一场轰轰烈烈的恋爱,名人答应带她去北京发展,也兑现了,可到了北京才发现,兑现的不止她一个;戴鹿还发现,自以为是的才华,到了这高手云集的汪洋大海里,翻不出多大浪花;戴鹿又发现,原以为的貌美如花,在这红男绿女的花花世界,小城市出身的她,其实也跟个村姑差不多。戴鹿努力过,她不保守,乐于接受,专业上身体上都很争取,专业上出了几个不咸不淡的网络电影配曲,身体上却率先结了果儿。她怀孕了。当她把孕检结果拍给名人,名人开完了会,才轻飘飘回两个字:打了。转给她一笔钱,面都见不到。戴鹿不敢违逆,一个人乖乖去流掉。

惨白的病房和阴雨天气,放大了悲伤的氛围。微信他不回,电话他不接,象征性的安慰都没一句,谁让他是名人呢,那么忙,那么多女人……同房的产妇都有人照顾,带着生产后的居功和满足,家人们忙进忙出,嘘寒问暖。只她,孤孤单单,尽力叉开腿,接受射频电疗。戴鹿终究还是伤了心,名啊利啊,多缥缈,熬到红毯铺地众星捧月的镁光灯下,得付出多少,自己有那个狠心吗,能吃得了那些苦吗……戴鹿哭了。身体恢复后,退掉公寓,拉黑名人,她给这些年一直痴情不改的王豹发去信息:"亲爱的,来接我吧……"

她成了王豹娇美的妻。婚后,住着城中闹中取静的独栋小院,她为王豹生了个儿子,有两位住家阿姨照顾,再加上双方父母呵护,戴鹿仍十指不沾阳春水,做做瑜伽,健健身,弹弹琴,辅导辅导儿子。王豹对她柔情蜜意,为她开了琴行,雇人打理。戴鹿在艺展中心楼上有自己的音乐工作室,只在有限范围内教授几个非富即贵人家的孩子。兴之所至,晚会或者典礼上,著名的戴女士献歌一曲或是钢琴独奏。养尊处优,温婉美丽,只偶尔瞥向人生的眼眸里,带着一丝甜美的倦意,似乎那楼台宾客,燕舞笙歌,都抵不住急管繁弦后,风流云散,俱成瓦砾……王豹最受不了的,就是她这份意兴阑珊的慵懒倦意,贵妇似的,眼角眉梢,那一钩儿眼风,那举手投足的情致,得是什么样的心性和阅历,才能修炼得这么甜腻,这么浑不在意,这么勾魂要命。

　　少年伙伴都长大了,有了各自的精彩。唯独李虎,陷在泥坑里,手执四处漏风的酒杯,喝一口命运的酒,尝一嘴苦味。

　　初中勉强念完,就这还是老鲁赞助他的学费生活费,李虎就走向了社会。个头儿矮,力气小,给酒店里打荷都不要,跟着老鲁在石雕坊打个杂。这么混了两年,奶奶去世了。奶奶死前偏瘫卧床近三年了,李虎没去外面打工,也是不得已。等到安葬了奶奶,李虎竟泛起一股子轻松感,他又为这轻松感到羞愧。

　　李虎辞别老鲁。他不是做石雕的料,学了两年,雕出的东西面目模糊。还有一点,石狗的定做客户在持续萎缩,打工大潮的裹挟下,每个有出路的人,都在急吼吼地逃离乡村,男女都守不住心也守不住身,谁还会来定做石狗,守护那破败的田宅?

　　老鲁还在雕着,早已超出匠人心境,是艺术家在雕刻内心的时光。李虎不同,他才十七,得挣钱,得去经历。

　　临行前,李虎托他照顾好"雪姑",就是那条救了他命的母狗的遗孤,已六岁了,通体雪白,像它母亲一样,机敏强健,因不用艰苦觅食,多了一份柔顺,非常黏人。奶奶死时他没哭,因为痛苦和绝望分摊在她卧床的每个日头上,他有心理准备;可和雪姑分别时,李虎的眼泪止不住了。多少个日子,他们互相陪伴着度过。

　　老鲁答应会好好照顾它的:"我吃啥它吃啥。"

　　"你吃咸菜它也吃?"李虎还是怕他邋遢,一锅清水挂面就着咸菜疙瘩就能对付一天。"上心点,待它好点,老头儿,"他恳求说,"百年后,我给您养老送终。"

老鲁半瞎的眼窝里有泪花闪动。

# 7

李虎第一站是在酒楼做学厨。他所在这个的城市不大,因挨着淮河,又是区域内交通枢纽,物产丰富,生活节奏慢,人们颇会吃,酒楼林立,夜市缤纷。李虎也是出于基因里对饿的恐惧,想着在后厨总不至于没吃的。李虎干得卖力,他要伺候的包括但不限于:厨师长、负责采买的二厨、四位灶上师傅、白案师傅、凉菜师傅、比他资格老的六位学厨师兄……师傅们的茶水要供应好,烟要买好,大家的工衣工帽他要洗好晾好,天天最早来到,将送货到门的粮米肉菜调料协助搬到厨房,捅开炉灶,生好火,等师傅们来操刀。只这常规几项就够他忙的,到了饭点,后厨一旦启动起来,每个人都是机器上的一环,下单的、洗菜的、切菜的、备菜的、掌勺的、打荷的、传菜的……每人都严阵以待。隔三岔五碰上婚宴,用厨师们的话说那忙得"×不沾蛋""俩蛋子儿敲锣似的滴溜溜转"。

李虎刚来,哪里都可以使唤,谁手里忙不完,都会高喊一声:"小李!"他一会儿在凉案,一会儿去红案,一会儿去捞鱼,陀螺似的。就这,有时应声稍慢,师傅们就骂将起来:"小李,我日你……"反正都要热烈地和他母系亲属建立点儿亲密关系。师傅们自己都说"厨师不骚,厨艺不高",骂得也高妙,这还不算,越是大师傅,脾气往往越火暴,让李虎拿个碗碟,李虎本就听不太懂他带口音的指示,又对厨具类型不清,拿错了碟子器型,师傅也不客气,炒菜的大马勺顺手一滑,在他头上梆地一下。李虎身板还小,被敲得眼前金星四溅,突然觉得一黑,就地栽倒,磕在铁架子上,额头呼呼冒血……师傅也略被吓住了,却还怪他:"没一点鸡毛眼色,笨手笨脚的,就你这样的还学厨呢,吃屎吧你!"

李虎爬起来还笑着道歉。能怎么办呢?这么适应了两个月,知道了轻重缓急,也学会了巧妙地偷奸耍滑,和骚浪贱的师傅们打成了一片。唯一没学会的,是对女服务员的生猛路数。李虎在酒店干了两年多点儿,机灵谨慎,勤苦认真,从学厨一直干到大师傅信任,让他负责采买,基本习得徽菜手艺,大师傅忙不过来或想偷个懒,也让他上灶操作。这就可以出师了。换个酒店,就能按正经厨师拿工资。可这时,她的出现,打乱了李虎的人生节奏。

新来一批服务员,后厨们就开始躁动,意淫选妃似的,花式点评。李虎不爱参与这种话题,不是清高,是觉得自己不好看,又穷,不会那些花花招数,何必自取其辱,不如躲在一角。闫羊她们来后厨时,逐个介绍,李虎瞟了一眼,就发现躲在最后面娇小的那个女孩,带着初入社会的羞怯和不得不面对的忐忑不安,攥着小拳头强装镇定,那么懵懂和生动。李虎轻笑,当初自己不也是这样的吗?

发觉李虎在看她,闫羊有点惊慌,对他相视一笑,脸颊上染了几朵细小的红霞。

她们走后,学厨们调笑着,预选着下手的目标,得出结论,闫羊不是其中最靓的,却是最乖的。"应该很好搞定。"他们闹着,胖大的周熊认领了这只小羊羔。同事们笑谑道:"你这吨位,别把人家小姑娘压塌喽……""糖葫芦也不能这么串啊……"底下的话更不堪,李虎来到阳台抽烟。

以为他们只是说笑,过个嘴瘾,周熊却真付诸行动。闫羊因租房较远,午间打烊后收拾完负责的包间,就在房间沙发上休息一会儿。周熊总在她休息的房间前转悠。周熊有来头,酒店老板是他舅,他在后厨里,负责李虎采购后对对账单之类,代表其舅行使监督权,大部分时间就是个玩儿。

每次周熊在闫羊休息的包房外徘徊,李虎就制造出一些响动,却没起到什么作用,还被周熊骂:"你嗓子里进×毛了吗,老咳嗽个啥?"

也是上班一段时间后他们才发现,闫羊不只语速慢,反应也常慢半拍,有时和人说话,常答非所问。人们想,哦,是个傻美人。李虎后来才知道,她是小时有次高烧严重,没及时治疗留下的后遗症,耳朵有点听障,造成说话也迟缓。领班姐姐纵然心善,也觉得她不适合做服务员。周熊就是拿她这一点,语带威胁地逼闫羊就范。

周熊再来转悠,图谋不轨,李虎就手机上提醒她。他们俩有了同盟的意思,两颗心近得就差戳破那层纸。

这天,李虎午间临时去采买晚宴客人指定的野生甲鱼,回来已经晚了,周熊进去包间了。他备份了一张门卡。突然,房里传来尖厉的哭叫声,周熊压着震怒的训斥声,杯盘落地的碎裂声……几个没回去的同事聚在走廊里,大眼瞪小眼,没人敢吭声。李虎扭头就走。人都知李虎对她情有独钟,他都这么尿,谁愿多管闲事,得罪小主子?

可再一转身,却见李虎从楼下杂物间拎来一把锤头,上去就砸。两年多的酒店生涯,李虎能吃饱喝足,身体报复似的膨大,肩也宽了,背也壮了,只三五下,木门便被干烂。李虎踹开门,锤子高扬,就要往周熊头上招呼。他那副要吃人的架势,真敢将其一锤子结果了。周熊尿了裤子,被架出包间时,捂着脸上的挠痕,嘴里骂骂咧咧的,裤裆里淋漓不止……

周熊稍后给舅舅的解释是,正在给闫羊宣讲新的工作条例,谁知李虎这狗日的发疯砸门,却绝口不提为何"宣讲"得人家小姑娘衣衫破裂。

李虎自是被辞,最后压着的一个月工资也没给。让他感动的是,闫羊也主动离了职。两人的命运就此连在一起。

他们一起坐火车去了广东。先后进过东莞的电子厂、中山的制衣厂、佛山的玩具厂,只要厂方发现闫羊的听障,并以此刁难或歧视,他们就辞职。他不允许她再忍受这个世界的恶意和龌龊。李虎在厂区旁边盘下一处小餐店,做些小炒、快餐,起早贪黑,挣点辛苦钱。

打工七八年,他们存下一笔钱,其间结了婚,有了个女儿。大约老天是要补偿他们,女儿天生伶俐,圆圆的小脸儿,大大的眼睛,看什么都好奇,小嘴儿巴巴不停能说一天,小鸟儿似的,就取名百灵。这小人儿,是他们贫困生活里的光,是历经苦难后命运给的笑脸,是两人心尖儿上的宠。李虎很知足,一个缺爹没娘的孩子,翻新了房子,娶了心爱的姑娘,有了宝贝闺女,命运虽曾坎坷,终究待他不薄。遗憾的是,聚少离多。到了女儿要上小学时,员工聚集的代工厂早不景气了,他关了生意惨淡的小餐馆,闫羊在家带孩子,他在外打工奔波,大都逢年过节时意犹未尽地回来一段。

可日子再难,李虎也从不短缺妻子女儿的开销,他们共同的心愿是,不管怎样,女儿必须至少上完大学。他们知道底层人间是个什么样子,对女孩是多么不友好,哪怕你洁身自好,风气如此,日积月累,抵挡不了。虽然上学也不一定保证什么,可校园本身就是一种隔离,等长大成人,心智稍成熟,有了判断力,再进入社会不迟。

李虎干劲十足。

这天,李虎刚从工地下班,接到妻子闫羊的电话:"雪姑快不行了,你……"雪姑在狗类里实在是高寿了。李虎一听,买瓶酒就找监工请假。监工酒糟鼻,脾气暴,爱骂人,正在有空调的铁皮房里敞怀喝酒,斜着醉眼,问他:"什么理由?"他不好说是为一条狗,只说:"有个朋友过世,得回去送一程。"他补充:"它救过我命。"

# 8

王豹第一次领教了职场的残酷。这里只好寓言性地简述一下：系统里曾经欣赏他的"熊大"，他亦步亦趋跟随的老大，阴沟里翻船了。都知是"熊二"使的绊子。为什么说阴沟里翻船了呢？这熊大是从更高平台二把手调任到王豹系统做正职的，货真价实的名校老大学生，要能力有能力要背景有背景，他以前的同学、同事里出过叱咤风云的人物。熊大也没什么架子，不摆谱，不打官腔，见了物业保安都笑呵呵的，可讲起业务来，自带威严，凛然不可犯。这样的人，王豹是服的，熊大年近54岁了，调来才不到三年，再连任一届，这应该就是他服务的最后一站了。王豹想，多好啊，好好干，再跟几年，老领导退休前布好局面，体体面面，他跟着也再升一级，欢天喜地。

可熊二和熊大不对付，熊二也颇有来头，本地人，熟门熟路，根深蒂固，总觉得空降来的熊大挡了他本该顺势上升的道儿。这时某个事某个项目推行不下去，就不单是事和项目的问题了，事和项目背后的人在较劲，各有拥趸，小动作繁复，斗起法来，精彩纷呈。

斗争越到纵深，站队越得忠心。被裹挟着，各自为盟。王豹隐隐觉得不好，可也不曾担心，熊大树大根深，他们这边阵营的都带着稳操胜券的盈盈微笑，看对方还能翻出什么荒谬的花儿来。却没想到，毫无征兆地公示熊大平调到某闲职部门。熊二虽未接任，也是赢了。正因为以少胜多，赢得出其不意，熊二阵营的人更觉得大快人心。

谁都没想到是这个结果。原以为的硬其实并不硬，或者没那么硬；原以为不行的，关键时候，竟能四两拨千斤，绊倒大象。

内部会上，来人宣布完，单位组织了简短的欢送，熊大就要去新部门赴任了。熊大觉得耕耘几年，无愧于心，中午还在单位食堂如常吃饭，营造出一种无非组织另有所用的波澜不惊感。却只见平常趋附到办公室关上门大表忠心的人，此刻唯恐避之不及，走廊上实在躲不过，仓促拼凑一个笑脸，比哭还难看，如丧考妣一般。熊大这时就觉得，这个午餐还是不来吃更好。到了餐厅，搭眼一看，就真没法吃了：不知是巧合还是授意，餐后水果不准备石榴，准备个杧果、葡萄、苹果啥的不行，非是青色小梨？这得是多急切巴望他离开？故意恶心人。

熊二的人在旁边的桌子边谈笑风生,冷眼观察他的反应。

熊大苦笑一下,失就是失了,再提气也不是那回事了,彻底心灰意冷,仰着头,背着手,谁也不看,出了餐厅。

王豹都看在眼里。

他不是心疼熊大一朝失势遭遇的落井下石,是痛惜自己忽然诡谲起来的处境。这么年轻,原以为跟着熊大会稳步上升,这下换了天,自己原地踏步几年,大伙儿肯定喜闻乐见。一想到这儿,他就五内俱焚,不能让这帮傻×得逞,想看我笑话,没门儿!

王豹得寻求更大的树荫。

这就着意投到省城宋狮门下。宋狮人都称之宋老,其实也不老,满面红光的,也说不清具体什么来路,但每个地方总有这样能通天的人物。天有多高呢?天意从来高难问,更显得宋狮神秘。这几年他已远离江湖,在依山傍水的省郊,除了喝喝茶练练书法,就是含饴弄孙。人虽退隐,余威犹在,当年提携的后进,大都各据要津。

王豹走动得殷勤。

可一番下来,他总感觉走不进宋狮的内心。他来了,宋老笑呵呵的,他走了,宋老仍笑呵呵的,浑不在意。王豹很忧虑。绕树千匝,无枝可依。是他的目的性太明确了,宋老不齿?转念就笑了,要是宋狮看不上他,何必细水长流跟他敷衍呢,宋狮这个层次的人,多少人求见而不得呢。

最近,王豹观察到宋狮说着话喝着茶,偶尔眼光瞥到在院子滑梯上玩耍的小孙女,常不由得愣了下神,眉头一紧,再说什么,都心不在焉的。

草地上,粉雕玉琢的小女孩儿小天使似的,由保姆带着,唯脸色略显苍白,眼睛也没一般孩子活泼,玩得不闹腾,甚至有些过于安静了。

王豹想,宋狮会有什么忧心的呢?他希望宋狮有事,这样,他或者就有机会为老人家做点什么。他可太想为宋狮做点什么了。

9

李虎这一回来就再没出去。将雪姑安葬在它母亲墓旁,没让老鲁动手,自己仿照雪姑来雕石狗,立在墓前守候。这才后悔学艺不精,做得略丑,没雕出雪姑的神韵。好在雪姑已繁育了几代，其中有一个叫"棉窝"的，盈盈雪白，最是可爱。按老鲁的说法，有点像银狐犬，雪姑祖上应被莽山的白狼串过，秀气里有刚猛，伶俐里有坚毅，是难得的上品。

这回，不再征求老鲁同意，李虎直接把他接到家里奉养。老鲁已一身病，眼瞎，耳聋，胃痛，高血压，心脏也不好，大都是常年生活不规律落下的病根。老鲁在李虎家住了半月就受不了了，不是李虎夫妻有怠慢或是百灵不乖，恰是李虎一家对他太周到。饭做好，头一碗总盛给他，头疼脑热嘘寒问暖，四季衣服常换。老鲁关节有风湿，疼时喝酒吃药都不管用，几次半夜疼醒，李虎起来，给他慢慢揉捏。老鲁无助得像个婴儿，人生的苦难，身体的疼痛，都不可避免，无能为力，拖累亲人。老鲁呜呜哭了："虎儿，你有爹，这么待我，不合适啊。"

"没什么不合适的。生之前谁是爹没得选，生之后爹是谁我说了算。"

老鲁空洞的眼眶里涌出浊泪。李虎拉住他的手："谁让咱爷儿俩有缘呢。"

可老鲁到底不安，一个人老了，不产生价值，只不停索取，何况当初也不过几顿饭之谊。老鲁思索很久，李虎打零工也不是个头，家里多了他一口，开销更大，老鲁建议："虎儿，咱爷们儿一辈子琢磨狗，就擅这个，人家是狗通人性，咱俩是人通狗性，依我看，咱还得侍弄狗，还得指着它吃饭。"

李虎借了笔钱，爷儿俩在城郊雪湖边他以前打狗作孽的地方办了个小型狗场，养了几十种大小名犬，供应周边几个城市的宠物市场。他们想出个特色，爱犬死了，可以原样做个石雕纪念。这样老鲁也有事做，不用待在家里吃闲饭。爷儿俩都挺欣慰。

钱是借陈狐的，营业执照、检疫证明也蒙他介绍关系，李虎颇为感激。抱了一只场地里养得最漂亮的萨摩耶，要送给他家小公主玩。陈狐不要："你刚开业，万事开头难，先盈利再说。"李虎更感谢了。没想到陈狐现在这么老成持重。还在朋友圈里帮他推广宣传，介绍来几个客户。老鲁凿了一只石雕摆件，寓意大鹏展翅，陈狐这回欣然收了。

转过天，让闫羊采购帮忙，李虎使出浑身解数，做了一大桌子菜，邀陈狐来。陈狐还是未开口先笑，望着好酒好菜，说："都是一起长起来的发小儿，这么客气干吗？随便搞两个家常菜，我们兄弟喝点二锅头就好呀。"喝到中间，他才说："其实，你该谢的不是我，我一个小职员哪有那么大能耐，是王豹王局，帮你打了招呼的。"王豹不过是一科长，可在关键岗位上，地方酒场上常把官职自动捧高一级。吃喝毕,陈狐提议:"这样吧,过两天我约下他。你们也多少年没见了,咱们老同学喝喝酒,聊聊天儿。"

李虎几乎有些惶恐,过于窄小的叶尖承受不住露珠的盛情。陈狐计议已定,就在周六晚上,莽山脚下的农家乐定了包房,邀了七八个朋友。老几位在地方上都是有头有脸的,平常巴结都费点儿劲,可他们今晚没一点架子,对迟迟未到的王豹都很耐心,和和气气的,谈天说地,攀情续意。唯独对李虎热络寒暄后就晾在一边。他们先是恭维陈狐有能力,随便一个电话就可以让王局出席,又夸王局年轻得志,将来不可限量。陈狐笑笑,一指李虎:"王局的发小儿,李总,专做宠物生意,很多太太的毛孩子都是从他那儿选的,今儿老王就是冲他来的。"

目光一下子汇聚而来,似聚光灯从四面打到舞台。叶尖儿哆嗦弹射,露珠掉落。李虎红着脸忙摆手:"别听陈、陈主任乱说,没啥本事,就开个小狗场,糊口,糊口罢了。"这句话里暴露的情商和身份都很不上台面,好在大家不介意,纷纷说"有机会去李总场地参观"。家里忽然都有萌宠爱好者了,讨论着犬类的血统,该买什么品种,并拿邀请的目光请李虎指点。李虎应付不来人类的世事洞明、蝇营狗苟,可说到老本行,那份熟极而流、挥斥方遒,让人击节。这家伙,确实懂狗。人们都点头:"长见识长见识。"

正此时,王豹迈着四方步踱进来。明明一个人,却有前呼后拥的派头。他一进门,立即成为环绕的中心。王豹笑眯眯地招呼大家坐下,开始上菜。前半场,大家还比较拘谨,王豹斯斯文文,内敛沉稳,发言永远是一二三,条理清晰,有重点,有铺垫,手边似乎总有个隐形的茶杯。漾着春意的脸不苟言笑,字正腔圆,道貌岸然,颇有范儿。

到了后半场,酒把人和人之间隔着的门帘扯去了,一个个端着杯子,推心置腹,勾肩搭背,敬酒一轮接着一轮,小高潮推向大高潮,都在拗回忆、找话题,从各个层面和王局尽可能多地扯上联系。大家捧着、敬着,热火朝天,王豹酒量再好,也有些飘摇。到了回敬环节,王豹绕过众人,先将酒杯举至李虎跟前,道:"老同学,好久不见!"一饮而尽,环视桌边众生:"当年,这小子下手狠哪,一砖头就把我干晕啦。"他敛住笑容,拨开头发,显露发根若有若无的疤痕。

一时有小范围的忐忑、绷紧。

王豹享受这种分寸拿捏在手的节奏,让紧张延宕了十几秒,响槌抬到一定高度,可以放下了。他随即拍着李虎的肩头,哈哈哈笑了。众人紧绷的心脏荡秋千一样,因有了升降,安全滑落后,笑着的喧嚷更显夸张,真真假假声讨李虎:"怎么好打王局的头!"逼他喝酒。李虎不胜酒力,眼里水汪汪的,喝得趔趄。还是陈狐解了围:"老王,没咱兄弟那一下子,你和嫂子也不好产生交集嘛,嫂子后来也不会这么心疼你,是吧?那什么,为得美人心,得使苦肉计。"王豹乐呵呵地点点头:"对,就是这么个意思。"开始大讲当年怎么拿下的小美人戴鹿,这下,高潮又起,皆作欢喜。

终于喝到意兴阑珊,趁着酒意,王豹提出:"走,兄弟,去你狗场看看?"

一行人在山庄人员代驾下,来到不远的城郊狗场参观。李虎让老鲁早已泡好茶,摆出零食果盘,不得已把业已睡熟的犬类吵醒,接受人类的爱心表演。

狗场被李虎老鲁爷儿俩打理得干净温馨,每条狗形态健康,精神健旺,脾性不同,都体体面面,该可爱的可爱,该凶猛的凶猛,该卖萌的卖萌。其中有几人,见王豹陈狐跟李虎亲近,当场就选定了品种,扫码转账。众人大都为家人或情人选购了心仪的萌宠,望向王豹,问王局有喜欢的没,买个玩玩。都想为他买单。

王豹似是沉吟着,说:"这应该不是全部吧?"

"42只,都在这里了,场地小……"

"场地好说。"王豹手一挥,"只要有扩建需求,尽管向陈狐开口。"大有你有需要,我都帮你解决的气魄。他说:"不是听说还有条雪白的银狐犬?"

"那是我闺女的,不算狗场里的……"

"抱出来看看嘛,还能给你炖了吃掉?"王豹兀自笑。在李虎看来,丝毫不好笑,甚至有点毛骨悚然。可帮客们都附和着笑得嘎嘎叫。

百灵周末要补课,棉窝恰好在场地。李虎无奈,引它出来。棉窝一出场,就赢得一片喝彩。李虎和百灵把它照顾得太周到,不是单纯的宠爱,该有的粗饲和运动一点不少,棉窝的可爱是健康的、向上的、有生命力的。王豹眼里一亮,心底忍不住赞叹:"真是条好狗!"世人也真有意思,有人善挣钱,有人善做官,有人善扯淡,偏有人善养狗……王豹不想亏待他,打算多给些钱。

"说吧,老同学,多少钱?这狗我要了。"

"不是,棉窝,它……"

旁边人不耐烦:"什么棉窝被窝的,不就一条狗嘛,既然王局都开口了,还不赶快拴绳送来,又不是不给你钱,你养狗就是卖的嘛。"

王豹挥下手,不让任何人帮他买单,伸出两个指头,问李虎:"两万?"

李虎赔着笑,迟疑却也坚决地摇摇头。

"不够?"那再添点,"四万?"

李虎还在摇头。

王豹伸出一只手。五根粗壮的指头。

李虎没了笑,拧着眉头,快哭了。

"还不够?"嫌他贪得无厌了,帮你开了狗场,又介绍了生意,买你一条狗,还这么不痛快,真没眼色,怪道一辈子混成这样。

"不是,豹哥……王局,我就生养一个女儿,棉窝打小是我闺女的伴儿……没,没打算卖……"

说完这句,如同图穷匕见。李虎擎着笑到哭丧的脸,手足无措。王豹缓缓抽出一支烟,早有人护着火机等待点燃,他抽了两口,脸上忽地寡淡肃然起来:"哦,这样啊。"一支烟抽得愁云惨淡。

旁边的人不干了:"说到底,不就一条狗嘛,小孩子家懂什么,再给她养一条就是啦。难得王局喜欢,多大的脸面啊,李虎你是不是傻……"大有他再不识抬举就要引发众怒的架势。

这些地方上有头脸的人,他一个也得罪不起,他们可能不帮你,但随便哪个想拿捏你,就相当于对付一只蚂蚁。狗场刚开张,今晚上一下子就卖出去六只,三四万块钱……李虎一叹,憋了好大会儿,才组织好语言,重新拼凑出笑脸:"王局,这狗呢,自小是我女儿养的,脾气很坏,跟了别人,怕它没个眉眼高低,惹事闯祸呢……您看,这样行不,不提钱,提啥钱,您先带回去玩儿几天,喜欢呢,您再留下,万一它不懂事,您就还退回来……"

这一说,大家伙儿喜笑颜开。有人轻轻拍他肩膀,恭喜他终于学会做人,未来可期。

王豹很满意,坐下喝了杯茶,说明天一早要去省里开会,热情和大家作别,带上棉窝,由司机开车走了。

王豹一走,大家也都散了。只有陈狐留下。他自去冰箱里取了啤酒,排开两个一次性纸杯,倒满,推到愁眉不展的李虎跟前。"还在介怀呢?"他自饮一杯,"要怪就怪我吧,不该组这个局,不该介绍你们……"

眼见言重了,李虎端起纸杯,喝了一口,苦。李虎想想,今天的这场局,从始至终,都似预谋。可他又觉得自己以小人之心度君子之腹,组一个大局,这么多人陪演,就为区区一条狗吗?李虎抹了一把脸,一口喝完,也学他们的话头:"不就一条狗嘛!"

　　"你能这么想,就对了。"陈狐很宽慰的样子,解开领扣,靠在椅背上。"开了狗场,想做大做强,以后用到他的地方还很多,你懂的。"他说,"可是呢,确实委屈小侄女了。"他掏出五沓红钞,"拿着给侄女买点玩具吧。"

　　他不掏这钱,李虎还没有那么强烈的设局坐实感。"不是说了不要钱,他先带回去玩几天……"

　　陈狐笑了,这孩子,还是单纯。

　　李虎不接钱,陈狐也不强求。上厕所的工夫,将钱放在洗手台上。两人抛开争议话题,扯别的事。闲话间,不觉到了月上中天。李虎忽然说一句:"你也费心了。"

　　陈狐笑,低估他了,以为他不通人情世故呢。他都知道。一杯一杯,都喝多了。陈狐说:"没办法,我生来骨头轻,我妈说我'贱相',就如墙头草,总想找个依靠。"又说:"没办法,他命好。"是说王豹。帮闲或帮凶,还得跟他混,能落点肉骨头啃。陈狐醉眼迷离,伏在桌上,低声说一句:"对不起,兄弟。"

　　李虎摆摆手,笑,大可不必。都是成年人,谁看不透谁的把戏,不过是为混口饭吃。

　　"都不容易。"

　　"从小大家那样对你……这么多年,好像也从没见你抱怨。"

　　李虎苦笑,摇着酒杯,天旋地转,笑问自己:能去怨谁?不幸早逝的娘,不负责任的爹,还是这命运的苦水?

　　陈狐举杯,唯一饮而尽。

## 10

　　实在低估了百灵和棉窝的感情基础。见不到棉窝,百灵就一直哭。买了以前没舍得买的昂贵玩具,百灵不玩;带她去游乐园,百灵不去;买了城里有名的陈家烧鸡王家点心,百灵不吃……什么也转移不了她的注意力,只哭,只闹,要棉窝……李虎骗她棉窝走丢了。"晚上它自己跑出去的。""你骗人,棉窝才不会!"她想说,棉窝就像姐姐一样,它才不会丢下我跑了呢。

谎言的麻烦在哪里呢?就像河堤溃烂,一旦掘开一个口子,堵住这个堵不住那个,焦头烂额。百灵冰雪聪明,你说棉窝是自己跑掉的,那先查监控。什么,监控坏了?那它要出院子,棉窝站起不过一米二三,你大铁门门闩一米六的高度,它怎么开的门?门没关严。那它大概几点出去的?往哪个方向跑的?棉窝一身纯白,这么显眼,没有人看见?沿途商家的监控也都坏了吗……一系列审问下来,李虎头大,只感慨这丫头长大适合做警察。

老鲁哭笑不得。"跟孩子说实话吧,你斗不过她。"

李虎有选择性地说了实话:"就怪棉窝太可爱了,爸爸有个朋友来玩,一眼就喜欢上了它,也想带棉窝到家里和小朋友玩几天……"

"那,几天呢?"

"呃……"面对女儿清澈的眼眸,李虎张口结舌。

"你不常说,好东西要和大家分享吗?"他试图岔开。

"那得先经过我同意。"

此路不通。李虎又生一计:"灵灵,爸爸再给你养一条新棉窝好不好?"

"那棉窝呢,不要了吗?爸爸!也像龙龙家那样吗?他妈妈走了,他爸爸再给他找个新妈妈?"龙龙是隔壁街坊的孩子,父母离婚后,其父新娶了妻,听说逼着龙龙叫妈妈。这个叫"龙"的孩子,或许又将像他当时,不得不沦为"虫"的命。

和戴鹿的小花走失那次诘问得如出一辙。百灵问住他:"龙龙的新妈妈能是原来的妈妈吗?新养一个能是原来的棉窝吗?"勾起他在村里跟继母的伤心事,李虎心痛无比。

"爸爸,你还在骗我,对吗?"

面对女儿的质问,李虎进退失据,却又毫无办法,他总不能再问王豹要回来吧?李虎颓然一叹,只好无能地愤怒:"爸爸说啦,棉窝丢了,就当它死了,我们再养一条,不行吗?"

"不行不行,我就要棉窝就要棉窝啊……"

李虎翻起巴掌。百灵闭上眼,泪珠子源源不断,倔强地扬起小脸:"你打你打……"老鲁和闫羊见状要来拉住,李虎高举的手猛地扇到自己脸上,溅出粗泪两行。他蹲在地上，抱着头，呜呜哭了。

他一哭，百灵就不哭了。虽然她尚不能理解一个中年男人的悲哀和无助，可看到老鲁和母亲，一个瞎眼潮红，一个也在拭泪，她就依稀意识到事情的严重性。不单单是一条狗的事了。百灵犹豫了一会儿，还是走到父亲跟前，拍拍他的头发，像父亲哄她一样，抱住父亲的头，放在她心口，轻轻拍着，说道："爸爸，不哭，爸爸，不哭了哦……"李虎抱着女儿，抱得紧紧的，哭得更厉害了，近于号啕。

李虎打电话给陈狐："哥，帮我把棉窝要回来吧，钱我一分都没动……求你了……"

陈狐没接这茬儿，宕开一笔："正要找你呢，兄弟。电话里说不清，等我去你家哈。"

原来，王豹要走棉窝，不是为自家，是为了送给宋狮，也不是给宋狮，是为了讨好他的宝贝小孙女。这里面的曲折心思，陈狐不好解释，也一时没法给他解释。"简断截说，现在的情况是，宋狮叫金凤的小孙女非常喜爱棉窝，哦，它现在改名叫'元宝'了，买了上好的狗粮，可元宝不怎么吃，这几天好像还病了，无精打采的……都在想，是不是它太思念小侄女，所以……"

一听棉窝生病，百灵就急了："它在哪儿？快带我去看它，快啊……可怜的小棉窝……"眼泪吧嗒吧嗒直往下掉。

正合其意。

陈狐带着李虎和百灵到市里，再由王豹载着百灵去省里。说什么李虎也不同意王豹只带着百灵去，他要跟着，这次他没妥协。陈狐已被授意告知他宋狮来头有多大，你一个小人物去他家多不合适。李虎愣劲上来了，头一拧，脖子一梗："他来头大不大跟我有屁的关系，我吃他喝他的了？不为你们，谁稀罕见他！我就这一个女儿，你们是兄弟，可以托付，但要把她送到一个陌生男人的家里，我不跟着能行吗？"

话说得有亲有疏，滴水不漏。两人才觉出这小子以前的憨厚原来是装的。一个养狗的小卒也来大智若愚这一套，有点儿意思。王豹无法，载着陈狐和他父女俩直奔宋狮住处。

一见百灵，棉窝就扑过来，和她亲热个不够。

宋狮在客厅接待他们，没一点架子，拿烟给他们抽，泡茶给他们喝，胖墩墩的,笑呵呵的,威严里的随和,就有了弥勒佛的效果。李虎悬着的心放松不少。宋狮夸他狗养得好。宋狮常笑,话却很少,在夸他时连说几次"养得好",又说自己国内外的名犬也见过一些,少见元宝这么有灵性的。大人物金口玉言,能说这么一串,很珍贵了。李虎感到浑身毛茸茸的,小学生被校长越级夸奖的隆重和受宠若惊。

金凤和百灵,两个孩子毕竟年龄相仿,有温柔可爱的棉窝作为媒介,她们很快就玩到了一起。在院子草地上逗着小狗,稚嫩的声音如春水解冻,泠泠淙淙,不一会儿就有说有笑的。只是金凤动作稍大跑跳稍猛,后面端着水拿着汗巾跟从的保姆就喊她,提醒她轻点慢点。玩不大会儿,金凤就小脸通红,停下来喘口气喝点水。

宋狮隔着落地窗看着,指间香烟袅袅燃着,蓄了很长一截烟灰。他眯着眼,满脸欣慰。

他们三个肃然端坐,也随着盯住草坪,不敢弄出一点动静,生怕打破这其乐融融的画面。欣赏了很久,宋狮转过头,感慨地叹息道:"我这小孙女,好久没笑了……"他冲李虎投去感谢的目光:"小李,以后带千金常来玩啊。"竟欲起身给他添茶。三人同时手忙脚乱,王豹挽住宋狮,李虎躬身称承受不起,陈狐抢过紫砂壶倒茶。李虎还没回答,王陈二人忙不迭点头。"一定常来,一定常来。"又说,"不打扰您老就好呢。"

宋狮摆摆手:"以前,总是忙,现在老了,就图个儿孙顺心,能享享天伦,足够啦。"

留他们家宴,还不够,饭后又留了半下午,直到金凤玩累了,宋狮也倦了,他们才回。走时,还单独拿礼品给李虎,说得更是贴心熨肺:"耽误你这一天,就当补偿,拿上,拿上。"李虎拒绝,宋狮仍笑呵呵地说:"小伙子,我老朽退了,还有点养老金,他们……"他一指王豹和陈狐,"小王小陈请了假,也都有工资可拿,你做生意的,时间就是效益,耗了你一天,该拿的。"话说到这个份儿上,李虎诚惶诚恐,接了礼品。临末,还嘱咐李虎有空一定带女儿常来玩。

回去路上都在感慨,没想到这么大的人物如此平易近人,能和宋狮攀上点关系,得是多大的幸运。都有点吃了什么好吃的回味的样子,百灵的闷闷不乐也冲淡不了他们的喜悦。

之后,隔不多久,王豹就载着百灵去和金凤玩儿。李虎跟了几次,后边就不跟了,放心得很。就两个小孩儿一起和小狗玩嘛,大人跟着每次去大包小包拿人家的,不拿宋狮还不高兴,怎么好意思呢。

百灵虽不说,也能猜到她应该是乐意和金凤玩的,一则能看到棉窝,一则金凤家确实气派,金凤住的屋子像公主的城堡,几个保姆围着她转。关于恐龙金凤就有一面墙的书、模型及视频资料;金凤能用流利的英语给百灵读英国儿童版的Harry Potter and the Philosopher's Stone(《哈利·波特与魔法石》);金凤还会打高尔夫、跳舞蹈、弹钢琴……金凤却只在和百灵玩时,才露出一些笑脸。她体力小,玩不动了,就和百灵聊天。金凤知道得虽多,她的故事百灵大多也听过,百灵的故事是老鲁讲给她的,神神鬼鬼的民间传说,金凤可就没听过了,能把小公主唬得一愣一愣的。

金凤苍白的脸上,清澈的眼眸里,有驱不开的寂寞。她有一份与年龄不相称的沉思式的忧伤。常玩得正好呢,忽而幽幽来一句:“灵灵,你说刚才我们那些笑,会跑到哪儿去呢?是不是也像肥皂泡,人死了,泡泡就碎掉呢?”

百灵隐约确定她体内驻扎着先天性疾病,可金凤一家都讳莫如深,百灵也不敢问。每次去宋狮家,父亲还不忘耳提面命:“不该说的不说,不该拿的别拿,你就陪她玩会儿,反正车接车送,见见世面也挺好。”李虎劝慰她:“就当棉窝暂时寄养在她家,也让咱棉窝吃点儿好的。你得这么想,嘿。”透着小市民的狡黠和市侩。

不知是为激励百灵陪玩,还是真的出自欣赏,每次经过市里,戴鹿都免费给她上一回声乐课。戴鹿说:“百灵的声音条件太好了,是个好苗子。”让她“好好学”。百灵有悟性,几节课下来,绝对音感突出,一个和弦下去,百灵能说出戴鹿慵懒指间下弹的是do mi sol还是re fa la。戴鹿是惊喜的,人绷紧了一些,指头耸立雀跃,弹了更复杂的一段,百灵仍基本无误地辨出了。戴鹿激动了,抱住百灵,甚至用深蓝色e小调略带怅惘的神色,对百灵说:“你有灵气,阿姨好好教你,将来你再替阿姨去闯一闯啊……”

李虎是有点快慰的,狗场的生意逐渐步入正轨,开发了独有的项目:他为去世的爱犬收殓安葬,再由老鲁为死去的爱宠原样雕刻,在石头上复活。这些项目不一定挣多少钱,却增加了在良莠不齐的宠物市场上的区分度。人们知道,哦,就那家,狗死了可以刻个石雕做纪念的。腊月底,李虎盘算一下,不到一年,已基本收回投入的钱,照这样的势头下去,明年大可以盈利。

一个男人,上能照顾老人,下能托举子女,贤惠的妻就在身边把他当作港湾,李虎有一种小舟渡过风浪险滩终得驶入宽阔河面的豁朗感。好好过了这个年,来年他要鼓风张帆大干一番。

唯老鲁隐隐觉得不安。他在狗场大门旁边收拾了一间屋子,工作室兼作卧室。老鲁眼神不济,很少刻了,常抽着烟,坐在廊下藤椅上晒太阳。落日下,枯瘦的身体散发着安详的晕光。老鲁睁着一只眼,贴在石板上,闲闲地在刻一副联:

　　　　鹰立如睡,虎行似病,正是攫人噬人的手段;
　　　　聪明不露,才华不逞,才有肩鸿任钜的心量。


百灵蹦跳着过来,拿饼干给他,喂到他嘴边,让老鲁看身上时新动漫图案的新衣服。她说:"宋爷爷买的,金凤一套,我一套,我不要,非给呢。"百灵的声调里透着单纯和骄傲。她拿拍的照片给老鲁炫耀。照片上百灵笑得灿烂,背景是省城有名的游乐园。

老鲁盯住照片上大腹便便的老头,问百灵:"这就是宋狮?"

照片上的宋狮一手揽着小孙女,一手揽着百灵,微笑地注视着镜头,有一些视线下漏,罩在百灵头顶。老鲁贴在眼前,看了又看,望望无辜的百灵,内心一凛:

"这人皮相下,是头豺狼!"

百灵仰着脑袋,问凑过来也看照片的李虎:

"爸爸,你知道什么是白血病、换骨髓吗?"

## 11

那年的雪特别大。

别人都在准备年货,李虎整天守在狗场,笼舍内通了热水管,他和老鲁轮流烧火,时刻监测着笼内温度。有几只母犬到了预产期,得将狗舍弄得暖暖和和的。正忙活着,陈狐来了,是来接百灵去陪金凤。

李虎趋步过去,让烟,倒水,笑道:"真不巧,灵灵这几天感冒了。"他说:"人家金枝玉叶的,可别传染了,先不去了吧。"

448

过了几天,陈狐又来。李虎还是让烟,倒茶。

"灵灵还没好吗?"

"是啊,平常不感冒的,谁知一病就这么严重……"

陈狐在指甲上顿着烟头,无声地笑。

李虎也赔着笑。

"你是不是听到了什么?"

"没有啊,没有。"

"你知道,不是我要来……"

"我知道。"

"他们订好了酒店,王豹——哦,现在已升任副处了——要认灵灵做干女儿,宋老要认她做孙女……走吧,都等着呢。"

"不去啦,以后……都不去了。"李虎抬起脸,抽支烟,又将脸埋在烟雾里,"我们这种人,小门小户,没想过高攀,也不敢高攀,就想安生过点小日子。"他说,眼里满是恳求,"放过我们吧。"

"可是,你的狗场能发展到这样,你现在的这些,还不都是他们给的关系和资源……"又说,"你不想百灵跟着戴鹿上课了?"

李虎无言。一支烟抽得燃烧迅猛。踩灭烟蒂,他眼睛红红的,似被烟雾熏的,说:"欠你的钱,还差一点,明年我还清,再盈利的,就当王豹他入股了,每年年底给他分成,也算没白用他的关系。"他说,"麻烦你转告他吧,我们不去玩了。棉窝就当送他了。"

"他们有一句话,让我带给你:只要你愿意,多少钱,你尽管提,数目可以大到你这辈子也挣不来,都好说。他们说,请你再考虑考虑……"

李虎打断,有显见的怒意:"你常喊我'兄弟',那兄弟,要换作是你女儿呢?"

陈狐也无言。到最后望着天,弯着腰,从胸腔里深深一叹:"谁能想到百灵和她血型匹配呢,这真是,怎么说呢……"他拍拍李虎肩膀,唉声叹气地走了。

先是消防来了两次,说哪里哪里不合要求,李虎接受,保证年后立即整改。稍后,检疫也来了。李虎懂了,这是在逼他就范。给你脸不要脸,漏下来的一点灿烂,随时可以捂住,你还是身陷泥潭。

到了冬天寒夜,豫东传统项目上演,每个村子都有狗被偷。白天踩好点,等

449

到下半夜，扔过去一点浸泡过药物的肉，狗吃一口，叫上两声，就昏死过去。家里大都是老人，天冷，睡得沉，或懒得起身，偷盗者将昏倒的狗用钩子一钩，塞到笼子里，就是几十斤好肉。周边因是汉初刘邦樊哙几位屠狗草莽的兴盛之地，有吃狗肉的传统。偷来的狗，据说供不应求。

这天下半夜，下着雪粒子，正是寒入骨髓时。一阵货车轰鸣，李虎和老鲁爷儿俩被吵醒，紧接着，大铁门被擂得咣咣山响。笼舍内的狗叫得一片汪汪。因为夜静，狗叫声如下冰雹似的。

开了门，是辆小型货车。为首的司机衣衫不整，车上下来几个妇女，仿佛刚从战场上凯旋，风尘仆仆，眼目灼灼，铿锵正义，不容分说：

"你就是李总？我们是市动物保护协会的，民间自发的爱心组织。刚从高速路口截获一辆盗运家犬的货车，盗贼已被扭送派出所。可这些毛孩子没处收留，经人指点，说你这儿有场地，做宠物犬生意的，指着狗挣了不少钱。我们请你献点爱心，反哺一回，先将这车狗养在你这里吧。"

说着，就要卸车。

李虎张着俩胳膊，"哎哎"地拦着，只手难敌众人。她们被蓬勃的爱心撑着，义正词严，土匪似的，拽开他狗舍的门，将车上受伤的、感染的、奄奄一息的、待毙的，也有凶猛的、大只的、狠毒的，一股脑儿汇入他犬舍内。一时各村的狗、市里的狗，低贱的狗、名贵的，博览会一般热闹，友好的则交流，凶狠的则撕咬。

狗间大乱。

妇女们爱心泛滥，想着毛孩子挨冻受饿一晚上，搜到李虎的饲料间，将狗粮成袋倾倒。这如火上浇油，狗们疯了一般，踩踏、撕咬、哀嚎、群雄逐鹿，血毛飞舞，死伤惨烈。

李虎气得要吐血，拉住这个，劝不住那个，只好打开狗舍，扩大活动范围，让它们满院子撒野，再拿着长棍驱散。狗叫人吼，喧嚷热烈。狗们争食争地盘，红了眼，变得极具攻击性，遇狗咬狗，遇人咬人。几个妇女一看不好，纷纷上车，抛给李虎一张名片，就押着司机倒车，几乎夺路而逃。

烂摊子留给了李虎。

狗们还在狼奔豕突，啸叫狂噪。他手持长棍，眼看他精心护理的名贵宠物犬在这些土狗的围攻中或死或伤。李虎火冒三丈，打倒了几个行凶首恶。这帮土狗，本就性野，见了血更狂躁，狗眼发出饿狼一样的凶光，报复地撕扯噬咬。那些娇小的宠物犬,眼睛睁得滴溜圆,溺水一般,绝望地向李虎求救……老鲁受不了,跳下台阶,要去救宠物犬。刚一下来,就被一条大狗咬住裤腿,不撒嘴,撕烂他的棉衣,还要进一步攻击。李虎挥舞木棍,将其击退,捞起老鲁,拉到走廊下,只能无奈地看它们继续争斗。到后来,李虎远远地蹲在台阶上,捂着脸,不忍再看。

等到天明,雪停了,狗们咬累了,不叫了。几条胜出的在脏雪里打着哆嗦,死的倒地,没死的趴在泥水里喘息,院里一地血污狼藉。李虎红着眼检视,还有一百多条狗,吃喝拉撒,还得取暖,大都伤病,互相传染,李虎的狗场里仅剩的二十多只宠物犬也要遭殃……

他全部的心血,以为能翻盘的命运,顺风航行的小船……毁于一旦。

看看时间,再过一个多小时,闫羊会准时给他们爷儿俩送来早餐。为防妻子看到,李虎顾不得悲伤,抄起水管和空饲料袋子,清理现场。

李虎冒着大汗清扫完,接过老鲁递过来的烟,痴痴呆呆地望着天空,缓缓说道:"我李虎苦了几十年,上天恩赐,给了一块糖果,就这一个女儿,他们还要……"他苦笑,叹气:"老头儿,这些天我想好了,你不是爱晒太阳,转过年,咱换个暖和点的地方吧,还去南方打工。就不信了,我这条狗命,小时都没死,现在这么好的世界,还会活不下去? "

雪后天晴,太阳上升,冰雪开始融化,路上变得泥泞。闫羊拎着保温桶牵着女儿百灵给他们送饭:小米粥、水煮蛋、煎饺,还有一小碟爷儿俩都爱吃的香油拌咸菜丝儿……阳光逐渐猛烈,劈开冰层,门前雪湖的水继续流动。迎着日头,百灵蹦蹦跳跳地唱着歌儿,鸟儿在两边冬树上叽喳不停,闫羊虽听不清,也觉快乐。


**【作者简介】**李知展,男,河南永城人,现居洛阳,文学杂志《牡丹》主编。在《人民文学》《小说月报·原创版》《中国作家》《江南》《钟山》《大家》等刊发表小说两百余万字,多篇被《小说选刊》《小说月报》《北京文学·中篇小说月报》《长江文艺·好小说》《作品与争鸣》等选载,收录多个年度选本。短篇《明月怆》被《人民文学》外文版译为英、法、意语。曾获第二届"紫金·人民文学之星"短篇小说佳作奖,广东省有为文学奖小说奖,《莽原》《红豆》《黄河文学》等杂志奖。著有长篇小说《平乐坊的红月亮》《芥之微》,出版小说集《流动的宴席》《孤步岩的黄昏》《只为你暗夜起舞》《碧色泪》。